Anne Rivers Siddons

Muscheln im Sand

BUCH Dreißig Jahre sind vergangen, seit Kate Abrams ihre drei Jugendfreundinnen aus der Collegezeit, mit denen sie zwei Zimmer im Verbindungshaus Tri Omega teilte, zuletzt gesehen hat: die eigensinnige, lebenskluge Cecie, die Kate näherstand als irgend jemand sonst auf der Welt; die unselige, aufdringliche Fig, heute eine exzentrische Romanschriftstellerin, die Kate in scheinbar abgöttischer Bewunderung ergeben war; und die kindlich-unbefangene Ginger, die Kates große Jugendliebe Paul Sibley geheiratet hat. Dreißig Jahre, in denen Kate, inzwischen erfolgreiche Innenarchitektin und glücklich verheiratet mit einem ebenso erfolgreichen Architekten, längst vergessen und begraben glaubte, was damals vorgefallen war. Doch die Einladung zu einem Wiedersehen in Gingers und Pauls Strandhaus auf den Outer Banks in North Carolina und das Treffen selbst bringen alles wieder an die Oberfläche. Es beginnt ein Ringen um Ehrlichkeit und Wahrheit, um Verstehen und Verzeihen, ja um Leben und Tod. Und während Kate, seit Jahren von schwerer Krankheit bedroht, sich den Gespenstern der Vergangenheit stellt, lernt sie die Bedeutung wahrer, tiefer Freundschaft kennen, die Leben rettet und neu schenkt.

»Ein bewegendes Buch über die Höhen und Tiefen von Freundschaft und über die Wechselfälle des Lebens.« *Publishers Weekly*

AUTORIN Anne Rivers Siddons arbeitete lange Jahre als Journalistin, bevor sie sich ganz dem Schreiben widmete. Inzwischen hat sie in den Vereinigten Staaten acht Romane veröffentlicht, die zum Teil fürs Fernsehen verfilmt wurden.

Ihrer Heimatstadt Atlanta ist Anne Rivers Siddons stets treu geblieben, und schon länger wird sie von der amerikanischen Presse mit Margaret Mitchell, ihrer »großen« Schwester aus Atlanta, verglichen.

Im Goldmann Taschenbuch Verlag
liegen bereits folgende Romane der Autorin vor:

Straße der Pfirsichblüten (41530)
Tausend Sommer (41536)

Als gebundene Ausgabe ist im Blanvalet Verlag lieferbar:
Licht über den Hügeln (696)

Anne Rivers Siddons

Muscheln im Sand

Roman

Aus dem Amerikanischen
von Uta Angerer und Gabriele Dick

GOLDMANN VERLAG

Die Originalausgabe erschien unter dem Titel
»Outer Banks« bei Harper Collins Publishers, New York

Umwelthinweis:
Alle bedruckten Materialien
dieses Taschenbuches
sind chlorfrei und umweltschonend.

Der Goldmann Verlag
ist ein Unternehmen der Verlagsgruppe Bertelsmann

Umschlaggestaltung: Design Team München
Made in Germany · Verlagsnummer 43105

ISBN 3-442-43105-0

Ob ich mir die Haare hinten scheiteln soll?
Ob ich Pfirsiche verzehr?
Ich will weiße Flanellhosen tragen und wandern
am blauen Meer.
Ich hörte die Meermädchen singen, hin und her.

Ich glaube nicht, daß ihr Gesang mir gilt.

Ich sah sie meerwärts auf den Wellen reiten
Und kämmen weißes Wellenhaar im Flug,
Als Wind das Wasser weiß und schwarz zerschlug.

In Meergewölben ward uns Aufenthalt.

»J. Alfred Prufrocks Liebesgesang«
T. S. ELIOT

1. Kapitel

Auf den Outer Banks vor North Carolina erzählt man sich manche Legende über die Schiffe, die in schweren Herbststürmen an den gierigen Untiefen vor diesen Inseln zerschellten. Im Laufe der Jahrhunderte waren es etliche, denn die Sandbänke heißen nicht von ungefähr Friedhof des Atlantiks. Die meisten Schiffsunglücke ereigneten sich an den Diamond Shoals vor der Spitze von Cape Hatteras, doch auch der übrige, über hundert Meilen lange Küstenstrich hat seinen Tribut an Holz und Menschenfleisch gefordert. Mythen und Spukgeschichten umgeben die Banks so dicht wie der Nebel vom Meer; aber ich erinnere mich vor allem an eine, die Ginger Fowler uns – Cecie, Fig, Paul Sibley und mir – im September meines letzten Studienjahres erzählte, als wir sie in den Ferien besuchten.

»Es heißt, daß man vor jedem Schiffbruch ein seltsames Singen im Wind hört. Die Leute von den Inseln glauben, das sind die Meerjungfrauen, die die Seeleute zu sich rufen. Viele behaupten, den Gesang schon einmal gehört zu haben. Sie erzählen, wer das Singen vernimmt, verspürt den unwiderstehlichen Drang, ihm zu folgen, und wird auf die Untiefen gelockt. Ein paar von den überlebenden Seeleuten schwören, daß das stimmt.«

Wir saßen auf der Veranda vor dem Haus der Fowlers, das auf den Dünen am Strand von Nag's Head steht, und blickten ins schwindende Zwielicht über dem Atlantik. Links und rechts von uns erhoben sich die großen, schwarzen, zwei- oder dreistöckigen Holzhäuser, die bei den Einheimischen die »Ungetünchten Aristokraten« hießen – eine lange Reihe riesiger, verwitterter Sommerhäuser, wie sie nach der Jahrhundertwende von den sehr Wohlhabenden gebaut worden waren. In der ersten Zeit hatten sie noch allein über die eindrucksvolle Dünenkette geherrscht und unangefochten den unberührten, einsamen Strand regiert. Inzwischen waren sie von einem Ameisenheer aus Bungalows und Wochenendhäuschen, Anglerstegen und den Läden der Boots- und Sonnenschirmverleiher umzingelt, die sie belagerten wie Pygmäen eine Herde Mastodonten. Doch auf den Balkonen und Veranden der alten Häuser spürt man selbst heutzutage nichts von den gemeinen, dumpfen Horden, die sie bedrängen. Da ist nichts als Wind, Sonne und Einsamkeit, und die Weite des Meeres.

Ich weiß noch, wie ich ein wenig fröstelte – vielleicht war es der Nachtwind auf meiner sonnenverbrannten Haut – und nach Pauls Hand tastete. Er drückte meine Hand, ohne mich anzusehen. Sein Blick war konzentriert auf Gingers niedliches Stupsnasengesicht gerichtet, das vom Sonnenuntergang über dem Roanoke Sound hinter uns und von den langen goldenen Sonnentagen gerötet war. Der Herbst auf den Outer Banks ist zauberhaft klar: in seinem Licht kann man in den hohen Dünen jedes Sandkorn erkennen. In den vergangenen vier Tagen waren wir vom Morgengrauen bis zum Sonnenuntergang am Strand gewesen, was auf unseren Gesichtern und Schultern deutliche Spuren hinterlassen hatte. Nur Ginger war am ganzen Körper rotbraun wie eine Bronzefigur. Die Sommersprossen auf ihren hohen Wangenknochen hatten sich zu einer Kupfermaske vereint, und ihre Wimpern und die flachsblonden Haare waren ausgebleicht. In ihrem verwaschenen Baumwollbadeanzug mit dem jungenhaften Beinausschnitt wirkte sie so kompakt, üppig und erdverbunden wie eine Maya-Statue.

Ich fand, sie sah aus, als habe sie schon immer zu diesem alten Haus und der noch älteren Küste gehört, dabei hatte ihr Vater das Anwesen erst im Sommer vor zwei Jahren von einer verwitweten alten Dame gekauft, die schweren Herzens zu ihren Kindern nach Wilmington gezogen war. Vorher hatte Ginger den Sommer in Gulf Shores an der Küste von Alabama verbracht und mit ihrer Familie in einer Kleinstadt im Norden des Staates gelebt. Diese Stadt bestand im wesentlichen aus einer riesigen Spinnerei, einer Arbeitersiedlung und einem Laden, die alle Gingers Vater gehörten, und hieß folgerichtig Fowler. Der Reichtum der Fowlers war neu erworben und so ungeheuer groß, daß wir ihn uns eigentlich nicht vorstellen konnten. Ginger war eifrig bestrebt, diese Tatsache vor uns zu verbergen. Und das gelang ihr so gut, daß uns erst, als wir sie auf den Outer Banks besuchten und das Haus sahen, klar wurde, wie reich sie eigentlich war. Als Fig Ginger zur Aufnahme in die Tri Omega Studentinnenverbindung vorschlug, hatte sie uns erzählt, daß Ginger ein Treuhandvermögen von fast fünf Millionen Dollar besitze, was in unseren Augen, zumal zu Beginn der sechziger Jahre, eine Riesensumme war. Doch da keine von uns viel auf Figs Worte gab, hatten wir es entweder vergessen oder nicht recht geglaubt. Wir nahmen Ginger als Schwester in die Tri Omega auf, weil wir sie alle gern hatten. Man mußte sie einfach mögen; sie war so gesellig, sanftmütig und arglos wie ein goldbrauner Retriever.

»Und außerdem«, hatte Cecie damals tiefsinnig bemerkt, »sieht sie auch so aus.«

An jenem Abend in Nag's Head lächelte Paul Ginger ihr über die dunkle Veranda hinweg zu und fragte: »Hast denn du die Meerjungfrauen schon einmal singen hören?« Die sachte, kühle Brise auf meinem Nacken und meinen Schultern frischte auf.

»Zum Glück nicht. Ich würde sterben vor Angst. Hoffentlich höre ich sie nie«, antwortete sie.

»Ich wünschte, ich könnte sie hören«, sagte er, warf mir dann einen Blick zu und drückte wieder meine Hand. »Ja, das wär was! Ich fände es einfach fabelhaft.«

Ich erschauerte; die ganze Atmosphäre um uns schien mir aufgeladen und bedeutungsschwanger, als künde jedes einzelne umherschwirrende Atom von drohendem Unheil. Aber damals war ich bereits so verliebt in Paul, daß ohnehin alles, was er sagte, alles, was wir miteinander taten, ja, alles um uns herum für mich einen tieferen Sinn erhielt. Cecie sah erst mich und dann Paul an. »Ich mache uns einen Tee«, sagte sie, stand auf und lief leichtfüßig ins Haus. Während ich ihr nachblickte, dachte ich einmal mehr, daß man sie mit ihrer schlanken Figur für einen zierlichen Jungen hätte halten können, und ich wünschte mir, sie könnte Paul besser leiden. Cecie war seit zwei Jahren meine beste Freundin, eine der beiden großen Lieben meines Lebens, und ich wollte diese neue Liebe mit ihr teilen. Wie gern hätte ich uns drei als Einheit, als ein Ganzes gesehen. Doch Cecie, die ihr Herz nicht oft und nicht leicht verschenkte, machte keine Anstalten, es Paul Sibley zu öffnen. Seit ihrer ersten Begegnung hatte sie Abstand von ihm gehalten, was körperlich nicht immer möglich war, aber zumindest gefühlsmäßig. Bei jeder anderen Freundin hätte ich Eifersucht vermutet, doch Cecie und ich hatten dieses Stadium längst hinter uns. Ich konnte mir ihre Abneigung nicht erklären und scheute mich, mit ihr darüber zu reden. Auch sie sprach das Thema nicht an. Paul wußte, daß sie ihn nicht mochte, war aber klug genug, die Sache auf sich beruhen zu lassen. Sie trafen einander nicht oft.

Tatsächlich duldete Cecie in dieser Septemberwoche zum letztenmal seine Gegenwart, doch das spielte dann auch keine Rolle mehr. Denn an dem Wochenende verlor ich ihn an den alten Ozean und an Gingers neuen Reichtum, was ich allerdings erst viel später erfuhr.

Im darauffolgenden Herbstsemester besuchte ich ein Seminar über zeitgenössische Lyrik, in dem wir auch T. S. Eliots Gedicht *J. Alfred Prufrocks Liebesgesang* behandelten. Der Professor las daraus die wunderbaren, zu Herzen gehenden Zeilen vor:

»Ich hörte die Meermädchen singen, hin und her. /
Ich glaube nicht, daß ihr Gesang mir gilt.«

Da brach ich in Tränen aus, verließ mit einer Entschuldigung den Klassenraum und ging, während der Wind mir ins Gesicht blies, über den Campus zum Wohnheim der Tri Omega, blind vor Tränen, die Kehle vor Schmerz und Hochgefühl wie zugeschnürt. Ich weinte noch immer, als Cecie von ihrem Geschichtsseminar zurückkehrte und Fig und Ginger uns zu einem frühen Abendessen abholen wollten.

»Wer war es? Yeats? Dylan Thomas?« fragte Cecie, die den Lyrikkurs im Semester davor absolviert hatte und wußte, daß mir in diesem Herbst leicht und schnell die Tränen kamen. Daran war vor allem meine ohnmächtige Liebe zu Paul schuld, eine tiefe, vernichtende, quälende Liebe, die mich hochempfindlich und verwundbar machte, als hätte ich keine Haut. Erstaunlich, was mich damals alles traf und zum Weinen brachte. Aber es lag auch an der

Poesie. Cecie und ich lasen einander oft bis tief in die Nacht hinein Gedichte vor, meist die bitteren, schönen, scharfkantigen Verse des späten neunzehnten und frühen zwanzigsten Jahrhunderts. Selbst wenn Cecie nicht, wie ich, offen weinte, schwammen ihre blauen Augen doch manchmal in Tränen. Ich habe Cecie niemals weinen sehen, aber in jenen Nächten war sie oft nahe daran.

»Eliot«, schniefte ich. »Wie die Meermädchen singen, aber nicht für ihn ... ich weiß auch nicht. Ich hab an das denken müssen, was uns Ginger in Nag's Head über die Meerjungfrauen und die Schiffe erzählt hat, und da ... na ja, ich finde den Vers eben so traurig. So traurig ... das ganze Leben liegt darin. Alles, was passieren soll, aber nicht passiert. Und man ... und man weiß, es wird nichts ...«

»Was denn?« fragte Ginger und zog verwundert die Stirn kraus. Sie und Fig bewohnten gemeinsam mit uns zwei Zimmer, zwischen denen ein Bad lag, und oft, wenn Cecie und ich einander nachts Gedichte vorgelesen hatten, steckte Ginger am Morgen nach dem Duschen den nassen Kopf zu uns herein und sagte: »Wie ich höre, hat gestern abend wieder die Intellektuelle Gesellschaft der Tri Omega getagt.« Dann grinste sie, streckte uns die Zunge heraus und schlug die Tür zu, wenn Cecie oder ich ein Buch oder ein Stofftier nach ihr warfen. Ginger lachte zwar schnell, aber im Lernen war sie langsam. Daher war ihr Fortkommen ständig gefährdet, obwohl sie Grundschulpädagogik, ein anspruchsloses Hauptfach, studierte. Alle Tri-Omega-Schwestern mußten sich ins Zeug legen, damit sie die Probezeit überstand und den zur Aufnahme erforderlichen Notendurchschnitt erreichte, doch es machte keiner etwas aus. Wie gesagt, Ginger war allseits beliebt.

Ich las ihr Eliots Verse vor, und sie fragte: »Und deswegen so ein Geflenne?«

»Ich find's wahnsinnig romantisch«, keuchte Fig mit verstopfter Nase. Ihre kurzsichtigen Augen, die hinter dicken Linsen schwammen, wirkten wie die eines verzückten Käfers, und sie atmete hörbar durch den Mund, was sie immer tat, wenn sie hingerissen war. Wie sooft lachten wir auch jetzt über sie, und sie grinste schief, zog den kurzen Hals zwischen die breiten Schultern und warf uns verstohlene Blicke zu wie ein Hund, der oft bedroht, aber nie wirklich geprügelt wird.

»Und so traurig«, fügte sie hinzu. »Ich finde es richtig traurig.« Hätte ich gesagt, ich hätte so etwas Lustiges noch nie gelesen, dann hätte Fig herzlich gelacht. Seit sie bei uns war, hing sie mit einer erstickenden Hingabe an mir, die ebenso krankhaft wie unerklärlich war. Das war mir ausgesprochen peinlich. Man hatte uns Fig von drei Seiten ans Herz gelegt, und der Dachverband hatte gedroht, uns sämtliche Zuschüsse zu sperren, wenn wir sie nicht aufnähmen. Andernfalls hätte sie – jung und grausam, wie wir damals waren – ihre Jahre in Randolph bestimmt in einem x-beliebigen unabhängigen Wohnheim zugebracht.

»Wer von uns würde die Meerjungfrauen singen hören, wenn eine sie hören würde?« fragte sie schelmisch. Sie stellte einem immer solche haarsträubend idiotischen Fragen: »Wenn du eine Blume wärst, was für eine wärst du dann?« – »Wenn Kate ein Tier wäre, was wäre sie für eins?« – »Wenn ich eine von den berühmten Frauen der Geschichte wäre, was meinst du, Kate, welche wäre ich?«

»Grendels Mutter«, antwortete Cecie einmal schnippisch, worauf Fig ein Lachen hören ließ, das meinem damals schon beunruhigend ähnelte.

»O Cecie, das ist gut, das schreibe ich in mein Tagebuch«, sagte sie, und Cecie stöhnte. Figs Tagebuch war bei uns im Wohnheim berüchtigt. Sie schrieb fast ununterbrochen hinein, heimlich, aber auch in der Öffentlichkeit. Wenn wir uns bei einer unserer Versammlungen am Schluß einer hitzigen Debatte umsahen, kritzelte Fig stets in ihr Tagebuch. Fragte man sie, was sie hineinschrieb, oder tat man, als wolle man es ihr wegnehmen, spielte sie die Ängstliche und drückte das Buch an ihren nicht vorhandenen Busen. Wenn wir, was häufig vorkam, in unserem Zimmer bis tief in die Nacht hinein endlose Diskussionen führten, dann fühlte ich oft Figs Blick auf mir. Ich sah auf und ertappte sie dabei, wie sie mich mit offenem Mund anstarrte, und dann lächelte sie geheimnisvoll, senkte die Augen und kritzelte in ihr Buch. Bis zu jenem Winter hatte sie schon vier, fünf Bände vollgeschrieben – dicke Bücher aus Kroko-Imitat, die sie sich zuschicken ließ und mit ihrer winzigen gestochenen Handschrift füllte. Sie verwahrte sie in einer verschlossenen Stahlkassette unter ihrem Bett und behauptete, daß sie Ungeheuerliches enthielten. Doch von uns interessierte sich mittlerweile niemand mehr für Figs Tagebücher.

Natürlich wußte sie durchaus, wer Grendels Mutter war. Auf ihre Weise gehörte Fig vielleicht zu den begabtesten Studentinnen am Randolph. Sie hatte eine ungeheuer schnelle Auffassungsgabe, ein sagenhaftes Gedächtnis und lernte so fleißig, wie ich es noch nie erlebt hatte. Schon wegen ihres Notendurchschnitts lohnte es sich für die Tri Omega, Figs Eigenheiten zu ertragen – darin waren wir uns einig. Sie studierte im Hauptfach Englisch und Geschichte im Nebenfach und heimste alle nur denkbaren akademischen Ehren ein. Sie wollte Schriftstellerin werden, und auf die gelegentliche Frage, was sie eigentlich in ihr Tagebuch schreibe, antwortete sie: »Ich schreibe über euch alle und darüber, wie stolz ich bin, Mitglied der Tri Omega zu sein.« Dann setzte sie einen jämmerlichen, unterwürfigen Blick auf und lächelte so furchtbar demütig, daß es einen ganz verlegen machte. Fig war so dankbar dafür, zu uns zu gehören, und lobte uns mit soviel überschwenglicher, zwanghafter Fröhlichkeit, daß wir sie bald nicht mehr neckten, sondern nach Möglichkeit lieber einen großen Bogen um sie machten. Und außer Cecie, Ginger und mir gelang das auch den meisten. Ginger war die einzige von uns, von der ich nie ein unfreundliches Wort über Fig hörte. Sie war und ist einfach nicht zu Bosheit fähig. Sie kam in ihrem zweiten Studienjahr ans Randolph, und ausgerechnet Fig hatte sie dringend zur Aufnahme in die Tri Omega vorgeschlagen. Fig hatte ihr Leben bisher im Schatten der Spinnerei von Gingers Vater in Fowler verbracht und studierte am Randolph mit Hilfe des Fowler-Kiwanis-Stipendiums. Figs Familie war ebenso unendlich arm wie die von Ginger reich war. Ginger zog als unsere zweite Mitbewohnerin zu Fig ins Zimmer und bemühte sich redlich, das Zusammenleben für mich annehmbar zu machen. Für Cecie blieb es, glaube ich, immer unerträglich.

Arme Fig. Eigentlich hieß sie Georgine Newton, doch jeder nannte sie Fig, wahrscheinlich schon von Geburt an. Sie war klein und plump, hatte blasse, fleckige Haut, einen Krauskopf und kleine Augen hinter einer dicken Brille, und mit ihrem ständigen angespannten, zähnefletschenden Grinsen sah sie aus wie ein geprügelter Hund. Sie hatte einen allergischen Schnupfen und Asthma und schnarchte so grausam, daß die Dekanin bei ihr eine große Ausnahme machte und ihr ein eigenes Zimmer gab. Bei ihrer Aufnahme losten wir, zu wem sie in die Wohnung sollte, und als dann Ginger zu Fig ins Zimmer zog, schlossen wir Wetten ab, wie lange sie den Dauerbeschuß von Gekeuche und Geschnarche aushalten würde. Aber zum Glück war Ginger, seit sie beim Baseball von einem Querschläger getroffen worden war, auf einem Ohr taub, und darum stellten sie einfach die Betten so, daß Figs Geschnarche nur an das taube Ohr drang, und blieben im selben Zimmer wohnen. Cecie und ich hörten Fig allerdings durch die Gipswände und das Badezimmer, selbst bei zwei geschlossenen Türen.

»O Gott«, stöhnte Cecie, sobald die Rede auf Fig kam; mehr sagte sie nicht. Aber ich wußte, daß sie gegen Fig eine außerordentliche und für sie untypische Abneigung hegte. Cecie kritisierte andere sonst kaum, sie mied einfach diejenigen, die sie nicht leiden mochte. Aber Fig konnte sie nicht aus dem Weg gehen, und es müssen drei unangenehme Jahre für sie gewesen sein. Wir sprachen nicht oft über dieses Thema, doch ab und zu warnte sie mich vor Fig. Ich hatte mir längst angewöhnt, Figs überzogene Anhänglichkeit auf die leichte Schulter zu nehmen und darüber zu lachen, wenn sie mich in Stimme, Gestik und Kleidung kopierte. Da ich selbst eine Fremde in einem fremden Land war, glaubte ich zu verstehen, wie sie sich in ihrem Innersten fühlen mußte. Doch ich entwickelte bald ein Talent, Fig zu karikieren, das ich, wie ich gestehen muß, oft einsetzte, wenn Cecie und ich nachts im Schein des gerade aufgegangenen Mondes im Bett lagen ... und redeten und redeten.

»Pssst«, stöhnte Cecie dann lachend, »sonst hört sie dich noch. Ihr Bett steht direkt an der Wand nebenan.«

»Wie soll sie denn durch zwei Wände und das Badezimmer hindurch verstehen, was ich sage? Und außerdem, was wäre schon dabei?«

»Ich würde es mir lieber nicht mit ihr verderben. Sie ist nicht der Mensch, der sie zu sein scheint.«

»Ach, Cecie, sie ist einfach nur Fig. Wer soll sie sonst sein?«

»Ich weiß nicht. Jedenfalls ist sie anders, als du denkst. Wo bleibt eigentlich dein berühmtes Einfühlungsvermögen?«

»Du spinnst«, sagte ich, war weiterhin höflich zu der lauernden, hingebungsvollen Fig und verspottete sie nachts hemmungslos hinter ihrem Rücken.

Und Cecie ertrug sie weiter schweigend und zog sich in Figs Gegenwart in sich selbst zurück. Das war eine erstaunliche Fähigkeit, die ich oft an ihr beobachtet habe. Noch während man sie ansah, vielleicht sogar mit ihr redete, konnte man plötzlich merken, daß man nur das Kätzchengesicht und die zierliche, rotbeschopfte Fassade Cecelia Rushton Harts von der virginischen Küste vor sich hatte, während die eigentliche Cecie im Augenblick nicht zu Hause war. Sie konnte sich dabei sogar unterhalten, nicken und die richtigen Antworten murmeln und fand einige Zeit später auch wieder hinter ihren Blick zurück. Ich habe des öfteren überlegt, wie ihre innere Welt beschaffen sein mochte, daß sie sie so verführerisch und tröstlich fand. Obwohl wir uns so nahe standen, gab es tief in Cecies Wesen einen Winkel, den ich nicht betreten konnte, und ich wußte, daß sie sich dorthin zurückzog, wenn Fig allzu aufdringlich ihre Aufmerksamkeit heischte.

»Wer von uns würde sie hören?« wiederholte Fig mit dieser gräßlichen, plumpen Schalkhaftigkeit an dem Tag, als ich Eliot entdeckte. »Für wen würden die Meerjungfrauen singen? Ich glaube für Kate. Du würdest dic Meerjungfrauen singen hören. Wahrscheinlich hast du sie schon gehört.«

Cecie schnaubte.

»Vielleicht auch für dich, Fig«, sagte ich, um ihr zu schmeicheln, und das gelang mir auch. Ihr Gesicht färbte sich dunkelrot, was ihr nicht stand, und sie fragte: »Meinst du wirklich? Das fände ich toll. Aber ich bin sicher, daß sie für dich singen würden. Du siehst aus, als würdest du manchmal die Meerjungfrauen hören ...«

»Nein«, widersprach Ginger. Wir sahen sie verblüfft an.

»Sie würden für Cecie singen. Versteht ihr das denn nicht? Nur für Cecie.«

Und ich lächelte unwillkürlich, weil sie natürlich recht hatte.

Für Cecie würden sie singen. Trotz der Hornbrille und des trokkenen Virginia-Dialekts war Cecie Rauch und Irrlicht, Gischt und Feuer. Cecie würde die Meerjungfrauen singen hören.

Vielleicht hörte sie sie. Vielleicht hörten sie alle die Meerjungfrauen. Ich weiß es nicht.

Ich weiß nur, daß sie für mich seit jenem Herbst nie wieder sangen.

2. Kapitel

Mit einem anderen Namen und einer anderen Nase wäre mein Leben zweifellos anders verlaufen, doch das erkannte ich erst im Angesicht des Todes. Mein Vater, der mir beides vermacht hatte, war auf sein Werk so stolz, als hätte er Namen wie Nase einem Roman von Scott Fitzgerald entnommen – was in gewisser Weise auch stimmte –, und ich verbrachte den größten Teil meiner Kindheit und Jugend in dem Bemühen, mich dieser Erbstücke würdig zu erweisen, und den Rest dieser Jahre damit, sie zu verleugnen.

Meine Nase ist das, was man gelegentlich als Aristokratennase bezeichnet: schmal und hochrückig wie die meines Vaters. Das ist die Lee-Nase, hörte ich ihn oft in seinem lässigen virginischen Singsang sagen, wenn meine Nase von Erwachsenen bewundert wurde. Welcher Lee gemeint war, lag auf der Hand; ich wüßte nicht, daß jemand je nachgefragt hätte. Mein Name ist Katherine Stuart Lee – der Aristokratenname par excellence in jener stickigen Südstaatengesellschaft, in der mein Vater mitzuhalten versuchte. Hätte er noch erlebt, daß ich diesem noblen Trio durch meine Heirat mit Alan ein »Abrams« beigesellt habe, hätte er sich bestimmt erschossen, aber das hatte er schon vorher getan. Und da hatte er längst vergessen, daß der Name Lee, wenn nicht falsch, so doch zumindest nicht ganz echt war.

Mein Vater war tatsächlich ein Lee und hatte tatsächlich die University of Virginia besucht, doch er war Charles Horace Lee aus Canton, Indiana (2456 Einwohner), und keiner von den aristokratischen Lees aus Virginia. Er verdankte sein Betriebswirtschaftsstudium einem Rotarierstipendium, und die Plantage mit eigenen Jagdgründen, die angeblich sein väterliches Erbteil war, existierte nur in den kitschigen Südstaatenromanen, die er seit seiner Kindheit verschlungen hatte, und in seinem sehnsüchtigen Herzen. Den Namen Stuart, den er seinem einzigen Kind verlieh, gab es weder in seiner Familie noch in der meiner Mutter. Irgendein Spinner am Sweet Briar hatte meinem Vater im ersten Studienjahr den Floh ins Ohr gesetzt, daß er dem General Jeb Stuart sehr ähnlich sehe. Und schon knospte ein frischer Zweig an meinem Stammbaum.

Meine Mutter war nicht die höhere Tochter aus Mississippi, als die Charles Lee sie vorstellte (und für die er sie im Lauf der Zeit selber hielt), sondern die Tochter eines Gemüsehändlers aus dem ländlichen Slattery, Mississippi. Lonnie Mae Coolidge war mit fünfzehn vor den hemmungslosen Wutausbrüchen ihres Vaters geflohen und mit einem Bremser von der Eisenbahn durchgebrannt, der sie in Lynchburg, Virginia, aus dem Zug warf. Charles Lee begegnete ihr bei einem Ferienjob als Tellerwäscher in dem Café, wo sie als Kellnerin arbeitete. Später erzählte er gerne in einem verführerischen Singsang, den er längst perfekt beherrschte: »Na, sie trieb sich so lange in Lynchburg herum, daß ich sie schließlich geheiratet habe.« Selbstverständlich ging jedermann davon aus, daß der Ort ihrer Umtriebe das Randolph Macon College war und nicht das Virginia Belle Café. Fragte man sie nach ihrem Studienfach, rümpfte die hübsche May Lee nur ihre niedliche Stupsnase – ein Vermächtnis irgendeines umherwandernden Franzosen, den es aus New Orleans flußaufwärts verschlagen hatte – und antwortete: »Na ja, ich habe keinen Abschluß gemacht. Ich war erst achtzehn, als Charles mich heiratete und mit mir nach Alabama zog. Mein Vater war außer sich.«

Und die Zuhörer lächelten verständnisinnig. Damals schlossen in den Südstaaten die wenigsten Studentinnen ihr Studium ab, vor allem dann nicht, wenn sie hübsch waren. Und dem großen, schlanken Charles Lee mit dem lässigen Gang, den schmalen grauen Augen und den starken, sinnlichen Lippen war durchaus genug verhaltene Leidenschaft zuzutrauen, ein Mädchen im Sturm zu erobern, sie zu heiraten und mit ihr auf und davon zu gehen. In der kleinen Gesellschaft von Kenmore, sechzig Meilen südlich von Montgomery im Herzen des Black Belt gelegen, wo mein Vater sich niederließ – klugerweise in sicherer Entfernung vom Norden der Südstaaten, wo die vornehmsten Familien lebten –, war man sich weitgehend einig, daß der junge Charles Lee viel von seinem Urgroßvater Robert E. an sich habe. Ein paar älteren Damen, die auch gern Romane lasen, stellten sogar eine Ähnlichkeit fest mit einem glanzvollen jungen Offizier namens Fitzgerald, der droben in Montgomery mit Richter Sayres Ältester durchgegangen war. Allerdings fand man May Lee viel hübscher und netter als die ungestüme, kapriziöse Zelda.

Mein Vater tat nichts, um dieses Bild zu zerstören, im Gegenteil, er widmete sein Leben der Pflege solcher Vorstellungen. Das magere Einkommen, das er in seiner unsicheren Stellung bei einer Versicherung durch wenig kompetente Arbeit verdiente, verwendete er für die Anmietung und spärliche Möblierung eines heruntergekommenen, mit weißen Säulen bestückten Herrenhauses aus der Zeit vor dem Bürgerkrieg am Santee-Fluß westlich von Kenmore, das meine ganze Kindheit lang so heruntergekommen blieb wie an dem Tag, an dem ich dort geboren wurde. Meine Mutter lud nicht zum Bridge oder Damenkränzchen in den halb verfallenen, gespenstischen Salon, meine Eltern gaben im riesigen, von Motten bewohnten Speisesaal keine Diners bei Kerzenlicht, und ich brachte nach der Schule nie eine Freundin zum Spielen mit. Mit dem Haus verbinde ich die Vorstellung von Staub, Düsternis und einer hallenden Stille, die nur von meinen zaghaften Schritten gestört wurde.

»Sobald alles hergerichtet ist, geben wir ein großes Einweihungsfest und laden die ganze Stadt ein. Die werden Augen machen«, sagte mein Vater öfter, wenn wir im düsteren, feuchten Dämmerlicht hinter dem Haus auf der verrottenden Veranda saßen, die von einer tückischen, üppig rankenden Glyzinie zusammengehalten und vor neugierigen Blicken geschützt wurde. Er und meine Mutter fächelten sich kühle Luft zu und tranken Martinis, während ich las. Er sagte es auch, wenn wir uns in einer Kammer neben der Küche, die wir im Winter als Aufenthaltsraum nutzten, um das auf einem gesprungenen Eisenrost glimmende Kohlefeuer scharten. Das war das einzige Zimmer im Haus, das keine viereinhalb Meter hohe Decke hatte und mit den Kohlebrocken, die man eimerweise kaufen konnte, zu beheizen war.

Vermutlich war es früher einmal der Anrichteraum gewesen. Auch dort tranken sie Martini, und ich las. Ich las alles, überall und bei jeder Gelegenheit, unternahm dreimal die Woche einen Raubzug in die Stadtbücherei und kehrte beladen mit Bücherstapeln zurück. Das Lesen nahm mich gefangen und gab mir Geborgenheit; soweit ich mich entsinne, habe ich mich damals weder unglücklich noch einsam gefühlt. Das kam erst später, als mir die Welt näher auf den Leib rückte. Im nachhinein frage ich mich, warum ich mich über die Phantasiewelt, die Cecie in ihrem Inneren geschaffen hatte, wunderte. Meine eigene nahm damals einen ebenso großen Raum in meinem Leben ein.

Wenn ich nicht las oder in der Schule war, gab mein Vater mir Unterricht, aber nicht in einem Schulfach, sondern in den sogenannten »Umgangsformen«. Er erklärte mir, wie man spricht, Leute begrüßt und Konversation macht, wie man sich bewegt, wie man ißt und ein Gespräch führt, wie man schnell und korrekt Briefe schreibt, wie man auf einer ausführlichen Speisekarte ein Menü zusammenstellt, wie man Wein auswählt und einschenkt. Ich lernte, daß man sich gegenüber dem Direktor der Bank von Kenmore anders verhält als gegenüber der schwarzen Zugehfrau und warum der winzige Unterschied so wichtig ist. »Wenn du Mr. McClure erzählst, daß du seine hübsche Tochter im Laden getroffen hast, ist es ein Kompliment, aber wenn du dasselbe zu Essie sagst, ist es Anbiederei. Eine Dame tut das nicht.«

»Ich bin keine Dame«, entgegnete ich dann.

»Doch«, sagte er mit Nachdruck. »Du bist zur Dame geboren, du bist eine Dame durch und durch. Das darfst du nie vergessen, dann kannst du es in der Welt weit bringen.«

Und weil ich jung war und meinen gutaussehenden, großsprecherischen Vater liebte, fragte ich ihn nicht, welche Welt er meinte, und erkannte nicht, daß sie vor allem in seiner Vorstellung bestand. Er war der Lehrer. Ich die Schülerin.

Mein Vater setzte das Gerücht in Umlauf, er stecke sein ganzes Geld in den Rückkauf des elterlichen Anwesens in Virginia, das sein Bruder aus Geldgier an einen Geschäftsmann aus dem Norden veräußert habe. Sobald ihm das gelungen sei, so ließ er durchblicken, würde er mit mir und meiner Mutter endlich dorthin, in unser rechtmäßiges Zuhause, ziehen. Ganz Kenmore lobte seinen Edelmut, seine Geduld und seine Entschlossenheit, und keiner sagte ein Wort, wenn er mit einem Clubbeitrag, der Rechnung beim Lebensmittelhändler oder dem Zehnten bei der Episkopalkirche St. Luke in Verzug geriet. In aller Stille wurde eine Ausnahme gemacht, Hilfe angeboten und huldvoll angenommen. Niemand sagte etwas, als meine Mutter als Schulsekretärin bei der Atwater County Highschool zu arbeiten begann, und alle fanden es nichts als bewundernswert, daß ich von meinem dreizehnten Lebensjahr an in den Ferien, am Wochenende und nach der Schule bescheidene Hilfsarbeiten verrichtete, um mein Scherflein zur Finanzierung der Wolken von Kleidern und Unterröcken beizutragen, mit denen ich zu Beginn meiner Highschoolzeit ausgestattet wurde.

»Ihre kleine Katie ist ein nettes Mädchen, und so gescheit«, sagten Kenmores Matronen zu meinen Eltern. »Hat lauter Einser in der Schule, arbeitet danach noch bienenfleißig und versäumt nie die Sonntagsschule und den Gottesdienst. Und zudem sieht sie aus wie eine Prinzessin. Sie wird ganz gewiß noch von sich reden machen. Bestimmt wird sie mal Lehrerin.«

»Sollte mich nicht wundern«, erwiderte mein Vater dann mit charmantem und bescheidenem Lächeln, doch nachdem er sich ein paar solcher Bemerkungen angehört hatte, riß er mich eines Abends im April, gegen Ende meines zweiten Jahres auf der Highschool, jäh aus meinen Edith-Wharton-Träumen und entwarf einen neuen Schlachtplan.

»Du arbeitest mir diesen Sommer nicht mehr in Supermärkten und Ramschläden.« Er schwenkte seinen Martini, daß die Olive von innen ans Glas stieß wie ein Fisch an die Wand des Aquariums. »Du suchst dir einen Job am Cape Cod oder in Nantucket.« Er neigte den schmalen Kopf zur Seite und musterte mich wohlgefällig. »Und vielleicht lassen wir dein Haar wachsen und stecken es hinten auf. ›Banane‹ hieß das zu unserer Zeit. Kaum eine unter tausend kann die Frisur tragen, aber dir steht sie. Sieht nach Geld aus.«

Ich strich mir mit der Hand über meinen kurzen, mit Festiger in Form gehaltenen Bubikopf, den ich in diesem Jahr, wie jeder zweite Teenager im tiefen Süden, trug.

»Bekomme ich dafür auch Geld?« fragte ich keck. »Dann wär ich damit einverstanden. Denn dann brauche ich weder am Cape Cod noch sonstwo zu arbeiten. Ich habe keine Lust, im Sommer allein zu verreisen; ich bin doch gerade erst sechzehn.«

»Die Mädchen aus den besten Familien des Ostens reißen sich um die Kellnerinnen-Jobs am Cape Cod, auf Vineyard und in Nantucket. Ich habe Töchter von Multimillionären kennengelernt, die jeden Sommer dort gearbeitet haben. Da treffen sich die jungen Leute von den Elite-Colleges, und man knüpft sehr nützliche Kontakte fürs ganze Leben. Man lernt die Umgangsformen der großen Welt. Du bist zwar noch ziemlich jung dafür, aber ich sehe keinen Sinn darin, daß du im Sommer hierbleibst. Du mußt mal raus aus dem Mief von Kenmore. Und glaub mir, du wirst dich königlich amüsieren. Du wirst mehr Einladungen kriegen und mehr Verehrer haben als jedes andere Mädchen zwischen Bar Harbor und Rehoboth Beach.«

»Warum sollte ich, wo ich hier doch auch keine habe?« fragte ich verdrossen. »Mich hat noch nie ein Junge ausgeführt, außer wenn wir mal in einer Clique losgezogen sind, und dann war es bloß der gräßliche kleine Bruder von Carolyn Crenshaw. Du weißt doch, wie komisch ich aussehe. Und ich passe ans Cape Cod wie ein Emu.«

Er schmunzelte.

»Unsinn. Hier haben alle Angst vor deinem Aussehen, weil sie überhaupt nicht mithalten können. Aber dort wirst du ... wie die anderen aussehen, nur besser. Du hast ein sehr vornehmes Äußeres, Kate, du mußt bloß noch hineinwachsen. Erstklassig und ganz Ostküste. Du bist groß und schlank, hast einen schmalen Kopf, schöne Hände und Füße, ein fein geschnittenes, nicht zu auffälliges Gesicht, schöne Zähne – und wenn du willst, kannst du mit deinem Lächeln eine ganze Gesellschaft bezaubern. Natürlich mußt du darauf achten, daß du nicht zuviel lächelst, denn die Wirkung beruht vor allem auf dem Kontrast zu deiner ansonsten kühlen Art. Du hast tadellose Manieren und bist angenehm zurückhaltend. Zum Glück haben wir früh mit deiner Erziehung angefangen. Ich möchte, daß du dich in diesem Sommer gut umsiehst. Merke dir, was die anderen Mädchen tragen, und dafür geben wir dann dein Geld aus. Du wirst schon sehen, sie tragen keine albernen Unterröcke, keine Rüschen und klirrenden Armbändchen.«

Seine enormen Erwartungen bedrückten mich, als laste die Welt auf meinen Schultern. Insgeheim verspürte ich die ängstliche Gewißheit, daß ich ihnen nicht genügen würde.

»Bitte, Papa, ich weiß nicht, was ich dort soll. Ich kenne die Gegend nicht, ich kenne die Leute nicht. Außer Kenmore und den Menschen hier kenne ich gar nichts ... Ich passe da nicht hin. Bitte schick mich nicht weg.«

Er nahm mich bei der Hand, führte mich in das geräumige, düstere Badezimmer im Erdgeschoß, in dem stets ein flirrendes, grünes Licht wie unter Wasser herrschte, und schob mich vor den fleckigen alten Spiegel hinter der Tür. Er stand hinter mir, die Hände auf meine Schultern gelegt.

»Schau«, sagte er.

Und im grünen Meereslicht sah ich verschwommen zwei großgewachsene Gestalten mit klaren, feinen Renaissance-Zügen, deren lange, ovale Gesichter mit dichtem aschblondem Haar umgeben waren. Sie waren so blaß und glatt wie ein Vermeer, mit schlanken, wie von Modigliani gestalteten Körpern. Eine Helldunkelmalerei: zwei Menschen in mittelalterlich weichen Brauntönen. Ich staunte. Das war doch nicht das Gesicht, das ich jeden Morgen im Spiegel sah! Die Person, die hier in meinen bauschigen, nachgemachten, von meinem selbstverdienten Geld gekauften Ann Fogarties und Capezios vor mir stand, mußte eine andere sein. Ich kannte sie nicht. Erst später wurde mir klar, daß ich mich damals zum erstenmal mit den Augen meines Vaters sah und daß ich auf ihn schon immer so gewirkt hatte.

»Dieses Mädchen gehört nicht nach Kenmore«, sagte er.

Und in dem Augenblick wurde mir klar, daß ich Kenmore im Sommer verlassen und nicht mehr zurückkehren würde.

Meines Vaters Netz von alten Beziehungen mochte vielleicht aus Spinnweben und Lügen gestrickt sein, aber es reichte weit. Ende Mai hatte ich meine Stelle als Kellnerin in einem kleinen Ferienhotel am Cape Cod bei Edgartown.

»Genau das Richtige«, sagte er, als der Bestätigungsbrief eintraf.

»Fünfzig Zimmer direkt am Wasser, sämtliche Mahlzeiten, nach Geschlechtern getrennte Schlafräume, die nach hinten hinaus gehen, und ordentliche Bezahlung. Du arbeitest von fünf Uhr morgens bis um zwei Uhr nachmittags. Das wird dich nicht umbringen, und deine Abende hast du für dich. Weißt du, da trifft man sich dann am Strand mit Lagerfeuer und Würstchengrillen. Und der Sonntag ist frei zum Segeln. Das mußt du unbedingt lernen. Und keine Küchenarbeit; man würde dir vielleicht die Haare schneiden, oder du müßtest sie im Netz tragen. Ich möchte nicht, daß du dort herumläufst mit Haaren, die nach Fischsuppe riechen. Harbour House ist ruhig, aber dort verkehrt alter Gelddadel. Beauchamp Childs kommt im Sommer immer mit der Familie hin. Seine Tochter Sidney hat früher in den Ferien auch dort gearbeitet. Ich glaube, sie ist jetzt auf dem Sweet Briar. Daß du dich ihm ja vorstellst! Er hat dich nämlich kurzfristig dort untergebracht. Ich habe ihm letzten Monat geschrieben. Mit den Childs mußt du dich gutstellen.«

»Sind sie alter Geldadel?« fragte ich, ohne richtig zu wissen, was das bedeutete. Wenn in Kenmore jemand Geld hatte, konnte es eigentlich nur alt sein.

»Champs Familie haben etliche Granitsteinbrüche gehört. Sein Vater hat ein Zyanamitwerk gegründet, und Champ hat die Firma zu einem internationalen Konzern ausgebaut. Gleich nach meinem Studium hatte ich mit dem Gedanken gespielt, bei ihm einzusteigen, aber ich wollte dann doch lieber eine eigene Firma. Ich glaube, er bedauert das noch heute. Wir waren zusammen in einer Staffel. Er war der elegantere Läufer, aber ich war schneller ...«

Er brach ab, und ich sah in seinen grauen Augen, daß er der Erinnerung an die lang vergangenen goldenen Tage auf der Aschenbahn nachhing.

»War er in derselben Verbindung wie du?« fragte ich aus Höflichkeit. In einem Samtschächtelchen auf seiner Kommode verwahrte er ein schlichtes, goldenes Kappa-Alpha-Abzeichen, das er in Ehren hielt wie einen Fetisch. Er trug es nur in der Kirche und auf Festen, sonst blieb es in der Schachtel. Oft, wenn er zwei oder drei Martinis getrunken hatte, erzählte er weitschweifige, rührselige Geschichten über seine Kameraden und sagte: »Kate, May, merkt euch: Wenn ich sterbe, möchte ich mit dem Abzeichen begraben werden. Vergeßt das nicht. Wir sind Brüder über das Grab hinaus.«

Ich hatte fast so etwas wie Ehrfurcht vor dem Abzeichen. Zwar durfte ich es nie anlegen, aber er versprach mir immer wieder, daß ich es vielleicht später einmal, wenn ich alt genug sei, zu einem besonderen Anlaß tragen dürfe.

»Diese Ehre wird nur wenigen Frauen zuteil, Katie Stuart«, sagte er mit einer Stimme, die der Gin seidenweich gemacht hatte. »Die Mädchen, die mit dem Abzeichen auf der Brust in unser Haus in Virginia kamen, waren Prinzessinnen, die schönsten Blumen des Südens. Du mußt dir das Abzeichen erst noch verdienen.«

Und ich verstummte, denn ich wußte, daß ich es noch nicht verdient hatte und mir wahrscheinlich nie verdienen würde. Damals dachte ich häufig an das Haus der Kappa Alpha an der Universität von Virginia. Mein Vater hatte es mir so oft geschildert, daß ich es mit seinen polierten Dielen, dem blitzenden Treppengeländer und den Kronenschnitzereien vor mir zu sehen und den Duft von Limonenwachs und gelbem Jasmin zu riechen meinte. In meiner Vorstellung war es ein Schloß mit weißen Säulen, bewohnt von großen, müßiggängerischen blonden Prinzen, die alle wie mein Vater aussahen und graue Konföderiertenuniformen mit goldenen Epauletten trugen.

Als er drei Jahre später im Frühjahr wirklich starb, wurde er im geschlossenen Sarg aufgebahrt, weil die Kugel seinem edlen Kopf beträchtlichen Schaden zugefügt hatte. Bis ich von der Universität nach Hause kam, war der Deckel schon zugeschraubt, und erst als ich das Abzeichen einige Tage später in der obersten Schublade seines Sekretärs fand, merkte ich, daß er ohne es begraben worden war. Betäubt und gelähmt von einem Gefühl der Leere, räumte ich dort auf, weil meine Mutter mich darum gebeten hatte. Seit der Beerdigung saß sie schweigend im düsteren, fast leeren Salon und ließ sich von den Frauen des St. Rhoda-Vereins rund um die Uhr die Hand halten. Sie hatten bestimmt gemerkt, daß der Eistee, den meine Mutter trank, zur Hälfte mit Kentucky Gentleman aufgefüllt war, übergingen es aber selbstverständlich mit Schweigen.

Ich stellte meine Mutter am Nachmittag zur Rede, ehe die Abendschicht von St. Rhoda eintraf.

»Wie konntest du das nur vergessen«, schnaubte ich wütend. »Du hast doch gewußt, was ihm das Abzeichen bedeutete und daß er damit begraben werden wollte.«

Sie hob den Kopf, und zum erstenmal in meinem Leben sah ich das Gesicht von Lonnie Mae Coolidge.

»Nein, ich glaube kaum, daß ich wußte, was es für ihn bedeutete«, näselte sie mit monotoner Stimme. Auch der Tonfall war mir neu. »Dein Papa hat das berühmte Kappa-Alpha-Haus an der berühmten Universität von Virginia nur betreten, um am Wochenende in der Küche das berühmte Geschirr abzuwaschen, und da ist er durch die Hintertür rein. Keine Ahnung, woher er die Nadel hatte.«

Diese häßliche und vielsagende kleine Enthüllung hätte mich womöglich am Boden zerstört, aber damals war mir der Abgrund schon nicht mehr fremd.

Zwar konnte ich das Gefühl noch nicht benennen, doch ich wußte, wie dünn der Boden unter meinen Füßen war, und daß darunter der Abgrund klaffte. Ich kannte seinen Geruch. Er war wie die kalte, dumpfe Luft aus einem toten, schwarzen Brunnen. Ich roch den Atem der Grube in meinem Inneren, und ich roch ihn bei anderen. Wir, die wir über dem Abgrund wandern, bilden eine Bruderschaft. Für uns ist die Welt aufgeteilt in jene, die auf brüchigen, schwankenden Hängebrücken über der Tiefe balancieren, und die anderen, die auf festen Wegen gehen. Wir erkennen einander. Ich glaube nicht, daß dieses Erkennen bewußt geschieht, jedenfalls meistens nicht, sonst würden wir voreinander fliehen wie vor Ungeheuern. Wir erkennen einander instinktiv, an einem Schauer, der uns über den Rücken läuft, oder gesträubten Nackenhaaren, und nur mit Blicken bekennen wir uns zu dieser Seelenverwandtschaft. Ab und zu, nicht oft, erkennt uns auch einer von denen, die nicht über dem Abgrund dahinwandern. Vielleicht kennen Sie sogar selbst dieses Gefühl; vielleicht haben Sie einmal jemanden getroffen, dem das Anderssein anhaftet wie eine Krankheit; man spürt es auf der Haut, ohne zu wissen, was es ist. Wenn Sie das erlebt haben, dann sind Sie einem von uns begegnet. Vielleicht gehören Sie insgeheim sogar zu uns. Um einen zu erkennen, muß einer da sein, wie die alten Frauen in Kenmore sagen. Es ist kein gutes Zeichen, wenn einer den Abgrund spürt. Die andere Hälfte der Menschheit, die glückliche Hälfte, spürt unter ihren Füßen festen Boden. Sie haben die Erde geerbt, wir den Wind.

Ich war acht Tage in Harbour House, als ich zum erstenmal nach unten sah und bemerkte, daß sich unter meinen Füßen – nichts befand. Wenn man die Grundfesten und den Stoff, aus denen das Leben meiner Eltern bestand, betrachtet, ist es eigentlich ein Wunder, daß mir das erst in meinem sechzehnten Lebensjahr geschah, doch ich hatte mein ganzes bisheriges Leben in Kenmore verbracht, und dort war es leicht, mir meine Träume zu bewahren. Kenmore trug nichts dazu bei, das Licht der Wirklichkeit in mich eindringen zu lassen, Cape Cod dagegen tat nichts, es von mir fernzuhalten. Innerhalb von fünf Minuten wurde aus der Traumtänzerin eine Schiffbrüchige.

Bis dahin war alles beinahe so gut gegangen, wie es mein Vater vorhergesagt hatte. Bei meiner Ankunft war ich wie gelähmt vor Schüchternheit und Angst, und ich rührte mich am ersten Abend kaum vom Fleck, aber das fiel anscheinend gar nicht auf. Die jungen Frauen beim Einführungstreffen unterschieden sich so sehr von den Mädchen meines Alters in Kenmore, daß sie exotisch auf mich wirkten, aber da mich keine unverschämt anstarrte, war mir bald klar, daß mein Vater möglicherweise doch recht haben konnte: vielleicht gehörten mein unscheinbares blasses, schmales Gesicht und die verhaßte schlaksige Gestalt tatsächlich an die Ostküste und waren daher erstrebenswert, und ich paßte hierher, wenigstens auf den ersten Blick. Während die Frau des Hoteliers uns mit harter Stimme unsere Pflichten aufzählte, sah ich mich um. Keines der Mädchen ähnelte auch nur entfernt einer Schönheit aus Kenmore. Keines von ihnen war vollbusig, keines lebhaft, keines legte es darauf an, niedlich oder gar keck auszusehen. Alle gaben sich betont schlicht. Ich sah ein Heer von frisch gewaschenen, sonnengebräunten Gesichtern, glatten, sauberen Haaren und kühlen, klaren Augen, genau wie meine, über Reihen von schlichten Baumwollhemden aus Oxfordstoff zu Bermudas oder Hemdblusenkleidern mit einer runden Anstecknadel als einzigem Schmuck. Mokassins und Turnschuhe vervollständigten das Bild.

Alle sahen vom Hals aufwärts aus ... wie ich. Und ich sah aus wie sie. Zum erstenmal, seit der Bestätigungsbrief gekommen war, lockerte sich die enge Klammer um meine Brust ein wenig, und ich holte langsam und vorsichtig Luft.

Am Abend lernte ich beim Hummergrillen für das Personal die Jungen kennen, begegnete zum erstenmal den lässigen, selbstbewußten Elitestudenten mit dem leichten Gang, die kennenzulernen mich mein Vater an die Ostküste geschickt hatte, und die Klammer wurde wieder enger. Da war nicht ein Angeber, Lackaffe oder halbstarker Muskelprotz unter ihnen, ich sah keine Entenpopo-Frisur, keine engen Jeans und kein überlegenes Lächeln, keine Pomade und keine Motorradstiefel. Sie trugen zerknitterte Khakihosen, verschossene Hemden, schäbige, alte Schulpullover und Kurzhaarschnitte und bewegten sich wie auf einem Balkon vor einer jubelnden Menge. Die jungen Männer von Kenmore kannte ich zwar auch kaum, aber diese hier waren mir völlig fremd. Doch als die Reihe an mich kam und ich mich vorstellte – ich genierte mich für meinen Südstaatendialekt –, löste sich einer aus der Gruppe, schlenderte auf mich zu, legte mir den Arm um die Schultern und sagte gedehnt: »Na, hallo, Miß Scarlett. Wo kommen wir denn her, Zuckerpüppchen?« Und in meiner Antwort schien ein wenig die Durchtriebenheit meines Vaters durch: »Meine Familie stammt aus Virginia, aber jetzt wohnen wir in Alabama.«

»Aha, EF?« fragte er und lachte über mein erstauntes Gesicht. »Weißt du, Kleines, du bist zu bescheiden. EF wie Erste Familie Virginias. Ich denke, ich taufe dich Effie.«

Und so nannten mich in dem Sommer alle Jungen und Mädchen Effie. Ich tat zwar so, als verabscheute ich den Namen, aber er gefiel mir, denn er hatte mich gerettet. Jahrelang hielt ich daran fest. Er gab mir eine Identität, eine Geschichte, den Schlüssel zu einem Königreich. Außerdem war es mein erster Spitzname.

»Ach, ganz gut«, sagte ich zu meinem Vater, als er am Wochenende anrief und wissen wollte, wie es mir ging. »Die Arbeit ist gräßlich, das Essen furchtbar und das Wetter war scheußlich, aber die anderen hier sind ganz nett. Sie nennen mich Effie, nach EF; einer von den Jungen hat mir den Spitznamen angehängt. Wir gehen sozusagen miteinander...«

»Wie heißt er?«

»Na ja... also, bei uns heißt er Latte. Er ist groß und dürr. Laß mich überlegen... ach ja. Peter. Peter Chapin. Er geht aufs Amherst, aber ich habe vergessen, wo er herkommt...«

»Das spielt auch keine Rolle.« Die Stimme meines Vaters klang triumphierend. »Die Chapins und Amherst sind im Moment gut genug. Du hast noch viel Zeit, Katie. Effie. Effie Lee. Du machst dich großartig. Sogar deine Stimme klingt anders. Also, Kate, hör zu. Weißt du noch, daß ich dir gesagt habe, du darfst nicht zuviel lächeln? Halte dich daran und kichere bloß nicht. Und trink nicht zu viel, ich weiß ja, wie es auf den Strandpartys zugeht und was über Mädchen geredet wird, die zu tief ins Glas schauen. Du kannst rauchen, wenn es sein muß, und ein, zwei Bierchen trinken, aber dann ist Schluß. Und Katie... kein Rumgeknutsche. Du wirst einiges davon mitbekommen und auch noch etliches andere, und man wird dich bedrängen... aber laß es sein. Sei du das Mädchen, das nicht knutscht. Erstens bist du zu jung. Zweitens wird man sich dann an dich erinnern, wenn im Winter die Einladungen zu den Collegefesten und Hausbällen verschickt werden. Effie Lee, die kühle Kleine aus Virginia, die nicht knutscht. Viel besser und äußerst provozierend. Du wirkst dann wie eine Schneekönigin. Bewahre für diesmal das Mysterium. Du mußt noch dazulernen. Also. Brauchst du irgendwas? Kleider? Geld?«

»Ich könnte schon ein bißchen Geld für Kleider gebrauchen. Nicht viel, aber die Sachen, die ich dabeihabe, taugen nicht für hier. Ich habe keine Bermudas, und ich bräuchte einen Schwung Oxfordhemden und ein Paar Weejuns. Mokassins, weißt du.«

»Ja, ich weiß. Trägt man immer noch einen Penny drin?«

»Aber nein«, antwortete ich und bemerkte selbst die Veränderung in meinem Tonfall. Er lachte.

»Du machst dich hervorragend. Ich bin stolz auf dich. Habe ich dir nicht gesagt, daß du nicht nach Kenmore gehörst?«

Am achten Tag kam eine neue Familie zum Frühstück an einen

meiner Tische. Auf dem Kärtchen stand »Childs, B. und Familie, Richmond, Virg.« – meine Wohltäter waren da.

»Willkommen in Harbour House«, begrüßte ich sie mit klopfendem Herzen. »Ich bin Katherine Lee.«

Sie sahen mich an – ein schlanker, graublonder Herr in grauer Flanellhose und Seersucker-Jackett, der meinem Vater mit seinen Falkenaugen tatsächlich ähnlich sah, eine zierliche Dame mit lederbrauner Haut in einem Sommerkleid aus pfirsichfarbenem Leinen, ein halbwüchsiger Junge in weißem Hemd und Leinenhose und eine mürrische junge Frau, ein paar Jahre älter als ich, die eine meiner Kolleginnen hätte sein können. Das mußte Sydney Childs sein. Sie musterten mich freundlich, abgesehen von Sydney, die offenbar schmollte. Dann sagte die Dame: »Hallo, Katherine Lee. Sie sind doch neu hier? Wenn ich Sie schon mal hier gesehen hätte, würde ich mich bestimmt an Ihr hübsches Gesicht erinnern. Sie kommen nicht zufällig aus den Südstaaten? Sie hören sich so an.«

Sie streckte die Hand nach der Speisekarte aus, und ich reichte sie ihr. Eine Pause entstand. Vielleicht hatten sie meinen Namen nicht verstanden?

»Katherine Lee. Kate«, wiederholte ich. »Ich bin die Tochter von Charles Lee.«

Der Mann und die Frau warfen einander einen Blick zu.

»Charles Lee«, murmelte die Frau. »Ich kann mich nicht entsinnen, was für ein Lee ...«

»Er war mit Ihnen in der Kappa Alpha in Virginia, Mr. Childs, und in der Staffel.« In meinen Ohren sauste es, und die Röte kroch mir aus dem Kragen meiner Bluse ins Gesicht. »Er ... Sie ... Ich glaube, Sie waren so freundlich, mir den Ferienjob hier zu besorgen. Ich weiß, daß er Ihnen geschrieben hat. Ich wollte mich nur bei Ihnen bedanken, es war sehr nett von Ihnen ...«

Meine Stimme brach. Diese Leute wußten nicht, wer ich war. Sie kannten meinen Vater nicht.

»Entschuldigung, aber ich war praktisch seit dem Frühjahr kaum noch im Büro«, sagte Beauchamp Childs, streifte seine Frau und mich mit einem Blick und studierte dann die Speisekarte. »Da muß wohl meine Sekretärin ...«

»Also wirklich, Champ, du würdest noch deinen Kopf vergessen, wenn er nicht angewachsen wäre«, zwitscherte Mrs. Childs und wandte sich mir zu. »Mein Kind, Sie dürfen ihm das nicht übelnehmen, er erinnert sich oft genug nicht mal an seine eigenen Kinder. Es ist sehr gern geschehen, und sagen Sie Ihrem Vater, daß es uns eine Freude war, ihm behilflich sein zu können. Es wird Ihnen in Harbour House gefallen. Sydney hat auch einmal im Sommer hier gearbeitet, weil wir ihr gedroht haben, sie vor die Tür zu setzen, wenn sie nicht einmal selbst Geld verdient mit eigner Hände Arbeit, aber es hat leider nicht viel...«

Die unbußfertige Sydney verdrehte die Augen. Ihre gepflegte Haut und ihre tadellosen Fingernägel verrieten mir, daß sie weder hier noch sonstwo eine Sekunde länger als nötig gearbeitet hatte.

»...und jetzt bleibt sie wieder die ganze Nacht weg und verschläft den ganzen Tag. Ihr Vater kann stolz auf Sie sein. Grüßen Sie ihn bitte von uns. Ich denke, wir fangen mit der frischen Ananas an, wie immer...«

Ich notierte gewissenhaft die Bestellung auf meinem Block und ging davon. Meine Ohren dröhnten. Meine Füße schienen bei jedem Schritt einzusinken als liefe ich durch Schlamm, und der Boden kam mir auf einmal so trügerisch vor, als würde er sich gleich auflösen. Hinter mir hörte ich Beauchamp Child mit seiner gedehnten Stimme sagen: »...nicht den leisesten Schimmer. Helen muß den Brief geschrieben haben. Ich kann mich nicht erinnern, ihn schon einmal gesehen zu haben, weder in der Kappa Alpha noch bei der Staffel...«

Da öffnete sich die Erde zu meinen Füßen, und mein Vater, das Kappa-Alpha-Haus, die Universität von Virginia und die sonnenüberflutete Aschenbahn auf dem Sportplatz verschwanden in dem Spalt, und mit ihnen alles, was bisher als Wirklichkeit gegolten hatte. Nicht, daß ich damals schon gedacht hätte, mein Vater habe gelogen, eine solche Ungeheuerlichkeit konnte ich mir noch nicht vorstellen. Ich dachte vielmehr, mein Vater sei dagewesen und keiner habe es bemerkt, keiner könne sich an ihn erinnern. Das war schlimmer als eine Lüge, es war der Tod. Es war, als hätte ich sechzehn Jahre lang mit einem Gespenst zusammengelebt, einem gutaussehenden, lebhaften Toten, dessen gesamtes schillerndes und kompliziertes Dasein, dessen Wissen und Geschichte niemand außer mir wahrnahm. Für ein Kind ist es unerträglich, daß sein Vater in den Augen anderer Menschen nicht existiert, ein Niemand ist. Für das Kind ist es der Tod im Mutterleib.

Ich ging in die Küche und tauschte die Tische mit der farblosen Bopsy Sturtevant vom Colby, die im Flügel auf der anderen Seite des Saals bediente, wo weniger Trinkgeld zu erwarten war. Danach sah ich die Familie Childs nur noch von weitem. Ich werde den Tag nie vergessen. Er markiert für mich das Ende jeder Sicherheit.

Am Abend lieh ich mir Bopsys Colby-Pullover, trank fünf Bier, rauchte eine Pall Mall und ließ mich von Latte Chapin unter dem Bootssteg von Harbour House küssen. Ich kaufte mir Bermudas, Weejuns und eine runde Anstecknadel, die nach echtem Gold aussah. Ich lernte, trotz meiner Abneigung gegen diesen Sport, mit dem Catboat zu segeln und begann Tennis zu spielen. Ich lernte, wann ich zu flirten hatte und wann ich mich geheimnisvoll geben, wann ich nein und wann ja sagen mußte. Und einmal, gegen Ende des Sommers, sagte ich ja zu Latte, im Fond des Mercedes seines Vaters, aber der liebe Gott hatte ein Einsehen und raubte Latte die Besinnung, ehe es zum Schlimmsten kam. Ich lernte tanzen und ließ Spitznamen und Ortsnamen mit einer betonten Beiläufigkeit, die meinen Vater entzückt hätte, ins Gespräch einfließen, ich warf Revlon und Max Factor auf den Müll und kaufte Chapstick, und ich saß stundenlang in der Sonne, um mir mit Zitronensaft den silbernen Ascheton aus dem Haar zu brennen. Am Ende des Sommers besaß ich eine gesträhnte Mähne wie alle anderen jungen Frauen aus den besseren Kreisen der Ostküste.

Bei alldem hatte ich das Gefühl, auf einer düsteren, schwarzen Wolke zu wandern, mir war wie einem Soldaten, der ein weitläufiges Minenfeld durchquert. Aber es klappte. Als ich nach Hause kam, war mein Notizbuch gefüllt mit der richtigen Sorte Adressen. Ich war die kühle junge Frau von der Ostküste geworden, um die mein Vater den Himmel angefleht haben muß. Meine Schulkameradinnen in Kenmore scheuten vor meinem Anblick, schnaubend vor Zorn und Angst, wie nervöse Fohlen vor einem Panther, aber ich hatte meine Bücher und stürzte mich dankbar in die Lektüre. Wieder einmal retteten sie mich. Mein Vater war begeistert. Hätte er mich eigenhändig, Molekül für Molekül, geformt, er hätte nicht stolzer sein können.

»Siehst du, wie leicht es ist?« fragte er immer wieder, wenn ich eine Postkarte aus Dartmouth oder einen Anruf aus Northhampton bekam.

Und so groß war seine Macht, daß ich bald nur noch wußte, wie leicht es mir gefallen war. Wie entsetzlich, daß es leichter ist, mit einer Lüge zu leben, ja selbst zur Lüge zu werden, als eine gehaßte Wahrheit zu begreifen. Aber so war es für mich und für viele der Menschen, zu denen ich mich am meisten hingezogen fühlte. Wie gesagt, wir erkennen und finden einander. Und eine Weile lang lebt es sich sehr gut mit der Großen Lüge.

Aber früher oder später rächt sich alles. Die Lüge beißt in die Hand, die sie unverdrossen und dankbar gefüttert hat. Sie verwundet, und sie mordet. Von den Menschen, die mir am nächsten standen, fielen ihr sechs zum Opfer. Sie verkrüppelte meine Mutter und knackte den Schädel meines Vaters wie eine Walnuß. Sie verurteilte Ginger zu ewiger Pubertät und mich zu einer unaufhörlichen, ereignislosen Gefangenschaft in meinem vergifteten Garten wie Rappacinis Tochter aus Nathaniel Hawthornes Erzählung. Sie machte Fig zu einem Monster und zerbrach Cecie wie eine Eierschale. Von uns allen brachte Cecie als einzige die Kraft auf, die Große Lüge abzuschütteln und die Wirklichkeit wie einen Geliebten in sich aufzunehmen. Cecie hat als einzige gesiegt.

Noch zweimal verbrachte ich die Sommerferien in Harbour House, ehe ich mein Studium am Randolph Macon aufnahm. Inzwischen fühlte ich mich so sehr zur Ostküste gehörig, daß ich auf meine neue, kühle und höfliche Art darüber murrte, nicht ans Wellesley, Vassar oder Smith zu dürfen. Mein Vater sprach es nie aus, aber ich glaube, es stand nicht in seiner Macht, mir einen Platz an einer der Elite-Unis, der »Sieben Schwestern«, zu beschaffen. Zwar hätte ich dort mit meinem Highschoolabschluß ohne weiteres ein Stipendium bekommen, aber mein Vater war gegen Stipendien und jede Art von finanzieller Unterstützung.

»Effie, das ist nichts für dich. Das ist etwas für Mädchen mit

Haarnetzen und Gesundheitslatschen. Randolph Macon ist ein gutes College, und die Mädchen da sind genauso wie weiter oben im Norden. Schließlich wirst du dein Leben hier im Süden verbringen. In Macon triffst du die jungen Männer aus den ersten Kreisen Virginias. Außerdem war es die Alma mater deiner Mutter. Und im übrigen wird es Zeit, daß du reiten lernst. Wenn du schon in einem Jagdgebiet wohnst, mußt du wenigstens auf einem Pferd sitzen können.«

Und so zog ich nach meinem letzten Sommer in Harbour House, wo ich mein Äußeres, ungeachtet der Wehmut in meinem Herzen, endgültig den Gepflogenheiten der Ostküste anpaßte, nach Lynchburg, in das alte Frauencollege mit seinen weißen Säulen. Ich kam im eigenen alten, aber schmuck hergerichteten und perfekt getunten MG-Sportwagen mit offenem Verdeck, rot vor Stolz und von zwei Tagen Sonne, unscheinbar im Aussehen, kühl im Auftreten und nicht zu unterscheiden von der Mehrzahl der Studienanfängerinnen. Ohne Probleme wurde ich in die Tri Omega aufgenommen, nach Meinung meines Vaters die beste der drei Verbindungen, die überhaupt für mich in Frage kämen. Weiß der Himmel, wessen vornehme Ehefrau er um die Empfehlung angegangen war, ich habe nicht danach gefragt, und die Tri Os haben es mir nicht gesagt. Doch egal woher, die Empfehlung war jedenfalls erstklassig. Ich stand ganz oben auf der Liste. Und meine wenigen teuren, ausgesucht schlichten Kleider und der MG schadeten sicher nicht. Mein Vater betrachtete sie als Investition in meine, und vielleicht auch in seine Zukunft. Der MG war ihn billiger gekommen als ein neues Chevrolet Kabriolett, ohne das ein Mädchen aus Kenmore nicht im Traum zur Universität gegangen wäre; keine meiner Schulkameradinnen wäre mit der alten Kiste auch nur zum Hunderennen gefahren. Charlie Culpepper wollte meinem Vater den Wagen ausreden. Doch Charles Lee hatte ein untrügliches Auge für derlei Dinge: der MG war der letzte Touch.

Weiß Gott, was ihn das alles gekostet hatte, der Wagen, die Kleider und die Gebühren für das erste Studienjahr, die Aufnahmegebühr in die Tri Omega, die Miete im Haus, die goldene Anstecknadel mit Perle und so weiter. Er verschuldete sich bei der Bank in Kenmore bis über beide Ohren.

Als ich mich im September vor dem alten Haus am Santee von meinen Eltern verabschiedete, küßte mich meine Mutter und weinte, und auch mein Vater küßte mich, aber er weinte nicht. In seinen grauen Augen funkelte ein uralter Glanz, eine Art verrückter Übermut.

»Gute Reise, Effie Lee!« rief er ausgelassen. »Daß du mir nicht ohne Kappa-Alpha-Nadel zurückkommst. Ich habe ein paar alten Kommilitonen geschrieben, deren Söhne in Virginia studieren, und du müßtest jede Menge Besuch kriegen.«

Bei dieser Bemerkung krampfte sich mir vor Schmerz und Angst das Herz zusammen, aber ich lächelte, winkte und antwortete, das sei kein Problem. Bei meiner Ankunft in Lynchburg hatte ich das Ganze schon vergessen.

Ich genoß das Jahr. Der Wagen, die Kleider und die Studentinnenverbindung bildeten das Fundament, auf dem ich mit harter Arbeit aufbaute. Ich studierte fleißig und schloß das erste Studienjahr sehr erfolgreich ab. Brav verabredete ich mich mit den Jungen von der Kappa Alpha, die tatsächlich kamen, und sie waren mir nicht unsympathisch. Ich lächelte nicht oft und knutschte nie. Ich lernte gut genug reiten, daß ich meinen Vater nicht blamierte; nachdem er mich bei einem Thanksgiving-Besuch in der Reitschule im Sattel gesehen hatte, schickte er mir ein maßgeschneidertes Reitkleid mit Stiefeln. Ich habe die Sachen immer noch, gut verwahrt in einer Truhe auf dem Speicher. Alan amüsiert sich köstlich, wenn ich sie ab und zu einmal anlege. Effie Lee Abrams, Liebling der Truppe, nennt er mich dann.

In der Welt von Randolph Macon schätzte man mich wegen meines Wissens und meiner Manieren, meines Namens und der dazugehörigen Nase und scherte sich wenig darum, ob ich große Wellen schlug. Ich lernte die spannendsten Dinge, entwickelte eine dankbare Hingabe zu meinem Studium, schloß einige zurückhaltende, schickliche Freundschaften und fühlte mich wohl dabei. Wahrscheinlich hätte ich auch noch einen Sprößling aus guter Familie geheiratet, der meinen ehrgeizigen, unsoliden Vater schließlich saniert hätte. Doch dazu kam es nicht mehr. Gegen Ende des Frühjahrs verlangte die Bank, nachdem sie keinerlei Zahlungen von meinem Vater erhalten hatte, den Kredit zurück, und sein Club und die Ladenbesitzer in der Stadt, die solange stillgehalten hatten, schlugen sich zur Meute. Da fuhr mein Vater eines schönen kühlen Maiabends in seinem neuen Lincoln an das Ufer des Santee und schoß sich, ein gutes Stück vom Haus entfernt, mit einer 32er Smith and Wesson in den Mund. Er wurde erst tags darauf gefunden. Der Wagen war ruiniert; Charlie Culpepper, der allmählich daran gedacht hatte, ihn zurückzuverlangen, gelang es nie, ihn weiterzuverkaufen.

»Woher hatte er nur die Pistole? Er besaß doch gar keine. In all den Jahren, die wir jetzt hier wohnen, habe ich nie eine Pistole gesehen«, jammerte meine Mutter immer wieder. Sie war am Boden zerstört, ein hübscher Mistelzweig, dessen Wirtseiche umgeknickt war. »Er muß sie sich ausgeliehen haben. Es muß plötzlich über ihn gekommen sein...«

Mit trockenen Augen und steinernem Herzen streichelte ich ihr die Hände. Ich wußte es besser: Ich hatte Andrew Turnbulls Hemingway-Biographie aus dem Bücherschrank meines Vaters fast sooft gelesen wie er selbst. Mit einer Pistole dieser Marke und dieses Modells hatte sich Hemingways Vater erschossen, so eine Pistole hatte seine grausame Mutter ihm geschickt. Mein Vater hatte sich mit Hemingways Waffe erschossen, vielleicht sogar letztlich aus dem gleichen Grund. Er mußte es seit langem sorgfältig geplant haben.

Mein armer Vater. Sogar sein Tod war eine Lüge.

In der ganzen schrecklichen Zeit weinte ich nur einmal, während die Tränen bei meiner Mutter – und anscheinend auch bei jeder anderen Frau in Kenmore – ununterbrochen flossen. Am Morgen nach dem Begräbnis kam J. R. Phipps, der andere Vertreter der drittklassigen Versicherungsgesellschaft meines Vaters, und teilte uns mit, daß mein Vater im Jahr zuvor eine Versicherung über eine kleine Summe speziell für meine Ausbildung abgeschlossen habe, die mir den Besuch einer staatlichen Hochschule ermögliche. Jetzt erst vergoß ich bittere Tränen. Ich schloß mich stundenlang in mein Zimmer ein und weinte um meinen Vater und seine grausame, folgenschwere Dummheit, um mich, um Randolph Macon und die verlorene Ostküste, weinte um den Verlust der Anerkennung und des Ersatzlebens, das ich dort gefunden hatte, und um alles andere, das für mich nun unerreichbar war. Soweit ich mich erinnere, habe ich danach nie wieder um meinen Vater geweint. Fast ein Jahr lang sprach ich noch nicht einmal mehr über seinen Tod.

Aber um Randolph Macon und die Ostküste weinte ich im folgenden Jahr noch oft, denn an der Randolph University fühlte ich mich anfangs tief unglücklich. Ich hatte mich für sie entschieden, weil der Name wie der meiner geliebten alten Uni klang, schrieb mich im Herbst für Innenarchitektur ein und zog im zweiten Semester ins Haus der Tri Omega. Doch weder an der Hochschule noch in der Verbindung war ich willkommen. Bei der Tri Omega mußten sie mich als Studentin mit guter Reputation wohl oder übel nehmen, aber sie wußten offensichtlich nichts mit mir anzufangen. Mir war klar, daß mich meine neuen Kommilitoninnen komisch und eingebildet fanden – unter all den winzigen Cheerleaders, College Sweethearts und Schönheitsköniginnen mit ihren Wespentaillen wirkte ich mit meiner Körpergröße so exotisch wie eine Giraffe. Meine zurückhaltende Art und meinen tiefen, heimlichen Kummer hielten sie für Arroganz, und meine schlichten, konservativen Kleider aus Baumwolle und Tweed ließen ihre Unterröcke und gepolsterten Büstenhalter eine Spur vulgär erscheinen. Ich sah es ihnen an, ohne daß sie es aussprachen. Mein Reitkleid und die Stiefel auszupacken, wagte ich gar nicht. Man erzählte sich, daß ich Brieffreundinnen an Colleges wie Wellesley und Sarah Lawrence hatte, in New York im Theater gewesen war, reiten und Martinis mixen konnte und daß ich reich und blaublütig sei, und ich wußte, daß sich die Tri Os in dem Glanz, den ich dem Haus verlieh, sonnten, während sie sich – freilich nur hinter meinem Rücken – über meinen lässigen Gang, meine kühle Stimme und mein ungeschminktes Gesicht lustig machten.

Meine Zimmergenossin war mit einem Offiziersanwärter liiert, verbrachte jede freie Minute bis zum Zapfenstreich mit ihm, lernte anschließend demonstrativ anderswo, kam erst in unser Zimmer, nachdem ich das Licht gelöscht hatte, kroch im Finstern ins Bett und strafte mich mit Schweigen. Da sie morgens vor elf nicht ins Seminar mußte, zog ich mich im Dunkeln an und war längst aus dem Zimmer, ehe sie sich rührte. Wäre sie nicht schwanger geworden und hätte die Uni verlassen, um ihren Offizier zu heiraten und ihn auf sein Herbstmanöver zu begleiten, ich hätte es vielleicht nicht ausgehalten, und ich habe keine Ahnung, was dann aus mir geworden wäre.

Doch sie ging, und eines Nachmittags kurz vor Thanksgiving, nur wenige Tage nach ihrer Abreise, öffnete sich die Tür zu meinem Zimmer, und ein Mädchen, das ich noch nie gesehen hatte, steckte seinen kupferroten Haarschopf herein. Sie grinste, so daß sich auf ihren Wangen zwei Grübchen zeigten, und fragte: »Ist dies der berüchtigte Tempel der Unreinen?«

Und ich antwortete froh und erleichtert: »Ganz recht. Wer hier eintritt, lasse alle Hoffnung fahren.«

»Schon geschehen«, sagte Cecie, warf eine Ladung Kleider ins Zimmer, kam hinterher, und alles wurde gut.

3. Kapitel

Anfang September, am Labour Day, kam Alan gegen Mittag in den Garten, wo ich gerade die kriechende Quecke aus dem Mohnblumenbeet jätete. Neben dem Teufelszwirn macht mir dieses Kraut hier an der Küste am meisten zu schaffen: Es sieht aus wie ein zarter grüner Schleier, überwuchert aber das ganze Beet seidig zerknitterter Mohnblumen, noch ehe die Blüten sich entfaltet haben. Heuer kommen sie in allen Farben: lila, karmesinrot, scharlachrot, rosa, weiß, goldgelb, feurig orange. Ich habe das Beet im Frühjahr angelegt, mit einjährigen Stauden – weiter voraus kann ich nicht planen. Ich setze keine winterharten Pflanzen mehr, nur noch Sommerblumen.

Alan trug seine verblichene karierte Badehose, die er, glaube ich, schon seit unserem Sommerurlaub auf den Bermudas hat, als Stephen zwei war. Fünfundzwanzig Jahre ist das jetzt her. Nicht zu fassen. Wenn ich mir Alan ansah, wie er da barfuß auf den grauen, verwitterten Brettern stand, wirkte auch er wie fünfundzwanzig, dabei ist er achtundvierzig. Wieder einmal fand ich, daß er aussieht wie ein russischer Tänzer oder ein Akrobat im Zirkus des Zaren. Diese Vorstellung hatte ich schon, als ich ihn zum erstenmal in der Unterhose sah. Er war und ist dunkel, schmal und gut gebaut mit schlanker Taille, breiten Schultern und sehnigen, wohlgeformten Muskeln. Noch immer spüre ich seinen festen Körper gern unter meinen Händen. Einen massigeren Mann könnte ich, glaube ich, nicht ertragen. Alan ist so groß wie ich, wenn ich keine hochhackigen Schuhe trage, und erst jetzt zeigt sich in seinem Haar und Bart das erste Grau. Seine braunen Augen glänzen wie die eines jungen Mannes. Nichts an Alan, ob Knochen, Haut, Blut oder Muskulatur, macht bisher Anstalten auszutrocknen, was er seiner osteuropäischen Abstammung zuschreibt.

Er ist ein Jude aus Minsk, besser gesagt, sein Vater war einer. Alan ist in Brooklyn Heights aufgewachsen.

»Wir sind die reinsten Collagenfabriken«, sagt er in bezug auf seine straffe Haut, die weichen Lippen, die glänzenden Augen und die geschmeidigen Bewegungen. »Mein Großvater Moishe konnte noch mit über hundert gleichzeitig wichsen und sich den Ellbogen küssen. Und meine Großmutter Vera war Bauchtänzerin am Zarenhof, bis sie neunzig wurde.«

Jetzt setzte er sich wortlos hinter mich auf die flache Liege. Sein Schweigen war auffällig und beunruhigte mich. Er störte das gedankenverlorene Spiel der Sonne auf meinem Kopf und Rükken, das Rauschen der See in meinen Ohren. An solchen heißen Spätsommertagen in meinem Garten hinter den Dünen von Long Island fühle ich mich eins mit der Natur, ich spüre die Zeitlosigkeit, und sie nähren mich wie Luft und Wasser. Ohne mich umzudrehen, fragte ich: »Was gibt's?«

»Du hast einen Brief bekommen«, sagte er. »Ich dachte, du würdest ihn vielleicht gerne lesen.«

»Jetzt nicht«, gab ich zurück. »Leg ihn auf den Tisch, dann lese ich ihn beim Mittagessen, wenn ich sowieso eine Pause mache. Magst du kalte Krabben? Ich habe bei Silver auch eine Flasche Iron Horse besorgt.«

»Ich finde, du solltest ihn jetzt gleich lesen«, sagte Alan, und ich drehte mich auf den Fersen um und sah zu ihm auf. Er lächelte. Kein Grund zur Beunruhigung.

»Wer steht denn da als Absender?« fragte ich.

»Tja. Er ist von Mrs. P.C. Sibley, Croatan Cottage, Nag's Head, North Carolina. Könnte das vielleicht zufällig deine alte Freundin Ginger Fowler sein?«

Ich wandte mich wieder der Quecke zu.

»Das weißt du doch.«

Ich jätete weiter, doch er wich nicht vom Fleck. Schließlich sagte ich: »Alan, ich möchte den Brief jetzt wirklich nicht lesen. Ich lese ihn später. Mix uns doch eine Bloody Mary, und ich mache etwas zu essen, und dann lese ich ihn. Wenn ich das Zeug hier nicht raushole, bringt es mir meine letzten Mohnblumen um.«

»Beim ersten Frost sind sie sowieso hinüber«, entgegnete er. »Komm schon, Kate. Seit achtundzwanzig Jahren versteckst du dich vor ihr. Und vor ihm. Ich bin neugierig, was sie schreibt. Du nicht?«

»Na schön, dann mach du ihn doch auf und sag mir, was drin steht.« Mein Herz fing an zu rasen, was mich wütend machte. Seit viereinhalb Jahren war ich auf der Flucht vor dem Würgegriff dieser schrecklichen, würgenden Angstanfälle.

»Gut«, antwortete Alan, und ich hörte das Geräusch von zerreißendem Papier. Dann war Schweigen.

»Scheiße«, sagte ich endlich, stand auf und wischte mir die Hände an der Bluejeans ab. »Also, sag schon. Ich halt es nicht mehr aus. Was will denn meine liebe alte Freundin Virginia Sibley, geborene Fowler?«

»Sie will, daß du sie in der letzten Septemberwoche in ihrem Haus auf den Outer Banks besuchst. Sie schreibt, sie lädt auch eure anderen Mitbewohnerinnen vom Randolph ein, und ihr vier wärt ganz unter euch – der göttergleiche Paul ist offenbar verhindert –, und sie würde sich irrsinnig freuen, wenn du kämst. Sie schreibt, sie habe jetzt über fünfundzwanzig Jahre nichts von dir gehört – was dir nicht neu sein dürfte –, und sie hätte längst schon geschrieben oder angerufen, aber niemand hätte gewußt, wo du steckst. Auch das wundert dich sicher nicht. Deine Adresse hat sie aus dem neuen Absolventenverzeichnis, das das Randolph kürzlich herausgebracht hat. Ich habe deinen Namen im Winter eingeschickt.«

Ich widmete mich wieder der Quecke. Sie hat lange, zarte weiße Wurzeln, die im Boden ein haarfeines, verfilztes Netz bilden, das allem anderen Leben sämtliche Nährstoffe entzieht. So lästig ich das Zeug finde, im vergangenen Sommer war ich dankbar darum. Es war mir eine greifbare Herausforderung, der ich mich stellen konnte.

Nach einer Pause fragte Alan: »Meinst du, du hast vielleicht Lust hinzufahren?«

»Nein.«

»Du solltest es tun, Kate.«

»Nein. Ich kann meine Arbeit hier nicht im Stich lassen. Bitte,

Alan, dräng mich nicht. Mit dem damaligen Leben verbindet mich nichts mehr. Ich lebe jetzt hier. Mit dir.«

Er holte tief Luft und atmete hörbar aus. »Nein, du lebst nicht mit mir hier. Du lebst hier mit deiner Krankheit. Wir leben unter deiner Krankheit, wie man unter Wasser lebt. Wir ertrinken darin. Wir ertrinken wirklich noch, du ertrinkst, wenn du nicht endlich auftauchst. Ich möchte, daß du hinfährst, Katie. Ihr wart mal Freundinnen...«

Ich gab keine Antwort. Bitte nicht, dachte ich und grub meine Finger tief in die Erde. Bitte hör auf. Hör auf.

»Cecie kommt auch«, fuhr Alan fort. »Möchtest du Cecie nicht wiedersehen, nach so vielen Jahren? Du hast mir viel von ihr erzählt. So eine Freundin hat man nur einmal.«

In der Hocke drehte ich mich so abrupt zu ihm um, daß ich das Gleichgewicht verlor und auf die heißen Bodenbretter der Terrasse fiel. Ich war wütend. Er hatte eine unserer Grundregeln verletzt. Über meinem Kopf kreiste ein Schwarm Möwen, und der Wind, der zum Gezeitenwechsel auffrischte, strich über meine brennenden Wangen. Neben der Treppe, die durch die Dünen zum Strand hinunterführte, flatterte kräftig die Fahne am Mast.

»Cecie möchte ich am allerwenigsten wiedersehen. Warum auch? Sie hat ja zur Genüge demonstriert, daß sie mich nicht mehr sehen will. Sie war nicht einmal bei meiner Abschlußfeier. Sie hat mir nie geschrieben. Sie hat mich nie angerufen. Kein einziges Mal in achtundzwanzig Jahren. Warum sollte ich sie wiedersehen wollen?«

»Du hast ihr auch nicht geschrieben«, sagte Alan. »Du hast sie auch nicht angerufen. Vielleicht wußte sie deine Adresse nicht? Ginger wußte sie auch nicht...«

»Ich habe sie angerufen, einmal. Sie hat mich nicht zurückgerufen. Und ich habe ihr einen Brief geschrieben, den sie nicht beantwortet hat. Außerdem hätte sie meine Adresse herausfinden können. Sie hatte die von meiner Mutter. Sie muß doch gewußt haben, was mich so verletzt hat und warum ich mich nicht gerührt...«

»Woher denn, wenn du ihr nichts erzählt hast? Kate, ich sag dir eines: Du bist weggerannt. Du bist einfach davongerannt, ohne dich umzudrehen. Vielleicht konnte sie dich gar nicht anrufen, vielleicht ging es ihr auch nicht gut. Das Leben hat dir übel mitgespielt, ja, aber meinst du, du bist die einzige? Ginger schreibt, daß Cecie es sehr schwer hatte.«

Ich starrte auf meine Hand mit dem weißlich-grünen Knäuel, in dem ich auf einmal nicht mehr den Mörder meiner Mohnblumen sah, sondern Cecie Harts glänzenden, seidigen Rotschopf, auf den ich unter großen Schwierigkeiten eine schmale Krone aus weißen Kerzen setzte. Die Kerzen brannten, und Cecie lachte und schrie, weil ab und zu Wachs heruntertropfte. Ich mußte so heftig lachen, daß ich beinahe in die dünne Hose meines Haremskostüms, die aus einem Nylon-Vorhangstoff war, gemacht hätte. Wir verkleideten uns für den Maskenball im Randolph, ich als Scheherezade und sie als Schneekönigin.

»Cecie, halt still, sonst verbrennst du dich«, hörte ich mich mit junger Stimme japsen und vernahm über die Jahre hinweg ihre Antwort: »'Oh, das Leben ist ein herrlicher Liederreigen, ein Potpourri aus plötzlichen Einfällen'« – wir lasen gerade Dorothy Parker –, »'Und die Liebe eine Sache, die niemals fehlgeht...'«, und wie aus einem Mund riefen wir: »'... *und ich bin Marie von Rumänien*'«.

»Hör zu, was Ginger sonst noch schreibt«, unterbrach mich Alans Stimme. »Sie schreibt: 'Ich möchte, daß du kommst, weil ich dir gerne sagen würde, wie leid mir alles tut. Ich lebe jetzt schon so lange in dem Bewußtsein, daß ich dir unrecht getan habe, und wenn es geht, würde ich es gerne wiedergutmachen. Ich muß wissen, daß du ein glückliches Leben führst. Du fehlst mir. Ich finde, du warst von uns allen der wertvollste Mensch.'«

Er schwieg, und ich wußte, daß er auf eine Äußerung von mir wartete, doch ich blieb stumm. Andere Stimmen füllten die Stille in mir.

»'Und die Liebe eine Sache, die niemals fehlgeht, *und ich bin Marie von Rumänien*'.«

Ach, Cecie...

Als ich sie kennenlernte, erinnerte sie mich an eine Gartenelfe, eine jener kleinen Gipsfiguren aus der Disney-Welt, die verschmitzt unter Sträuchern und aus Blumenrabatten herausspitzen. Sie wirkte nicht etwa komisch, aber sie war so schalkhaft und so winzig. Sogar auf einem Campus, wo ein zierlicher Cheerleader oder eine Tambourmajorin verehrt wurde wie eine Venus im Taschenformat und wo die unglücklichen größeren Mädchen die Köpfe mit der Entensterz-Frisur einzogen und selbst im Januar auf flachen Lederschuhen herumschlichen, damit sie seitwärts durch ihre getuschten Lider zu stämmigen, stiernackigen, o-beinigen Football-Spielern aufschauen konnten, sogar hier fiel Cecie als klein auf. Trotzdem wirkte sie alles andere als niedlich. Sie war zwar nur einen Meter fünfzig groß, hatte aber einen stolzen Gang wie eine Herzogin und konnte mit ihrem Blick jeden Idioten noch auf vierzig Schritt Entfernung in Schach halten. Die Tri Omegas lagen ihr ständig in den Ohren, sie solle sich die Haare schneiden lassen, denn ihr zierlicher Kopf war von wirren, roten Locken wie von einem Geißblattgebüsch umwuchert, was sie wie eine wilde Range aussehen ließ. Die blauen Augen, groß wie Stiefmütterchen hinter der dicken Hornbrille, vervollständigten dieses Bild.

»Wenn du dir die Haare schneiden und eine schicke Schmetterlingsbrille kaufen würdest, sähest du einfach goldig aus«, sagte Sookie Charmichael einmal nach einer Hausversammlung zu ihr. »Du siehst zwar auch so sehr niedlich aus, das finden alle, aber du stellst dein Licht unter einen Schemel.« Sookie hatte eine seltene Begabung, immer knapp danebenzugreifen. »Mit diesen Oxford-Tretern und den dicken Tweedröcken kommt deine süße Figur überhaupt nicht zur Geltung. Wie wär's, wenn du Bitsy und mich mal machen ließest? Dann müßtest du die Jungs mit einem Stock davonjagen.«

»Wie wär's mit einem Gartenschlauch?« Ich liebte Cecies gestochene virginische Stimme. »Außerdem, wenn ich genauso aussähe wir ihr, würde man uns für einen Stamm Pygmäen halten. Keiner von euren Freunden würde sich mehr hierher trauen aus Angst, daß ihr sie bei lebendigem Leib auffreßt. Aber das tut ihr ja ohnehin. Und im übrigen braucht ihr mich als effektvollen Kontrast, damit ihr um so besser ausseht.«

Sie lächelte putzig wie ein Kätzchen, und auf ihren Wangen kamen die Grübchen zum Vorschein.

»Na«, machte Sookie und überlegte, ob das als Stichelei oder als Kompliment gemeint war.

»Ganz schön fies«, sagte ich später kichernd zu Cecie. »Sie möchte doch nur, daß du jeden Abend jemand zum Ausgehen hast. Mach, was die anderen tun, sei glücklich und so weiter.«

»Sie hat bloß Angst, daß ich euch alle blamiere, weil mich nie einer einlädt«, schnaubte Cecie. »Mensch, was für eine blöde Kuh. Kannst du dir mich mit so einem albernen Glitzergestell im Gesicht vorstellen?«

Nein. Trotz ihrer zierlichen Gestalt und der hellen, freundlichen Stimme hatte Cecie nichts von einem Püppchen. Sie war intelligent und resolut und lernte äußerst fleißig. Sie studierte mit Ausdauer und Spaß. Außer Fig Newton und mir selbst habe ich selten jemanden kennengelernt, der wie Cecie das Studium als solches genoß, nicht nur seine Früchte: die guten Noten, den Platz auf der Ehrenliste, die akademischen Auszeichnungen. Ihre Kleidung – da hatten die Tri Omegas ganz recht – beschränkte sich aufs Nützliche: praktische Tweed- und Flanellröcke, schlichte Pullover von guter Qualität, bügelfreie taillierte Hemdblusen und feste Oxford-Halbschuhe. Sie besaß einen einzigen Mantel – einen uralten aus Kamelhaar – und einen olivgrünen London-Fog-Regenmantel. Ihre Garderobe war spärlich, und sie achtete sehr darauf. Sie wusch und bügelte, nähte und flickte. Als einzige von uns schickte sie ihre Schmutzwäsche nicht nach Hause, und wenn sie nicht lernte, sah ich sie manchmal mit geschickten, zierlichen Stichen nähen – bei ihr gab es keine abgeschnittenen Ecken und keine losen Fäden.

»Nähen habe ich in der Klosterschule gelernt«, sagte sie. »Als wir rauskamen, konnten wir alle nähen wie die Teufel. Wir haben die ganzen Schwestern eingekleidet.«

Cecies Eltern und ihr älterer Bruder waren bei einem Autounfall ums Leben gekommen, als sie noch sehr klein war; sie konnte sich nicht mehr an sie erinnern. Aufgewachsen war sie bei ihrer Großmutter und ihren drei ledigen Tanten auf dem großen alten Anwesen der Familie an der Ostküste direkt am Meer. Ihre Verwandten, kleingewachsene, gebildete, fromme Katholikinnen, gaben ihr Unterricht in Musik, Nähen und »damenhaften Manieren für Fortgeschrittene«, wie Cecie es nannte, und schickten sie mit knapp neun Jahren auf eine Klosterschule. Auf ihre etwas distanzierte Art beschützten und vergötterten sie Cecie, und auch den Nonnen gelang es nicht, Cecie zu unterdrücken oder ihr Respekt einzuflößen, und so hatte sie eine glückliche, wenn auch weltfremde und ziemlich einsame Kindheit. Ihre Verwandten, reich an Bildung, Liebe und noblen Ahnen, waren in materieller Hinsicht arm wie die Kirchenmäuse. Trotz eines Stipendiums und anderer Zuschüsse fiel es ihnen sehr schwer, sie in einem anderen Staat aufs College zu schicken. Cecie, die nach ihrem Abschluß Jura studieren wollte, war sich bewußt, daß sie sich dieser Investition würdig erweisen mußte. Wir waren beide gut erzogen und arm – eine Gemeinsamkeit, die wir gleich bei unserer ersten Begegnung erkannten.

Eine weitere war unser Mangel an Realitätssinn. Zwar war Cecie pragmatisch und diszipliniert, doch ihre Kindheit in einer kleinen, abgeschlossenen Welt unter naiven alten Damen und Nonnen war ebenso einsam gewesen wie meine. Weltfremdheit war damals allerdings kein so großes Handicap wie heute. Ende der fünfziger Jahre war Naivität unter den jungen Frauen weit verbreitet. »Sei nicht so naiv«, solche Worte hatten die wenigsten von uns je zu hören bekommen, weder von unseren Eltern noch von sonst jemandem. Während unserer drei gemeinsamen Jahre in Randolph gingen Cecie und ich »dem wirklichen Leben« konsequent aus dem Weg, was uns bestens gelang. Manchmal glaube ich, ihr hätte nichts Schlimmeres passieren können, als mir zu begegnen. Ich rannte vor dem Leben davon, und sie – selbst damals schon, und ohne es zu wollen oder sich dessen bewußt zu sein – rannte darauf zu. Wäre ich nicht gewesen, wäre sie dem Leben vielleicht früher und unter glücklicheren Umständen begegnet. Doch so begann an dem Tag, als sie bei mir ins Zimmer schneite, eine große Freundschaft oder – auch wenn wir sie nicht so bezeichneten – eine große Liebe.

Denn Liebe kann man die ungewöhnlichen Freundschaften der Jugendzeit durchaus nennen. Nicht jeder erlebt sie, und kaum jemand erlebt sie mehr als einmal. Später ist es nicht mehr dasselbe, denn die frühen Freundschaften gedeihen auf einem Boden, der nur im Land der Jugend zu finden ist. Sie werden von unbegrenzter Zeit, Nähe und Neugier genährt, und nichts davon gibt es später noch in ausreichendem Maß. Dabei sind sie nicht sexueller Natur, jedenfalls meistens nicht, obwohl Freud behauptet, jeder intensiven Beziehung liege Sexualität zugrunde. Ich glaube aber nicht, daß meine Freundschaft mit Cecie jene dunkle Seite besaß; wir hatten damals beide zuviel Angst vor der körperlichen Liebe. Doch sonst hatte sie manches von einer Liebesbeziehung: Sie bezauberte und tröstete, nährte und verzehrte uns. Zusammen entdeckten wir Welten, Galaxien, Universen. Entdeckerfreude ist, glaube ich, das Entscheidende. Leider geht sie den meisten von uns als Erwachsenen verloren. Nur selten überstehen solche Freundschaften die Jugend, denn sie beziehen ihre Urkraft aus dem Feuer der Entdeckungslust. Die Freundin wird zum Cicerone, sie begleitet uns in unser tiefstes Inneres, bis in die letzten Verästelungen unseres Seins. All unsere Sinne sind geschärft, all unsere Energie wird geweckt, der Motor läuft auf vollen Touren. Eine solche Freundschaft ist vergleichbar mit den ersten Schritten eines Kindes, das – so sagt man – innerhalb weniger Monate mehr lernt als in seinem ganzen übrigen Leben. So war es bei Cecie und mir. Wir konnten voneinander nicht genug bekommen, wir konnten von unserem Leben nicht genug bekommen, auch wenn dieses Leben außerhalb des luftigen Lichtkreises, in dem wir uns bewegten, gar nicht existierte.

Die anderen nannten uns natürlich bald Mutt und Jeff, nach den bekannten Comicfiguren, was bei meiner schlaksigen Gestalt, ihrer kindlichen Zierlichkeit und dem Geruch des Außenseitertums, der uns beiden anhaftete, naheliegend war. Wir stanken geradezu nach dem Abgrund. Aber es störte uns nicht. Jede für sich hätte vielleicht unter der ständigen, nagenden Brandung von Sticheleien, die um uns toste, gelitten, doch gemeinsam lachten wir darüber. Wenn ich an diese drei Jahre denke, fällt mir als erstes unser Lachen ein. Wir lachten beinahe über alles. Wir lachten aus purer, unbeschwerter Lebensfreude, und es war, als holten wir, nachdem unsere Lungen jahrelang in einem zu engen Körper eingezwängt gewesen waren, endlich tief Luft. Soviel ich weiß, fing fast jeder Tag mit Gelächter an und endete auch so.

Wir verbrachten zwar den größten Teil des Tages getrennt voneinander, doch am Abend trafen wir uns ganz selbstverständlich. Wir aßen und studierten gemeinsam, besuchten gemeinsam andere Kommilitoninnen im Haus, gingen gemeinsam Kaffeetrinken und unternahmen all unsere Besorgungen gemeinsam. Wenn wir in den Ferien oder der vorlesungsfreien Zeit getrennt waren, schrieben wir einander täglich. Auf unserem Zimmer hörten wir Schallplatten oder lasen, wobei wir über manche Passagen kicherten und – seltener – über andere, die uns in unserer romantischen Seele zutiefst anrührten, in heiße Tränen ausbrachen. Wir lasen alles von Dorothy Parker und bewunderten und imitierten ihren feinen Sarkasmus: »Welcher Mann kann unsere Seele schon so trösten wie ein Satinkleid?« zitierten wir. Oder: »Die Sonne ist trüb, der Mond ohne Licht, denn ich hab ihn lieb, aber er mich nicht«, und: »Hinter der Fassade jedes Liebhabers verbirgt sich ein Feind«, und »Pistolen sind verboten, ein Strick kann nachgeben, Gas riecht scheußlich – dann bleib doch am Leben.« Wir waren zwei äußerst lebenslustige junge Frauen oder brannten zumindest darauf, es zu werden.

Wir lasen auch andere Gedichte, meist irische und englische Lyrik aus der Zeit zwischen den Weltkriegen, die voll dunkler Romantik war. Ich erinnere mich noch an unsere erste Begegnung mit den Mißklängen, dem Blut und dem Dreck der Nachkriegsgedichte, bei der Cecie vor Ekel ganz weiß um die Nase wurde und ich mich furchtsam und verraten fühlte, als hätte mich Pan mit seiner Flöte an den Rand einer Schlangengrube gelockt. Danach wandten wir uns Shakespeare, Dickens und Kipling zu und tauschten uns über unsere Lieblingsbücher aus. Ich kredenzte ihr Maupassant, Conan Doyle und die griechischen und nordischen Sagen, und sie revanchierte sich mit *Die Wasserkinder, Der Wind in den Weiden* und Richard Halliburtons *Die Jagd nach dem Wunder*.

»Es gibt nichts, was auch nur annähernd so herrlich ist wie das bloße Umhertreiben in einem Boot«, zitierte sie die Ratte, wenn sie von ihrer Kindheit am flachen, brühwarmen Wasser der Chesapeake Bay sprach.

»Woge weiter, du tiefer, dunkler blauer Ozean, woge«, sang ich und erzählte ihr von der weiten kalten See am Cape Cod.

Und ständig, vorher, nachher und dabei, hörten wir Musik.

Musikalisch durchlebte Amerika gerade eine Durststrecke nach der erotischen Ausgelassenheit der fünfziger Jahre, der Glanzzeit des schwarzen Rhythm and Blues. »Wehleidiges Zeug«, hörte ich meinen Vater urteilen. Bei den angsterfüllten Teenagern war Weltschmerz im Sopran angesagt. Connie Francis jammerte, daß sich jeder für irgendwen zum Narren mache, und riet uns, unser Glück bei den Jungens zu suchen. Brenda Lee (*I'm sorry*) tat ja alles so leid. Die Everly Brothers hatten es satt, für Cathy den Clown zu spielen. Die Shirelles fragten weinerlich, ob sie auch morgen noch jemand lieben würde. Noch hatte sich der fetzigere Motown Sound nicht durchgesetzt, jedenfalls nicht so weit im Süden. Die nachdenklichen Folkrocker, der rauschgiftgeschwängerte San Francisco-Sound und die frechen Pilzköpfe aus England hatten noch nicht einmal New York erobert. Im Randolph tanzte die Jugend mit Bürstenschnitt und Außenrolle Twist und Hullygully, Jitterbug, Dirty-bop und Schmusewalzer zu Dion and the Four Seasons, den Drifters, den Everly Brothers und Buddy Holly. Cecie und ich konnten Twist und Bop so gut wie die anderen, aber uns gefiel die Musik nicht. Für mich war sie eine Art Körpergeräusch, der unaufhörliche, unterschwellige Herzschlag meiner Generation, ein Vorläufer des weißen Lärms der Siebziger Jahre. Meine und Cecies Musik dagegen war Musik, bei der man zuhören mußte, über die man redete oder sogar weinte, Musik mit einem dunklen Ton oder solche, die sich zu den höchsten Höhen romantischen Gefühls aufschwang. Sobald wir auf unserem Zimmer die Bücher aufs Bett geworfen hatten und in ein bequemes Hauskleid oder eine Bermuda geschlüpft waren, durchwühlten wir die fleckigen LPs auf der Fensterbank, wählten einen Stapel Platten aus und legten sie auf meinem alten grauen Webcor-Portable auf. Was auch immer wir dann taten, die Musik lief ohne Unterbrechung weiter.

Wir hörten süßliche Balladen über die Freuden der Jugend, aber es war eine andere Jugend als die der späten Sechziger, die damals noch vor uns lagen und aus der sich jene ganze Woodstock-Kultur der Blumenkinder, des Psychedelischen und der Drogen entwikkelte. Für uns stand vielmehr das Erhebende und Herzzerreißende daran, jung zu sein, im Vordergrund, jenes Moment, das

das Blut in Wallung bringt und den Körper anspannt, eine Atmosphäre von Freude und Sehnsucht schafft, von Gänsehaut und reinem Gefühl... wir nannten es Spontaneität. Oder manchmal auch Romantik. Aber eigentlich war es lediglich das Gefühl, jung zu sein und eine Zeit der Zeitlosigkeit zu erleben. Und unsere Musik durchfloß es wie verschütteter Maiwein morgendliches Gras.

Im Rückblick erscheint uns die Musik dieser kurzen Jahre schal und dünn, vielleicht sogar trivial. Das gilt zumindest für mich. Ich habe die alten Platten, mit wenigen Ausnahmen, später kaum noch gespielt. Aber wenn ich ein paar Takte von »On the Street Where You Live« oder einige Akkorde von Tschaikowsky oder eine süße Melodie von Percy Faith höre, dann sitze ich bis heute wieder neben Cecie Hart auf unseren Betten im obersten Stockwerk des Tri-Omega-Hauses in Randolph, Alabama, es ist Mai, das Mondlicht und der köstliche Duft von Mimosen strömen zum Fenster herein, und wir reden und reden. Oder ich höre Mendelssohns Violinen eine kummervolle, sehnsüchtige Melodie spielen, und da sitzen wir, am selben Ort, zur gleichen Stunde, aber jetzt in dicke Morgenmäntel gehüllt, während der Schneeregen an unser schwarzes, vereistes Fenster prasselt und der Heizkörper zischt, und schlürfen dünnen, scheußlichen Maxwell-House-Pulverkaffee, den wir mit heißem Leitungswasser angerührt haben.

»Igitt!«, rief Cecie dann und schüttelte sich am ganzen Körper wie ein nasser Hund. »Kaffee riecht immer so toll, als würde er so stark und wunderbar schmecken wie Kakao, aber er schmeckt immer... wie das hier. Nach Pferdepisse.«

Und sie fischte ein Geldstück aus dem Portemonnaie und schlurfte in den Keller, um aus dem Automaten eine Flasche Coca Cola, einen Schokoriegel und für mich eine Tüte scharfer Kartoffelchips zu holen, ehe wir weiterredeten.

Denn ebenso, wie wir ständig Musik hörten, redeten wir ständig.

Wir besprachen, was damals alle Mädchen in den Wohnheimen und Studentenhäusern interessierte: wer mit wem ging und wer mit niemandem ging, wer gerade mit wem Krach hatte und wer noch vor Semesterende wahrscheinlich einen festen Freund ergattern würde. Wir hechelten sie alle durch: wen wir nett fanden, wen wir gern mochten, wen wir nicht ausstehen konnten und wer uns ganz kalt ließ. Da wir nicht viele Geheimnisse voreinander hatten, konnten wir uns eingestehen, daß etliche unserer Tri-Omega-Kommilitoninnen in die letzten beiden Kategorien fielen.

»Hat einen Arsch wie ein Wasserbüffel und stolziert hier nackt herum, als wär sie auch noch stolz darauf. Fehlt bloß der Federbusch auf ihrem Kopf«, schnaubte Cecie einmal. Sie selbst war äußerst schamhaft, woran sicher die Klosterschule schuld war. Ich kann mich nicht erinnern, sie jemals vollständig nackt gesehen zu haben.

»Wenn die mir das nächste Mal einen Gutenachtkuß gibt, weil sie wissen will, ob ich was getrunken habe, kotz ich sie voll«, sagte ich. Oder: »Die hätte doch die Prüfung in Soziologie nie geschafft, wenn sie nicht schon das ganze Semester mit dem alten Lüstling rumgefummelt hätte. Letzte Woche hat sie jeden Nachmittag Briefe für ihn getippt. Also, der braune Fleck an ihrem Kinn kommt bestimmt nicht von Nikotin.«

Wir sahen einander an und sangen gleichzeitig aus vollem Hals: »Sie hat um die Nase... nen braunen Ring... und Tag für Tag wächst das Ding...«

Und wir brachen in hilfloses Gelächter aus, das uns das Wasser in die Augen trieb, und manchmal lachte ich nur weiter, weil ich Cecies Lachen so gerne hörte. Ihr glockenhelles Lachen schwang sich höher und höher, bis es fast geziert klang, nahm abrupt einen tiefen, kehligen Ton an und stieg wieder an. Sie brachte andere noch zum Lachen, wenn diese den Grund nicht einmal kannten: Als Cecie eines Nachts wieder einmal besonders ausgiebig lachte, standen plötzlich die anderen bei uns vor der Tür, rieben sich verschlafen die Augen und wollten mit bereits zuckenden Mundwinkeln wissen, was eigentlich so komisch sei. Doch das war meist schwer zu sagen.

Wir sprachen auch über uns. Sie war erst wenige Monate mit mir im Zimmer, als die Mauer des Schweigens, die bisher mein Bewußtsein von der Wirklichkeit in ihrer ganzen Spannbreite abgeschottet hatte, Risse bekam und ich Cecie Dinge sagte, die ich noch nie jemandem erzählt hatte und erst viel später wieder jemandem erzählen sollte. Ich ließ sie allerdings nie ganz einstürzen. Zu schwarz drohte der Abgrund, zu wild wogte das kalte, finstere Meer der Realität. Doch ich kittete die Risse nicht, und Cecie hat vermutlich aus dem bißchen, das ich durchsickern ließ, mehr oder weniger die volle Wahrheit erraten. Ich glaube, sie wußte viel besser über mich Bescheid als ich selbst, und das galt auch umgekehrt. Ich glaube, uns war gar nicht bewußt, wie ungeheuer groß – und wie gefährdet – unser gegenseitiges Vertrauen war.

»Ich bin gar keine von den Virginia-Lees«, sagte ich eines Abends unvermittelt. »Ich bin überhaupt nicht aus Virginia. Und ich bin auch nicht reich. Mein Vater hat sich alles aus den Fingern gesogen.«

Ich sah sie nicht an. Das Herz klopfte mir bis zum Hals, und um mich sauste wild der Wind aus dem Abgrund.

Auch Cecie sah mich nicht an, als sie mir in ruhigem Ton antwortete: »Na ja, das mit den Lees wußte ich. Und ich habe mir auch gedacht, daß du nicht aus Virginia bist. Meine Tanten kennen alle Lees im Old Dominion, ob tot oder lebendig, und sie konnten deine Familie überhaupt nicht einordnen. Es macht dir hoffentlich nichts aus, daß du es mir gesagt hast. Ob einer reich ist, hat bei uns zu Hause nie gezählt, und das mit deinem Vater stört mich nicht. Er ist offenbar ein interessanter Mensch.«

»War«, antwortete ich. »Er ist tot. Ja, er war wirklich ein interessanter Mensch.«

Da warf sie mir scheu einen flüchtigen Blick zu. Ich spürte ihn auf meinem Hals und auf der Wange.

»Das tut mir leid für dich. Man hat's schwer ohne Eltern. Auch wenn alle nett zu einem sind, hat man's trotzdem schwer.«

Sie hatte nie darüber gesprochen, wie sie den Verlust ihrer Familie empfand. Das lag bisher verborgen hinter der Tür in ihrem Inneren, die sie weder mir noch anderen öffnete. Nun konnte ich ihr ins Gesicht sehen. Es stieg etwas in mir auf, und eine zitternde Wärme breitete sich in mir aus. Das war kein Mitgefühl, sondern etwas Stärkeres, Reineres. Wahrscheinlich war es Liebe, aber damals war ich mit diesem Gefühl so wenig vertraut, daß ich es nicht erkannte.

»Mein Vater hat sich eine Kugel in den Kopf gejagt«, sagte ich.

»Letztes Jahr, weil er Schulden hatte. Darum bin ich hier, und nicht, weil Randolph die bessere Ausbildung für Innenarchitekten bietet – das war albernes Gerede.«

Das war ein Geschenk an sie zum Dank, daß sie die Wahrheit über mich akzeptierte und für sich behielt, und daß sie sich mir ein wenig geöffnet hatte. Und es war eine Art Rückversicherung. Ich spürte instinktiv, daß man einen Menschen, dem man Herzensgeheimnisse anvertraut, an sich bindet. Und ich täuschte mich nicht in Cecie. Erst später wurde mir klar, daß sie eher eine Ausnahme war.

»Ich will dir zwei Dinge sagen«, antwortete sie mit derselben Stimme, mit der sie mir einen guten Morgen wünschte oder übers Wetter redete. »Und dann brauchen wir nie wieder über dieses Thema zu sprechen. Erstens, was du mir erzählt hast, sage ich keinem weiter. Und zweitens, ich war eigentlich nie richtig traurig, weil meine Eltern und mein Bruder tot sind. Ich habe es eher genossen. Ich kann mich sowieso nicht mehr an sie erinnern, und wenn sie am Leben geblieben wären, hätte ich nie so viel Aufmerksamkeit und Liebe gekriegt. Alle haben sich für mich ins Zeug gelegt, weil ich ihnen leid tat. Wenn Bobby nicht tot wäre, hätte ich nicht aufs College gehen können, weil es dazu nicht gereicht hätte. Bei den Harts werden nur die Söhne zum Studieren geschickt, nicht die Töchter. Also, lassen wir das. Komm, ich lade dich auf eine Limo ins Dairyland ein.«

Wir tauschten uns, soweit es ging, über unsere Kindheit aus. Sie erzählte mir von der merkwürdigen, ursprünglichen Welt des Watts, von der großen Bucht, von den Jahreszeiten, von Ebbe und Flut, von den glänzenden, zappelnden Blaukrabben, die sie vor dem Haus ihrer Großmutter aus dem Wasser fischte, und von den Wasservögeln, den Gänsen etwa, die im Frühling und Herbst in langen, lockeren V-Formationen nordwärts oder südwärts zogen. Einmal, auf dem Weg zur Sonntagsmesse, hatte sie den Wildgänsen so fasziniert zugesehen, daß sie den Gottesdienst verpaßt hatte.

»Als meine Großmutter das erfuhr, hat sie mir so die Leviten gelesen, daß man hätte meinen können, ich käme schnurstracks in die Hölle. Dabei war es für mich auch eine Art Gottesdienst, und kein geringerer als die heilige Messe.«

Sie erzählte mir von der reichhaltigen und üppigen Tier- und

Pflanzenwelt des Tidewater, und von den Sternen, den Wolken und der Wildnis des Chesapeake. Cecie liebte die Natur und beobachtete sie mit Wißbegier. Sie erzählte mir von ihrem Garten zu Hause. Gärtnern war ihre Leidenschaft. In unserem Zimmer wucherte ständig ein fruchtbarer grüner Urwald von Blumentöpfen und Ampeln, und sie ist die einzige von all meinen Bekannten, die aus einem Avocadokern ein üppiges Bäumchen ziehen konnte. Sie sprach mit all ihren Pflanzen, manchmal in dem fließenden Französisch, das sie im Internat gelernt hatte.

Ich erzählte ihr dafür vom Segeln und vom Tennis, von Pferden und von meinen Erlebnissen an der Ostküste. Dabei spürte ich damals schon die Ungleichheit. Ich dachte nicht daran, ihr mein Leben in Kenmore zu schildern. Das erschien mir inzwischen so unwirklich, als hätte ich vor langer Zeit einmal darüber gelesen.

Über eines sprachen Cecie und ich nie, oder wenn, dann mit einer aufgesetzten, altklugen Überlegenheit: über Sex. Darin waren wir allerdings weit und breit die einzigen. Überall, ob in Schlafzimmern oder Gemeinschaftsräumen, in geparkten Autos, auf Decken draußen am See oder in Partykellern, war »es« das Thema Nummer eins, und etliche praktizierten »es«. Obwohl stets die Gefahr einer Schwangerschaft drohte – in jedem Semester brachen einige Mädchen ihr Studium ab und verschwanden auf Nimmerwiedersehen oder heirateten überstürzt und gaben es als einen Akt herrlicher Spontaneität aus –, waren alle geradezu vom Sex besessen. Er war die Triebkraft hinter Musik und Tanz, der Anreiz für den Kauf von Lippenstift, Make-up und Kleidern – und für viele von uns das wesentliche Motiv, weshalb sie überhaupt im College waren.

Im nachhinein kommt es mir so vor, als hätte sich in den Nächten der ganze Campus sacht und kosmisch hin und her gewiegt, wie Madame Bovarys Kutsche. Ich glaube nicht, daß die Erfindung der Pille wenige Jahre darauf dazu führte, daß noch mehr sich dem »verbotenen Akt«, der »schmutzigen Sache« hingaben, sondern sie verminderte lediglich die allmonatliche Angst. Manchmal war es schwer zu sagen, wer »es« machte, denn die, die »es« taten, redeten nicht darüber, und die von Bartstoppeln aufgekratzte Haut, die Flecken am Hals und der reichlich verschmierte

Lippenstift konnten auch vom bloßen Knutschen oder vom Petting kommen, was einem Mädchen in festen Händen erlaubt war, ja fast von ihr erwartet wurde.

Cecie und ich schwiegen zu diesem Thema, aber wir lernten trotzdem die zotigen Lieder und hatten den größten Spaß daran, sie zu singen, und sagten die richtigen Sätze, wenn andere in unserer Gegenwart »darüber« sprachen, was in jeder Gruppe früher oder später geschah. Eines Tages, als Cecie gerade doppelte Pall-Mall-Rauchringe durch die Nase blies – was sie erst nach monatelangem Husten und Würgen gelernt hatte –, kam Ginger, von der Stirn bis zu den Knien mit Lippenstift beschmiert, zu uns ins Zimmer geplatzt und schwärmte voll Begeisterung: »Mann, dieser Typ, mit dem Bets mich verkuppelt hat, der ist vielleicht scharf!«

»Na, Fowler, heute abend bist du ja wohl zur Sache gegangen«, meinte Cecie gedehnt, und Ginger lachte. Sie genoß körperliche Zärtlichkeit wie eine Welpe das Streicheln und suchte sie wohl auch mit demselben unbeschwerten Leichtsinn. Wir wußten zwar nicht, wie weit sie ging, aber es war unmöglich, ihr deshalb Vorhaltungen zu machen. Ebensogut hätte man einen goldenen Setter ausschimpfen können, der ausgelassen im Wasser herumtobte und sich danach schüttelte.

Und ich brachte lässig heraus: »Mit einer Handvoll Sand vom Bailey Beach macht es noch mehr Spaß.« Alle lachten und warfen mir Seitenblicke zu, die mir deutlich verrieten, daß man mich für äußerst raffiniert hielt, eine Veteranin geheimnisvoller kamasutrisch-orientalischer Ausschweifungen.

Selbst Fig Newton mischte sich manchmal ein, mit dem Charme eines angreifenden Nashorns. Eines Abends hielt sie uns ihre Zehen unter die Nase und sagte: »Schaut her, ich hab sie rasiert. Jetzt macht es richtig Spaß, dran zu lutschen.«

»Igitt, Fig, hör auf!« schrien wir alle.

»Wieso, Sister macht's auch«, verteidigte sich Fig.

»Eher würde ich an einer verfaulten Pflaume lutschen«, sagte Cecie später unter vier Augen zu mir. »Meinst du, es stimmt, daß Sister sich die Zehen rasiert?«

»Sie behauptet es jedenfalls.«

»Und Franklin ... äh ..., lutscht er wirklich dran?«

»Wahrscheinlich. Warum sollte sie sie sonst rasieren?«

Cecie schüttelte sich vor Ekel. »Das Kloster erscheint mir immer attraktiver.«

Ich glaube, sie meinte es halbwegs ernst. Es ist schwer zu sagen, was die Klosterschule gemeinhin im Unterbewußtsein von jungen Frauen anrichtet. In späteren Jahren habe ich etliche Klosterschülerinnen kennengelernt, die erst recht wild und leichtsinnig waren, als sei der Liebesakt über den Genuß des Augenblicks hinaus auch eine Botschaft an die Schwestern, von denen viele längst tot waren: »Nimm *das*, und *das*, und *das*!« Was die klösterliche Erziehung bei Cecie bewirkt hatte, lag auf der Hand. Sie stand der Sexualität, und in geringerem Maß auch anderen Dingen, prüde und abwehrend gegenüber. Vieles daran störte sie einfach. Als wir *Lady Chatterley's Liebhaber* und *Der Wendekreis des Krebses* lasen – diesmal lasen wir uns die Texte nicht laut vor –, bemerkte sie: »Das Ganze wäre wahrscheinlich halb so wild, wenn man dabei nicht immer ... solche Geräusche von sich geben müßte. Und wenn man es einfach heimlich im Dunkeln machen könnte, ohne ständig drüber zu reden. Aber es klingt immer so, als wäre es eklig und laut und irgendwie öffentlich, es kann gar nicht ästhetisch sein. Schade, daß man Kinder nicht auch anders kriegen kann.«

»Mein Gott, Cecie, es braucht doch nicht laut und öffentlich zu sein«, sagte ich belustigt. »Vielleicht ist es so ästhetisch wie ›Schwanensee‹. Woher willst du wissen, wie es ist?«

»Ich weiß es halt. Es ist so wie in dem Buch von Henry Miller, wo diese eine Frau sich das Kleid hochhält und es sich besorgt, mitten auf der Tottenham Road. Pfui! Nein danke, das ist nichts für mich.«

Ich glaube, sie meinte es ernst. Heiraten und Kinderkriegen waren bei unseren abendlichen Gesprächen kein Thema, und auch Beziehungen zu Männern nicht. Manchmal redeten wir zwar unbestimmt über »die große Liebe« und die damit verbundenen Leiden, doch wir gingen nicht ins Detail, machten einen Bogen um »es«, als wären alle Wege dahin mit Minen gepflastert. Cecie mied das Thema aus Ekel und ich aus ängstlicher Scheu vor den daraus folgenden Verstrickungen. Eine davon war für mich die Ehe, und damit verband ich den grotesken, tückischen Tanz über dem Abgrund, der meine Eltern aneinander gefesselt hatte.

Also konnte ich ihrem »Nein danke« nur beipflichten. Aber ich dachte ständig über Sex nach und war von dem Gedanken daran manchmal geradezu besessen. Nachdem wir abends das Licht gelöscht hatten, lag ich lange wach, jonglierte im Geiste mit zwei anonymen, androgynen Gestalten, die ausgeschnittenen Papierfiguren ähnelten, probierte Positionen aus und konnte mir trotzdem nur schwer vorstellen, wie es eigentlich vor sich ging. Wer liegt oben? Wenn er oben ist, kriegt sie dann noch Luft? Wenn sie oben ist, wie kommt er in sie hinein? Bis dahin hatte ich männliche Genitalien nur in Gemälden und an Statuen gesehen: behaglich herunterbaumelnde Bündel. Selbst wenn er oben liegt, wie steckt er das in sie rein? Und was passiert dann? Kommt das Zeug gleich in ihr raus oder muß man darauf warten? Braucht man nur draufzudrücken wie bei einem Seifenspender? Bewegt man sich dabei? Bewegt er sich oder sie? Woher weiß man, daß es vorbei ist?

Und die wichtigste Frage: Tut es weh, und will ich das überhaupt?

In diesen Nächten kam es mir eher unwahrscheinlich vor, daß ich je die Antwort finden würde, obwohl mir mein Verstand sagte, daß auch ich eines Tages die Schwelle überschreiten und zu denen gehören würde, die »es« taten. Doch insgeheim bezweifelte ich es.

Wenn wir also über unsere Zukunft sprachen, dann über unsere beruflichen und sonstigen Pläne für die Zeit nach dem Studium. Ich wollte schnurstracks nach New York ziehen und mich in die exklusive Welt der Möbel und schweren Stoffe, der Farbexplosionen, der kühlen, schön geformten weißen Häuser am Meer stürzen. Cecie wollte Jura studieren, ihre Zulassung als Anwältin in Virginia erwerben, anschließend ein paar Jahre in der Weltgeschichte herumgondeln und später in einem noch nicht definierten Rechtsgebiet eine Kanzlei eröffnen, in einem alten Haus am Meer, wo das Seelicht über Wände und Decken tanzte und unter einem silbergrauen Steg dumpf das Wasser plätscherte. Wir dachten nie darüber nach, wie wir diese fernen, wunderbaren Träume nach dem College verwirklichen wollten, und zweifelten nicht, daß die internationale

Welt des Designs oder Rechts uns mit offenen Armen empfangen würde. Schließlich hatten wir phantastische Noten.

»Geh mit mir nach Europa, ehe wir zu arbeiten anfangen«, sagte sie oft. »Das kostet praktisch nichts. Wir können trampen und, wenn nötig, unterwegs ein bißchen jobben.«

»Komm du lieber mit mir nach New York«, antwortete ich. »Du kannst auf Long Island eine Kanzlei eröffnen, wenn du zu deinem Glück unbedingt Wasser und graue Balken brauchst, und am Wochenende besuche ich dich, und dann verdienen wir genug Geld, daß wir stilvoll durch Europa reisen können.«

»Du wirst schon glücklich sein, Kate, wenn du an einem Fleck bleiben kannst, wo es dir gefällt. Aber ich werde immer wissen wollen, was hinter der nächsten Ecke wartet.«

Das war eine starke Vereinfachung, doch sie enthielt, wie ich schon damals fand, ein Körnchen Wahrheit. Ich glaubte auch, daß Cecie und ich einander im Leben stets nahe bleiben würden. So denkt man während dieser frühen, allumfassenden Freundschaften. Nichts, glaubt man, nicht die Ehe, nicht einmal der Tod kann ihnen etwas anhaben, so schön und stark sind sie.

Cecie hingegen hatte da ihre Zweifel.

»Du wirst einen Mann kennenlernen, dich mit ihm anfreunden und ihn heiraten«, sagte sie manchmal. »Sag, was du willst, ich sehe es dir doch an. Schließlich gehst du mit Männern aus. Du hast bloß den Richtigen noch nicht gefunden. Wart's nur ab.«

»Ich will gar keinen. Jetzt noch nicht. Ich gehe nur zum Spaß mit ihnen aus. Hier in Randolph reizt mich keiner wirklich. Und außerdem, du gehst doch auch mit Männern aus.«

Das stimmte. Und auch ich verabredete mich mit Männern, trotz (oder wegen) meiner falschen Lee-Nase und der an der Ostküste erworbenen Zurückhaltung. Doch diese Begegnungen waren leichtherzig, unbeschwert, getragen von Gelächter, Musik und ausgeklügelten romantischen Erlebnissen. Einmal tanzten wir nachts auf dem Rasen im Rosengarten des Rektors zu den Klängen von »Moonglow« aus dem Autoradio, und wir verliebten uns, aber nicht in unsere Begleiter, sondern in die Stimmung des Abends. Wir tranken Lancer, Mateuse und Rheinwein auf Decken am sternenfunkelnden Wasser des Randolph-Sees, gingen auf

Verbindungsbälle in Wolken von Gaze und Tüll, die sich über klappernden Plastikreifröcken bauschten, steckten uns an den Sportwochenenden riesige gelbe Kugel-Chrysanthemen an, auf denen die Initialen einer Studentenverbindung prangten, banden uns zum Tanzen purpurne und weiße Orchideen ums Handgelenk, gingen auf Hausbälle in Destin und Panama City, lachten fröhlich, sangen, tanzten und verteilten leichtherzige Küsse. Aber all das umflatterte uns leicht wie ein kleiner Vogel im sommerlich lauen Wind; nichts davon ging uns nahe.

Ein paarmal entwickelte ich allerdings ernsthaftere Gefühle für einen Mann – mein Typ war der grüblerische, eigenbrötlerische Architekturstudent, der nach dem Wehrdienst ein staatliches Stipendium bekommen hatte. Ein Semester lang war ich mit dem designierten Vorsitzenden der Studentenschaft liiert und hatte solche Flausen im Kopf, daß ich mich schon als First Lady sah und einen scheußlichen Lippenstift namens »First Lady Pink« erstand. Doch ein Schnauben von Cecie genügte, und ich warf das Ding auf den Müll.

Aber als die Affäre, wie vorauszusehen, ihr Ende fand, war ich für kurze Zeit sehr verletzt und gewöhnte mir an, nachts allein in der Novemberkälte über den Campus zu laufen, die Hände in den Taschen meines Regenmantels vergraben. Cecie hätte vielleicht gerne geschnaubt, aber diesmal tat sie es nicht.

An dem Abend, als mich der Kummer ereilte, streifte ich stundenlang durch den strömenden Regen, und Cecie ging neben mir, die Hände in den Taschen *ihres* gelben Regenmantels. Schweigend ging sie Schritt für Schritt neben mir her, was bei ihren kurzen Beinen keine geringe Leistung war. Wir waren uns beide der Dramatik der Situation bewußt. Schließlich wandte ich mich ihr zu, während mir das Wasser über das Gesicht lief: »Ganz schön blöd, was?«

»Schon«, antwortete sie, »aber immer noch besser als Krebs.«

Ich sah auf ihr Gesicht herunter, das unter dem triefenden Regenhut versteckt war, und brach in Gelächter aus. Sie begann ebenfalls zu lachen, und wir lachten, bis wir uns aneinander festhalten mußten.

Dann gingen wir durch den Regen zum Pennington Drugstore

und tranken Kakao. Unterwegs mußten wir ein paarmal anhalten vor Lachen, und wir lachten noch, als wir, naß und durchgefroren, ins Bett krochen. Wir beschworen diesen Geist von da an immer, wenn wir Kummer hatten oder sich der Abgrund auftat und unter unseren Füßen tobte.

»Na ja, immer noch besser als Krebs.«

Ach, Cecie. Wie recht du hattest. Wie recht.

4. Kapitel

Alan ging wieder an die Arbeit, doch ich blieb noch im Garten. Er liegt versteckt hinter den Dünen und dem verwitterten Zaun und wird durch hohe Sträucher und andere Pflanzen, die ich in der atlantischen Salzluft zum Gedeihen bringen konnte, vor fremden Blicken sowohl vom Strand als auch von den Nachbargrundstükken und der Straße aus geschützt. Wir bezogen das Haus in Sagaponack im Jahr nach unserer Heirat. Damals war es nur ein einfacher Strandschuppen, ein grauer Würfel zwischen den viel größeren Häusern der Umgebung, und drumherum wuchs nichts als Unkraut. Doch von dem Ausguck aus, den wir oben auf das Dach setzten, hat man einen prächtigen Blick über die Bucht des South Shore, und das Erdgeschoß ist zur See hin durch die höchsten und wildesten Dünen der ganzen Küste abgeschirmt. Ich begann mit dem Garten noch vor unserem Einzug.

Als erstes setzte ich winterharte Sträucher hinter die Strandpflaumen am Rand der Dünen und stellte eine Reihe Holzkübel auf, die vom Strand aus für die Spaziergänger von weitem wie Wimpel auf einem Wall wirkten. Wir pflanzten Schwarzkiefern, Mauerpfeffer, Wacholder und glänzenden Liguster, um Terrasse und Garten vor den salzigen Böen des rauhen Seewinds zu schützen, aber ich hielt die Hecke kurz und schnitt sie immer wieder zurück. In denDünen wuchsen Helmstrandhafer und Plattährengras, Prunkwinde, Meersenf, kleinkronige Wolfsmilch und Kolbenhirse – eine zarte Palette in wildem Graugrün, der perfekte Hintergrund für meine mühsam gezogenen Sträucher. Einen ganzen Sommer lang schleppte ich Mutterboden, Kompost und Dünger heran, und im Jahr darauf pflanzte ich Glockenblumen und Lilien, Iris und Rittersporn, Schafgarbe und Mutterkraut, Storchschnabel und bunten Mohn in voller Farbenpracht. Ich war stolz auf meine Blumen und zeigte sie gerne her. Noch ehe wir eine richtige Küche hatten, gaben wir die erste unserer Gartenpartys. Drei Sommer lang karrte ich das Essen, die Getränke und das Eis aus Bridgehampton heran, manchmal sogar aus Manhattan, und unsere sämtlichen Bekannten, aber auch etliche Leute, die wir noch nicht kannten, kamen auf ein Gläschen in meinen dämmerigen Garten am Meer. Am besten gefielen mir meine Blumen, wenn sie im perlgrauen Abendlicht in allen Farben prangten. Damals war Stephen gerade geboren, und ich genoß den Garten als Fest, als ein Ziel. Ich merkte gar nicht, wie er zur Festung wurde.

Nach meiner ersten Fehlgeburt gab ich nicht mehr so viele Partys. Ich ließ die Sträucher wuchern, denn ich kam in jenem Sommer nicht so richtig zu Kräften. Als zwei Jahre darauf unsere Tochter tot geboren wurde, versperrte ich die seitlichen Zugänge zur Straße mit Ligusterhecken, so daß der Garten nur noch durchs Haus zugänglich war. Doch vom Strand aus waren immer noch die prächtigen Sträucher zu sehen, und ich pflegte den Garten nur für uns drei mit ebensoviel Eifer wie zu der Zeit, als man noch hineinsehen konnte. Wenn wir ab und zu ein Fest gaben, lobten meine Gäste den Garten wie zuvor.

Nach Stephens Tod ließ ich die Schwarzkiefern frei in die Höhe schießen und den Wacholder wuchern und gab keine Partys mehr. Als man bei mir Eierstockkrebs diagnostiziert hatte und ich nach meiner ersten Operation und der anschließenden Chemotherapie nach Hause kam, räumte ich die Blumenkübel weg, die man vom Strand aus sehen konnte, baute einen Zaun und zog mich dahinter zurück. Ich hatte keine Freude mehr an winterharten Pflanzen und begann sie durch die einjährigen Sommerblumen zu ersetzen, die ich heute habe. Als man bei den ersten beiden Nachuntersuchungen keine neuen Metastasen fand, wich meine krasse Angst einem Gefühl ständiger Beklommenheit und schließlich einer lethargischen Ruhe, die im Garten am intensivsten war. Bald verbrachte ich hier den größten Teil des Tages. Im Winter saß ich am Schreibtisch in dem Erker des Wohnzimmers, der auf den schlafenden Garten hinausging. Das alles begann vor nunmehr fast fünf Jahren, und inzwischen habe ich außer dem Mohn keine mehrjährigen Pflanzen mehr. Jetzt wachsen Kokardenblumen und Phlox,

Gazanien, Wandelröschen, Gerbera, Portulak, Rittersporn, Staticen, Zinnien, Ringelblumen, Sonnenhut und eine prächtige Reihe Sonnenblumen wie die Posten der Schweizergarde vor dem Vatikan. Im Herbst reiße ich sie aus, im Frühjahr pflanze ich sie neu.

»Findest du nicht, es wäre an der Zeit, wieder länger vorauszuplanen als ein Vierteljahr?« fragte Alan, als ich im Frühling die Pflanzen aus der Gärtnerei holte. »Viereinhalb Jahre ist es jetzt her. Im Oktober wird man dich endgültig für geheilt erklären. Du kannst allmählich wieder der Zukunft ins Auge blicken. Ich vermisse Lilien und Iris, ich möchte die Farben vom Strand aus sehen. Wenn man jetzt unten steht, könnte man meinen, da oben hinter den Dünen wäre gar nichts. Die Blumen hatten immer so etwas Aufmüpfiges, Lebenslustiges: Seht her, Leute, hier oben wohnen Kate und Alan Abrams.«

»Du meinst also, ich drücke mich davor, der Zukunft ins Auge zu blicken?«

»Ja, allerdings. Seit fast fünf Jahren tust du das. Eine Zeitlang habe ich es ja verstanden, obwohl ich es nicht gerade gesund fand, aber jetzt hast du keinen Grund mehr dazu. Du bist praktisch geheilt. Du mußt weiterleben. Wir müssen Pläne machen. Wir müssen dich aus dieser Festung herausholen. Kate, es ist zwar schön hier, aber so ist das kein Leben.«

Eine leichte, kalte Brise wehte mir aus dem Abgrund entgegen, den ich in den vergangenen Monaten tief unter einer Decke aus Blumen und Einsamkeit verborgen hatte.

»Bitte, Alan, dräng mich nicht. Ich möchte noch warten. Es ist noch keine fünf Jahre her.«

»Katie, Schatz, viereinhalb Jahre ist es jetzt gutgegangen, es wird auch diesmal gutgehen. Wie kommt es nur, daß du schlechte Nachrichten soviel leichter hinnimmst als gute?«

»Warten wir's ab«, antwortete ich, und er schwieg. Alan gehört zu den anderen, zu denen, die nie die Brücke über den Abgrund betreten haben. Er hört mir immer voll tiefen Mitgefühls zu und bemüht sich mit der ganzen Kraft seiner heiteren Persönlichkeit, mir seine Sicherheit, seinen Optimismus zu vermitteln, aber er teilt meine Erfahrung nicht, die Erfahrung derer, die über dem Abgrund wandeln.

Ich wußte gleich, als man den Krebs bei mir entdeckte, daß die Pacmen mich am Ende bekommen würden – so stelle ich mir die Krebszellen immer vor, wie die sinnlos herumrennenden, gefräßigen kleinen Rundköpfe aus dem hirnlosen Computerspiel: ganz blinder, gieriger Schlund – und inzwischen bin ich mir fast sicher, daß es bald so weit sein wird. Anfangs bildete ich mir ein, sie tatsächlich zu spüren, wie sie hin- und herflitzten wie gräßliche pervertierte Spermien, die Tod bringen statt Leben und an mir fressen und fressen. Auch nach den Operationen und chemotherapeutischen Behandlungen glaubte ich sie noch in mir zu spüren, in der fruchtbaren, roten Dunkelheit. Mit der Zeit ließ dieses Gefühl nach, aber ich fühlte auch sonst nicht viel. Als die Jahre und die Nachuntersuchungen kamen und gingen und das Ergebnis stets negativ war, zog mich der Garten mit seinem zeitlosen, ruhigen Frieden in seinen Bann, und ich verlor die Fühlung zu ihnen und ihren gierigen Mäulern.

Aber als ich eines Morgens im Juli erwachte, dachte ich plötzlich: da sind sie wieder. Bis zum Abend war ich mir dann sicher, und seither weiß ich es. Es gibt keine anderen Symptome, aber ich kenne meinen Körper, meinen Abgrund, und ich weiß, was ich weiß. Die Pacmen sind auf dem Vormarsch, und ich will das alles nicht noch einmal durchmachen. Nicht noch eine Operation, nicht noch einmal diese furchtbare, erschöpfende Chemotherapie, nicht wieder der kahle Kopf, nicht wieder nachts die undurchdringliche, tote Finsternis vor Augen, nicht wieder tagsüber von der Morgendämmerung bis zum Sonnenuntergang das hundertfache Schwanken zwischen Hoffnung und Verzweiflung. Ich kann nicht mehr, und ich will nicht mehr.

Ich habe Alan nichts davon gesagt. Er würde mir sowieso nicht glauben.

»Woher willst du das wissen, ohne vorher bei McCracken gewesen zu sein?« würde er fragen und mich hinschicken in die luftige, elegante Praxis am Madison, die bis heute nach meinem ersten Entsetzen von damals riecht, als ich noch nicht ahnte, was mir bevorstand. Also werde ich ihm nichts sagen. So bleiben mir noch fast zwei Monate bis zur Untersuchung. Zwei Monate im herbstlichen Licht, in dem wunderbar klaren Gold und Blau, mit honigmilden Tagen und mit Nächten voller Sternschnuppen, mit viel leerem Raum ohne die Menschenmassen des Sommers. Zwei Monate mit dem reinen Dunkelblau des Meers, dem heißen, hellbraunen Sand und dem hohen herbstlichen Himmel, vor dem die letzten Schmetterlinge durch den Sonnenschein gaukeln und die Zugvögel auf dem Weg in den Süden vorüberfliegen. Zwei Monate in meinem Garten – wunderbar. Das wird genügen.

Mit der kriechenden Quecke war ich fertig und machte mich ans Jäten des Teufelszwirns, der mir beinahe die Gerbera und die Zinnien erstickte. Die Sonne brannte mir auf Kopf und Schultern. Aus ihrem Stand ersah ich, daß längst Nachmittag war; eigentlich hätte ich ins Haus gehen, duschen und Mittagessen machen sollen. Aber ich konnte mich nicht losreißen. Ich lauschte auf das Rauschen der See, das immer anschwillt, wenn die Flut hereinkommt. Es war jedoch ganz still, ich hörte das Meer nicht, sondern nur jenes tiefe, undefinierbare Summen, das man hier auf Long Island manchmal vernimmt, wenn die Menschenmassen verschwunden sind, und das für mich die Stimme der Erde selbst ist.

Doch darüber schoben sich, unerbeten, unerwünscht und seit Jahren nicht mehr gehört, andere Stimmen aus einer anderen Zeit. Ich schüttelte mich, aber sie schwiegen nicht. Schließlich hockte ich mich auf die Fersen und lauschte den Stimmen. Ich hörte Cecie und Ginger und Fig. Und Paul...

Bei unserer ersten Begegnung hätte ich Fig beinahe umgebracht: Ich hätte sie um ein Haar mit dem MG überfahren. Ich hatte Cecie, die eben aus Virginia zurückgekommen war, von dem kleinen viktorianischen Bahnhof von Randolph abgeholt, und wir mußten schleunigst zur letzten Versammlung, ehe der Studienbetrieb begann. Aller Voraussicht nach würde sie grauenvoll verlaufen: Alle waren erschöpft, nachdem wir zwei Wochen lang ununterbrochen Sketche und Lieder geprobt, Silber poliert und das Haus auf Hochglanz gebracht hatten, und das alles in dieser unerträglichen Hitze. So heiß war es zum Herbstanfang noch nie gewesen: Auf Randolphs fruchtbarer Ebene herrschten über fünfunddreißig Grad, bei sehr hoher Luftfeuchtigkeit. Aber es wollte und wollte nicht regnen; jeder neue Tag dämmerte weiß heran und verabschiedete sich grau vor Hitze, das Wasser war rationiert und die Ventilatoren liefen, bis sie rauchend und kreischend den Geist aufgaben. Damals hatte kein Haus auf dem Campus eine Klimaanlage – abgesehen von dem Laden, dem Kino und dem Gebäude der Studentenschaft. Diejenigen, die schon früher gekommen waren, um sich auf das Semester vorzubereiten, legten sich, mit feuchten Handtüchern bedeckt, im warmen Luftzug der Ventilatoren schlafen – sofern sie schlafen konnten. Jede zweite von uns litt an einer Sommergrippe.

Ich hatte eine rote Nase, fühlte mich elend und schwitzte in meinem eng gegürteten Baumwollkleid, den Strümpfen und den hochhackigen Schuhen. Die Tradition der Tri Omega verlangte, daß wir bei der letzten Hausversammlung vor dem Herbstsemester in der vorschriftsmäßigen Kleidung erschienen, obwohl dazu gar kein Grund bestand. Der einzige Zweck der Zusammenkunft war die Prüfung der Neubewerbungen und die heikle Durchsicht der »wärmstens Empfohlenen«, jener Schützlinge von Ehemaligen, die regelmäßig mit den Worten angepriesen wurden: »Ich kann sie wärmstens empfehlen. Sie ist ein nettes Mädchen und schätzt die Tri Omega über alles.« Am Ende nahmen wir natürlich die wärmstens Empfohlenen alle auf, und die meisten von ihnen lernten wir mit der Zeit ertragen, wenn nicht sogar schätzen. Aber vorher kam es stets zu stundenlangen Streitereien, und die Gründe, warum man sich dafür in Schale werfen mußte, verloren sich im Dunkel der Geschichte. Unbehagen und allgemeine Gereiztheit waren vorprogrammiert und verlängerten die Prozedur, die man bestenfalls als lästig ansehen konnte. Ich war schlecht gelaunt und nahm die Kurven so schnell, daß die Räder meines MG kreischten. Neben mir hielt sich Cecie am Sitz fest und verzog das Gesicht.

»Wenn du glaubst, daß du es besser kannst, dann versuch es ruhig«, fauchte ich. »Wir verpassen das blöde Gebet und die blöde Namensverlesung, weil dein blöder Zug Verspätung hatte und dann sagt Trish irgendwas Scheißfreundliches, und diesmal erwürge ich sie vielleicht wirklich. Mensch, Cecie, ich wollte, du würdest den Führerschein machen!«

Sie schwieg, und mich packte die Reue. Cecie hatte natürlich keinen Wagen, ihre Tanten waren viel zu arm. Etliche Mädchen in Randolph hatten keinen, aber Cecie war meines Wissens die einzige, die nicht einmal Autofahren konnte und sich auch weigerte, es zu lernen.

»Ich würde nur alle Leute im Umkreis von zehn Meilen überfahren«, antwortete sie leichthin auf jedes Angebot unsererseits, ihr Fahrstunden zu geben. »Ihr fahrt, und ich beteilige mich am Benzin.«

Die meisten von uns nahmen natürlich kein Geld von ihr. Dennoch sorgte das Thema gelegentlich für Mißmut bei den anderen, aber auch bei mir, bis zu dem Tag, an dem ich eine Wespe vertreiben wollte und Cecie aufforderte: »Halt mal das Lenkrad!« Sie gehorchte, aber als ich den Eindringling draußen hatte und das Steuer wieder übernahm, sah ich, daß sie kalkweiß und schweißgebadet neben mir saß und am ganzen Leib zitterte.

»So geht es mir immer.« Sie mied meinen Blick. »Ich glaube, daran ist der Unfall schuld. Ich weiß es nicht. Ich erinnere mich nicht mehr. Aber anders kann ich es mir nicht erklären.«

Danach ließ ich sie in Ruhe. Ich wollte ihr diese schlimmen Ängste nicht noch einmal zumuten.

»Entschuldige«, sagte ich an diesem unmenschlich heißen Tag, »aber, weißt du, ich bin vor Hitze halbtot, und es kühlt einfach nicht ab, und ich finde es den größten Schwachsinn, daß wir uns für die Versammlung in Schale . . .«

»Achtung!« schrie Cecie, und ich riß das Steuer nach links. Eine kleine, dicke Gestalt sprang mit einem Satz zurück auf den Bordstein. Ich stieg auf die Bremse, kam vor der ersten der beiden Ampeln von Randolph zum Stehen und funkelte mein Opfer an. Mein Herz raste, und das Blut rauschte mir in den Ohren.

»Tut mir leid.« Das Mädchen lächelte heiter. »Was für ein schönes Auto. Von so einem Wagen würde ich mich gerne überfahren lassen.«

Cecie und ich starrten sie einfach nur an. Wir waren allein auf der Straße. Im gnadenlosen Licht des Nachmittags sah das Mädchen grotesk aus. Sie war sehr klein, fast so klein wie Cecie, dabei aber untersetzt. Der große Kopf saß fast ohne einen Hals zwischen ihren Schultern und wirkte mit der schrecklichen Dauerwelle, die wie ein selbstgemachter Helm aus benutzter Putzwolle aussah, um so größer. Ihr Gesicht war breit, und hinter der dicken Schmetterlingsbrille glänzten feuchte Insektenaugen. Wie in der Zeichnung eines Erstkläßlers saßen die wesentlichen Teile ihres Gesichts in der Mitte, sie hatte eine Himmelfahrtsnase und Augenbrauen, die beinahe zusammengewachsen waren. Sie trug eine unmögliche gerüschte, schulterfreie Folklorebluse, einen geblümten, knöchellangen Rock über etlichen Unterröcken und einen roten Gummigürtel um die nicht vorhandene Taille. An den Füßen hatte sie hochhackige rote Pumps, und ihre roten Ohrringe hingen ihr bis auf die Schultern. Sie glich einer Zwergin in einem Kleiderhaufen, den eine Zigeunerin aufs Trottoir geworfen hatte. Ihre Stimme klang affektiert. Auf mich wirkte ihr Anblick wie der eines Clowns: komisch und traurig zugleich. Ich wollte die Augen abwenden.

»Entschuldigung«, brummte ich. »Ich bin zu schnell gefahren.«

»Ach was, ich war selbst schuld«, antwortete sie schrill und fröhlich. »Ich bin so blöd. Mir wäre nur recht geschehen, wenn ich überfahren worden wäre.«

Dazu fiel mir nichts ein, und ich sah voll Dankbarkeit, daß die Ampel grün wurde. Ich gab Gas.

»Ciao!« hörte ich sie kreischen. »Hoffentlich laufen wir einander noch mal über den Weg!«

Ihr girrendes Gelächter jagte uns nach wie ein übergeschnappter Terrier.

»Gott bewahre!« stöhnte Cecie. »Hast du dir ihre Klamotten angesehen? Wenn ich Pech habe, treffe ich sie in all meinen Kursen wieder.«

»Keine Angst!« Ich blickte unbehaglich in den Rückspiegel. Die vierschrötige, rotgeblümte Gestalt stand immer noch auf dem Bordstein und sah uns nach. »Wetten, daß sie neben mir am Zeichenbrett steht?«

»Wehe, du zeigst nach Sonnenuntergang noch deine Rrrübe in Rrrandolph, Frrreundchen«, rollte Cecie. »Hierrr ist nicht Rrraum genug fürrr uns beide.«

Die Versammlung war genauso öde und dauerte so lange, wie wir befürchtet hatten. Wir waren alle aggressiv und gereizt vor

Hitze und Müdigkeit und nervös, weil das Semester begann, und stritten uns um jede Bewerbung, um die Kostüme für die Sketche, die Bewirtung bei den Festen und die Aufteilung der Gemeinschaftsarbeiten. Nachdem wir die Bewerbungen abgehandelt hatten, kamen die Empfehlungen an die Reihe. Zum Glück war es diesmal nur eine Handvoll. Trish Farr, unsere Vorsitzende, ließ die Fotos herumgehen, und jede wurde nur kurz diskutiert. Selbst wer Einwände hatte, konnte sich nicht zu größeren Ausbrüchen aufraffen. Die Hitze tat ihre Wirkung. Außerdem konnte jede von den wärmstens Empfohlenen Pluspunkte verbuchen, die den Nachteil ihrer Zugehörigkeit zur Verbindung mehr als aufwogen. Der Fettkloß aus Bessemer hatte eine Stimme wie ein Engel und würde als Solistin Furore machen. Das Mädchen, das, einschließlich Entensterz und Bizeps, aussah wie James Dean, war so reich wie Krösus und würde der Tri Omega – so wurde angedeutet – im Fall ihrer Aufnahme eine dicke Spende einbringen. Und die mit dem Damenbart und der Gretchenfrisur fuhr den ersten Jaguar XKE, der uns unter die Augen kam.

»Na ja, ich werde ihr persönlich die Zöpfe abschneiden und den Bart auszupfen«, sagte Rosemary Bates.

»Ich will lieber nicht wissen, wie ihr über mich gelästert habt«, bemerkte ich müde.

»Eigentlich gar nicht«, antwortete Rosemary sachlich. »Auf dem Bild hast du schick ausgesehen, und außerdem hattest du den MG.«

Cecie neben mir schnaubte.

Trish hielt das letzte Foto hoch, mit der Rückseite zu uns.

»Die wird euch bestimmt nicht gefallen. Aber ehe ihr euch alle auf mich stürzt mit Gebrüll, muß ich euch eines sagen: Erstens hatten wir noch nie jemanden mit so guten Noten, und zweitens hätten wir selbst dann keine Wahl, wenn sie schwachsinnig wäre, weil Mrs. Claiborne persönlich sie empfiehlt, und zwar mit der Bemerkung, wenn wir sie nicht nähmen, hätten wir allen Grund, um unsere Konzession zu fürchten.«

Annabelle Claiborne war unsere nationale Große Vorsitzende, ein autokratisches Weib, und sie konnte uns wirklich nach ihren Gutdünken die Konzession entziehen. Sie hatte uns schon auf dem Kieker, weil wir ihren letzten unsäglichen Schützling abgelehnt hatten. Leider war der Vater des Mädchens Aufsichtsratsvorsitzender in der Firma von Mrs. Clairbornes Ehemann gewesen und hatte sich über die Abfuhr wenig entzückt gezeigt. Doch als man uns die Verwerflichkeit unseres Tuns vor Augen führte, war die Tochter bereits aus purer Verzweiflung auf ein Schweizer Internat gegangen, und wir konnten den Schaden nicht wieder gutmachen. Wir waren in der Pflicht. Das Schlimmste befürchtend, sahen wir zu Trish hinüber.

Sie seufzte stumm und drehte das Foto um. Ein lautes Stöhnen ging durch den Raum. Unwillkürlich stieß ich einen unterdrückten Schrei aus, und Cecie verschluckte sich am Rauch ihrer Pall Mall und bekam einen Hustenanfall. Auch das schmeichelnde Licht und der schwarz drapierte Hintergrund des Fotoateliers nützten bei diesem Mädchen nicht das geringste.

»O NEIN!« hörten Cecie und ich die anderen wie aus einem Mund schreien.

»Du hättest sie vielleicht doch besser überfahren sollen«, sagte Cecie, aber dann meinte sie: »Ach, Unsinn. Vergiß es. Sie hat es bestimmt nicht leicht.«

»Nein«, sagte ich. Neben Abscheu und tiefer Verachtung fühlte ich beim Anblick dieses Götzengesichts noch etwas anderes. Der Atem des Abgrunds schlug mir entgegen, und ich wußte auf einmal, daß auch dieses groteske Geschöpf auf dem Foto ihn kannte, ihn jeden einzelnen Tag ihres Lebens spürte, so wie ich, ehe ich Cecie kennenlernte. Außerdem mißfiel mir die gedankenlose Gehässigkeit meiner Kameradinnen, obwohl ich ihnen zustimmte. Ich hatte Mitleid mit dem Mädchen.

Ich wartete, bis das Geschrei verebbt war und die Versammelten – wohl wissend, daß sie klein beigeben mußten – mürrisch auf Trish blickten, und sagte dann: »Erstens ist es sonnenklar, daß wir sie nehmen müssen, also ist jede weitere Diskussion Zeitverschwendung. Zweitens, wenn wir sie schon aufnehmen, sollten wir auch gute Miene dazu machen. Wir sind nicht so vollkommen, daß wir fies zu ihr sein dürfen. Wir können froh sein, daß wir nicht so aussehen.«

Mit meiner kleinen Moralpredigt hatte ich mich zur Zielscheibe gemacht. Die anderen schrien mich nieder. Als das Gejohle verklungen war, sagte Trish schnippisch: »Ganz recht, Kate, das hast du schön gesagt. Du kannst es gleich in die Tat umsetzen, indem du für sie in der Probezeit die große Schwester spielst.«

Die anderen lachten schallend, und mir sank das Herz in die Magengrube. Wenn man eine »kleine Schwester« zu betreuen hatte, mußte man etliche Stunden mit ihr verbringen und sie auf die Aufnahmeprüfung vorbereiten, vom Ritual selbst ganz zu schweigen, das sechs Stunden dauerte und bei dem unter anderem etliche Umarmungen und ein Kuß zu überstehen waren.

»Selbstverständlich«, erwiderte ich kühl in meiner feinsten Ostküstenstimme. »Mit Vergnügen.«

»Eine gute Tat bleibt nicht ungestraft«, flüsterte mir Cecie zu.

»Vielleicht hat sie sich ja noch woanders beworben«, meinte Bird Stanley. Birds Optimismus grenzte an Einfalt. Wir sahen sie sprachlos an.

»Wie heißt sie denn?« fragte Carolanne Gladney. Trish warf einen Blick in ihre Mappe, ehe sie uns wieder ansah.

»Helen Georgine Newton, genannt Fig.«

Die Versammlung gröhlte und brüllte vor Lachen. Dann gingen alle, immer noch kichernd, auf ihre Zimmer. Cecie stieg kopfschüttelnd neben mir die Treppe hinauf.

»Fig Newton«, sagte sie verwundert. »Ausgerechnet.«

So trat Fig zu Beginn ihres ersten und unseres dritten Studienjahres in unser Leben und wurde – sei es aus praktischen Gründen oder aus Bosheit – in dem leerstehenden zweiten Zimmer unserer Wohnung untergebracht, das Cecie und ich bisher als Abstellraum benutzt hatten.

»So hast du es mit der Betreuung leichter, Kate«, sagte Trish Farr mit einem Grinsen zu mir. Ich lächelte grimmig. Trish und ich hatten auf den ersten Blick eine tiefe Abneigung zueinander gefaßt und taten jahrelang, als wäre dem nicht so.

»Großartige Idee«, antwortete ich.

Bei unserer ersten Begegnung auf der Eröffnungsparty sprudelte Fig: »Ich hab's ja gewußt, daß dieses Zusammentreffen auf der Straße schicksalhaft war!« Und von da an klammerte sie sich an mich wie eine Muschel an einen Stein. Bis heute weiß ich nicht genau, weshalb sie das tat. Vielleicht war es der leichte Geruch des Andersseins, der sie zu mir hinzog; wie ich bereits sagte, wir erkennen einander. Aber auch Cecie kannte den Abgrund, und an sie hängte sich Fig niemals so wie an mich. Im Gegenteil, sie machte sogar eher einen Bogen um Cecie. Aber ich konnte sagen und tun, was ich wollte, sie fühlte sich zu mir hingezogen wie ein kleines Kätzchen zu Katzenminze. Wenn noch jemand bei ihr im Zimmer gewohnt hätte, wäre vielleicht eine andere Konstellation entstanden, doch die Neue, die bei ihr einquartiert worden war, rannte nach fünf Tagen, hohläugig vor Verzweiflung, zur Dekanin und bestürmte sie so lange, bis diese Figs Schnarchen auf der Krankenstation des Colleges messen ließ. Danach schlief niemand mehr in dem anderen Bett in Figs Zimmer, doch das störte sie anscheinend nicht.

»Das kommt von meinen Polypen und meinen Mandeln«, erklärte sie Cecie und mir selbstgefällig. »Sie halten die Flüssigkeit wie ein Schwamm. Es liegt in der Familie. Ein typisches Merkmal der Newtons.«

Das verkündete sie so stolz, als hätte sie gesagt: »Wir haben alle von Natur aus Locken und blaue Augen.« Bei dem Vergleich mit dem Schwamm verzog ich unwillkürlich das Gesicht.

»Hast du mal an eine Operation gedacht?« fragte Cecie zuckersüß. »Heutzutage wirkt so was Wunder.«

»Aber nein, keiner von uns hat sich je operieren lassen«, antwortete Fig vorwurfsvoll.

»Merkt man auch«, sagte Cecie, als wir am Abend im Bett lagen und auf das Schnarchen horchten, das durch zwei geschlossene Badezimmertüren drang. »Sonst hätte man ihre Mutter lange vor der Geburt unserer fabelhaften Fig sterilisiert.«

Fig hatte vier ältere Brüder, die ihr, nach dem furchterregenden Foto auf ihrem Schreibtisch zu urteilen, alle ähnlich sahen.

»Ich bin das Nesthäkchen«, sagte sie. »Mama beschloß, mit dem Kinderkriegen aufzuhören, als sie endlich ihr kleines Mädchen bekam.«

»Um mit Dorothy Parker zu reden, als man ihr erzählte, daß Calvin Coolidge gestorben war: ›Und woran sah man das?‹« bemerkte Cecie zartfühlend.

Cecie und ich lachten, bis wir uns verschluckten, zogen uns die Bettdecken über den Kopf und lachten weiter. Wir hörten gar nicht mehr auf. Und so blieb es, solange Fig bei uns war: Wir erstickten in den Nächten unser schuldbewußtes, hilfloses Gelächter, was uns aber bestimmt nur unvollkommen gelang. Ich denke, das wußten wir selbst damals schon. Aber wir konnten nicht dagegen an.

»Immer noch besser, als häßlich zu ihr sein«, sagte ich öfter. »Ich glaube, wir sind die einzigen in der Tri Omega, die sie nicht die ganze Zeit fies behandeln.«

»Ich weiß zwar nicht, was schlimmer ist, aber du kannst sowieso nicht gemein zu ihr sein«, antwortete Cecie. »Das würde sie nicht überleben. Sie ist ganz verrückt nach dir. Ist dir aufgefallen, daß sie dich nachahmt?«

»Ich finde das gar nicht komisch.« In den folgenden Wochen wurde mir klar, wie recht Cecie hatte. In diesem Herbst machte sich Fig Stück für Stück, unaufhaltsam wie ein wandernder Gletscher, mein Äußeres, meine Gestik und meine Kleidung zu eigen, wenn auch in ihrer Version.

Zuerst beobachtete sie mich nur. Sie beobachtete mich, wenn ich mich morgens beim Aufstehen oder nachmittags vor einem Rendezvous zurechtmachte. Sie beobachtete mich abends, wenn ich mich abschminkte. Cecie und ich gewöhnten uns an, uns nacheinander bei geschlossenen Türen im Badezimmer umzuziehen. Aber Fig merkte es anscheinend nicht. Wenn wir herauskamen, räkelte sie sich auf meinem Bett wie eine Kröte in der Sonne. Meistens hatte sie ihr Tagebuch dabei, aber wir beide hätten uns lieber die Zunge abgebissen, als sie zu fragen, was sie hineinschrieb. Als Antwort wäre entweder eine boshafte Anspielung gekommen oder eine peinliche Dankeshymne, daß sie zu uns gehören durfte. Manchmal stellte sie auch Fragen.

»Was hast du da für ein Shampoo?« Meine Antwort hielt sie im Tagebuch fest. »Welche Wimperntusche würdest du mir empfehlen? Was meinst du, was für ein Lippenstift zu meinem Teint paßt?«

»Schlammfarbener«, murmelte Cecie in sich hinein. Je mehr Fig sie zur Weißglut brachte, desto höflicher und distanzierter wurde sie. Ihre blauen Augen blickten kühl, während Fig mich ausquetschte und gewissenhaft die – wie sie es nannte – »Geheimtips für die Schönheit« in ihr Tagebuch eintrug.

Als nächstes kamen die Kleider dran. Meine konnte sie zwar beim besten Willen nicht tragen, aber sie gab sich alle Mühe, sich ähnliche zu besorgen. Verschwunden waren Rüschen, Unterröcke und hohe Absätze; nun erschien sie morgens in flauschigen, hautengen Tweedröcken, die ihr bis an die Knöchel reichten und deren Schlitz verschämt einen bestürzenden Blick auf orangenhäutige bläuliche Schenkel freigab. »Bleistiftröcke« nannte Fig sie. Dazu trug sie Strickkombis mit rundem Ausschnitt, die an ihrem halslosen, tonnenförmigen Körper wie Zwangsjacken aussahen. Die Sachen waren nicht aus weichem Kaschmir oder robuster Shetlandwolle wie die, die ich mir vor meinem Wechsel aufs Randolph Macon unter meines Vaters Anleitung gekauft hatte, sondern aus billigem Wollmischgewebe, das nach dem ersten Waschen gräßlich ausleierte. Sie kaufte sich dicke Fruit-of-the-Loom Sportsocken und trug sie heruntergerollt über flachen Slippern. Dazu erwarb sie einige Männerhemden aus Oxfordstoff und Sweatshirts mit der Aufschrift »Randolph«, »Georgia Technical College« oder »Roll Tide«.

»Ich weiß ja, daß deine alle von besseren Unis sind«, sagte sie. »Ich kaufe mir auch solche, wenn du mir verrätst, wo du sie herhast.«

»Die sind nicht gekauft. Ich habe sie geschenkt bekommen.«

»Ach so. Hätte ich mir denken können«, antwortete sie.

Ich habe keine Ahnung, woher sie diese traurigen Kleider bezog und das Geld dafür nahm. Sie behauptete zwar, Geld von ihren Eltern zu haben, aber das glaubte ich ihr nicht. Wie die meisten von uns wußten, bekam sie vom Rotary Club in Fowler, Alabama, ein Stipendium, und ihre Eltern waren völlig mittellos. Ihre Mutter, so hieß es, habe Schande über ihre Familie gebracht, weil sie mit einem gutaussehenden Maurer durchgebrannt war, der ihr erst fünf Kinder geschenkt und sich dann beim Mörtelschleppen das Kreuz ausgerenkt und keinen Finger mehr gerührt hatte. Von zu Hause bekam Fig bestimmt kein Geld. Cecie und ich, denen Knausern und Sparen nicht fremd war, versuchten, taktvoll mit ihr über ihre Kleiderkäufe zu sprechen, wobei Cecie beinahe so etwas wie Mitgefühl zeigte.

»Hör mal, Fig, ich bin selber arm wie eine Kirchenmaus, also brauchst du dich nicht zu genieren. Ich könnte mir nie im Leben eine neue Garderobe leisten, aber ich glaube, du auch nicht, und ich kann gar nicht mitansehen, wie du das Geld zum Fenster rauswirfst. Deine Kleider sind doch gut genug, du mußt dir keine neuen kaufen.«

»Meine sind ohne jeden Stil und Schick.« Fig senkte den Blick. »Ich fand sie schick, bis ich die von Kate gesehen habe. Kates haben Stil. Deine auch«, fügte sie hinzu, sah Cecie an und lächelte schmeichlerisch.

»Ja, aber was Kate trägt, ist Kates Stil, nicht deiner«, sagte Cecie freundlich. »In Kates Kleidern würde ich so lächerlich aussehen wie... wie man nur aussehen kann. Die Sachen kann zwar sie tragen, aber ich und du können das nicht. Wir sind zu klein. Uns Kleinen stehen ganz andere Sachen.«

»Ich will auch so einen Stil haben wie Kate«, antwortete Fig schlicht. »Kate ist eine echte Aristokratin, das sieht ein Blinder. Meine Mutter sagt immer, Blut läßt sich nicht verleugnen. Kate sieht nicht nur aristokratisch aus, sie geht und spricht auch so. Sogar ihr Lachen ist aristokratisch. Ich würde gerne so sein wie sie.«

Niemandem außer Fig wäre es je eingefallen, sich derartig zu entblößen, sich auf eine so treuherzige, quälende Art selbst herabzusetzen. Mir brannte das Herz vor Mitleid.

»Ach, Fig, du hast keinen Grund, mich als Vorbild anzusehen. Wirklich nicht. Ich bin zu groß und zu mager. Ich gehe so krumm, weil ich gerne kleiner wirken möchte, und ich spreche so, weil ich jahrelang die Sommerferien an der Ostküste verbracht habe, und ich trage die Sachen, weil ich mir keine neuen leisten kann. Ich schäme mich für mein Lachen, deshalb klingt es so. Mein Vater hat immer gesagt, ich lache wie eine Hyäne. Ich bin gar keine Aristokratin. Wirklich nicht. Ich bin nicht reich, ich bin ein ganz normales Mädchen aus Alabama, genau wie du. Sei doch einfach nur du selbst, dann werden dich alle um so lieber mögen.«

»Nein, das werden sie nicht«, sagte sie. »Ich war nie beliebt.«

»Ich verspreche dir, daß sie dich mögen werden«, antwortete ich.

»Nein. Ganz bestimmt nicht. Und das andere glaube ich dir auch nicht. Du sagst das nur, weil du nett zu mir sein willst. Du bist immer so gut und freundlich. Meine Mutter sagt, eine richtige Dame ist nie mit Absicht unfreundlich, genau wie du.«

Ich verdrehte verzweifelt die Augen.

»Deine Mutter hat recht«, sagte Cecie grinsend. »Obwohl Oscar Wilde ja gesagt hat, daß ein Gentleman nie aus *Versehen* unfreundlich ist. Also such es dir aus... Aber unsere Kate ist durchaus eine Aristokratin. Weißt du, daß sie mal den Spitznamen Effie hatte? Das kommt von EF«, fuhr sie auf Figs verständnislosen Blick hin fort, »wie 'Erste Familie'. Hab ich recht, Effie Lee?«

»Ach, halt doch die Klappe, Cecie!« Ich war verärgert.

»Und außerdem bist du bescheiden. Das ist mir an dir gleich aufgefallen.« Fig war nicht zu bremsen bei ihrer Aufzählung meiner Tugenden. Am liebsten hätte ich vor ohnmächtiger Wut geschrien. »Effie – das finde ich süß. Ich wußte nichts davon, obwohl ich deinen ganzen Namen kenne. Ich habe ihn gleich am ersten Abend aus der Tri-Omega-Liste in mein Tagebuch abgeschrieben. Katherine Stewart Lee. Das Stewart ist mir aufgefallen, weil meine Mutter ein paar Stewarts aus Virginia in der Familie hat. Beinahe wäre ich auch so getauft worden. Wir sind wahrscheinlich verwandt.« Sie blätterte in ihrem Tagebuch und hielt uns die Seite hin. Mein Name, falsch geschrieben, fiel mir ins Auge. Mir wurde auf einmal flau im Magen.

»Kate ist aber mit den U-Stuarts verwandt«, versetzte Cecie sanft. »Weißt du, zum Beispiel mit dem General Jeb Stuart. Das ist eine andere Familie.«

»Trotzdem sind wir vielleicht verwandt«, sagte Fig und sah auf ihre großen, mit Slippern beschuhten Füße. Ihr Gesicht und ihr Hals waren dunkelrot. »Irgendwann hat sich halt die Schreibweise geändert, sagt meine Mutter.«

Ich zuckte resigniert die Achseln.

»Kann schon sein«, sagte ich. »Also sei ein braves Kusinchen fünften Grades oder was auch immer und geh nicht mehr so nach vorne gebeugt und hör auf, so zu reden wie Katherine Hepburn in

The Front Page. Und wirf den Kopf nicht so in den Nacken beim Lachen. Du verrenkst dir noch den Hals. Ich mag dich so, wie du bist, und möchte dich nicht anders haben.«

»Na gut, wenn du wirklich meinst«, erwiderte Fig unterwürfig. Dann warf sie mir unter hellen Lidern einen verschlagenen Blick zu und ergänzte: »Effie.«

Sie war nicht davon abzubringen. Sie gab zwar ihre lächerlichen Bemühungen auf, meine krumme Haltung, meine Redeweise und mein Lachen nachzuahmen, aber bis zu meinem Abgang vom College nannte mich Fig ständig augenzwinkernd, betont und mit gespielter Unterwürfigkeit »Effie Lee«. Ich war nahe daran, aus der Haut zu fahren. Cecie genoß es. Ein ganzes Semester lang nannte auch sie mich Effie Lee, doch im Gegensatz zu Fig hatte sie bald genug davon. Nach einiger Zeit konnte ich darüber lachen. Cecie und ich nahmen die Geschichte in unsere Sammlung auf, die Cecie »Figiana« betitelte und deren Durchsicht uns beiden allnächtlich Vergnügen bereitete.

Voller Entschlossenheit verbrachte ich einmal in der Woche nachmittags ungefähr eine Stunde mit Fig, um sie anhand unseres Prüfungsbuchs zur Aufnahme in die Tri Omega vorzubereiten. Obwohl sie über eine verblüffende Auffassungsgabe verfügte, machte sie mir die Sache schwer und stellte sich dumm, so daß ich alles mehrmals wiederholen mußte, während sie jedes meiner Worte gewissenhaft – die Zunge vor Eifer zwischen die Zähne geklemmt – in das mir inzwischen verhaßte Tagebuch schrieb. Dabei schnaufte sie hörbar durch die Nase und warf mir Verschwörerblicke zu.

»Ach, komm schon, Fig«, sagte ich schließlich, »du kannst das Zeug inzwischen in- und auswendig, besser als ich. Ich brauche dir doch nicht alles noch mal zu erzählen.«

Ihre Insektenaugen zwinkerten mir lächelnd zu.

»Schon. Aber ich höre deine Stimme so gerne.«

Etwas in ihrem Ton, eine schwüle Vertraulichkeit, erschreckte mich und stieß mich ab. Ich erklärte den Unterricht für beendet. Sie wußte inzwischen alles über die Tri Omega.

Ich gewöhnte mir an, bis sechs Uhr abends an den Zeichentischen in der McCandless Hall zu arbeiten, gemeinsam mit vielen anderen Studenten der Architektur und Innenarchitektur. Ich belegte einen freien Tisch an der Fensterfront, von dem aus man einen guten Überblick über die Straße mit Cafeteria, Waschsalon, Wohnheim und Laden hatte, und fand Geschmack an der Atmosphäre des neuerbauten, lichtdurchfluteten Raums. Tagsüber war es eines der kühlsten Fleckchen auf dem Campus, und abends wirkte das Gebäude wie ein Riesenaquarium voll freundlich gesonnener Fische. In der gut besuchten Cafeteria fand man bis zum späten Abend immer Studenten, die über Interieurs, Materialien und Konstruktionsmethoden diskutierten. Etliche der Männer waren älter als der Durchschnitt in Randolph, ehemalige Soldaten, die nach einigen Jahren Wehrdienst das Studium vom Staat bezahlt bekamen und das aufgeregte akademische Leben um sie herum mit dem kühlen, ein wenig verächtlichen Blick der Welterfahrenen betrachteten. Für die anderen Studenten waren sie Bohemiens, Künstler und Sonderlinge, mit denen man nicht verkehrte. Ich dagegen fühlte mich zu ihnen hingezogen und stieß auf Sympathie; offenbar erkannten sie mich trotz meines Tri-Omega-Abzeichens als heimliche Außenseiterin. Oft entwarf ich Inneneinrichtungen für den hoffnungsvollen Architektennachwuchs, und ebensooft korrigierten sie meine falsche Perspektive oder luden mich zum Kaffee ein. Es war eine angenehme, ruhige Zeit. Cecie hatte in diesem Herbst auch noch am späten Nachmittag Unterricht, und Fig konnte mich kaum bis in den Arbeitsraum hinein verfolgen. In diesem Semester fing ich ernsthaft an, mich für Innenarchitektur zu interessieren.

Doch bald begann Fig, mich zu beschatten wie ein schlechter Detektiv.

»Sieh nicht hin, aber einer von den sieben Zwergen hat ein Auge auf dich«, sagte an einem Novembertag der verheiratete Architekt am Nebentisch. Ich folgte seinem Blick, und da stand sie, draußen auf dem Gehweg in einem neuen, geschmacklosen gelben Kamelhaarmantel und mehreren knöchellangen Schals, und starrte mich an. Mit ihren zahlreichen Hüllen wirkte sie wie ein dickes Rohr, das zum Schutz gegen den Frost mit Sackleinwand umwickelt worden war. Sie lächelte mich strahlend an und winkte mir flüchtig zu. Ich winkte zurück und wartete, daß sie weiterginge, aber sie blieb stehen. Mir brannten Gesicht und Hals. Ich beugte mich über meine Arbeit.

»Okay, jetzt ist sie weg«, sagte mein Tischnachbar endlich. »Wer war denn die?«

»Eine von unseren Neuen.« Ich sah nicht auf.

»Mann, die muß ja stinken vor Geld! Oder ist man bei der Tri Omega neuerdings unter die barmherzigen Schwestern gegangen?«

»Sie ist ein sehr nettes Mädchen«, sagte ich steif, während ich sie insgeheim verwünschte.

»Na klar«, antwortete er gleichmütig. »Wie könnte es auch anders sein?«

Tags darauf tauchte Fig um die gleiche Zeit wieder auf, ebenso am nächsten und am übernächsten Tag. Es war immer dasselbe: ein Handzeichen und das lebhafte Lächeln, der eingezogene Kopf, das stumme Abwarten. Am fünften Tag kam sie herein und stellte sich in die Tür des Zeichensaals, trat von einem Fuß auf den anderen und benahm sich in aller Öffentlichkeit wie ein Terrier, der einen Tritt erwartet. Schließlich sagte jemand: »Kate, Besuch für dich!« Da sah ich auf und bemerkte sie. Ich zerrte sie hinaus auf den Flur.

»Fig, was ist los?« fragte ich kühl, in dem Bewußtsein, daß jeder im Raum zuhörte.

»Na ja, ich bin zufällig vorbeigekommen und habe dich durchs Fenster gesehen, und da habe ich mir gedacht, daß wir zusammen einen Kaffee trinken könnten. Ich hab dich schon öfter nachmittags drüben in Harry's Café gesehen. Also hab ich gedacht, wenn ich nun schon mal hier bin ...«

»Wir haben erst in einer Stunde Pause, und du kannst nicht so lange in der Kälte auf mich warten«, erklärte ich. »Und Dr. McGee sieht es nicht gern, wenn sich fremde Studenten ... also Leute, die nicht bei ihm im Kurs sind, im Zeichensaal aufhalten. Trotzdem vielen Dank. Was machst du überhaupt um diese Zeit hier? Ich dachte, du hast Sport?«

»Nicht mehr.« Sie wich meinem Blick aus. »Weißt du, ich habe davon so schreckliche Krämpfe gekriegt und mir auf der Krankenstation ein Attest besorgt. Statt dessen gehe ich jetzt gleich da drüben zu so 'nem Musikkurs.«

»Also. Ich muß jedenfalls weitermachen. Bis heute abend!« sagte ich.

»Kommst du zum Essen?«

»Äh ... keine Ahnung. Bis zu den Herbstferien soll mein Projekt fertig sein. Wahrscheinlich muß ich bis dahin jeden Abend arbeiten ...«

»Ich helfe dir«, sagte sie munter.

»Fig ...«

»Schon gut, schon gut.« Sie hielt sich die Hände vor den Körper, als wolle sie einen Schlag abwehren und gluckste vergnügt. Dann hastete sie davon, ohne sich noch einmal umzusehen.

Danach erschien sie nicht mehr auf dem Bürgersteig vor der McCandless Hall, aber als ich eines Nachmittags bei Harry's mit ein paar Architekturstudenten Kaffee trank und mich fröhlich unterhielt, spürte ich auf einmal deutlich, daß mich jemand beobachtete. Ich drehte mich um. Sie saß allein an einem Tisch auf der anderen Seite des Cafés. Durch den dichten Nebel des Zigarettenqualms und den Dampf aus etlichen Kaffeetassen sah ich, daß sie die Augen unverwandt auf mich gerichtet hatte. Doch als sie meinen Blick bemerkte, versenkte sie sich in ein Buch und blickte nicht mehr auf. Auch während des restlichen Semesters erschien sie immer wieder, ohne mich zu beachten und ohne unsere Begegnung hinterher zu erwähnen. Ihr Schweigen verblüffte mich so, daß ich ebenfalls nie etwas sagte. Und so schlichen wir umeinander herum, Jägerin und Beutetier, und gaben mit keiner Geste zu erkennen, daß wir die andere bemerkten. Ich war zwar entnervt und gereizt, konnte mich aber, solange sie mich so offensichtlich ignorierte, nicht dazu durchringen, das Thema zur Sprache zu bringen. Es war schließlich nicht verboten, sich auf dem Campus frei zu bewegen.

Dann tauchte sie allwöchentlich in meinem Seminar zur Geschichte der Architektur auf, wobei sie wieder so tat, als sähe sie mich nicht und wäre hingerissen von dem geleierten Diavortrag des deutschen Professors. Beim Essen begann sie auf einmal von Mies van der Rohe und Florence Knoll, von Barcelona-Stühlen und Dudoks Hilversumer Rathaus zu faseln, bis mir eines Abends der Kragen platzte.

Ich folgte ihr in ihren Unterschlupf und sagte: »Also, Fig, laß den Quatsch. Du kannst einen Eames-Stuhl nicht von einem Klo unterscheiden, und das ganze Zeug interessiert dich auch gar nicht. Du hast Englisch als Hauptfach und bist darin einsame Spitze. Was willst du mit Innenarchitektur? Ich kapiere wirklich nicht, warum du dich mit diesem dämlichen Kurs abgibst, den alle stinklangweilig finden. Und die anderen zerreißen sich die Mäuler, weil du mir so am Rockzipfel hängst. Willst du das?«

»Wieso denn? Wir leben schließlich in einem freien Land, oder?« antwortete sie störrisch. »Ich wüßte nicht, wen das etwas angeht, wenn ich Kurse in anderen Fächern besuche. Wer sagt denn, daß ich dir am Rockzipfel hänge?«

»Alle. Die anderen. Hör zu. Kahlil Gibran hat in *Der Prophet* einen Satz geschrieben, den ich schön und richtig finde, und der lautet: 'Laßt Euch Raum in Eurer Gemeinsamkeit'. Also Fig, machen wir es so! Laß uns einander Raum geben in unserer Gemeinsamkeit.«

»Wie schön«, sagte sie keuchend. »Das finde ich so schön! Ich muß das in mein Tagebuch schreiben. Und ...«, sie warf mir einen schmachtenden Blick zu, »daß du es für mich zitiert hast! Ich werde es nie vergessen.«

Ich war geschlagen. Mit lauten Schritten verließ ich ihr Zimmer. Verflucht wollte ich sein, wenn ich mich mit ihr noch einmal auf eine solche Diskussion einließ! Wer Fig nur anfaßte, der wurde sie nicht mehr los.

Während dieser ganzen verrückten Belagerung benahm sich Cecie merkwürdig zurückhaltend. Empört erzählte ich ihr jede einzelne von Figs Ungeheuerlichkeiten und erwartete von ihr entweder einen trockenen Kommentar oder ein helles, befreiendes Lachen, doch nichts von beidem kam. Es war um diese Zeit, daß sie begann, mich vor Fig zu warnen, mich ermahnte, nicht so laut zu lachen und die Stimme zu senken, wenn ich über sie herzog. Anstatt die ganze Angelegenheit durch ihren geistvollen Spott herunterzuspielen, betonte sie immer wieder, Fig sei nicht, was sie scheine. »Ich verstehe nicht, daß du nicht sehen willst..., wie sie eigentlich ist«, fuhr sie mich einmal zornig an. »Du benimmst dich wie ein Gaul, der Scheuklappen anhat.«

Mehr sagte sie nicht. Ich fühlte mich beinahe verraten, als hätte mich mit meinem Publikum zugleich auch die verlassen, die sonst mit mir lachte. Eine Weile lachten Cecie und ich abends weniger oft, und mir ging auf, wieviel von unserer Heiterkeit wir Fig verdankten.

Unterdessen beschenkte mich Fig mit Gedichten. Sie hinterließ sie auf meinem Kopfkissen, klemmte sie mir unter die Scheibenwischer des MG oder legte sie auf meinen Zeichentisch in der McCandless Hall. Die Elaborate waren düster, blumig, überspannt und insgesamt so gräßlich, daß ich mich am Abend, wenn ich sie Cecie vorlas, vor Lachen bog. Diesmal lachte sie mit. Sie konnte nicht anders. Beim Vorlesen imitierte ich Fig. Ich entdeckte meine Gabe, Fig in Stimme und Tonfall täuschend echt nachzuahmen, und benutzte sie schamlos und häufig. Mit meiner bösen Karikatur schaffte ich es jedesmal, daß Cecie vor Lachen die Luft ausging, und ich genoß meine neue Fertigkeit. Wie oft war sie es gewesen, die mich zum Lachen gebracht hatte, bis ich tatsächlich fast zu sterben glaubte!

»Psst! Psst!« keuchte sie. »Bitte nicht. Ich kann nicht mehr. Wenn sie uns belauscht! Kate, hör doch auf...«

Und ich las weiter und deklamierte mit leichtherzigem Spott Figs armselige, unbeholfene Worte.

Eines Morgens kam Cecie aus dem Bad, in der Hand einen feuchten Fetzen Papier, den sie mir reichte. Sie sah mich nicht an.

»Das hing am Duschvorhang«, sagte sie. »Kate, so kann das nicht weitergehen.«

Als ich das Gedicht las, das Fig mir diesmal zugedacht hatte, errötete ich tief. Ich spürte ganz deutlich einen Luftzug im Gesicht und auf den Händen, als wäre irgend etwas lautlos explodiert. Mir wurde schwindlig. Mein Atem stockte. Mir war übel. Das Gedicht handelte von körperlicher Liebe, die mit so drastischen Ausdrükken beschrieben war, wie sie mir nicht im Traum eingefallen wären. Es war krankhaft und abstoßend. Ich war mir zwar sicher, daß Fig es nicht selbst verfaßt hatte, aber daß sie sich erdreistete, mich in solche Phantasien einzubeziehen, machte mich zittern vor Schwäche und Empörung.

Ich stürmte in ihr Zimmer und riß ihr die Bettdecke herunter.

Sie tat so, als würde sie gerade erst wach, und streckte sich mit verschlafenem Lächeln. Ohne die Brille wirkte ihr Gesicht nackt und verletzlich.

»Morgen, Effie.«

»Wehe, so etwas kommt mir noch einmal vor Augen!« schrie ich. »Hör gefälligst auf, mir Gedichte zu schreiben, hör auf, mir nachzulaufen, und tu nicht so unschuldig, du weißt ganz genau, wovon ich rede!«

Sie sah mich übertrieben überrascht an und spielte die Gekränkte.

»Nein, ich weiß es nicht«, antwortete sie weinerlich. »Ich habe keine Ahnung, wovon du redest. Warum bist du so sauer?«

»Das hier«, ich wedelte mit dem Blatt vor ihrem Gesicht herum, »das ist ... Schmutz. Es ist viel schlimmer als die Albernheiten, die du mir heimlich ins Zimmer und aufs Auto gelegt hast ...«

»Ich habe gedacht, es würde dir gefallen«, flüsterte sie, wobei ihr die Tränen in die blinden Augen schossen. »Ich dachte, du magst Gedichte. Du hast mir doch etwas aus *Der Prophet* zitiert ... Ich hab gemeint, es bedeutet dir was ... und ich dir auch. Ich habe nicht gewußt, daß da schmutzige Sachen stehen. Ich hab es bloß ... aus Cecies Buch abgeschrieben. Ich dachte, ihr lest es euch vor, wie die anderen Sachen auch ... Ich hab es nicht mal verstanden ...«

Sie fing laut zu schluchzen an, während sie durch die Finger schielte, um meine Reaktion zu beobachten. Ich wußte, daß sie das *Kamasutra* meinte, das Cecie und ich zwar gelesen hatten, aber jede für sich. Wir hatten es schockierend und erregend zugleich gefunden. Ich war auch davon überzeugt, daß sie genau wußte, was es bedeutete, aber das war mir egal. Cecie hatte das Buch in einem Seminar von einem orientalischen Bekannten bekommen und bewahrte es in ihrer Schreibtischschublade auf. Fig mußte ihre Sachen durchwühlt haben.

»Mach so was nie wieder, Fig«, sagte ich kalt. »Ich habe die Nase voll. Wenn das nicht aufhört, sorge ich dafür, daß du aus der Wohnung fliegst, das kannst du mir glauben.«

»Bitte sei doch nicht so sauer auf mich. Das halte ich nicht aus!« heulte Fig, als ich mich zum Gehen wandte. »Du bist meine große

Schwester! Du mußt mich liebhaben! Eine große Schwester muß das doch... Aber jetzt haßt du mich...«

Meine Wut verrauchte augenblicklich. Resigniert setzte ich mich ihr gegenüber auf das freie Bett. Sie hatte sich schniefend und schluchzend unter der Decke verkrochen, und ich sprach auf das zusammengekrümmte Häufchen ein.

»Hör zu, Fig. Ich sage dir jetzt ein für allemal: Ich hasse dich nicht. Ich will nur, daß du aufhörst, an mir zu kleben. Ich weiß, daß ich deine große Schwester bin, aber das heißt nicht automatisch, daß ich... dich lieben muß. Ich gebe mir Mühe, dir eine gute Schwester zu sein, aber niemand kann einem vorschreiben, wen man lieben soll, und man kann es sich auch nicht vornehmen. Liebe ist ein Gefühl. Man kriegt sie geschenkt. Sie kommt von allein. Eine richtige Freundschaft hat nichts Schweres an sich, sie ist leicht. In einer richtigen Freundschaft hält man einander an der langen Leine. Schau dir Cecie an: Sie ist meine beste Freundin, aber sie engt mich nicht ein, sie verfolgt mich nicht und versucht nicht, mich zu imitieren...«

Figs verschwollenes Gesicht tauchte aus dem Deckenbündel auf und blickte mich voll Verzweiflung an.

»Ich weiß ja, daß ich dir nie so viel bedeuten kann wie Cecie.« Wieder fing sie, näselnd und hoffnungslos, zu weinen an.

Ich sah sie noch einmal an, dann ging ich hinaus. Wahrscheinlich hatte ich etwas Falsches gesagt, aber das war mir gleichgültig. Wenigstens würde sie jetzt damit aufhören.

»Ich komme mir zwar wie ein Unmensch vor, weil ich sie so angebrüllt habe«, sagte ich zwei Wochen später zu Cecie. »Aber wie es aussieht, ist die Schreckensherrschaft vorbei.«

»Hmmm.« Cecie war die letzten Tage recht still gewesen, und in den Nächten lachten wir nicht mehr sooft.

»Meinst du nicht?« fragte ich.

»Sieht schon so aus.« Damit verschwand sie ins Seminar.

Und es schien wirklich vorbei zu sein. Fig ließ sich weder bei Harry's noch in meinem Kurs über Geschichte der Architektur blicken und schrieb mir keine lästigen Verse mehr. Außerdem kam sie abends nicht mehr, wie vorher, zu uns ins Zimmer. Dabei schmollte sie nicht; mein Ausbruch schien sie nicht einmal sonderlich getroffen zu haben. Wenn wir uns im Flur oder beim Essen begegneten, war sie heiter und offen, soweit Fig das überhaupt sein konnte, und als sie an Thanksgiving heim nach Fowler fuhr, verabschiedete sie sich fröhlich von uns allen. Bei ihrer Rückkehr war sie immer noch wie verwandelt.

»Sie macht sich gut«, hieß es in der Versammlung. »Vielleicht wird es doch nicht so schlimm, wie wir befürchtet hatten. Kate, du hast Wunder gewirkt.«

»Mann, wenn die wüßten . . .!« sagte ich zu Cecie. Zwar hatten manche gutmütig darüber gespöttelt, daß Fig sich so anzog wie ich und Verse für mich machte, aber jetzt schien niemand mehr daran zu denken. Ich war mir sicher, daß niemand außer Cecie, Fig und mir das Ausmaß ihrer Verfehlung kannte. Und ich war mir gleichfalls sicher, daß keine von uns dreien etwas ausplaudern würde. Fig entschuldigte sich zwar nicht bei mir, aber ich wertete ihr neuerdings beispielhaftes Benehmen als eine Art Entschuldigung. Zwar legte ich immer noch keinen gesteigerten Wert auf ihre Gesellschaft, doch eines stand fest: die neue Fig war um Klassen angenehmer als die alte. Wenn sie nur aufhören würde, mich »Effie« zu nennen!

Als Cecie und ich in der Woche vor den Weihnachtsferien aus dem Kino zurückkamen – wir hatten im Tiger Theatre zum drittenmal *Der König und ich* gesehen –, stand die Feuerwehr abfahrbereit vor dem Haus, während sich die anderen Mädchen in Pantoffeln und Bademantel im Gemeinschaftsraum versammelt hatten und wie die Wellensittiche durcheinanderschnatterten. Rauch war nicht zu sehen, aber ein brandiger Geruch wehte uns aus dem oberen Stockwerk entgegen.

»Gott sei Dank, daß ihr wieder da seid!« rief Carolanne Gladney mit schriller Stimme und stürzte auf uns zu, einen Schwarm aufgeregter Tri Omegas im Gefolge. »In eurem Zimmer hat es gebrannt, aber das Feuer ist gelöscht, und es ist nichts weiter passiert. Fig hat es gerochen und die Feuerwehr gerufen und Alarm geschlagen, und sie ist reingegangen und hat die ganzen Kleider aus euren Schränken geholt. Kate, sie ist eine Heldin. Sie hat sich an den Händen und Armen leicht verbrannt und bleibt bis morgen auf der Krankenstation, aber es geht ihr ganz gut . . .«

Mir schwirrte der Kopf vor Schreck und Verwirrung. Neben mir stellte sich Cecie auf die Zehenspitzen und hüpfte ein paarmal hoch, um über die Köpfe der anderen hinweg einen Blick auf die Treppe zu erhaschen.

»O Gott«, rief ich entsetzt, »wie ist denn das bloß passiert? Wir sind über drei Stunden weg gewesen ...«

»Sie konnten es nicht mit Sicherheit sagen«, antwortete Trish Farr feierlich, und in ihrem Ton lag eine gewisse Schadenfreude, »aber sie vermuten, daß jemand eine brennende Zigarette vergessen hat ...«

Ich sah die Farbe aus Cecies Gesicht weichen. Ich sah auch, wie die anderen ihr verstohlen sensationslüsterne Blicke zuwarfen. Cecie rauchte als einzige in unserer Wohnung, und alle wußten es.

»Ich habe keine Zigarette brennen lassen«, sagte sie abwesend, aber mit Nachdruck. »Weder heute noch sonst irgendwann.«

»Das stimmt.« Wütend kam ich ihr zu Hilfe. »Das hätte ich doch gemerkt. Es muß an etwas anderem gelegen haben.«

»Ich hab ja gesagt, daß sie nicht sicher waren«, meinte Trish beschwichtigend. »Es kann alle möglichen Gründe gehabt haben. Niemand gibt dir die Schuld, Cecie.«

»Das will ich hoffen!« Meine Stimme klang hell und hart. »Ich fände es das letzte, wenn jemand so was behauptet und womöglich auf dem ganzen Campus herumerzählt. Dann würden alle denken, daß eine von uns schuld ist.«

»Rede doch mit Fig«, meinte Trish schnippisch. »Sie hat zwar nichts gesagt, aber ich könnte mir denken, daß sie etwas weiß.«

Doch Fig behauptete, keine Ahnung zu haben. Als sie am Morgen mit weiß bandagierten Armen und Händen von der Krankenstation kam, wirkte sie blaß und irgendwie verlegen und wich meinen und Cecies Blicken aus.

»Ich weiß nicht, wie der Brand entstanden ist«, murmelte sie, als wir zu ihr gingen, um uns nach ihrem Befinden zu erkundigen und uns bei ihr zu bedanken. »Niemand konnte das mit Sicherheit feststellen. Als ich aufgewacht bin, war euer Zimmer schon ganz schön verräuchert. Wahrscheinlich kam es gar nicht von einer Zigarette. Wißt ihr, Effie, Cecie, es tut mir wirklich leid, wenn ich eure Kleider schmutzig gemacht habe. Ich habe einfach alles auf den Boden geworfen. Ich hab nicht daran gedacht ...«

»Ach, Fig«, sagte ich, »das spielt doch wirklich keine Rolle. Du hast wahrscheinlich ein paar Leuten das Leben gerettet, und das Haus und unsere Kleider wären ohne dich sicher verbrannt. Ich weiß gar nicht, wie wir dir jemals danken sollen.«

Obwohl ich diese Worte angebracht fand, kamen sie mir nur schwer über die Lippen. Statt Dankbarkeit empfand ich die altbekannte Gereiztheit. Cecie brummelte nur: »Danke, Fig«, und sagte sonst kaum etwas.

Eines muß ich Fig lassen: Sie hätte sich als verwundete Heldin aufspielen können, doch das tat sie nicht. Sie war die einzige, die gar nicht über den Brand sprach. Mädchen, die Fig bisher wie die Pest gemieden hatten, feierten sie auf einmal, verwöhnten sie mit Leckerbissen und brachten sogar einen kleinen Artikel im *Randolph Senator* über ihre rühmliche Rolle bei der Verhinderung einer Tragödie. Sie muß den Triumph genossen haben, gab sich aber bescheiden bis zur Unterwürfigkeit. Über die Brandursache verlor niemand mehr ein Wort, doch Cecie fing etliche schiefe Blicke ein, ehe uns die bevorstehenden Ferien auf andere Gedanken brachten. Cecie war still und distanziert, verbrachte viel Zeit in der Bibliothek und ging oft spätabends noch in den Versammlungsraum, um zu lernen. Sie hatte sich in ihr Schneckenhaus zurückgezogen und ließ sich auch von mir nicht herauslocken.

»Du weißt hoffentlich, daß ich nicht glaube, daß du an dem Brand schuld warst«, sagte ich in einem verzweifelten Versuch, die Schale zu sprengen. Ihr gesunder Menschenverstand, unsere nächtlichen vertrauten Gespräche, ihr Witz und ihre spitzen Bemerkungen fehlten mir. Sie fehlte mir.

»Ja, ich weiß. Das Problem ist nur, daß ich selbst in letzter Zeit darüber nachgrüble, ob ich es nicht doch war. Ich erinnere mich zwar nicht daran, aber ich halte es nicht für ausgeschlossen ...«

»Doch«, erklärte ich. »Es ist ganz ausgeschlossen, das weiß ich genau. Bitte hör auf, darüber nachzudenken. Ich brauche wieder jemanden, der mit mir lacht. Fig als Heilige Johanna – das finde ich gar nicht komisch.«

»Nein, ich auch nicht.«

Danach riß sie sich zusammen, und wir blieben manchmal lange auf, hörten Musik, lasen einander Geschichten und Gedichte vor und fanden, mit ein wenig Anstrengung, andere Anlässe zum Lachen. Doch unser Gelächter klang leer und brach meistens schnell wieder ab. Cecie schlief sehr viel, und ich verbrachte etliche Abende in der McCandless Hall. Im Zimmer nebenan empfing Fig den bescheidenen Besucherstrom und genoß ihre kurze Beliebtheit mit sympathischer Zurückhaltung. Sie trug immer noch ihren Verband. Über den Brand sprach bald niemand mehr.

Als wir die Prüfungen hinter uns hatten, lud ich mein Gepäck in den MG, und ehe ich mich auf den Weg nach Kenmore machte, brachte ich Cecie zum Bahnhof. Wir wären beide am liebsten nicht nach Hause gefahren; meine Mutter hatte sich mit einem einfältigen, frommen Geistlichen der Baptistengemeinde angefreundet, der unter richtigen Weihnachten verstand, daß man dreimal am Tag in die Kirche rannte und sich am Krippenspiel auf dem braunen Gemeinderasen beteiligte. Wir mochten einander nicht, ich spürte, daß er den Abgrund zu meinen Füßen roch. Und Cecie hatte, wie sie sagte, einfach keine Lust auf das freundliche Geplappere ihrer Großmutter und ihrer Tanten.

»Schade, daß wir Weihnachten nicht woanders verbringen können. In Monte Carlo zum Beispiel oder in Gstaad«, meinte sie, als sie ihren Seesack aus dem MG wuchtete.

»Na, das können wir doch nachholen, wenn wir ein Jahr in Europa verbringen. Und bis dahin: Kopf hoch. Nach Weihnachten sieht alles besser aus.«

Sie gab keine Antwort, sondern polterte mit dem Beutel die Holztreppe zum Bahnsteig hinauf. Dann drehte sie sich um und winkte. Ich winkte zurück und legte den Gang ein. Es widerstrebte mir, ohne sie weiterzufahren,.

»Kate...!« rief sie mir nach.

»Ja?«

»Ich habe keine Zigarette brennen lassen.«

»Ich weiß«, antwortete ich. »Schöne Weihnachten, Cecie.«

»Wer's glaubt, wird selig!«

5. Kapitel

Es wurde zwei Uhr, ehe wir zu Mittag aßen. Ich rührte jedoch meine kalten Krabben nicht an, sondern tat etwas, das mir zum letztenmal vor fast achtundzwanzig Jahren passiert war, an dem Abend, als ich Alan kennenlernte. Ich betrank mich bis zur Besinnungslosigkeit.

Er brachte einen Krug mit Bloody Mary auf die Terrasse, stellte zwei Gläser mit zerstoßenem Eis, eine Untertasse mit koscherem Salz und frischen Stangensellerie auf den Gartentisch, richtete den Sonnenschirm so, daß wir vor der Sonne und dem Seewind, der über die Dünen fegte, geschützt waren und sagte: »Alkohol ist die Antwort, aber wie lautet die Frage?«

Ich mußte lachen, weil er mich genau dasselbe auch an jenem längst vergangenen Abend gefragt hatte, als er mich heulend an meinem Zeichenbrett oberhalb der Third Avenue vorgefunden hatte. Auf einmal bekam ich solche Lust auf die dickflüssige, rote Bloody Mary, daß ich mein erstes Glas mit einem Zug zur Hälfte leerte.

»Nach diesem Auftakt bleibt uns wohl nichts anderes übrig, als unsere Geschichte zu wiederholen und uns zuzusaufen wie die Strandhaubitzen«, sagte ich. »Sieht gut aus. Was ist das. Meerrettich?«

»Sauerampfer«, sagte er. »Dill hatten sie nicht. Was ist los mit dir, Tondelayo? Du hast gerade diesen besonderen Blick.«

Ich wurde knallrot. Tondelayo nannte er mich immer, wenn ich mit ihm schlafen wollte; er behauptet, ich sei dann anders als sonst, besonders aufreizend, lässig und auf eine fast schläfrige Weise kokett. Das reine Progesteron, wie er sagt. Er hatte mich schon lange nicht mehr bei diesem Kosenamen genannt. Wir hatten schon lange nicht mehr miteinander geschlafen. Alan und die Pacmen zugleich in mir zu haben, wäre mir irgendwie schmutzig vorgekommen.

»Ich habe nur Durst, du Satyr«, antwortete ich. Ich stürzte den Rest meiner Bloody Mary hinunter und hielt ihm mein Glas hin. »Mach's noch mal, Sam.«

Ich trank vier Gläser. Ich habe noch nie viel vertragen und hatte durch die zehrende Chemotherapie sehr abgenommen. Leider gehöre ich nicht zu denjenigen, die die Sache mit leichtem Unwohlsein überstehen, nein, ich würgte und erbrach jedesmal die ganzen vier Tage lang, die die Behandlung dauerte, verlor alles Gewicht, das ich im Lauf der Jahre angesetzt hatte, und habe seither nicht wieder zulegen können. Die vier Glas Bloody Mary stiegen mir sofort zu Kopf. Ich erinnere mich dunkel, daß nach und nach die Hitze auf meiner Haut schwächer wurde, während die Sonne westwärts wanderte, und daß ich viel lachte, und ich habe auch noch schemenhaft das Bild vor Augen, wie ich aufstand, mich auf Alans Schoß setzte, ihn umarmte und seinen Kopf an meinen Busen preßte.

»Komm mit rein«, höre ich mich noch mit von Alkohol und Müdigkeit schwerer Stimme sagen. »Ich möchte mit dir schlafen.«

Als nächstes erinnere ich mich daran, wie ich auf dem zerwühlten Bett im Gästezimmer in seinen Armen lag – schweißgebadet und zitternd im Luftzug des Deckenventilators und des Seewinds, der die Leinenvorhänge blähte – und weinte, wie ich seit Stephens Tod nicht mehr geweint habe, bittere, nicht endenwollende, quälende Tränen des Verlusts. Schweigend hielt er mich locker im Arm, sein Atem ging noch immer keuchend, und ich spürte seine Wärme an meinem Körper. Ich klammerte mich an ihn wie eine Ertrinkende an ein Stück Treibholz, hielt ihn mit Armen und Beinen umschlungen. Sein schlanker, fester Körper war kühl und glitschig vor Schweiß. Ich sehnte mich danach, mich in seine Haut, sein Fleisch hineinzupressen, in ihm aufzugehen, er zu werden ... statt ich zu sein. Das Gefühl des Verlusts drückte mich nieder, ließ mich flach und hilflos daliegen wie ein totgefahrenes Tier auf der Straße. Es steigerte sich immer weiter und wurde so schlimm, so stark, daß es mich an die ersten schrecklichen Stunden erinnerte, nachdem wir von Stephens Unfall erfahren hatten. Ich muß seinen

Namen gerufen haben, da mir Alan wieder und wieder ins feuchte Haar raunte: »Schon gut, Katie, schon gut. Es ist lange her, es ist vorbei.«

Danach muß ich kurz eingeschlafen sein, denn meine nächste deutliche Erinnerung ist, daß ich im Gästebett saß und Alan mir eine Tasse kochend heißen Kaffee brachte. Die Sonne schien nicht mehr auf die Terrasse. Das Licht im Zimmer hatte sich vom schattigen Rot des Nachmittags zum Graublau des frühen Abends gewandelt. Alan sah, daß ich fröstelte, und stellte den Ventilator ab, der stotternd und ruckelnd anhielt. Die darauf folgende Stille klang mir in den Ohren. Das Meer hatte sich nun, gegen Abend, beruhigt, und der Wind war zu einem sanften Säuseln abgeflaut. Ich hörte das Pochen in meinen Schläfen und meiner Kehle mehr, als daß ich es fühlte – deutliches Anzeichen für einen Kater, an das ich mich noch dunkel erinnerte. Ich hielt die Tasse in der einen Hand und rieb mir mit der anderen die schmerzenden Schläfen.

»Der Preis der Sünde.« Alan setzte sich neben mich aufs Bett. Er strich mir das wirre Haar aus dem Gesicht.

»Fühlst du dich jetzt besser?«

»Nein« sagte ich kläglich. »Geschieht mir recht. Mir geht es miserabel. Ich weiß nicht, was über mich gekommen ist... abgesehen vom Wodka. Haben wir uns eigentlich gestritten? Beim Aufwachen hatte ich das Gefühl, ich hätte dich für immer verloren.«

»Nicht mich. Ich glaube, du hast wieder an Stephen gedacht. Mach dir keine Gedanken. Ich weine auch noch manchmal um ihn.«

»Wirklich?« Ich warf ihm einen überraschten Blick zu. Sein Gesicht sah genauso aus wie seit achtundzwanzig Jahren: freundlich, ein wenig ironisch und so jung, gesund und ausgeglichen, als hätte er – womit ich ihn oft neckte – einen Pakt mit dem Teufel geschlossen. Er hatte Stephen schon lange nicht mehr erwähnt, nicht, seit ich an Krebs erkrankt war, und ich wunderte mich, daß er noch um ihn weinte. Ich selbst hatte schon lange nicht mehr um ihn geweint.

»Natürlich«, erwiderte er. »Nicht, daß ich verzweifelt bin oder unzufrieden, aber ich trauere um ihn. Ich liebe ihn. Er fehlt mir.«

Mir traten erneut die Tränen in die Augen. Ich schluckte und legte meinen Kopf auf seine nackte Brust.

»Für dich war es ja auch schlimm. Das vergesse ich immer.« Er hatte weder Hemd noch Schuhe an, nur eine Shorts, und seine Haut war kühl und roch süßlich nach der französischen Seife, die ich im Gästebad liegen hatte. In seinen Haaren und dem Bart schimmerten Tröpfchen.

»Nicht so schlimm wie für dich, glaube ich.« Seine Antwort klang so tröstlich und vernünftig, daß der Schmerz in meiner Brust nachließ und die Welt ein anderes Gesicht bekam. Das waren für mich immer Alans beste Eigenschaften gewesen, dieser klare Blick und die unerschütterliche Bodenständigkeit. Ich bin davon überzeugt, daß ich ihn unter anderem deswegen geheiratet habe. All die Jahre war er mir nicht nur Freund und Liebhaber, sondern auch ein Halt wie nie jemand zuvor, nicht einmal Cecie. In diesem Augenblick dämmerte mir flüchtig, welchen Preis er für diese Rolle bezahlt hat. Ich hatte seine Zuverlässigkeit und seine nie nachlassende Bereitschaft, meinen Schmerz zu teilen, immer als selbstverständlich erachtet, doch nun erkannte ich, wie schwer er an dieser Bürde trug. Auch ihm war der Sohn gestorben. Auch ihm fehlten die beiden Töchter, die ich verloren hatte. Seine Frau war an Krebs erkrankt und schwebte seit fünf Jahren über einem Abgrund, der sich auch vor ihm öffnete.

»Ich habe keine Ahnung, was ich ohne dich anfangen sollte!« sagte ich.

»Ich auch nicht«, antwortete er und küßte mich auf den Scheitel. Ich schob mich an ihn heran und spürte dabei einen großen klebrigen, feuchten Fleck auf dem Laken. Wie lange war es her, daß ich so etwas zum letztenmal gespürt hatte ...

»Wow!« Ich lächelte ihn von unten herauf an. »Ich muß dich ganz schön auf Trab gebracht haben! Ich weiß noch, daß ich beim zehnten Glas oder so davon angefangen habe. Na ja. Haben wir ... war es okay?«

Die wenigen Male, die wir seit meiner letzten Chemotherapie miteinander zu schlafen versucht hatten, war ich nicht zum Orgasmus gekommen. Ich wollte es gerne, und Alan gelang es auch, mich mit den Händen und dem Körper bis kurz vor dieses lange, rote Eintauchen zu bringen, das ich so liebte, und ich schrie auf wie früher und klammerte mich wie ein Äffchen an ihn, doch wenn er dann in mich eindrang, stockte mir plötzlich in Panik der Atem. Ich spürte förmlich, wie die schon bezwungenen Pacmen in mir erwachten und ihn, während er in mich eindrang, aus meinem Fleisch heraus mit gierigen Mäulern anfielen. Es war, als entfesselte Alan beim Liebesspiel in mir den Tod, meinen Tod, aber auch seinen. Als wäre ich Vergiftete und Giftmörderin zugleich. Ich entzog mich ihm abrupt und begann zitternd zu weinen. Dann wurde mir übel, und ich konnte weder zum Höhepunkt kommen noch ihm einen verschaffen. Er reagierte verständnisvoll und machte mir keine Vorwürfe, aber er hatte sich mir schon lange nicht mehr genähert, und als ich jetzt das Laken mit dem Samen anfaßte, hoffte ich, daß wir es diesmal geschafft hatten und ich geheilt war.

Als er nicht gleich antwortete, wußte ich, daß es nicht so gewesen war.

»O Gott«, sagte ich verzweifelt.

»Komm her.« Er hielt mich fest und wiegte mich in seinen Armen. »Wir waren diesmal nahe dran. Wir sind weiter gekommen. Wir waren so nah dran, daß ich nicht mehr ... aufhören konnte. Beim nächsten Mal klappt es. Um ein Haar hätten wir es geschafft.«

Ich brach in Tränen aus.

»Ich bin schuld. Erst habe ich dich verführt, und dann ... o Gott. Als wenn es nicht schlimm genug wäre, daß ich frigide bin. Jetzt betrinke ich mich auch noch, mache dich dann an und bin immer noch frigide ...«

Er lachte.

»Und du treibst es mit Kindern, bist heimlich im Ku-Klux-Klan und hast die letzten vier Male nicht gewählt. Mensch, Katie, du kannst doch nichts dafür. Beim nächsten Mal schaffen wir's. Wenn du willst, jetzt gleich ...«

»Nein«, sagte ich, noch immer weinend. »Nein, jetzt nicht. Bald, ganz bestimmt, aber nicht jetzt Alan. Entschuldige, aber ich schäme mich so ...«

»Na, dann entschließ dich bald«, sagte er mir sanft ins Haar.

»Ich möchte noch ein paarmal mit dir vögeln, bevor wir beide tot sind.«

Noch ehe ich die Worte denken konnte, hörte ich, wie ich sie aussprach: »Alan, es ist wiedergekommen.«

Er saß auf einmal ganz still da. Ich spürte, wie er tief Luft holte.

»Nein« sagte er.

»Doch. Seit dem Sommer. Ich weiß es schon eine ganze Weile.«

»Woher?« fragte er wütend. »Hast du Schmerzen? Blutest du? Was ist?«

»Nein, nichts davon, aber ich weiß es eben...«

»Nein, du weißt es nicht!« Er schrie beinahe. »Du kannst es nicht wissen! Woher willst du es denn wissen ohne Schmerzen, ohne Blut, ohne alles? Du kannst es nicht wissen!«

Er war ein Stück von mir abgerückt, so daß wir einander in dem düsteren, höhlenartigen Licht ansehen konnten. Die Augen in seinem braunen Gesicht waren sehr weiß, und er war bleich um die Nase. Er wirkte zu Tode erschrocken und so zornig wie noch nie.

»Ich weiß es eben«, flüsterte ich. »Ich weiß es, Alan.« Er zog mich an sich und wiegte mich noch einmal in seinen Armen. Vor und zurück, vor und zurück.

»Nein, Katie, es ist nicht wiedergekommen«, sagte er beschwörend. »Nein, Liebes. Du bist nur durcheinander. Jetzt, wo bald die letzte Nachuntersuchung ansteht, ist es nur natürlich, daß du Angst bekommst. Ich habe mir schon gedacht, daß du daran zu knabbern hast. Aber du bist gesund, und ich werde es dir auch beweisen. Noch heute abend rufe ich John McCracken an, gleich morgen soll er sich dich anschauen, und dann wirst du schon sehen, daß es vorbei ist...«

Ich schüttelte den Kopf. Ich muß, ich muß einfach den Rest des Sommers für mich haben, dachte ich. Wenn er mich mit Gewalt zum Arzt schleppt, weiß ich nicht, was ich tue. Ich laufe davon...

»Tut mir leid«, sagte ich, so vernünftig ich konnte. »Das war dumm von mir. Das wußte ich, schon als ich es ausgesprochen habe. Bitte zwing mich nicht dazu, mich vor John zu demütigen. Er hält mich ohnehin für eine hochgradige Hysterikerin. Ich habe bloß zu viel getrunken, und der Brief muß mich ein bißchen durcheinandergebracht haben.«

An der Bewegung seines Kinns las ich ab, daß er lächelte.

»Weißt du, daß du vorhin Paul zu mir gesagt hast?« Seine Stimme klang nicht verletzt, nur leicht amüsiert. Und doch hatte ich deutlich das Gefühl, daß er getroffen war.

»O Alan, aber ich habe nicht…«, begann ich, doch ich brach erschrocken ab. »Ach, verdammt. Das gibt's doch nicht. Alan, du weißt doch, daß ich nicht mehr an ihn denke. Du weißt, daß ich die ganzen Jahre nie an ihn gedacht habe… Gingers Brief war schuld, weißt du, und die Vorstellung, daß ich nach so langer Zeit wieder zurück soll in das Haus, wo…«

»Ja, ich weiß.« Sein Gesicht war ruhig, die Augen wieder klar. Alan ist durchaus zu Eifersucht fähig, aber er merkt sofort, wann sie angebracht ist und wann nicht.

»Natürlich weiß ich das, Kate. Was nicht heißt, daß ich das Arschloch damals nicht hätte umbringen sollen.«

»Das war nicht nötig. Ich habe ihn selbst umgebracht. Und sie auch. Sie sind tot und begraben und ein für allemal aus meinem Leben verschwunden. Versprochen.«

»Ich weiß.« Er gab mir einen Kuß. »Also, wie wär's, wenn du noch ein Nickerchen machst, und nachher gehen wir auf einen Hamburger ins Bobby Van's. Ich wecke dich um sechs.«

Ich schlief tatsächlich ein, das Rauschen des Meeres auf dem braunen Sand weit unter den Dünen im Ohr und den kühlen, frischen Fischgeruch der anrollenden Flut in der Nase. Im Halbdämmer dachte ich noch, ich habe sie doch umgebracht. Ich habe sie umgebracht.

Aber die Toten gehen um.

Drei Tage vor Beginn des Wintersemesters nahm die Tri Omega die Neuen mit einer offiziellen Zeremonie im kerzenerleuchteten Festsaal in die Verbindung auf, und Fig wurde endgültig und in aller Form eine von uns.

Fig, die als Heldin fortgegangen war, fand bei ihrer Rückkehr nach Randolph deutlich weniger Beachtung. In diesem Alter behält man selbst Heldentaten nicht lange im Gedächtnis, und die meisten von uns hatten im Weihnachtstrubel und angesichts der Vorbereitungen für die Feier vergessen, daß wir Fig vorher in den

Himmel gehoben hatten. Da sie nur ungern auf das erste bißchen Rampenlicht verzichtete, das ihr jemals zugefallen war, suchte sie verständlicherweise Mittel und Wege, uns an den Brand zu erinnern.

»Hab ich euch schon erzählt, daß ich bei uns zu Hause in der Kirche eine kleine Rede halten soll?« fragte sie gleich am ersten Abend nach den Ferien beim Essen und blickte voll gespielter Bescheidenheit auf ihren Hackbraten, indem sie die Lider senkte. »Sieht aus wie zwei Tausendfüßler hinter Bullaugen«, kommentierte Cecie mit gedämpfter Stimme diesen Effekt.

»Nein«, antwortete ich pflichtschuldigst. »Ist ja toll. Worüber denn?«

»Na ja ... über ... du weißt schon. Über den Brand und so. Wie ich eure Sachen rausgeholt hab ...«

»Eine Heldentat spricht sich eben schnell herum«, bemerkte Cecie.

»Die Tochter vom Pfarrer war früher in Randolph und bekommt immer den *Senator*«, sagte Fig steif. Alle schwiegen.

»Du hast deinen blauen Kaschmirpullover schon lange nicht mehr angehabt«, sagte sie ein andermal vor aller Ohren nach dem Frühstück zu mir. »Ist er kaputt? Er war ganz hinten im Schrank, und ich habe ihn nicht gleich erwischt. Dabei habe ich mir, glaub ich, die Hände verbrannt.«

»Nein, er ist ganz in Ordnung«, antwortete ich, obwohl er so scheußlich nach Rauch stank, daß er den Geruch nie wieder verlieren würde, und ich ihn in Kenmore gelassen hatte. »Ich habe ihn nur noch nicht angezogen.«

»Ob meine Wimpern wieder lang und dunkel nachwachsen?« fragte sie eines Abends mit einem Seitenblick in den großen Spiegel im Korridor, als wir uns auf dem Weg zu einer Versammlung trafen. »Ich habe gelesen, daß sie normalerweise schöner nachwachsen, wenn sie verbrannt sind.«

»Herrgott, Fig, hör doch endlich mit dem blöden Brand auf«, sagte Jeanine Sefton gereizt. »Deine Wimpern sehen nicht anders aus als vorher. Keine einzige hat was abgekriegt.«

»Und ob«, widersprach Fig gekränkt. »Restlos weg. Die hier sind nicht echt.«

Aber keine von uns ging darauf ein, und bald war sie wieder die alte Fig und dieselbe Nervensäge wie vorher.

»Es gibt doch einen Gott. Soll ich dir sagen, woher ich das weiß?« fragte Cecie. »Weil du Fig bei der Feier aufnehmen und küssen mußt, und nicht ich.« Bei ihrer Rückkehr war Cecie wieder die alte gewesen, und mir war ein Stein vom Herzen gefallen. Wann immer ich in den Ferien an jene Cecie gedacht hatte, die vor Weihnachten nach Virginia abgefahren war, hatte mich ein ungutes Gefühl beschlichen.

»Das wird mir noch viele schlaflose Nächte bereiten«, erwiderte ich. »Ich würde mich ja vorher gerne umbringen, aber ich denke, das soll meine gute Tat für dieses Jahrhundert werden. Oder kannst du dir vorstellen, daß sie sonst noch jemals irgendwer küssen wird?«

»Wetten, daß sie schon wochenlang an ihrem Arm übt?« fragte Cecie. »Hast du das früher auch immer gemacht? Dich leidenschaftlich auf den Arm geküßt, mit geschlossenen Augen wie im Film, damit du weißt, wie's geht, wenn's drauf ankommt? Im Internat hatten wir alle ständig riesige rote Knutschflecken auf den Armen. Die Schwestern meinten schon, wir hätten die Eiterflechte.«

»Ach ja, das habe ich ganz vergessen.« Ich bekam einen Lachanfall. »Dabei kann man das Schlürfen und Schmatzen der Zehnjährigen, die sich Knutschflecken auf die Arme machen, in ganz Amerika hören.«

Wieder genossen wir unsere nächtlichen Heiterkeitsstürme, lachten, bis wir nicht mehr sprechen konnten und uns die Seiten halten mußten, und freuten uns unbändig über unser Wiedersehen.«

»Psst«, zischte Cecie. »Hörst du? Sie ist gerade da drinnen und übt schon den Knutschfleck, den sie dir machen will. Hör doch!«

Und mit einem widerlichen Schmatzen hielt sie den Mund an ihren Unterarm.

»Hör auf! Bestimmt kommt es mir hoch, und ich kotze ihr auf die Schuhe!« rief ich. »Lieber würde ich eine Kröte küssen!«

»Machst du doch!« kreischte Cecie. »Wenn du Fig küßt, verwandelt sie sich in eine!«

»Pssssst, sonst hört sie uns!«

Aber wir konnten lange nicht aufhören zu lachen.

Drei Tage später standen wir am Abend in weißen Umhängen über weißen Talaren im Halbkreis im abgedunkelten Festsaal, wo die Luft vom Geruch der vielen Kiefernzweige und Nelken so schwer war wie bei einer Beerdigung. Unsere siebenundzwanzig Neuen standen im Halbkreis vor uns, alle in weißen Talaren, aber ohne Umhänge und mit verbundenen Augen. Im Saal waren nur der monotone Klang einer Triangel, die unsere Musikmeisterin im Hintergrund leise anschlug, und der rasche, flache Atem der Neuen zu hören. Der Saal war mit dicken, schweren Vorhängen abgedunkelt, es war heiß von den Flammen etlicher weißer Kerzen, und unsere Taillen waren so eng geschnürt, daß wir kaum Luft bekamen. Vor Ablauf der fünf Stunden würde bestimmt die eine oder andere der Neuen in Ohnmacht fallen, wie bei jeder Aufnahmefeier der Tri Omega. Das geschah allerdings meistens eher aus Verzückung als aus Sauerstoffmangel, denn unsere Initiationsriten waren so geheimnisvoll wie die Eleusinischen Mysterien. Obwohl ich bei der Feier nun schon zweimal auf der anderen Seite gestanden hatte, erinnerte ich mich noch lebhaft an meine eigene Aufnahmefeier im fernen Virginia.

Ich weiß zwar heute kein einziges der geheimen Gelübde mehr, die ich abgelegt habe, doch damals konnte ich sie alle auswendig, und ich erinnere mich bis ins Detail an meine Ängste, die Begeisterung und das Gefühl, mit der Aufnahme in die Tri Omega an der Schwelle zu einem neuen Leben zu stehen. Obwohl ich damals vor Angst beinahe in die Hose gemacht hätte, war ich ganz erfüllt von dem Gedanken, daß, sobald die Binde abgenommen wurde und es mir – wie es im Ritual hieß – »wie Schuppen von den Augen fiel«, mein Leben von Grund auf verändert sein würde. Ich war dann erhöht, aufgehoben, angenommen, hatte Bedeutung, einen Lebenszweck, ein Ziel.

Dann würde ich wissen, wer und was ich war.

Es war zwar nicht so gekommen, doch ich war mir sicher, daß die Neuen dasselbe fühlten. Ich merkte es ihrem beschleunigten Atem an und sah es an den Tränen, die unter manchen Augenbinden hervorquollen. Bei dem Anblick fühlte ich mich von schwesterlicher Liebe erfüllt. Auch ich hatte damals geweint. Sogar Fig, deren Nase vor Rotz rasselte, kam mir in diesem Moment verletzlich und liebenswert vor, war Blut von meinem Blut. Sie waren alle etwa achtzehn Jahre alt und noch gestaltlos und formbar wie Lehmklumpen. An diesem Abend begann ihr Gestaltungsprozeß, und wir, die Vollmitglieder, waren die Bildhauer. Wir liebten sie in dem Augenblick, wie der Künstler den Traum von seinem Werk liebt, ehe es ihm mit seiner Gegenständlichkeit die Leinwand beschmutzt.

»Die Sache läuft gut«, dachte ich bei mir. »Ich kann sie ohne Probleme küssen.« Cecie, die neben mir stand, warf mir einen Seitenblick zu und grinste verhalten.

»Kleinigkeit«, formten stumm meine Lippen.

Die Zeremonie begann. Kerzen wurden angezündet und gelöscht, Glocken geläutet, Triangel geschlagen, Litaneien und Lieder gesungen. Wir sprachen feierliche Gelübde auf Griechisch, die sich in unserem Südstaatenakzent erst recht exotisch anhörten, und die Neuen antworteten brav wie kleine Papageien. Im Saal wurde es immer heißer, der Raum schien im Licht der Kerzen und im nervösen Miasma der jungen Körper zu glänzen. Das Summen, die Glocken und Lieder wirkten hypnotisierend und verursachten zugleich ein Schwindelgefühl wie bei einer leichten Seekrankheit. Eine oder zwei der Neuen schwankten ein bißchen.

Gegen Ende der fünften Stunde sackte die erste zusammen und wurde prompt und unauffällig in die Vorhalle geschleift. Wir hielten immer eine zweite Feier für diejenigen ab, die die erste nicht durchgestanden hatten, doch fiel diese kürzer, nüchterner, weniger würdevoll aus. Wieder wurde eine weiße Gestalt mit herunterhängendem Kopf hinausgezerrt. Trotz des Singens wurde nun immer vernehmlicher geschluchzt. Ich hörte Fig ungeniert heulen wie ein Riesenbaby. Ich hoffte nur, daß sie sich zusammenriß, wenn die Küsse ausgetauscht wurden.

Jetzt folgten die Gelübde, und die goldenen Nadeln, die auf einer Samtdecke auf dem Altar lagen, wurden angesteckt. Jede der Neuen trat am Arm ihrer großen Schwester vor, beide wiederholten gemeinsam die Gelübde der Tri Omega, die große Schwester steckte der kleinen die Nadel an, gab ihr den geheimen Händedruck und flüsterte ihr die heiligen griechischen Worte ins Ohr, die nicht laut ausgesprochen werden durften. Dann lösten wir die Augenbinden, küßten die neuen Bundesschwestern, und die Zeremonie war vorüber. Wie unsere Gründermütter – drei blasse, gelehrte junge Frauen von der Temple University – es im Jahre 1894 aus unerfindlichen Gründen beschlossen hatten, küßten wir die Neuen auf den Mund. Sosehr wir sonst über die Neigungen der alten Damen und die Freizeitgestaltung an der Temple University witzelten – den Kuß fanden wir nicht zum Lachen. Schamhaft und gehemmt, wie man in diesem Alter ist, ekelten wir uns davor wie vor einer perversen Handlung.

Die erste Welle von Übelkeit überkam mich, als die Neue neben Fig von ihrer großen Schwester zum Altar geführt wurde. Der Thunfisch vom Abendessen löste in meinem Magen einen fettigen Rülpser aus, der mir in die Kehle stieg. Mir kitzelte die Nase. Ich schüttelte heftig den Kopf. Mir war noch nie so schlecht gewesen, und zum erstenmal in meinem Leben hatte ich Angst, ohnmächtig zu werden. Panik stieg in mir auf, zusammen mit dem Thunfisch.

Bei Figs Anblick überfiel mich die nächste Welle. Sie hielt die Arme ausgestreckt, fingerte in der Luft herum und bewegte die dicken Lippen, als versuche sie krampfhaft, nicht zu spucken, oder als murmele sie etwas. Tränen liefen unter ihrer Augenbinde heraus, daß der Stoff klatschnaß war, und auch ihr enger, weißer Talar war oben so naß, als wäre sie in den Regen gekommen. Brust und Schultern waren von Tränen getränkt. Ihre Zunge schnalzte heraus und fing einen Tropfen auf, wie bei einer Eidechse, die eine Fliege fängt. Sie schniefte laut und rasselnd. Ich schloß die Augen und wandte mich ab.

»Lieber Gott, steh mir bei.« Ein Stoßgebet. »Bitte, nur dieses eine Mal!«

Ehe ich's mich versah, stand ich vor Trish Farr am Altar, die Hände vor mir auf Figs Schultern, und wir legten die Gelübde der Tri Omega ab. Mechanisch machte ich weiter, obwohl mir übel und schwindlig war. Fig weinte lauthals, ohne sich zu schämen, brachte aber die vorgeschriebenen Worte heraus. Ich steckte ihr die Nadel an die platte Brust, packte ihre eiskalte Hand mit meiner noch kälteren, flüsterte ihr die geheimen Worte ins Ohr und riß ihr förmlich die Binde von den Augen. Nur noch eines, dachte ich, dann kann ich in die Küche fliehen, wo Licht ist und kaltes Wasser und kühle Luft. Nur noch eines ...

Ich schloß die Augen, beugte mich vor zum Kuß, und dann öffnete ich sie wieder. Und damit war es aus. Figs Gesicht sah eklig aus: es war fleckig, naß und rotzig. Die Augen waren zugekniffen und verschwanden fast hinter den beschlagenen Brillengläsern. Die verstopfte Nase triefte, und sie hatte die Lippen leicht geöffnet, damit sie Luft bekam. Ich sah die blauen Äderchen innen an ihrer Unterlippe. Ich sah die rosa Zunge, die aus dem Mund herausfuhr und wieder darin verschwand, wie bei einem Kolibri im Sturzflug, wie bei einer züngelnden Schlange. Ihr Gesicht strahlte in Ekstase. Wenn ich meine Lippen auf ihrem Mund habe, dachte ich plötzlich, dann steckt sie mir ihre Zunge in den Mund.

»Ich kann nicht«, flüsterte ich. »Ich kann nicht.« Damit stürzte ich an Trish vorüber in die Küche, schlug die Tür zu und übergab mich ins Spülbecken. Und so stand ich da mit einem kühlenden Geschirrtuch auf der Stirn und würgte und würgte, bis die Zeremonie zu Ende ging und Cecie hereinkam, um nach mir zu sehen. Fig, das Gesicht blind und verzückt, war hinter ihr.

»Tut mir leid«, sagte ich matt. »So was ist mir noch nie passiert, aber es war so heiß und mir war so schlecht ...«

»Du brauchst dich doch nicht zu entschuldigen.« Fig umarmte mich und drückte mich an sich. Ich hielt mich steif, vor Angst, daß ich mich auf sie übergeben könnte. Sie ließ mich los.

»Ich habe mich so geehrt gefühlt.« Ihre Stimme zitterte. »Ich war im Innersten gerührt. So ein wunderschönes, starkes Gefühl habe ich noch nie erlebt. Jetzt sind wir für immer Schwestern.«

Cecie und ich sahen ihr stumm nach, als sie hastig hinauslief, während frische Tränen unter ihren dicken Brillenglästern hervorquollen.

»Jesus, Maria und Joseph!« sagte Cecie.

Ich erbrach mich noch einmal ins Spülbecken.

Fig verlor keine Zeit, ihre Rechte als voll anerkanntes Mitglied der Tri Omega auszuüben. Dazu war sie zwar berechtigt, doch nach einem ungeschriebenen Gesetz wuchsen die Neuaufgenommenen erst allmählich in ihre Rolle hinein. Gemäß dieser Anstandsregel hatten sie zunächst einmal in die Lehre zu gehen, bei den Versammlungen zu schweigen, bis sie nach ihrer Meinung gefragt wurden, mit der Mehrheit abzustimmen und freiwillig die lästigeren Pflichten in der Küche und beim Ausschenken von Tee oder Kaffee zu übernehmen. Erst im zweiten Semester als Vollmitglied durften sie allmählich ihre Meinung äußern, und im zweiten Jahr hatten sie dann das Recht, lautstark eine abweichende Auffassung zu vertreten und selbständige Vorschläge zu machen. Doch Fig mußte natürlich gleich bei der ersten Versammlung vorpreschen, bei der wir die Neuaufnahmen für das Wintersemester besprachen.

Das Verfahren war wesentlich schlichter und viel unbeliebter als im Sommersemester. Es galt als unzweifelhaft, daß die attraktivsten Neulinge schon im Sommer auf die Verbindungen verteilt worden waren und im Winter nur noch der Bodensatz übrig war; aber die Dekanin hatte bestimmt, daß jeden Winter ein Aufnahmeverfahren stattfinden müsse, »damit diejenigen Studentinnen, die sich die Sache im Sommer noch überlegt haben, sich auch noch entscheiden können«. Wir wußten zwar alle, was das bedeutete, konnten uns aber dieser Geste nicht verweigern und gehorchten widerwillig und ungnädig. Trish Farr bemerkte mürrisch: »Im Winter kann nichts Gutes kommen.«

Doch diesmal kam Ginger Fowler, und das hatten wir Fig zu verdanken.

Wir sahen sie zunächst alle sprachlos an, als sie am Ende der Versammlung aufstand und sagte: »Mir ist was Tolles eingefallen, wie ich euch dafür danken kann, daß ihr mich in die Tri Omega aufgenommen habt. Ich habe uns eine Neue besorgt, von der ihr hingerissen sein werdet, und sie hat mir gesagt, sie zieht ein, sobald wir sie aufnehmen. Sie ist schon von Montevallo weggegangen und kommt morgen her.«

Sie grinste uns alle breit an. Die neue goldene Nadel prangte auf ihrer linken Brust, die von einem neuen, engen Büstenhalter in erstaunliche Form gebracht wurde, und ihre Augen strahlten uns durch die Schmetterlingsbrille hindurch so wohlwollend an wie die Morgensonne.

In diesem Augenblick schoß uns allen mit Sicherheit derselbe Gedanke durch den Kopf: Jede von Fig Newton geworbene Kandidatin mußte eine glatte Katastrophe sein. Ich konnte mir nicht vorstellen, wo Fig diese Anwärterin aufgetrieben hatte. Meines Wissens kannte sie in Randolph niemanden außerhalb der Tri Omega und hatte auch nie eine Freundin zu Hause in Fowler erwähnt. Ich wagte es nicht, Cecie anzusehen.

»Soll das heißen, Fig«, sagte Trish tonlos, »du hast diesem... Mädchen... schon versprochen, daß wir sie aufnehmen, und sie kommt von Montevallo nach Randolph und will sofort bei uns einziehen?«

Fig merkte am Klang von Trishs Stimme, wie das gemeint war.

»Na ja, schon.« Sie ließ den Blick im Saal umherwandern. Wäre sie ein Welpe gewesen, dann hätte sie jetzt vor Nervosität auf den Teppich gepinkelt. »Kann sein, daß ich da ein bißchen eigenmächtig gehandelt habe, aber ihr wißt ja, was für eine impulsive Kuh ich bin. Und sie wird euch bestimmt gefallen, das weiß ich genau. Außerdem sparen wir dadurch Zeit. Sie kann einfach mal abends reinschauen, dann geben wir ihr schon mal ihre Nadel...«

»Sie wird die Aufnahme beantragen wie alle anderen auch«, sagte Trish eisig. »Und ich sage dir, wir nehmen sie nur auf, wenn wir uns alle einig sind, daß sie in die Tri Omega paßt. Wenn nicht, dann kannst du ihr beibringen, daß wir sie nicht wollen. Das war ein eklatanter Regelverstoß. Wir könnten dir dafür die Nadel abnehmen.«

Fig griff hastig nach ihrer Nadel. Ihr Gesicht lief dunkelrot an.

»Deswegen brauchst du mich nicht gleich so anzufahren«, erwiderte sie mit zitternder Stimme. »Ich wollte der Tri Omega doch nur einen Gefallen tun. Ich habe euch alle so gern. Und ich habe bestimmt recht. Sie ist wahnsinnig reich. Meine Heimatstadt ist nach ihrer Familie benannt.«

»Meine Heimatstadt ist nach einer Familie benannt, die der Welt neun Generationen lang bloß schwachköpfige Albinos geschenkt hat«, bemerkte Cecie zuckersüß. »Reichtum besagt gar nichts.«

Fig blickte störrisch zu Boden.

»Alle Leute mögen Ginger. Und sie ist wirklich reich. Ihre

Familie hat Textilmühlen. Ginger gehört ein Treuhandvermögen von fünf Millionen Dollar. Das weiß jeder in Fowler. Und alle mögen sie.«

»Fig, ich hoffe sie ist nicht nur reich, sondern auch nett, denn ich kann dir sagen, so viel Geld gibt's gar nicht, daß wir deswegen... eine... Flasche bei uns aufnehmen«, antwortete Trish unverblümt. Sie hatte sich nur mit Mühe die Worte »noch so eine Flasche« verbeißen können. Ich wußte es und sah an der tiefen Röte in Figs Gesicht und ihrem Hals, daß auch sie es wußte.

»Natürlich ist sie nett«, sagte sie mürrisch. »Ihr werdet schon sehen.«

Und zu unserem Erstaunen war sie es tatsächlich. Als Ginger Fowler auf unsere erste Party zur Begutachtung der Kandidatinnen kam, einen Hut wie Jackie Kennedy in schreiendem Rosa auf dem kurzhaarigen, weißblonden Kopf und rosafarbene, hochhakkige Pumps an den großen, plumpen Füßen, brannte sie mit ihrer Menthol Kent ein Loch in unser weißes Sofa, stolperte über ihre Füße, fiel über ein Tischchen und sagte mit solcher Inbrunst: »Ach du Scheiße«, daß wir spontan in befreiendes Gelächter ausbrachen und sie dann umarmten und beteuerten, daß wir das Sofa sowieso scheußlich fanden.

»Ihr habt noch Glück gehabt«, sagte sie mit ihrer vollen, dunklen Stimme, die immer klang, als würde sie gleich loslachen. »Die Hausmutter von der Tri Delta habe ich mit kochend heißem Kaffee vollgeschüttet, und bei der ADPi ist mir ein Fingernagel in den Punsch gefallen. Ich glaube jedenfalls, daß es bei der ADPi war. Die haben mich so schnell vor die Tür gesetzt, daß ich kaum einen Blick auf ihre Abzeichen werfen konnte.«

Die blauen Augen waren schmal vor Heiterkeit, und die sonnengebräunte Haut war an den Augenwinkeln von kleinen, weißen Linien durchzogen. Aber ihre runden, sommersprossigen Wangen waren vor Verlegenheit gerötet, und hinter den hellen Lidern sah ich Tränen glitzern. Die Sache mit der Hausmutter und dem Fingernagel war nicht bloß ein Scherz gewesen.

»Dir ist ein Fingernagel in den Punsch gefallen?« fragte Cecie hellauf begeistert.

Ginger streifte ihre weißen Handschuhe ab, mit denen sie an

einen Verkehrspolizisten im Rock erinnerte, und hielt ihre sommersprossige Hand hoch. Vier große Finger liefen in einem rubinrot glänzenden Oval aus, nur am fünften, dem Mittelfinger, war die Nagelhaut zerfranst und der Fingernagel völlig abgeknabbert.

»Natürlich mußte es ausgerechnet dieser Finger sein«, sagte sie wehmütig. Wieder lachte der ganze Saal. Reich oder nicht, sie paßte zu uns. Ginger Fowler ist der liebenswerteste und charmanteste Mensch, der mir je begegnet ist.

In dem Winter – wir hatten sie zur Probe aufgenommen, und sie saß in Figs Zimmer und mühte sich verzweifelt um die für die Aufnahme nötigen guten Noten – wurde bei der Tri Omega heftig spekuliert, woran es lag, daß Ginger so unwiderstehlich war. Uns fiel nichts Besseres ein, als sie »süß« zu nennen. »Sie ist einfach süß«, sagten wir schulterzuckend, wohlwissend, daß dieses Wort nicht auf sie paßte. Ginger war weder zierlich, noch keck, niedlich, hilflos, allerliebst oder gar unschuldig wie ein kleines Küken. Sie war groß und grobknochig, hatte große Hände und Füße, athletische Schultern und Waden und volle, schwere Brüste. Auf dem College in Montevallo, wo sie im Herbst ihr Lehrerstudium begonnen hatte, war sie, wie sie sagte, Mitglied im Baseballteam und in der Schwimmannschaft gewesen. Sie war nicht zierlich, sondern breit gebaut, nicht keck, sondern unbeholfen, trug lässige, schlichte und alles andere als niedliche Kleidung (der rosafarbene Hut und die Pumps verschwanden nach der Party auf Nimmerwiedersehen) und war ebensowenig hilflos wie ein Automechaniker aus der Provinz. Sie war nicht allerliebst, sondern lustig und geistreich, und sie war überhaupt nicht zimperlich oder zurückhaltend. Sie faßte andere gerne an, streichelte und umarmte sie, war zärtlich, zauste ihnen das Haar oder klopfte ihnen auf den Rücken. Und sie genoß es, von anderen angefaßt zu werden. Die Jungen flogen auf sie, weil sie eine so warme, lebendige Ausstrahlung hatte. Ununterbrochen wurde sie am Telefon verlangt, ging so oft aus, wie es ihr ihre schlechten Noten gestatteten, und kehrte stets mit einem zerknitterten und glücklichen Verehrer im Arm zurück, zerzaust, verschmiert und breit grinsend. Wenn dieses Lächeln auf Gingers Backenhörnchengesicht lag, blieb einem nichts anderes übrig, als ebenfalls zu lächeln, obwohl man sie gerade ermahnt hatte, sich nicht ständig daneben zu benehmen und ihr Studium nicht so zu vernachlässigen.

»Du kannst nicht mit jedem rumschmusen, mit dem du dich verabredest«, hörte ich Trish oder Sister – oder wer es sonst auf sich genommen hatte, den guten Ruf der Tri Omega zu wahren – ihr immer wieder vorhalten. »Du siehst ja aus, als kämst du eben aus dem Stundenhotel. Was ist, wenn du schwanger wirst?«

»Wenn ich schwanger werde, geht im Osten ein Stern auf.« Ginger lachte. »Was meinst du wohl, was passieren kann, wenn um acht schon Zapfenstreich ist?«

Und am Abend darauf stand sie lachend, zerzaust und mit von Bartstoppeln wundgescheuerter Haut im Arm des nächsten Jungen vor der Tür.

»Mensch, Ginger, du bist ein solches Kind!« fauchte Trish einmal.

»Klar. Ich habe nie behauptet, keins zu sein«, erwiderte Ginger voller Demut.

»Und das ist sie auch«, sagte Cecie am Abend zu mir. »Sie ist wirklich ein Kind. Ein großes, schlichtes Kind, das in naiver Begeisterung in die ganze Welt verliebt ist und noch nicht kapiert hat, wie sehr die Welt einen verletzen kann. In dieser Unschuld liegt ihre Anziehungskraft. Süß, einfach und appetitanregend wie ein Pfannkuchen.«

»Ich würde eigentlich nicht sagen, daß sie schlicht ist«, antwortete ich und sah Cecie überrascht an. »Sie ist sehr schlagfertig und unheimlich sensibel. Sie versteht etwas, ohne daß man es ihr groß erklären muß. Ich finde sie sehr einfühlsam. Ihre Noten sagen, glaube ich, nicht viel über sie aus.«

»Ich hab ja nicht gemeint, daß sie einfältig ist«, erwiderte Cecie ungeduldig. »Ich meine, daß sie offen ist. Unkompliziert. Gerade heraus. Sie redet, wie ihr der Schnabel gewachsen ist, und macht, wozu sie gerade Lust hat, weißt du. Sie sucht ihr Vergnügen, wenn ihr danach ist, trinkt Bier, wenn sie Lust drauf hat, knutscht mit jedem rum, den sie mag, und lacht über alles, was sie dazu reizt. Sie würde noch ihr letztes Hemd hergeben; man traut sich gar nicht, ihre Sachen zu bewundern, weil man sie dann gleich geschenkt bekommt. Und dabei hat sie keine Spur von weiblicher Bosheit an sich. Darin ist sie wie ein Mann. Sogar zu Fig ist sie nett. Obwohl sie sonst gar nichts Männliches an sich hat, in gewisser Weise ist sie sogar ein Vollblutweib, wie man es selten sieht. Sie ist wie … eine Art Fruchtbarkeitsgöttin der Mayas in Sportshorts oder so …«

»Na, du scheinst sie aber sehr zu mögen.«

»O ja. Ich mag sie sogar ziemlich gern. Aber sie flößt mir auch ein bißchen Angst ein«, sagte Cecie.

»Also, wie man vor Ginger Angst haben kann, ist mir schleierhaft. Sie ist so … verletzlich. Sie ist wie ein riesiges Hundebaby.«

»Eben«, sagte Cecie.

Ginger war wirklich ein durch und durch freundlicher Mensch. Im Gegensatz zu uns anderen machte sie nie boshafte Bemerkungen über Fig, obwohl Figs kriecherisches Verhalten sie oft irritiert und gereizt haben muß. Aber in ihrer offenen Art war es ihr unmöglich, Figs Ränkespiel zu durchschauen, und ich habe oft erlebt, wie sie Fig verständnislose, bestürzte Blicke zuwarf. Wenn sie dabei den Kopf zur Seite gelegt hätte, hätte sie der Nana aus *Peter Pan* verblüffend ähnlich gesehen.

Doch sie stellte sich stets vor Fig. Immer, wenn diese uns den letzten Nerv tötete und wir stöhnten oder zornig aufbrausten, lächelte Ginger nur duldsam wie eine erwachsene Frau über ein störrisches Kind. Das lautstarke, gurgelnde Schnarchen in ihrem Zimmer störte sie offenbar nicht; wir wußten, daß sie auf einem Ohr taub war, und nahmen daher einfach an, daß sie es nicht hörte. Doch das konnte nicht sein, denn sie hörte Cecie und mich nachts lachen und steckte oft morgens den Kopf bei uns ins Zimmer, um uns deshalb zu necken. Vielleicht verstand sie sogar, was wir sagten und worüber wir lachten, aber sie gab nie einen Kommentar dazu ab. Ich glaube allerdings, wenn sie mitbekommen hätte, daß wir über Fig herzogen, hätte sie uns zur Rede gestellt.

Ihre Geduld war grenzenlos. Fig erzählte die Geschichte von Gingers Aufnahme in den Schoß der Tri Omega so oft, daß wir anderen uns die Finger in die Ohren steckten, sobald sie wieder davon anfing, während Ginger sich das Ganze jedesmal mit leicht ironischem Lächeln anhörte.

»An dem Sonntag, als ich in der Kirche gesprochen habe, war

Ginger auch im Gottesdienst«, fing Fig an. »Ich hab gleich gemerkt, wie sie mich richtig sehnsüchtig angeschaut hat, und da war mir klar, daß sie mit all ihrem Geld doch einsam war und Freunde brauchte, denn wißt ihr, wenn man reich ist, heißt das noch lange nicht, daß man viele Freunde hat. Darum bin ich nach der Kirche zu ihr hingegangen, habe sie angesprochen und ihr von Randolph und der Tri Omega erzählt, und noch am selbenTag wußte ich, daß sie bald eine von uns sein würde ...«

»Lobet den Herrn, halleluja!« rief dann jemand aus. »Wieder hat ein sündiges Schaf zur Herde gefunden!«

»Also, wenn ich nicht gewesen wäre, hättet ihr sie nie zur Bundesschwester gekriegt«, murrte Fig. Das stimmte zwar, doch wir mokierten uns trotzdem über ihre vor Eigenlob strotzende Erzählung, von der sie anscheinend nicht genug bekam.

Als sie endlich doch damit aufhörte, konnte ich mir einen Kommentar gegenüber Ginger nicht verkneifen.

»Ich habe die Geschichte von deiner Bekehrung auf der Straße nach Damaskus schon eine Weile lang nicht mehr gehört«, bemerkte ich eines Abends nach dem Essen lächelnd. Fig war nicht in Hörweite.

»Meiner was? Ach so. Ich hab ihr gesagt, sie soll es gut sein lassen.«

»Wir werden dir ewig dankbar sein. Womöglich hätte sie beim nächstenmal noch jemand erwürgt.«

»Meinetwegen kann sie es ruhig jeden Tag erzählen«, sagte Ginger. »Sie hat ja recht. Wenn sie nicht gewesen wäre, wär ich jetzt nicht bei der Tri O. Ich wollte nur nicht, daß sie euch damit auf die Nerven geht. Sie merkt gar nicht, wie sie sich manchmal anhört.«

Zerknirscht ging ich in mein Zimmer zurück.

»Ginger Fowler ist viel zu gut für uns. Bei dir und deiner Bosheit fühl ich mich wohler«, sagte ich zu Cecie. Sie warf mir über ihre heruntergerutschte Hornbrille hinweg einen Blick zu.

»Freut mich zu hören. Damit machst du Fig einen Strich durch die Rechnung«, bemerkte sie.

»Was?« Ich war verblüfft.

»Hast du denn noch nicht durchschaut, daß Fig Ginger nach

Randolph gelockt hat, damit sie deine Busenfreundin wird? Oder was glaubst du, warum sie ständig betont, wie gut ihr zusammenpaßt, und dir Ginger ständig anpreist wie sauer Bier?«

»Cecie, was hast du bloß?« fragte ich bestürzt.

»Denk mal darüber nach!« sagte Cecie und wandte sich wieder ihrer Arbeit über Disraeli zu.

Als ich an diesem Abend im Bett lag, starrte ich auf das Muster, das die Straßenlaternen an die Decke warfen, und dachte wirklich darüber nach. Ich glaubte, Cecie zu verstehen. Zumindest glaubte ich zu verstehen, warum sie so etwas sagte. Aber damals gab ich ihr keineswegs recht, sondern vermutete eine ganze Weile, daß Cecie ein wenig eifersüchtig auf Ginger war. Etwas später wurde mir klar, daß sie recht gehabt hatte, und ich leistete ihr Abbitte, doch erst einmal kühlte unser Verhältnis ein wenig ab. Ich weiß nicht, ob sie gekränkt war. Sie sprach nicht mehr über das Thema.

Seit dem Abend, als Ginger das erste Mal in der Tri Omega war, hatte Fig immer wieder betont, wie sehr sie mir gefallen würde.

»Ihr beiden paßt so gut zusammen. Ihr seid euch so ähnlich und habt so viel gemeinsam... weißt du, ihr stammt aus demselben Milieu und so...« Von Geld sagte sie nichts, aber ich wußte, daß sie das meinte. Ich konnte sagen, was ich wollte, Fig war nicht von dem Gedanken abzubringen, ich sei reich und täte nur so, als wäre ich es nicht.

»Sie ist genau wie du, man merkt ihr gar nicht an, daß sie... du weißt schon... etwas Besonderes ist. Sie ist normal und kein bißchen eingebildet, genau wie du, Effie. Aber man merkt es doch. Ja, Blut läßt sich halt nicht verleugnen, wie meine Mutter immer sagt.«

»Lassen wir ein paar Tropfen rauslaufen und sehen wir nach«, schlug Cecie einmal vor. Fig überhörte es.

Im Lauf der Zeit wurde offensichtlich, daß Ginger völlig anders war als ich. Sie war geradezu das genaue Gegenteil von mir: offen, direkt, derb und geistig wenig interessiert. Wir waren einander zwar herzlich zugetan, aber diese Zuneigung basierte nicht auf Seelenverwandtschaft. Dennoch wurde Fig in jenem Semester nicht müde zu betonen, wie gut wir zueinander paßten.

»Sind euch schon mal zwei Menschen untergekommen, die so

gut zueinander passen wie Effie und Ginger?« fragte sie alle, die zufällig in der Nähe standen. »Sie gleichen sich wie zwei Erbsen in einer Schote. Sie könnten Zwillinge sein.«

Die anderen sahen Ginger und mich dann meist verwirrt an und wechselten höflich das Thema. Aber mir wurde das allmählich peinlich, insbesondere nach dem, was Cecie zu mir gesagt hatte. Ich glaube, Ginger ging es ebenso. Manchmal bedachte sie Fig mit einem langen, unergründlichen Blick.

Doch Fig ließ nicht locker. Wie eine traditionelle jüdische Heiratsvermittlerin versuchte sie, uns zu verkuppeln.

»Kommst du zufällig am Drugstore vorbei?« fragte sie zum Beispiel, wenn ich beim Hinausgehen mit den Autoschlüsseln rasselte. »Warte schnell, ich sag es Ginger. Sie braucht Tampons.«

»Gehen wir doch zu Bernie's und holen uns Kakao! Ginger hat eben gesagt, daß sie welchen möchte.«

»Wenn du sowieso zur McCandless Hall fährst, bringst du dann Ginger kurz zur Bibliothek? Sie ist erkältet, und es fängt gleich an zu schneien.«

Oder: »Kommst du zu uns rüber? Ginger hat von ihrem Vater eine Gitarre zum Geburtstag gekriegt und spielt ›Streets of Laredo‹.«

Eine Zeitlang folgte ich ihren Aufforderungen ganz unbefangen oder ließ es eben sein, ganz nach Lust und Laune, denn ehe Cecie an jenem Abend ihren lakonischen Kommentar abgab, fand ich nichts dabei. Doch danach durchschaute ich Figs Hintergedanken und merkte, daß die Aufforderungen zu häufig kamen. Ich war so verlegen und so zornig auf Fig, und auch auf Cecie, weil sie mir die Augen geöffnet hatte, daß ich Ginger eine Weile lang aus dem Weg ging. Schließlich sagte Ginger einmal beim Abendessen ungewöhnlich ärgerlich: »Fig, ich will nicht mit Kate zum Drugstore, sie hat auch keine Lust, sich schon wieder ›Streets of Laredo‹ anzuhören, und es ist uns beiden schnuppe, ob wir zueinander passen oder nicht. Wann hörst du endlich damit auf? Hast du eigentlich noch alle Tassen im Schrank?«

Da ließ Fig die Kate-Ginger-Masche endlich fallen. Aber mir war nun klar, daß Cecie recht gehabt hatte,und das sagte ich ihr auch.

»Bitte entschuldige. Diese widerliche Intrigantin hat mich doch tatsächlich dazu gebracht zu glauben, daß du auf Ginger eifersüchtig wärst. Meinst du, sie hat gedacht, Ginger und ich würden uns ineinander verknallen wie die Lesben?«

»Ich meine eher, sie hat gedacht, zwischen uns beiden laufe so was«, antwortete Cecie trocken. »Und das konnte sie nicht ertragen. Die arme Ginger war nur als Köder gedacht.«

»O mein Gott!« Meine Wangen glühten. »Manchmal hab ich schon Angst, daß ich mein ganzes Leben in Fig Newtons Schatten verbringen werde.«

»Sag so was nicht!«

Ginger mühte sich den ganzen Winter wacker um gute Noten, damit wir sie zum Frühling aufnehmen konnten. Sie ging abends nicht mehr aus, gab die Bridgenachmittage auf und blieb statt dessen in der Bibliothek oder auf ihrem Zimmer und vergrub sich verbissen in ihren Büchern. Sie studierte Grundschulpädagogik, und die Lehrbücher über die ersten Lektionen in Englisch oder Sozialkunde bereiteten ihr zwar keine Schwierigkeiten, doch ihre Konzentrationsfähigkeit ließ zu wünschen übrig. Aus Wut und Verzweiflung war sie oft in Tränen aufgelöst, das sommersprossige Gesicht rot und verschwollen wie das eines Kindes und das feine Haar schweißnaß. Der Anblick rührte uns tief, denn ihre Anstrengung war heroisch, und so gaben Cecie, Fig und ich ihr abwechselnd nachmittags nach den Seminaren bis in die Nacht hinein Nachhilfe. Als sie die letzte Prüfung des Semesters hinter sich hatte, kam sie zu uns ins Zimmer und strahlte über das ganze Gesicht.

»Ich glaube, ich habe es geschafft«, erklärte sie. »Ich habe in jeder Prüfung alles gewußt bis auf drei, vier Sachen. Ich bekomme bestimmt gute Noten, und alles nur wegen euch. Heute abend saufen wir uns die Hucke voll.«

Fig klappte der Kinnladen herunter, während Cecie und ich skeptische und ein wenig ängstliche Blicke wechselten. Einerseits bestand die Gefahr, daß man uns der Universität verwies – Alkohol zu trinken war den Studentinnen in Randolph nicht erlaubt –, andererseits kannte ich kaum eine Frau, die nicht gelegentlich am Wochenende bei den Partys der Studentenverbindungen heimlich ein oder zwei Bierchen trank. Cecie und ich tranken wenig, und Fig hatte meines Wissens noch nie irgendwelchen Alkohol angerührt. Doch Cecie und ich hielten nicht viel von Abstinenz, so daß wir unsere Bedenken über Bord warfen. Für März war es ziemlich warm, die Prüfungen waren vorüber, und wir hatten eine Pause verdient. Außerdem war Gingers gutes Abschneiden wirklich ein Triumph.

»Ach, warum eigentlich nicht«, sagte Cecie.

»Ja, warum nicht«, stimmte ich ein.

»Ich möchte nichts tun, wofür ich aus der Tri Omega fliegen könnte«, sagte Fig weinerlich. »Ihr könnt es ja machen, wenn ihr wollt. Ich werde nichts erzählen. Aber ich mache nicht mit.«

Damit war die Sache beschlossen.

»Let the good times roll«, sang Cecie, aber dann unterbrach sie sich. »Und woher nehmen wir das Zeug?«

»Das habe ich schon besorgt.« Ginger grinste. »Eine Flasche Gin und einen Bourbon. Liegt unter meiner Schmutzwäsche. Ich habe Snake Clinkscales nach Montgomery einkaufen geschickt, denn ich dachte mir, heute abend gibt es entweder etwas zu begießen oder etwas zu beweinen. Mit Gottes und eurer Hilfe ist mir der Leichenschmaus erspart geblieben.«

»Und wann?« fragte ich.

»Nach dem Zapfenstreich. Ich hab noch eine Überraschung für euch. Ich habe den Schlüssel für die Dachterrasse. Wir können unsere Kissen mit hinaufnehmen und Cola und Limo zum Verlängern, und niemand kann uns hören.«

»Wo hast du denn den Schlüssel her?« fragte Fig, deren Entsetzen immer größer wurde. Für die Tür, die über ein paar Stufen auf das klassizistische Flachdach des Tri-Omega-Hauses führte, existierte unseres Wissens nur ein Schlüssel, und der hing an einem Haken in der Wohnung der Hausmutter. Zu viele Studentinnen hatten im Lauf der Jahre dieselbe Idee gehabt wie jetzt Ginger.

»Ich hab ihn vom Haken genommen, als sie mir letzte Woche eine Aspirin geholt hat.« Ginger zog die Nase kraus. »Ich hab ihr gesagt, daß ich *solche* Bauchkrämpfe hätte. Dann habe ich den Schlüssel nachmachen lassen und ihn am Sonntag, als sie in Montgomery war, wieder hingehängt. Sie hat nichts gemerkt.«

Wir schütteten uns aus vor Lachen. Sie war auf eine so offene, unbefangene Art mit sich zufrieden und setzte sich so fröhlich über den moralischen Aspekt der Sache hinweg, daß unsere letzten noch verbliebenen Zweifel verflogen. Mit ihrer Haltung ließ Ginger unsere sündige Nacht wie einen Kindergartenscherz aussehen, und unsere Angst vor den Konsequenzen schwand.

»Als Verbrecherin hast du eine große Zukunft vor dir«, sagte ich. »Du könntest kaltblütig jemanden ermorden und dabei so aussehen wie Huckleberry Finn, wenn er Äpfel geklaut hat. Kein Schwurgericht auf der Welt würde dich schuldig sprechen.«

Auch Fig gab den Entschluß zur Enthaltsamkeit auf.

»Ihr habt mich überredet«, kicherte sie, obwohl davon keine Rede sein konnte. »Ich will Effie Lee unbedingt mal betrunken erleben. Dann kann ich meinen Enkeln etwas erzählen.« Sie verdrehte die Augen.

»Meinetwegen brauchst du es dir nicht anders zu überlegen«, sagte ich giftig. »Das letzte, was ich will, ist, dich zu verderben.«

»Aber nein. Ich weiß ja, wenn du mitmachst, ist die Sache okay. Ich freue mich drauf. Aber ihr müßt mir zeigen, wie's geht. Ich bin so furchtbar spießig.«

»Das hätte ich fast nicht gemerkt«, sagte Cecie.

In der Nacht warteten wir, bis im oberen Stockwerk alle Lichter ausgegangen waren, nahmen unsere Kissen und Handtücher und stahlen uns aufs Dach, in den Händen schwitzende Flaschen mit Cola und Seven-up und Gingers klirrendem Wäschebeutel. Wir mußten so sehr lachen und ermahnten einander so laut zur Stille, daß man uns eigentlich hätte erwischen müssen, wenn nicht die meisten Hausbewohnerinnen, von den Prüfungen völlig erschöpft, geschlafen hätten wie die Toten. Vielleicht hat uns sogar jemand gesehen, aber wenn, dann hat sie uns nicht verraten. Ich kann mir jedenfalls vorstellen, wie wir auf einen Zuschauer gewirkt haben müssen: vier schemenhafte Gestalten in Babydolls, mit Lockenwicklern im Haar und vor Nachtcreme glänzenden Gesichtern, vier Gestalten, die sich vor Lachen bogen, aus Furcht oder Heiterkeit keuchten und die Knie zusammenpreßten, um sich nicht naß zu machen. Wenn ich heute daran denke, muß ich immer noch lächeln. Nicht einmal mit Alan, der viel Begabung zum Lachen hat, habe ich je so gelacht wie wir damals in jener Nacht.

Und wir betranken uns. Es dauerte nicht lange. Wir lagen auf den Handtüchern und Kissen auf dem Kiesbelag, von nichts weiter geschützt als einem morschen weißen Holzgeländer, gossen mit Todesverachtung das widerliche, warme Gesöff hinunter und genossen die frische Luft auf unserer fast nackten Haut. Draußen war es zwar auch nicht kühler als in den Zimmern, aber man konnte hier, drei Stockwerke über dem Boden, wenigstens meinen, daß es so sei. Um uns erstreckte sich die Weite des leeren Raums, unter uns ragten die zarten Spitzen der Baumkronen in die Luft, über uns standen die Sterne und unten tanzten winzige Glühwürmchen wie ein Schauer aus Licht. Diese sternenglänzende, luftige Nacht war von einem Zauber erfüllt, der nicht vom Alkohol allein kam. Zu unseren Füßen schlief der Campus.

Wir sangen sogar leise und brüchig zu Gingers verstimmter Geburtstagsgitarre. Laut zu singen wagten wir nicht. Oft mußten wir lachen, doch dann hielten wir die Hände über den Mund, um das Schlimmste zu verhindern. Fig schnaubte und schnorchelte durch ihre vielgeplagte Nase und kicherte so hysterisch, daß wir sie heftig zischelnd aufforderten, ruhig zu sein, was sie nur weiter anstachelte. Schließlich ebbte die Heiterkeit ab. Wir lagen auf dem Rücken, betrachteten den wandernden Himmel über uns und ließen uns im Rausch hinauftragen zu den dahinziehenden Sternen.

Wir sprachen darüber, was wir nach dem Studium machen wollten, oder zumindest Cecie und ich taten das. Die Nacht war so weit fortgeschritten und der Pegel in den beiden Flaschen so tief gesunken, daß wir uns unsere selbstverständlich glänzenden Karrieren als Innenarchitektin und Juristin in den strahlendsten Farben ausmalten. Ich entwarf Möbel und Innenausstattungen, die für ganze Epochen richtungsweisend wurden, und sie entwickelte und verwirklichte Gesetze, die während dieser Zeit für Gerechtigkeit und Wohlstand sorgten. Ein Regen von Orden, Preisen und internationalen Ehrungen ging auf das Dach der Tri Omega hernieder, und vom Himmel herab ergossen sich Glanz und Ruhm über uns. Unsere Augen füllten sich mit Tränen der Demut und der Begeisterung.

»Man muß seine Talente der ganzen Menschheit zugute kommen lassen«, sagte ich, ohne zu merken, daß ich ein wenig lallte.

»Unbedingt«, pflichtete Fig mit tränenerstickter Stimme bei. »Effie, du hast ja so recht. Das werde ich beherzigen, wenn ich erst eine berühmte Schriftstellerin bin. Ich werde schöne, tiefsinnige Sachen schreiben, die den Menschen Mut machen. Und ich fang gleich an mit dem, was du eben gesagt hast. Ich schreib es in mein Tagebuch.«

Damit nahm sie ihr Tagebuch zur Hand, das unter ihrem Handtuch lag.

»Wenn du ein einziges Wort reinschreibst, schmeiß ich das Ding vom Dach«, drohte Ginger, lächelte jedoch dabei. Sie lag auf dem Rücken, hatte den Kopf auf die verschränkten Arme gelegt und hörte uns zu, wobei sie unablässig an ihrer mit Bourbon angereicherten Cola nippte. Ihr weißblondes Haar schimmerte gespenstisch in der Dunkelheit. Sie hatte bisher kein Wort zum Thema Zukunft beigetragen.

»Und du, Ginger, was willst du nach dem Studium machen?« fragte Cecie.

»Nach Fowler zurückgehen und Lehrerin werden, glaube ich«, antwortete sie behaglich. »Heiraten und Kinder kriegen.«

»Ja, natürlich, irgendwann einmal, aber ich meine, gleich danach«, hakte Cecie nach. »Du kannst doch machen, wozu du Lust hast. Zum Beispiel mit Kate nach New York gehen oder mit uns beiden ein Jahr lang durch Europa gondeln. Wenn du unbedingt unterrichten willst, kannst du ja zum Peace Corps gehen. Aber du mußt doch erst einmal richtig leben, ehe du dich etablierst. Die Welt auf den Kopf stellen, du weißt schon.«

»Oje, das ist nichts für mich«, meinte Ginger. »Ich bin nicht so klug wie du und Kate und Fig. Ich bin zwar nicht ganz blöd, aber besonders helle bin ich auch nicht, das weiß ich. Mein Vater sagt das auch. Er lacht immer und sagt, ich brauche im Leben jemand, der für mich sorgt! Wahrscheinlich hat er recht. Ich hätte nicht einmal die Prüfungen bestanden, wenn ihr nicht gewesen wärt.«

»Quatsch«, widersprach ich. »Beim nächsten Mal schaffst du das allein. Was meint er denn, wer für dich sorgen soll, wenn du erst einmal auf eigenen Beinen stehst?«

»Ich glaube nicht, daß er mir das zutraut. Er wird mir schon einen aussuchen, wenn es soweit ist. In Fowler gibt es genügend Jungs in meinem Alter, und manche sind ganz nett. Das ist bestimmt kein Problem. Ihr wißt ja, ich erbe einmal die Fabriken.«

Das sagte sie ohne einen Hauch von Großspurigkeit oder Ärger, und ohne jede Resignation. Ihre Stimme klang neutral und so voll und hell wie immer. Das erschreckende Szenario schien sie nicht zu beunruhigen.

»Das ist ja entsetzlich«, meinte Cecie hitzig. »Du hast etwas Besseres verdient, Ginger. Wie kannst du nur jemanden so ohne weiteres über deine ganze Zukunft entscheiden lassen? Was ist mit deinen eigenen Wünschen?«

»Na ja, wißt ihr, ich wünsche mir eigentlich nichts, was ich nicht schon habe«, antwortete Ginger, und plötzlich war ein Gefühl in ihrer Stimme zu hören. Traurigkeit lag darin, und etwas, das in meinen Ohren wie Angst klang.

Ich sah zu ihr hinüber, und sie lächelte mich an. In ihren Augen schimmerte es feucht.

»Manchmal denke ich, daß ich es nicht ertragen kann, wenn das alles hier einmal zu Ende geht«, sagte sie. »Manchmal glaube ich, die Uni hier, das Lachen und Singen, ihr alle – das ist das Beste am Leben. Ich will gar nicht an den Abschluß denken.«

»Na ja, bis dahin ist es ja noch eine Weile.« Mir fiel nichts Besseres ein, um sie zu trösten. Ich verstand nicht, wie man so über die Studienzeit denken konnte. Für mich lag das Beste im Leben immer noch vor mir.

Eine Zeitlang schauten wir stumm in die Nacht. Auf dem Berg oberhalb des Hauses zeichnete sich gegen den Himmel der Wald ab, der den Lake Randolph säumte. Er war tiefschwarz, und über ihm stand milchweiß der sternenübersäte Nachthimmel. Hinter den Bäumen ging verspätet der Mond auf, und wie eine brennende Galeone fuhr er über den Himmel. Das Herz wollte mir fast bersten, so schön war diese Nacht.

Nach all den Jahren fällt es leicht zu erkennen, daß viel von dem Mysterium jener Nacht sentimentale Gefühlsduselei war. Und doch wollte ich, ich wäre noch einmal zu solcher Intensität des Gefühls fähig.

»Darin kann ich Gott erkennen«, sagte ich schwermütig und deutete auf die Baumreihe. »Wenn ich das sehe, glaube ich alles. Die ganze Geschichte.«

»Ich nicht«, sagte Fig. Ihre Stimme klang auf einmal sehr distanziert und kühl. Sie sprach monoton und so gestochen scharf, wie ich es noch nie bei ihr gehört hatte. Diese Stimme kannte ich nicht an ihr. Wir sahen sie alle an.

»*Ich* glaube gar nichts, wenn ich das sehe«, erklärte sie. »Ich sehe nur, daß alles eine einzige Lüge ist. Nach dem Tod kommt nichts mehr. Schaut euch doch die Sterne an. Ist euch klar, daß sie immer noch da oben am leeren Himmel leuchten werden, wenn wir und alle anderen Menschen längst tot und begraben sind? Ja, wir werden da unten im Dunkeln liegen, und die blöden Sterne scheinen immer weiter und weiter... und für uns ist alles... schwarz. Nichts. Schwarzes Nichts. Tiefe Finsternis bis in alle Ewigkeit...«

Wir schwiegen. Mir lief es kalt über den Rücken. Kälte und Leere. Zu meinen Füßen zischte der Abgrund wie eine Schlange. Ich spürte, wie Cecie neben mir unruhig wurde.

»Nichts als Finsternis«, sagte Fig.

Ginger brach in Tränen aus. Sie weinte wie ein Kind mit weit aufgerissenem Mund und rieb sich mit den Fäusten die Augen.

»Ich will nicht sterben«, schluchzte sie. »Ich will nicht. Lieber Gott, ich will nicht!«

»Du mußt aber«, sagte Fig mit ihrer neuen, unheimlichen Stimme. »Du mußt. Dein ganzes Geld wird dir nichts nützen, das weißt du.«

»Nein, das weiß ich nicht«, heulte Ginger. »Ich muß es nicht wissen, und ich will es nicht wissen. Ich will nicht.«

»Doch, du mußt. Du kannst gar nicht umhin. Und du wirst es nie mehr vergessen.«

»Halt den Mund, Fig«, zischte Cecie wütend. »Halt den Mund, oder ich stopfe ihn dir!«

Fig blieb einen Moment lang reglos liegen. Die Augen hinter der dicken Brille waren fest zugekniffen. Dann rollte sie sich herum, beugte sich über das Geländer und übergab sich. Wir hörten, wie es weit unten auf die Platten des Gehwegs prasselte.

Am nächsten Morgen verschliefen wir alle, erwachten mit reuevollem Lächeln und nahmen mit großer Feierlichkeit Aspirin gegen die Kopfschmerzen. Offenbar waren wir im Schlaf übereingekommen, das traurige Ende der Nacht mit Schweigen zu übergehen. Fig war wieder die alte und Ginger auch. Aber ich wußte etwas Neues über Ginger. Wie Cecie und ich wandelte auch sie über dem Abgrund, doch sie würde sich dieser Einsicht niemals stellen. Ohne es in Worte fassen zu können, wußte ich, daß sie lieber sterben würde, als sich dieser allseits lauernden Leere auszuliefern. Eher würde sie sich bei anderen andienen, damit sie immer einen Beschützer hatte. Die Erkenntnis war mir unerträglich, und ich schob sie weg von mir. Aber von da an wußte ich es.

Am nächsten Tag wurden die Noten bekanntgegeben. Ginger hatte alle Prüfungen bestanden, wenn auch manche nur um Haaresbreite. Als wir alle beim Abendessen aufstanden und ihr applaudierten, machte sie die Runde um den Tisch und umarmte jede von uns mit Tränen in den Augen.

»Bestimmt werde ich nie wieder so glücklich sein«, sagte sie gerührt. »Nicht mal in meiner Hochzeitsnacht.«

»Wie kannst du so was sagen?« fuhr Francine Powers empört auf, die sich gerade erst unter viel Aufsehen mit einem schweinsgesichtigen Verbindungsstudenten namens Grunt verlobt hatte. Alles stöhnte auf. Wir hatten Francines übertriebene Schwärmereien durch die Bank gründlich satt.

»Na, weißt du, ich habe das Unsägliche halt schon ausprobiert.« Ginger grinste sie an. »Lange vor den Prüfungen.«

»Meinst du, daß das stimmt?« fragte ich Cecie am Abend.

»Vermutlich«, meinte sie. »Ich hab das Gefühl, für Ginger ist es keine große Sache, nicht anders als Ausschlafen, Tanzen oder Pizzaessen. Sie fühlt sich wohl dabei, es macht sie glücklich, warum also nicht?«

»Ich wünschte, es wäre so einfach.«

»Ich glaube, wenn man Lust dazu hat, ist es immer einfach«, erwiderte Cecie gleichmütig. »Man muß nur erst den Richtigen finden, dann geht es auch. Kannst du dir vorstellen, mit Grunt ...«

»Na ja, mit Grunt wäre es bestimmt einfach: Wumm, bum und

schon rum. Das Problem ist bloß, ich kann es mir mit keinem vorstellen.«

»Das kommt noch«, sagte sie.

Am darauffolgenden Freitag fingen die Frühjahrsferien an. Am Vorabend steckte Ginger den Kopf zu uns ins Zimmer und sagte: »Ich habe gerade mit meinen Eltern telefoniert. Sie wollen am Wochenende in unser Ferienhaus in Nag's Head ziehen. Mein Papa läßt fragen, ob ihr nicht Lust habt mitzukommen, dann schickt er uns Robert mit dem Wagen, um uns abzuholen. Er bringt uns auch nächste Woche wieder rechtzeitig zurück. Bitte, kommt doch mit. Ich möchte meinem Vater so gerne meine Freundinnen vorstellen. Er wird Augen machen.«

Wir stimmten zu, noch ehe sie ausgeredet hatte. Ich hatte mich ohnehin vor den Ferien in dem verfallenen Haus am Santee gefürchtet, wo sich meine Mutter geziert mit dem griesgrämigen Geistlichen unterhielt, und für Cecie war die Aussicht auf Abenteuer ein Lebenselixier. Fig war völlig außer sich. Sie schnatterte so viel über Sonnenmilch, Designer-Badeanzüge und Ferienhäuser, daß Ginger sie schließlich in gutmütigem Ton aufforderte, endlich still zu sein. Ich wunderte mich über mich selbst, doch Fig tat mir leid, wie sie ihre scheußlichen, geschmacklosen Sachen in einen blaugrünen Samsonite-Kunststoffkoffer packte. Diese Reise bedeutete für sie wohl das gleiche wie für ein Bettelmädchen eine Einladung ins Schloß. Das war etwas, womit sie nie gerechnet hätte. Wider Willen regte sich in mir der Beschützerinstinkt. Ich sah schon die kühlen Blicke, mit denen Gingers reiche Mutter sie betrachten würde.

»Robert und der Wagen« erwiesen sich als ein riesiges Cadillac Coupé de Ville mit Notsitz, gefahren von einem unerschütterlichen Weißen mittleren Alters in dunklem Sackleinenanzug und Schirmmütze. Cecie und Fig blieb der Mund offenstehen, als er unser Gepäck im Kofferraum verstaute und uns den Schlag aufhielt. Auch ich staunte. Ich hatte zwar schon einmal ein Automobil mit Chauffeur gesehen, aber nicht hier in Randolph. Unsere Mitbewohnerinnen stellten sich auf die Treppe oder beugten sich aus dem Fenster und gafften ungeniert. Ginger stolzierte fröhlich umher, doch unter den Sommersprossen waren ihr Hals und ihre

Wangen dunkelrot angelaufen. Wir hatten ja gewußt, daß die Fowlerschen Textilmühlen einiges wert waren, aber keine von uns machte sich einen Begriff davon, was Reichtum wirklich bedeutete, und Ginger gab sich die größte Mühe, ihren Wohlstand vergessen zu machen. Sie trug schlichte, lässige, beinahe schäbige Kleidung und hatte kein Auto. Monatelang hatten wir nicht mehr daran gedacht, daß der kalte, reißende Warriorfluß ebenso zuverlässig Geld in die Taschen von C. D. »Buck« Fowler pumpte, wie er die Mühlräder antrieb. Doch von da an behielten wir es im Hinterkopf.

Robert reagierte auf Gingers Vorstellungsrunde mit knappem Nicken und finsterem Blick. Wir waren eingeschüchtert, doch Ginger kicherte, als sie ihn beobachtete, wie er unser Gepäck in den riesigen Kofferraum warf.

»Er ist stinksauer«, flüsterte sie. »Normalerweise ist Woodrow der Chauffeur, und Robert findet es unter seiner Würde, kichernde Collegegänse herumzukutschieren. Er arbeitet sonst in der Fabrik.«

»Und was ist mit Woodrow?« fragte Cecie.

»Na ja, weißt du«, antwortete Ginger, »Woodrow ist doch ein *Neger*. Wir müssen in Charlotte übernachten und da ... ist es eben besser, wenn Robert uns fährt. Aber er empfindet das als Degradierung. Wetten, daß er von hier bis zu den Outer Banks keine fünf Worte herausbringt?«

Sie behielt recht. Das frische Grün des einziehenden Frühlings lag über Alabama, Georgia und North Carolina, während wir plauderten und kicherten, einschliefen und wieder aufwachten. Robert chauffierte uns mit stoischer Ruhe und hielt nur, wenn Ginger sagte: »Robert, ich glaube nicht, daß wir es noch aushalten, bis Sie wieder tanken müssen. Außerdem kommen wir um vor Hunger. Bitte fahren Sie an der nächsten Raststätte raus.«

Er gehorchte schweigend und wartete im Wagen, den Blick stur geradeaus gerichtet, bis wir aus der Toilette kamen. Wir aßen unterwegs Schokoriegel und Pommes frites und tranken Cola dazu. Ich habe Robert die ganze Fahrt über weder essen noch aufs Klo gehen sehen.

Als wir am folgenden Nachmittag nach einer schier endlosen,

strapaziösen Fahrt auf gerader Strecke durch die fruchtbare, schwarzbödige Ebene von North Carolina den Albemarlefluß und anschließend den Roanoke Sound bei Manteo überquert hatten, bogen wir links ab auf eine schmale, hochgelegene Küstenstraße, deren schwarzer Belag voller Schlaglöcher war. Rechts von uns, am Strand entlang, waren ungetünchte Häuschen auf Pfählen, Andenkenläden, Geschäfte für Anglerbedarf und ab und zu ein Fischrestaurant zu sehen; linker Hand, auf der Landseite, erhoben sich so mächtige Dünen, wie ich sie noch nie gesehen hatte, nicht einmal in Cape Cod, in den blassen Abendhimmel. Es waren ehrfurchtgebietende Gebirge aus Sand, vor denen man sich klein und unbedeutend vorkam. Sie waren mit niedrigen Büschen bedeckt, aber es standen keine Häuser auf ihnen, und keine Straße führte hinauf. Zu unserer Rechten waren jetzt hinter einer Dünenkette noch mehr schlichte Häuschen mit ein oder zwei Stockwerken zu erkennen, die den Ozean säumten. Das Meer selbst war nicht zu sehen. Die Landschaft wirkte auf mich in all ihrer Wildheit seltsam eintönig. Ich war ein wenig enttäuscht, denn ich hatte mir in meiner Phantasie ein wildromantisches Bild von den Outer Banks geschaffen.

Robert lenkte den großen Wagen von der Teerstraße auf eine schmale Sandpiste, die durch eine niedrigere Dünenkette geradewegs zum Meer führte. Da sah ich sie zum erstenmal: Nag's Heads »Ungetünchte Aristokraten«, eine Reihe von etwa dreißig, vierzig riesigen alten Holzhäusern, die nebeneinander auf dem Kamm der ersten Dünenkette standen. Einsam ragten sie vor dem perlgrauen Abendhimmel auf wie ein Reigen buckliger Hexen. Riesig, baumhoch und schwarz verwittert zeichneten sich, ohne Auflockerung durch Bäume oder Büsche, ihre Silhouetten vor dem Horizont ab: eine weite, wie ein Busen geschwungene Linie vor dem leeren Himmel. Wie dicke alte Vetteln mit stockdürren Beinen standen sie auf hohen Pfählen und erhoben sich zwei, manchmal auch drei Stockwerke hoch – Dachterrasse oder Ausguck mitgerechnet – in die milde, sacht bewegte Seeluft. In meiner Brust regte sich etwas Altes, Langsames, bisher Unbekanntes, als wäre ein schlafender Homunculus erwacht.

Robert hielt auf dem weichen Sand vor einem der letzten Häuser in der Reihe. Wir stiegen aus, räkelten uns, sogen die Luft ein und sahen uns schweigend um. Das Haus, ein windschiefer, viktorianischer Schindelhaufen, war dunkelgrau, fast schwarz, hatte zahlreiche Erker und Türmchen, die mit hellerem Zedernholz verkleidet waren, und unzählige Fenster, die mit ihren schweren Läden dem Seewind trotzten. Es war mit Bullaugen, Schnitzwerk, Schornsteinkappen und Kuppeln verziert und hatte etliche Balkone und Veranden, die durch graue Treppen miteinander verbunden waren, und kauerte in einem mit Helmstrandhafer gepolsterten Nest, gesäumt von alten Wachsmyrthen, Stechpalmen, Gagelsträuchern und Yuccas. Als Windschutz diente eine Reihe schwarzgrüner, verkrüppelter Araukarien, die zusammen mit den Dünenkuppen die Sicht aufs Meer verstellten. Doch wir konnten es am Strand tief unter uns rauschen hören. Ginger rannte die Holztreppe hinauf, um ihre Eltern zu begrüßen, die auf der Veranda standen und uns zuwinkten. Fig folgte ihr wie ein kleines Hündchen. Cecie und ich dagegen schlugen uns in wortloser Übereinkunft durch die Araukarien und spazierten über die Dünen, als lockte uns eine Nixe mit dem Zauber ihres Gesangs ans Meer.

Wir standen auf dem hohen grünen Kamm und sahen hinunter auf die See. Von der Veranda aus führte ein Holzsteg durch niedriges Gestrüpp hinunter zum braunen Sand. Der Steg war ebenso schwarz verwittert wie das Haus und wand sich durch Büschel von Helmstrandhafer, Plattährengras und dichte Kissen von kriechenden Grünpflanzen und Blumen, die ich nicht kannte. Der Sand war weich und pudrig, zog dann Rillen wie Schlagsahne, verschmolz zu fester, nasser Glätte und verwandelte sich endlich zu einem glänzenden Spiegel, wo Land und Wasser einander berührten. Majestätisch rollten die Brecher heran; sie ließen sich weder hemmen noch antreiben auf ihrer Reise von Spanien bis hierher. Wo das Wasser sich nicht in weißer Gischt auf dem Sand brach, war es tiefblau wie Enzian oder Lapislazuli. Kein Mensch war unten am Strand, kein Segel durchschnitt das weite, wogende Blau, kein Laut außer dem klagenden Schrei der Möwen und dem dumpfen Grrruuum und Wuschsch der Wellen drang an unsere Ohren. Der Wind, der frisch, fast eisig von der See her wehte, blies uns das Haar aus dem Gesicht, doch die Sonne schien uns noch heiß auf Nacken und Schultern.

Eine Weile lang standen wir still da. Erst als Ginger uns rief, wandten wir uns dem Haus zu. Und wieder erstarrten wir: Auf der Seeseite bestand es fast ganz aus Glas, eine ganze Wand bis hinauf zum Dach war ein einziges, riesiges Bogenfenster, das weder geteilt, noch von einem viktorianischen Rahmen eingefaßt war. Das halbe Oval aus Glas mußte zwei Stockwerke hoch sein; durch die Scheiben sah man dunkel eine große Steinwand mit einem riesigen offenen Kamin in der Mitte, den glänzenden nackten Boden und überdimensional erscheinende Möbel: eine gigantische Speisetafel mit Stühlen. Schlicht, und doch überwältigend. Die Wirkung beruhte auf der Weite, dem ungestörten Zusammenspiel des Raumes mit dem Himmel und dem Meer. Der Architekt, der sich dieses Fenster ausgedacht hatte, hatte Sinn für den Zauber der Natur.

»Wahnsinn«, hauchte Cecie, und es klang wie ein Gebet. Dann gingen wir hinein und wurden Gingers Eltern vorgestellt.

Wie Fig mir hinterher erzählte, war sie von dem Haus eher enttäuscht gewesen.

»Es ist ja noch nicht mal angestrichen. Riesig und so ist es ja schon, aber wo sie so reich sind, hätte man doch erwartet, daß sie sich, na du weißt schon, was Vornehmeres leisten. Es sieht doch nach nichts aus!«

Aber ich kannte die nüchternen, weitläufigen alten Sommerfrischen der Reichen aus dem Nordosten, ob an der Küste des Festlands oder auf den Inseln, und wußte, was es hieß, ein solches Haus zu besitzen. Ich hatte kaum den Fuß auf die Eingangstreppe gesetzt, als ich bereits mein Herz an das verrückte, windschiefe alte Haus verloren hatte. Ich wünschte mir von ganzem Herzen, es wäre meins. Noch heute, da ich längst in meinem eigenen Haus am Meer, achthundert Meilen nördlich von dem der Fowlers, verwurzelt bin, träume ich von Gingers Haus auf den Outer Banks von North Carolina. Alles, das Haus selbst wie die wilde Küstenlandschaft, in der es lag, strahlte für mich etwas aus, das mich im Innersten berührte. Ich glaubte, die Stille und Einsamkeit dieses Ortes in meinem Blut zu spüren und seine Wildheit in meinem

Herzen. Ich, die ich nie Boden unter den Füßen gefunden, mich nirgendwo je zu Hause gefühlt hatte, wurde wie von einem Fieberschub von dem Gefühl überwältigt, hierher zu gehören.

»Wenn ich einmal heirate, würde ich die Flitterwochen am liebsten hier verbringen«, sagte ich lächelnd zu Gingers Mutter und schüttelte die Hand, die sie mir hinhielt.

»Du kannst bleiben, solange du willst, wenn du mich als Brautjungfer nimmst.« Ginger war verlegen und glücklich zugleich, daß sie uns dieses Kleinod zeigen konnte.

»Mich auch«, setzte Fig hinzu.

»Wie wär's, wenn wir gleich die Hochzeit hier abhalten würden?« Mrs. Fowler lächelte. »Abgemacht«, antwortete ich. Dann gingen wir ins Haus, wo Gingers Vater schon Steaks auf Fleischspieße steckte und für uns auf den Rost legte. Und die Woche begann.

In der Nacht zog ein Sturm auf. Gingers Vater hatte uns vorgewarnt: Um diese Jahreszeit gebe es die heftigsten Frühlingsgewitter, und er habe schon vor Stunden die mächtigen Schweife der Federwolken von der See hereinziehen sehen.

»Die Outer Banks sind die stürmischste Gegend der Welt!« behauptete er mit der für ihn charakteristischen Großspurigkeit und Bestimmtheit. Ginger war ihm wie aus dem Gesicht geschnitten – er war ein blonder Riese mit grobem, rotem Gesicht, weißblonden Augenbrauen und Wimpern, kleinen blauen Augen und einem lauten Organ, das auch noch bedrohlich klang, wenn er Witze riß – was oft vorkam. Ich verstand nun, warum Ginger sich so ein sanftes, kindliches Gemüt bewahrt hatte. Buck Fowler wünschte sich seine Tochter so, und Ginger hätte viel härter und raffinierter sein müssen, um sich seiner Dominanz zu entziehen. Ich bezweifelte, daß es mir gelungen wäre. Vielleicht hätte Cecie es geschafft.

»Ein Stück weiter südlich von hier, vor Cape Hatteras, trifft der Golfstrom auf die Labradorströmung, und die beiden machen so viel Wirbel, daß man die Stelle den ›Friedhof des Atlantiks‹ nennt«, erzählte Buck Fowler. »Über fünfhundert Schiffe sind da gestrandet. Aber hier oben in Nag's Head war auch einiges los. Wißt ihr, wie die Landspitze zu dem Namen Nag's Head, Pferdekopf, gekommen ist? Die Leute hier haben früher ihren Gäulen Laternen an Kopf und Schwanz festgebunden und sie dann durch die Dünen hinunter zum Strand geführt. So meinten die Rudergänger, sie steuerten auf einen sicheren Hafen zu, und setzten ihre Schiffe auf den Untiefen auf Sand. Die Einheimischen sind dann hin und haben sie geplündert.«

Er lachte dröhnend. Mich fröstelte. Ich stellte mir die schwarze, tobende See vor, das Krachen der Schiffe, ihr langsames Versinken, die Schreie im Dunkeln und die Boote, die still und gnadenlos heranruderten, wie ein Schwarm giftiger Wasserwanzen... Als Cecie und ich nachts in unserem Gästezimmer mit Blick über die Veranda aufs Meer in den Betten lagen und das Licht gelöscht hatten, so daß der schwache silbrige Schimmer der Brandung gespenstisch hereinleuchtete, fragte ich sie: »Wie findest du die Fowlers?«

»Sie ist nett«, antwortete Cecies helle, volle Stimme. »Aber er... schwer zu sagen. Ich hatte den Eindruck, er wäre gern damals mit den Piraten losgezogen und hätte die Leichen gefleddert. Er macht mir angst.«

»Mir auch. Die arme Ginger. Und das Haus... was hältst du davon?«

»Immer noch besser als Krebs«, antwortete Cecie schlaftrunken. Da lachten wir und fielen in den tiefen schwarzen Schlaf, den das Meer schenkt.

Als ich Stunden später von Blitz und Donner und dem lauten Rauschen der Brandung erwachte, bemerkte ich im gleißenden Licht der boshaften Blitze, daß Cecies Bett leer war. Vor Schreck sprang ich auf, ohne lange nachzudenken, und ging zur Tür. Ich verspürte eine undefinierbare Besorgnis. Vielleicht war sie ja nur über den Flur aufs Klo gegangen! Barfuß tappte ich zur Toilette, doch die Tür stand einen Spalt breit offen, und drinnen war es dunkel. Ich schlich im Pyjama durch das schlafende Haus auf die Veranda. Der kalte Regen fegte wütend bis unter das Vordach, so daß ich kaum etwas sah. Ich tappte über den Holzsteg durch die Dünen hinunter zum Strand. Auch hier war alles pechschwarz, und zornig heulte der Sturm. Ich bekam plötzlich furchtbare Angst.

Ich legte die Hände trichterförmig an den Mund, um nach Cecie zu rufen. Da zerriß ein gewaltiger Blitzstrahl den Regenhimmel, und ich sah sie. Sie stand direkt am Wasser, ja, sie war sogar bis zu den Knien hineingewatet. Wieder zuckte ein Blitz, und ich sah, daß sie nackt war. Ihr zierlicher Körper hob sich silberhell von der rauschenden, wogenden Schwärze ab, und sie hatte die Arme zum Himmel hinaufgestreckt und den Kopf zurückgelegt, als wollte sie die ganze Wucht des Windes und des Regens auf dem Gesicht spüren. Im flackernden Schein der nun fast ununterbrochen leuchtenden Blitze vollführte sie einen ausgelassenen Freudentanz, drehte sich im Wasser um und um, so daß ihre Arme über dem Kopf herumwirbelten. Dann hielt sie inne, bückte sich zum schwarzen Wasser hinunter und ließ es aufspritzen, tauchte ins Meer ein und verschwand.

Mir stand das Herz still und tat dann einen Sprung, als ich ein paar Meter weiter draußen ihren dunklen Kopf auftauchen sah. Sie schwamm mit kräftigen Bewegungen am Strand entlang. Zuweilen drehte sie sich auf den Rücken und ließ sich den Regen ins Gesicht blasen. Ich beobachtete sie noch eine Weile, dann kehrte ich zurück ins Haus, kroch ins Bett und zog mir die Decke über den Kopf. Mein Herz schlug langsam und heftig. Bis heute habe ich dieses Bild nicht vergessen: ihre schlanke Gestalt in heidnischer Nacktheit ganz allein im heulenden Sturm in der dunklen, tobenden See. Ich sehe es noch immer, und wenn ich an Cecie Rushton Hart denke, kommt mir als allererstes dieses Bild vom Strand in Nag's Head in den Sinn.

Als sie hereinkam, hatte ich ihr den Rücken zugekehrt und tat so, als schliefe ich. Ich hörte sie unter die Decke schlüpfen, doch es dauerte lange, bis ich an ihren Atemzügen merkte, daß sie eingeschlafen war. Darüber werde ich nie mit ihr sprechen können, dachte ich. Ich könnte ebensogut jemanden über seine Hochzeitsnacht oder über ein Bekehrungserlebnis ausfragen. Und doch hoffte ich, sie würde von sich aus darüber sprechen. Denn so stand diese Nacht, in all ihrer Ungeheuerlichkeit, zwischen uns.

Aber als Mrs. Fowler am folgenden Morgen sagte: »Ich meine, ich hätte heute nacht gehört, wie jemand mitten im Gewitter auf die Veranda gegangen ist«, antwortete Cecie nur leichthin: »Das war ich. Ich hatte meinen Badeanzug draußen liegenlassen und wollte ihn holen. Hoffentlich habe ich Sie nicht aufgeweckt.«

»Nein, nein. Ein ganz schöner Sturm war das! Das Meer muß phantastisch ausgesehen haben! Ist jemand runtergelaufen, um es sich anzusehen?«

»Ich nicht«, sagten Fig und Ginger wie aus einem Mund. Cecie warf mir einen unergründlichen Blick zu, und da wußte ich es: Sie hatte gemerkt, daß ich sie bei ihrem hingebungsvollen, rauschhaften Tanz am Strand beobachtet hatte, sie in perlweißer Nacktheit in der tosenden See hatte schwimmen sehen.

»Ich bin zwar aufgewacht, aber es war so dunkel, daß ich nichts sehen konnte«, sagte ich.

Sie hat niemals darüber gesprochen. Von diesem Zeitpunkt an begannen wir, uns in hilfloser Trauer voneinander zu entfernen. Ich weiß den Grund bis heute nicht. Cecie war impulsiv und oft schwer zu verstehen. Vielleicht ahnte sie bereits, was mir die Zukunft bringen würde, vielleicht spürte und roch sie Paul Sibley wie ein Tier oder ein Indianer und erkannte, was er mir bedeuten sollte. Und so zog sie sich zurück, ehe ich mich zurückziehen konnte.

Denn als ich gegen Ende meines dritten Studienjahres nach Randolph zurückkehrte, war er dort, und von da an war nichts mehr so wie vorher.

6. Kapitel

Ich begegnete ihm ein paar Tage, ehe ich ihn kennenlernte. Am ersten Tag des Frühlingssemesters kam er in Louis Cooneys gefürchteter Pflichtvorlesung über internationales Design eine Viertelstunde zu spät und wirkte nicht einmal zerknirscht. Das leise Raunen aus etwa achtzig Kehlen galt zu gleichen Teilen seinem Mut und seinem Äußeren. Beides war beeindruckend.

Zu Louis Cooney kam man nicht ungestraft zu spät, und es passierte keinem ein zweites Mal. Cooney war ein schmächtiger, gräßlich hausbackener Homosexueller mit scharfer Zunge, der den Studenten das Leben schwer machte: den Männern, weil sie ihren Widerwillen kaum verhehlten, und den Frauen aus Eifersucht. Niemand war vor seinen sarkastischen Bemerkungen sicher, kaum jemand entging in den Prüfungen seinem Zorn. Gegen mich schien er eine noch größere Abneigung als gegen das Gros der Studentinnen zu hegen, jedenfalls beehrte er mich mit mehr als der üblichen Menge an Gift und Geifer, was im Semester zuvor, in seinem Seminar über Industriedesign, schon zu einer Art bösem Dauerwitz geworden war. Da ich seiner Vorlesung nicht fernbleiben konnte, wenn ich meinen Abschluß machen wollte, und es Selbstmord gewesen wäre, seine Aufmerksamkeit zu erregen, setzte ich mich ganz weit nach hinten und verhielt mich möglichst still. Als der Neuling mit viertelstündiger Verspätung hereinschlenderte und nicht einmal ein paar Schweißtropfen als Indiz seiner redlichen Bemühung um Pünktlichkeit vorzuweisen hatte, wurde mir angst und bange um ihn, und ich wartete ab, was kommen würde.

»Ach, wer kommt denn da angeschlurft wie der letzte Mohikaner? Das ist doch Sitting Bull, wenn ich nicht irre?« bemerkte Louis Cooney.

Erneutes Raunen füllte den Saal, denn der junge Mann sah tatsächlich wie ein Indianer aus, wenn auch wie einer aus einer idealisierten Zeichnung von Frederick Remington. Er war groß, hielt sich sehr gerade, und die dunkle Farbe in seinem schmalen Gesicht mit den hohen Jochbeinen stammte nicht nur von der Sonne. Er hatte eine hochrückige Adlernase, dunkle Augen, die tief unter geraden Brauen saßen, und dichtes, glattes, schwarzes Haar, das ihm in die Stirn fiel. Wie er da mit locker hängenden Armen in der Tür stand und Cooney mit mildem Lächeln betrachtete, strahlte er unerschütterliche Ruhe aus. Entspannt und doch wachsam, erinnerte er an ein Tier in freier Wildbahn, das sich sicher fühlt. Er schwieg.

»Haben Sie auch einen Namen, oder sollen wir Sie Unkas nennen?« fragte Cooney mit rotem Gesicht. Er mußte außer sich sein, sonst hätte er sich nicht zu solcher Taktlosigkeit verstiegen.

»Paul Sibley«, antwortete er. Er sah nicht wie ein Student, sondern wie ein gestandener Mann aus – ich schätzte ihn auf gut fünf Jahre älter als wir anderen. »Aber Unkas ist mir auch recht. Und ich nenne Sie Falkenauge, einverstanden?«

Gelassen lächelte er Cooney an. Seine Stimme war tief und bedächtig, und er sprach mit leichtem Akzent. Er hatte strahlend weiße Zähne. Ich spürte, wie mir eng in der Brust wurde, und mir wurde bewußt, daß ich den Atem angehalten hatte. Ich ließ die Luft ausströmen und atmete tief durch.

»Setzen Sie sich, Mr. Sibley. Ich werde Ihnen dafür in der Prüfung einen Punkt abziehen. Verhalten Sie sich still und führen Sie sich hier nicht wie ein *cochon* auf.«

Conney hatte in Frankreich studiert und sorgte dafür, daß man es nicht vergaß.

Paul Sibley lächelte.

»Tous les hommes sont des cochons, non?« antwortete er in fließendem Französisch.

Die Seminarteilnehmer ließen ein unterdrücktes Kichern hören. Zwar konnte kaum einer Französisch, aber alle verstanden den Ton.

»Ich ziehe jedem von Ihnen einen Punkt ab!« giftete Cooney, und das Gelächter verebbte. Doch strahlende Augen folgten Paul

Sibley, während er sich weit vorne einen Platz suchte und sich lässig hinsetzte. Viele Blicke streiften ihn während der Vorlesung. Ich ließ ihn kaum aus den Augen. Ich brachte einfach nicht die Willenskraft auf, sie abzuwenden, und auch das Klopfen meines Herzens ließ sich nicht unterdrücken. Jemand wie er war mir noch nicht vorgekommen.

»Wer ist denn das?« fragte ich nach der Stunde Janellen French, die halbtags im Studentensekretariat arbeitete. Sie wußte es bestimmt.

Ich brauchte ihr nicht zu sagen, wen ich meinte. Etliche Studentinnen standen um sie herum, die ihr offenbar dieselbe Frage gestellt hatten. Janellen platzte fast vor Wichtigkeit.

»Er hat von der staatlichen Universität von North Carolina hierher gewechselt und studiert Architektur. Er muß gut sein. Solche Noten habe ich noch nie gesehen. Er wohnt nicht auf dem Campus, sondern drüben in der Scofield Street. Er war Soldat und hat ein staatliches und ein McCandless-Stipendium. Miami hat er als Geburtsort angegeben, aber er war schon überall, und vor seinem Studium hat er vier Jahre in Frankreich in der Armee gedient. Keine noch lebenden nahen Verwandten. Man hat ihm ein Zimmer in einem Studentenwohnheim angeboten, aber er hat abgelehnt. Er muß seine Bude selbst bezahlen. Ist bestimmt ein schreckliches Loch, wenn sie in der Scofield Street liegt. Ich glaube, er ist ziemlich arm.«

»Mensch, Janellen. Weißt du denn nicht einmal seine Schuhgröße und seine Lieblingsfarbe?« Aus unerfindlichen Gründen ärgerte ich mich maßlos über ihren kleinen Vortrag. Dabei hatte ich sie schließlich gefragt.

»Ach, tu doch nicht so, als ob du an meiner Stelle nicht nach dem ersten Blick auf ihn seine Akte gelesen hättest!« Sie feixte. »Du bist jetzt die Fünfte, die nach ihm fragt, und heute ist der erste Tag im Semester. Schau dir mal dein Gesicht an: rot wie eine Runkelrübe!«

An der Hitze in meiner Brust und auf meinen Wangen spürte ich, daß sie vermutlich recht hatte. Eilig machte ich mich auf den Weg zu meiner nächsten Veranstaltung. Der Mann mit dem dunklen Gesicht und der erwachsenen Stimme ging mir den ganzen Tag nicht aus dem Kopf, und als ich am folgenden Morgen erwachte, dachte ich immer noch an ihn.

Ich hoffte, ihn in der Vorlesung kennenzulernen, aber er hatte offenbar keinerlei Interesse an uns, seinen Kommilitonen. Er war nicht unhöflich, aber distanziert. Wenn ich hereinkam, saß er meist schon da und beschäftigte sich mit seinen Aufzeichnungen, und nach der Vorlesung ging er hinaus, ohne jemanden zu grüßen oder anzusprechen. Er bewegte sich zielstrebig und mit weit ausholenden Schritten aus der Hüfte heraus wie eine Großkatze. Cooney sprach ihn nach jenem ersten Tag nie mehr an.

In der ersten Woche begegnete ich ihm häufig nach den Seminaren, hätte aber schwören können, daß er mich nicht bemerkte. Nachdem ich ihn zweimal am Nachmittag allein bei Harry's Kaffee trinken und in einem Buch hatte lesen sehen, ging ich nachmittags öfter dorthin, aber vergebens. Beide Male trug er, was ich für mich seine Uniform nannte: eine Drillichhose mit scharfer Bügelfalte, ein blaues Oxfordhemd mit hochgekrempelten Ärmeln, das die dunklen Unterarme freiließ, und weiße Tennisschuhe ohne Strümpfe. Anscheinend bemerkte er gar nicht, wie sehr er die Blicke auf sich lenkte. Ich war durchaus nicht die einzige, die sich von ihm magnetisch angezogen fühlte.

Gelegentlich sah ich ihn auch an seinem Zeichenbrett im zweiten Stock der McCandless Hall. Da aber das Seminar für Innenarchitektur im Erdgeschoß lag, hatte ich dort oben eigentlich nichts zu suchen und fühlte mich ertappt, wenn ich auf einen Bekannten traf. Einmal sah ich ihn mit einem Wäschebeutel über der Schulter in den Waschsalon gegenüber der McCandless gehen. Bei dem Gedanken an die Kleider, die er auf seiner dunklen Haut getragen hatte und die nun weich und zerknittert in seinem Beutel lagen, lief eine Hitzewelle über meinen ganzen Körper. Die Vorstellung verwirrte mich so, daß ich zudem noch tief errötete. Charlie Boyd, mein Nachbar im Zeichensaal, fragte: »Geht's dir nicht gut?«

»Doch. Aber es ist so heiß hier drin«, antwortete ich.

Mindestens einmal am Tag fand ich einen Vorwand, um durch die Scofield Street zu fahren. Cecie wunderte sich darüber.

»Warum fährst du hier entlang?« fragte sie mich, als wir an

einem heißen Nachmittag in der ersten Semesterwoche im Dairyland eine Limo trinken wollten.

»Warum nicht? Hier waren wir noch nie«, antwortete ich.

»Ohne Grund kommt man auch nicht hierher«, sagte sie. Die Scofield war eine häßliche Straße voller heruntergekommener Holzhäuschen mit dahinterliegenden Garagen. Die Häuschen sahen aus, als wären sie mit dem Boden verwachsen und würden von Geißblatt und Knollengrische zusammengehalten. Etliche davon waren an Studenten vermietet. Hier also wohnte Paul Sibley.

»Ich finde die College Street eben langweilig«, behauptete ich.

»Du fährst«, sagte Cecie.

Am Donnerstag sah ich ihn aus einer Wohnung über einer Garage kommen. Mein Herz machte einen Satz wie eine Eidechse, die ein wildes Tier oder ein Flammenmeer erspäht hat. Ich gab Gas und raste, die Augen geradeaus, daran vorüber. Nummer dreiundvierzig. Danach fuhr ich nicht mehr durch die Scofield Street. Ich schämte mich. Außerdem wußte ich ja jetzt, wo er wohnte.

In der McCandless Hall wurde viel über ihn geklatscht. Er beschäftigte unsere Phantasie, als liefe er in dunklem Mantel und Schlapphut herum. Wie ich hörte, hatte er in Architektur die besten Noten erhalten, die je auf der staatlichen Universität von North Carolina vergeben wurden. Zwei seiner Entwürfe waren bereits als Bauvorlagen verwertet worden. Angeblich hatte er in seiner Pariser Zeit einen internationalen Architektenwettbewerb gewonnen, woraufhin ihm die berühmte Firma McKim, Mead and White in New York eine Stelle anbot, allerdings unter der Voraussetzung, daß er in den USA studierte und dort seinen Abschluß machte. Nach Randolph war er gekommen, weil die Hochschule in Statik und Konstruktion einen ausgezeichneten Ruf genoß und weil er, wie er angeblich selbst in seinem Aufnahmegespräch gesagt hatte, zwar eine natürliche Begabung für das Entwerfen besaß, aber die technischen Grundlagen lernen wollte. Es hieß, er sei tatsächlich sehr arm. Und er sei ein Halbindianer vom Stamm der Seminolen. Früher habe er auf einer Harley Davidson etliche Provinzrennen gewonnen, und in Frankreich sei er ein ziemlich bekannter Motorradrennfahrer gewesen.

Man erzählte sich weiter, daß er Witwer sei. Zu Beginn seines

Dienstes in Frankreich habe er eine Französin aus Orléans geheiratet, die bei einem Unfall mit seinem Motorrad ums Leben gekommen sei. Er spreche nicht über sie und fahre keine Rennen mehr. Kinder hätten sie keine gehabt.

Ob an den Gerüchten etwas dran war und aus welcher Quelle sie stammten, war nicht herauszufinden. Die Studenten in Randolph klatschten viel und gern, denn ihre Welt war klein, und ihre Phantasie schrie nach Nahrung. Aber ich glaubte alles, weil es so gut auf ihn paßte. Die Geschichte vom Motorradunfall seiner jungen Frau machte ihn in meinen Augen unwiderstehlich.

Einmal in der Woche, am Mittwoch, wurden in Cooneys Vorlesung Veranstaltungen angekündigt, die für alle Architekturstudenten von Interesse waren. Da Cooneys Vorlesung die meistbesuchte dieses Semesters war, hatte er widerwillig seine Zustimmung dazu gegeben. Mir als Vorsitzender des Kulturausschusses fiel in der zweiten Vorlesungswoche die Aufgabe zu, einen Film über Mussorgskys *Bilder einer Ausstellung* anzukündigen. Ich fürchtete mich schon Tage vorher vor dieser Ansage. Bestimmt würde mich Cooney vor allen Leuten abkanzeln, auch vor Paul Sibley mit den dunklen Seminolenaugen.

Doch so würde er mich wenigstens sehen, das war unvermeidlich. Am Vorabend des großen Tages wusch ich mir das Haar, lackierte meine Fingernägel und gönnte meinem Gesicht eine Eiweißmaske. Am Mittwochmorgen stand ich früh auf, steckte mein Haar zur Banane hoch – Cecie behauptete, mit dieser Frisur sehe ich so sehr nach »altem Geldadel« aus, daß meine Haare eigentlich eine grüne Patina haben müßten –, schminkte mich mit derselben Sorgfalt wie vor einem Rendezvous und zog meinen schönsten schwarzen Kaschmirpulli und den guten grauen Tweedrock von Jaeger an, das letzte Weihnachtsgeschenk meines Vaters. Zögernd lugte ich zu Cecies schlafender Gestalt hinüber, nahm dann die Perlenkette, die er mir zum Schulabschluß geschenkt hatte, legte sie an und floh aus dem Zimmer. Ich wollte nicht, daß Cecie mich so sah, ohne daß ich hätte sagen können, wieso nicht. Doch zum erstenmal beschlichen mich ihr gegenüber Schuldgefühle, während ich die Tür leise hinter mir zuzog und mich über den Korridor davonmachte.

In der Vorlesung klopfte mir das Herz, und mein Mund war staubtrocken. Im Geiste wiederholte ich wieder und wieder meine kurze Ankündigung. Als es so weit war und Cooney sagte: »Und nun bitte ich um Gehör für unsere hochgeschätzte Miss Lee, die uns einen kulturellen Leckerbissen zu bieten hat«, stand ich mit leerem Kopf und blinden Augen auf und sprach »Mussorgsky« falsch aus. Es war noch nicht einmal annähernd richtig. Ich hörte mich selbst ... *Moosurgsky* ... und verstummte dann völlig, weil ich mich beim besten Willen nicht an die richtige Aussprache erinnern konnte.

»Jedenfalls, es wäre schön, wenn alle kommen«, stieß ich schließlich hervor. »Der Film ist gut und gefällt euch bestimmt.«

Alle lachten, und obwohl ich wußte, daß es nicht böse gemeint war, ließ ich mich tief beschämt in meinen Sitz sinken und heftete den Blick auf meine Mitschrift. Im Bewußtsein meiner Demütigung brannte mir die Haut von der Gürtellinie bis zum Scheitel. Hinter meinen gesenkten Lidern sammelten sich Tränen der Scham. Benommen wartete ich auf Cooneys Kommentar. Und er kam, blitzschnell und voller Schadenfreude.

»Nun, Miss Lee. *Moo*sursky, nein, nein, nein. Und das von Ihnen, bei so viel Bildung und Eleganz, von den prächtigen Familienperlen ganz zu schweigen. Ist es zu glauben? Dürfte ich vorschlagen, daß Sie einen Bruchteil Ihres schnöden Mammons in ein Lexikon investieren?«

Der Saal röhrte, aber es war ein unbehagliches Gelächter. Ich lachte mit, das alberne Gelächter einer Idiotin, und ging dann schnurstracks auf die Toilette. Ich schloß mich in einer Kabine ein und brach dort in Tränen aus, wobei ich immer wieder die Spülung zog. Dann ließ ich die Perlenkette in meinem Geldbeutel verschwinden, löste mein Haar und schlich mich zu Harry's. Die nächste Veranstaltung, in der ich alle anderen getroffen hätte, schwänzte ich. Bei Harry's war ich sicher. Ich holte mir eine Tasse Kaffee, stellte sie auf einem Tisch ab, warf ein Geldstück in die Musikbox, wählte »Unchained Melody« und steckte meine Nase in die dampfende Tasse. Ich bemühte mich nach Kräften, an nichts zu denken. Es gelang. Ich vergaß die Welt um mich.

Ich hatte keinen Ton gehört, aber als ich aufblickte, saß er mir gegenüber. Er sah mich an, ohne die Miene zu verziehen; dann lächelte er. Ich hatte ihn noch nicht lächeln sehen. Sein dunkles Gesicht war ganz verwandelt. Unwillkürlich verzog sich mein Mund gleichfalls zu einem Lächeln.

»Ich hab Harry gesagt, daß du für mich zahlst«, sagte er und wies auf seine Tasse. »Ich dachte mir, du kannst mich eigentlich einladen, wenn du so reich bist.«

»Ich bin nicht reich.« Mir versagte fast die Stimme. »Dafür würde ich Cooney am liebsten den Hals umdrehen!«

»Ach, vergiß ihn! Er ist ein Scheißkerl und schwul noch dazu!« meinte er. »Er ist bloß neidisch auf dich. Deswegen hackt er auf dir herum. Du solltest dir das nicht gefallen lassen!«

»Und was kann ich dagegen machen?«

»Ignoriere ihn. Laß ihn auflaufen, den Schlappschwanz!«

Ich errötete tief. Zwar verwendete ich das Wort auch, meist gegenüber Cecie, aber ich hatte es noch nicht oft aus dem Mund eines Mannes gehört. Ich schämte mich für meine Verlegenheit. Er grinste noch mehr.

»Tschuldigung. Ich hab nicht daran gedacht, daß ihr armen reichen Mädchen so was Handfestes nicht gewöhnt seid. Aber es gefällt mir, wenn du rot wirst. Erbt man so was mit den Familienperlen?«

»Die Perlen sind nicht echt«, murmelte ich.

Enttäuschung gesellte sich zu meiner Verlegenheit. Bitte, sei nicht so einer, bat ich ihn stumm.

»Ach, komm schon«, sagte er. »Ich hab nichts dagegen, wenn du Geld hast. Ist doch nicht schlecht. Du kannst mir immer den Kaffee spendieren oder mich ins Kino oder zur Pizza einladen. Ich besitze auf dieser Welt zwei Drillichhosen, drei Hemden, ein Paar Tennisschuhe und den monatlichen Scheck von Uncle Sam, das ist alles. Aber deswegen hab ich mir dich nicht ausgesucht.«

»Du hast mich ausgesucht?« Ich wagte kaum zu atmen. Ich hatte Angst, er könnte mein Herz klopfen hören.

»Klar.«

»Warum?«

»Weil du mir gefällst«, sagte Paul Sibley. »Und mir gefällt, wie du sprichst – und schweigst – und daß du nicht kicherst. Außerdem bist du begabt. Ich hab mir dein Zeichenbrett angesehen. Und intelligent. Ich weiß, daß du Mussorgsky richtig aussprechen kannst, egal, was der Scheißkerl gesagt hat. Und du bist anders als die anderen.«

»Wie meinst du das?« fragte ich matt. Ich konnte den Blick nicht von ihm abwenden. Er hatte mich hypnotisiert wie die Schlange den Vogel. Ich sah, daß er sich offenbar einmal die Nase gebrochen hatte.

»Du bist eben anders, das hast du doch bestimmt selbst schon gemerkt. Ich bin es auch. Ich dachte mir, am besten sind wir gemeinsam anders.«

»Gehst du bei Frauen immer so ran?« fragte ich. Mir fiel nichts Gescheites, nichts auch nur annähernd Intelligentes ein.

»Nein. Außer bei dir nur bei einer.«

Er meinte wohl das Mädchen, mit dem er verheiratet gewesen war, und ich schwieg. Ich wußte nichts zu sagen. Schließlich wurde das Schweigen unerträglich, und ich sagte: »Ich muß jetzt gehen«, und stand auf. Er betrachtete mich stumm. Ich wandte mich zum Gehen.

»Bis morgen!« rief er mir nach. Ich nickte, ohne mich umzudrehen. In mir breitete sich eine Freude aus, von der ich wußte, daß sie mich bald überfluten würde.

»Kate?« rief er mir noch einmal nach. Diesmal drehte ich mich um.

»Vergiß nicht, meinen Kaffee zu zahlen.« Er grinste.

Ich bezahlte den Kaffee und ging hinaus, strahlend und vor Freude den Tränen nah. An die Rückfahrt zum Clubhaus kann ich mich nicht mehr erinnern.

Als Cecie aus dem Seminar zurückkam, saß ich am Fenster und blickte hinaus ins Dämmerlicht.

»Was ist los?« fragte sie mit wachem Instinkt.

Ich sah sie nicht an. Ich konnte nicht. Alles in mir sperrte sich dagegen, die Worte auszusprechen. Aber obwohl ich Angst hatte, tat ich es doch.

»Ich hab jemanden kennengelernt.«

Sie schwieg lange.

»O Katie«, sagte sie dann. »O Kate.«

Und so begann es. In jenem Frühling übertrug ich all meine heimlichen Wünsche und Sehnsüchte, das Feuer, das tief in mir brannte, meine Tränen und mein Lachen, all meine Ängste und meine Bedürfnisse auf Paul Sibley mit dem dunklen Gesicht und der dunklen Haut.

Das war der Frühling, in dem ich zur Frau wurde. Bis dahin hatte ich mich selbst immer noch als das Kind, das ich einmal war, gesehen, nur älter und an einem anderen Ort. Doch die Frau, die ich jetzt vor mir sah, wenn ich in den Spiegel blickte, war eine Fremde für mich. Sie flößte mir Angst ein, aber sie gab mir auch Hoffnung. Sie war schamlos in ihrer Lust, und sie kannte keine Grenzen.

Von Anfang an brannte ich vor Verlangen und manchmal sogar vor wilder Glut. Wenn ich ihm bei Harry's gegenübersaß oder neben ihm am Zeichenbrett stand, sehnte ich mich schmerzlich nach seiner Berührung. An jeder unbedeckten Stelle meines Körpers spürte ich den Wunsch, seine Hände zu fühlen, so stark, daß mir schwindlig wurde und ich errötete. Die unbekannten Regungen in meinem Körper erschreckten mich und stießen mich ab. Voller Scham befürchtete ich, man könnte mir meinen Zustand ansehen.

Mir fiel das Gespräch ein, daß Cecie und ich vor gar nicht allzu langer Zeit geführt hatten und in dem ich gesagt hatte: »Ich kann es mir mit keinem vorstellen.« Darauf hatte sie ruhig geantwortet: »Man muß nur den Richtigen finden. Dann geht es.« Und sie hatte recht gehabt.

Er war da, und ich konnte es mir vorstellen. Gerne hätte ich ihr davon erzählt, aber ich konnte mit niemandem darüber sprechen, am allerwenigsten mit Cecie, diesem Wesen der Luft. Meine Gefühle waren gänzlich irdisch und fleischlich. Nach jenem ersten Treffen bei Harry's saß ich dort täglich neben Paul, lachte, antwortete schlagfertig, hörte ihm kühl und amüsiert zu und bebte heimlich vor Erregung, einer Erregung, die ich nicht beherrschen, nicht zurückdrängen konnte. Hätte er mich angefaßt, und wäre es auch nur am Arm oder an der Hand gewesen, ich wäre durchgegangen wie ein scheuendes Pferd.

Doch er faßte mich nicht an. Er gab nicht einmal zu erkennen, ob er es gerne getan hätte. Er lächelte und neckte mich und lachte auch manchmal laut über mich, fragte mich nach meinem Leben und hörte zu, während ich antwortete, doch meist redete er. Er redete, ich hörte zu. Ich hätte ihm stundenlang zuhören können. Er sprach über Architektur, was sie ihm bedeutete, was er von ihr erwartete und was er leisten wollte. Ich konnte mir nicht vorstellen, daß seine Träume nicht wahr werden würden. Er war außergewöhnlich, geradezu ungeheuer begabt, diszipliniert bis zur Verbissenheit, von der Architektur besessen, als wäre sie seine Geliebte. Die Entwürfe, Aufrisse und Zeichnungen von Bauten und Formen, die sich auf und neben seinem Tisch ansammelten, waren genialisch, schienen aus Erde, Luft, Stahl und Stein geschaffen, und ihnen schenkte er seine Leidenschaft und seine Liebe. Ich war eifersüchtig auf seine Arbeit. Diese Fülle wollte ich für mich allein.

Er wollte Wohnhäuser bauen. Nichts anderes.

»Ich will keine Fabriken für Katzenfutter oder Kartoffelchips entwerfen, keine Waffenschmieden, keine Verwaltungsbauten, in denen sich Arschlöcher Vorschriften für andere Arschlöcher ausdenken«, erklärte er. »Ich möchte Häuser gestalten, in denen Menschen leben können, und mich dabei nur nach meinen Vorstellungen richten.«

»Und die Leute, die in den Häusern leben sollen?«

»Wenn sie nicht dieselben Vorstellungen haben, werden sie mich nicht engagieren, und ich würde auch gar nicht für solche Arschlöcher arbeiten.«

»Na, du wirst es nicht leicht haben bei McKim, Mead and White«, bemerkte ich. »Man wird es bestimmt nicht gerne sehen, wenn du keine Katzenfutterfabriken bauen willst und die Bauherren als Arschlöcher beschimpfst.«

»Ich weiß«, antwortete er nüchtern. »Keine Ahnung, wie ich damit zurechtkommen soll. Ich weiß nicht, ob ich es kann. Wenn es irgendeinen Weg gäbe, sofort selbst ein Büro aufzumachen, würde ich es tun. Aber ich habe kein Geld und keine Familie, die ich ausnehmen könnte. McKim war das Beste, was ich finden konnte, also muß ich zunächst dort arbeiten, aber ich mache es nur so lange, bis ich selbst ein Büro eröffnen kann. O verdammt, das wird Jahre dauern!«

»Mensch, Paul, es ist eines der besten Architekturbüros der Welt«, sagte ich. »Jeder, den ich kenne, würde alles dafür geben, dort arbeiten zu dürfen. Ich auch.«

»Du könntest es. Gut genug bist du, und sie beschäftigen ja auch Innenarchitekten. Vielleicht nehme ich dich mit. Ich arbeite nur unter der Bedingung für sie, daß sie dich auch einstellen. Keine schlechte Idee. Das könnte die Sklaverei erträglicher machen.«

Es traf mich, daß er offenbar glaubte, ich hätte seine Protektion nötig, damit McKim, Mead and White mich nahm. Aber wahrscheinlich hatte er recht. Bestimmt wurde die Firma alljährlich mit Bewerbungen von frischbackenen Architekten überschwemmt. Begabung allein genügte nicht.

»Du meinst wohl, auf dein Wort hin geben sie mir sofort einen Job?« fragte ich sarkastisch, doch mein Herz jubelte. Er sprach von einer fernen Zukunft.

Er sah mich ernst an.

»Ja«, sagte er.

»Nun, nur zu deiner Information, ich gehe nach dem Examen ohnehin nach New York«, erklärte ich. »Und zwar viel früher als du. Wenn ich in den Sommerferien noch Kurse belege, bin ich schneller fertig: Im Herbst kann ich dann meine Arbeit schreiben und vor Weihnachten Examen machen. Dann bin ich gut zwei Jahre vor dir in New York.«

»Schön. Dann kannst du schon mal das Terrain sondieren und ein Loft oder so was finden. Und die Miete dafür zahlen, denn du bist ja dann eine Karrierefrau.«

Ich wußte zwar nicht, ob er ein Loft für mich allein oder für uns beide meinte, doch mein Herz klopfte so heftig, daß ich nicht antworten konnte.

»Pah!« brachte ich schließlich heraus.

Er lachte.

»Sag jetzt bitte nicht, daß du mein Angebot annimmst, Kate«, sagte er. »Du bist Klasse. Ich würde es bestimmt nicht aushalten, wenn du mir am Rockzipfel hängst.«

Damit wandte er sich wieder der Zeichnung zu, die auf seinem Brett wuchs wie eine Blume oder wie ein Baum, während ich mich auf dem Hocker zurechtsetzte und mein rasendes Herz zu beruhigen versuchte. Was sollte das? Erst sprach er davon, daß wir in New York zusammenwohnen würden, dann wollte er nicht, daß ich ihm am Rockzipfel hing. Merkte er denn nicht, daß er sich widersprach? Ich war in jenem Frühling nicht nur hoffnungslos verliebt, sondern fühlte mich auch qualvoll aus dem Gleichgewicht gebracht. Am liebsten hätte ich mit jemandem darüber gesprochen, aber das ging nicht. Er unterschied sich zu sehr von allen anderen, die ich in Randolph kannte.

Abends trafen wir uns nicht, da er es von sich aus nicht vorschlug und ich mich nicht überwinden konnte, etwas zu sagen. Ich wußte ja, daß er bis in die Nacht hinein zeichnete, und hatte sowieso keine Ahnung, wo wir uns hätten treffen können. Nur ungern hielt ich mich bei ihm im Zeichensaal auf. Für Männer war es zwar normal, daß sie noch spät an ihrem Zeichentisch arbeiteten, aber für eine Frau war das nicht üblich. Ich konnte ihn mir auch nicht auf einem Brokatsofa im Aufenthaltsraum der Tri Omega vorstellen, und noch viel weniger sah ich mich selbst in der schäbigen Wohnung in der Scofield Street. Ohnehin durften Studentinnen ihre Kommilitonen nicht auf dem Zimmer besuchen, ob auf dem Campus oder außerhalb. Und ich hatte das sichere Gefühl, daß er nicht auf die Idee kommen würde, mich ins Kino oder auf einen Hamburger einzuladen. So fand ich mich damit ab, ihn bis in alle Ewigkeit nur am Nachmittag bei Harry's zu treffen, und verbrachte meine Abende wie früher mal mit Cecie, mal in der Bibliothek und mal mit irgendeinem Kommilitonen, während ich mich die ganze Zeit insgeheim nach Paul Sibley verzehrte.

Einmal erwähnte Cecie ihn.

»Was ist eigentlich mit diesem Jemand, den du kennengelernt hast?« fragte sie beiläufig, ohne von ihrem Geschichtsbuch aufzusehen. Sie hatte den Kopf unter die Schreibtischlampe gebeugt, um besser sehen zu können, und ihre kupferroten Locken flammten in ihrem Schein. Sie trug ein übergroßes Baumwollhemd, in dem sie wie ein kleiner Junge in den Kleidern seines Vaters aussah. Mir fiel auf, daß sie schrecklich mager war. In dem weiten Hemdkragen wirkte ihr Hals so zerbrechlich wie ein Lilienstengel, und die Schlüsselbeine traten deutlich hervor. Ich hatte Cecie schon lange nicht mehr richtig betrachtet.

»Ach, ich gehe manchmal nachmittags mit ihm einen Kaffee trinken. Wahrscheinlich wird nichts daraus. Er ist noch ärmer als du und ich und Fig, und er arbeitet ununterbrochen. Bestimmt wird er mal ein ganz berühmter Architekt.«

Sie sah auf und lächelte. Die zarte Haut unter ihren Augen war violett verfärbt, und der Hauch von Kupfer, der sonst ihre Wangen belebte, war verschwunden. Ihr Gesicht wirkte blaß und spitz.

»Klingt gut. Wie heißt er denn, oder willst du es mir nicht sagen?«

»Paul Sibley.« Ich merkte, daß ich beim Aussprechen seines Namens errötete. »Geht es dir nicht gut, Cecie? Du siehst krank aus.«

»Ich bin bloß müde. Ich krieg meinen Arsch nicht hoch, wie Ginger immer sagt. Mir steht im nächsten Semester eine Seminararbeit in englischem Recht bevor, für die ich mindestens ein halbes Jahr brauche. Es wird sicher Weihnachten, bis ich sie fertig habe, und wenn ich in diesem Semester die Geschichtskurse unter Dach und Fach kriege, habe ich mehr Zeit dafür. Aber es fällt mir teuflisch schwer. Ich fühle mich, als ob ich durch tiefen Morast wate.«

»Wie wär es, wenn wir Ginger gegenüber die Andeutung fallenließen, daß wir in den Ferien einen kleinen Urlaub auf den Outer Banks gebrauchen könnten?« fragte ich.

»Geht nicht.« Sie nahm die Brille ab und rieb sich die Augen. »Tante Eugenia will mit ihrem Damenkränzchen ins Heilige Land reisen, und jemand muß sich um die Großmutter kümmern. Außerdem muß ich sowieso Keynes lesen.«

»O Gott, ich wünschte, das Studium wäre vorbei, und ich wäre hier weg, und du auch. Ich wünschte, wir wären schon in New York oder in Europa.« Ich war auf einmal ganz unruhig und voller Ungeduld. Ich sehnte mich zurück nach der Zeit vor Paul Sibley, als die Zukunft noch als eine unendliche Kette heiterer Tage in Cecies lebhafter Gesellschaft vor mir gelegen hatte. Ich vermißte sie so schmerzlich, als säße sie nicht hier bei mir im Zimmer.

»Du wünschst dir, daß dein Leben vorübergeht«, sagte sie

leichthin. »Das haben uns die Schwestern immer gesagt, wenn wir uns gewünscht haben, daß die Zeit schneller vergeht.«

Kein Wort von ihr über New York oder Europa. Ich knipste das Licht aus und warf mich unruhig hin und her. Ihre Lampe brannte noch, als ich endlich einschlief.

Am letzten Vorlesungstag belud ich den MG und brachte Cecie zum Bahnhof. Lange sollte diese Trennung nicht dauern, denn wir hatten beide vor, die Sommerkurse zu besuchen, und wollten in drei Wochen wieder zurück sein. Dennoch war mir auf einmal kalt, und ich fühlte mich ausgesetzt wie auf einer Lichtung im Wald, wo fremde Augen einen von allen Seiten belauern. Ich ahnte, daß eine von uns, Cecie oder ich, nicht zurückkehren würde.

»Na ... dann bis Juni«, sagte ich, ohne den Motor anzuwerfen.

»Okay. *Toujours.* Denk dran, morgen ist auch noch ein Tag, Katie Scarlett.«

»Ciao!« rief ich ihr nach und fuhr lachend davon.

»Ciao«, klang es mir von der zuschwingenden Eingangstür des Bahnhofs nach. Ich gab Gas und fuhr ein Stück nach Süden auf der Straße, die mich nach Kenmore zu dem feuchten Haus bringen würde, wo der Putz von den Wänden fiel und wo der blauäugige Prediger wartete und die affektierte Fremde, die meine Mutter für mich geworden war. An der Einfahrt zur Post wendete ich, fuhr die College Street entlang und bog nach links in die Straße ab, die an der McCandless Hall vorbeiführte. Es dämmerte, und einige Lichter leuchteten in den großen Fenstern, aber die meisten Tische waren verlassen.

Auf der anderen Straßenseite leuchteten fröhlich die Lichter von Harry's, und die Reklametafel des Tiger Kinos warb für *La Strada*. Im Waschsalon standen ein paar Gestalten herum, die schattenhafte, gesichtslose Schar derer, die in den Ferien in Randolph blieben. Ich kannte sie nicht. Ein trostloses, alltägliches Straßenbild, das mir doch auf einmal lieb und teuer war und prachtvoll und facettenreich schien. Hier war ich zu Hause. Das Haus am Santee dagegen ... ein Greuel. Mir tat das Herz weh vor Sehnsucht, und ich brach in Tränen aus. Sie rannen mir über das Gesicht, ich spürte den Salzgeschmack auf den Lippen. Ich parkte den MG vor Harry's, stieg aus und rannte über die Straße in die McCandless Hall und über die dunkle, hallende Zementtreppe hinauf in den zweiten Stock zum Zeichensaal der Architekten. Erst dachte ich schon, er wäre leer, doch dann sah ich ganz hinten seinen dunklen Kopf über den Tisch gebeugt. Das einzige Licht im Raum kam von der Zeichenlampe an seinem Platz.

Er hob den Kopf und sah mich an. Wir hatten uns mit gespieltem Gleichmut beim Kaffee voneinander verabschiedet, aber ich glaube nicht, daß mein Anblick ihn überraschte. Sein Blick war gelassen. Ich stand in der Tür, kam mir lächerlich vor und kämpfte mühsam gegen die Tränen an.

Er lächelte, winkte mich mit seiner Reißschiene zu sich, und schon saß ich auf meinem gewohnten Platz neben ihm auf dem Hocker, während er sich über den Tisch lehnte und mich anlächelte. Er hatte die Hände in den Taschen und hielt den Kopf geneigt. Das glatte Haar fiel ihm in die Augen. Ich konnte mir keinen schöneren Mann vorstellen. Ich lächelte ebenfalls und spürte, wie ich errötete.

»Hast du was vergessen?« fragte er.

»Im Gegenteil. Mir ist was eingefallen«, antwortete ich und versuchte, ebenso lässig zu klingen wie er. »Mir ist eingefallen, daß du noch nie *La Strada* gesehen hast. Es läuft im Tiger. Komm, ich lade dich ein.«

Er rührte sich nicht und hörte nicht zu lächeln auf.

»Willst du nicht erst zu Harry's rüber und daheim anrufen?« fragte er.

»Die erwarten mich nicht... zu einer bestimmten Zeit.« Mir brannte das Gesicht wie Feuer. »Ich kann um Mitternacht zu Hause sein.«

Eigentlich erwarteten sie mich gar nicht zu Hause. Ich hatte meine Mutter seit Wochen nicht mehr angerufen. Sie wußte wahrscheinlich nicht einmal, an welchem Tag die Vorlesungen vorbei waren. Sonst hatte ich ihr immer mitgeteilt, wann ich nach Hause kam, aber diesmal nicht. Über den Grund wollte ich lieber nicht nachdenken.

»Wirklich?«

»Klar.«

»Na, dann los.« Er löschte seine Zeichenlampe und ging hinter mir aus dem dunklen Saal. Obwohl er mich nicht berührte, spürte ich ihn so deutlich in meinem Rücken, als hätte er mir die Hände auf die Schultern gelegt. Er war mir so nah, daß ich seinen Atem in meinem Haar spürte.

La Strada war und ist mein Lieblingsfilm. Ich hatte ihn damals schon zweimal gesehen. Wenn möglich, gehe ich auch heute noch jedesmal hinein, wenn er in Manhattan gezeigt wird. Aber als ich an jenem Abend neben Paul in dem dunklen, fast leeren Filmtheater saß, sah ich fast nichts als flackernde, nichtssagende Bilder. Er sagte kein Wort, bewegte sich kaum, folgte anscheinend gebannt der Handlung auf der Leinwand. Doch seine bloße Gegenwart raubte mir die Sinne. Wie von selbst schmiegte sich mein Körper an ihn, neigte mein Kopf sich gegen seine kräftigen Schultern, ja, schien mein Blut zu ihm hinzufließen. Mitten im Film merkte ich, daß ich im selben Rhythmus atmete wie Paul.

Gegen Ende der Vorstellung nahm er meine Hand. Ich wäre nicht erstaunt gewesen, wenn zwischen unseren Fingern Funken gesprüht hätten. Ich fühlte mich am ganzen Körper taub, als wäre alles Gefühl in die Hand geflossen, die er in der seinen hielt. Während der restlichen Vorstellung – ich atmete kaum, und meine Hand war heiß und schwer wie frisch gegossenes Blei – sah und hörte ich gar nichts mehr.

Als am Ende des Films die Lichter angingen, ließ er meine Hand los, und wir verließen schweigend das Kino. Wir traten hinaus in die würzige, von Nachtfaltern wimmelnde Mainacht. Von der Ligusterhecke am Rand des Parkplatzes her duftete es nach Geißblatt, und aus der Nähe stieg uns der zarte, rührende Duft der Mimose in die Nase. Heuschrecken ließen in der schwülen, warmen Nacht ihren Ruf ertönen. Sonst war kaum ein Laut zu hören. Der Campus war so still wie der Grund des Meeres. Paul sprach erst, als wir am Wagen angekommen waren.

»Ich habe noch nie einen so traurigen Film gesehen«, sagte er leise, und als ich aufblickte, sah ich silberne Tränenspuren auf seinem dunklen Gesicht. Ich dachte an den Film: Verlust und Bitterkeit, zerstörte, gemordete Unschuld, Reue und Schmerz im Angesicht des Todes. Und ich dachte an seine tote Frau. Ich konnte ihm den Schmerz, der die Tränen in seine dunklen Indianeraugen trieb, nicht abnehmen.

Ich nahm sein Gesicht in beide Hände und küßte ihn. Erst war es ein zärtlicher Kuß, doch dann fing er an zu brennen, wurde verzehrendes Verlangen. Als Paul mich endlich losließ, war ich außer Atem und wie betäubt. Wir sahen einander stumm an, dann sagte er leise: »Ach, Scheiße. Gehen wir.«

»Wohin?« flüsterte ich. Für mehr reichte mein Atem nicht.

»Zu mir. Ich koche dir etwas. Du kannst deine Mutter auch von mir aus anrufen.«

»In Ordnung.« Ich wußte, daß ich sie nicht anrufen würde.

Ich fingerte den Autoschlüssel aus meiner Handtasche und gab ihn Paul. Meine Hände zitterten. Ich hätte nicht mehr gut fahren können.

»Willst du fahren? Ich weiß nicht, wo du wohnst«, sagte ich.

Er lachte leise.

»Und ob du das weißt. Ich habe dich so oft vorbeifahren sehen, daß ich schon dachte, du willst das Haus kaufen.«

»Das ist eine Abkürzung zum Dairyland«, murmelte ich.

»Kate, du mußt mich doch nicht anlügen«, sagte Paul. »Ich werde dich nicht belügen, und ich will nicht, daß du mich belügst. Das brauchst du nicht. Ach, was ist das für ein toller kleiner Wagen. Seit ich aus Frankreich zurück bin, habe ich nicht mehr am Steuer eines solchen Autos gesessen. Dort hatte ich einen uralten Citroën Tourenwagen. Wir ... Ich bin damit durch ganz Europa gefahren, bis er in Grenoble den Geist aufgegeben hat.«

Ich stellte ihn mir vor, wie er am Steuer des großen Wagens mit offenem Verdeck saß und mit wehenden schwarzen Haaren durch das klare, helle Sonnenlicht der französischen Alpen fuhr, neben ihm eine dunkle, strahlende junge Frau. Ich sah sie ganz deutlich vor mir: zierlich, mit markanten Zügen und sanften Augen, anmutig wie ein junges Reh. Erst später wurde mir klar, daß die Phantomfrau neben Paul im Auto Audrey Hepburn war. Cecie und ich waren uns darin einig, daß wir gerne so ausgesehen hätten wie sie. Auf der Fahrt zur Scofield Street schwieg ich. Zwischen Paul und mir saß Audrey.

In der Einfahrt schaltete Paul den Motor ab und ließ den MG lautlos hineinrollen, auf die schäbige, zweistöckige Garage zu, die sich hinter Geißblatt- und Knollengrischeranken verbarg.

»Wir müssen leise sein«, erklärte er mir. »Meine Vermieterin hat diesen Sommer Höllenqualen ausgestanden, weil sie mich nie mit einer Frau erwischt hat. Aber wenn wir erst oben sind, ist alles geritzt. Sie ist an Licht und Musik zu den unchristlichsten Zeiten gewöhnt.«

»Ich hab mich bei der Tri Omega sowieso abgemeldet«, sagte ich und hätte mir am liebsten die Zunge abgebissen. Jetzt glaubte er bestimmt, ich hätte diesen Abend geplant.

Er lachte erneut, machte mir ganz leise die Tür auf und bedeutete mir, vor ihm die halsbrecherische Treppe hinaufzusteigen. Die Nacht um uns war tiefschwarz, und das Geißblatt duftete so berückend, als atmeten wir honigsüßen Wein.

»Ich merke auch im Dunkeln, wie du rot wirst«, sagte er. »Du strahlst Wärme ab.«

»Ich bin es eben nicht gewöhnt, mitten in der Nacht mit einem Jungen aufs Zimmer zu gehen«, flüsterte ich und wünschte sofort, ich hätte nicht so etwas Albernes gesagt. Er war alles andere als ein Junge.

Auf der Veranda blieb er stehen, nahm mich bei den Schultern und drehte mich zu sich um. Ich sah seine Augen im Dunkeln glänzen.

»Ich habe gesagt, daß ich dir etwas koche, und nichts anderes habe ich auch gemeint«, sagte er sanft. »Ich werde dich nicht verführen, und ich will dich nicht drängen. Natürlich will ich mit dir schlafen, aber erst, wenn du so weit bist. Meine Selbstbeherrschung ist sagenhaft. Du wirst die Initiative ergreifen müssen.«

Die Spannung in mir erstarb. Statt dessen verspürte ich eine leise Enttäuschung.

»Und wenn ich es nicht tue?« fragte ich. Er strich mir zärtlich über das Haar und lächelte. Seine Zähne blitzten weiß in der Dunkelheit.

»Du hast es doch schon getan«, antwortete er.

Ich sagte nichts. Schweigend standen wir vor der Tür, während Paul nach seinem Schlüssel suchte.

»Klein, aber mein!« sagte er, als wir eintraten. Ich blieb stehen, während er die Jalousien herunterließ. Dann schaltete er das Licht an, und ich blickte mich voll Staunen und Entzücken in seinem Zimmer um.

Der Raum war zwar sehr klein, aber elegant eingerichtet. Er leuchtete wie ein Granatapfel und wirkte so exotisch wie ein winziges Serail. Ich war überwältigt: alles glänzte in strahlenden Farben, bunten, kaleidoskopischen Mustern und seidig schimmernden Stoffen. Ich brachte kein Wort heraus. Die Decke war niedrig und von Balken durchzogen, und er hatte alles – Wände, Balken und Decke – verputzt und weiß gestrichen. Doch Dielen, Wände und Möbel strahlten in allen Farben.

Der gesamte Boden war mit einem prächtigen Orientteppich belegt, wie ich ihn noch nie gesehen hatte, nicht einmal in den Elternhäusern meiner Freunde aus Cape Cod oder Randolph Macon. Wie bei einem Glasfenster spielte das Licht in den leuchtenden Farben: Karminrot, Azurblau, Smaragdgrün, Beige und Gold. Auf der Bettcouch lag ein Teppich in den gedämpften Farben der Wüste, und daneben stand ein hoher gotischer Lehnstuhl aus schwarzem Holz mit einem Überzug aus verschossenem grünen Damast. Unter einem der beiden Fenster befand sich ein schöner lederner Eames-Polsterhocker, auf dem eine grobe weiße Wolldecke lag. Unter dem anderen Fenster standen auf einem weißen Einbauregal mit Schreibtischplatte Bücher, Architekturmodelle, Keramiken in den leuchtenden Farben des Teppichs, ein Zeichenbrett und eine Lampe. Große, gemusterte Kissen waren auf dem Boden verstreut, und an den weißen Wänden prangten Drucke und Gemälde in den starken, feurigen Farben Italiens, Spaniens und Mexikos. Vor den Fenstern hingen weiße Jalousien aus verknittertem Japanpapier, und außer der Schreibtischlampe spendeten nur weiße Japanballons etwas Licht. Dennoch wirkte das Zimmer nicht düster, sondern floß über vor klarem Licht und reinen Farben. Gegenüber der Tür stand ein mit einer mittelalterlichen Jagdszene bemalter Wandschirm, der teilweise eine primitive Kochnische verdeckte. Ich sah ein Stück von einem uralten Gasherd, ein Spülbecken, einen Tisch mit Wachstuchdecke, auf dem ein winziger Kühlschrank dröhnte, und ein freistehendes

Regal mit Tellern, Tassen und einem großen, hängenden Farn. Weitere Pflanzen wucherten in Ampeln, auf Tischchen, im Bücherregal und auf dem Schreibtisch. In der Ecke hinter dem Eames-Hocker stand ein Bäumchen. Ich sah kein Bett. Wahrscheinlich schlief er auf dem Bettsofa. Ein großer, dunkler Kleiderschrank, das mächtigste Möbelstück im Zimmer, enthielt vermutlich seine Garderobe. Auch er wirkte uralt und exotisch.

Paul lächelte mir zu, und ich sagte: »Wunderschön hast du es hier. So was Schönes hab ich noch nie gesehen. Als fände man ein Fabergé-Ei in einer Mülltonne...« Ich verstummte und errötete wieder. Der Vergleich war kränkend.

Doch er lachte nur.

»Auch wenn ich nicht mal einen Pisspott besitze, muß ich noch lange nicht wie in einem Stall oder wie ein Collegestudent wohnen. Ich bin froh, daß es dir hier gefällt. Die Sachen bräuchten eigentlich doppelt so viel Platz, aber ich kann mir schon dieses Loch kaum leisten und will das Zeug auch nicht irgendwo unterstellen oder verschenken. Schließlich hab ich es durch ganz Europa und die halbe USA geschleift.«

»Ach«, sagte ich. Natürlich. Das waren die Möbel aus seiner Ehe mit der Französin. Ich vergaß immer wieder, daß er ein anderer gewesen war, ein ganz anderes Leben gelebt hatte, ehe er der arme Student geworden war. Seine überlegene Haltung war echt und durch Lebenserfahrung gerechtfertigt. Traurig dachte ich, daß ich dem kultivierten Gespenst, das diese geschmackvollen Dinge ausgewählt und in ihnen gewohnt hatte, nie das Wasser reichen konnte.

»Hast du die Sachen in Europa gekauft?« fragte ich, mehr um das Schweigen zu brechen als aus Wißbegier.

»Nein. Damals war ich genauso arm wie jetzt. Ich war eigentlich immer in der Ausbildung, außer als ich in der Army war. Die Einrichtung gehörte meiner Frau, das heißt, ihrer Familie. Sie war reich. Ich hätte sie eigentlich zurückgeben müssen, als meine Frau... starb, aber die Familie konnte mich nicht ausstehen, und ich sie auch nicht, und es hat mir diebischen Spaß gemacht, die Sachen mitgehen zu lassen. Sie waren für diese Leute ohnehin viel zu gut. Sie haben sie nicht selbst ausgesucht, sondern von einem

Innenarchitekten zusammenstellen lassen. Sie stammten aus ihrem Haus in Marrakesch.«

Der legendäre Name verhallte zwischen uns im Raum.

»Es muß schön für dich sein, Dinge um dich zu haben, die dich an sie erinnern.« Meine Worte klangen wie aus einem schlechten Film. Nicht einmal Deborah Kerr hätte das gut spielen können.

Er lachte gequält auf.

»Es ist schön für mich, diese Sachen um mich zu haben, basta«, sagte er. »Am Schluß konnte sie mich ebensowenig ausstehen wie ihre Familie. Sie hatte schon die Scheidung eingereicht, als wir den Unfall hatten. Es tut mir zwar leid, daß sie tot ist, aber es tut mir kein bißchen leid, daß sie aus meinem Leben verschwunden ist. Wir waren beide jung und dumm, als wir geheiratet haben. Ich war ein magerer, eingebildeter Knabe und sie ein dickes, verzogenes Kind. Als wir ein Jahr älter geworden waren, lag für alle Beteiligten klar auf der Hand, daß diese Ehe eine Katastrophe war. Ich betrachte das alles hier als Entschädigung für ein paar schlimme Jahre. Sie war im Zusammenleben ebenso unerträglich wie ich.«

Wieder wußte ich nichts zu sagen. Wir schwiegen eine Weile.

Schließlich fuhr er fort: »Ich möchte nicht, daß du dir einen falschen Eindruck machst. Meine Ehe war nicht glücklich. Sie wollte einen Mann, der für sie sorgte und mit dem sie in Orléans angeben konnte, und ihre Eltern wollten das auch. Und als ich damals Mies van der Rohe und Le Corbusier entdeckte und Architekt werden wollte, ging die Sache auseinander. Sie wäre nicht mit mir nach Amerika gezogen, und bei McKim hätten sie mich mit einem ausländischen Abschluß nicht genommen. Aber es wäre sowieso nicht lange gut gegangen. Berthe war nicht gerade eine Schönheit.«

Ich schlug die Hände vors Gesicht und schüttelte den Kopf. Vor Erleichterung konnte ich das Lachen nicht zurückhalten.

»Und ich habe sie mir wie Audrey Hepburn vorgestellt«, flüsterte ich.

»Nicht im entferntesten!« Er lachte auch. »Und was das Schlimmste war, sie hat während unserer ganzen Ehe nicht eine einzige Mahlzeit gekocht. Wenigstens verdanke ich ihr, daß ich wahrscheinlich der beste Koch bin, den du in deinem jungen Leben kennengelernt hast. Warte nur, bis du meine *cuisine française* probiert hast.«

Er verschwand hinter dem bemalten Wandschirm. Ich hörte eine Herdklappe quietschen, und ein üppiger Duft nach Wein und Gewürzen stieg mir in die Nase, daß mir das Wasser im Mund zusammenlief. Es war jetzt nach neun, und ich hatte seit dem Mittagessen mit Cecie im Dairyland nichts mehr gegessen. Es kam mir vor, als sei das, um mit Hemingway zu sprechen, lange her und in einem anderen Land gewesen.

»Das riecht göttlich.« Ich warf einen Blick in die armselige Kochnische. »Was hast du da gekocht? Wann hast du damit angefangen?«

»Coq au vin«, antwortete er, holte eine Auflaufform aus Keramik aus dem Ofen und schlug die Klappe zu. Er bewegte sich in seiner Küche so geschickt wie eine Katze.

»Auch bekannt als Hühnchen in Weinsoße. Man nehme Hühnchen, Schinken, Schalotten, Knoblauch, diverse Kräuter, Champignons und einen Schluck Rotwein. Am besten wird's mit Chambertin, aber den bekomme ich hier nicht, daher ist das hier mit dem guten, alten Tafelwein von Taylor gemacht. Dann gebe man einen Schuß Cognac über das Ganze und lasse es nach Belieben im Ofen garen. Ich habe es heute nachmittag um fünf aufgesetzt.«

»Aber woher wußtest du ...« Ich brach verwirrt ab. Er hatte natürlich keine Ahnung gehabt, daß ich bei ihm im Zeichensaal auftauchen würde.

»Ich esse gerne gut.« Er grinste. »Und wenn ich selbst koche, kommt es billiger als das Essen in der Mensa oder im Lokal, wenn man den Fraß überhaupt als Essen bezeichnen kann. Einmal in der Woche koche ich mir so etwas oder einen Eintopf. Das reicht dann für Tage. Der Cognac ist das einzige, was teuer daran ist, aber ich habe diese Flasche hier schon seit einem halben Jahr. Natürlich ist die Versuchung groß, das Zeug pur runterzukippen; allerdings trinke ich nicht viel, während ich mit Hingabe esse.«

»Ich hab noch nie Cognac probiert«, sagte ich.

Er blickte mich überrascht an.

»Was? So ein reiches Mädchen wie du?«

Erst wollte ich widersprechen, aber dann ließ ich es sein. Ich hatte das Gefühl, daß mein angeblicher Reichtum zumindest ein gewisses Gegengewicht zu dieser lässigen, weltmännischen Eleganz und Exotik bildete.

»Mein Vater hat lieber Martini getrunken«, antwortete ich leichthin.

»Hat?«

»Er ist gestorben«, sagte ich gleichmütig. »Am Ende meines ersten Jahres im Randolph Macon.«

»Ach so, dann hast du nach Randolph gewechselt, um näher bei deiner Mutter zu sein. Ich hab mich schon gewundert, warum du hier bist.«

»Du bist doch auch hier«, antwortete ich mit gespielter Unbekümmertheit und hoffte, er würde das Thema fallenlassen.

»Ich muß. Du hättest es nicht nötig. Na ja. Das mit deinem Vater tut mir leid. Solltest du nicht deine Mutter anrufen? Ich möchte es mir nicht schon mit ihr verderben, ehe ich sie kennenlerne.«

»Sie erwartet mich erst morgen«, sagte ich, ohne ihn anzusehen. »Ich kann später im Tri-Omega-Haus übernachten. Die Kellertür ist immer offen.«

Er lachte.

»Man muß sich immer ein Hintertürchen offenhalten«, bemerkte er. »Na, dann wollen wir mal essen.«

Das Essen war wunderbar, und ich weiß, daß ich es nie vergessen werde, nicht zuletzt wegen der für mich unbekannten und herrlichen Speisen. Zum *Coq au vin* gab es köstlich knuspriges Brot, das er selbst gebacken hatte, und anschließend stellte er einen Teller mit Äpfeln und Trauben und einen merkwürdigen, weichen, nach Nuß schmeckenden Käse auf den Tisch. Dazu tranken wir herben Rotwein aus Kelchgläsern. Wir aßen auf Lacktabletts, ich im Lehnstuhl und er auf dem Hocker. Dazu legte er eine Platte nach der anderen auf, leise, sinnliche Musik, die den Raum erfüllte. Er hatte eine Kerze in einem hübschen Keramikständer auf dem Bücherregal angezündet und das Licht mit dem Dimmer gedämpft. Nach dem Essen schenkte er Cognac in kleine, geschliffene Gläser und bereitete in einer verbeulten, kupfernen

Kaffeemaschine, die er unter der Spüle aufbewahrte, einen bitteren Espresso. Vom Wein, der Musik, den seltsamen Gegenständen um mich herum und von seiner Anwesenheit war ich mehr als nur leicht beschwipst. Ich war heiter und gelöst und kam mir verwegen und welterfahren vor. Ich lachte viel, warf den Kopf hin und her, um zu spüren, wie das Haar über meine Wangen strich, fühlte mich mindestens wie fünfunddreißig und sonnte mich selbstverliebt in seinem gelassenen Lächeln.

Beim Abräumen legte er eine Edith Piaf-Platte auf. Die melancholische Stimme klang durch den Raum. Als ich aufstand, hätte ich beinahe das Gleichgewicht verloren.

»Hups«, machte ich leise und suchte Halt an der rauhen weißen Wand. Ich spähte zu ihm hinüber, aber er hatte es nicht gesehen. Gelächter stieg in meiner Brust auf. Ich weiß noch, wie mir durch den Kopf ging: Ich kann verstehen, daß manche Leute sich betrinken, wo es so viel Spaß macht.

Mein Blick fiel auf eine gerahmte Skizze, und ich beugte mich vor, um sie genauer zu betrachten. All meine Sinne waren vom Alkohol und von Pauls Anwesenheit aufgewühlt. Ich mußte die Augen zusammenkneifen, damit ich scharf sah, und dann hielt ich wie zuvor, als ich das Zimmer betreten hatte, vor Staunen den Atem an. Das Aquarell zeigte ein niedriges, weißes Haus, das kühn am Rand einer Klippe über dem tiefblauen Meer stand. Ein Flügel des Gebäudes schwang sich anmutig über den Rand des Felsens und hing hoch oben über der See, die aufs Meer gehende Wand war ein großer Bogen ganz aus Glas, und das Dach bildete darüber einen geschwungenen Vorbau, so daß das Licht des Meeres hineinfluten konnte, die erbarmungslos brennende Sonne aber ausgesperrt wurde. Es war ein atemberaubend schönes Haus, das an einen Seevogel erinnerte, der im Begriff ist, auf einer Klippe zu landen. Paul mußte es entworfen haben.

Ich fühlte, daß er hinter mir stand, und drehte mich um. Er betrachtete das Bild mit unergründlichem Gesicht.

»Sagenhaft«, sagte ich. »Du hast es gebaut, stimmt's?«

»Ich habe es geplant«, antwortete er. »Es hätte in Marokko gebaut werden sollen, aber dazu ist es nie gekommen. Der freischwebende Flügel ist ein Arbeitszimmer.«

Mir ging ein Licht auf. Er hatte es für sich selbst bauen wollen, für sich und die tote Berthe.

»Wie schade, daß du nicht drin wohnen konntest«, sagte ich mit Tränen in den Augen.

»Das kommt schon noch«, erwiderte er. »Und wenn ich warten muß, bis ich achtzig bin und eine Bank ausrauben oder einen Mord begehen muß. Ich werde in dem Haus wohnen.«

Dann lachte er auf, und ich warf ihm über die Schulter hinweg einen Blick zu. Dieses Lachen kannte ich nicht.

»Das hatte ich von Anfang an zur Bedingung gemacht«, fuhr er fort. »Es war meine Bedingung dafür, daß ich als kreuzbraver Ehemann und Schwiegersohn in Frankreich bleibe. Berthe und ich wollten die eine Hälfte des Jahres in Orléans verbringen, und mein spendabler Schwiegervater hätte uns das Haus finanziert, in dem wir die andere Hälfte des Jahres gewohnt hätten. Beinahe wäre ich darauf eingegangen. Wenn mir McKim nicht die Stelle angeboten hätte, hätte ich diesen Preis gezahlt.«

»Du wirst es bauen, und zwar in Amerika«, sagte ich mit einem Kloß im Hals.

»Schon. Aber wenn ich daran denke, wie lange es dauern wird, bis ich das Geld dafür zusammengekratzt habe, könnte ich verrückt werden. Also denke ich lieber nicht daran.«

»Könntest du ... äh ... das Ganze nicht etwas kleiner bauen? Anders vielleicht und ein bißchen billiger? Nicht so ausgefallen? Bei diesem Haus müßte ja fast jedes Detail eigens angefertigt werden ...«

»Nein, das geht nicht«, erklärte er. »Ich bin erstaunt, daß du das nicht verstehst.«

Seine Stimme klang kühl und distanziert. Ich spürte, wie mir die Tränen kamen, und schickte ein Stoßgebet zum Himmel, daß ich sie würde zurückhalten können.

Ich hörte ihn seufzen. Er nahm mich bei der Schulter, führte mich zum Bettsofa und zog mich neben sich hinunter. Lose hielt er meine Hand und starrte ins Leere, während ich noch mit den Tränen kämpfte.

»Ich möchte dir etwas erzählen, damit du mich verstehst, und dann reden wir nicht mehr darüber«, sagte er. »Ich erzähle das nur selten, weil die Leute sonst meinen, ich will bedauert werden, und das hasse ich wie die Pest. Aber du mußt unbedingt begreifen, wie wichtig mir die Architektur und dieses Haus sind, sonst verstehst du mich nicht, und dann kann es mit uns nie etwas werden.«

Er sah mich an, seufzte halb ungeduldig, halb belustigt und wischte mir mit dem Daumen die Tränen ab.

»Verdammt, Kate, du wirst doch keine Heulsuse sein! Tut mir leid, wenn ich dich gekränkt habe. Ich höre auf, dich anzufauchen, wenn du dafür aufhörst zu weinen. Abgemacht?«

Ich nickte, ohne ihn anzusehen.

»Gut. Meine Mutter war eine Seminolin in den Everglades bei Miami. Da ist sie geboren, und da ist sie auch gestorben. Ich weiß nicht, ob du je in den Everglades warst, aber außer für Klapperschlangen, Alligatoren und natürlich Seminolen ist das Leben dort schwer zu ertragen. Mittendrin lag ein Indianerdorf mit Pfahlhütten aus Teerpappe. Dort war das Wasser immer schwarz, die Luft war grau, und nie drang die Sonne durch das Moos auf den dichten Bäumen. Der Sumpf hat gestunken, die Moskitos waren überall, und die Hitze hörte niemals auf. Von den Alten sind viele ihr Leben lang nicht rausgekommen. Ich bin dort geboren und habe meine ersten sieben Jahre da verbracht...« Er unterbrach sich und ließ wieder dieses gequälte, schreckliche Lachen hören.

»Weißt du, die Leute jammern und stöhnen immer über die Waldbrände, die Wilderer und das Austrocknen der Everglades, weil die Sümpfe unser nationales Erbe wären und wir sie künftigen Generationen erhalten müßten. Aber ich sage dir, ich würde diesen widerlichen, blutsaugerischen Morast liebend gerne eigenhändig anstecken – und zur Hölle damit! Ich wäre noch stolz darauf. – Jedenfalls, meine Mutter war eine kleine, fette Indianerin ohne Schulbildung, ohne Grips und praktisch ohne Mutterinstinkt. Sie lebte nur, um zu saufen, und wenn sie saufen wollte, mußte sie herumhuren, also hat sie sich immer verkauft, wenn ihr der Stoff ausging. Sie kam mit ihren Freiern zu uns in die Hütte oder hat die Männer reingeholt, die ums Haus herumgestrichen sind, und dann sind die beiden zur Sache gekommen, und ich lag auf meiner Pritsche in der Ecke. Wenn meine Mutter einen Verehrer mitbrachte, mußte ich mich zur Wand drehen. So hat sie sie genannt:

Verehrer. Bis zu meiner Hochzeit habe ich geglaubt, daß man beim Vögeln schreien muß wie eine Wildkatze oder eine Seminolin. Und da meinen manche Leute, daß die Französinnen etwas Außergewöhnliches wären. Du hättest meine liebe Braut in der Hochzeitsnacht erleben müssen. Ich habe nie erfahren, wer mein Vater ist, denn meine Mutter wußte es auch nicht. Vielleicht war er einer von diesen Verrückten, die in die Glades kommen. Ich weiß nur, daß ich viel weißes Blut in mir habe.«

Ich stöhnte leise vor Entsetzen, aber er winkte ungeduldig ab.

»Halb so wild. Meine Mutter hatte einen älteren Bruder, Onkel Jimmy, der sich um mich gekümmert hat. Als sie immer mehr versumpft ist, hat er mich manchmal mit zur Arbeit genommen. Er hat als Gerüstbauer für Baufirmen gearbeitet, und weil er gut war, hatte er immer zu tun. Er war klein, dunkel und geschmeidig, wie meine Mutter, und er konnte klettern wie ein Affe. Ich hab mich ganz still unter einen Baum gesetzt und ihm zugesehen. Als ich geboren wurde, hat er grade für die Sibley Construction gearbeitet, und so bin ich zu meinem Nachnamen gekommen. Meine Mutter hat den Namen im Kreiskrankenhaus genannt, und die haben es so aufgeschrieben. Wieder so ein kleiner, magerer Schreihals von Seminole, wen juckt's?«

Er hielt kurz inne. »Als ich sechs war«, fuhr er dann fort, »war die Baustelle von Onkel Jimmy eine Riesenvilla am Meer, ein Ding mit fünfzig Zimmern und Swimmingpool und Springbrunnen, einem Tennisplatz, einer hohen Mauer drum herum und schmiedeeisernen Toren. An einem Sonntag hat er sie mir einmal gezeigt. Wir waren allein auf dem Grundstück und sind überall herumgelaufen. Meine Augen wurden immer größer, als ich den nassen Beton, den Gips und den Sand und die schwarze Erde roch und in der Ferne das weite, kühle, frische Meer sah, und von da an wußte ich, daß ich so etwas auch einmal bauen wollte. Planen und bauen, meine ich. Ich glaube, schon damals hatte ich im Gefühl, wie man so etwas macht. Dann zeigte er mir einen weißen Turm, der ganz frei in einem Palmenwäldchen stand, und wir kletterten die Leiter hinauf zu dem runden, weißen Turmzimmer, das von allen Seiten mit Glas eingefaßt war und von dem aus man das Meer und die Kronen der Palmen sehen konnte. So weit das Auge reichte, nichts als sauberer, blauer Himmel und sauberes, blaues Wasser und weit draußen auf dem Meer kleine weiße Segel. Mann, da oben war alles so *sauber*! Das hat mich am meisten beeindruckt. So etwas Sauberes hatte ich noch nie erlebt, soviel Licht und Raum. Und der Wind rauschte wie ein Fluß. Der Boden war weiß gekachelt, die Wände waren weiß verputzt und die Decke... weiß. Weiß und leer und kühl und sauber. Und draußen bis zum Horizont lauter sauberes Blau. Da sagte ich zu Onkel Jimmy: ›So etwas kann ich auch bauen.‹ Und er sah mich an und sagte: ›Ja, Paulie, das kannst du. Du gehst fort, und dann machst du es.‹«

Er schwieg so lange, daß ich schon glaubte, die Geschichte wäre zu Ende. Er tat mir sehr leid.

»Und jetzt hast du es geschafft«, flüsterte ich.

»Kann man sagen.« Er lächelte mich an. »Zumindest bin ich fortgegangen. Im Winter darauf ist er vom Gerüst gefallen und hat sich einen Wirbel gebrochen, so daß er in Rente gehen mußte, und dann ist meine Mutter im Frühjahr darauf an Leberzirrhose gestorben, das Jugendamt hat mich zu Pflegeeltern gegeben, und von da an ging es mir gut. Mann, ich hätte auch als Haushaltshilfe gearbeitet, nur um aus den Glades rauszukommen. Ich habe hart gearbeitet und gelernt und gute Noten bekommen. Mit achtzehn bin ich zur Army gegangen, und die haben mich nach Frankreich geschickt. Dann bin ich durch ganz Europa gefahren und habe mir Bauwerke angesehen, und als ich entlassen wurde, habe ich angefangen, Architektur zu studieren. Und dann bin ich Berthe über den Weg gelaufen und... der Rest ist Geschichte, wie man so sagt. Also, teilweise hab ich es schon geschafft, aber dieses Haus habe ich nicht gebaut. Das hab ich nicht geschafft.«

Ich blickte ihn an, und mir kamen die Tränen. Durch ihren Schleier sah ich sowohl den hochgewachsenen Mann neben mir in einem kleinen Zimmer in Randolph, Alabama, als auch den mageren kleinen Jungen mit den dunklen Augen in dem weißen Turm am Meer, der eine Offenbarung von Licht und Luft, von Sauberkeit und blauem Wasser erlebt. Ich wünschte mir in diesem Augenblick nichts mehr, als ihm mit meinen eigenen Händen sein Haus am Meer schenken zu können. Und plötzlich dachte ich voller Freude: Ich kann es ja. Ich kann es.

Ich sah ihm voll ins Gesicht. Mit den Händen berührte ich ihn, sein Gesicht, sein Haar, seinen Mund, ich weinte und lachte, und ich stolperte über meine Worte, wie man manchmal über die eigenen Füße stolpert.

»Hör doch!« rief ich. »Hör zu! Ich will dir helfen. Laß mich dir helfen! Ich will es auch, ich wollte schon immer ... ein Haus am Meer in den Dünen, ich sehe es schon vor mir. Ich will das Haus auch, ich will da mit dir wohnen ...«

Er nahm meine Hände und hielt sie fest. Abwehrend lächelte er und schüttelte den Kopf, er wollte mich beruhigen, aber es gelang ihm nicht. Ich war nicht zu halten.

»Doch«, sagte ich. »Du wolltest doch sowieso nach New York, und du hast gesagt, du kannst mich bei McKim unterbringen ... also, mach das, Paul, und ich werde dort arbeiten. Dann kannst du dein eigenes Büro aufmachen, und wir bauen das Haus, wo du willst ... in Long Island, New England, irgendwo am Meer ... Ich helfe dir und wohne dort mit dir. Ich habe ein bißchen Geld, es wird schon reichen, wir können es schaffen ...«

»Katie«, flüsterte er, »Kate, hör mir zu ... Ich kann dein Geld nicht nehmen ... Ich kann mich nicht von dir aushalten lassen ...«

»Warum denn nicht, wenn ich es so will?« fragte ich und brach in Tränen aus. »Ich verstehe nicht, was es ausmachen soll, wer das Geld verdient, wenn wir zusammen sind ...«

Er antwortete nicht und sah mich nicht an. Ich wandte mich ab. Die Ungeheuerlichkeit dessen, was ich gesagt und getan hatte, drang allmählich in mein Bewußtsein, trotz meines Rausches aus Wein, Liebe und Mitleid. Nur allzu deutlich hörte ich die Stimme meines Vaters sagen: ›Deine kühle, distanzierte Art, Effie Lee, deine Würde ... das ist dein größtes Kapital. Nutze es.‹ Ich kniff die Augen zu. Genauso klar, wie ich diese Stimme hörte, konnte ich mich selber sehen, eine betrunkene Collegestudentin mit zerzausten Haaren, die kummervolle Tränen weinte und einem Mann ihre Liebe antrug, der ihr an Lebenserfahrung Lichtjahre voraus war.

»O Gott«, flüsterte ich und schlug die Hände vors Gesicht. »Ich schäme mich so.«

»Unsinn«, sagte er. »Das brauchst du nicht. Du bist wunderbar. Du bist was ganz Besonderes und hast gar keinen Grund, dich zu schämen. Aber, Kate, ich kann das doch von dir nicht annehmen. Was wäre ich für ein Mann? Du würdest mich verachten...«

»Nein«, flüsterte ich. »Ich würde dich nicht verachten.«

Ich drehte mich erneut auf dem Sofa um, so daß ich ihm ins Gesicht sah, legte ihm die Arme um den Hals und verschränkte die Hände hinter seinem Nacken. Ich holte tief Luft. Meine Ohren sausten, und in meinem Kopf drehte sich alles.

»Weißt du noch, wie du vorhin auf der Treppe gesagt hast, daß ich die Initiative ergreifen muß?« fragte ich. »Also, komm.«

»Kate...«

»Paul, willst du mit mir schlafen?«

»Herrgott, Katie...«

»Ja oder nein. Du kannst auch nein sagen. Aber dann möchte ich, daß du mich zur Tri Omega bringst.«

»Überleg dir, was du tust, Kate...«

»Das ist nicht nötig. Du solltest dir überlegen, was du willst. War das nur albernes Gerede? Hast du es gar nicht so gemeint?«

»Natürlich habe ich es so gemeint. Vorhin und jetzt auch noch«, sagte er. Seine Stimme klang heiser. »Ich will dich. Ich will dich so sehr, daß ich mitten in der Nacht aufstehen und kalt duschen muß...«

»Dann komm.« Mir klapperten vor Angst und Verlangen die Zähne. »Aber bitte keinen französischen Schnickschnack. Ich glaube nicht, daß ich so etwas tun kann.«

Er lachte, nahm mich in die Arme, drückte mir den Mund auf den Hals und stieß einen vulgären Laut aus.

»Miss Otis bedauert, aber sie kann heute nicht vögeln«, raunte er an meinem Hals.

Und was immer ich inzwischen auch von ihm halte, ich werde nie vergessen, wie er mich trotz all meiner Angst und meines Schmerzes über den zischenden Abgrund hinweg zum Genuß führte, wie ich vor Lust laut aufschrie, und wie wir beide dabei lachten, er und ich.

Mitten in der Nacht, gegen drei, braute er uns einen Kaffee, und als er zurückkam, wirbelte er meine weiße Baumwollunterhose um den Finger.

»Ganz schön bieder für ein reiches Mädchen«, sagte er. »Ich hatte mir vorgestellt, du trägst an jedem Tag der Woche eine andere Farbe.«

Da hätte ich es ihm sagen müssen. Das wäre der richtige Zeitpunkt gewesen. Ich wußte es und lag doch schweigend da und betrachtete lächelnd seinen dunklen, nackten Körper, während mir noch das Herz heftig klopfte und auf meiner Haut der Schweiß glänzte.

»Ich wurde dazu erzogen, alles andere als schlichte weiße Baumwolle für protzig zu halten«, erklärte ich.

»O nein.« Er warf die Unterhose auf den Boden. »Es gibt doch nichts Langweiligeres auf der Welt als reiche Puritaner. Da wäre es mir lieber, du würdest gar keine Unterhosen tragen.«

»Dein Wunsch ist mir Befehl.« Ich war beschwipst vor Freude über die Sinnlichkeit, die ich in meinem Inneren entdeckt hatte. Oder genauer gesagt, die er in mir entdeckt und freigesetzt hatte.

Ich streckte die Arme nach ihm aus, und er legte sich zu mir. Danach war es natürlich zu spät.

7. Kapitel

Im Hochsommer – Paul und ich waren schon fast sechs Wochen zusammen – faßte ich mir schließlich ein Herz und sagte zu Paul: »Ich möchte, daß du Cecie kennenlernst.«

Er hob den Blick von dem Modell, an dem er gerade arbeitete, und sah mich stirnrunzelnd an. Ich wußte, daß ihn nicht meine Bitte, sondern die Unterbrechung ärgerte. Er war stets so in seine Arbeit versunken, daß es manchmal Minuten dauerte, ehe er zu sich kam.

»Wir waren uns in diesem Punkt doch einig«, sagte er ruhig, doch die Selbstbeherrschung verdüsterte seinen Blick. Er verlor zwar leicht die Geduld, aber mir gegenüber war er nie aufbrausend. Und doch merkte ich es, wenn er gereizt war. So, wie er dasaß, ganz in sich zurückgezogen, wirkte er tatsächlich wie ein Indianer.

»Schon«, sagte ich. »Ich weiß. Aber ich hab es mir anders überlegt. Außer dir ist sie für mich der wichtigste Mensch. Ich möchte, daß ihr euch kennenlernt.«

Er stand auf, ging zur Kochnische und holte zwei Gläser Wein. Ich nahm ihm mein Glas ab. Geschmeidig ließ er sich neben mich auf die Bettcouch fallen, nippte an seinem Wein und sah mich über den Rand des Glases hinweg an. Wieder ging mir durch den Sinn, wie makellos, wie harmonisch sein Körper war, von welch markanter, männlicher Schönheit. Ich konnte gar nicht genug davon bekommen, ihn anzusehen.

»Ach, Katie, bitte nicht. Ich mag nicht mit zur Tri Omega kommen und die Mädchen aus deiner Verbindung kennenlernen. Ich kann Smalltalk nicht leiden, ich bringe dir kein Ständchen, und ich will nicht in den Fischteich geworfen werden. So was konnte ich schon damals nicht ausstehen, als ich noch im richtigen Alter dazu war, und jetzt kann ich's erst recht nicht. Das weißt du doch.«

»Das verlange ich ja gar nicht. Ich möchte nur, daß du Cecie kennenlernst. Wir könnten zusammen Kaffee trinken gehen, oder wir könnten sie hierher einladen. Ihr würde dein Zimmer gefallen, sie wäre bestimmt hingerissen. Ich möchte ihr gern zeigen, daß ich ... noch ein anderes Leben hier mit dir habe. Paul, so habe ich das Gefühl, daß niemand mein richtiges Leben kennt. Es ist, als würde ich ... gar nicht wirklich existieren.«

»Ich versteh nicht, warum du noch jemand anderen brauchst, damit du das Gefühl hast, wirklich zu existieren. Ich hatte gehofft, daß ich dir genug wäre.«

Unwillkürlich stiegen mir bei seinen Worten die Tränen in die Augen, und ich kämpfte dagegen an. Seit ich in ihn verliebt war, geschah mir so etwas häufig. Es war, als hätte sich die schützende Hülle, die sonst mein Gefühlsleben umgab, in Nichts aufgelöst. Jede Regung – Weinen, Lachen, Freude und Angst – trat beim geringsten Anlaß an die Oberfläche. Ich fühlte mich so verletzlich, als hätte ich keine Haut.

»Du bist mir auch genug«, sagte ich. »Ich verstehe nur nicht, warum es ›entweder – oder‹ sein muß. Entweder du oder Cecie. Schließlich ist von mir genug da, daß es für euch beide reicht.«

»Na ja, aber von mir vielleicht nicht. Mir fällt es schwer, mehrere Leute gleichzeitig um mich zu haben.«

Ich stellte mir seine trostlose Kindheit vor, die schwache, lieblose Mutter – eine groteske Circe –, den gelähmten Onkel, den stinkenden Mangrovensumpf, die Pflegestellen. Und dann die viel zu frühe, spießige Ehe. Mir krampfte sich das Herz zusammen. Also später, dachte ich, später. Wenn er sich an unser Beisammensein gewöhnt hat. Wenn er sich sicherer fühlt.

Ich besuchte ihn nicht oft. Die Notwendigkeit, das Licht zu löschen, die Jalousien herunterzulassen und zu flüstern, war zu bedrückend und brachte ihn zu sehr auf. Wenn ich zu ihm wollte, schlich ich mich wie beim erstenmal mit klopfendem Herzen die dunkle Treppe hinauf und kam mir dabei wie eine billige Schlampe vor. Er behauptete zwar, daß unser nächtliches Liebespiel auf dem Sofa oder auf dem Boden durch die Würze der Heimlichkeit um so wilder und süßer sei, aber ich konnte mich nicht daran gewöhnen. Ich wollte laut schreien vor Lust, wollte lachen, brüllen wie ein Panther oder ein Indianer, was Paul, wie er sagte, zuweilen tat. Mir, diesem Kunstprodukt von Frau, war dieses Bedürfnis so unvertraut, daß ich ihm gerne nachgegeben hätte, doch Paul brachte mir, neben ein paar ausgeklügelten französischen Tricks, Selbstbeherrschung bei: Ich hielt seine Tricks jedenfalls für französisch, und sie brannten und kitzelten mich tief in meinem Innern, und nur sein raffiniertes Liebesspiel konnte mich befriedigen. Der Sommer war erfüllt von sinnlichen Erfahrungen.

Oft trafen wir uns auch nur bei Harry's auf einen Kaffee oder arbeiteten nebeneinander im Zeichensaal. Er vernachlässigte seine Arbeit nicht, ließ nicht nach in seiner beeindruckenden, unerschütterlichen Konzentration.

»Ich möchte dich in meiner Welt haben«, sagte er einmal, »und das hier *ist* meine Welt, sei dir darüber im klaren. Und je schneller ich das alles lerne, je besser ich werde, desto näher komme ich meinem Haus am Meer. Wir können noch unser Leben lang Spaß haben und miteinander vögeln, und das werden wir auch, wenn das Haus mal steht. Laß uns erst das Haus bauen.«

Im Lauf des Sommers waren wir stillschweigend übereingekommen, daß ich nach dem Studium zum Arbeiten nach New York gehen und er nachkommen würde, sobald er fertig war; dann wollte er seine Firma gründen und das Haus am Meer bauen.

»Es ist schon okay, wenn du eine Weile für uns beide sorgst, weil du meine andere Hälfte bist und es sowieso wolltest. Aber von deiner Familie will ich keinen Penny.«

»Na ja, eigentlich gehört sowieso alles meiner Mutter, bis sie ... nicht mehr ist«, sagte ich, ohne ihn anzusehen. Streng genommen war das nicht gelogen.

»Sie will uns bestimmt unterstützen. So ist es doch immer bei den Mamas unserer Schönen aus dem Süden. Die trauen ihren armseligen Schwiegersöhnen gar nichts zu. In meinem Fall ist das gar nicht so abwegig. Aber ich sag's dir gleich, wir nehmen nichts von ihr.«

»Na gut«, antwortete ich mit gut verhohlener Erleichterung. Das war ein bequemer Ausweg; bis er die Wahrheit über mein angebliches Erbe herausfand, würden wir es nicht mehr brauchen, und alles würde sich in Wohlgefallen auflösen. Und ich hatte nicht vor, ihn nach Kenmore mitzunehmen und meiner Mutter vorzustellen. Angesichts der gelassenen Gleichgültigkeit meiner Mutter war das nicht schwer zu bewerkstelligen. Wenn ich es so einrichten konnte, daß sie sich woanders kennenlernten, würde meine Mutter die EF-Geschichte schon glaubhaft verkörpern können, denn das war sie schließlich seit Jahrzehnten gewöhnt. Entweder würde sie nach Randolph kommen, oder wir trafen uns in Montgomery, aber nach Hause würde ich nicht mit ihm fahren. Es war mir unerträglich, mir Paul in dem schäbigen, heruntergekommenen Haus in Gesellschaft des stiernackigen Predigers vorzustellen.

Wir sprachen nicht oft über die Zukunft, und so weit ich mich entsinne, sprach er nie vom Heiraten, jedenfalls damals nicht, aber es lag allem zugrunde – eine solide, strahlende Brücke über den Abgrund.

Ich mußte oft lachen vor schierer Lebensfreude, angesichts dieses Wunders der Liebe und Lust und der Aussicht auf ein Leben mit Paul in dem weißen Haus am Meer. Ich begehrte ihn so sehr, daß mir jede noch so leichte Berührung durch und durch ging, und ich hätte schrecklich gern jemandem davon erzählt.

Ich hätte natürlich mit Cecie über ihn sprechen können. Er hatte es mir nicht verboten, aber einmal ganz zu Anfang nach dem Liebesspiel, als wir erschöpft eng umschlungen auf seiner Bettcouch lagen, hatte er zu mir gesagt: »Die Vorstellung, irgend jemand wüßte über uns Bescheid, macht mich ganz krank.«

Und in meiner verzückten und demütigen Verliebtheit hatte ich mir geschworen, daß es unser Geheimnis bleiben sollte. Doch es fiel mir immer schwerer, dieses Versprechen zu halten. Allmählich wurde mir klar, daß die Liebe, zumindest die junge Liebe, vom Austausch lebt, daß sie Nahrung braucht wie das Feuer. Manchmal, wenn ich Cecie einen Blick zuwarf, während sie mir gegenüber auf dem Bett lag oder am Schreibtisch saß und lernte, hob sie den Kopf und lächelte mich an, und mir tat das Herz weh, weil ich meine Freude nicht mir ihr teilen durfte. Wir sprachen längst nicht mehr sooft miteinander wie früher. Sie fehlte mir. Ich ärgerte mich über mich selbst, weil es mir nicht gelang, zwei Freundschaften zugleich zu haben. Und gegen jede Vernunft ärgerte ich mich manchmal auch über Cecie.

Erst später begriff ich, daß ich damals, in den ersten Tagen mit Paul, von ihr erwartet hatte, daß sie die Festung im Sturm nahm, daß sie mir das Geheimnis meines Glücks mit Gewalt entriß. Doch so etwas lag ihr nicht. Sie war viel zu taktvoll. Und so zog sie sich in ihre unzugängliche Innenwelt zurück und ließ mich allein mit meiner Liebe, die ohne Cecie nicht vollständig war. Ich fühlte mich einsam, vermißte sie und nahm ihr das übel.

In der Tri Omega war es kein Geheimnis, daß ich einen Freund hatte. Bei dem kleinen Häuflein derer, die die Sommerkurse besuchten, wäre es auch ein Wunder gewesen, wenn es unbemerkt geblieben wäre. Zum einen benahm ich mich nicht unauffällig genug, und zum anderen zog Paul alle Blicke auf sich. Man sah uns zusammen bei Harry's oder in der McCandless Hall, wenn nicht sogar vor seiner Wohnung, und natürlich wurde geklatscht. Und der Klatsch sprach sich bis in unser Haus herum. Ohne allzu großen Erfolg bemühte ich mich, die lächelnden Mienen und den Tratsch, die Neckereien und Fragen zu ignorieren. Beim Abendessen hagelte es Bemerkungen über Kates geheimnisvollen Unbekannten, über die Eisprinzessin und den Indianerhäuptling, und Gingers Vorschlag, daß die Tri Omega ihre Spione aussenden und unser Liebesnest aufspüren solle, rief große Heiterkeit hervor. Aber ich war sicher, daß sie keine Ahnung von der tatsächlichen Existenz eines Liebesnests hatten, und so lächelte ich nur und spielte die Unbekümmerte, und das Gerede blieb im Rahmen des Erträglichen. Die anderen löcherten bestimmt Cecie, aber die verriet sicher nichts von dem, was sie wußte, und das war ohnehin nicht mehr als sein Name und daß er indianischer Herkunft war.

Als Paul und ich eines Nachmittags im Juli vor meinem Schreibtisch am Fenster in der McCandless Hall aufsahen, standen Fig und Ginger auf dem Gehsteig und bedeuteten mir, daß sie mit mir Kaffee trinken wollten. Da wußte ich, daß es mit der Heimlichkeit vorbei war, und seufzte.

»Um Himmels willen, wer sind denn die beiden! Brunnhilde und Loki?« fragte Paul gereizt. Er war begeisterter Wagnerianer und legte oft den *Ring* auf. Über Opern brachte er mir genausoviel bei wie über die Liebe, obwohl ich es weit weniger genoß.

»Meine Mitbewohnerinnen. Ginger Fowler und Fig Newton. Fig ist die kleine; sie spioniert mir schon ziemlich lange nach. Am liebsten würde ich ihnen den Hals umdrehen, allen beiden. Jetzt haben sie bestimmt nichts Eiligeres zu tun, als allen zu erzählen, was sie gesehen haben. Am besten gehe ich mit ihnen Kaffeetrinken, das stimmt sie vielleicht gnädiger. Du möchtest ja vermutlich nicht mitkommen?«

»Nein, danke.« Er schüttelte sich in gespieltem Entsetzen. »Und ich dachte immer, bei euch in der Tri Omega gäbe es nur Cheerleader und Tambourmajorinnen.«

»Sie sind nett«, sagte ich. Auf einmal hatte ich das Bedürfnis, selbst die gaffende Fig in Schutz zu nehmen. »Sie sind meine Freundinnen. Ich kann ihnen ihre Neugier nicht verübeln. Schließlich bin ich die einzige in der Tri Omega, die ihren Freund nicht mitbringt und nicht über ihn spricht.«

»Das tut mir leid.« Er beugte sich wieder über seine Arbeit. »Geh nur. Ich kann sie ja ein andermal kennenlernen. Das Zeug hier muß morgen fertig sein.«

Und noch ehe ich den Saal verließ, war er allein mit der Konstruktion aus Holz, Glas und Stein, die unter seinen Händen Gestalt annahm. Als ich zu den beiden trat, blickte ich zurück zum Fenster und sah dasselbe wie sie. Trotz meiner Verärgerung mußte ich lächeln. Er war so schön in seiner düsteren Einsamkeit, seiner Versunkenheit, und er gehörte mir. Wenigstens konnte ich das jetzt mit den anderen teilen, und für die beiden war es derart überwältigend, daß Figs Mund offenstand und ihr Atem laut rasselte und Ginger die blauen Augen weit aufriß vor Appetit und Bewunderung.

»Heiliger Bimbam, Kate. Kein Wunder, daß du ihn versteckst.« Sie grinste. »Du solltest ihm einen Keuschheitsgürtel anlegen.«

»Heathcliff«, schnaufte Fig. »Effie, er ist Heathcliff. Ehrlich. Und ich finde, du hast Ähnlichkeit mit Catherine. Schon als ich dich kennenlernte, habe ich das in mein Tagebuch geschrieben. Das ist Wahnsinn! Warte, bis ich ...«

»Fig, halt die Klappe!« riefen Ginger und ich gleichzeitig, und sie hielt sich in gespielter Scham die Hand vor den Mund. Wir gingen über die Straße zu Harry's. Als wir wieder herauskamen, saß Paul nicht mehr am Fenster in meinem Zeichensaal.

Das Gerede beim Abendessen hatte neue Nahrung erhalten, und wichtige Besorgungen führten fortan meine lieben Schwestern, eine nach der anderen, an der McCandless Hall vorbei, so daß sich Paul schließlich in seinen Zeichensaal im zweiten Stock flüchtete.

»Ich fühle mich wie ein seltenes Exemplar von Sumpfvogel, das von fanatischen Ornitologen belauert wird«, murrte er. »Kannst du sie nicht zurückpfeifen?«

»Nein«, erwiderte ich bestimmt. »Sie machen das nur, weil du dich weigerst, sie kennenzulernen. Wenn du vernünftig wärst, würden sie damit aufhören. Du weißt ja, wie es im Sommer ist. Alle fangen an zu spinnen. Ich wünschte, du würdest mir wenigstens erlauben, Cecie einmal mitzubringen. Sie ist meine beste Freundin. Paul, sie fehlt mir.«

»Warum verbringst du dann nicht mehr Zeit mit ihr?« fragte er mich. »In den nächsten zwei Wochen bin ich voll ausgelastet mit dem Krankenhausprojekt. Ich werde wenig Zeit für dich haben. McGee hat heute verkündet, daß der beste Vorschlag vielleicht gebaut wird. Ein bißchen Geld für das Projekt ›Weißes Haus‹ wäre ja nicht schlecht.«

»Und danach, wie wäre es, wenn du sie danach kennenlernst?« fragte ich. »Wir könnten auf einen Kaffee zu Harry's gehen. Sie wird als einzige nicht vor deinem Fenster auf und ab marschieren. Und sie ist mir wichtiger als alle anderen zusammen.«

Er lächelte.

»Also gut. Wenn der Wettbewerb gelaufen ist, lade ich sie zum Essen ein. Und wenn du willst, auch den Zwerg und die Walküre.«

Ich umarmte ihn stürmisch. »Schön. Du wirst schon sehen, sie sind sehr nett. Jedenfalls Ginger und Cecie. Fig, na ja ... Fig ist eine Strafe Gottes, weil wir Tri Omegas solche Snobs sind. Ihre bloße Existenz wird dich Demut lehren.«

Zum erstenmal seit Wochen verbrachte ich den Abend auf meinem und Cecies Zimmer und freute mich auf ein langes Gespräch mit ihr. Aus dem Automaten im Keller holte ich Cola und

Schokoriegel, dann legte ich einen Stapel Platten von June Christy und Jeri Southern auf dem Webcor auf, duschte und zog mein Nachthemd an. Cecie war in der Bibliothek, und zum erstenmal seit dem Ende des letzten Semesters war ich allein im Zimmer. Ich sah mich um. Fast hatte ich den Eindruck, in einem fremden Raum zu sein. Mir war, als sei in den wenigen Wochen, die ich nun mit Paul zusammen war, jede Spur von mir, Kate Lee, darin gelöscht worden, ja, mehr noch, als sei alles daraus verschwunden, jede Besonderheit, jede Erinnerung, die ihn unverwechselbar zu meinem und Cecies Zimmer gemacht hatten. Cecies Pflanzen wirkten kränklich, etliche hatten braune Spitzen und gelbe Blätter. Die Bücher, die auf meinem Teil des Schreibtischs verstreut gewesen waren, lagen ordentlich gestapelt neben meiner Kommode in der Ecke. Cecies Bücher hingegen waren wie immer auf dem Tisch und auf dem Bett verteilt; auf meiner kahlen Schreibtischseite stand nur eine Tasse, halb voll mit abgestandenem Kaffee, die ich als das Eigentum unserer Nachbarin Molly Sloans erkannte, und daneben lag meine Anthologie mit Gedichten von Dorothy Parker. Ich fragte mich, ob Cecie und Molly diese Gedichte gemeinsam lasen, und in mir regte sich Eifersucht. Ich spürte, wie ich plötzlich ärgerlich wurde.

»Hallo«, erklang hinter mir Cecies Stimme. Ich drehte mich um. Sie stand im dämmerigen Licht, und die Flurlampe beleuchtete sie von hinten. Beim Anblick ihrer Silhouette erschrak ich. Sie war so mager wie ein verhungerndes Kind, und ihr rotes Haar, das vor Leben und Gesundheit geleuchtet hatte, war matt und klebte ihr feucht am Schädel und an den Wangen.

Ich schaltete die Deckenlampe an und betrachtete sie. »Cecie, was ist los mit dir?« flüsterte ich. »Du siehst sehr krank aus.«

»Vielleicht bin ich auch krank«, antwortete sie. Mir fiel auf, wie heiser und müde ihre Stimme klang. Cecie war blaß und schweißgebadet, obwohl es draußen nur warm, und keineswegs heiß war. Ich fühlte ihre Stirn. Sie war trocken und brannte wie Feuer. Ich legte die Hand an ihren Hals. Unter und hinter dem Ohr waren dicke Knoten.

»Die habe ich schon seit ein, zwei Wochen«, sagte sie mit ihrer fremden, heiseren Stimme. »Und mir tut der Hals weh, und ich komme morgens kaum aus dem Bett. Ach Kate... es macht mir angst.«

»Du hast hohes Fieber. Ach, Cecie, warum hast du mir bloß nichts gesagt?«

»Ich habe dich ja kaum noch zu Gesicht bekommen.« Sie lächelte. Es war das Lächeln eines Skeletts, und ich verzog schmerzlich das Gesicht.

»Oder wenigstens den anderen. Komm. Ich bringe dich auf die Krankenstation. Gleich jetzt.«

»Morgen vielleicht«, antwortete sie und sah sich um. »Du hast doch Cola und alles mitgebracht. Komm, wir machen heute abend eine gemütliche Tratschorgie nach alter Sitte, und du bringst mich morgen hin. Wir haben schon so lange nicht mehr miteinander geredet...«

»Nichts da. Wir gehen auf der Stelle. Setz dich, ich hol dir ein Nachthemd und deine Zahnbürste. Wahrscheinlich hast du irgendwelche Bazillen, dann pumpt man dich voll mit Penizillin, und du bist in ein, zwei Tagen wieder auf dem Damm. Dann können wir uns unterhalten, aber nicht jetzt. Mein Gott, Cecie, wie lange geht das denn schon so?«

»Keine Ahnung. Schon lange. Es war zwar bisher nicht so schlimm, ich hatte kein Halsweh und keine Knoten und so, aber ich bin schon seit Ewigkeiten immer so müde. Schon am Ende des vorigen Semesters war das so.«

Natürlich, jetzt erinnerte ich mich. Warum hatte ich mich nicht mehr um sie gekümmert? Ich schämte mich, war aber auch wütend auf sie. Sie war doch alt genug, um allein zur Krankenstation zu gehen!

»Ganz schön blöd von dir, so lange zu warten«, sagte ich kühl. Sie schwieg eine Weile.

»Ich hatte Angst, es könnte Krebs sein«, flüsterte sie. Da umarmte ich sie und drückte sie an mich. Ich hatte das Gefühl, einen Vogel zu umarmen, nur leichte Knochen und feuchtes Gefieder. Sie drückte mich ebenfalls kurz an sich und ließ mich dann los.

»Du hast keinen Krebs«, sagte ich. »In unserem Alter bekommt man keinen Krebs. Aber wir müssen auf der Stelle herausfinden, was mit dir los ist.«

»Also gut, du hast wahrscheinlich recht. So kann es ja auch nicht weitergehen.«

Im MG auf der Fahrt zum Krankenhaus sagte sie, während der warme Fahrtwind über uns strich, schläfrig mit zurückgelegtem Kopf und geschlossenen Augen: »Du wolltest mir heute abend alles über Paul Sibley erzählen, stimmt's?«

»Ja, aber das holen wir nach, wenn es dir wieder besser geht. Und außerdem wirst du ihn kennenlernen, weil er dich zum Abendessen einlädt, und Ginger und Fig vielleicht auch.«

»Schön«, sagte sie. »Ich bin froh, daß du mit mir über ihn sprechen wolltest. Ich wollte doch alles von dir selbst hören, und nicht von Fig, dieser dämlichen Ziege, die so tut, als wäre er Rupert Brooke und Laurence Olivier in einer Person. Sie hat ihm ein ganzes Kapitel in ihrem berühmten Tagebuch gewidmet.«

»Ich wollte dir schon lange von ihm erzählen. Bloß... ich wußte nicht recht, was ich über ihn sagen soll.«

»Er ist das große Los, hm?«

»O ja. Ja, Cecie, das ist er.«

»Na, dann erzähl doch mal«, fuhr sie lächelnd, immer noch mit geschlossenen Augen, fort, »wie sieht er denn aus? Ist er wirklich so schön, wie Ginger und Fig behaupten?«

»Ausnahmsweise übertreiben sie nicht«, sagte ich. »Ach, Cecie, er sieht phantastisch aus. Seine Haut ist dunkel, seine Augen stehen schräg, seine Haare sind so schwarz wie Krähenflügel und hängen ihm in die Augen...«

»›Weil deine Augen dunkel sind,
Dein Haar weich unter meinen Händen,
Bringst du mein Blut in Wallung, Kind,
Ich frag mich nur, zu welchem Ende‹«,

murmelte Cecie schläfrig.

»Es wird ein Happy-End«, behauptete ich.

»Wirklich?« fragte Cecie. Ich konnte sie kaum verstehen, so schwach war ihre Stimme.

»Ja, wirklich. Cecie, was ist los? Du hörst dich an, als würdest du gleich in Ohnmacht fallen.«

»Nichts. Ich bin nur müde«, lallte sie. »Weißt du noch das eine, das uns so gut gefallen hat? *Zuflucht?* ›Mein Land ist frei vom Gerede der Menschen/über den Hügeln hängen tief die Wolken/ Und die Luft ist süß vom säuselnden Rauch/meiner vielen brennenden Brücken...‹ Hast du die Brücken hinter dir verbrannt, Effie Lee?«

Ich wußte, was sie damit sagen wollte.

»Ja«, erwiderte ich, und als sie nicht antwortete, warf ich einen Blick zu ihr hinüber. Sie lag blaß und reglos da, den Kopf an die Tür gelehnt. Ich stieg aufs Gaspedal und nahm die Kurve zum Krankenhaus auf zwei Rädern. Als ich ankam, war Cecie bewußtlos, und man mußte sie auf einer Bahre hineintragen. Bis kurz vor elf Uhr abends saß ich in dem trostlosen, antiseptisch riechenden Wartezimmer, dann mußte ich fahren, um zum Zapfenstreich zurück zu sein. Still und verängstigt wartete ich in unserem Zimmer, bis Mrs. Frederick, die Hausmutter, gegen Mitternacht heraufkam und mir sagte, Cecie habe Pfeiffersches Drüsenfieber und müsse wenigstens zwei Wochen auf der Krankenstation bleiben.

»Sie wird doch wieder gesund?« fragte ich mit zitternder Stimme.

»Aber ja«, antwortete sie. »Ich wünschte nur, eine von euch beiden wäre so vernünftig gewesen, schon vorher einmal zu mir zu kommen. Sie hat viel zu lange gewartet. Jetzt wird sie ziemlich viel versäumen. Also, Mädchen, manchmal seid ihr die reinsten Kinder!«

Damit klapperte sie in ihren Gesundheitspantoffeln über den Korridor davon, und ich machte die Tür zu, kroch ins Bett und weinte. Ich weinte nicht nur wegen Cecies Krankheit, das wußte ich, aber was sonst noch dahintersteckte, war mir nicht klar, und ich wollte es jetzt auch nicht wissen. Ich drückte das Gesicht in mein Kopfkissen, damit der strahlende weiße Mond vor dem Fenster mich nicht blendete, und weinte eine Weile still vor mich hin. Schließlich schlief ich ein.

In den folgenden Tagen fühlte ich mich verloren und einsam. Cecie war wegen ihrer ansteckenden Krankheit für mich so unerreichbar, als wäre sie im Kloster. Paul war ganz vertieft in seinen Krankenhauswettbewerb, und bis auf eine hastige Tasse Kaffee mit ihm bei Harry's oder einen flüchtigen Kuß im Treppenhaus der McCandless Hall hatte ich kaum etwas von ihm. Wenn ich ihn an meinem Fenster vorbeigehen sah, wirkte er bleich und hager, und sein Lächeln war mechanisch. Wahrscheinlich aß er wenig und schlief fast nicht, aber ich wußte, daß ich dagegen nichts tun konnte. Ich hatte sogar den Eindruck, daß er trotz des Arbeitsdrucks glücklicher und lebendiger war, als ich ihn je erlebt hatte. Er schien unter Strom zu stehen wie ein Telegraphendraht. Wieder packte mich die Eifersucht auf die Pläne und Modelle, die er mit seinen dunklen Händen gestaltete. Ich ahnte, daß sie auf ihn verführerischer wirkten als ich.

Aber das war ebenso sinnlos, dachte ich, wie auf seine tote Frau eifersüchtig zu sein. Ich bin die einzige lebende Frau, die ihm etwas bedeutet, und damit sollte ich zufrieden sein. Und das war ich auch in jenen langen Sommertagen, obwohl ich mich ohne Cecie einsam fühlte, und obwohl Paul mir fehlte. Mir war, als wäre die Erde zum Stillstand gekommen. Bald würde sich das Rad wieder bewegen, der Globus wieder drehen, doch im Augenblick durfte ich mich treiben lassen, durfte ausruhen, mich in der Sonne wiegen und das, was mit mir geschehen war, ins Raster meiner Erfahrungen einpassen. Ich schlief viel, verschlang ein Buch nach dem anderen, besuchte Freundinnen, die ich seit Monaten kaum gesehen hatte, putzte unser Zimmer, bis es blitzte, wusch und bügelte meine Kleider und hörte mir in einem wahren Marathon meine sämtlichen Platten an. Ich glaube, so friedliche Tage wie damals habe ich nie wieder erlebt. Zum erstenmal seit Jahren war ich ganz allein mit mir, und ich genoß es. Der Abgrund schwieg. Diese Zufriedenheit mit mir selbst, das Gefühl, mir selbst zu genügen, war einzigartig. Ich ließ mich treiben und war glücklich.

Im nachhinein kommt es mir unglaublich vor, daß ich, die ich sonst so ängstlich veranlagt war, so sorglos mit Paul schlief, ohne mir Gedanken über die möglichen Folgen, Schwangerschaft und gesellschaftliche Ächtung, zu machen. Freilich hatte ich letzteres bereits kennengelernt und überwunden, während das erste meinem Gefühl nach nichts mit unserem wilden, lustvollen Liebesspiel zu tun haben konnte. Zwar sagte mir mein Verstand, daß wir gefährlich lebten, doch mein Herz war unbesorgt. Paul benutzte

Kondome, wenn auch ungern und nicht ohne jedesmal zu bemerken, er komme sich vor wie ein Student auf einem Verbindungsfest, wenn er dieses kleine runde Ding in seiner Brieftasche trug.

»Warum machst du's dann?« fragte ich ihn einmal. »Wir wollen doch sowieso heiraten. Wir könnten irgendwo zum Friedensrichter gehen, ich ziehe hier ein, und alles wäre viel einfacher.«

»Ist dir nicht klar, was es bedeuten würde, wenn wir jetzt ein Kind in die Welt setzen würden?« Er blickte sehr ernst, ja, beinahe finster, drein. »Alles wäre aus. Wir müßten in Levittown wohnen, und ich müßte mein Leben lang bei McKim arbeiten. Jetzt hängt alles von dir ab, Katie. Wenn das weiße Haus gebaut ist, kannst du von mir aus zehn Kinder bekommen, aber im Augenblick heißt die Losung: Pariser oder gar nichts. Wenn du in New York bist, besorgst du dir gleich ein Diaphragma. Diese Dinger sind eigentlich zu riskant.«

»Ich könnte mir doch auch in Montgomery eins besorgen.« Ich war zu meiner eigenen Überraschung ein wenig gekränkt, daß er derart auf Verhütung bestand. Irgendwo tief in meinem Innern schlummerte offenbar der Wunsch nach einem Kind von ihm.

»Montgomery ist zu nah«, sagte er. »Meine Vermieterin kennt jeden Arzt im Umkreis von fünfhundert Meilen. Deine Hausmutter wahrscheinlich auch. Innerhalb von einer Stunde wäre es auf dem ganzen Campus herum.«

»Herrgott, Paul, meinst du denn, sie reden nicht sowieso über uns?«

»Schon, aber sie wissen nichts Genaues«, sagte er. »Bis New York müssen wir eben vorsichtig sein.«

»Also gut«, sagte ich fügsam. Aber während dieses wunderbaren Sommers machte ich mir nie Sorgen über eine mögliche Schwangerschaft. Diese Gefahr schien, wie alle anderen Bedrohungen, einfach außerhalb des Zauberkreises zu liegen, in dem wir uns bewegten.

Gegen Ende Julie wurde Cecie aus dem Krankenhaus entlassen, da sie nicht länger als ansteckend galt. Aber sie war noch zu schwach, um ihr Studium wieder aufzunehmen. Ich holte sie ab, und Ginger, Fig und ich steckten sie ins Bett, stapelten Bücher um sie herum, stellten den Webcor mit den Schallplatten neben ihr auf, damit sie Musik hören konnte, ohne aufstehen zu müssen, und drehten den ratternden Ventilator in ihre Richtung. Ginger rief zu Hause an, und Robert erschien stumm und stirnrunzelnd mit ausreichend Coca-Cola und Fruchtsaft für den Rest des Sommers und einem neuen Camping-Kühlschrank, den wir auf dem Schreibtisch aufbauten. Fig stellte sich in die große, düstere Küche und rührte aus diversen Backmischungen eine wabbelige, durchgesackte Schokoladentorte zusammen, die wie ein erschlagenes Tier auf der Kuchenplatte lag und die sie uns stolz auf unserem Zimmer servierte.

»In der Mitte ist sie mir ein bißchen eingesunken, aber ich habe Schokoladenglasur draufgeschmiert. Schmeckt bestimmt gut«, sagte sie, ließ den Kopf hängen und sah Cecie an. »Ich dachte, doppelt soviel Schokolade könnte nicht schaden. Wißt ihr, meine Mutter macht sie auch immer so.«

»Sieht prima aus«, sagte Cecie mit noch immer schwacher Stimme und tapferem Lächeln. »Willst du sie nicht aufschneiden und jeder ein Stück geben?«

Und mit der Geschäftigkeit eines Zwerges auf einem Bild von Vermeer begann Fig herumzuhantieren. Die Torte schmeckte so scheußlich, wie sie aussah – nach Pappe und harter, unangerührter Glasur –, doch wir aßen sie alle. Manchmal übte Fig eine erstaunliche Macht auf uns aus.

Als Cecie und ich später unter uns waren, sahen wir uns an und brachen in Gelächter aus. Ich glaube, wir waren so froh, wieder beisammen zu sein, daß wir länger und lauter lachten als sonst. Ihr Lachen war das alte, vielleicht ein wenig heiser, aber immer noch volltönend und ansteckend und so musikalisch und einschmeichelnd wie das Spiel auf der Panflöte.

»Die Torte sieht aus wie ein Vulkan nach dem Ausbruch«, japste sie, und ich ließ mich rückwärts auf mein Bett fallen und hielt mir die Seiten.

»Oder wie ein griechischer Kleinstaat nach einem Überfall«, keuchte ich. »›Wißt ihr, meine Mutter macht sie auch immer so.‹

Oje, ich wette, bei ihrer Mutter gibt's an Weihnachten Dosenerbsen und Champignons auf englische Art und dazu Limonadeneis und Punsch aus Ginger Ale.«

»Und Wackelpudding mit so widerlichen kleinen Marshmallows«, heulte Cecie, der die Tränen über das Gesicht liefen.

»Und Büchsenfleisch, gespickt mit Nelken«, ächzte ich, schlug die Hände vors Gesicht und wälzte mich im Bett hin und her.

Vor Lachen konnten wir minutenlang nicht sprechen. Wir mußten uns nur ansehen, schon ging es wieder los. Einige Nachbarinnen steckten neugierig die Köpfe zu uns herein.

»Das klingt ja wie in alten Zeiten«, stellte Trish fest. »Ich hab euch schon von unten gehört. Anscheinend geht's dir wieder besser, Cecie.«

»Ja, wenn ich nicht vor Lachen sterbe.«

Doch es ging Cecie nicht gut. Sie war sehr mager, und unter ihren Augen lagen tiefe Schatten. Die Hornbrille rutschte ihr immer wieder von der Nase, und das rote Haar war strähnig und ausgefranst. Ihre Augen waren zwar nicht mehr glasig, ihre Haut nicht mehr rot vom Fieber, aber sie war blaß und ermüdete schnell. Von dem Lachanfall war sie so erschöpft, daß sie mitten im Reden einschlief. Ich ließ die Jalousien herunter und ging auf Zehenspitzen hinaus. Als ich am Abend aus der McCandless Hall zurückkam, wo ich an meinem Sommerprojekt gearbeitet und zwischendurch mit Paul einen Kaffee getrunken hatte, saß sie im Bett, las Dorothy Parker und trank eine Cola.

»Hast du schon was gegessen?« fragte ich. »Wenn nicht, hol ich dir was aus der Küche.«

»Ich hab keinen Hunger. Eigentlich wollte ich zum Abendessen nach unten gehen, aber dann sind mir auf der Treppe die Beine weggeknickt, und ich bin wieder ins Bett gegangen. Vielleicht dauert es doch länger, als ich gedacht habe. Ich habe keine Ahnung, wie ich die Prüfungen bestehen soll. Wahrscheinlich verliere ich ein ganzes Semester.«

»Na und?« sagte ich. »Was macht das schon. Hauptsache, du wirst wieder gesund.«

»Aber was wird dann aus unserer Europatour?«

Seit ich Paul kennengelernt hatte, hatte ich nicht mehr ernstlich daran gedacht, mit Cecie nach Europa zu reisen. Der Plan war so schön unbestimmt gewesen. Ich sah sie an und senkte den Blick.

»Weißt du, vielleicht fange ich gleich zu arbeiten an«, sagte ich. »Paul ist ziemlich sicher, daß er mich bei McKim, Mead and White in der Abteilung für Innenarchitektur unterbringen kann. Das kann ich unmöglich sausen lassen. Allein würde ich das nie schaffen.«

»Das ist ja toll«, sagte sie eilig. »Kann er das wirklich machen?«

»Er glaubt schon. Sie haben ihm eine Stelle freigehalten und sind ganz scharf auf ihn.«

»Aha«, sagte sie in hellem, freundlichem Tonfall. So klang ihre Stimme immer, wenn sie verletzt war, es aber nicht zeigen wollte. Ich hatte es oft gehört, aber noch nie selber heraufbeschworen.

»Hör zu«, sagte ich hastig, »er muß noch mindestens zwei Jahre lang studieren. Bis dahin bin ich allein in der Wohnung... wenn ich überhaupt eine finde. Du könntest doch solange bei mir wohnen. Ach, Cecie, überleg es dir... New York, die Theater und Museen... Und Long Island, falls du das Meer vermißt. Vielleicht würden wir sogar Dorothy Parker kennenlernen, sie schreibt Kritiken für den *Esquire*...«

»Das wäre eine Idee«, antwortete sie. Da wußte ich, daß sie nicht daran dachte.

»Cecie...«, fing ich an.

»Mensch, Katie, du mußt das natürlich annehmen!« sagte sie herzlich. »Mein Gott, McKim, Mead... es wird kein Jahr dauern, bis du mit Dorothy Parker im Algonquin zu Abend ißt. Geh nur nach New York, ich komm dich dann besuchen. Du wirst mich bald so über haben, daß du mir die Tür vor der Nase zuschlägst.«

»Weißt du, wir könnten ja alle zusammen nach Europa fahren«, schlug ich vor. »Paul kennt es wie seine Jackentasche. Wir wollten sowieso irgendwann in seinem ersten New Yorker Jahr nach Europa. Er wäre der beste Reiseleiter, den man sich vorstellen kann.«

Sie lächelte mich an.

»Paul wird also eine Dauereinrichtung«, bemerkte sie.

»Ja, wahrscheinlich...« Ich wurde glühend rot.

»Findest du dann nicht, daß es an der Zeit wäre, mir ein bißchen etwas über ihn zu erzählen? Man könnte fast meinen, daß du dich für ihn genierst.«

Also begann ich. Wir blieben lange auf, und während Dave Brubeck in der warmen Nacht sein ›Lullaby of Birdland‹ hören ließ und der Ventilator für lauen Luftzug sorgte, erzählte ich ihr soviel wie möglich über Paul Sibley. Meine Worte kamen mir enttäuschend banal vor, als würden sie der Realität nicht annähernd gerecht. Aber plötzlich wollte ich unbedingt, daß Cecie ihn in all seinen Facetten kennenlernte, fast so gut, wie ich selbst ihn kannte. Ich geriet beinahe ins Stottern, so sehr bemühte ich mich, ihn lebendig genug zu schildern.

Ich erzählte von seiner Kindheit, von seiner Mutter und seinem Onkel, den Pflegestellen, von seinen Vorstellungen über Architektur und davon, wie ich seine Fähigkeit bewunderte. Ich erzählte ihr, wie er sich anzog, was er aß und trank, welche Musik er hörte, was er dachte und worüber er lachte. Und ich erzählte ihr von seiner Ehe in Frankreich und seiner toten Frau.

»Sie muß gräßlich gewesen sein«, sagte Cecie. »Verfolgt sie dich?«

»Überhaupt nicht«, antwortete ich.

Cecie grinste und zitierte:

»›Wenn ihn andere umgarnen,
wird er mich niemals vergessen!
Doch ich fürchte und verfluche,
sie, die ihn vor mir besessen.‹«

»Blödsinn!« Ich grinste auch. »Man soll ja über Tote nicht schlecht reden, aber er hat sie bestimmt nie geliebt, und sie hatten nicht das geringste gemeinsam. Weißt du, Cecie, alles, was ihm gefällt, gefällt mir auch. Alles, was er will, will ich auch. Habe ich dir schon von seinem weißen Haus erzählt?«

Als ich geendet hatte, lächelte sie zwar, aber es war ein Lächeln, das ich gar nicht an ihr kannte. Ich sah ihr ins Gesicht.

»Findest du das alles nicht auch wunderbar?«

»Na klar. Und ich finde, daß es genausogut dein weißes Haus ist wie seines. Schließlich bist du es, die ihm das Geld geben wird, damit er seinen Traum verwirklichen kann.«

Ich schwieg. Verstand sie denn nicht?

»Na ja ... einer von uns muß doch Geld verdienen, und er kann ja nicht, wenn er sein Büro eröffnen und das Haus bauen will. Außerdem wollte ich doch sowieso einen Job in New York, also wo ist der Unterschied? Jetzt bekomme ich meinen Traumjob viel früher, als ich gedacht habe, und arbeite für ein Haus und einen Mann, wie ich sie mir in meinen kühnsten Träumen nicht vorgestellt habe ...«

»Ja, das ist schon toll«, sagte sie mit klarer Stimme. »Aber er hat ganz schön Glück gehabt, und das würde ich ihm gerne klarmachen. Und du solltest es dir auch klarmachen. Sag wenigstens, daß es *euer* weißes Haus ist.«

»Also gut, unser Haus«, sagte ich. »Ach, was soll das alles. Ich kann ihn nicht beschreiben. Du mußt ihn dir selber anschauen, dann wirst du schon sehen ... Nächste Woche essen wir bei ihm.«

»Gut«, sagte Cecie. »Ich freue mich darauf.«

Am ersten Freitagabend im August schlichen Cecie, Fig, Ginger und ich im Schutz der Nacht die Stiege zu Pauls Zimmer hinauf. Eigentlich wäre es nicht nötig gewesen, denn seine Vermieterin war in Europa bei den Passionsspielen in Oberammergau, aber Paul hatte uns gebeten, erst nach Einbruch der Dunkelheit zu kommen.

»Bestimmt hat sie sämtlichen Nachbarn eingeschärft, sich auf die Lauer zu legen«, sagte er.

Also tasteten wir uns nach oben und versuchten, so wenig wie möglich zu stolpern und zu kichern. Hinter den Bäumen ging weiß der Halbmond auf, aber er stand noch nicht sehr hoch. Mir fiel auf, wir früh es inzwischen dunkel wurde. In der Ferne am Waldsaum zirpten die Zikaden, dort lauerte der Winter. Ich verspürte einen Anflug von Melancholie. Mein letzter Herbst in Randolph stand vor der Tür, mein letzter Herbst mit Cecie. Danach würde sich mein Leben von Grund auf ändern.

Er öffnete uns die Tür, in einer engen weißen Hose und einem französischen Matrosenhemd. Auf dem Kopf hatte er eine kleine runde Schiffermütze und an den Füßen abgetragene Espadrillos mit geflochtener Sohle. Im Hintergrund klagte Edith Piaf von Schmerz und Elend, von langen Nächten und Zigaretten, und ein kräftiger Geruch nach herbem Rotwein und Kräutern wehte von der anderen Seite des bemalten Wandschirms herüber, hinter dem es vernehmlich brodelte. Ich starrte Paul an, als hätte ich ihn noch nie gesehen, und dieser Paul war mir tatsächlich neu. Seine theatralische Aufmachung war hinreißend und hatte mit Randolph, Alabama, ja selbst mit New York, von Kate Stuart Lee ganz zu schweigen, so wenig zu tun, wie man sich nur denken konnte. Der Mann vor mir war die Exotik in Person. Während ich ganz benommen dastand und meine Freundinnen hinter mir hörbar nach Luft schnappten, hatte ich erst den Eindruck, er wolle uns mit seiner Aufmachung auf den Arm nehmen, doch als er dann lächelte, sah ich, daß ich mich geirrt hatte. Er wollte sich über sich selbst lustig machen. Wahrscheinlich hatte er angenommen, ich hätte vor meinen Freundinnen mit seinem Aufenthalt in Frankreich angegeben. Er kannte seine einschüchternde Wirkung und wollte es uns leichter machen, über ihn zu lachen, indem er selbst über sich lachte.

Und angesichts seines offenen Grinsens mußten alle lächeln, sogar Fig. Noch während sie sich mit staunenden Augen im Zimmer umsahen, den Duft einsogen und Edith Piaf und dem Akkordeon lauschten, und während sie Paul anhimmelten, sobald er nicht hinsah, entspannten sich Cecie, Ginger und Fig und streckten die Waffen. Ich hatte schon öfter erlebt, wie durch ein einziges trockenes Lächeln von ihm Mauern einstürzten. Mich hatte er auch auf diese Art erobert, und doch faszinierte es mich immer wieder. In diesem Augenblick liebte ich ihn so sehr, daß ich die Augen schließen mußte. Um mich drehte sich alles.

»Danke«, sagte ich ihm stumm. »Vielen, vielen Dank!«

Laut sagte ich: »Wo hast du denn das komische Kostüm her? Du siehst aus wie Gene Kelly in *Ein Amerikaner in Paris.*«

»Ich finde, ich sehe viel besser aus!« Er grinste. »Kelly ist doch ein Zwerg. Das ist kein Kostüm, Schätzchen. Du wirst staunen, aber ich habe die Sachen in meinen ersten Tagen in Paris tatsächlich angehabt. Ich bin sogar mit einem Baguette unter dem Arm rumgelaufen und fand mich ganz toll. Ich hab's dann nur sein lassen, weil sich meine Pariser Freunde mit mir so nicht in der Öffentlichkeit zeigen wollten.«

Cecie lachte perlend.

»Was haben deine Freunde angezogen?«

»Jeans und amerikanische Hemden«, antwortete Paul. »Macht's euch gemütlich. Es gibt Kutteln *à la mode de Caen.* Ein echtes Bauerngericht.«

»Riecht köstlich«, sagte Ginger und schnupperte anerkennend. Diese Geste bezog sich, wie mir klar war, sowohl auf Paul als auch auf das Essen.

»Ja, köstlich«, wiederholte Fig mit schwacher Stimme. Es klang, als wäre sie von einem Baseball ins Zwerchfell getroffen worden. Ich streifte sie mit einem Blick. Sie war leichenblaß, und auf ihren Wangen standen hektische Flecken. Die Augen hinter der dicken Brille wirkten stumpf und ausdruckslos. Sie atmete heftig durch die Nase wie vor einem Asthmaanfall. Ich wollte gerade etwas sagen, doch dann dämmerte es mir: Fig hatte sich vom Fleck weg in Paul verliebt.

»Ach du Scheiße«, flüsterte ich, und um Cecies Mundwinkel zuckte es.

»Wunderbar«, schickte ich eilig hinterher. »Was ist das denn?«

Cecie schnaubte. Paul lächelte sie an und zwinkerte ihr zu.

»Es sind wirklich Kutteln«, erklärte er. »Das sind die ersten beiden Mägen von einem Wiederkäuer wie Schaf oder Ziege. Der Metzger hat sie mir umsonst gegeben. ›Därme‹ hat er sie, glaube ich, genannt. Ich habe mich nicht zu fragen getraut, von welchem Tier sie sind. Ich schmore sie auf klassische Art, mit Schweinsfüßen, Mohrrüben, Zwiebeln, Lauch, allen möglichen Kräutern und Wein. Und ich schütte so viel Calvados rein, daß man vergißt, was sonst noch drin ist. Zumindest ist es einem egal. Das ist mein Härtetest. Wenn ich jemanden gerade kennengelernt habe, und er oder sie ißt meine Kutteln, ohne sich zu übergeben, oder versucht es wenigstens, habe ich einen guten Freund gewonnen.«

»Russisches Roulette wär auch nicht schlecht«, murmelte Cecie, und Paul mußte lachen.

»Es ist so ähnlich.«

»Also, ich bringe das Zeug nur runter, wenn ich mir vorher einige Whiskeys genehmige«, sagte Ginger.

»Ich esse Kutteln gern. Meine Mutter macht oft welche«, sagte Fig. Ihre Stimme klang belegt, als würde sie gleich anfangen zu weinen.

»Ja, dann bleibt mir nichts anderes übrig, als dich zu heiraten«, meinte Paul. »Kate hat gesagt, eher ißt sie gekochten Hund.«

»Hab ich gar nicht gesagt«, protestierte ich in gespieltem Ärger. Dabei liebte ich Paul dafür, daß er so nett zu der armen Fig war und mit ihr herumalberte. Und die anderen liebte ich, weil sie von Paul so hingerissen waren, ach, ich liebte die ganze Welt mit allem, was dazugehörte. Am liebsten wäre ich vor Freude geplatzt.

»Dann nehme ich den Antrag an«, sagte Fig in dem vergeblichen Bemühen um Schlagfertigkeit. Er lächelte sie an und zauste ihr das schreckliche, dichte Haar, so daß sie dunkelrot anlief und die Zähne zusammenbiß. Ich sah ihren Kiefer arbeiten, als kaue sie.

»Trinken wir erst mal was«, sagte Paul und ging uns voran ins Zimmer. Der Abend nahm seinen Lauf.

Wir tranken ziemlich viel Wein, ehe er das Essen auftrug. Er hatte sogar Whiskey für Ginger, obwohl ich ihm meines Wissens nicht verraten hatte, daß sie welchen trank, und er erzählte mit trockenem Humor komische Begebenheiten aus seiner Zeit in Frankreich, ohne die tote Berthe zu erwähnen. Trotzdem schwebte sie wie ein böser Geist durch den Raum, und es gefiel mir, daß er nicht einmal auf sie anspielte. Das Mitgefühl für ihn war mit Händen zu greifen, auch wenn er es nicht darauf anlegte. Wir lachten, Paul legte sanfte, mediterrane Musik auf, brachte uns ein paar einfache französische Lieder bei – bei manchen errötete Cecie trotz ihres Gelächters bis zu den Haarwurzeln –, und ehe wir gingen, hatte er jeder meiner Freundinnen ihre Lebensgeschichte aus der Nase gezogen, einschließlich der Zukunftspläne.

»Und was ist mit *deiner* Zukunft?« fragte ihn Ginger schließlich. Der Alkohol hatte inzwischen seine Wirkung entfaltet. Das Essen, mit Calvados, winzigen Salzkartoffeln und Kopfsalat serviert, war köstlich gewesen. Wir hatten keinen Krümel übriggelassen. Inzwischen waren wir bei Stilton und trockenem Rotwein angelangt.

»Also, ich bringe das Zeug nur runter, wenn ich mir vorher einige Whiskeys genehmige«, sagte Ginger.

»Ich esse Kutteln gern. Meine Mutter macht oft welche«, sagte Fig. Ihre Stimme klang belegt, als würde sie gleich anfangen zu weinen.

»Ja, dann bleibt mir nichts anderes übrig, als dich zu heiraten«, meinte Paul. »Kate hat gesagt, eher ißt sie gekochten Hund.«

»Hab ich gar nicht gesagt«, protestierte ich in gespieltem Ärger. Dabei liebte ich Paul dafür, daß er so nett zu der armen Fig war und mit ihr herumalberte. Und die anderen liebte ich, weil sie von Paul so hingerissen waren, ach, ich liebte die ganze Welt mit allem, was dazugehörte. Am liebsten wäre ich vor Freude geplatzt.

»Dann nehme ich den Antrag an«, sagte Fig in dem vergeblichen Bemühen um Schlagfertigkeit. Er lächelte sie an und zauste ihr das schreckliche, dichte Haar, so daß sie dunkelrot anlief und die Zähne zusammenbiß. Ich sah ihren Kiefer arbeiten, als kaue sie.

»Trinken wir erst mal was«, sagte Paul und ging uns voran ins Zimmer. Der Abend nahm seinen Lauf.

Wir tranken ziemlich viel Wein, ehe er das Essen auftrug. Er hatte sogar Whiskey für Ginger, obwohl ich ihm meines Wissens nicht verraten hatte, daß sie welchen trank, und er erzählte mit trockenem Humor komische Begebenheiten aus seiner Zeit in Frankreich, ohne die tote Berthe zu erwähnen. Trotzdem schwebte sie wie ein böser Geist durch den Raum, und es gefiel mir, daß er nicht einmal auf sie anspielte. Das Mitgefühl für ihn war mit Händen zu greifen, auch wenn er es nicht darauf anlegte. Wir lachten, Paul legte sanfte, mediterrane Musik auf, brachte uns ein paar einfache französische Lieder bei – bei manchen errötete Cecie trotz ihres Gelächters bis zu den Haarwurzeln –, und ehe wir gingen, hatte er jeder meiner Freundinnen ihre Lebensgeschichte aus der Nase gezogen, einschließlich der Zukunftspläne.

»Und was ist mit *deiner* Zukunft?« fragte ihn Ginger schließlich. Der Alkohol hatte inzwischen seine Wirkung entfaltet. Das Essen, mit Calvados, winzigen Salzkartoffeln und Kopfsalat serviert, war köstlich gewesen. Wir hatten keinen Krümel übriggelassen. Inzwischen waren wir bei Stilton und trockenem Rotwein angelangt.

soviel unverhohlene Bewunderung, daß ich mich abwandte. Bitte nicht, bat ich ihn im Stillen. Siehst du nicht, was mit ihr los ist?

»Es wäre mir eine Ehre, dir zu helfen«, sagte Fig förmlich. »Das heißt, wenn Kate nichts dagegen hat«, fügte sie unterwürfig hinzu.

»Natürlich nicht«, erwiderte ich kühl. »Oder meinst du, ich hätte Angst, daß du heimlich mit ihm durchgehst?«

»Nein«, sagte Fig leise und senkte die Augen. Schon bereute ich meine Taktlosigkeit, aber der Ärger über Fig siegte.

»Also, ich finde die Idee ausgezeichnet«, sagte ich.

Und es wurde ausgemacht, daß Fig montags, dienstags und donnerstags zwei Stunden abends mit Paul lernen sollte.

»Macht es dir etwas aus, zu mir zu kommen?« fragte Paul. »Du mußt dann zwar an dem alten Drachen vorbeischleichen, aber ich kann dir ein Glas Wein und eine Kleinigkeit zu essen versprechen, und du kannst mich in den Hintern treten, wenn ich dich anfauche.«

»Das macht mir nichts aus«, flüsterte Fig, und mir war nicht klar, ob sie meinte, daß es ihr nichts ausmache, zu Paul zu kommen oder von ihm angefaucht zu werden. Wahrscheinlich beides.

Auf der Heimfahrt im MG war Fig ungewöhnlich schweigsam. Ihr verzückter Blick erinnerte an den einer Rauschgiftsüchtigen oder einer Schlange bei der Beschwörung. Ginger dagegen hörte gar nicht auf, von Paul zu reden.

»Er ist toll. Er ist Wahnsinn. Kann ich mit ihm ausgehen?«

»Nein.«

»Kann ich dann wenigstens mit ihm schlafen?«

»Also, Ginger!«

»Macht ihr's?«

»Halt endlich den Mund!« schrie ich. Mein Gesicht lief im Dunkeln rot an.

»Wenn nicht, dann hast du sie nicht mehr alle! Cecie weiß es bestimmt. Na, Cecie, wie ist es?«

»Ich habe keine Ahnung«, sagte Cecie. »Aber er sieht wirklich gut aus.«

Da war mir klar, daß sie ihn nicht mochte, obwohl ich nicht genau sagen kann, woran ich es merkte. Ich wußte es, obwohl sie es nie zugab, damals nicht und auch nicht später.

»Warum kannst du ihn nicht leiden?« fragte ich sie, als wir im Bett lagen.

»Wer sagt das?« gab Cecie zurück und schwieg.

Als ich mich tags darauf noch einmal bei Paul für den schönen Abend bedankte und er sich wie zufällig erkundigte: »Und Cecie? Hab ich den Test bestanden?«, war mir klar, daß er sie ebenfalls nicht mochte.

»O Gott«, sagte ich. »Warum kannst du sie nicht leiden?«

»Wer sagt das?« fragte Paul.

»Also, das ist zu dumm!« fauchte ich. »Genau dasselbe hat sie auch gesagt. Was ist bloß los mit euch? Ich dachte, alles wäre in Butter, und jetzt...«

»Das habe ich auch gedacht. Ich habe es ja versucht. Aber es wundert mich nicht. Kate, sie ist eifersüchtig auf mich. Das ist mir unangenehm.«

»Ich versteh kein Wort!« rief ich gereizt. »Warum sollte sie eifersüchtig sein? Sie ist nicht eifersüchtig!«

Er starrte wie gebannt in seine Kaffeetasse.

»Ich habe so etwas in Frankreich schon einmal erlebt«, sagte er ohne aufzublicken.

Ich sah ihn mit offenem Mund an. Mir wurde plötzlich von innen heraus kalt.

»Willst du damit sagen, daß Cecie... nicht normal ist oder so? Also, du hast ja wohl...«

»Nein. Verzeih mir«, antwortete er. »Es wäre nicht das erste Mal, daß ich unrecht habe. Ich werde mich bessern, ehrlich.«

Und er gab sich wirklich Mühe. Er erkundigte sich nach ihr, er kochte eines Abends nur für uns drei, er holte sie eine ganze Woche lang jeden Abend mit meinem Auto von der Bibliothek ab, damit sie nicht zur Tri Omega laufen mußte. Sie war noch schwach und geriet mit ihrer Arbeit trotz aller Anstrengung immer mehr in Verzug. Wenn wir drei zusammen waren, gab sich Paul größte Mühe, sie zum Lachen zu bringen, und es gelang ihm auch stets.

Doch ich gewöhnte mir an, beim Duschen abzuschließen. Früher hatte ich nie abgeschlossen. Wenn es ihr aufgefallen ist, so hat sie nichts dazu gesagt.

8. Kapitel

»Es gab *navarin d'agneau*«, erzählte Fig, was sie so falsch aussprach, daß Cecie aufstöhnte. »Das ist Lammeintopf mit einem Haufen französischem Zeug drin. Und jede Menge Wein. Einfach lecker.«

Daß sie Wein getrunken hatte, war nicht zu übersehen. Die Augen schwammen glasig hinter den dicken Brillengläsern, und ihre breite Nase glühte. Sie kam gerade von der ersten Nachhilfestunde in Pauls Wohnung und benahm sich wie eine Pariser Halbweltdame, die ihre bemitleidenswerten Verwandten auf dem Lande besucht. Erst vor zehn Minuten war sie nach Hause gekommen, hatte aber schon so oft »Paul meint«, »Paul findet« und »wie ich Paul erzählt habe« gesagt, daß Cecie, Ginger und ich uns einen Spaß daraus machten, den Namen jedesmal stumm mit den Lippen zu bilden, wenn sie ihn wieder von sich gab. Ich hätte sie erwürgen mögen.

In den folgenden Tagen erfuhren wir, daß er sie in zeitgenössischer europäischer Architektur (»Corbu und Mies«), Opernmusik und französischer Kochkunst unterrichtete. Mit jeder neuen Offenbarung tat sie sich wichtiger, wurde ihre Verliebtheit offensichtlicher. Inzwischen scharten sich die meisten Hausbewohnerinnen um Fig, wenn sie von Paul kam. Ihr Lachen drang über den Korridor bis in mein Zimmer. Auch ich rang mir ein Lachen ab, da ich es für einen Fehler hielt, meinen Ärger zu zeigen. Nur als Fig erzählte, Paul bringe ihr alles über die französischen Impressionisten bei, bemerkte ich schnippisch: »Ich hoffe, bei all den Leckerbissen und künstlerischen Genüssen findet ihr gelegentlich auch eine Minute Zeit für Edmund Spenser und George Herbert?«

»O ja«, antwortete sie ernsthaft. »Er macht sich recht ordentlich. Ich glaube, er hatte bisher bloß nicht den richtigen Lehrer.«

»Klar«, sagte Cecie. »Daran wird's liegen.«

Am Abend darauf kam Fig mit dem Tagebuch in der Hand zu uns ins Zimmer.

»Effie, ich möchte, daß du mir alles über ihn erzählst«, sagte sie mit der leisen, verzückten Stimme einer Gandhijüngerin. »Ich habe angefangen, eure Geschichte aufzuschreiben. Die Lovestory von dir und Paul. Dich kenne ich ja, aber ich muß mehr über ihn wissen, und er will mir nichts erzählen. Du weißt ja, wie bescheiden er ist. Man könnte einen tollen Roman daraus machen. Eines Tages werde ich über euch schreiben. Du darfst auch die Passage in meinem Tagebuch lesen, wenn ich fertig bin.«

»Das ist nett«, sagte ich. »Aber ich finde, wenn Paul nicht darüber reden will, sollte ich es auch nicht tun.«

»Na ja, wahrscheinlich braucht er noch eine Weile, bis er mir ein bißchen mehr vertraut. Aber so langsam taut er auf. Heute hat er mir von dem weißen Haus erzählt und mir die Skizze gezeigt. Ich finde es wahnsinnig romantisch, daß er dir so ein Haus bauen will. Als wärst du eine Prinzessin in einem Schloß. Er ist einfach wunderbar. Wenn du nicht meine große Schwester und meine beste Freundin wärst, würde ich ihn dir ausspannen.«

Und sie verzog das Gesicht zu einer widerlichen Grimasse, die wohl als anzügliches Grinsen gedacht war.

»Bitte nicht«, sagte ich, so ruhig ich konnte.

»Warum hast du ihr bloß von dem Haus erzählt?« fragte ich Paul tags darauf beim Kaffee. »Ich fürchte, sie glaubt jetzt, daß du es für sie baust.«

»Ach, ich weiß auch nicht. Sie hat die Skizze entdeckt und mich danach gefragt. Ich war froh, ein Gesprächsthema gefunden zu haben. Ich habe das Gefühl, sie erwartet tatsächlich, daß ich mich an sie heranmache. Das fehlte noch. Da könnte ich ja gleich mit einem von den sieben Zwergen vögeln. Und manchmal führt sie sich auf, als wäre ich eine Art Gott und sie müßte die Schuhe ausziehen, ehe sie sich mir nähert. Aber eigentlich ist sie ganz nett und eine prima Nachhilfelehrerin.«

»Sie ist zum Kotzen, das weißt du genau«, sagte ich. »Heißt das, du redest gar nicht mit ihr über Opern und Kunst und Architektur und französische Küche?«

»Wie kommst du denn darauf? Ich bin froh, wenn ich sie dazu bringen kann, über Edmund Spenser zu reden. Ich gebe ihr meistens was zu essen, sage ihr, was es ist, und fülle sie mit Wein ab, damit wir arbeiten können. Wahrscheinlich hört sie der Musik zu und sieht sich an, was an den Wänden hängt, aber wir sprechen nicht darüber. Das Haus war das einzige, worüber sie mich ausgefragt hat.«

»Du solltest sie erleben, wenn sie von der Nachhilfestunde kommt«, sagte ich belustigt und verärgert zugleich. »Sie ist so aufgedreht und sprudelt über vor französischer Kultur – das ganze Haus amüsiert sich köstlich.«

»Also, bei mir ist sie nicht so«, sagte Paul.

Gegen Ende des Semesters berichtete ich Cecie eines Nachts, was Paul mir über die Nachhilfestunden erzählt hatte. Sie grinste ihr altes spitzbübisches Grinsen, das für sie so charakteristisch war. In letzter Zeit hatte ich es nur selten an ihr gesehen.

»Ist dir schon mal der Gedanke gekommen, daß sie vielleicht etwas ganz anderes machen, als sie beide erzählen? Daß er ihr die Kleider vom Leib reißt, sobald sie zur Tür hereinkommt, und sie es drei Stunden lang wild und leidenschaftlich *à la française* treiben? Daß er sie Emma nennt und sie ihn Gaston und die Gewalt ihrer Leidenschaft die Wände erzittern läßt?«

Ich sah sie erst verblüfft an, doch dann drängte sich mir das Bild dieses Liebesspiels auf. Ohne es zu wollen, stieß ich ein quietschendes Lachen aus und ließ mich auf mein Bett fallen. Cecie brach ebenfalls in Gelächter aus.

»Ich sehe sie richtig vor mir!« schrie ich. »Erst streift er ihr die exotische französische Seidenwäsche herunter und saugt an ihrem Bauchnabel, dann bedeckt er sie von der Taille bis zum Hals mit Küssen...«

»O mein Gott, hör bloß auf«, heulte Cecie. »Ich krieg gleich einen Herzinfarkt. Was für ein Bauchnabel denn? Was für eine Taille? Und was für ein Hals? Er könnte ebensogut mit einem Totempfahl knutschen!«

»Und dann«, keuchte ich, während ich mich hin- und herrollte, »kniet er sich hin und küßt sie auf die Knie und auf die Zehen, auf jeden einzeln...«

»Hör auf!« rief Cecie. »Bitte, hör auf, sonst muß ich kotzen. *Er* müßte kotzen! Ihre Zehen! Igitt!«

Ich verbarg mein Gesicht in den Armen und bog mich vor hysterischem Gelächter. Ich konnte mich nicht beruhigen. Wir steckten mitten in den Prüfungen und waren gereizt und erschöpft. Und das Bild von Paul, wie er Fig zu Füßen lag und ihr die Zehen küßte, während sie lustvoll stöhnte, war zu komisch, als daß ich mich hätte beherrschen können.

»Er hat gesagt«, brachte ich in einem neuen Heiterkeitsausbruch mühsam hervor, »er könnte genausogut mit einem von den sieben Zwergen vögeln!«

Und wir brüllten und johlten vor Lachen, bis Ginger mit der Faust gegen die Wand schlug und die Mädchen nebenan »Ruhe!« schrien.

»Kein Wunder«, murmelte Cecie, als wir das Licht gelöscht hatten und fast schon eingeschlafen waren, »daß das Ganze so ’nen schmutzigen Beigeschmack hat.«

Ich lag noch eine Weile wach und dachte über diese Bemerkung nach. Cecie kannte den Liebesakt nur aus Beschreibungen: aus den anzüglichen Bemerkungen einer ahnungslosen Collegestudentin, den Versen in einem schmutzigen Studentenlimerick, den Romanen von Flaubert und Henry Miller oder gar aus dem Hohelied Salomos. Doch ich hatte ihn körperlich erfahren, an meinem und Paul Sibleys Körper. Ich wußte, was sie nicht wußte. Bestimmt dachte sie dasselbe, doch sie sprach mit mir nicht darüber. Ich hatte mich von Cecie entfernt, hatte die Grenze überschritten. Ich konnte nicht zurück zu ihr, der Graben zwischen uns war unüberwindlich. In dieser Nacht fühlte ich mich so einsam, als wäre ich ganz allein in einer fremden Stadt.

An diese Nacht muß ich noch oft denken, und ich erinnere mich deutlich an das Gelächter. Es war das letzte Mal, daß wir gemeinsam lachten, Cecie und ich.

Wir hatten geplant, während der Ferien wieder auf die Outer Banks in das Haus von Gingers Eltern zu fahren. Schon vor Wochen hatte sie uns eingeladen. Ich war hin- und hergerissen, denn einerseits rief das schwarze Haus am Meer nach mir wie eine Sirene, andererseits aber hielt Pauls dunkler Körper mich in Randolph. Am Abend, bevor uns der Wagen ihres Vaters abholen sollte, den wieder der mißmutige Robert fahren würde, betrat Ginger lächelnd unser Zimmer. Cecie warf gerade Kleidungsstücke in einen Koffer, während ich völlig teilnahmslos dasaß und noch nicht einmal mit dem Packen begonnen hatte.

»Ich habe eine Überraschung«, stieß Ginger hervor. »Gerade habe ich bei Paul angerufen und ihn gefragt, ob er nicht mit uns fahren will. Er hat geantwortet, er hätte schon gedacht, ich würde überhaupt nicht mehr fragen. Jetzt kannst du das Jammern sein lassen und anfangen zu packen, Kate.«

»Mensch, Ginger, das ist ja eine tolle Idee!« rief ich. »Ach, es ist so lieb von dir, daß du daran gedacht hast! Ich habe ihm schon so viel von dem Haus erzählt...«

»Bedank dich bei Fig«, sagte Ginger. »Es war ihre Idee. Ich glaube, sie kann den Gedanken nicht ertragen, von ihm getrennt zu sein. Natürlich mußte sie mich regelrecht beknien, aber irgendwann hatte sie mich dann soweit.«

»Ach, du meine Güte«, sagte ich. »Hoffentlich macht es dir nichts aus...«

»Bist du verrückt?« meinte sie mit einem Grinsen. »Zwei Tage lang zusammen mit Paul Sibley in einem Auto? Fünf Tage lang am Strand mit ihm in der Badehose ständig vor Augen? Das soll mir etwas ausmachen?«

Ich lachte und umarmte sie. Ihr Körper fühlte sich fest und warm an, vertrauenserweckend und tröstlich.

»Ich hab dich lieb, Ginger«, sagte ich.

»Ich dich auch.«

Die Anreise verlief diesmal sehr viel besser als beim erstenmal. Paul brachte uns mit skurrilen Lügen und Halbwahrheiten über die Franzosen und sein Leben unter ihnen zum Lachen, lehrte uns französische Seemannslieder und sang ein besonders unanständiges zusammen mit Cecie im Duett, in vollendeter Zweistimmigkeit. Es mußte unanständig sein, denn während Cecie sang und lachte, wurde sie rot von der Brust bis zum Haaransatz. Wechselweise sangen er und Ginger Bordellieder, wie Paul sie nannte, und Hinterzimmerballaden, bis er sogar dem mürrischen Robert ein zögerndes Grinsen entlockte. Am Ende der Fahrt saß er neben

Robert auf dem Vordersitz und erzählte ihm mit leiser Stimme Witze, die diesen wahrhaftig zum Kichern brachten, und aus dem selbstgefälligen, männlichen Tonfall und Pauls Gelächter schloß ich, daß Robert auch selbst einige beisteuerte. Ich konnte mir gut vorstellen, welcher Art diese Witze waren. Bei der Übernachtung in Charlotte teilte Paul mit Robert ein Zimmer; wenn wir anhielten, um etwas zu essen oder auf die Toilette zu gehen, aß er mit ihm, ging zusammen mit ihm zur Herrentoilette oder blieb mit ihm im Cadillac sitzen. Als wir schließlich die Warren Bridge erreichten, die über den Croatan Sound führte, waren sie dicke Freunde, wie Paul später sagte.

»Ich dachte mir, entweder er oder Fig«, erklärte er mir. »Und da war es mir doch sehr viel lieber, zusammen mit Robert zu schlafen, zu essen und zu pinkeln. Und umgekehrt galt vermutlich dasselbe für ihn.«

»Na ja, du hast es jedenfalls besser getroffen als ich«, meinte ich. »Ich mußte hinten sitzen und zusehen, wie sie mit den Augen deinen Nacken abknutschte und nach Luft schnappte wie ein gestrandeter Fisch. Cecie meinte, es war wie 800 Meilen mit einer läufigen Hündin zu fahren.«

»Für eine Klosterschülerin weiß Cecie ziemlich viel über die dunkleren Leidenschaften«, sagte Paul mit einem Grinsen.

Kurz hinter Manteo wurde er schweigsam, und als wir auf der Umstead Bridge über den Roanoke Sound nach Nag's Head hinüberfuhren, beugte er sich nach vorne und stützte sich mit den Armen auf das Armaturenbrett. Auf ein leises Wort von ihm schaltete Robert die Klimaanlage aus, drehte das rechte vordere Fenster nach unten, und der wilde, herrliche, salzig-frische Wind des Meeres strömte ins Auto. Ich atmete tief durch und bemerkte, daß auch Paul das tat. Seit jeher ruft der Seewind in mir die Erinnerung an Sommer, Natur und bittersüße Freuden wach.

Als wir schließlich in den Hof vor Gingers Haus holperten, blieb Paul einen Augenblick wie erstarrt sitzen, während wir anderen aus dem Wagen stolperten und vor Freude über unsere Befreiung kreischten. Dann stieg er langsam aus und ging zögernd hinter uns her. Robert schleppte mit Cecie, Fig und Ginger das Gepäck die Treppe hinauf.

Ich nahm ihn bei der Hand.

»Komm«, sagte ich. »Bevor wir hineingehen, möchte ich dir etwas zeigen.«

Und ich führte ihn ums Haus herum, durch den Windschutz aus Araukarien und Wacholderbüschen hindurch und über die offene Terrasse hinaus auf den Kamm der Dünen.

Wie an jenem Tag im letzten Frühjahr, an dem ich ihn zum erstenmal gesehen hatte, war der weite, gelbbraune Strand leer. Hoch und einsam zeichneten sich die Dünen gegen den Abendhimmel ab, und der Strandhafer lag flach in dem stetigen Wind, der vom Atlantik her wehte. Heute herrschte Flut, und die weiße Brandung schlug schaumig an den Fuß der ersten niedrigen Dünen. Das Wasser war tief dunkelblau und das bleiche Licht so klar, daß man die gerippten Fischgrätenmuster des Sandes in den flachen Gezeitenbecken erkennen und sogar die abgezirkelten Flugbahnen der Möwen in etwa zwei Meilen Entfernung beobachten konnte. Die Luft um uns war wie flüssiger Honig und wärmer, als ich es vom Frühjahr her in Erinnerung hatte. Aber der Wind war frisch und herb wie Wein. In genau demselben Augenblick atmeten wir beide tief ein und sahen einander an. Wir lächelten, aber keiner von uns sagte ein Wort.

Dann drehte er sich um und sah hinauf zu Gingers großem Haus, das über uns in der Septembersonne träumte. Seine Hand in der meinen spannte sich fast krampfartig an, und ihn durchlief jenes winzige, aber deutliche Zittern, das ich gelegentlich im Augenblick des Orgasmus bei ihm gespürt hatte. Sein Gesichtsausdruck änderte sich nicht, aber die Muskeln um seinen Kiefer wurden fest.

»Hab ich dir zuviel versprochen?« Ich liebte ihn für diese stille, innerliche Explosion.

Er antwortete nicht. Noch immer blickte er hinauf zum Haus und dann die Reihe von Dünen entlang, die diesem an beiden Seiten vorgelagert waren.

»Ich würde es genau hier bauen«, sagte er schließlich. »Auf die höchste Düne links vom Haus, mit Blick hinaus aufs Meer. Auf diese Weise würde die Kammlinie nicht zerstört, und das Haus wäre optimal in die Natur eingepaßt. Von innen könnte man dann von drei Seiten her aufs Wasser sehen, fast bis hinüber nach Spanien. Ich weiß nicht, ob man in Sand einen Ausleger bauen kann; vielleicht gibt es da Vorschriften . . .«

Er schwieg. Ich wußte, worüber er sprach.

»Wie das wohl aussehen würde, so viel weißer Beton vor dem verwitterten alten Schwarz?« Diese Bemerkung war pedantisch und langweilig; ich wußte auch nicht, warum ich das gesagt hatte.

»Ich würde verwittertes Holz für die Fassade verwenden. Darauf kommt es nicht so sehr an, und dieses alte, sandige Schwarz ist wunderschön. Es ist stark, es paßt zu einem starken, kalten Meer. Das Innere wäre weiß. Die Atmosphäre wäre weiß . . .«

»Es würde herrlich hierher passen«, meinte ich. »Ich wußte, daß dir die Outer Banks und dieses Haus gefallen würden. Von allen Menschen, die ich kenne, paßt es zu dir am besten. Modern ist es allerdings nicht.«

»Nein. Ich dachte, das würde mich stören, aber das ist nicht so.«

Als wir an diesem Abend an dem großen Refektoriumstisch über der Terrasse und dem mondbeschienenen Meer beim Essen saßen, bezauberte er die Fowlers ebenso, wie ihm das vorher bei Robert gelungen war. Diese Seite seines Charakters kannte ich noch nicht, und ich war so stolz auf ihn wie eine Mutter auf ihr frühreifes Kind. Er schlug mit jedem der beiden Fowlers genau den richtigen Ton an, und ich saß albern strahlend daneben.

Aber da war auch ein Gefühl von Fremdheit. Dieser lachende Mann, der wußte, wie man mit einem reichen Mühlenbesitzer und dessen hübscher, koketter Frau plaudert, war ein so ganz anderer Mensch als der eifrige, vielbeschäftigte Architekt und der stürmische, phantasievolle Liebhaber, daß ich neben jemandem zu sitzen glaubte, den ich kannte und doch wieder nicht kannte. Unruhig wartete ich darauf, daß wir allein auf der dunklen Veranda sitzen oder am nächtlichen Strand spazierengehen konnten und er wieder mein Geliebter wurde. Plötzlich hatte ich keine Lust mehr, ihn mit anderen zu teilen.

Als Regina Fowler die Nachspeise auftrug, streckte sie den Kopf wie ein Vogel in die Höhe, blickte uns an und sagte: »Ich glaube, es wird nicht mehr lange dauern, bis wir hier Flitterwochen erleben.«

Ich spürte, wie ich rot wurde, und Ginger meinte: »Sobald Kate ihn dazu kriegt, daß er ihr einen Heiratsantrag macht. Aber sie wird ihn erst heiraten, wenn er vor ihr auf die Knie fällt.«

Fig lachte laut, und Paul lächelte erst ihr zu und dann, mit fragendem Blick, Regina Fowler.

»Kate hat im letzten Frühjahr gesagt, sie würde hier gerne ihre Flitterwochen verbringen«, erklärte Mrs. Fowler. »Und natürlich fänden wir das herrlich. Offenbar hatte sie eine Vorahnung, denn ich glaube nicht, daß sie Sie damals schon kannte.«

Pauls Lachen wurde breiter. »Ich könnte mir nichts Himmlischeres vorstellen«, erklärte er.

»Warum heiratet ihr eigentlich nicht gleich hier?« sprudelte Fig hervor. Ihr Gesicht war vom Wein und einer Art geradezu religiöser Verzückung gerötet. Sie trug ein seltsames, bodenlanges Gewand aus blumengemustertem Chiffon oder vielleicht auch Polyester, das um ihre dicke Taille zusammengebunden war. Ich hatte keine Ahnung, woher es stammte. Sie wirkte darin wie eine Gestalt aus einem zweitklassigen Film der dreißiger Jahre, die komische Heldin in einem völlig unpassenden Morgenrock.

»Warum bitten wir die Fowlers nicht gleich, uns das Haus zu überschreiben?« bemerkte ich peinlich berührt.

Aber Regina Fowler ging darauf ein.

»Ach, wäre das nicht nett?« flötete sie. »Ich habe schon immer von einer Sommerhochzeit auf dieser schönen alten Veranda geträumt oder auch am Rand der Dünen … wißt ihr, mit einem kleinen Laubengang, einfachen, altmodischen Blumen und vielleicht einem Streichquartett …«

»Und meterweise hellblauer Tüll und große Hüte wie im Kino für die Brautjungfern«, ergänzte Fig. »Das wären natürlich ich und Ginger, und alle Schwestern würden kommen … oh, Effie, unsere erste Tri-Omega-Hochzeit!«

»Nun, ich habe mir ja immer vorgestellt, es wäre Gingers Hochzeit. Aber wie's aussieht, sitze ich, bis sie soweit ist, schon längst im Rollstuhl, und wir müssen sie in einem Pflegeheim abhalten. In der Zwischenzeit könnt ihr hier heiraten.«

»Bis dahin gehen aber noch mindestens eineinhalb Jahre ins Land«, bemerkte Paul.

»Na ja, aber vergeßt es nicht, das Angebot steht.«

»Ich werde es nicht vergessen«, sagte er.

Die Dünen, das Meer und das Septemberwetter schienen sich verschworen zu haben, uns zu verführen. Bei der Ankunft hatten wir noch vorgehabt, jeden Tag bis mittags zu schlafen, aber das strahlende Morgenlicht und das leise Seufzen des Meeres weckten uns früh mit ihrem Gesang. Nachts hielt die überwältigende Darbietung der Sterne und Sternschnuppen am schwarzen Herbsthimmel uns lange wach. In Decken und Jacken gehüllt, lagen wir in den Liegestühlen und schwiegen angesichts solcher Schönheit. Tagsüber ruhten wir in der goldstrahlenden Sonne und genossen zufrieden die rote Wärme auf den Lidern, die Schlaffheit des Körpers und die seltsame Gedankenleere, die einen nur beim Liegen am Strand überkommt. In diesem September entdeckte ich jene kraftvolle und eigenartige Zeitlosigkeit, die das schönste Geschenk des Meeres ist. Die Zeit bleibt wirklich und wahrhaftig stehen. Wenn man schläfrig am Strand liegt und der Atem des Meeres im Rhythmus des eigenen Herzschlags ein- und ausströmt und alles fortspült, dann bleibt nur noch die Essenz der Dinge übrig, und man fühlt sich jenen Wesen nahe, die vor vielen Millionen Jahren aus warmen, neuentstandenen Meeren krochen, um unter dieser fremden, schrecklich jungen Sonne das Leben auf der Erde zu begründen. Vom ersten Tag an, den ich mit Paul am Strand bei Nag's Head verbrachte, wußte ich, daß ich nicht mehr längere Zeit fern vom Meer leben konnte.

Wir berührten einander nicht in diesen ersten Tagen im Ferienhaus, außer wenn wir Hand in Hand am Strand lagen, über die Dünen kletterten oder in die Brandung liefen. In gewisser Weise war es ein köstlicher Aufschub; ich sah ihn an, er sah mich an, unsere Blicke wurden sehnsüchtig, und ich spürte ein Ziehen in meinen Handgelenken und Knien, wie die Schwerkraft meines Begehrens. Ich betrachtete seine starken braunen Hände, und wenn ich daran dachte, wie sie mich anfaßten und was sie dann taten, war ich einer Ohnmacht nahe. Einmal streckte ich die Hand aus und fuhr mit dem Finger die Linie dunkler Haare entlang, die sich von seinem Nabel über den harten, flachen Bauch bis hinunter zu der Stelle zog, wo sie in seiner feuchten Badehose verschwand. Paul drehte sich auf den Bauch und lächelte mir zu, ohne die Augen zu öffnen.

»Wenn du das noch einmal machst, bekommt Fig von mir etwas zu sehen, das sie in ihr Tagebuch schreiben kann«, sagte er.

»Was denn?« fragte ich mit leiser, klangvoller Stimme.

»Mach das noch mal, dann wirst du's schon sehen.«

Ich hörte mein Lachen, das tief, heiser und sinnlich klang.

»Dreh dich um, damit ich rankomme«, sagte ich.

»Bist du verrückt? Die Wasserwacht müßte mit Spritzwagen und Schläuchen anrücken, kleine Kinder würden vor Schreck aufschreien, und Fig würde sich aus diesem unglaublichen Gewand schälen und sich auf mich stürzen.«

Fig hatte für diese Reise einen kräftig verstärkten und ausgepolsterten Designer-Badeanzug erstanden, der mit reichlich Drapierung und Rüschen versehen und in grellem Pink und knalligem Rot gehalten war. Dazu besaß sie eine Badekappe, die über und über mit pinkfarbenen Gummiblättern besetzt war.

»Das ist eine Seerose«, erklärte sie, als sie uns die Mütze zeigte.

»Wenn Fig bis zum Hals im Wasser steht, sieht sie damit aus wie eine Portugiesische Galeere«, bemerkte Cecie.

»Wenn Fig bis zum Hals im Wasser steht, sieht sie besser aus als an Land«, sagte ich. Paul schüttelte den Kopf.

»Mein Gott, dieses arme Mädchen. Bei solchen Freundinnen braucht sie keine Feinde. Ich gehe mit ihr schwimmen.«

Und das tat er auch, wobei er sie weit über die Begrenzungslinie für Nichtschwimmer hinauszog. Er hielt sie in den Armen, weil sie nicht schwimmen konnte. Sogar vom Ufer aus konnten wir erkennen, daß sie die Augen geschlossen hatte und ihr Gesicht starr und kalkweiß war.

»O Gott, sie hat schreckliche Angst«, sagte ich. »Das hätte er nicht machen sollen.«

»Sie hat keine Angst. Was sie dort mitten im Atlantik hat, ist ihr erster und möglicherweise einziger Orgasmus«, meinte Ginger kichernd. »Diesen Blick würde ich doch jederzeit erkennen!«

»Ginger!« riefen Cecie und ich wie aus einem Mund. Aber wir lachten.

Paul gab sich am Strand ebenso unbefangen wie im Auto und

beim Abendessen. Er ging nicht nur mit Fig, sondern auch mit Ginger schwimmen. Die beiden schwammen um die Wette bis weit hinaus hinter die Brandung, tauchten wie Delphine und ritten auf den Brechern zum Strand zurück. Sie sahen wundervoll aus im Wasser, er wie ein dunkler, geschmeidiger blitzschneller Otter, sie wie eine kräftige, bronzefarbene Robbe. Mit Cecie spazierte er über die Kämme der Dünen und fragte sie über das Meer und den Dünenbewuchs aus, um zu lernen, was wo und warum wuchs. Er war eifrig und interessiert; sie war höflich und freundlich. Aber ich wußte, und auch Paul wußte das wahrscheinlich, daß sie ihn noch immer nicht mochte. Das war der einzige kleine Schatten, der in dieser ganzen Woche auf unser Zusammensein fiel.

Manchmal gingen Paul und Gingers Vater am Abend, wenn die Krabben kamen, in der Brandung fischen, und Gingers Mutter briet den Fang zum Abendessen. Oder wir gingen aus und aßen an den verwitterten kleinen Verkaufsständen, die die Küstenstraße säumten, Fisch, Austern, Muscheln und Berge gebratener Maisfladen. Einmal quälten wir uns hinauf auf den Jockey's Ridge, die höchste Düne an der Ostküste, und beobachteten, wie die Leute bei Sonnenuntergang ihre Drachen steigen ließen; es war eine Stunde, in der alles in Wind, Meer und Weite versank. Wir waren wie berauscht. Wir besuchten auch die Gedenkstätte für die Gebrüder Wright auf dem Big Kill Devil Hill, und während ich im beißend scharfen Windstrom stand und hinausblickte auf die endlose See, erschien mir die Fliegerei plötzlich wie ein einziges, unmögliches Wunder. Kaum vorstellbar, daß sich diese beiden Männer, den Körper lediglich von einer Art geflügeltem Spinnennetz getragen, in die wilde Natur hinausgestürzt hatten.

Immer wieder machten wir Pläne für diesen oder jenen Ausflug: hinüber zur Insel Roanoke vielleicht, um den schmuddeligen kleinen Fischerhafen von Wanchese zu sehen und frischgefangenen Thunfisch zu essen, oder die Küste entlang in das hübsche kleine Manteo, wo man den elizabethanischen Park und Sir Walter Raleighs breite, prachtvolle *Elizabeth II.* besichtigen konnte. Aber schließlich verbrachten wir doch den größten Teil der Woche einfach am Strand. Vor mir lagen drei Monate des Abschieds: vom College, von der großen Freundschaft meines Lebens, von meinem durchwachsenen Lebensabschnitt im Süden selbst. So sehr ich mich auch auf die Zukunft freute – und ich brannte vor Freude darauf –, lag sie mir doch wie ein schwerer Stein auf dem Herzen. Seit jeher hat das Unbekannte in mir eine archaische Angst hervorgerufen. Was ich noch nicht kenne, kann ich nicht unter Kontrolle halten. Und so tat es mir in diesen letzten Tagen des Sommers ungeheuer gut, in der blauen und goldenen Ruhe des Meeres zu liegen und alle Elemente meines Lebens, die vergangenen wie die gegenwärtigen, in meiner Nähe zu spüren. Ich hatte noch genug Zeit, das Leben in Angriff zu nehmen. Genug Zeit...

Am letzten Tag vor der Heimreise fuhren wir mit dem großen Cadillac über den Highway 12, der etwa achtzig Meilen weit über das schmale Band der Inseln verläuft. Er beginnt kurz hinter Nag's Head und führt bis zu dem kleinen Hafen, von dem aus die Hatteras-Fähre nach Ocracoke Island hinüberfährt. Der Tag war so leuchtend blau, daß alle Gegenstände wie mit einem tiefblauen Rand versehen waren und die See eine Fläche unruhig glitzernden Lichtes bildete. Als wir aufbrachen, erklärte uns Gingers Vater, man sage auf den Banks, so ein Tag brüte schlechtes Wetter aus.

»Nach einem so schönen Tag gibt es ganz sicher Sturm. Vielleicht ist es gar nicht schlecht, daß ihr jetzt nach Hause fahrt. Um diese Jahreszeit sind die Stürme häufig wahre Orkane.«

»So einen kleinen, niedlichen Hurrikan würde ich gerne einmal in diesem Haus erleben«, sagte Paul. »Ich habe gesehen, was die starken Winde in den Sümpfen Floridas anrichten können, aber Sie wohnen hier ja hoch über dem Wasser, und das Haus steht so fest wie ein Fels. Das wäre bestimmt ein Erlebnis.«

»Darauf können Sie wetten«, bestätigte Mr. Fowler. »Diesen Sommer hat mir jemand erzählt, bei dem großen Sturm im Jahr '38 soll bei Leuten weiter unten am Strand das Wasser so hochgeschlagen haben, daß sie in ihrem Wohnzimmer einen gestrandeten Tümmler fanden.«

»Oje«, entfuhr es mir leise. »Oje, der Arme...«

»Na, es war nicht so schlimm.« Er setzte sein gewohntes breites Grinsen auf. »Die Bewohner waren Gewichtsheber oder so. Sie rollten ihn einfach zur Tür und trugen ihn wieder ins Meer. Wahrscheinlich hatte er noch ein langes und glückliches Leben.«

Wir lächelten über diese hübsche Geschichte.

»Auf diesem Ort liegt ganz bestimmt ein Zauber«, sagte ich. »Hier haben alle Geschichten ein gutes Ende.«

»Scheint fast so, nicht wahr?« Er klopfte auf den Kotflügel, und wir rollten hinaus auf die Küstenstraße.

Nach dem Anglerpier unterhalb von Nag's Head erreicht man Bodie Island, und dort beginnen Meer und Strand gefährlich zu werden. Vor Coquina Beach liegt das Wrack der *Laura Barnes*, des letzten ozeantauglichen Schoners, der in den Vereinigten Staaten gebaut wurde. Sie fuhr dort in einem der großen Frühjahrsstürme 1918 auf Grund. Hinter dem Oregon Inlet beginnt der Nationalpark, und die Wildnis wird immer tiefer und dichter, bis man sie mit allen Sinnen spürt. Kein Gebäude, nicht einmal eine der überall sonst unvermeidlichen Fischbuden, stört die fließende Linie der sich hoch auftürmenden Dünen; das Meer, das ab und zu durch eine Lücke in dem dichten, dunklen maritimen Wald aus Stechpalmen, Wacholder, Eichen, Magnolien und Liguster zu sehen ist, wirkt hier härter, blauer und kälter. Die langen Strände mit den hohen Dünen werden vom Wind saubergehalten und sind vollkommen leer. Es ist eine unpersönliche Landschaft; hier spricht nichts das menschliche Herz an. Während wir in gerader Linie nach Süden fuhren, unterhielten wir uns mit gedämpften Stimmen. Ich sah erst Cecie an und dann Paul, und beide hatten einen abwesenden und fremdartigen Ausdruck in den Augen. Vermutlich entsprach ihnen diese Landschaft der Stürme, der Leere und des magischen Lichts auf einzigartige Weise. Plötzlich erinnerte ich mich an die Sturmnacht während unseres ersten Besuchs und an Cecies nackte Gestalt tief unter mir in der wütenden, weißen Brandung, wie sie in dieses höllenschwarze Wasser getaucht und geradewegs in den Sturm hinausgeschwommen war. Genau so etwas hätte Paul auch tun können, und wieder fragte ich mich, weshalb sie einander nicht mochten, denn ich hatte noch nie zwei Menschen kennengelernt, die einander in so vielerlei Hinsicht zu ähneln schienen wie die beiden.

Nachdem wir die riesige Pea-Island-Station für Meereszugvögel hinter uns gelassen hatten, kamen wir durch einige nichtssagende kleine Orte, die hauptsächlich aus Souvenir- und Kramläden und ein oder zwei mit Teerpappe gedeckten Strandschuppen bestanden. Sie trugen klangvolle Namen – North und South Rodanthe, Waves, Salvo –, doch sie sahen aus, als ob dort nur wenige Menschen lebten und noch weniger jemals anhielten. Ich fragte mich, wie man hier wohl seinen Lebensunterhalt bestritt; es war keine unangenehme Vorstellung, hier zu leben, denn obwohl man Lichtjahre von New York und der vertrauten Nordostküste entfernt wäre, wäre man doch durchdrungen von der Zeitlosigkeit des Meeres, die mich so betörte. Wenn man ganz und gar glücklich an einen solchen Ort kam, könnte man dieses Glück einfrieren und für immer festhalten...

Ganz weit unten an der Straße, kurz hinter dem winzigen Dörfchen Avon und schon fast auf Cape Hatteras, kamen wir an einer Reihe von kleinen Häusern vorbei, die an der dem Meer zugewandten Seite der Straße standen. Bei ihrem Anblick trat Paul scharf auf die Bremse und fuhr mit dem Cadillac rückwärts, um sie genauer betrachten zu können. Interessiert schauten wir alle hin und brachen dann gleichzeitig in entzücktes Gelächter aus. In einem Halbkreis standen sie da, winzig, schmal, schwarz verwittert, eher Puppenhäusern oder phantasievoll gestalteten Klohäuschen ähnlich. Sie hatten spitze Zedernschindel-Dächer, viele geschnitzte Verzierungen, nachgemachte Butzenscheiben, Zierfensterläden und ausgeblichene rote Türen. In jede Tür und jeden Fensterladen waren Halbmonde geschnitzt. Kleine Blumenkästen mit wuchernden Geranien und grob gemauerte Kamine vervollständigten das Bild, die Spielhaus-Siedlung eines zurückgebliebenen Kindes. Jedes der briefmarkengroßen Gärtchen war mit weißgestrichenen Steinen eingefaßt, und genau in der Mitte befand sich ein Vogelbad.

»Mein Gott, das sieht aus wie Schneewittchen und die sieben Klohäuschen«, meinte Paul, und man konnte deutlich sehen, wie entzückt er war. Wir waren alle begeistert. Diese kleinen Bauten wiesen alles auf, was ein Architekt als unhaltbar geschmacklos verdammen mußte, aber dennoch hatten sie etwas Herzerfrischendes und reizten irgendwie zum Lachen. Die Tatsache, daß sie dringend einen frischen Anstrich, neue Schindeldächer und zahlreiche Reparaturen gebraucht hätten, minderte ihre komische Lebendigkeit in keiner Weise.

»Was immer es hier auch gibt, ich will es haben«, sagte Cecie und gluckste vor Vergnügen.

»Da ist gar kein Schild«, bemerkte Paul.

»Doch, es ist nur heruntergefallen. Es liegt dort hinten auf dem Boden«, sagte Ginger. »Ich hatte sowieso vorgehabt, euch das hier zu zeigen.«

Paul stieß mit dem Wagen noch ein Stück zurück, und dann sahen wir das Schild: »Caroline Moon Motel. Eine Nacht – eine Woche – eine Stunde. Magic Fingers.«

»Was sind Magic Fingers?« fragte Fig und zog die Stirn kraus.

»Das heißt, daß man einen Vierteldollar einwerfen kann und dann vom Bett durchgeschüttelt wird«, erklärte Ginger grinsend. »Es ist das hiesige Bordell, und es steht schon seit ewigen Zeiten hier.«

Wir stiegen aus und sahen uns die kleinen Hütten näher an. Nirgendwo brannte Licht, und sie schienen nicht belegt zu sein. Bei einem der Häuschen, das etwas größer war als die anderen und offenbar als Büro diente, hing ein Zettel an der Tür, auf dem stand: BIN MITTAGESSEN GEGANGEN. UM 1 UHR WIEDER DA.

»Da haben die Mittagsgäste wohl Pech gehabt.« Paul grinste. »Du meine Güte, was ist das nur für ein phantastischer, fabelhafter Ort. Geliebte Katie, wenn wir unsere Flitterwochen hier verleben, dann werde ich in der Hochzeitsnacht mit dir hierher kommen. Diese Magic Fingers werden dich verrückt machen.«

»Ich kann es kaum erwarten«, sagte ich schneidend; und das meinte ich ernster, als es klang.

»Hach, das ist großartig!« rief Fig aufgeregt. »Das muß ich ins Tagebuch schreiben.«

Diesmal schrie keiner von uns auf. Vom Carolina Moon Motel fuhren wir zum großen Leuchtturm von Hatteras und dann nach Hatteras selbst, wo wir später als üblich Krabben zu Mittag aßen und dazu Bier tranken. Um vier Uhr befanden wir uns wieder auf dem Heimweg. Das Carolina Moon stand so verschlossen da wie am Vormittag und versprach jedem, der wollte, Magic Fingers.

Aber seitdem wir vorbeigekommen waren, hatte offenbar niemand gewollt.

»Na, das ist doch ein Ort, wo man einen Sturm überstehen könnte«, sagte ich. »Man macht ein Feuer in dem kleinen Kamin, öffnet eine Flasche Wein und wirft jede Menge Vierteldollarstücke ein. Toll.«

Ginger lachte.

»Da mußt du aber gut schwimmen können. Wenn es hier einen größeren Sturm gibt, stehen die Brücken unter Wasser. Dann kommt niemand bis hierher durch. Nicht einmal für die Magic Fingers.«

»Schade«, sagte ich. »Es wäre das perfekte Aphrodisiakum. Ach, ihr Lieben, das war doch ein herrlicher Tag, nicht wahr?«

An diesem letzten Tag saßen wir nach dem Abendessen noch lange auf der Terrasse. Die ersten Federwolken, die den von Mr. Fowler versprochenen Sturm ankündigten, zogen milchig an den dichten Sternhaufen vorbei, und der Ozean war so ruhig, wie ich ihn noch nie gesehen hatte. In dieser Stimmung erzählte uns Ginger von den Meerjungfrauen, die die Seeleute auf Untiefen lockten.

»Was für eine Art von Meerjungfrauen mag das sein?« sagte Fig nachdenklich. »Ich habe nur von griechischen gelesen, wie den Sirenen, oder von deutschen, wie den Rheintöchtern. Ich glaube, das hier müssen indianische Meerjungfrauen sein. Vielleicht singen sie indianische Lieder.«

Nur mühsam wahrten wir unser Schweigen. Keine wagte die andere anzublicken, und ich wußte, daß jede von uns in der Dunkelheit gegen das Lachen ankämpfte. Auf dieser Reise hatten wir viel zu oft über Fig gelacht; das spürten wir alle. Aber bei dem Bild, das ihre Worte in uns wachriefen, konnten wir kaum an uns halten.

Cecie ging hinein, um Tee zu kochen. Durch das offene Küchenfenster klang ihre hübsche Stimme hinaus in die stille Nacht.

»Wenn ich rufe nach diiiii – iiir«, trällerte sie, »wirst du antworten miiii –iiiir . . .?«

Und explosionsartig dröhnte unser Lachen hinaus in die Nacht. Sogar Paul lachte. Das Gelächter hörte gar nicht mehr auf und wurde jedesmal, wenn es zu Ende schien, von einem unterdrückten Schnauben neu entfacht.

»Na ja, ich wollte nur sichergehen, daß ich alles richtig verstanden habe«, sagte Fig steif. »Ihr sagt mir doch immer, ich solle darauf achten, daß ich alles mitbekomme.«

Nachdem die anderen sich zurückgezogen hatten, blieben Paul und ich noch auf der Terrasse sitzen. Schließlich gingen wir hinüber zu der großen, neuen Hängematte, die Mr. Fowler am Ende der Terrasse unter dem vorstehenden Dach befestigt hatte. Vorsichtig, um nicht herunterzufallen, kletterten wir hinein. Wir lagen so unbeweglich und still, wie wir nur konnten.

»Wir sollten lieber hineingehen«, sagte ich. »Morgen müssen wir früh losfahren, und ich habe noch nicht gepackt.«

»Bleib noch einen Moment«, bat Paul. »Ich hatte kaum Gelegenheit, mit dir allein zu sein. Seit fünf Tagen sehe ich diesen Körper andauernd fast vollständig nackt, und ich habe ihn kaum angerührt.«

»Na ja, dann solltest du ihn jetzt auch nicht anrühren«, sagte ich halbherzig. »Sonst treiben wir es am Ende in dieser Hängematte, und alle hören uns und wissen, was wir tun...«

»Das wissen sie ohnehin.« Er legte seine Hand auf meine Brust.

Ich atmete heftig ein. In meinem Unterleib loderte ein Feuer.

»Laß das«, flüsterte ich. »Bitte, laß das...«

»Das auch?« fragte er und ließ seine Hand über meinen Bauch bis unter den Taillengummi meiner Shorts und dann hinein in die geheime Wärme zwischen meinen Schenkeln gleiten. Ich bog den Rücken durch und öffnete mich für ihn. Als ich ihm meinen Körper und mein Gesicht zuwandte, wußte ich, daß wir verloren waren.

Er war schon beinahe in mir, wobei er murmelte und leise stöhnte, und ich war blind, ganz offen und nur noch reine Empfindung, als es geschah. Ich verlagerte mein Gewicht, und mit einem hohlen, dröhnenden Krachen warf uns die Hängematte auf den Boden der Terrasse. Wir erstarrten, noch immer ineinander verschlungen und größtenteils nackt, und wagten kaum zu atmen. Aber tief in unserem Inneren stieg Gelächter auf und bahnte sich erbarmungslos seinen Weg. Am anderen Ende des dunklen Hauses ging ein Licht an.

Wir brachten uns selbst und unsere Kleidung in Ordnung und setzten uns sittsam nebeneinander auf die Stufen, die an den Strand hinunterführten. Der Sand unter unseren bloßen Füßen war kalt wie Schlangenhaut, und wir zitterten vor unterdrücktem Gelächter und nachlassender Spannung. Dann ging das Licht wieder aus.

»Ich vermute, das war ein Wink des Schicksals«, sagte Paul. »Aber ich verspreche dir hiermit, Katherine Stuart Lee, daß ich dich augenblicklich, sobald wir wieder hierherkommen, in dieser Hängematte bumsen werde. Noch bevor wir ausgepackt haben. Bevor wir überhaupt das Haus betreten. Wenn es sein muß, werde ich dafür die ganze Nacht durchfahren.«

»Weißt du, wenn wir hier heiraten, dann mußt du nicht die ganze Nacht durchfahren. Du mußt noch nicht einmal auspacken. Du mußt nur warten, bis der letzte Gast gegangen ist, und dann kannst du deinen Reißverschluß aufmachen. Das ist das beste Argument überhaupt für eine Hochzeit in Nag's Head.«

»Führe mich nicht in Versuchung«, meinte er. »Aber ich bin mir sicher, daß deine Mutter das niemals erlauben würde. Es ist schon schlimm genug, daß ich dich zu den Yankees entführe. Ich kenne die Mamas aus dem Süden. Bei denen muß die Hochzeit eine große Angelegenheit sein mit zwölf Brautjungfern, Champagner bis zum Abwinken, einem Orchester, einem Zelt und weiß Gott, was sonst noch. Ich werde von Glück reden können, wenn ich dich innerhalb einer Woche nach der Hochzeit in diese Hängematte bekomme.«

Und dann erzählte ich es ihm. Ich saß in der Dunkelheit neben ihm und erzählte von meinem Vater, von den Sommern als Dienstmädchen am Cape, von der weitgehenden und unaufhörlichen Bevormundung, von dem Geld, das es nicht gab, und dem Lee, der nicht *dieser* Lee war, und von dem traurigen, verkommenen Zustand des alten Hauses am Santee River. Und ich erzählte ihm vom Selbstmord meines Vaters am Ufer dieses Flußes.

»Ich hätte dir das alles längst sagen sollen, aber ich dachte, daß es eigentlich nicht so wichtig ist«, erklärte ich schließlich. »Und ich weiß, daß es für dich keine Rolle spielt. Aber ich kann dich nicht weiterhin in dem Glauben lassen, ich sei reich. Ich bin alles andere als das. Es ändert gar nichts; ich werde nach New York gehen und dort arbeiten, und du fängst mit deinem Haus an und mit deinem Büro ...«

Ich wurde still, damit er etwas sagen konnte. Aber er schwieg. Er saß neben mir auf den Stufen von Gingers großem Haus, starrte hinaus aufs Meer, wo die Wolken endlich den schmalen Mond verschluckt hatten, und sagte nichts. Sein Gesicht konnte ich nicht sehen.

»Es ist doch nicht wichtig, nicht wahr?« Meine Stimme war brüchig, und ich hielt inne. »Jetzt bist du mir böse«, sagte ich dann.

»Wichtig ist nur, daß du geglaubt hast, mir das nicht sofort erzählen zu können«, antwortete er mit einer Stimme, die von weit her kam. »Wichtig ist, daß du geglaubt hast, es würde mir etwas ausmachen. Und das mußt du gedacht haben, sonst hättest du mir davon erzählt. Hast du tatsächlich geglaubt, es würde für mich eine Rolle spielen?«

»Ich glaube nicht, daß ich das gedacht habe.« Ich war verzweifelt. »Irgendwie hat sich nur nie der richtige Zeitpunkt dafür ergeben. Es tut mir leid. Bitte kehr dich jetzt nicht von mir ab.«

Er schwieg erneut, und ich begann zu weinen, voller Schmerz über das, was ich da angerichtet hatte. Sein Schweigen konnte ich nicht ertragen.

»Ach, Kate, hör auf zu weinen«, sagte er schließlich. »Es ist nicht wichtig. Nichts hat sich geändert. Du hast es mir jetzt erzählt, und das war's. Komm her und umarm mich.«

Und er zog mich an sich und küßte mich auf den Scheitel. Nach und nach hörte ich zu weinen auf. Sehr lange saßen wir so, und ich lauschte auf seine Atemzüge und spürte seine Wärme in der kühler werdenden Nacht. Als der Wind stärker wurde, weil der Gezeitenwechsel nahte, standen wir auf und gingen hinein. Cecie, mit der ich ein Zimmer teilte, schlief friedlich, das Gesicht zu dem Fenster gedreht, das auf das Meer hinausging. Es dauerte lange, bis ich einschlief.

Am nächsten Morgen brachen wir schweigend auf. Wir hatten

schon fast die Lindsay Warren Brücke überquert, die aufs Festland führte, als Ginger sich schließlich auf dem Vordersitz zu Paul umdrehte, so daß sie ihn ansehen konnte. »Na, hatte ich nun zu viel versprochen?« fragte sie.

»O nein, Gingermädchen«, antwortete er. »Keineswegs. Eher zu wenig.«

Nun steckte ich mittendrin, in dieser Zeit der Dringlichkeit und des Abschieds: Nichts lag mehr zwischen mir und der Abschlußprüfung im Dezember. Da gab es keine Unterbrechung mehr, so daß ich etwa »nach den Ferien« sagen konnte. Und ich konnte auch nicht sagen: »Im nächsten Semester um diese Zeit.« Denn für mich würde es kein weiteres Semester mehr geben. Das Gefühl, daß die Zeit implodierte, war beängstigend.

Mehr als einmal meinte Paul, ich käme ihm vor wie eine Geige mit zu fest gespannten Saiten. Soviel wie in jenem Herbst habe ich nie mehr geweint, nicht einmal in der Zeit nach Stephens Tod, auch nicht, als der Krebs festgestellt worden war. Diese beiden Ereignisse waren so schlimm, daß ich gar nicht mehr weinen konnte. Aber in jenem letzten Herbst am Randolph traf mich jede Kleinigkeit wie ein elektrischer Schlag, schnell und unkontrollierbar kamen mir die Tränen. Wenn ich in der traubenfarbenen frühen Oktoberdämmerung über den Campus ging und den Rauch der Kaminfeuer roch, die bei den Freitagabend-Versammlungen entzündet wurden, dachte ich: »Das ist das letzte Mal, daß ich diesen Geruch einatme und dieses Licht sehe.« An den bronzefarbenen Samstagnachmittagen tat mir das Dröhnen der Trommeln aus dem Stadion im Herzen weh. Wenn ich aus dem beißenden Novemberwind in die dampfende Wärme von Harry's trat und das Geklapper von Geschirr hörte, rührte mich diese banale kleine Szene mit ihrer zarten Schönheit so sehr, daß ich kaum mehr aus den Augen schauen konnte. Wenn ich nachts im strömenden Regen durch die Fenster der McCandless Hall das Licht meiner Lampe am Zeichenbord sah, traf mich dieser Anblick bis ins Mark. Im nächsten Semester würde sich ein anderer Kopf in ihren weißen Strahl beugen. Selbst das Stimmengewirr bei den Treffen im Tri-Omega-Haus und die gereizte Hektik des Hochbetriebs ließen mich nostalgisch werden. Gingers offenes Grinsen löste in mir den Wunsch aus, quer durchs Zimmer zu ihr zu laufen und sie zu umarmen, was ich auch tat. Ich umarmte sogar Fig ein paarmal, die rot wurde und verlegen lächelte.

Cecies Anblick konnte ich kaum noch ertragen. Immer wenn ich ihren rothaarigen Kopf über die Bücher gebeugt sah oder sie mir ihr aufrichtiges, liebes Katzenlächeln schenkte, ertrank ich beinahe in meinem Kummer über die bevorstehende Trennung. Oft mußte ich den Kopf abwenden, damit sie meine Tränen nicht sah. In solchen Momenten war mir, als sähe ich nur noch Cecies Geist; die wirkliche Cecie war längst irgendwo anders, wohin ich ihr nicht folgen konnte. Immer wieder begann ich Gespräche mit ihr, indem ich sie fragte: »Kannst du dich noch erinnern?«

»Natürlich kann ich mich erinnern, es ist doch erst ein Jahr her«, antwortete sie einmal. »Was ist los mit dir? Offenbar glaubst du, du müßtest den Rest deines Lebens in der Inneren Mongolei verbringen.«

»Ich habe Angst, daß ich alles vergessen könnte. Ich will das alles hier bewahren, alles, was wir gesagt und getan haben, worüber wir gelacht und was wir gelesen haben. Und ich will, daß auch du dich daran erinnerst.«

»Ich werde es nicht vergessen, Kate, alte Freundin«, sagte sie in ernstem Ton. »Und keine von uns wird sterben. Hör auf, dich zu benehmen, als wäre im Dezember alles zu Ende. Wir werden einander weiterhin sehen. Im nächsten Sommer komme ich nach New York, wenn du das noch willst, und außerdem treffen wir uns alle im März bei Ginger, wie du dich vielleicht erinnerst.«

»Ich weiß. Es liegt nur etwas so... Bittersüßes über allen Dingen in diesem Herbst. Alles, was ich sehe oder höre...«

Sie lächelte.

»›Der Anblick eines Lorbeerbaums im Maiengrün oder einer
Pappel, kahl am Anfang des November, scheint mir so alt und
so traurig wie das Ende meiner Tage
was ist's, was ist's, woran ich denken muß?‹«

rezitierte sie.

»Ich weiß jedenfalls, daß ich Dorothy Parker nie vergessen werde«, sagte ich mit einem verschleierten Grinsen. »Das Buch wird das erste sein, was ich in New York auspacke. Ich werde jeden Abend darin lesen, wie in der Bibel.«

»Ich auch«, antwortete sie. »Und in Gedanken werde ich dir laut vorlesen und du mir auch, und dann werden wir genauso laut lachen, als befänden wir uns im selben Zimmer.«

»Ach, Cecie...«, setzte ich an, und meine Augen füllten sich flutartig mit Tränen.

»Nimm dich bloß zusammen!« sagte sie streng. »Ich habe keine Zeit zum Weinen. Es ist so schon schlimm genug. Wir können später noch weinen.« Und sie machte sich auf in Richtung Bibliothek und ich zur McCandless Hall.

Endlich steckte ich mitten in der Abschlußarbeit und verbrachte jede wache Stunde im Zeichenraum oder bei meinem Tutor. Ich stand unter starkem Druck, das Projekt so gut wie irgend möglich zu machen. Paul hatte tatsächlich wegen einer Stelle für mich an Carl Seaborn, seinen Mentor bei McKim, Mead and White, geschrieben, und Carl rief gleich am nächsten Tag an, um mir mitzuteilen, daß man mir eine Anfangsstelle als Konstruktionszeichnerin in der Abteilung für Innenarchitektur anbieten könne. Außerdem gäbe es eine winzige Wohnung für mich in der First Avenue auf der Höhe der 80er Nummern, weil eine Angestellte gerade ausgezogen sei, um sich dem Peace Corps anzuschließen. Die Stelle sei mir zwar sicher, aber sie wollten aus formalen Gründen doch noch meine Abschlußarbeit sehen. Und so steckte ich mein Herz, meine Seele und Hunderte von Stunden in das Projekt, und Paul machte noch während meiner Arbeit daran Fotos, die er an Carl Seaborn schickte. Dieser ließ verlauten, man finde das Projekt sehr gut und sei froh, mich bald ins Team aufnehmen zu können. Die Arbeit wurde tatsächlich sehr gut; das wußte ich selbst. Als Thema hatte ich die Inneneinrichtung für das Haus am Meer gewählt, das verstand sich von selbst, und die klaren Linien der schweren, niedrigen Möbel und die kühlen See-und-Wind-Farben, Blau, Grün, strahlendes Weiß und möwenfarbenes Grau, flossen mir aus den Fingern, als hätte ich eine Quelle angezapft.

»Genauso werden wir diese Räume einrichten«, sagte Paul, während er mein Werk betrachtete. »Das ist einfach perfekt. Ich möchte nicht das Geringste daran ändern. Jetzt ist das Haus ein echtes Gemeinschaftsprojekt.«

Und das Glücksgefühl, das mich überflutete, trieb mir ein weiteres Mal die Tränen in die Augen.

Das Gefühl der Dringlichkeit, der Unaufschiebbarkeit, schien alle angesteckt zu haben. Pauls gesamter Studienabschnitt war dem Wettbewerb für einen Busbahnhof in Tuskegee gewidmet, und er verbrachte beinahe noch mehr Stunden vor dem Zeichenbrett als ich. Schweigend, hektisch und in aller Eile schliefen wir miteinander, schütteten eilig einen Kaffee hinunter, trafen uns schweißbedeckt in dunklen Treppenhäusern und auf Parkplätzen, um uns zu küssen und dann ungeduldig wieder zu trennen und in unterschiedliche Richtungen davonzulaufen. Er lernte weiterhin drei Abende in der Woche Englisch mit Fig, aber glücklicherweise redete sie nicht mehr soviel darüber, und er vergaß einfach, es zu erwähnen, solange ich nicht nachfragte. Und das tat ich selten. Im Sommer hatte er im Englischen die zweitbeste Note erhalten. Offensichtlich war der Nachhilfeunterricht erfolgreich.

Ginger war in diesen Monaten oft nicht da, weil sie im nahen Montgomery ein Praktikum als Grundschullehrerin ableistete. Während der Woche wohnte sie bei älteren Verwandten in einem riesigen, düsteren alten Haus, und am Freitagnachmittag, wenn die Schule zu Ende war, eilte sie wie eine heimkehrende Taube ins Randolph zurück.

»Sie hat einen Herrenhaarschnitt, und jeden Mittwoch trifft sich in ihrem Haus die Demokratische Vereinigung, und er redet die ganze Zeit bloß über Martin Luther King«, sagte sie voller Verachtung. »Und sie haben ziemlich deutlich gesagt, daß sie Papa für einen armen Schlucker halten. Ich sagte darauf, daß er in North Alabama als reich gelte. Sie werden genauso froh sein wie ich, wenn das Semester vorüber ist.«

In dieser Zeit sah ich auch Fig seltener denn je. Vielleicht lag es daran, daß ich so sehr beschäftigt war und vor lauter Arbeit und Prüfungsangst kaum noch etwas wahrnahm. Oft vergingen Tage, ehe ich daran dachte, nach ihr zu sehen, und wenn ich dann schließlich meinen Kopf in ihr und Gingers Zimmer steckte, lag sie gewöhnlich zusammengerollt auf ihrem Bett und schrieb in ihr Tagebuch. Sie hütete es immer noch sorgsam und achtete darauf, daß ich keinen Blick hineinwerfen konnte.

»Ich habe mit meinem Roman angefangen«, sagte sie eines Abends. »Ich werde dich und Paul berühmt machen, so wie Cathy und Heathcliff. Aber ihr dürft ihn erst dann lesen, wenn er fertig ist.«

»Nun, ich hoffe, bei uns endet es besser als bei ihnen.« Ich lächelte, um meinen Ärger über ihr albernes Gerede zu verbergen. »Weiß denn Paul, daß du ihn unsterblich machen wirst?«

»Ja, aber er darf auch nichts davon sehen. Er hat schon erklärt, daß er mir den Hals umdrehen wird, wenn ich versuche, den Roman zu veröffentlichen.«

Und sie grinste affektiert.

Ich ging zurück in unser Zimmer und dachte, daß sie ohnehin von Glück sagen konnte, wenn er es nicht tat. Ich war müde, gereizt und sehnte mich nach Paul und nach Cecie. Aber der eine war im Zeichensaal und die andere in der Bibliothek. Also kletterte ich ins Bett und schaltete das Licht aus. Erst sehr viel später hörte ich endlich Cecie hereinkommen.

Sie hatte sich in diesem Studienabschnitt eine doppelte Last auferlegt, um die Kurse nachzuholen, die sie während ihrer Krankheit im Sommer versäumt hatte. Sehr bald war mir, und ihr vielleicht auch, klar, daß sie unmöglich in diesem Tempo weitermachen konnte. Mitte November sah sie, wie ich fand, so schlecht aus wie damals, als ich sie in die Krankenstation gebracht hatte. Sie war dünn und bleich, hatte fiebrig glitzernde Augen, und oft waren ihre kupferroten Locken mit Schweiß durchtränkt. Ihr Gesicht sah abgehärmt aus, und ich wußte, daß sie Halsweh hatte, weil sie nicht mehr zum Essen ging, sondern von Suppe, Cola, Tee und anderen Dingen lebte, die leicht zu schlucken waren. Sie wurde immer dünner, weigerte sich aber, über einen erneuten Aufenthalt auf der Krankenstation auch nur zu reden.

»Jetzt mache ich noch vier Wochen so weiter, dann hab ich's geschafft. Über Weihnachten kann ich nach Hause fahren und mich fallenlassen«, sagte sie mit heiserer Stimme. »Wenn du mich nicht anfaßt und nicht aus meinem Glas trinkst, kann dir nichts passieren. Nachdem ich mich gewaschen habe, spüle ich das Bekken mit heißem Wasser aus. Und nörgle nicht an mir herum, Kate; ich kann es mir einfach nicht leisten, noch mehr Zeit zu verlieren. Ab sofort werde ich früher ins Bett gehen und länger schlafen. Das wird mir gut tun.«

Und sie hielt ihr Versprechen. Nach diesem Gespräch sah ich von Cecie Hart meist nur noch die schmal gewordenen Umrisse ihres kleinen Körpers, der totenstill unter der Bettdecke lag, oder ihre Nasenspitze und die wirren, glanzlosen Haare. Einmal, als ich sie wach antraf, sagte ich ihr, sie liege herum wie der tote Mann in Yossarians Zelt in *Catch 22*. Sie lachte, aber es war nicht ihr altes, volles Lachen.

Zu Thanksgiving fuhr ich nicht nach Hause nach Kenmore. Als ich anrief, um meiner Mutter mitzuteilen, ich brächte einen Freund mit, damit sie ihn kennenlerne, sagte sie in gereiztem Ton, Mr. Jessup, der Prediger, habe sie eingeladen. Sie verbringe den Feiertag mit ihm und seiner verheirateten Tochter und deren Familie in Selma, und sie wolle seine Angehörigen nicht mit zwei zusätzlichen Besuchern belasten.

Sie klang völlig verändert, wie eine durch und durch bürgerliche, sich absichtlich langweilig gebende Frau, und ich wußte, daß sie auf die ihr eigene, unnachahmliche Weise die Lebenshaltung jener Welt angenommen hatte, in der sie sich nunmehr aufhielt. Meine Mutter verwandelte sich in die Ehefrau eines Methodistenpfarrers, noch ehe der Prediger ihr überhaupt einen Heiratsantrag gemacht hatte, genauso wie sie eine typische Schönheit des Südens geworden war, längst bevor mein Vater sie aus ihrer Kellnerinnenuniform geschält und in den Süden gebracht hatte. Vermutlich würde sie auf diese Weise auch auf dem Saturn überleben können.

»Na ja, vielleicht kommen wir dann am Freitag danach«, sagte ich. »Ich möchte, daß du Paul kennenlernst. Früher oder später mußt du es ohnehin. Ich werde ihn möglicherweise heiraten, Mutter.«

Die Antwort war zunächst ein Schweigen.

»Paul wie?« fragte sie schließlich.

»Sibley. Aus Miami.«

»Wir kennen niemanden aus Miami«, bemerkte meine Mutter mißtrauisch. »Wer sind seine Eltern?«

Ich dachte an ihre eigene Familie in dem ärmlichen kleinen Laden im ländlichen Mississippi. Grell und leuchtend entflammte die Wut in meiner Brust.

»Eine seminolische Indianerprinzessin und ein Negerprediger aus den Everglades«, erklärte ich in freundlichem Ton. »Weißt du, wenn er in Zungen redet, das ist einfach ungeheuer. Er ist so vom Geist erfüllt, daß man ihn gar nicht versteht. Natürlich weiß man nie, ob es sich jetzt um den Heiligen Geist oder um den Großen Geist der Indianer handelt.«

»Wenn du nicht netter mit mir reden kannst, dann brauchst du gar nicht erst zu kommen«, sagte meine Mutter pikiert.

»Dann komme ich lieber nicht. Denn ich weiß nicht, ob ich netter mit dir reden kann.«

Und so fuhren wir nicht hin, und zu meiner Überraschung stellte ich fest, daß ich es nicht im mindesten bedauerte. In mir regte sich die leise Ahnung, Paul könnte meine Mutter vielleicht niemals kennenlernen, aber auch das machte mir nicht das Geringste aus. Sie schien nicht zu mir zu gehören; sie war schon lange kein Teil mehr von mir. Während des verlängerten Wochenendes blieben wir fast die ganze Zeit in seiner Wohnung, da seine Wirtin ihren Sohn in Texas besuchte. Wir liebten uns, hörten Musik, arbeiteten an unseren Zeichenbrettern, aßen die Ente à l'orange, die er zubereitete, und tranken sehr viel Wein. Und liebten uns wieder. Und tranken noch mehr Wein.

»Stört es dich, daß du sie nicht kennenlernst?« fragte ich ihn einmal.

»Nur wenn es dich stört. Ich kann sie jetzt oder später kennenlernen; das ändert gar nichts. Aber der Gedanke, du könntest dich meinetwegen mit deiner Mutter zerstritten haben, ist mir sehr unangenehm.«

»Ich glaube, ich habe mich schon vor langer Zeit von ihr getrennt und es nur noch nicht bemerkt«, sagte ich. »Vielleicht damals, als mein Vater starb. Das war wie in dieser Zeile in dem Gedicht von Robert Frost, ›Die Frau auf dem Hügel‹: ›Plötzlich, schnell und ganz leicht ... löste sich das Band.‹ Ich habe gar nichts gefühlt, als ich mit ihr sprach, und ich fühle auch jetzt nichts. Ich glaube, meine wesentliche Bindung war immer die zu meinem Vater, so traurig das auch ist.«

»Nun, dann geht es dir so wie mir«, sagte er. »Reise schnell und mit leichtem Gepäck. Und weit. Aber jetzt sollten wir ins Bett reisen.«

Und das taten wir.

In der zweiten Dezemberwoche fand die mündliche Prüfung zu meiner Abschlußarbeit statt. Nachdem ich mit summendem Kopf und mit klopfendem Herzen einen nicht endenwollenden Nachmittag gewartet hatte, mit Paul an meiner Seite, der seine eigene Arbeit all diese wertvollen Stunden lang im Stich gelassen hatte, um mit mir bei Harry's zu sitzen, ging ich zum Ankündigungsbrett des McCandless-Gebäudes, wo die Noten aushingen, und stellte fest, daß ich ein A bekommen hatte, die beste Note.

Mein Tutor, ein schlaksiger, ungeheuer talentierter junger Innenarchitekt mit dem Aussehen und Benehmen eines Bauernjungen aus Alabama, gab mir einen Kuß auf die Wange und sagte, wenn ich New York, meine große Karriere und Paul über hätte, könnte ich zurückkommen und am Randolph unterrichten.

»Verdammt, ich würde dich heiraten, und dann kannst du *mein* weißes Haus direkt neben den Wasserwerken von Randolph einrichten.«

Er umarmte mich noch einmal und schüttelte Paul die Hand, und ich weinte, und Paul ging wieder in seinen Zeichenraum, und ich ging zurück zu Harry's und setzte mich wieder hin und trank noch mehr Kaffee und versuchte, mich wieder zu fassen. Das Herbstsemester war in drei Tagen zu Ende, und bis heute vormittag hatte sich zwischen mir und diesem Termin der große, glitzernde Eisberg der Abschlußarbeit aufgetürmt. Aber jetzt war er weg, geschmolzen im Handumdrehen, und Randolph verschwand so schnell wie Wasser in einem Abfluß. Plötzlich wurde ich von Panik ergriffen. Ich war so voller Angst wie noch nie zuvor in meinem Leben. Bewegungslos, wie gelähmt, blieb ich in meiner Nische sitzen, versuchte normal zu atmen und mir nichts anmerken zu lassen, und allmählich ließ der Druck nach. Ich war zittrig, schweißnaß und sehr, sehr müde. Ich stand auf, stieg in den

MG und fuhr zurück zum Tri-Omega-Haus. Ich hatte noch nichts vorbereitet, mußte all meine Sachen aussortieren, packen, wegräumen... Bestimmt würde ich die ganzen drei Tage benötigen, um mein Verschwinden aus diesem Zimmer, diesem Haus und von diesem Campus zu organisieren. Statt dessen legte ich mich erst einmal ins Bett und schlief ein. Cecie war wie gewöhnlich nicht da. Diesmal hörte ich sie nicht, als sie kam.

Am Abend vor der offiziellen Abschlußfeier schmuggelte Ginger drei eisgekühlte Flaschen Mumm's in unser Zimmer, versperrte die Tür und initiierte damit eine Abschiedsparty für mich. Angetrieben von dem stechenden Schmerz über den drohenden Abschied, der wie ein Damoklesschwert über uns schwebte, tranken wir die erste Flasche aus, als sei es Cola, und als wir mit der zweiten begannen, waren die Spannung und das fremdartige, quälende Bewußtsein der bevorstehenden Trennung verschwunden. Wir lachten, sangen, kramten in alten Erinnerungen, die mit diesen beiden dunklen kleinen Räumen und dem winzigen Badezimmer verbunden waren, und weinten alle, außer Cecie.

»Ich werde weinen, wenn du weg bist, Kate«, sagte sie und trank einen großen Schluck Sekt. »Ich will nicht, daß du mich heulend wie einen Schloßhund in Erinnerung behältst. *Toujours gai,* das ist mein Motto!« Und sie schwenkte die Flasche.

»Toujours gai!« riefen wir alle. Fig brach in kummervolles, tränennasses Geheul aus und warf sich auf mich.

»Ich halte es nicht aus, daß du weggehst, Effie«, schluchzte sie. »Ich weiß genau, ich werde dich nie mehr wiedersehen!«

»Du wirst mich im März wiedersehen, in Nag's Head.« Ich befreite mich aus ihren kurzen Armen, die sie um mich geschlungen hatte. »Und sehr oft danach. Bring mich nicht auch noch zum Weinen, Fig. Und verabschiede dich nicht, sondern steh morgen früh einfach auf, fahr nach Hause und tu so, als ob Ferien wären. Du treibst mich wirklich noch zum Zusammenbruch, wenn du so weitermachst.«

Und so tranken wir den Sekt aus, und ich begleitete die beiden in ihr Zimmer und umarmte und küßte sie. Fig weinte noch mehr, und Ginger und ich schnieften, und dann ging ich ins Badezimmer, um zu duschen. Als ich ins Zimmer zurückkam, schlief Cecie schon. Sie hatte die Bettdecke über den Kopf gezogen. In gewisser Weise war ich froh darüber. Irgendwann mußten wir Auf Wiedersehen sagen, das wußte ich, aber jetzt hätte ich es noch nicht tun wollen.

Als ich am nächsten Morgen das Zimmer verließ, um meine Sachen aus der McCandless Hall zu holen, schlief sie noch, und als ich am Abend zurückkam, lag ein Zettel auf meinem Bett. Darauf stand, sie habe sich so krank gefühlt, daß Trish sie in die Krankenstation gebracht habe, damit man ihr eine Penizillinspritze geben konnte. Aber sie sehe mich ja am nächsten Tag bei der Abschlußfeier. Fig und Ginger waren nach Hause gefahren, ihr Zimmer war ordentlicher, als ich es je gesehen hatte, und so leer, als wären sie gestorben. Ich konnte kaum glauben, daß ich die beiden jetzt drei Monate lang nicht sehen sollte. Bei unserem nächsten Wiedersehen würde alles ein für allemal anders sein. In gewisser Weise hatte ich mich gestern abend für immer von ihnen verabschiedet. Eine große Leere überfiel mich. Ich packte meine Taschen und meldete mich zum letztenmal ab, weil ich mich plötzlich nicht mehr imstande fühlte, die Nacht ohne Cecie in diesem Zimmer zu verbringen. Ich fuhr zu Pauls Wohnung und schlich leise die Treppen hinauf. Dann pochte ich an seine Tür, und er ließ mich ein.

»Ich möchte bei dir bleiben«, sagte ich. »Ich will nicht mehr allein sein.«

In dieser Nacht liebten wir uns immer wieder; mir kam es vor, als ob wir überhaupt nicht schliefen. Gelegentlich weinte ich, und einmal, glaube ich, weinte auch er. Aber meistens schwieg er; seine Bewegungen waren bestimmt, gierig und suchend, und während des letzten Mals sagte er wieder und wieder, flüsternd erst und dann immer lauter, bis er mir beinahe ins Ohr schrie: »Schnell! Schnell! Schnell!«

Atem, Hitze und Tränen explodierten, und als ich am nächsten Morgen, an meinem Abschlußtag, erwachte – einem grauen, warmen Tag – waren die Tränenspuren auf meinem Gesicht noch feucht. Paul saß in kurzen Hosen und einem T-Shirt auf dem Eames-Hocker am Fenster, trank Kaffee und starrte hinaus in den nebligen Morgen.

»›So wird die Welt enden‹«, sagte ich vom Bett aus. »›Nicht mit einem Knall, sondern mit einem Wimmern.‹«

»Und so fängt alles an«, sagte er, stand auf und kam herüber, um mir einen Kuß zu geben. »Nicht mit einem Wimmern, sondern mit einem Knall.«

An meine Abschlußfeier kann ich mich kaum erinnern. Sie fand im Ballsaal der Studentenvereinigung statt, und zwar in eher kleinem Rahmen, nicht annähernd so pompös und festlich wie die Feier im Frühjahr. Die meisten Studenten waren bereits in die Weihnachtsferien gefahren, und der Applaus für die Absolventen, die aufstanden und auf die Bühne gingen, um ihre Diplome zu empfangen und der Präsidentin die Hand zu schütteln, war karg. Ich schloß mit Magna Cum Laude ab, aber es gab wenig Beifall für mich: meine Mutter war nicht gekommen, und Ginger und Fig waren schon früh am Morgen zuvor abgefahren. Ich sah mich im Publikum nach Cecies rotem Haarschopf um, konnte sie aber nirgends entdecken. Es spielte keine Rolle; innerlich war ich bereits fort, endlich. Das war irgendwann in dieser Dezemberdunkelheit noch vor dem Morgengrauen geschehen.

Im Tri-Omega-Haus ging Paul mit mir hinauf zu unserem Zimmer; er wollte meine Taschen zum MG tragen, damit ich mich in Ruhe von Cecie verabschieden konnte. Wir fanden die Taschen vor der verschlossenen Zimmertür. Schmerz durchfuhr mich, und wieder stiegen mir Tränen in die Augen. Wollte sie mich nicht noch einmal sehen?

»Komm schon«, sagte Paul leise. »Manche Leute können sich eben nicht verabschieden; ich kann es auch nicht. Du siehst sie im März wieder, wenn wir in Nag's Head sind. Gönne euch beiden eine Pause.«

Ich nahm eine Tasche und wollte schon hinter ihm her die Treppe hinuntergehen; doch dann drehte ich mich wieder um, öffnete leise die Tür und blickte ins Zimmer. Es war abgedunkelt, und Cecie lag schlafend da, mit dem Kopf unter der Bettdecke und dem Rücken zu mir, so wie ich sie in den letzten beiden Semestern oft gesehen hatte. Einen kurzen, schrecklichen Augenblick lang dachte ich, sie atme gar nicht mehr, aber dann merkte ich, daß sie es doch tat, ganz leicht. Ich unterdrückte den Impuls, ins Zimmer zu gehen und sie zu wecken, schloß statt dessen die Tür, nahm meinen Koffer und stieg die Treppe hinab. Paul hatte recht. In Nag's Head war noch Zeit genug.

Vor dem Bahnhof saßen wir im MG und sahen einander nicht an. Er würde das Auto behalten, während ich in New York war; so sparte ich nicht nur Miete für eine Garage, sondern ging auch allen möglichen anderen Schwierigkeiten aus dem Weg. Wir hatten uns schon vorher darauf geeinigt, daß wir Weihnachten nicht zusammen verbringen würden; Carl Seaborn hatte mich für den Weihnachtstag zu seiner Familie nach Bridgehampton auf Long Island eingeladen, und Gingers Mutter hatte Paul geschrieben und angefragt, ob er sie zum Weihnachtsessen in ihrem Haus in Fowler besuchen wolle. Er glaubte aber nicht, daß er hinfahren würde.

»Ich wünschte, du würdest es tun«, sagte ich. »Ich hasse den Gedanken, daß du ganz allein hier sitzt, während ich hinunterschlinge, was immer man bei den Hamptons am Weihnachtstag vorgesetzt kriegt.«

»Höchstwahrscheinlich Lachs und Bagels. Na ja, vielleicht fahre ich doch hin. Es könnte ganz lustig sein, den Geburtsort der berühmten Fig Newton zu besichtigen, wenn ich schon einmal dort bin. Oder glaubst du, sie ist fix und fertig dem Haupt von Zeus entsprungen?«

Am Ende der Gleise konnten wir den Crescent Limited, der mit zahlreichen Zwischenstops über Montgomery, Atlanta und Washington von New Orleans nach New York fuhr, so langsam wie ein müdes Mastodon herankriechen sehen. Ich spürte, wie mir ein Schluchzen in die Kehle stieg, und schluckte heftig. Paul schloß die Augen.

»Ach, Kate.« Er zog mich an sich, küßte mich aber nicht, sondern hielt mich nur fest, legte die Hände erst auf meine Brüste, und ließ sie dann unter meinem Pullover über die Schultern nach hinten und wieder nach vorne wandern, als wollte er sich meine Körperformen einprägen.

»Geh jetzt und sag nichts«, flüsterte er in mein Haar. »Geh und komm bald nach Nag's Head. Ich liebe dich. Ruf mich an, wenn du angekommen bist.«

»Paul ...«

»Geh.« Seine Stimme war belegt und heiser. Ich stieg aus dem Wagen, rannte die Treppe hinauf und in den Bahnhof hinein, wo mein Gepäck schon zum Einladen bereitstand. Ohne hinzusehen, gab ich dem Gepäckträger Geld, und als ich mich wieder umdrehte, war der MG verschwunden. Ich konnte ihn noch hören, leise wie ein Spielzeugauto, das Motorgeräusch gedämpft durch den kühlen, silbrigen Nebel, der sich über Randolph herabzusenken begann. Der Zug fuhr schon langsam aus dem Bahnhof, als ich meinen Sitz fand und mich hineinsinken ließ. In meinem Hals und in der Nase brannten die Tränen, aber wir waren schon fast an der Staatengrenze zwischen Georgia und Alabama, ehe ich zu weinen begann.

Von dem Augenblick an, da ich meinen Fuß auf die glitzernden Bürgersteige New Yorks setzte, hielt mich die Stadt in ihrem Bann. Die Müdigkeit der nächtlichen Reise, die Trauer darüber, Paul zu verlassen, Cecies Elend ... das alles löste sich auf in der kühlen Abendluft der 43. Straße, sobald ich aus der dunklen Höhle der Grand Central Station auftauchte. Mein Herz machte einen großen, überraschten Freudensprung. Ich hatte damit gerechnet, daß ich mich zumindest in der Anfangszeit einsam und ängstlich fühlen würde, mich aber damit beruhigt, daß ich genügend Übung darin hatte, in völlig fremder Umgebung so zu tun, als kenne ich mich aus. So würde ich wenigstens nicht ungeschickt und verlegen wirken wie andere Neuankömmlinge. Und nun war ich hier und fand es von Beginn an ganz einfach, eine New Yorkerin zu sein. So wie sich mein Herz am Meer zu Hause fühlte, sprachen mein Geist und mein Körper auf die gefräßigen, mondänen, belebenden Schluchten von Manhatten an.

Gleich an diesem ersten Abend hatte ich den Eindruck, die Stadt biete alles für mich auf. Carl Seaborn hatte einen schlanken, eleganten jungen Mann aus der Firma geschickt, um mich vom Zug abzuholen. Ein gelangweiltes, höfliches Lächeln im Gesicht und einen Strauß Gewächshausveilchen in der Hand, brachte er mich und mein Gepäck zu einer wartenden Limousine. Es war eine kleine, gemietete Limousine, und der Chauffeur trug keine Uniform, aber es war immerhin eine Limousine.

»Du liebe Güte, was für ein Empfang in New York.« Ich lächelte den unfreiwilligen Lakaien an.

»Nun, soweit ich weiß, gilt Ihr Freund fast schon als Partner der Firma, noch bevor er hier angefangen hat«, sagte der junge Mann. »Natürlich freuen wir uns, daß auch Sie hier arbeiten.«

»Natürlich«, gab ich trocken zurück und wandte meine Aufmerksamkeit der vorüberfliegenden Stadt zu. Es regnete an diesem Abend, ein weicher, feiner, eisiger Regen. Die Lichter hatten Höfe, und zischende Reifen hinterließen auf den Straßen leuchtende Spuren. Hupen blökten, an den Straßenecken läuteten Weihnachtsmänner ihre Glocken, Menschenmengen hasteten über die Gehwege, Lichtstrahlen stiegen in den Himmel und verschwanden in den Wolken, und genau wie die Bürgersteige schien die ganze Luft zu glitzern, als sei sie von diamantenen Teilchen erfüllt.

Ich teilte meine Beobachtung dem jungen Mann mit.

»Manhattan ist auf Glimmerschiefer erbaut«, antwortete er, zündete sich eine Zigarette an und lehnte sich in den Sitz zurück. »Es ist ein entsetzlicher Baugrund.«

Ich sagte nichts mehr und war entschlossen, auch weiterhin zu schweigen, aber da fuhr der Wagen am Rockefeller Center vorbei, genau in dem Augenblick, als die Lichter am großen Baum entflammt wurden. Ich stieß einen leisen Freudenschrei aus.

»Wagen Sie ja nicht, mir zu erklären, wieviel die Beleuchtung dieses Baumes die New Yorker jedes Jahr kostet«, sagte ich zu meinem Begleiter.

Er lachte. »Nur keine Angst, das würde ich gar nicht erst versuchen. Sie sind ein hoffnungsloser Fall. Diesen Blick kenne ich.«

Durch eine düstere, winzige Eingangshalle und an einem dösenden Türhüter vorbei trug er mir die Taschen zu meiner Wohnung. Er schloß die Tür auf, führte mich hinein und zeigte mir kurz die Räume, ehe er mir den Schlüssel überreichte. Die ganze Wohnung war so groß wie Cecies und mein Zimmer im Tri-Omega-Haus. Es gab ein schmales, durchgelegenes Bett, das man an die Wand klappen konnte, eine Küche hinter einem Wandschirm, die noch kleiner war als die von Paul, und ein Badezimmer, in dem sich wohl nicht einmal ein Zwerg bequem hätte waschen können. Das Zimmer hatte außerdem einen verkratzten Parkettfußboden, einen dröhnenden Heizlüfter, eine rotbraune Couch mit Metallrahmen, einen Tisch mit Kunststoffauflage und zwei Aluminiumstühlen vor dem einzigen Fenster und einen riesigen Ledersessel, dessen weinrotes Leder mit Flecken aus etwas dunklerem Klebeband übersät war. In einer Ecke stand eine längst abgestorbene und schon kupferfarbene Palme in einem Plastiktopf. Irgend jemand hatte sie mit weihnachtlichem Lametta behängt.

»Hier gefällt es mir«, sagte ich. »Es ist wunderbar.«

»Na ja, ich möchte hier nicht leben.« Er wandte sich zum Gehen. »Den ersten Monat kostet es keine Miete; eigentlich sollten Sie ja Geld dafür bekommen, daß Sie hier wohnen. Herzlich willkommen und viel Spaß.«

Und er verschwand durch die Stahltür dorthin, wo elegante junge Männer in New York an eisigen Abenden kurz vor Weihnachten hingehen, und ich war allein in der Stadt.

Ich ging zum Fenster, wischte über die beschlagenen Scheiben und blickte hinaus. Weit unter mir sah ich eine Gasse, in der Mülltonnen standen; ich konnte die hellen, würfelförmigen Umrisse anderer Gebäude erkennen, ein Durcheinander von Dächern und, in einer Lücke zwischen zwei Dächern in der Ferne leuchtend, die Spitze des Empire State Buildings. Wieder traten mir Tränen in die Augen.

»Ich bin in New York«, flüsterte ich dem dunklen Fenster zu. Und dann drehte ich mich zum Zimmer um, schlang die Arme um meinen Oberkörper, schloß die Augen, legte den Kopf in den Nacken und schrie, so laut ich konnte: »ICH BIN IN NEW YORK!«

»UND MIR WÄR'S LIEBER, SIE WÄREN IN CANARSIE«, tönte eine Stimme dünn durch die Wand, und ich setzte mich in den Ledersessel und lachte, bis ich außer Atem war und Seitenstechen hatte. Noch als ich spät an diesem Abend mit dem Auspacken fertig wurde, das Bett aus der Wand klappte und unter die dünne Nylondecke kroch, lachte ich gelegentlich auf. Wenigstens brauchte ich keine weiteren Bettdecken, dachte ich, denn so sehr ich auch an dem Heizlüfter drehte und zog, er hörte nicht auf, wie ein feuerspeiender Drache Dampf in die Wohnung zu blasen. Als ich mitten in der Nacht aufwachte – und seltsamerweise sofort genau wußte, wo ich mich befand –, war ich in Schweiß gebadet.

Es war eine gute Arbeitsstelle, jedenfalls potentiell. Ich saß vor einem anonymen Zeichenbrett in einem anonymen, großen Raum voller kluger und ernsthafter junger Männer und Frauen, die sich ebenfalls über Zeichenbretter beugten. Alle verbargen die schicke, weinrote, auberginefarbene und graue Kleidung, die man in New York offenbar trug, unter Kitteln. Das ganze Büro strahlte eine Atmosphäre von Strebsamkeit, Konzentration auf die Arbeit und schweigender Anspannung aus. Von Anfang an waren alle nett zu mir, und Carl Seaborn zeigte sich warmherzig, höflich und richtiggehend väterlich. Mit seinem langen, bleichen Medici-Gesicht und dem schütteren weißen Haar hätte er furchteinflößend wirken können, aber das war nicht der Fall. Am Weihnachtsmorgen schickte er mir einen Wagen mit Chauffeur, der mich zu dem großen, mit grauen Schindeln gedeckten Haus in Bridgehampton brachte. Im Vorüberfahren verliebte ich mich in die heiteren grünen und weißen Städtchen, die im Schnee wie aus Pappkarton geschnitten wirkten. Wainscott, Southampton, Water Mill ... sie sahen aus wie die Städte und Vorstädte außerhalb des Einzugsgebiets einer größeren Stadt, die ich vor so vielen Sommern mit meinen Freunden vom Cape aus besucht hatte; hier würde ich mich zurechtfinden. Und so war es auch. Mir fiel meine gute Erziehung wieder ein, die Sprache, die Gesten, der Akzent – es paßte alles perfekt hierher. In Carl Seaborns großem Kolonialhaus wurde ich von seiner Bilderbuchfamilie willkommen geheißen, die aus einer lächelnden, mittelblonden, sonnengebräunten Frau bestand, einer ebensolchen Tochter, die über die Feiertage aus Wellesley nach Hause gekommen war, zwei gut erzogenen jüngeren Söhnen, die Choate besuchten, einem breit lächelnden Faktotum mit weißer Schürze in der wunderbar duftenden Küche und einem herumtollenden Hirtenhund auf dem Kaminvorleger in der Bibliothek. Dort stand auch der große, strahlende Baum. Zum Abendessen gab es Roast Beef und Yorkshire Pudding, von der Stereoanlage klangen leise Weihnachtslieder, und mit herrlichem, seidenweichem, tockenem Champagner stießen wir auf das neue

Jahr an, auf meine neue Stelle und auf Pauls bevorstehenden Eintritt in die Firma. Ich war dankbar, und obwohl die ganze Szenerie auf beinahe lächerliche Weise einem Norman Rockwell-Gemälde glich, wirkte sie auf meine ausgehungerte Seele verführerisch. Augenblicklich beschloß ich, daß Paul und ich uns für unsere Weihnachtsfeste am Meer auf irgendeine Weise mit Familie umgeben würden, selbst wenn es die von anderen war.

»Es war wie eine Szene aus einem Theaterstück der dreißiger Jahre, das in einem Landhaus in England spielt«, sagte ich zu Paul, als ich am nächsten Abend mit ihm telefonierte. »Ich dachte die ganze Zeit, daß der Pfarrer und seine Frau jeden Moment auf einen Brandy hereinschauen würden.«

»Nicht schlecht, wenn man bedenkt, daß sie Juden sind.« Über all die nächtlichen Meilen hinweg konnte ich das Lächeln in seiner Stimme hören. »Wie ist die Wohnung?«

»Sie ist wunderbar. Allerdings ist sie schrecklich klein, hat keine nennenswerten Möbel, und das Bett wird aus der Wand geklappt. Ich dachte, ich könnte noch ein paar Sachen besorgen, aber selbst in Gebrauchtmöbelläden ist hier alles fürchterlich teuer. Und weißt du, was eine Konstruktionszeichnerin am Anfang verdient? Wir werden noch eine ganze Weile ziemlich einfach leben müssen...«

»Du bleibst nicht lange Konstruktionszeichnerin«, sagte Paul. »Wenn ich komme, bist du bestimmt schon eine richtige Innenarchitektin, und dann kriegst du die Möbel billiger. Und außerdem werde ich die Firma um neue Möbel anhauen, bevor ich komme.«

»Na, das kannst du wohl schlecht machen, wo du doch wahrscheinlich gar nicht bei ihnen anfängst. Vielmehr werden sie mich bestimmt rauswerfen, wenn sie erfahren, daß du nicht kommst.«

»Woher sollen sie das erfahren, bevor die Sachen gekauft und aufgestellt sind? Und du bist zu gut, um rausgeworfen zu werden. Im Krieg und in der Liebe ist alles erlaubt, Katie.«

»Wie war dein Festessen bei den Fowlers?« fragte ich. »Gab es gefüllten Truthahn und solche altmodischen Sachen? Wie sieht das Haus aus?

»Das Haus ähnelt ein bißchen der Stadtbücherei von Boston«, sagte Paul. »Ich war immer in Versuchung, nachzuschauen, wo der Proust steht. Alles hat seinen Platz, und die Blumen und Zimmerpflanzen sind künstlich. Das Bett in dem Zimmer, wo ich geschlafen habe, hatte rote Seidenvorhänge, stell dir vor. Und das Weihnachtsessen war genau so, wie es zu sein hat, und wurde, man glaubt es kaum, von einem Negerbutler serviert.«

»Ach, du meine Güte«, sagte ich. »Das paßt gar nicht zu Ginger, nicht wahr? Warst du der einzige Gast?«

»Nein. Fig war auch da.«

»Fig? Wieso war Fig zum Weihnachtsessen nicht bei sich zu Hause?« fragte ich.

»Ich weiß nicht. Ich wollte nicht fragen, und sie hat es nicht erzählt. Ich habe nicht viel von ihr gesehen«, sagte er. »Am letzten Abend bin ich mit ihr und Ginger ins Kino gegangen, aber die meiste Zeit habe ich mit Gingers Vater verbracht. Wir waren auf Entenjagd oben am Warrior, und ein paarmal haben wir Poker gespielt. Ich glaube, ich mag ihn. Er ist natürlich ein Gangster, aber kein schlimmer. Und ich glaube, er mochte mich auch. Er hat sich wohl immer einen Sohn gewünscht. Mit Ginger hat er sich alle Mühe gegeben, aber man spürt, daß sie Angst vor ihm hat.«

Einen Augenblick lang schwieg ich; dann sagte ich: »Wie lange warst du denn dort? Ich dachte, du würdest nur für den Weihnachtstag hinfahren ...«

»Ja, das wollte ich eigentlich auch, aber dann fiel in meiner Wohnung die Heizung aus, und der Drachen war in Texas, und darum bin ich drei oder vier Tage geblieben. Es war kein Problem. Sie sind ziemlich unkompliziert, und ich konnte ihnen ein paar architektonische Ratschläge für einen Swimmingpool und ein Badehäuschen geben, die sie diesen Sommer bauen wollen. Ich habe meine Schulden bezahlt, glaube ich.«

»Ich vermisse dich so sehr«, sagte ich in plötzlicher Verzweiflung.

»Ich dich auch, liebe, schöne Kate. Du kannst dir nicht vorstellen, wie sehr. Das Beste wäre, ich würde mich von jetzt ab bis Nag's Head unter die kalte Dusche stellen.«

»Ich weiß. Ich glaube auch nicht, daß ich es so lange ohne dich aushalten kann.« Tränen begannen mir die Kehle zuzuschnüren.

»Deck dich mit Arbeit ein«, sagte er. »Arbeite, so viel du

kannst, Tag und Nacht, damit du nicht daran denken mußt und außerdem keine Zeit hast, mit schmierigen New Yorker Typen auszugehen. Ehe du dich's versiehst, ist es vorbei, und wir sind wieder zusammen.«

Aber die Zeit verging nicht. Ich arbeitete wie eine Besessene, damit ich bald zur Innenarchitektin aufstieg und mir einige Dinge für die Wohnung leisten konnte, aber auch, um mich abzulenken; doch die Zeit kroch dahin wie auf klebrigen Fliegenbeinen. Nag's Head, das große Haus und der Strand schienen, in Bernstein eingegossen, irgendwo in ferner Zukunft zu liegen. Die geplanten Museums- und Galeriebesuche und die Theater- und Konzertabende verschob ich auf später. Zum einen waren sie sehr teuer, und zum anderen hatte ich immer im Hinterkopf: »Ich warte damit, bis Paul kommt. Das hebe ich mir auf, bis er da ist.« Ich ging oft in der Stadt spazieren, ich las viel, und ich arbeitete. Jeden Abend schrieb ich ihm. Seine Briefe, die zweimal wöchentlich kamen, las ich wieder und wieder; natürlich konnte ich nicht damit rechnen, daß er ebensooft schrieb wie ich. Jeden Mittwoch abend und am Sonntag, wenn die Gebühren niedriger waren, rief ich ihn an, wie wir es vereinbart hatten. Und ich wartete.

In der ersten Februarwoche blieb sein Montagsbrief aus. Als ich am darauffolgenden Mittwoch anrief, fragte ich: »Ist irgend etwas passiert? Ich habe deinen Brief vermißt.«

»Ach herrje. Nein, es ist alles in Ordnung. Ich habe ihn nur einfach vergessen. Tut mir leid, Katie. Ich war jede wache Minute im Zeichenraum; Raytheon hat einen Wettbewerb ausgeschrieben, bei dem man dreitausend Dollar gewinnen kann, und ich will etwas einreichen . . .«

»Oh, wie schön«, sagte ich. »Was machst du?«

»Ich entwerfe den Swimmingpool und das Badehäuschen für die Fowlers. Bei der Ausschreibung geht es um eine private Freizeitanlage.«

»Ach«, sagte ich. »Na, das ist ja großartig. Bring doch ein paar Entwürfe nach Nag's Head mit, ja?«

»Mach ich.«

»Jetzt sind es nur noch fünf Wochen«, sagte ich.

»Als ob ich das nicht wüßte.«

Als ich am Sonntag anrief, war er nicht zu Hause. Das war noch nie vorgekommen. Ich machte mir Sorgen und sagte ihm das auch, als ich ihn um Mitternacht endlich erreichte.

»Ich war in der Bibliothek.« Es klang geistesabwesend und erschöpft. »Entschuldige bitte noch einmal, Süßes. Das ist ein schlimmes Semester für mich. Du darfst dir keine Sorgen machen, wenn ich nicht zu Hause bin.«

»Ich werde mir keine Sorgen mehr machen. Es ist ja nur, weil wir diese Abende vereinbart hatten...«

»Ich weiß. Ich werde mich bessern.«

Am Montag kam kein Brief, und weder am Mittwoch noch am Sonntag ging er ans Telefon. Der Brief am Montag darauf war kurz, rasch hingekritzelt und nichtssagend, und die alarmierte Unruhe, die ich bis dahin standhaft in die letzte Ecke meines Geistes verbannt hatte, nahm Formen an, die ich nicht länger ignorieren konnte. Vielleicht war er krank; vielleicht hatte er schlechte Noten bekommen; er war aus der Wohnung geworfen worden... ich rief an. Er war nicht zu Hause. Auch am nächsten Abend nicht und am übernächsten.

Da schluckte ich schließlich meinen verletzten Stolz hinunter und rief Cecie an, um sie zu fragen, ob sie etwas von ihm gehört hatte. Das Telefon klingelte und klingelte, und schließlich war es Fig, die den Hörer abhob, und nicht Cecie.

»Ach, Effie, du bist es«, sang sie. »Ich dachte schon, du hättest uns völlig vergessen. Gerade vor kurzem habe ich zu Cecie gesagt, daß du vielleicht schon so sehr zur New Yorkerin geworden bist...«

»Ist sie da? Cecie?« fragte ich. Ich konnte meine Stimme kaum hören, so laut klopfte mein Herz.

»Nein, ich glaube, sie ist in der Bibliothek«, antwortete Fig. »Kann ich etwas für dich tun?«

»Na ja, eigentlich versuche ich Paul zu erreichen, und ich dachte vielleicht...«

»Du meinst, er hat dich nicht angerufen oder dir geschrieben?« Ihre Stimme hatte einen so vertraulichen und zugleich entsetzten Ton, als hätte ich ihr eine Geschlechtskrankheit gebeichtet. »Wie gedankenlos! Ich bin morgen abend bei ihm, ich gebe ihm eine

Nachhilfestunde. Es geht ihm gut, Effie, er arbeitet nur entsetzlich viel. Ich schimpfe deshalb schon dauernd mit ihm. O Junge, wenn ich ihm die Leviten lese, weil er dich nicht angerufen hat ...«

»Nein, mach das nicht.« Ich war wie betäubt. »Sag ihm nur, er soll mich anrufen, wenn er einen Moment Zeit hat.«

Und ich legte auf.

Er rief nicht an.

Zwei Tage und zwei Nächte verbrachte ich in erstarrtem, schlaflosem Elend, und dann rief ich noch einmal bei Cecie an. Wieder bekam ich Fig ans Telefon.

»Es tut mir leid, sie ist auf der Krankenstation«, sagte Fig in ernstem Tonfall. »Das wurde auch längst Zeit, denn sie hat nur noch geschlafen und ist nicht mehr in die Kurse gegangen. Ich bin sicher, daß sie durchfallen wird. Hat Paul angerufen? Er sagte, er würde es tun.«

»Ja«, sagte ich.

Zwei Abende später rief ich noch einmal an, völlig betäubt und wie bewußtlos vor Angst und Verzweiflung. Dieses Mal hob, nach langem Klingeln, Lucy Davenport ab, die zwei Türen weiter wohnte.

»Cecie ist gestern nach Hause gefahren«, sagte Lucy. »Ich glaube, jemand ist krank geworden. Oder vielleicht ist sie selbst krank. Hör mal, wie ist denn New York? Wir sind alle ganz grün vor Neid; erst gestern beim Abendessen haben wir darüber gesprochen.«

»Schön.«

»Vielleicht kommen wir und besuchen dich, alle miteinander«, kicherte sie. »Willst du mit Fig sprechen?«

»Nein.«

Als ich am nächsten Tag von der Arbeit kam, elend und teilnahmslos wie jemand, der eine schwere, auszehrende tropische Krankheit hat, lag ein Brief von Paul in meinem Kasten. Er war dünn. Ich wartete nicht auf den Aufzug, sondern rannte die ganzen vier Treppen hoch, stürmte in die Wohnung, ohne die Tür zu schließen, und setzte mich, um den Brief zu lesen. Jetzt würde alles gut werden, bestimmt gab es eine ganz einfache Erklärung, ich würde über mich selbst lachen und heute nacht endlich einmal durchschlafen, der zarte Frühling würde sehr schnell kommen, in zwei Wochen würden wir gemeinsam am Meer bei Nag's Head sein...

In dem Brief stand, daß er Ginger Fowler am Tag nach ihrer Abschlußfeier heiraten werde. Die Hochzeit solle im Haus auf den Outer Banks stattfinden, wo sie auch wohnen würden, denn Gingers Vater schenke ihnen das Haus zur Hochzeit. Er selbst habe bereits den Studio-Anbau entworfen. Im April sei Baubeginn in den Dünen. Das alles tue ihm außerordentlich, schrecklich und fürchterlich leid, und es gebe keine Entschuldigung dafür. Er sei ein absoluter Schweinekerl, das wisse er selbst. Er habe mich wirklich geliebt. Aber er liebe auch Ginger, und sie liebe ihn, und, ganz offen gesagt, brauche er ihr Geld, was sie auch wisse. Sie nehme ihn zu diesen Bedingungen, und er glaube, sie könnten miteinander ein gutes Leben führen. Ginger dürfe ich nicht die Schuld geben, denn es sei alles seine Idee gewesen. Ich solle ihn so bald wie möglich vergessen. Mit meinem Talent und einer vielversprechenden Laufbahn in einem großen Architektenbüro hätte ich bestimmt ein ganz wunderbares Leben vor mir, ein sehr viel besseres, als es mit ihm zusammen möglich gewesen wäre. Wenigstens habe er mir eine gute Startposition verschaffen können.

»Früher oder später hätte ich dir weh getan«, schrieb er. »Das ist offenbar das, was ich am besten kann. Und so gibt es wenigstens für uns beide eine Zukunft.«

Unterschrieben hatte er einfach mit Paul.

Irgendwann mitten in der Nacht, während ich darum kämpfte, in dem weißglühenden Schmerz weiterzuatmen, und mich immer wieder aufraffte, noch eine Stunde und dann noch eine Minute weiterzuleben – »... bestimmt schaffe ich das, bestimmt halte ich noch eine Stunde durch, noch eine Minute, und dann wird es schon hell...« –, dachte ich an Cecie. Der Gedanke war wie kühles Wasser, wie die Nacht, wie der Schlaf. Ich stand auf, stolperte zum Telefon und hob ab, um zu wählen. Aber dann fiel mir ein, daß sie gar nicht mehr in Randolph, sondern nach Hause gefahren war. Ich wußte, daß ich die Nummer des alten Hauses am Tidewater von der Auskunft erfragen konnte, aber ich tat es nicht. Cecie war nicht zu meiner Abschlußfeier gekommen und hatte mir nicht einmal Auf Wiedersehen gesagt. Und sie hatte Paul nicht gemocht; hatte ihn offenbar zeitweise sogar gefürchtet. Ich wußte, daß ich von Cecie Mitgefühl und Beistand bekommen würde, das war so sicher wie die Tatsache, daß sie noch immer unter den Lebenden weilte. Aber ich wußte auch, daß sie eine Spur erleichtert sein würde. Ich rief nicht an. Etwas später in dieser Nacht fiel mein Blick auf die kleine, hellgrüne und rotbraune Dorothy-Parker-Taschenbuchausgabe voller Eselsohren, die ich aus Randolph mitgebracht hatte. »Ich werde jeden Abend vor dem Zubettgehen darin lesen, Cecie. Wie in der Bibel. Und du auch, und dann können wir miteinander lachen.« Ich griff nach dem Buch, und es öffnete sich von selbst, ziemlich am Anfang von »Genug Seil«. Auf der Seite befand sich ein blauroter Fleck, Heidelbeerpfannkuchen, wie ich mich erinnerte, die wir an einem Winterabend vom Abendessen aufgespart hatten. Ich las:

»Ach, traurig und träge sind die Winternächte;
Und traurig ist ein dummes Lied
Und es ist traurig dazuliegen und zu wissen
Daß ein neuer Morgen graut.«

Ich trug das Buch zum Fenster, stieß die schmutzige Scheibe auf und warf es in die Nacht hinaus. Im Osten, dort, wo der Fluß lag, den man nicht sehen konnte, hellte sich die Dunkelheit schon ganz leicht auf, und eine frische, leichte Brise, die nach Erde und jungem Grün roch, kam von irgendwo weit draußen auf Long Island herangeweht und verschwand wieder. Ich wartete, bis ich das Buch vier Stockwerke tiefer in der Gasse landen hörte.

Dann setzte ich mich hin, um auf den Morgen zu warten.

9. Kapitel

Alan weckte mich um sieben Uhr abends, als die glänzende Wasseroberfläche gerade ihre rosa Färbung verlor. Ich stand auf, duschte, zog saubere Hosen und ein Hemd an und faßte mein wildes Haar in dem gewohnten Knoten auf dem Kopf zusammen. Wie lange trug ich es schon so? So lange jedenfalls, daß meine Finger die schwere Masse der Haare wie von selbst nach oben zogen und zu einem Knoten formten. Sehr lange Zeit hatte ich meinem Aussehen keine große Beachtung mehr geschenkt, denn das hätte beinahe so gewirkt, als wollte ich dem Schicksal eine Nase drehen.

Ich fühlte mich so steif und schwerfällig, als wäre ich nach einer durchzechten Nacht spät aufgewacht, und dann fiel mir ein, daß es ja auch beinahe so war. Ich zog eine Grimasse. Ich war nicht oft in meinem Leben mit einem Kater aufgewacht, aber wenn, dann hatte ich jedesmal Tage gebraucht, um wieder zu meinem alten Selbst zurückzufinden. Es ist noch immer viel zu wichtig, die Kontrolle zu bewahren.

Alan saß an dem Sonnenschirm-Tischchen auf der Terrasse und trank Kaffee. Das kühle Licht des Meeres hob die grauen Strähnen in seinem Bart und seinen Haaren hervor und betonte die Falten in den Winkeln seiner dunklen Augen. Zunächst sah er mich nicht und saß zusammengesunken da, die Beine vor sich ausgestreckt und den Kopf auf der Brust, als schlafe er. Aber ich wußte, daß er nicht schlief. In den Muskeln seines Halses, der Schultern und der Arme war deutlich die Anspannung zu sehen, auch wenn das jemandem, der ihn nicht kannte, vielleicht entgangen wäre. Aber ich wußte es. Ich wußte, daß die Sorge um mich wie ein Netz feiner Nerven direkt unter seiner Haut lag. Reue über die häßliche kleine Szene im Gästezimmer und meine unbedachten Worte über die Rückkehr der Pacmen überflutete mich, und ich rannte über die Terrasse, legte von hinten die Arme um ihn und küßte ihn auf den Scheitel. Unter meinem Mund fühlte sich sein Haar dicht, elastisch, sogar etwas drahtig an.

»Ich hasse mich für das, was ich dir heute nachmittag angetan habe«, sagte ich. »Das Trinken bekommt mir nicht, und es bekommt mir auch nicht, wenn ich wieder an die ganzen alten Geschichten denke. Ich hätte diesen verdammten Brief gar nicht erst öffnen sollen. Verzeih mir und gib mir etwas zu essen, in dieser Reihenfolge.«

»Ich werde beides tun«, sagte er, ohne sich zu mir umzudrehen. »Dir jetzt verzeihen und dir bald etwas zu essen geben. Aber erst möchte ich mit dir reden. Setz dich bitte einen Moment her.«

»Oje.« Ich ging um den Tisch und ließ mich ihm gegenüber nieder. »Das klingt nach einem sehr ernsten Gespräch.«

»Kann sein«, sagte er. »Ich hoffe, daß es nicht ganz so ernst wird, aber vielleicht läßt es sich nicht vermeiden. Kate ...«

Und er schwieg und sah mich an. Mein Magen sauste nach unten wie in einem anfahrenden Aufzug, und mein Haaransatz wurde schweißnaß. Diesen Blick kannte ich. Er besagte, daß von mir etwas Außergewöhnliches verlangt würde. Vielleicht würde es mir sogar befohlen, denn gelegentlich konnte Alan das tun: einen Befehl aussprechen. Er tat es zwar selten, aber in seinen Adern floß genug von dem Blut jener eisernen Patriarchen aus Minsk, daß er dieses Mittel ohne weiteres einsetzte, wenn er glaubte, keine andere Wahl zu haben. Vermutlich hatten wir jetzt einen solchen Punkt erreicht. Innerlich verfluchte ich mich, denn ich selbst hatte uns an diesen Punkt gebracht.

»Sag es mir«, bat ich. »Nichts kann so schlimm sein wie dieser Blick.«

»Während du geschlafen hast, habe ich Ginger Sibley angerufen und ihr dein Kommen angekündigt«, sagte er in ruhigem und vernünftigem Ton. Aber das Klopfen seiner Halsschlagader verriet, daß er keineswegs ruhig war.

»Nein«, antwortete ich ebenso ruhig. Mein galoppierender Herzschlag strafte auch meine äußere Gelassenheit Lügen.

»Ende des Monats fahre ich wegen des Conroy-Projekts nach

Bucks County. Ich habe auch dort angerufen. Jetzt ist es fest ausgemacht, und ich kann nicht mehr zurück. Und so, wie es dir im Moment geht, kann ich dich nicht alleinlassen. Du kannst mich nicht täuschen; ich weiß, daß du dir in den Kopf gesetzt hast, dieses Zeug sei wiedergekommen. Ich zwinge dich jetzt nicht, zu McCracken zu gehen, aber statt dessen wirst du, während ich fort bin, nach Nag's Head fahren. Du kannst von mir nicht auch noch verlangen, daß ich meine Arbeit aufgebe.«

Ich war wütend auf ihn; das war nicht fair. Er hatte versprochen, das Bucks County-Projekt auf den Herbst zu verschieben, wenn meine letzte Untersuchung vorbei war, und jetzt hatte er sein Wort gebrochen. Und er hatte mich geradezu verraten, indem er Ginger angerufen hatte, obwohl er genau wußte, daß ich nicht fahren wollte. Das war Erpressung, und sein verschlossener, entschiedener Gesichtsausdruck verriet mir, daß ihm das klar war.

»Vermutlich weißt du genau, was ich von beidem halte«, sagte ich kalt.

»Das weiß ich, und du hast aus deiner Sicht auch völlig recht. Es tut mir leid, daß ich es tun mußte. Aber ich werde mich nicht entschuldigen. Auch ich will mein Leben leben. Und ich werde es nicht unterbrechen, nur weil du beschlossen hast, dein eigenes Leben stillstehen zu lassen.«

»Alan, es macht mir nichts aus, allein hierzubleiben«, begann ich. »Es gefällt mir sogar, ich werde völlig zufrieden sein, während du ...«

Er stand auf.

»Dann werde ich McCracken anrufen, und dich morgen ins Krankenhaus bringen und die Tests sofort durchführen lassen«, sagte er.

»Nein, tu das nicht!« rief ich leise, und er setzte sich wieder. Mit ausdruckslosem Gesicht starrte er mich an. Ich wußte, daß ich ihn durch nichts, was ich sagte oder tat, von seinem Entschluß abbringen konnte. Hinter seiner offenen, freundlichen Art verbirgt sich einer der stursten Charaktere der Welt. Und ihm kommen selten Zweifel an der Richtigkeit seiner Entscheidungen, denn er überdenkt sie sehr lange und sorgfältig.

»Was tust du mir an?« flüsterte ich.

»Ich versuche, dein Leben zu retten. Ich versuche, es dir zurückzugeben. Ich versuche ... uns zu retten. Ich glaube nicht, daß unsere schöne Zweisamkeit noch einen weiteren Monat dieses todgeweihten Lebens erträgt. Auch wenn wir zusammenbleiben, wird doch das, was uns ausmacht, verschwunden sein. Und das kann ich nicht ertragen, Katie. Eher verlasse ich dich. Oder es wäre besser, wenn du mich verläßt. Wenn du dich selbst schon nicht wichtig genug nimmst, kannst du dann nicht wenigstens mich so sehr mögen, daß du nach Nag's Head fährst und dort eine Woche mit deinen ältesten Freundinnen verbringst? Ist das so schwer? Bin ich dir denn gar nichts wert, Kate?«

Ich begann wieder zu weinen, trübselig, erschöpft und ohnmächtig. Es kam mir so vor, als hätte ich im Augenblick mehr Tränen als Blut, Knochen oder Gewebe in meinem Körper. Nur Tränen und Pacmen.

»Du bist mir mehr wert als alles auf dieser Welt«, sagte ich. »Ich weiß nur nicht, ob das reicht.«

»Nun, dann überleg's dir«, sagte er. »Und sag mir Bescheid.«

Er drehte sich um und ging ins Haus, und kurz darauf hörte ich, wie der Motor des Volvo angelassen wurde, hörte, wie er hinausfuhr auf die Potato Road und schließlich in Richtung Bridgehampton verschwand. Ich saß auf der Terrasse, während die Dunkelheit sich auf mich herabsenkte, und dachte mit großer Klarheit darüber nach, wie wohl das Leben gewesen wäre, wenn es Alan nicht gegeben hätte, wenn er niemals aufgetaucht wäre.

Und die Antwort war: Es wäre kein Leben gewesen.

Ich lernte ihn fast zum selben Zeitpunkt kennen, als Ginger Fowler am Meer bei Nag's Head Paul Sibley heiratete. An diesem Abend gingen wir miteinander aus und betranken uns, und von da an waren wir nicht mehr oft getrennt. Jahre später unterschrieb eine Freundin von uns einen Verlagsvertrag über ein Buch mit dem Titel *Wie man auf geschickte Weise seinen Partner kennenlernt* und wollte unsere Geschichte darin verwenden.

»Es ist einfach alles drin«, meinte sie. »Sex, Romantik, Rache, eine interessante Stadt und ein Happy End.«

Aber ich war damit nicht einverstanden. Diese Zeit in meinem

Leben hatte nichts mit Geschick zu tun, denn als ich Alan kennenlernte, war ich mir noch nicht einmal sicher, ob ich überhaupt weiterleben wollte. Und obwohl ich es erst sehr viel später erkannte, war, unter anderen Faktoren, er es, der die Waagschale zum Leben hin senkte. Als er an jenem Abend mit seinem Gin-Tonic-Glas an meines stieß und mit mir »Lecháim« alles Gute wünschte, sprach er mir damit mehr Mut zu, als er ahnen konnte. Ich war viel zu abergläubisch, um diese erste Begegnung in ein Buch aufnehmen zu lassen, das zur kurzfristigen Unterhaltung von Börsenmaklern im 9-Uhr-20-Zug aus Larchmont geschrieben war.

Das Einzigartige, was der Selbstmord dem Kind eines Selbstmörders zu bieten hat, ist die Erkenntnis, daß Sterben eine Möglichkeit ist. Der Tod als Option. Selbst wenn der Gedanke an Selbstmord das Kind erschreckt, wütend oder verzweifelt macht, so bleibt er doch etwas, was es straflos in Betracht ziehen kann, weil ein Elternteil es ihm vorgemacht hat. Auch wenn es nicht von eigener Hand sterben möchte, kann es einen Selbstmord doch niemals ganz ausschließen und sagen: »Das würde ich nicht tun.« Sein Erzeuger hat es getan; also könnte auch das Kind es tun. Selbstmord als Möglichkeit – dieser Gedanke hat vielleicht ebenso viele Leben gerettet wie gekostet. Ich weiß, daß ich nach dem Eintreffen von Pauls Brief nur deshalb genug lebensnotwendigen Schlaf bekam, weil sich dieser kühle, klare Gedanke in mein Denken eingeschlichen hatte: »Ich kann jederzeit sterben. Wenn es zu schlimm wird, kann ich es jederzeit tun.«

Und in diesem Bewußtsein konnte ich noch einen und noch einen Tag überstehen.

Auf diese Weise überlebte ich die ersten kalten Frühlingstage. Ich dachte einfach nicht weiter als bis zur nächsten Stunde. Bis zur Dämmerung. Bis zum Ende des Abends. Bis Mitternacht. Ich ging im Morgengrauen zur Arbeit und blieb lange im Büro; dann ging ich langsam nach Hause und schaltete, sobald ich die Wohnung betrat, meinen gebraucht erstandenen Fernseher an. Liebesfilme konnte ich nicht ansehen, und es dauerte fast ein Jahr, bis ich meine Platten wieder hören konnte, aber der idiotische Lärm der Gameshows und der halbstündigen Serienkomödien half mir über manchen Abend hinweg; an den übrigen Abenden verschlang ich Bücher einer bestimmten Sorte. Ich kann mich nicht erinnern, daß ich besonders viel weinte, denn ich hatte schreckliche Angst, daß, wenn ich einmal damit anfing, die Tränen mich sofort in den Abgrund stürzen würden. Ich kann mich überhaupt kaum mehr erinnern, was ich in diesen ersten Monaten genau tat; wenn ich heute an diese Zeit zurückdenke, kommt es mir vor, als hätte ich sie in einer langen, fiebrigen Krankheit verbracht. Ein paar Eindrücke und das allgemeine Gefühl von verzweifeltem, urtümlichem und endlosem Schmerz sind mir noch gegenwärtig, aber über alldem liegt eine Art von unbewegtem Nichts. Alan nennt das meine erste Eiszeit.

Ich erinnere mich allerdings, daß ich im zweiten Monat, im April, einen Trick fand, über den Schmerz hinwegzukommen. Genauer gesagt, war es ein Trick, durch den ich lange Zeitspannen meiner Kindheit und Jugend überstanden hatte und den ich nun wieder zum Leben erweckte. Ich setzte mich einfach hin und fragte mich: »Wie würde eine Frau, die nicht am liebsten vor Schmerz sterben würde, in New York leben?« Und was mir dazu in den Sinn kam, das tat ich. Das funktionierte eine ganze Weile lang erstaunlich gut. Ich wußte nicht, warum mir das nicht früher eingefallen war.

Eine junge Frau in New York, die einen Job hatte wie meinen, wäre glücklich, voller Energie und Pflichtbewußtsein, und so lächelte ich, schloß Freundschaften, arbeitete mit unbändigem Elan und übernahm freiwillig zusätzliche Aufträge. Ich ging mit diesem jungen Mann oder jener jungen Frau zum Mittagessen, und ich las gewissenhaft jeden Sonntag den Kulturteil der *New York Times,* damit ich mich an den Gesprächen über Bücher, Filme und Theaterstücke beteiligen konnte. Keiner der Männer versuchte, sich mit mir zu verabreden, denn es war allgemein bekannt, daß ich zu diesem Fabelwesen gehörte, das da wie Lanzelot aus Frankreich kam, um der Favorit des Königs zu werden, und das wurde respektiert. Aber ich wußte, daß man mich um meiner selbst willen – oder um des Teils davon, das ich zeigte – mochte, und ich war dankbar für die zwanglosen Gespräche, in die ich von früh bis spät verwickelt wurde. Oft kannte ich noch nicht einmal den Namen desjenigen, mit dem ich da redete. Aber ich war dennoch dankbar, denn sobald es still um mich wurde, lauerte die Gefahr. Dann öffnete sich der Abgrund.

»Wie geht es Paul?« erkundigte sich Carl Seaborn häufig, wenn er neben meinem Zeichenbrett stehenblieb.

»Gut«, sagte ich dann und lächelte strahlend.

»Ich habe schon Ewigkeiten nichts mehr von ihm gehört.«

»Er ist schrecklich beschäftigt. Er hängt da in einem Riesenprojekt drin.«

Was ich nicht sagte, war: »Und Sie wären ziemlich erstaunt darüber, mein Lieber.« Ein verrücktes Lachen stieg in mir auf, und ich biß mir auf die Lippen. Die Zerstörung meiner Welt durch blanken Irrsinn lag mir zu dieser Zeit nicht fern.

Trotz meiner Erfolge in der Rolle der Karrierefrau Kate bekam ich Anfang Mai Angstanfälle. Wenn ich in der weichen, grünen Frühlingsdämmerung über die Third Avenue nach Hause ging, konnte es geschehen, daß mich die Panik plötzlich mit solcher Macht überfiel, daß mir beinahe das Herz stehenblieb, meine Knie weich wurden, meine Beine wegsackten und ich in Schweiß gebadet war. Ich klammerte mich an einen Laternenpfahl oder den Rand eines Schaufensters, bis der Anfall vorüber war, und dann schlich ich nach Hause, duschte, schaltete den Fernseher an und legte mich davor, so schwach wie ein ausgewrungener Lappen. Und am nächsten oder übernächsten Tag oder eine Woche später kam ein erneuter Anfall, vielleicht bei der Arbeit und einmal auch mitten in der Nacht. Diese Anfälle waren unbeschreiblich, entsetzlich, beinahe unerträglich, aber ich ertrug sie. Ich redete mir ein, sie verrieten meine Angst vor dem völligen Alleinsein und davor, meine Stellung zu verlieren, wenn Carl Seaborn herausfand, wie es mit Paul stand. Aber eigentlich wußte ich genau, woher sie in Wirklichkeit kamen, auch wenn es noch Jahre dauern sollte, bis ich ihnen einen Namen geben konnte. Ich wußte, daß ich am Rande des Abgrunds entlangwanderte und daß sie der Preis waren, den ich für meinen Erfolg im Alltag zahlen mußte. Diese Wahrheit hatte ich schon früh erkannt: Wenn man den Schmerz verdrängt und die Realität verläßt, bezahlt man das mit einer anderen Form von Angst. Man entkommt ihr nicht. Und doch ging ich mit dieser monströsen Furcht genauso um, wie ich es mit jedem anderen Schmerz getan hatte: Ich überspielte sie so geschickt, als wäre ich Sarah Bernhardt.

In diesem Frühling sah ich den Film *Wer die Nachtigall stört*. Ich ging direkt nach der Arbeit ins Kino, zusammen mit einem Mädchen aus dem Büro. An ihren Namen kann ich mich nicht mehr erinnern, aber ich gehe jede Wette ein, daß sie meinen Namen niemals vergessen hat. Nach wenigen Minuten begann ich in diesem unbeschreiblich zarten, herzzerreißenden und lebensechten Film zu weinen, und als die Stelle kam, an der Atticus Finch den Gerichtssaal verläßt und die Neger auf der Galerie ihm zu Ehren schweigend aufstehen, weinte ich so heftig, daß ich mich entschuldigen und hinausgehen mußte. Ich wusch mir auf der Toilette das Gesicht und versuchte noch zweimal, wieder in den Kinosaal zurückzukehren, aber es hatte keinen Sinn. Gregory Pecks gütiges Gesicht auf der Leinwand trieb mich davon wie das Kruzifix den Vampir. Schließlich ging ich einfach nach Hause, ohne meiner Kollegin Bescheid zu sagen, setzte mich auf mein Sofa und weinte um all die Wahrheiten, um die ich vergeblich gekämpft hatte, um all die verlorenen Väter und um die Kraft und Güte, die ich niemals erfahren hatte. Als ich endlich aufhören konnte, rief ich meine Kollegin an und entschuldigte mich. Sie war höflich und kühl, und ich konnte es ihr nicht verdenken. Ich mußte sie zur Versöhnung zum Mittagessen einladen.

Dann rief ich Cecie Hart an. Dieses Mal wählte ich nicht die Nummer im Tri-Omega-Haus, sondern die des alten Hauses am Tidewater, denn ich wollte nicht riskieren, Gingers oder auch Figs Stimme zu hören. Ich wußte nicht genau, warum ich sie anrief. Vermutlich hatte es mehr mit dem Film zu tun als mit Paul, aber ich war mir nicht sicher. Ich wußte nur, daß ich mit Cecie reden wollte.

Eine sehr brüchige, alte Stimme, so dünn wie Eierschale, meldete sich und sagte, Cecie sei in Boston. Ob sie etwas ausrichten könne?

»Hier ist ihre Freundin Kate Lee, vom Randolph«, sagte ich. »Ihre Zimmergenossin. Wann kommt sie denn zurück?«

»Lee?« fragte die alte Stimme zittrig. »Hat Cecilia ihre Nummer, Miss Lee? Was für ein Zweig der Lees ist das denn? Sind Sie eine von unseren Lees? Es gibt viele hier, wissen Sie...«

Mit lauter Stimme gab ich ihr meine Nummer, denn ich merkte, daß sie ziemlich schwerhörig war und es vermutlich sinnlos war, weitere Informationen über Cecie von ihr erfahren zu wollen. Aber Boston? Wieso Boston, mitten im Schuljahr?

»Wird sie lange in Boston bleiben?« fragte ich noch.

»Nur ein kleiner Höflichkeitsbesuch; wir haben Verwandte dort, wissen Sie«, sagte die alte Dame. Ich gab auf.

»Bitte, sagen Sie ihr, sie soll mich anrufen!« schrie ich.

»O ja, das mache ich«, sagte sie.

Aber Cecie rief nicht zurück. Und ich meldete mich ebenfalls nicht mehr bei ihr.

Sehr viel später schrieb ich ihr einen Brief, den sie nicht beantwortete.

Dann setzte ich mich hin und dachte über die Angst, das Alleinsein und die Wahrheit nach. Ich stellte fest, daß ich schon immer allein gewesen war, genauso allein, wie ich mich jetzt, ohne Pauls metaphorische und tödliche Gegenwart, in New York fühlte. Dieser Tatsache war ich mir nur niemals bewußt gewesen. Es war lediglich eine Frage der Wahrnehmung, war es immer gewesen. Dieser Gedanke änderte nichts an meiner Situation, aber er veränderte meine Gefühle, und das genügte. Am nächsten Morgen ging ich in Carl Seaborns Büro und erzählte ihm von Paul und mir und daß er nicht kommen würde, um bei McKim, Mead and White zu arbeiten.

»Ich weiß, daß Sie Ihre Entscheidung, mich einzustellen, jetzt vielleicht noch einmal überdenken wollen«, sagte ich. »Und ich möchte Ihnen sagen, daß ich das verstehen könnte.«

Er sah mich lange an, und dann lächelte er.

»Haben Sie geglaubt, daß ich Sie hinauswerfen würde, Kate?«

»Na ja, ich weiß, daß Sie mich Paul zuliebe eingestellt haben«, antwortete ich. »Um ihm einen Gefallen zu tun. Und ich weiß, wie wertvoll er für Sie war. Gewesen wäre...«

»Was ich weiß, ist in erster Linie, wie wertvoll Sie für uns sind. Sie haben Talent und Charme, sind klug, umgänglich und freundlich, und ich habe noch nie einen jungen Menschen so hart arbeiten sehen wie Sie. Nein, ich werde meine Entscheidung, Sie einzustellen, nicht überdenken. Ich werde Sie vielmehr in die Entwurfsabteilung versetzen, als Juniorpartnerin. Das hätte ich schon längst tun sollen. Aber jetzt ist es versprochen – sobald wir das richtige Projekt für Sie gefunden haben. Haben Sie noch ein bißchen Geduld, ich sichte die eingehenden Aufträge und komme dann auf Sie zu. Und Kate... das mit Paul tut mir leid.«

»Danke.« Diesmal weinte ich erst, als ich die Damentoilette erreicht hatte. Als ich mich wieder gefangen und mein Make-up ausgebessert hatte, ging ich zurück in die Konstruktionsabteilung, um mich mit der Kollegin, mit der ich im Kino gewesen war, zu versöhnen. In diesem Moment dachte ich zum erstenmal, daß ich vielleicht doch weiterleben würde. Ich wußte nur noch nicht wie.

Eine der seltsamsten Erfahrungen, die man bei einem tiefen schmerzhaften Verlust macht, ist die, daß er einen beinahe blind werden läßt. Mehr als drei Monate lang sah ich keine Gesichter. Ich schloß neue Freundschaften oder eigentlich Bekanntschaften, verabredete mich, lachte und redete. Aber zwei Minuten, nachdem ich mich von jemandem verabschiedet hatte, mußte ich feststellen, daß ich sein Gesicht nicht mehr hätte beschreiben können. Pauls Gesicht hingegen hatte ich so lebhaft und klar vor Augen, als stünde er einen halben Meter neben mir; Paul, den ich nie wiedersehen würde, lebte ständig bei mir, war in meine Netzhaut eingebrannt. Aber die Menschen, mit denen ich mir ein neues Leben einzurichten versuchte, entgingen mir völlig. Es beunruhigte mich nicht besonders, kam mir aber seltsam vor und ließ alles, was ich in dieser Zeit tat, unverbindlich und unwirklich erscheinen. Ich war ganz und gar bereit, wieder Zugang zum Leben zu finden, aber es fehlte der letzte zwingende Antrieb dazu. Jetzt paddelte ich auf dem Schmerz im Kreis wie eine Ente, aber wenigstens war ich an die Oberfläche gekommen.

Am Tag, nachdem im Randolph die Abschlußfeier stattgefunden hatte, einem Samstag, ging ich um acht Uhr morgens ins Büro und blieb dort bis acht Uhr abends. Ich wußte, daß ich sonst den Tag mit entsetzlichen Vorstellungen verbracht hätte: Ginger, wie sie zum letztenmal als unverheiratetes Mädchen aufsteht, wie sie an dem großen Tisch am Meer mit ihren Eltern frühstückt; Paul, der allein am Meer entlangspaziert oder vielleicht die Uferstraße entlangfährt, um seine Braut vor der Hochzeit nicht zu sehen; die Geschäftigkeit der Lieferanten mit ihren Lastwagen; die Brautjungfern; die Stühle, die auf der Terrasse über den Dünen aufgestellt werden; riesige Sträuße weißer Wildblumen und Strandgräser in Körben; die leisen, fließenden Töne des Streichquartetts in der kühlen Salzluft. Dann die ankommenden Gäste, und Paul, der zusammen mit seinem Trauzeugen ... wem? ... aus dem großen Haus in den Sonnenuntergang tritt, und schließlich Ginger, deren unscheinbares Gesicht vor Liebe und Glück im Licht der letzten Sonnenstrahlen leuchtet, während sie oberhalb des uralten Meeres auf ihn zugeht ...

Ich arbeitete den ganzen Tag so stetig und bewußtlos wie eine Maschine, aber die Bilder stiegen dennoch in mir auf. Und in meinen Gedanken war es immer ich, die auf ihn zuging. Als um acht Uhr abends die Dämmerung, die die Third Avenue überflutete, etwa dreihundert Meilen weiter südlich Paul und Ginger ihren Segen erteilte, legte ich meinen Stift beiseite, ließ am Zeichenbrett meinen Kopf auf die Arme sinken und begann zu weinen. Ich hatte eigentlich nur einen Augenblick ausruhen wollen, aber die Tränenflut floß, als wäre eine untergründige unerschöpfliche Quelle angezapft worden. Ich ließ sie laufen, denn ich war einfach zu müde, um dagegen anzukämpfen. Seit dem späteren Nachmittag war ich in dem großen, düsteren Raum allein; niemand konnte mich hören. Ich hatte keine Angst, wie das normalerweise der Fall gewesen wäre. An die Möglichkeit, daß mir irgend etwas zustoßen, man mich körperlich angreifen könnte, hatte ich seit Monaten nicht mehr gedacht. Irgendwie war ich davon überzeugt, daß dies die letzten Tränen sein würden und daß ein Teil des Schmerzes verschwinden würde, wenn der Augenblick dieser unseligen Hochzeit vorüber war. Ich weinte und weinte und wartete auf die Erleichterung, aber unter dem ersten Schmerz fanden sich nur noch weitere Schichten und immer mehr Tränen.

Als eine ruhige Stimme mit dem Anflug eines Brooklyn-Akzents sagte: »Alkohol wäre die Antwort, aber wie lautet die Frage?«, fuhr mein Kopf in die Höhe, und zum erstenmal seit

März sah ich klar und deutlich ein menschliches Gesicht. Es war scharf geschnitten, klug und ähnelte mit seinen lebhaften, glänzenden dunklen Augen, einer seltsam langen Oberlippe und den hervorstehenden, schräg sitzenden Wangenknochen ganz leicht dem eines Affen. Der Mann lächelte durch einen kurz geschnittenen Bart, und seine Zähne waren klein und weiß. Er selbst war klein, schlank und muskulös und trug ein enganliegendes, schwarzes T-Shirt, schwarze Jeans und Tennisschuhe. Sein Gesicht hatte die eigentümlich helle olivbraune Farbe der Orientalen: ganz leicht grünlich und vermutlich sowohl gegen Sonnenbräune als auch gegen Sonnenbrand unempfindlich. Seine Haare waren schwarz und dicht gelockt. Ich weiß noch, daß mir unwillkürlich zwei Gedanken kamen: erstens, er konnte nur jüdischer Herkunft sein, und zweitens, sein Haar würde sich unter meinen Fingern fest und elastisch anfühlen wie der Pelz eines gut gepflegten Terriers.

Mein dritter Gedanke war, daß ich mit ihm allein auf dem Stockwerk oder vielleicht sogar im ganzen Gebäude war, und daß ich ihn nicht kannte. Er sah nicht aus wie jemand, der für McKim, Mead and White arbeitete. Natürlich hatten sie auch jüdische Angestellte, aber wer hier arbeitete, trug die sorgfältig ausgewählten, lässigen Khakihosen und Oxfordhemden der Ivy-League-Absolventen, und alle sahen so aus, als würden sie Brooklyn nur dann betreten, wenn sie ein Flugzeug im LaGuardia-Flughafen oder einen Zug nach Hampton besteigen mußten. Dieser Mann trug bedrohliches Schwarz, redete wie ein Gangster aus Flatbush und bewegte sich wie ein Taschendieb. Ich bekam plötzlich Angst und wurde wütend.

»Wenn Sie nicht in einer Sekunde von hier verschwunden sind, rufe ich die Polizei«, sagte ich und griff nach dem Hörer des Telefons, das neben meinem Zeichenbrett auf dem Fensterbrett stand.

»Weshalb? Wegen widerrechtlichen Besitzes einer Reißschiene?« Er grinste erneut. »Immer mit der Ruhe. Ich bin nur gekommen, um Sie nach Long Island zu entführen. Aber das kann ich auch an einem anderen Tag tun ...«

Ich starrte ihn begriffsstutzig an, und mir wurde bewußt, daß meine Augen beinahe zugeschwollen waren und meine Nase lief.

»Sind Sie nicht Kate Lee?«

»Ja...«

»Mein Name ist Alan Abrams. Ich arbeite für McKim als Architekt. Ich entwerfe das Strandhaus, mit dessen Inneneinrichtung Sie nächste Woche anfangen. Weil ich in der Anwesenheitsliste im Büro gesehen habe, daß Sie hier sind, wollte ich nur fragen, ob Sie vielleicht morgen Zeit haben, mit mir nach Sagaponack zu fahren und sich den Bauplatz anzusehen. Ich bringe Sie auch bis vier Uhr wieder in die Stadt zurück. Aber offensichtlich ist das ein sehr ungünstiger Zeitpunkt für Sie...«

»Ich mache ein Strandhaus?« fragte ich wie betäubt.

»Carl hat mir gestern erzählt, daß er Ihnen das Projekt geben will. War er noch nicht bei Ihnen?«

»Nein«, antwortete ich. »Er war nicht bei mir. Ich war nicht... vielleicht hat er es sich anders überlegt. Ich habe noch nie einen eigenen Entwurf gemacht, außer auf dem College...«

»Bestimmt hat er es sich nicht anders überlegt«, sagte Alan Abrams. »Er hat mir erzählt, daß er von Ihnen eine Inneneinrichtung für ein Strandhaus gesehen hat, die ihn einfach umgehauen hat. Er könnte sich vorstellen, daß wir gut zusammenarbeiten, sagte er, und ich solle mich doch einmal erkundigen, ob Sie mit mir zum Bauplatz hinausfahren wollen, bevor wir mit der Arbeit anfangen. Am Montag wird er es Ihnen wahrscheinlich selbst sagen. Ich wollte Sie eigentlich heute abend anrufen, aber dann sah ich, wie gesagt, unten Ihren Namen auf der Liste...«

»Ein Strandhaus...«, sagte ich noch einmal.

»Ja«, meinte er trocken. »So etwas wie ein Haus am Meeresstrand. Das haben viele Leute hier. Sehen Sie, wenn da das Meer ist... ach Scheiße, tut mir leid. Ich werde immer gleich sarkastisch, selbst wenn ich es gar nicht will. Sie haben doch irgendeinen Kummer. Ich lasse Sie bis Montag in Ruhe, ja? Dann können wir einen Kaffee trinken gehen oder so und darüber reden.«

Er drehte sich um und ging. Seine Tennisschuhe machten fast kein Geräusch. Er bewegte sich wie ein Tänzer. Ich sah ihm nach. An der Tür wandte er sich um und kam wieder zurück.

»Hören Sie, ich kann Sie hier nicht weinend in der Dunkelheit zurücklassen«, sagte er. »Waschen Sie sich das Gesicht, und ich lade Sie auf einen Drink und zum Abendessen ein. Wie ich schon sagte, Alkohol ist eine Antwort. Ich werde mich auch nicht nach der Frage erkundigen.«

»Sie müssen mich nicht zum Abendessen einladen«, entgegnete ich mit dünner Stimme.

»Es gibt vieles, was ich nicht muß. Ich will Sie zum Abendessen einladen. Ich werde mit Ihnen viel Zeit verbringen. Und ich will sehen, wie Sie aussehen, wenn Sie nicht weinen. Sie hören doch auf zu weinen, nicht wahr?«

»Ja...«

»Und Sie essen auch etwas, wenn es jemand vor Sie hinstellt?«

Mir wurde klar, daß ich außer einer kalten Scheibe Toast zum Frühstück heute noch nichts gegessen hatte.

»Ja.« Mir gelang ein leichtes Lächeln. Es ließ meine Lippen zittern, aber über meine unteren Wimpern traten keine Tränen mehr.

»Dann kommen Sie«, sagte Alan Abrams. »Wir gehen zu P. J. Clarkes auf einen Drink und einen Hamburger, und dann hinunter in die Village Vanguard, um uns Gerry Mulligan anzuhören. Mögen Sie Jazz?«

»Ich liebe Jazz«, sagte ich. »Aber so, wie ich aussehe, kann ich wohl nicht losgehen.«

»Machen Sie Witze? Sie sehen großartig aus. Nur ein bißchen naß. Wie Undine. Genau richtig für ein Strandhaus.«

Als ich aus der Damentoilette zurückkam, saß er an meinem Zeichenbrett und kritzelte auf Kopierpapier herum. Er blickte auf und lächelte mich an. Es war ein bezauberndes Lächeln, bei dem man einfach zurücklächeln mußte.

»Schon viel besser«, stellte er fest. »Wie Grace Kelly, die Undine spielt. Ich bin jetzt schon verloren. Vielleicht werde ich Ihnen bereits beim Nachtisch einen Heiratsantrag machen. Kühlen, blonden Frauen konnte ich noch nie widerstehen. Das ist der Fluch, der über dem Leben meiner Mutter liegt.«

»Mit mir würde sie vermutlich nicht einverstanden sein.« Ich folgte ihm hinaus in die warme Dämmerung. An der Third Avenue gingen gerade die Lichter an, und plötzlich kam mir das alles wunderschön vor. *L'heure bleue* nennen die Franzosen diese Zeit des Tages. Der Ausdruck hätte für New York erfunden sein können. Es war schon lange her, seit ich zum letztenmal so etwas bemerkt hatte.

»Gar kein Ausdruck. Sie würde einen Killer anheuern, um Sie beseitigen zu lassen«, sagte er und hielt einen Finger in die Höhe, um ein Taxi zu rufen. Aus dem Lichterfluß löste sich ein Wagen und glitt an den Straßenrand. »Sie hat bereits einen Heiratsvermittler engagiert, um mich mit einem netten, orthodoxen Mädchen zu verkuppeln. Ein Vermögen hat sie dafür ausgegeben.«

»Und hat sie jemanden gefunden?«

»Nein. Die letzte hatte einen Schnurrbart.«

Bei B.J. Clarkes setzten wir uns auf die Stühle an der kleinen Bar und bestellten Gin-Tonics. Als sie kamen, hob er sein Glas und berührte damit den Rand des meinen.

»Lecháim«, sagte er.

»O ja, Lecháim«, antwortete ich und nahm einen großen Schluck. Das Getränk war wunderbar, so klar und eiskalt. Ich trank schnell aus und aß dann meine Zitronenscheibe, was ihn zusammenzucken ließ. Er bestellte mir einen weiteren Gin-Tonic, und wieder nahm ich einen großen Schluck, seufzte dann, stellte das Glas auf die Theke und lehnte mich in meinem Stuhl zurück. Die Schärfe des Schmerzes ließ nach, und die Eisenklammern, die meine Brust während der letzten Monate zusammengepreßt hatten, lockerten sich ein wenig.

»Sie haben recht«, sagte ich. »Alkohol ist die Antwort. Ich wünschte nur, ich hätte eher daran gedacht.«

»Dann darf ich mich erkundigen, wie die Frage lautete?«

»Jetzt noch nicht. Aber noch ein Glas von diesem Zeug, und Sie dürfen mich alles fragen.«

In meinem Kopf drehte sich alles, und meine Ohren summten ein bißchen, aber ich spürte kein Schwindelgefühl. Ich fühlte mich so konzentriert und klar wie seit langer Zeit nicht mehr, als hätte sich eine Art giftiger Nebel gehoben, der mich eingehüllt hatte. Die Klarheit fühlte sich herrlich an.

»Im übrigen weiß ich, was die Frage ist«, sagte er und warf mir einen Seitenblick zu. »Oder zumindest weiß ich, worum es geht. Ich will die Bekanntschaft mit Ihnen nicht unter falschen Voraussetzungen beginnen. Carl hat mir von Ihrem Scheißkerl von Freund erzählt, diesem Mann mit dem goldenen Arm, als der er immer gehandelt wurde.«

»Dazu hatte er kein Recht.« Das vom Gin hervorgerufene Wohlbefinden verschwand. »Das war eine ganz private Angelegenheit.«

»Er hatte jedes Recht, ja sogar die Pflicht, seinen Architekten zu erzählen, daß Mies Junior nun doch nicht zur Mannschaft stößt«, entgegnete Alan in mildem Ton. »Seit zwei Jahren haben wir jetzt unter diesem Damoklesschwert gelebt. Ein Jubel brach aus, daß man ihn bis Neward hören konnte. Die meisten von uns haben ihn kennengelernt, als er zu seinem Vorstellungsgespräch hierherkam. Wir haben ihn Käpt'n Arschloch genannt.«

»Sie hatten ja gar keine Gelegenheit, ihn näher kennenzulernen«, sagte ich mit leiser Stimme. Und dann unterbrach ich mich. Warum verteidigte ich Paul Sibley?

»Genug Gelegenheit, um festzustellen, daß er Carl und die Firma hereingelegt und so schnell wie möglich so viele Kunden wie möglich mitgenommen hat. Für Schweinekerle habe ich eine unfehlbare Antenne. Carl hat mir erzählt, was dieser Typ getan hat. Daß er Ihre reiche Freundin geheiratet hat, meine ich. Das hat er sonst niemandem erzählt, aber er dachte, ich sollte es wissen, wenn wir zusammenarbeiten. Nur keine Angst, ich erzähle es nicht weiter. Denn in dem Moment, in dem diese Sache ruchbar wird, würden sich alle auf Sie stürzen. Und auf diese Weise habe ich einen kleinen Vorsprung, wenn Sie mir die Bemerkung verzeihen.«

»Na ja, dann müssen wir ja nicht mehr darüber reden, oder?« Tief in mir spürte ich, wie sich schon wieder Tränen sammelten.

»Natürlich nicht«, sagte er. Dann blickte er mir noch etwas genauer ins Gesicht.

»Die Hochzeit war irgendwann an diesem Wochenende, oder?«

»Vor etwa einer Stunde.« Ich versuchte, ein ironisches Lächeln aufzusetzen. Es gelang mir nicht allzu schlecht. »So ungefähr in dem Moment, als Sie sagten, Alkohol sei die Antwort, sagte er: Ja. Und das war's jetzt. Ich will nicht mehr darüber reden. Es ist vorbei.«

Er schwieg eine Weile und nippte an seinem Gin-Tonic. Dann griff er nach unten, nahm meine Hand und hielt sie locker in meinem Schoß. Seine Hand war klein, fest und warm.

»So ist es gut«, sagte er. »So ist es gut.«

An diesem Abend tranken wir eine ganze Menge. Ich kann mich nicht mehr erinnern, wieviel. Nach und nach füllte sich das Restaurant mit der Sorte von Leuten, wie sie damals in einer sommerlichen Samstagnacht ausgingen: teuer und lässig gekleidet, gutaussehend, jung und lachend. Vor allem lachend. Daran erinnere ich mich am deutlichsten: an die lange Reihe großer, heller Drinks und das Lachen. Ich lachte, wie ich seit den Nächten mit Cecie nicht mehr gelacht hatte, und ich lachte über dieselben Dinge. Alan hatte eine scharfe Zunge, er war klug und kritisch. Nur seine Freundlichkeit bewahrte ihn vor purer Bösartigkeit, und seine Intelligenz gab seinen Bemerkungen Witz und Präzision. Er hatte dieselben Autoren gelesen wie Cecie und ich, er mochte die gleiche Musik, Kunst und Architektur, die gleichen Theaterstücke und Einrichtungsgegenstände, und, was das wichtigste war, er hatte auch die gleichen Abneigungen. Wir redeten den ganzen Abend und mußten bei den meisten Themen lachen. Als mein Hamburger kam, war ich sehr betrunken, und das wußte ich, aber es war nicht jene stammelnde und stolpernde Art von Trunkenheit, die beschämt und hilflos macht. Alles um mich herum wurde schärfer und leuchtender, es war wie verzaubert. Ich weiß nicht, wie er es schaffte, nicht betrunken zu werden, denn er hatte mehr getrunken als ich; aber er wirkte nicht so. Als wir in das Taxi stiegen, um zu Vanguard ins Village zu fahren, war seine Hand unter meinem Arm locker und stabil, und sein Schritt war noch immer leichtfüßig, schnell und sicher.

»Sind Sie Tänzer?« fragte ich ihn, als wir vor dem Vanguard angekommen waren und ich ihm beim Aussteigen zusah. »Sie gehen wie ein Tänzer. Und Sie haben den Po eines Tänzers, ein festes, kleines Hinterteil. Huch. Das haben Sie jetzt nicht gehört. Solche Sachen sage ich nicht.«

»Ich bin Boxer«, erklärte er grinsend. »Weltergewicht an der Universität von New York. In der Armee, in Frankreich, habe ich im Weltergewicht die Golden Gloves gewonnen.«

»Ah, Frankreich«, sagte ich. »Sehr berühmt für seine Architekten, dieses Frankreich. Muß wohl am Wein liegen.«

»Das stimmt. Dort hat Carl Käpt'n Arschloch kennengelernt, nicht wahr? Nun, machen Sie sich nichts draus. Er hat nicht überall seine Spuren hinterlassen. Es ist noch genug übriggeblieben für uns einfache Leute.«

Sobald wir uns in dem großen, blau verräucherten Kellerraum hingesetzt hatten und Mulligan mit seinem ersten rasenden, dissonanten Set loslegte, verlor ich zunehmend das Bewußtsein, und von da an kann ich mich nur noch an schwarzweiße Blitze und vorüberfliegende Bilder und Töne erinnern. Ich weiß noch, daß ich applaudierend aufsprang und mit allen anderen im Raum schrie, während das Trio, mit Mulligan am Bariton-Saxophon, kühl und flüssig seinen Klassiker »Walking Shoes« spielte. Und ich weiß noch, daß ich etwas später vor dem Vanguard auf dem Bürgersteig stand, mit Alan Händchen hielt und laut »On the Street Where You Live« sang. Noch später saßen wir in einem Auto und surrten über eine dunkle, leere und scheinbar endlose Landstraße. Das Licht des Autoradios glühte grün und verwandelte Alans leicht orientalisches Gesicht in das eines Mongolen, und ich rezitierte Dorothy Parker. Ich meine mich zu erinnern, daß er in vieles davon einstimmte; auf jeden Fall erzählte er mir später, daß ich wohl alles zitiert hätte, was sie jemals geschrieben habe, und das sogar einigermaßen richtig.

»Deine Cecie, von der du dauernd gesprochen hast, würde ich gerne kennenlernen«, sagte er noch. »Nach dem, was du über sie erzählt hast, würde ich glatt erwarten, daß wunderbare und heilige Strahlen aus ihren Ohren schießen.«

Aber ich kann mich gar nicht erinnern, daß ich an diesem Abend überhaupt von Cecie sprach. Es gibt dann eine lange Zeitspanne, die vollends in Dunkelheit getaucht ist, und dann eine sehr klare, zarte Erinnerung an das Erwachen an einem leeren Strand bei Morgengrauen. Der Sand war kalt unter meinen Beinen und Füßen und das silberne und rosafarbene Meer vollkommen flach und unbewegt. Ich lag auf der Seite auf einem Badehandtuch, zusammengerollt wie ein Baby im Mutterschoß, und das Tweedjacket eines Mannes war über mir ausgebreitet. Ich sah einen Schwarm kleiner, langbeiniger Meeresvögel, die das sahnige Flachwasser aufwühlten, und dann, neben mir, Alan Abrams, der die Arme um die Knie geschlungen hatte und geradewegs aufs Meer hinausblickte. Ich hörte das leise, zischende Rauschen der winzigen Wellen und das Rattern der Muscheln und Kiesel darin und den Schrei der Möwen und weit draußen, am Horizont, das gedämpfte Tuckern eines ausfahrenden Fischerbootes. Ich hörte Alans leisen und gleichmäßigen Atem. Ich spürte die feuchte Kühle der morgendlichen Seeluft, schmeckte Salz auf meinen ausgetrockneten Lippen und spürte jenes Pochen in den Schläfen, das, solange das Gefühl noch nicht vollständig erwacht ist, hämmernd einen Kater ankündigt. Mühsam setzte ich mich auf, wobei ich mich in der Tweedjacke verfing. Ich wußte nicht, wo, an welchem Strand, ich mich befand. Aber ich wußte ganz genau, wer Alan war.

Er drehte sich zu mir um und lächelte. Er sah so frisch und kläräugig aus wie am Abend zuvor, als ich ihn zum erstenmal gesehen hatte.

»Doch still, was schimmert durch das Fenster dort?« sagte er. »Es ist der Ost, und Julia die Sonne.«

»Wo sind wir? Wie spät ist es?« fragte ich.

»Wir sind am Strand von Sagaponack. Es ist fünf Uhr und fünfzig Minuten. Bevor du ein weiteres Wort sagst, laß mich dir versichern, daß die ganze Sache so absolut schicklich verlaufen ist wie in einer Tanzschule. Du hast darauf bestanden, hierherzufahren, um dir den Sonnenaufgang und unseren Bauplatz anzusehen, und sobald wir am Strand waren, bist du eingeschlafen, und seitdem sind wir hier. Ich habe dich nicht angerührt, außer, um dir meine Jacke umzulegen. Ich hatte allerdings drei Stunden Zeit, unschicklichen und schmutzigen Gedanken nachzuhängen, während ich dir beim Schlafen zusah.«

»Wenn ich jetzt nicht gleich eine Tasse Kaffee und eine Aspirintablette bekomme und aufs Klo gehen kann, dann sterbe ich«, sagte ich. »Und ich glaube, in einer Minute, wenn ich mich an alles wieder erinnern kann, werde ich sowieso sterben. Ich habe gesungen, nicht wahr?«

»Allerdings«, sagte er. »Gut und laut. Tausende haben dir zugejubelt.«

»O mein Gott.«

Am Sunrise Highway kurz hinter Bridgehampton entdeckten wir ein Imbißlokal, das die ganze Nacht geöffnet hatte. Ich wusch mein Gesicht und putzte mir die Zähne, und dann kauften wir Kaffee in Pappbechern, den wir im Auto mit an den Strand nahmen. Ich konnte mich noch an die Stadt erinnern, weil ich während meines Weihnachtsbesuchs bei den Seaborns dort gewesen war, aber damals hatte sie sich schneebedeckt, still und verschlossen gezeigt. Jetzt strahlte sie die grüne, frische Lebendigkeit des Hochsommers aus, und die flachen schwarzgrünen Kartoffelfelder, die grauen Ställe, die kleinen, stillen Weiher und die schmalen geraden Straßen, die zum Strand hinunterführten, bezauberten mich und erinnerten mich an die Gegend bei Nag's Head. Als wir dann Sagaponack erreichten, in die Potato Road abbogen und ich vor dem blassen Himmel die hohe, zerklüftete, grasbewachsene Linie der Dünen sah, zog sich mein Herz schmerzhaft zusammen. Es ähnelte so sehr den Outer Banks, so sehr ...

Wir stellten das Auto an der Straße ab und wanderten durch den lockeren Sand und das Dickicht aus Strandhafer, Dünengras, Strandprimeln, Brechnuß und Strand-Platterbsen bis hinauf auf den Kamm der Dünen. Ich atmete tief durch. Die steilen Abhänge der Dünen unter uns waren dicht mit Dünengras und Strandhafer bewachsen und liefen in gelbbraunem Sand aus. Der flache Strand dahinter ging in eine leuchtend rosafarbene Fläche über. Genau in diesem Augenblick hob sich die Sonne aus dem Meer und ließ die Erde im Morgenrot entflammen. Ich mußte die Augen schließen und spürte, wie unter meinen geschlossenen Lidern Tränen aufstiegen. Diese wilde Einsamkeit, dieser großartige, zeitlose Friede – es war genauso wie am Nag's Head. Die Schönheit traf mich wie ein Pfeil.

Neben mir hörte ich Alan fragen: »Kennst du dieses Gedicht von T. S. Eliot? ›Ich hörte die Meermädchen singen, hin und her. Ich glaube nicht, daß ihr Gesang mir gilt.‹ Ich denke, das stammt aus Prufrock. Daran erinnert mich dieser Augenblick.«

Ich wandte mich um und sah ihn an. Wer war dieser Mann?

»Ich kenne es«, sagte ich. »Ich kann es nicht leiden.«

Wir schwiegen eine Weile, tranken unseren Kaffee, und dann

fragte ich: »Was war der eigentliche Grund dafür, daß du mich hierhergebracht hast?«

»Ich wollte sehen, was du für ein Verhältnis zum Meer hast«, antwortete er in ernstem Ton. »Dieses Strandhaus ist mir sehr wichtig. Jedes Haus am Meer würde mir viel bedeuten. Das Meer ist das, was ich auf dieser Erde am meisten liebe, und ich glaube, ich könnte bei einem Projekt an der Küste nicht mit jemandem zusammenarbeiten, der die See nicht ausstehen kann.«

»Und was glaubst du von mir?«

»Ich glaube, du liebst das Meer ebenfalls«, sagte er. »Wenn man mit einem Kater aufwacht, kann man sich nicht gut verstellen. Ich habe gesehen, wie deine Augen bei seinem Anblick aufleuchteten.«

Wir spazierten ein Stück den Strand entlang, mit den Füßen knöcheltief im kühlen, plätschernden Wasser. Wie bei Nag's Head war auch hier der Strand beinahe zu weich, um darin zu gehen, so daß man sich an der Flutlinie halten mußte. Alan deutete auf etwas großes Weißes in der Ferne, dessen Umrisse einem Silo ähnelten.

»Unser Bauplatz ist gleich neben diesem gräßlichen Ding«, sagte er. »Obwohl die ganze Küste hier völlig unverbaut ist, mußten die Friedmans ausgerechnet das Grundstück direkt neben der hiesigen Maginotlinie kaufen. Vielleicht fanden sie es passend, sie kämpften nämlich die ganze Zeit gegeneinander. Mal dreht er durch und fliegt mit dem Privatflugzeug nach Hause nach Sneden's Landing, mal dreht sie durch, dann ruft sie den Piloten, damit er sie nach Hause bringt. Auf diese Weise wird das Haus zwar niemals fertig, aber wenigstens lassen sie mich so ziemlich das tun, was ich will. Möglicherweise lassen sie auch dir freie Hand. Wenn alles gut geht, werden wir noch diese Woche mit dem Bau beginnen.«

Schweigend gingen wir weiter; es war angenehm, mit ihm zusammenzusein. Nur einmal sah ich Paul und Ginger vor mir, wie sie an einem anderen Strand am selben Meer in einem zerwühlten weißen Bett erwachten. Ich schob den Gedanken beiseite. Es war jetzt an der Zeit, die beiden zu vergessen.

»Willst du mich nicht zum Frühstück einladen?« erkundigte ich mich.

»Einen Moment noch. Erst will ich dir etwas zeigen.«

Weiter unten am Strand wich die Küstenlinie ein Stück zurück und bildete eine kleine Bucht. Ich sah, daß hier die höchsten Dünen über den Strand hinausragten; sie waren so hoch, daß die anderen daneben geradezu mickrig wirkten. Vor dem immer blauer werdenden Himmel wogte leise der Strandhafer, und dahinter wuchs ein festes, grünes, undurchdringliches Dickicht aus Wachsmyrte, Gagelsträuchern, Stechpalmen, niedrigwachsenden Pappeln, Stechwinden und Strandpflaumen. Es war ein herrlicher versteckter Platz, wild und auf eine seltsame Weise magisch. Weiße Schaumkämme kreuzten sich diagonal in der kleinen Bucht, so als wären die Wellen hier Gefangene, die um ihre Freiheit kämpften. Ich stellte mir vor, wie sich bei Sturm der ganze Ozean weiß und wütend in diesen kleinen Halbmond ergoß.

»Wie wunderschön es hier ist«, sagte ich. »Wie ... zauberhaft.«

»Der Platz gehört mir«, sagte er mit einem Lächeln. »Im Frühjahr, als ich zum erstenmal hierherkam, um mir den Bauplatz der Friedmans anzusehen, habe ich ihn entdeckt. Ich versetzte meine Seele und kaufte ihn noch in derselben Woche. Ich besitze knapp einen Hektar. Hier werde ich ein Haus hinstellen, direkt auf den Kamm der Dünen, mit einem angebauten Studio, das auf der höchsten Düne steht und von dem aus man bis nach Madagaskar sehen kann. Es wird noch eine Ewigkeit dauern, aber ich werde es bauen. Entworfen ist es bereits.«

Ich drehte mich abrupt um und machte mich den Strand entlang auf den Rückweg. Unter meinen Füßen floß das Wasser ab. Mein Herz schlug wie ein Hammer gegen meine Brust. Wer immer dieser Mann war, ich konnte diese unheimliche Doppelgängerschaft nicht länger ertragen. Ein zweiter Paul Sibley hatte in meinem Leben keinen Platz. Ich würde zu Carl Seaborn gehen und ihn bitten, mich von dem Projekt zu entbinden ...

Er holte mich ein und drehte mich zu sich um.

»Was ist los mit dir?« fragte er.

»Paul Sibley wollte genau das gleiche«, sagte ich knapp. »Du weißt schon, Käpt'n Arschloch. Er baut es übrigens gerade, auf die Dünen bei Nag's Head. Diese Inneneinrichtung, die ich entworfen habe und von der dir Mr. Seaborn erzählt hat ..., die war für dieses Haus. Das hast du doch gewußt, oder? Hast du das nicht gewußt?«

Er starrte mich an und schüttelte schweigend den Kopf; dann begann er zu lachen.

»O Herrgott. Warum müssen wir Juden bloß immer einen Schritt hinter den verdammten Gojim herlaufen?«

Einen Augenblick lang stand ich unbewegt in der aufsteigenden Sonne; dann begann ich ebenfalls zu lachen. Ich lachte, bis ich nicht länger aufrechtstehen konnte und mir die Seiten wehtaten. Ich hielt mir den Bauch und ließ mich in den Sand fallen.

»Er ist überhaupt kein typischer Gojim«, keuchte ich. »Er ist ein halber Indianer!«

Alan Abrams brach in ein laut johlendes, fröhliches Gelächter aus und sank neben mir in den Sand. Wir lachten und lachten in den noch jungen Morgen hinein, bis wir endlich wieder fähig waren, uns aufzurappeln und über die Dünen zum Auto zurückzugehen. Noch als wir aus Bridgehampton in Richtung Manhattan fuhren, lachten wir.

»Nun denn, Kate Lee«, sagte er, als er mich vor meinem Haus aussteigen ließ. »Es wird Zeit, daß wir uns an die Arbeit machen.«

10. Kapitel

Und auf diese Weise, durch Arbeit und Lachen, fand ich in jenem Sommer wieder ins Leben zurück. Vom ersten Tag an lief das Friedman-Haus-Projekt so gut, daß ich alle Bedenken, ich sei möglicherweise bei McKim nur geduldet, vergaß. Ideen, Farben, Stoffe und Lösungen für Einzelprobleme fanden sich ohne Schwierigkeiten und immer dann, wenn ich sie brauchte. Alles lief so mühelos, daß ich mißtrauisch wurde.

»Das kann unmöglich immer so weitergehen«, sagte ich wiederholt zu Alan, während wir Seite an Seite in seinem Büro arbeiteten. Er hatte darum gebeten, mein Zeichenbrett für die Dauer der Arbeit am Strandhaus-Projekt dort hinzustellen, und Carl Seaborn war einverstanden gewesen.

»Du hast recht. So etwas kann es eigentlich gar nicht geben«, meinte er. »Es macht mich richtiggehend nervös, daß dieses Projekt so gut läuft. Seit Baubeginn haben sich die Friedmans nicht ein einziges Mal gestritten. Du und ich, wir haben uns ebenfalls nicht gestritten. Na ja, zumindest nicht richtig. Carl hat nicht herumgebrüllt. Wir sind im Plan und hatten noch keine Verzögerung, nicht mal wegen Regen. Die Arbeiter benehmen sich richtig menschlich. Wir sollten einfach nicht mehr erwähnen, wie gut es läuft, bis die Sache vorbei ist.«

Und so hielten wir es. Das Strandhaus auf den Dünen bei Sagaponack wuchs weiterhin unter seinen und meinen Händen, und ich glaube nicht, daß mir jemals ein anderes Projekt so viel bedeuten wird wie dieses, mein erstes.

Heute weiß ich, daß sich ein großer Teil der Freude und des Erfolgs auf Alans natürlicher Begabung und seinem Spaß an der Sache speiste. Er war außerordentlich talentiert, wenn auch vielleicht nicht ganz so sehr wie Paul Sibley und auf eine völlig andere

Weise. Alans Begabung war keine dunkle, verzehrende, flammende Angelegenheit wie bei Paul, sondern sehr viel erdverbundener. Er arbeitete entspannt, methodisch, geduldig, im Detail manchmal auch besessen ... aber er liebte seine Arbeit, und das Projekt bereitete ihm größtes Vergnügen. Manchmal, wenn ihm etwas, das er entwickelt hatte, besonders gut gefiel, stieß er einen ausgelassenen, jubelnden Freudenschrei aus, und aus den umliegenden Büros kamen die Kollegen angelaufen, um sich sein Ergebnis anzusehen. Alans Entwürfe waren offen und zugänglich; sie umhüllten ihre Bewohner, vermittelten Sicherheit und Wärme und verliehen ihnen feste Wurzeln. Wer in einem Haus von Alan Abrams lebte, spürte den Pulsschlag der Erde, den Atem des Meeres und das kühle, schützende Himmelszelt, und wie in einem Luftschiff segelte er sicher in den Strömungen des Windes dahin. In einem Haus von Paul zu leben, bedeutete mit wildem Herzschlag und zitterndem Atem zu leben, außerhalb der eigenen Haut und bis in die letzte Faser der Existenz angespannt. In einem Sibley-Haus konnte man nicht ausruhen, aber in einem von Alans Häusern jederzeit, genauso wie bei Alan selbst. Für mich war das in diesem Sommer genau das Richtige.

Wir arbeiteten vom frühen Morgen an und oft bis spät in die Nacht hinein. Wir redeten, diskutierten, stritten, lachten, brüllten und lachten noch mehr. Das Mittagessen verzehrten wir entweder am Schreibtisch oder im Imbißladen um die Ecke. Mindestens einen oder zwei Tage in der Woche verbrachten wir draußen am Bauplatz, schwitzend, mit sonnenverbrannter, sich schälender Haut und nassen Haaren unter den Schutzhelmen, wobei wir den Bautrupp beinahe zur Verzweiflung brachten und die Friedmans, die ständig auf der Baustelle waren und den Arbeitern dreinredeten, für die restliche Dauer der Bauarbeiten von dort vertrieben. Das gelang Alan, indem er ihnen eines Julitages erzählte, sie würden ihr Haus niemals im *Architectural Digest* bewundern können, wenn sie nicht damit aufhörten, sich einzumischen. Noch am selben Nachmittag flogen die Friedmans, zum erstenmal gemeinsam, in ihrem kleinen Flugzeug vom McArthur-Flugplatz nach Hause. Ich stellte ihn deshalb zur Rede.

»Das ist Erpressung. Außerdem, wieso kannst du bestimmen,

was im *Digest* erscheint? Du hast doch nicht sehr viel mehr Erfahrung als ich.«

»Es ist bereits fest eingeplant, wenn wir bis Dezember fertig werden«, sagte er. »Das hat mir Carl letzte Woche erzählt. Die meisten seiner Häuser werden dort vorgestellt. Die Friedmans wissen das, es ist einer der Gründe, weshalb sie zu uns gekommen sind. Möglicherweise haben wir damit ihre Ehe gerettet.«

Während das Haus wuchs, vergaßen wir immer mehr, wer von uns was dazu beigetragen hatte. Sowohl für uns als auch für die Firma war es einfach Kates und Alans Haus. Vor den anderen Mitarbeitern lobte uns Carl einmal als mustergültiges Beispiel für die Zusammenarbeit zwischen Architekt und Innenarchitekt. Wir mußten uns danach ziemlich viel Spott anhören, aber er hatte es ernst gemeint, und die Firma plante uns für weitere gemeinsame Projekte ein. Wenn ich selbst die Wahl hätte treffen müssen, ich hätte mir als Zugpferd kaum einen Architekten suchen können, dessen Stern schneller aufging und heller strahlte als der von Alan Abrams.

Vermutlich war es unausweichlich, daß wir unsere Gemeinsamkeit auch auf andere Bereiche unseres Lebens ausdehnten. Ich selbst hatte kaum andere Bereiche, und so war ich völlig zufrieden damit, mein Leben durch seine Anwesenheit gestalten zu lassen. In diesem Sommer kam mir nie der Gedanke, daß er vielleicht ein Leben haben könnte, in dem ich nicht vorkam. Aber das war natürlich blauäugig, denn er hatte eine Familie und Freunde, die ich nicht kannte, auch wenn er, wie es schien, den Kontakt zu ihnen unterbrochen hatte. Während dieser Monate waren wir wie siamesische Zwillinge; unser Zusammensein hatte in der Tat etwas Geschwisterliches, denn Alan nahm sich die ganze Zeit über kaum mehr heraus, als meine Hand zu halten, und auch das tat er nur gelegentlich. Und ich umarmte ihn lediglich dann, wenn mich Freude und Entdeckungslust davontrugen.

Das war der Sommer, in dem er mir New York zu Füßen legte. Das war der Sommer, in dem ich mit ihm all die Dinge unternahm, die ich mir für Paul aufgespart hatte. Ich ließ mein Leid hinter mir, und alle Dinge wirkten wie neu auf mich, weil Alans Gegenwart sie mit dem Zauber des Lachens und der Sicherheit und Geborgenheit umhüllte. In diesem Sommer war New York für mich so voller Blüten wie seither niemals wieder. Irgendwann in diesen Monaten packte ich alles, was mit dem verräterischen Süden zu tun hatte, und alles, was ich über weichlippige, verträumte, mörderische Männer wußte, in den letzten Winkel meiner Seele. Ich wußte, daß ich nicht mehr nach Hause fahren würde, und das tat ich auch nicht. Es sollte noch viele, viele Jahre dauern, ehe ich wieder zurückkehrte. Wir machten endlose Spaziergänge und verbrachten lange Nächte in dunklen, verräucherten Kneipen oder in exotisch duftenden hellen Räumen, wo wir aßen, Kaffee tranken und Musik hörten; nach der ersten Nacht tranken wir nicht mehr viel. Wir brauchten es nicht.

Er zeigte mir alles, von dem er meinte, ich müßte es sehen . . . die Freiheitsstatue, das Aussichtsdeck des Empire State Building, die Public Library, die Carnegie Hall, den Central Park, den Zoo, den Botanischen Garten in Brooklyn, das Aquarium, das Metropolitan Museum, das Museum of Modern Art und das erstaunliche neue Guggenheim Museum. Wir sahen Theaterstücke und Filme und Ausstellungen und Zirkusvorstellungen und ein- oder zweimal ein Spiel der Yankees, im Yankee-Stadion droben in der Bronx. Alan war ein begeisterter Sportfan. Er nahm mich mit zu Boxveranstaltungen in den Madison Square Garden, zu Pferderennen nach Belmont und zu Tennisspielen nach Forest Hills, und einmal mieteten wir, als wir draußen in Bridgehampton waren, einen Flying Dutchman und gingen segeln. Er war gut darin, schnell und geschickt.

»Wo hast du denn segeln gelernt?« fragte ich, als wir bei Sonnenuntergang wieder anlegten. »Doch bestimmt nicht an der Universität von New York?«

»Nein. Ich habe es in Frankreich gelernt«, antwortete er. »Und du? Du bist auch nicht schlecht.«

»Auf Cape Cod. Und ich hasse es, seit ich zum erstenmal einen Fuß in eine kleine Jolle gesetzt habe.«

Er lachte. »Ich auch. Mir wird schlecht dabei, und mein wertvolles Gleichgewicht ist für Tage dahin. Ich habe dich nur mitgenommen, weil ich finde, daß du aussiehst, als müßtest du segeln. Wie Grace Kelly in diesem Film, du weißt schon, in dem sie singt.«

»Na ja, dann sollten wir es von jetzt an besser lassen«, sagte ich. »Das Leben ist viel zu kurz.«

Und so segelten wir nicht mehr. New York hatte genug zu bieten, um nicht nur einen, sondern viele Sommer zu füllen. Wir fuhren hinauf zu den Cloisters und verbrachten dort einen ganzen Sonntag. Wir sahen Shakespeare und lauschten klassischen Konzerten im Central Park, schlenderten durch Chinatown und besuchten alle möglichen Straßenfeste, die von den vielen ethnischen Gruppen in New York veranstaltet wurden. Von jeder der vielen Küchen, die New York zu bieten hat, probierten wir mindestens ein Gericht. Und ich kann mich nicht erinnern, daß ich während all dieser Zeit auch nur ein einziges Mal Angst hatte. Damals war New York eine völlig andere Stadt für mich. Und ich war mit Alan zusammen.

Er hatte beschlossen, mir in diesem Sommer das Kochen beizubringen. Er wohnte in einer kleinen Wohnung in einem Gebäude aus fleckigen braunen Ziegeln an der östlichen 18. Straße, nahe beim Gramercy Park, und wenn wir am späten Abend mit der Arbeit an unseren Zeichenbrettern fertig waren, bereiteten wir in seiner lachhaft winzigen Küchennische eine ganze Reihe zusammengewürfelter, scharf gewürzter, herrlicher Mahlzeiten. Wie seine Wohnung, so war auch Alans Kochkunst genau das Gegenteil von Pauls: Beides war sagenhaft chaotisch, und nichts darin war teuer. Aber in allem war der subtile, schlampige Charme von Alan selbst spürbar. Überall türmten sich die Bücher, und dazwischen lag das farbenfrohe Gemüse vom fliegenden Händler herum, das er mitgebracht hatte. Fotos und Poster von Gebäuden, die er besonders bewunderte, schmückten die Wände und lagen auf den Tischen und am Boden. Es gab wenig Glas, Stahl oder Beton, denn Alan liebte Holz und Stein, und diese Vorliebe schlug sich überall nieder. In der Mitte des Wohnzimmers stand auf einem improvisierten Sockel ein maßstabgerechtes Modell des Friedman-Hauses, neben dem nicht viel anderes Platz hatte. Beim Essen saßen wir auf Kissen, die auf dem Boden verteilt waren, da das Sofa von bedenklich hohen Bergen von Zeichnungen und Blaupausen bedeckt war.

»Wo schläfst du eigentlich?« wollte ich wissen.

»Darunter.« Er deutete auf das überhäufte Sofa. Ich kicherte.

»Na, dann lebst du ohne Zweifel zölibatär«, meinte ich. »Hier drin ist ja kein Zentimeter Platz, um ein Mägdlein zu verführen.«

»Es ist schwer, aber nicht unmöglich«, antwortete er. »Man kann dabei in der Dusche stehen oder auch ...«

»Schon gut, schon gut«, sagte ich hastig. Aus irgendeinem Grund errötete ich tief. Ich stellte mir diesen kleinen, schönen Körper vor, mit glitzernden Wassertropfen bedeckt, wie er im duftenden Dampf den einer Frau umarmte ...

»Was gibt's heute abend?« fragte ich.

»Sauerbraten, mit Ingwerplätzchen.«

»Warum ißt du eigentlich nicht öfter zu Hause?« erkundigte ich mich neugierig. Alans Vater hatte zusammen mit seinem Onkel ein koscheres Delikatessenrestaurant an der Fulton Street in Brooklyn, und seine Mutter kochte dort oft. Sie war, wie er sagte, eine wundervolle Köchin.

»Machst du Witze? Dann würde ich schon längst eine halbe Tonne wiegen. Meine Mutter stopft einen wie eine Gans mit ihrer gehackten Leber. Sie packt einen regelrecht am Kragen und stopft es hinein. Und außerdem hat sie zum Essen normalerweise Papa da und Onkel Daniel und Tante Rose und meinen älteren Bruder Eli, den guten, alten Eli, der in Astoria Rabbi ist, du weißt schon ...«

»Sag mal, Alan, kommst du eigentlich nicht besonders gut mit deiner Familie aus? Soweit ich weiß, warst du in diesem Sommer nicht öfter als zweimal zu Hause. Liegt das an mir? Gefällt es ihnen nicht, wenn du so eng mit einer ... einer Goj zusammenarbeitest?«

»Sie finden es nicht besonders toll, aber das ist es nicht«, sagte er langsam. »Es liegt daran, daß sie dazu neigen, einen Menschen zu verurteilen, den sie gar nicht kennen. Es liegt an diesem ganzen Judentum, an seiner dunklen, alten Schwere ... all dieses Das-sollst-du-nicht, all die Tabus und die Weigerung, neues Licht hereinzulassen ... das Althergebrachte, immer nur das Althergebrachte ...«

»Ist dir denn gar nichts wichtig daran?«

»Das weiß ich momentan gar nicht, Kate«, antwortete er sachlich. »Das Religiöse jedenfalls nicht sehr. Vielleicht kommt das später noch. Was das andere angeht... die Kultur, die Sache mit dem Erbe, so habe ich das seltsame Gefühl, daß mir das irgendwann einmal sehr viel bedeuten wird. Aber erst, wenn ich reif dafür bin, und wenn es in mein Leben paßt. Weißt du, ein gutes Leben kann durchaus auch gehackte Leber und Gebäude aus grauen Schindeln einschließen. Ebenso wie die Loyalität zu einer Familie, die fähig ist, einen Außenseiter aufzunehmen, die Kinder mit blauen Augen und Namen wie Sally und Michael und eine Frau mit blonden Haaren und einer Nase wie in einem Gemälde von Gainsborough akzeptiert. Die Welt ist einfach zu groß, als daß man sich mit einem kleinen Teil von ihr begnügen könnte.«

»Es wäre mir unangenehm, wenn ich einen Keil zwischen dich und deine Familie treiben würde.«

»Ach, dieser Keil wurde schon von meiner ersten blonden Schickse hineingetrieben, als ich ungefähr siebzehn war«, antwortete Alan. »Alles weitere macht fast keinen Unterschied.«

Ich verspürte einen leichten Stich. »Na gut, Hauptsache, es liegt nicht an mir«, sagte ich.

»Nein, in erster Linie liegt es an mir selbst.«

Richtige Freunde von Alan lernte ich in diesem Sommer nicht kennen, aber ich traf zahlreiche Menschen, die Alan Abrams auf die eine oder andere Weise verbunden waren. Etwa den alten Mann, der sich am Abend einen Teller von dem Abendessen holte, das Alan kochte, wenn er zu Hause war. Der alte Mann war sehr scheu und sprach nicht mit mir; er nahm nur seinen Teller, nickte mir dankend zu und schlurfte hinaus. Wenn wir die Wohnung verließen, um zu mir zu fahren, stand der saubere Teller ordentlich vor Alans Tür.

»Seine Tochter soll ihm eigentlich die Mahlzeiten bringen, aber sie kümmert sich nicht um das Abendessen«, erklärte Alan kurz. »Ich habe ihn einmal gesehen, wie er die Mülltonnen durchwühlt hat. Was bedeutet schon eine Scheibe Sauerbraten, wenn ich einen ganzen Topf voll gekocht habe?«

Ich lernte auch den schwarzen Postboten konnen, der eines Abends breit lächelnd mit einem versiegelten Umschlag vor der

Tür stand und uns das Foto eines mageren, strahlenden jungen Schwarzen in kurzen Satinhosen und mit hochgerissenen Händen in Boxerhandschuhen zeigte.

»Ich hab seinem Jungen geholfen, ein Golden-Gloves-Stipendium an der New Yorker Universität zu bekommen«, sagte Alan. »Es war allerdings nicht sehr schwer, denn der Kerl ist das größte Boxtalent, das ich jemals gesehen habe. Und ich habe ihm ein bißchen Startkapital geliehen, das er mir jetzt zurückzahlt.«

Dann traf ich die etwas verwirrte alte Frau mit den wässrigen Augen, die einen Stock über ihm wohnte. Sie brachte ihre traurige, übelriechende alte Pudelhündin, die ihrer Herrin erstaunlich ähnlich sah, am Wochenende zu Alan, damit er sie ausführte. Einmal behielt er sie sogar eine Woche lang, weil die alte Frau ihre pingelige Tochter auf Long Island besuchte.

»Sie will nicht, daß ich Suzette mitbringe«, jammerte mir die alte Frau vor, wobei sie die Asche ihrer Marlboro über ihren Morgenmantel und auf Alans Fußboden verstreute. »Sie sagt, sie würde ihr die ganze Wohnung verpesten. Ich habe zu ihr gesagt, daß Suzette garantiert besser riecht als ihr Haus, bei all dem Fisch, den sie dauernd kocht, aber sie wollte nichts davon hören. Aber dieser junge Engel, dieser süße Junge hier, der kümmert sich gut um mein Schätzchen. Mein Schätzchen liebt ihn, nicht wahr, Schätzchen?«

Schätzchen seufzte und legte sich neben dem Sofa in die Ecke, um auf das Abendessen zu warten. Nachdem die alte Frau gegangen war, öffnete Alan eine Dose mit Roastbeef, die die Hündin so schnell hinunterschlang, daß sich ihr mit Exzemen bedeckter Bauch blähte. Augenblicklich fiel sie in tiefen Schlaf. Ein starker, durchdringender Gestank kam aus ihrer Ecke.

»Jetzt wird sie auch noch sieben Tage lang furzen«, sagte Alan seufzend. »Aber ich glaube nicht, daß sie sonst jemals eine anständige Mahlzeit bekommt. Wenn ich am Wochenende mit ihr spazierengehe, essen wir immer im White Castle jeder einen Hamburger.«

»Du bist außerordentlich weichherzig«, sagte ich liebevoll. »Und du läßt dich von den Leuten gnadenlos ausnutzen.«

»Ach, ich mag diese alte Hexe. Die mit dem Fell meine ich

natürlich. Und sie mag mich auch. Du solltest sie sehen, wenn ich vom Büro nach Hause komme. Man könnte glauben, ich sei einen ganzen Monat fort gewesen. ›O mein Gott, du bist wiedergekommen, o mein Gott! Ich bin der glücklichste Hund in der ganzen Gegend. O mein Gott, ich werde für dich furzen!‹«

Ich krümmte mich vor Lachen. Er war ein wunderbarer Hund; er war der beste Hund, den ich jemals gesehen hatte. Sein Nachahmungstalent war groß und unbezahlbar komisch. Die alte Hündin klopfte im Schlaf mit dem Schwanz.

»Ich kann mir sehr gut vorstellen, wie sie sich fühlt«, sagte ich, noch immer lachend. »So sicher wie ein Baby. Du hast eine unglaublich fürsorgliche Art, Alan Abrams. Du hast dich auch um mich so lieb gekümmert. Wie kann ich dir das nur vergelten?«

»Ich weiß nicht«, sagte er und blickte mich mit seinen hellen Augen an. »Vielleicht könntest du für mich furzen?«

»Ich könnte dich umarmen«, sagte ich, und das tat ich auch, lange und fest. Er tätschelte meinen Rücken und machte sich vorsichtig los.

»Warum küßt du mich eigentlich nicht?« fragte ich im Scherz. Wirklich im Scherz?

»Du bist nicht koscher.«

»Ach, komm. Entweder bin ich nicht sexy, oder du interessierst dich nicht für Frauen.«

Ich hatte keine Ahnung, warum ich es nicht auf sich beruhen lassen konnte.

Alan sah mich eine Weile lang an, dann grinste er breit. Er streckte den Arm aus, faßte nach meiner Hand und legte sie auf den Zwickel seiner Bluejeans. Ein harter Hügel dehnte den Stoff. Ich zog meine Hand zurück, als wäre ich gebissen worden. Hitze schoß mir ins Gesicht.

»Fühlt sich das uninteressiert an?« fragte er.

Danach war für mich alles anders. Es änderte sich zwar nichts an unseren gemeinsamen Unternehmungen, aber was wir auch taten – sei es arbeiten, kochen, durch die Stadt bummeln, Musik hören, essen, trinken, lachen oder reden – immer war der Gedanke an diese harte, warme Wölbung ganz nah. Ich weiß nicht, wie er sich fühlte. Er berührte mich nicht mehr.

Ich hatte Alan schon sehr bald von meinem Leben in Kenmore, meiner Mutter und meinem Vater, von Cecie, Fig, Ginger und Paul erzählt. Vielleicht spürte er, daß dieser Abschnitt meines Lebens für mich vorüber war, jedenfalls kam er niemals mehr darauf zu sprechen. Was mich anging, so zerschnitt ich sorgfältig die Fäden, die mich noch mit jener Zeit verbanden. Ich bestellte die Monatsschrift für die Ehemaligen des Randolph-Colleges ab, die ich seit meinem Abschluß automatisch zugeschickt bekam. Außerdem warf ich die Briefe weg, in denen mich das College um Spenden bat, und die drei oder vier Briefe von Ginger, die aus Nag's Head kamen und die ich nicht einmal öffnete. Als eine Tri Omega-Kommilitonin nach New York kam, meine Telefonnummer herausfand und mich anrief, fertigte ich sie kurzerhand ab und ließ meine Nummer aus dem Telefonbuch streichen. Auch das Tri Omega-Jahrbuch für Ehemalige bestellte ich ab. Zeitungen, die außerhalb von New York erschienen, las ich nicht; ich las in diesem langen Sommer ohnehin fast gar keine Zeitungen. Als meine Mutter Ende August anrief und mir mitteilte, sie heirate den Prediger und würde sich freuen, wenn ich zu der kleinen Zeremonie in der Baptistenkirche nach Hause käme, sagte ich, ich käme nur, wenn ich einen Freund mitbringen könnte. »Ist es dieser Indianer?« erkundigte sich meine Mutter.

»Nein«, antwortete ich. »Es ist ein Jude namens Abrams.«

»Das machst du offensichtlich nur, um mich zu ärgern«, sagte meine Mutter in eiskaltem Tonfall.

»So unglaublich es dir auch erscheinen mag, ich habe dabei nicht einmal einen Gedanken an dich verschwendet«, antwortete ich und legte auf. Ich fuhr nicht zu ihrer Hochzeit, sondern schickte lediglich Blumen. Ich wußte, daß ich nicht mehr nach Hause fahren würde nach Kenmore, Alabama.

Im November brachte der *Architectural Digest* eine Doppelseite über Paul Sibleys Studioanbau für das Haus am Nag's Head. Die Farbfotos zeigten, wie herzzerreißend schön der Bau sich auf den alten Dünen mit dem blauen Meer darunter ausnahm, und auf einem war Paul zu sehen, der sich über eine Zeichnung beugte, während Ginger, in Rock, Pullover und Pumps, diese über seine Schulter hinweg bewunderte. In einem großen Kamin aus grauem

Stein flackerte ein enormes Feuer, und inmitten des strahlenden Weiß standen die Möbel in den Farben des Meeres, des Himmels und der Stürme über dem Ozean. Ich kannte diese Möbel so gut wie die beiden Personen auf dem Foto. Ich blickte Alan an, der mir den Artikel gezeigt hatte. Wir befanden uns in seinem Büro. Draußen in der Dämmerung fiel der erste Schnee des Winters still auf die Third Avenue.

»Mmmmh.« Er lächelte grimmig. »Hab's gesehen. Du wirst sogar erwähnt.«

Ich sah genauer hin; in winzigen Buchstaben war am untersten Seitenrand zu lesen: *Inneneinrichtung von K. S. Lee.*

»Dieser Schweinehund«, flüsterte ich, und Tränen traten mir in die Augen. »Er hat meine Entwürfe genommen und die Inneneinrichtung für sie gebaut.«

»Ich glaube eher, er hat sie für sich selbst gebaut«, meinte Alan milde. »So gute Entwürfe hätte er nirgendwo anders bekommen. Das ist ein vollkommener Raum, Kate. Es ist ganz egal, wer darin lebt. Freu dich über die Erwähnung und vergiß alles andere. Eines Tages wirst du noch bessere Entwürfe machen für einen Raum, der dir selbst gehört.«

Und zu meiner großen Überraschung gelang es mir, sowohl die Außenaufnahme des Studios als auch das Foto von ihm und Ginger in dem Raum, der eigentlich uns beiden gehören sollte, zu vergessen. Oder wenigstens beinahe. Vielleicht spukte beides noch gelegentlich in meinem Kopf herum, in diesen stillen, ersten Wintertagen, aber nicht oft. Es waren alte Gespenster aus ferner Vergangenheit.

Kurz vor Weihnachten war das Friedman-Haus fertig, und die Friedmans gaben darin eine kleine Champagner-Party für die Mitarbeiter und einige Freunde. Draußen wehte der Schnee wie weißer Nebel über die Dünen, und die Wellen donnerten unten auf den Strand, aber im Innern des Hauses ließen das Licht des Feuers, des Weihnachtsbaumes und der Kerzen und die klaren, leuchtenden Farben mittelalterlicher Edelsteine, die ich ausgewählt hatte, den großen, holzgetäfelten Raum in hellem Glanz erstrahlen. Es war ein schönes Fest; der Champagner floß in Strömen, die Stimmung war ausgelassen, es wurde Musik gemacht und viel gelacht. Zwischen den Friedmans herrschte offenbar Waffenstillstand, und tatsächlich war der *Architectural Digest* erst wenige Tage zuvor zu Besuch gewesen, um alles zu fotografieren. Schon hatten vier Bekannte und einige Spaziergänger, die das Haus vom Strand oder von der Potato Road aus gesehen hatten, angefragt, ob das Architektenteam, das es gebaut und ausgestattet hatte, auch sie einmal beraten könne.

In dem in weiß, grau und meergrün gehaltenen Wohnzimmer erhob Carl Seaborn ein Champagnerglas auf Alan und mich. Wir standen vor dem Feuer, sahen uns immer wieder in dem herrlichen Raum um, den wir geschaffen hatten, und grinsten dabei, wie Ginger gesagt hätte, »wie Beutelratten in einem Kuhfladen«. Wir hatten beide schon ziemlich viel Champagner getrunken, und ich spürte, daß meine Wangen wie Signallampen glühten. Alans Augen glänzten wie die eines Eichhörnchens.

»Auf das außerordentliche, junge Team Abrams und Lee«, sagte Carl, »die dem alten Wort ›Das Ganze ist mehr als die Summe seiner Teile‹ eine neue Bedeutung verliehen haben. Ich wünsche mir, euch lange bei uns im Team zu haben, und ich wünsche euch, daß ihr beide lange ein Team bleibt.«

Alle klatschten und jubelten, und Alan faßte mich um die Schultern und küßte mich. Es war keineswegs ein freundschaftlicher oder brüderlicher Kuß, und ich war so überrascht, daß ich ihn einfach nur anstarrte.

»Wir werden so lange ein Team sein, wie Kate es erlaubt«, sagte er. »Zum Beispiel, solange wir leben. Wie wäre das, Kate Stuart Lee?«

»Das wäre wunderbar«, sagte ich.

Als Stephen starb, schenkte mir jemand eine Exemplar von Juliana von Norwichs *Stundenbuch*, ohne Zweifel mit der Absicht, daß ich Trost finden sollte in den Worten dieser schrecklichen alten Äbtissin. Es dauerte lange, bis ich überhaupt wieder eine Zeile lesen konnte, aber als ich es dann aufschlug, las ich als erstes folgende Passage: »Alles wird gut werden, und alles wird gut werden, und alles wird außerordentlich gut werden.« Zitternd vor eiskalter Wut warf ich das Buch in den Kamin und wollte es gerade anzünden, als Alan es rettete und den Absatz las. Und dann weinte er, in schrecklichen, langgezogenen Schluchzern, die nicht mehr zu enden schienen und sich gelegentlich zu einem Wehklagen steigerten, wie ich es noch nie gehört hatte. Es machte mir schreckliche Angst, denn ich hatte bereits geweint, Sturzbäche, Ströme, Seen von hoffnungslosen, qualvollen Tränen. Aber er hatte bis zu diesem Moment nicht geweint.

Später, nachdem das schreckliche Weinen aufgehört hatte und er wieder ruhig war, geschwächt und irgendwie gereinigt und erleichtert, sprachen wir darüber.

»Für diesen Satz hasse ich sie«, sagte ich, um zu erklären, warum ich versucht hatte, das Buch zu verbrennen. »›Alles wird außerordentlich gut werden.‹ Das ist doch schrecklich. Nichts wird gut werden. Das ist das Schlimmste, was geschehen ist. Wie kann es jemals wieder gut werden?«

»Es ist nicht das Schlimmste, was geschehen ist, Katie«, sagte er. »Es ist nur das Schrecklichste, das dir jemals zugestoßen ist. Uns. Und jetzt kann uns nie mehr etwas Schrecklicheres passieren. Ich glaube, das hat sie gemeint. Sie war nicht dumm; sie hat ein gottesfürchtiges Leben geführt. Und, mein Liebstes, es war doch sehr lange Zeit für uns wirklich alles außerordentlich gut. Vielleicht wird es das auch eines Tages wieder werden, wer weiß?«

Noch Tage später war ich wütend auf ihn. Ich wollte keinen Optimismus. Es dauerte lange, bis ich erkannte, daß es keiner war; es war vielmehr die einzige Möglichkeit für Alan, während dieser unbeschreiblichen Zeit zu überleben. Aber schon als er diese Worte aussprach, wußte ich in den Tiefen meiner verzweifelten Seele genau, daß er recht hatte, wenn er sagte, bis dahin sei alles für uns außerordentlich gut gewesen.

Von Anfang an bildeten wir eine Festung gegen die Außenwelt. Eine Einheit. Wir zwei waren viele, wie Kahlil Gibran das ausgedrückt hat. Unsere Welt, das war die kleine Welt unserer gemeinsamen Arbeit, und das waren die Menschen, die sie mit uns teilten. Denn unsere Familien waren dazu nicht bereit.

Als ich meine Mutter anrief, um ihr mitzuteilen, daß Alan und ich heiraten würden, warf sie den Hörer auf die Gabel. Ich konnte sie vor mir sehen, in ihrem gnadenlosen neuen, im Ranchstil gebauten Backsteinhaus in Kenmore, wie sie zu dem Prediger sagte: »Da hat sich jemand verwählt.« Bestimmt hatte sie Angst, er könnte sie verlassen, wenn herauskam, daß ihre Tochter einen New Yorker Juden heiratete. Und Alans Mutter jammerte und klagte wochenlang. Sein Vater und sein Bruder, der Rabbi, fanden sich irgendwann damit ab, aber seine Mutter war untröstlich, und ihre Überzeugung, ich würde nichts als Unglück über ihren Sohn bringen, war unerschütterlich. Nachdem Stephen auf der Welt war, ließ sie sich beruhigen und umschmeicheln, und wir sahen sie ziemlich oft, aber als er starb, fühlte sie sich bestätigt und verschloß uns ihre Tür und ihr Herz für immer. Oder genauer gesagt, mir. In ihren Augen hatte ich ihren Sohn entführt und ihren Enkel ermordet. Es gab kein Erbarmen für mich. Alan sah sie selten und ungern, und soweit ich weiß, verursachte ihm ihre Abwesenheit in seinem Leben keinen sonderlich großen Kummer. Wir beiden genügten einander vollkommen. In den ersten Jahren unserer Ehe schien es mir manchmal wie ein Wunder, daß ich diesen Hafen gefunden hatte, in den ich jederzeit heimkehren konnte. Ich liebte Alan Abrams und liebe ihn noch, mit einer ausdauernden Zärtlichkeit und Vielschichtigkeit, die ich in mir gar nicht vermutet hatte. Und ich weiß, daß er mich genauso liebte und liebt.

Ich weiß nicht, wann ich in dem ersten Jahr nach der standesamtlichen Trauung in Carl Seaborns Wohnzimmer in Bridgehampton entdeckte, daß ich meinen Ehemann liebte. Als ich ihn heiratete, wußte ich, daß ich in ihn verliebt war und daß er der beste und zuverlässigste Freund war, den ich auf dieser Welt hatte, nachdem Cecie für mich verloren war. Und ich wußte, daß niemand mich so gut verstand wie er, daß niemand mich so leicht zum Lachen brachte und niemand mich so sehr im Boden verankerte. Und ich genoß es über alle Maßen, mit ihm zu schlafen; dieser leichte, bewegliche, muskulöse Körper füllte meine Leere und fachte zugleich mein Begehren an. Aber sehr lange war mir nicht klar, daß dies ausreichte, um ihn zu lieben. Geliebt hatte ich Paul Sibley, und dieses überflutende, verzehrende, hilflose Gefühl war Lichtjahre von der fröhlichen, stimmigen, harmonischen Selbstverständlichkeit entfernt, die mein Zusammensein mit Alan ausmachte. Aber als ich eines abends allein in der Wohnung war, weil er dienstlich unterwegs war, und ich ruhelos umherlief und mich so leer und nutzlos fühlte wie ein Schuh für einen amputierten Fuß, da wurde mir auf einmal klar, daß ich Alan über alles liebte und das vermutlich für immer so bleiben würde. Eine Welle der Euphorie überschwemmte mich, und gleich darauf blickte ich in einen dunklen Abgrund der Angst. Wäre ich gläubig gewesen, dann hätte ich mich damals auf die Knie geworfen und gebetet: »Lieber Gott, bitte, laß mich das nicht verlieren.« Ich glaube, so etwas in der Art tat ich sogar.

Als er später an diesem Abend anrief, sagte ich: »Weißt du eigentlich, daß ich dich so sehr liebe, daß sich mir die Zehennägel aufrollen und ich keine Luft mehr bekomme?«

Und er lachte und sagte: »Das wird auch Zeit.«

Als wir etwas über ein Jahr verheiratet waren, kaufte Alan zwei schöne, alte, silbrig verwitterte Lagerschuppen und ließ sie auf dem Dünenkamm seines Grundstücks an der Potato Road aufstellen. Während des ganzen Sommers waren wir damit beschäftigt, eine Terrasse um sie herum zu bauen, und einen Windfang, der sie verband, und begannen dann mit der Arbeit an einem Dachaufbau, der als Schlafzimmer dienen sollte. In diesem Sommer begann ich auch, meinen Garten anzulegen, und obwohl es noch ein weiteres Jahr dauern sollte, bis wir in das graue Haus am Meer einziehen konnten, das in all den Jahren seither unser Heim gewesen ist, so war dieser Ort doch damals schon der Mittelpunkt unseres Lebens. In den ersten Jahren teilten wir ihn mit unseren Freunden, nahmen am Wochenende das Essen im Zug oder in Alans klapprigem Toyota mit hinaus und kochten ausgiebige Abendmahlzeiten in der kleinen Küche, die wir an einem Ende des größeren Schuppens eingerichtet hatten. Es ist nicht übertrieben, wenn ich behaupte, daß keiner, der jemals inmitten meiner wuchernden Blumen auf unserer Terrasse saß und auf die Wellen blickte, die sich an dem wilden Strand brachen, sich dem Zauber des Hauses und des Meeres entziehen konnte. Selbst Alans Mutter, die in den ganzen Jahren unserer Ehe nur eine einzige Nacht unter unserem Dach verbrachte, weil, wie sie sagte, das Geräusch der Wellen sie störe, erklärte, das Haus gefalle ihr.

»Du hast es wirklich hübsch eingerichtet, Kate«, sagte sie. »Auch wenn so etwas natürlich nicht jedem gefällt.«

»Danke, Golda.« Ich verkniff mir ein Grinsen, als Alan hinter dem Rücken seiner Mutter mit den Augen rollte und eine Geste machte, als wolle er sie niederstechen.

»Das sage ich bestimmt nicht dir zuliebe«, meinte sie.

»Wenn es deiner Mutter gefällt, dann muß an dem Haus wirklich etwas dran sein«, sagte ich an diesem Abend zu Alan. »Was macht es so besonders, was meinst du? Es gibt ja viel größere Häuser hier in den Hamptons.«

»Es ist ein glückliches Haus«, antwortete er. »Es wurde von Menschen gebaut, die einander lieben, und es hatte bereits ein gutes, produktives Leben an dieser Küste hinter sich, bevor es ein Haus wurde. Alles an ihm hat einen eindeutigen Zweck und fügt sich harmonisch ineinander wie bei einem guten Team. Ich glaube, so etwas spürt man bei einem Haus.«

»Nennt man das künstlerische Integrität?« fragte ich mit einem Grinsen.

»Ach du liebes bißchen, hoffentlich nicht«, sagte Alan.

In diesem Herbst eröffnete Carl eine Zweigniederlassung des Büros in Bridgehampton, um sich dem aufstrebenden Geschäftszweig der Strandhäuser zu widmen. Damals begannen die Hamptons ihre Odyssee in die Mittelmäßigkeit und die völlige Verbauung, und die Firma wurde mit Anfragen nach Häusern an der Küste überschwemmt. Carl liebte zwar die wilde Natur dieser Gegend, aber er erkannte auch die Möglichkeiten für sein Geschäft und übergab Alan und mir die Leitung dieses Büros.

»Wenn es ohnehin gemacht wird, dann sollte es wenigstens gut gemacht werden«, sagte er, »und ich erkenne die Zeichen der Zeit. Wenn ich euch beide nicht damit halte, werde ich euch an eure zwei Lagerschuppen verlieren. Das wird zwar früher oder später ohnehin passieren, aber auf diese Weise dauert es wenigstens noch ein bißchen.«

Und so zogen wir in das Haus an der Potato Road und nahmen dort das Leben auf, das uns all die Jahre tragen und nähren sollte. Dort wurde auch unser Sohn Stephen gezeugt, in einer Nacht, in der der Novemberwind heulte ... das weiß ich, weil der Nordostwind fast den ganzen November hindurch blies und wir viele Abende lang keinen Strom hatten ... und dort kam im folgenden September Stephen Daniel Abrams zur Welt. Danach bauten wir den großen Arbeitszimmerflügel über den Dünen an, den Alan schon so lange geplant hatte, und dann gab es nichts mehr auf dieser Welt, was ich mir wünschen konnte. Wir drei waren viele.

Als wir nach der Feier von Stephens erstem Geburtstag in der hereinbrechenden Dunkelheit auf der Terrasse saßen und auf die brennenden Fackeln blickten, die im Seewind tropften, während Stephen in Alans Armen schlief, sagte ich: »Vor fünf Jahren wollte ich heiraten und mit einem brillanten Architekten in ein Haus am Strand ziehen, und jetzt habe ich das alles. Es ist nur ein anderer Architekt und ein anderer Strand, und dann gibt es noch Stephen. Ich habe alles, was ich mir immer gewünscht habe, und trotzdem ... nichts von dem, was ich erwartet hatte. Es ist seltsam, wie sich die Dinge entwickeln. Das macht mich direkt abergläubisch. Ich habe beinahe Angst, mir noch mehr zu wünschen, denn wenn auch diese Wünsche wahr werden, habe ich sie vielleicht alle verbraucht«

»Was würdest du dir denn noch wünschen?« fragte Alan.

»Nichts mehr«, antwortete ich. »Außer das, was ich habe, behalten zu können. Immer weiter so leben zu können.«

Und lange Zeit lebten wir so. Drei Jahre später verließen wir McKim, Mead und White und gründeten unsere eigene Firma, und von da an lebten wir nicht nur in unserem Haus, sondern arbeiteten auch dort. Wir waren gut, wenn ich das selbst sagen darf; an diesem Ort hätte man allerdings ganz miserabel sein müssen, um nicht vom Bauen und Einrichten von Strandhäusern leben zu können. Unsere Firma lief großartig, ich stellte eine Haushälterin an, die auch auf Stephen aufpaßte, und wir freundeten uns mit einigen der ständigen Bewohner der Hamptons an ... Schriftstellern, Fischern, Baumschulbesitzern, Künstlern, ein oder zwei Rechtsanwälten, einem überarbeiteten Allgemeinarzt und den Besitzern von kleinen Läden und Geschäften, die die Dörfer während der langen Wintersaison versorgten. Von den neuen Sommergästen kannten wir nicht viele, aber das störte mich nicht. Viele von ihnen hatten nichts zu bieten außer zuviel Geld, und in den Zeiten, in denen sie ihre Häuser bewohnten, waren die Hamptons anders als sonst. Einige ihrer Strandhäuser hatten wir gebaut und eingerichtet – die schönsten, wie ich finde; diejenigen, die heute wenigstens nicht wie Raketensilos aussehen – und wir wurden zu ihren Parties eingeladen. Ich wäre pflichtschuldigst hingegangen, wenn Alan Wert darauf gelegt hätte, aber das tat er nicht.

»Warum soll ich sie hier halb im Wasser mögen, wenn ich sie schon in Manhattan nicht ausstehen kann?« meinte er. »Wenn wir damit anfangen, werden wir bald selbst neue Kleider und ein neues Auto anschaffen und anfangen, hier Parties zu geben, und dann wird unser Stephen von einer ihrer schnippischen, hohlköpfigen Töchter verführt und muß sie heiraten, und dann stehen wir schön dumm da.«

Ich lachte. Seine Bemerkung verfehlte ihre Wirkung nicht, denn ich wollte auch nicht, daß Stephen sich in dieser Welt bewegte. Ich wünschte mir, daß er in derjenigen lebte, die Alan und ich in unserem Haus am Meer für ihn und uns geschaffen hatten.

Und da lebte er auch. Noch drei weitere Jahre lebte er dort, mein dunkelhaariger kleiner Junge, und dann ertrank er, im August seines fünften Lebensjahres, im Schwimmbecken unserer Freunde, der Montags, vor den Augen ihrer drei Kinder und der Babysitterin, die dachte, er spiele Schnorcheln mit der Maske und den Flossen des ältesten Montag-Kindes. Wir waren gerade auf einer Cocktail-Party in Sag Harbor, einem der wenigen Sommerfeste, an dem wir in all diesen Jahren überhaupt teilnahmen. Als der Anruf für Alan kam und er mit seltsam eingefallenem und verzerrtem Gesicht über die Terrasse auf mich zukam, trank ich gerade einen Gin-Tonic und unterhielt mich mit einer Frau namens Haralson über Richard Nixon. Ich weiß noch, daß sie nett war; beide haßten und fürchteten wir Nixon, und in dieser streng republikanischen Gesellschaft waren wir froh, einander gefunden zu haben. Nach diesem Abend mochte ich mich weder an ihr Gesicht noch an ihren Namen erinnern, obwohl ich sie oft in den Läden im Dorf traf und einmal auch beim Zahnarzt und obwohl sie in der Woche darauf mit einem schönen Topf mit Schneeball und weißen Philodendron zu mir kam. Bald begann ich ihren

Anblick zu hassen und ihr auszuweichen. Bestimmt hat sie sich immer gefragt, was der Grund dafür war, aber ich kann es nicht genau sagen, außer daß sie mich immer wie eine Signallampe an den grauenvollen, rotglühenden Schmerz dieses Augenblicks erinnerte.

Über das erste Jahr nach Stephens Tod kann ich nichts erzählen, denn es gibt keine Worte dafür. Ich weiß noch, daß in den ersten Tagen zwei Dinge zu mir durchdrangen: die Anwesenheit von Alan, der trotz seiner eigenen zerstörerischen Trauer niemals von meiner Seite wich, und der Gedanke, daß ich, wenn der Schmerz zu schlimm wurde, ihn ebenso beenden konnte, wie mein Vater das getan hatte. Wie ich schon sagte, das Vermächtnis eines Selbstmörders ist kein reiner Fluch. Zusammen mit meinem Ehemann rettete es mir in diesem Herbst und Winter das Leben. Ich weiß, daß viele Ehen den Kummer, die Schuldgefühle und das Entsetzen über den Tod eines Kindes nicht überstehen, aber weder Alan noch ich kamen jemals auf die Idee, unsere Ehe in Frage zu stellen. Wir klammerten uns aneinander wie Überlebende auf einem Rettungsfloß. Ich erinnere mich noch an das, was er spät an diesem Abend zu mir sagte, nachdem Stephens blauer kleiner Körper ins Beerdigungsinstitut gebracht worden war und ich mich nach den Beruhigungsmitteln, die mir unser Freund, der Allgemeinarzt, gegeben hatte, allmählich wieder an die Oberfläche kämpfte.

Als ich auftauchte, sah ich als erstes Alans Gesicht, und als mich die Erinnerung wie eine kalte Welle schwarzen, salzigen Meerwassers überspülte, hielt er mich fest und sagte: »Wir werden uns auf keinen Fall selbst die Schuld geben. Natürlich wäre das nicht passiert, wenn wir nicht zu dieser vollidiotischen Party gegangen wären, aber ich will, daß du dir eines klar machst, Kate: Keiner von uns wollte, daß Stephen stirbt. Jeder von uns beiden hätte sein Leben dafür gegeben, um es zu verhindern. Wir können weinen und trauern, und wir können es ertragen oder auch nicht, aber wir werden uns weder selbst noch gegenseitig die Schuld geben. Und wir werden das gemeinsam durchstehen, immer noch eine Minute länger, und noch eine Stunde länger und noch einen Tag. Genau so. Miteinander.«

Und von diesem Augenblick an wußte ich, daß wir es überstehen würden, und auch wie wir es schaffen würden, denn er hatte mir den Entwurf dazu geliefert. Alan wußte immer genau, was ich zum Leben brauchte. Wenn er konnte, dann gab er es mir.

Nach diesem Abend schrumpfte unsere Welt zusammen, oder zumindest meine. Ich fühlte mich draußen nicht mehr wohl, denn ich schien jedes Gefühl für meine Umgebung verloren zu haben. Fünf Jahre lang war ich Stephens Mutter gewesen, und jetzt, nachdem es ihn nicht mehr gab, fühlten sich nicht nur meine Arme, sondern mein ganzes Inneres, Herz, Seele und Geist leer, unerfüllt und nutzlos an. Aber ich konnte nicht wieder einfach Kate, die Frau des Architekten Alan, werden, das war nicht mehr möglich, nachdem ich in dieser anderen, perfekten Rolle aufgegangen war. Ich wußte nicht mehr, wer ich eigentlich war. Die Welt, in der ich mich zusammen mit meinem Sohn bewegt hatte, war nicht nur unwirklich, sie machte mir auch angst. Später dachte ich oft, daß sich ohne diese weite, offene Leere in mir die Pacmen wohl niemals hätten festsetzen können. Das war natürlich eine alberne Phantasie. Die Wahrheit war, daß der Tod, der in meine Leere eindrang, seine eigene Logik hatte: Ich wollte nicht mehr viel von der Welt, in der Stephen gestorben war, und so baute ich mir nach und nach meinen geheimen, ummauerten Garten und zog mich vor ihr zurück.

»Ich hätte es verhindern können«, sagte Alan sehr viel später. »Ich hätte erkennen sollen, wohin das führt. Ich hätte dich einfach dazu zwingen sollen, in der Welt zu bleiben, ich hätte Carl überreden sollen, dir wieder eine Stelle in der Firma zu geben, oder selbst wieder dorthin gehen und dich mitnehmen sollen. Aber wir haben so gut zusammengearbeitet; mir hat das, was wir in dieser entsetzlichen Zeit gebaut haben, sehr gut gefallen. Es war doch gut, Kate, oder?«

Es war gut. Nach einer Reihe von blinden, weißen Tagen, in denen ich mich lediglich darauf konzentrierte, trotz des entsetzlichen Schmerzes weiterzuatmen und mich zu bewegen, fand ich mich in einer viel zu hellen, viel zu großen und viel zu lebhaften Welt wieder, und doch schien es beinahe so, als könnte ich ein bißchen arbeiten. Alan und ich warfen uns geradezu in die Arbeit. Und sofort packte mich wieder der alte, rhythmische Zauber von

Formen, Farben, Stoffen und Räumen, und ich ließ mich von ihm einwickeln. Ich arbeitete mehr als jemals zuvor, ich stand auf, wenn die Morgendämmerung das Meer rosa färbte, und arbeitete bis spät in die Nacht an meinem Zeichenbrett. Im großen Arbeitszimmeranbau arbeitete Alan ebenso hart und ebenso unerbittlich. Er drängte mich, mein Zeichenbrett dort aufzustellen und einen Teil des weiten, schönen und hellgestrichenen Raumes zu meinem Arbeitszimmer zu machen, aber das konnte ich niemals. Damals brauchte ich Wände um mich herum, kleine Räume, winzige und überschaubare Teile der Welt. Ich siedelte mich im Erker über der Terrasse an, wo man in den Garten blicken konnte, der damals schon beinahe vollständig ummauert war, geschützt vom Haus, von dem Zaun, der Hecke und den Dünen. Dort schuf ich mir eine eigene Welt, eine Welt, die ich überblicken und kontrollieren konnte. Und dort bin ich geblieben.

Unsere Firma gedieh. Wir begannen Preise zu gewinnen, erst kleinere und dann ein, zwei bedeutende, was mich bis heute staunen macht. Unsere Arbeiten erschienen nicht selten in nationalen Architekturzeitschriften und einmal sogar in einem internationalen Blatt. Leute mit Kameras und Kassettenrecordern tauchten in unserem Haus in den Dünen auf; und nach dem ersten oder zweiten Mal, als ich feststellte, daß mir diese Eindringlinge den Schweiß auf die Stirn trieben und mich krank machten, schlossen Alan und ich eine Vereinbarung. Er kümmerte sich um die Interviews und die Fotografen, was er außerhalb des Hauses tat. Der Gedanke, mein Gesicht oder auch nur mein Name könnte sich auf einer Zeitschriftenseite finden und von der ganzen Welt betrachtet werden, erfüllte mich mit jener Art Schrecken, die ein Ureinwohner fühlen muß, wenn eine Kamera auf ihn gerichtet wird: die ursprüngliche, entsetzliche Furcht, daß einem die Seele gestohlen wird.

»Aber willst du denn nicht wenigstens genannt werden?« fragte Alan immer wieder. »Du hast doch die Hälfte davon gemacht.«

»Bitte nicht, bitte«, antwortete ich. »Verlang das nicht von mir. Das brauchen wir nicht.«

Und es war auch nicht nötig, denn wir hatten genug Arbeit. Unsere Vereinbarung erstreckte sich auch noch auf andere Bereiche: Alan kümmerte sich um die Kontakte, wir zeichneten gemeinsam die Entwürfe auf dem Zeichenbrett, und dann überwachte er den Bau, und ich blieb hinter meinem Erkerfenster und beschäftigte mich mit Mustern, Bestellungen und der Überwachung der Modelle, der Stoffe und der Details. Wenn er, was oft geschah, unterwegs war, dann blieb ich zu Hause, las, hörte Musik, ging am Strand spazieren und arbeitete im Garten. Die meiste Zeit verbrachte ich wohl im Garten. Eigentlich fühlte ich mich nur dann völlig sicher, wenn ich mit den Fingern in der fruchtbaren Erde wühlte, die ich für meine Blumen, Gemüsepflanzen und Kräuter aufgehäuft hatte. In diesen Augenblicken war ich vollständig mit dem Leben und dem Lebendigen verbunden. Nur wenige sehr enge Freunde bekamen den Garten noch zu Gesicht. Und ich selbst sah kaum noch etwas außer ihm.

Wir sprachen davon, weitere Kinder zu bekommen, aber wir taten nicht viel dafür. Zwar taten wir nichts, um keine zu bekommen, aber wir beschritten auch nicht den Weg der Tests, Temperaturmessungen, Kalender und so fort. Ich habe mich seitdem oft gefragt, ob wir vielleicht Kinder bekommen hätten, die Pacmen sie aber gefressen haben. Die Ärzte sagen, daß Krebs meist schon jahrelang wächst, ehe er entdeckt wird. Doch diesen Gedanken sprach ich Alan gegenüber nie aus.

»Ich dulde nicht, daß du dieses verdammte Ding vermenschlichst« sagte er einmal. »Es ist schlimm genug, gegen das, was es wirklich ist, anzukämpfen. Ich lasse nicht zu, daß du auch noch gegen dich selbst spielst.«

Er war wirklich wütend, daher erwähnte ich Alan gegenüber selten, daß ich mir selbst den Krebs immer in Gestalt von Pacmen und kleinen fressenden Monstern vorstellte. Er hatte recht, die Wirklichkeit war belastend genug für ihn.

Allerdings nicht in der ersten Zeit, nachdem wir die Firma aufgebaut hatten. Einmal fragte ich ihn, ob er Kinder vermisse, ob er es schrecklich finde, keine zu haben.

»Nein«, antwortete er. »Ich vermisse Stephen über die Maßen, ganz schrecklich, und das wird auch immer so bleiben, aber es ist dieser ganz spezielle kleine Mensch, den ich vermisse, Stephen selbst, nicht irgendein mögliches Kind. Ich glaube nicht, daß ich mir je irgend etwas anderes gewünscht habe als das, was ich habe, die Firma, das Haus und dich, von dem Augenblick an, als ich dich kennenlernte.«

»Tatsächlich?« sagte ich. Wir lagen auf der Terrasse auf dem großen Zweisitzer mit dem ausgebleichten Baumwollpolster in einer Flut weißen Mondlichts. Es war der Septembermond, aber die Luft und das Wasser fühlten sich auf unserer nackten Haut noch immer so weich an wie im Sommer. Langsam trocknete der Schweiß auf unseren Körpern.

»Ja«, sagte er. »Ich wache immer noch manchmal auf und zwicke mich, um mir zu versichern, daß all das Wirklichkeit ist. Gelegentlich macht es mir auch angst; manchmal denke ich ... ich weiß nicht... daß in unserem Leben etwas fehlt. Andere Menschen. Besonders für dich. Dieses ›Wir zwei sind viele‹ kann gefährlich sein. Es ist, als wäre es zu vollkommen und die Götter würden es uns irgendwann wegnehmen. Ich habe manchmal das Gefühl, wir sollten all das teilen, nur so aus Prinzip. Um die Götter zu besänftigen.«

»Mit wem denn?« fragte ich. »Mit wem würdest du das hier teilen wollen?«

»Das ist es ja gerade«, meinte er. »Mit niemandem.«

»Na, dann mach dir mal keine Sorgen«, sagte ich und saugte an der kleinen hohlen Stelle seiner Schulter, dort wo sie in den Hals übergeht. »Die Götter werden dich bestimmt nicht holen.«

Ihn holten sie nicht. Sie holten mich. Als ich zweiundvierzig war, hatte ich im Sommer eine Fehlgeburt, ohne daß ich überhaupt bemerkt hätte, daß ich schwanger war. Bei der darauffolgenden Untersuchung stellte sich heraus, daß ich Eierstockkrebs hatte. Das ist ein schrecklicher, heimtückischer und geheimer Krebs, der fast immer einen nicht wiedergutzumachenden Schaden anrichtet, ehe er entdeckt wird; mein Gynäkologe erklärte mir, mein nie geborenes Baby hätte mir das Leben gerettet.

»Man kann es auch anders sehen: der Krebs hat es umgebracht«, sagte ich.

»Vielleicht. Aber das würde ich nicht sagen«, meinte er. »Krankes Gewebe kann kein Leben hervorbringen. Sie sollten der Sache kein Gesicht und keinen Namen geben.«

Aber genau das tat ich, und in diesem Augenblick wurden die Pacmen geboren, und ihre mörderischen, grinsenden, schmatzenden Gesichter sind das, was am schwersten umzubringen ist.

Denn die Ärzte glauben, sie hätten den Krebs ausgerottet. Eierstockkrebs ist deshalb so gefährlich, weil er sich verborgen hält und im Frühstadium keine nennenswerten Symptome erkennen läßt. Selbst in einem späteren Stadium sind sie oft ungenau und werden leicht mißdeutet und falsch diagnostiziert, und auf dieser Stufe ist der Krebs dann tödlich. Mein Krebs allerdings wurde sehr früh festgestellt, im zweiten Stadium, wie die Ärzte sagen... zwar waren bereits beide Eierstöcke betroffen, aber es hatten sich offenbar noch keine Metastasen gebildet... sie bekämpften ihn äußerst aggressiv, mit einer diagnostischen Öffnung der Bauchhöhle und einer Hysterektonomie und soviel Chemotherapie, daß ich eine vollständige Glatze hatte, schwach und mager wurde, meistens mit Überkeit kämpfte, vom Mund bis zu den Genitalien wunde Stellen hatte und eine hartnäckige Akne bekam, die manchmal das Schlimmste von allem zu sein schien. Alles, um den Vormarsch der Pacmen zu stoppen, wie die Ärzte behaupteten.

Ich werde von zwei Ärzten behandelt, von John McCracken, meinem alten, guten Freund aus der Madison Avenue, der mich während meiner Schwangerschaft betreute und mich von Stephen entband, und von Carter Hilliard, dem extravaganten, gutaussehenden, ungeheuer begabten Krebsspezialisten, der mich während meiner Krebserkrankung behandelte und die Pacmen entfernte. Beide verfolgten den Krebs mit Operationen und einem erstaunlichen Sortiment von Medikamenten, schrecklich funktional benannten Dingen wie Leukeran, Neosar, Adriamycin, Adrucil und Folex, die mich in einen unendlich viel schlechteren körperlichen Zustand versetzten als vor der Fehlgeburt. Nach mehr als einem Jahr Chemotherapie gab es eine weitere diagnostische Operation, um »nachzuschauen, wo wir stehen«, und zwei Jahre später eine weitere, und danach ging ich nach Hause in meinen geheimen Garten, riß die mehrjährigen Pflanzer heraus, pflanzte einjährige und wartete ab, ob ich leben oder sterben würde. Ende Oktober sollte die letzte derartige Operation stattfinden, die Abschlußdiagnose nach fünf Jahren. Alan, Carter und John sind jetzt schon euphorisch, so sicher sind sie sich alle drei. Und in mir ist dort, wo der November sein sollte, eine leere, weiße Wand, und wenn ich in diese stille Leere hineinlausche, höre ich die Pacmen nagen.

Dies ist keine Geschichte über eine Krebserkrankung, und selbst wenn es das wäre, dann haben bereits andere Frauen mit größerem Erzähltalent als ich von den Schrecken dieser Krankheit erzählt, von der Lethargie, von den Augenblicken wilder, begeisterter Lebensfreude und den darauf folgenden Abstürzen in eine nebelhafte Verzweiflung, und von der Wut, den Depressionen und der Verleugnung. All das habe ich erlebt seit jenem Augenblick in Johns Praxis in der Madison Avenue, als er es mir sagte und die Atmosphäre auf einmal erstrahlte wie nach einer kleinen, stillen, unsichtbaren Atomexplosion. Die Hängepflanzen schienen in diesem Leuchten zu erbeben, und ich starrte ihn erst einen langen Augenblick lang an, und dann erbrach ich mich in den Papierkorb. Aber von Beginn an wußte ich drei Dinge genau ... ich wußte, daß unter allem der Abgrund lauerte, der schon immer dagewesen war, ich wußte, wie ich mir eine Welt aufbauen konnte, in der dieser Abgrund nicht zu sehen war, und wie ich darin leben konnte, und ich wußte, daß ich, wenn ich zu sehr litt, so sterben konnte wie mein Vater. Nein, eigentlich waren es fünf Dinge: Ich wußte auch, daß völlige Zeitlosigkeit herrschte in meinem Haus und dem sonnenbeschienenen Garten am Meer, und ich wußte, daß Alan mich niemals, nicht eine Sekunde lang, allein lassen würde.

Diese fünf Dinge machten die Situation für mich leichter, als sie für die meisten Krebspatienten ist, und das Wertvollste war stets die Zeitlosigkeit. Weil ich sie habe, konnte und kann ich weiterleben. Ohne sie wäre ich mir da nicht so sicher.

Ich wünschte, ich wäre gestorben, ehe Alan von mir verlangte, zwischen dieser Zeitlosigkeit und ihm zu wählen.

Als der Tau zu fallen begann, wurde der leichte Nachtwind, der vom Meer her wehte, plötzlich zu kalt. Ich stand auf, ging ins Haus und entzündete die Birkenscheite im Kamin. Dann kochte ich Kaffee, nahm den großen Straßenatlas vom Bücherregal und schlug ihn auf meinem Zeichenbrett auf. Während ich in kleinen Schlucken den Kaffee trank, sah ich auf die Karte. Da war es: Nag's

Head. Es lag weit südlich in diesem weiten, winddurchfegten Blau. Und auf den vorgelagerten goldbraunen Dünen stand ein großes, schwarzes Haus, das inzwischen zum Meer hin einen Anbau besaß, der sich wie eine Möwe in die Lüfte zu schwingen schien. In diesem Haus warteten, erstarrt wie die stillen Bräute von Keats, drei Mädchen auf mich, damit ich gemeinsam mit ihnen ein Buch zu Ende las, das ich vor fünfundzwanzig Jahren aufgeschlagen und ungelesen liegengelassen hatte.

Ich betrachtete die Karte. Südlich von Philadelphia konnte ich auf die 95 fahren, dann die 13 bis Norfolk nehmen, dann weiter auf der 158 und schließlich auf der 12 bis Nag's Head. Es würde nicht länger als einen Tag dauern, wenn ich ohne Unterbrechung durchfuhr. Ich würde den Sportwagen nehmen, und es wäre eine schöne Fahrt, denn der letzte Teil der Strecke führte größtenteils direkt oder nahe am Meer entlang. Die Straße führte über viele Brücken. Eine von ihnen, der Chesapeake-Bay-Brücken-Tunnel, kurz vor Norfolk, war riesig. Ich würde den Wind spüren, die blaue Weite, die hochstehende Sonne und darunter, wie eine unendliche Tundra-Landschaft, das unruhige Glitzern jenes anderen Meeres ...

Plötzlich wußte ich, was ich tun würde. Ich würde nach Nag's Head fahren, mit ihnen in der Sonne sitzen, mit Ginger, mit Fig und mit Cecie ... Cecie ... so lange oder so kurz, wie ich es brauchte. Und danach würde ich wieder in meinen kleinen roten Alfa Romeo steigen und abfahren, so früh, daß Alan mich noch gar nicht erwartete. Ich würde am frühen Morgen aufbrechen, wenn es draußen am Strand noch perlweiß und grau war, und wenn ich zu der großen Brücke käme, die sich weit durch die Luft schwang, dann würde ich nur einmal kurz und scharf das Lenkrad drehen ...

Ich stellte mir vor, wie ich an einem bestimmten Punkt, mitten im Flug, nicht mehr würde sagen können, wo der Himmel endete und das Meer begann, und daß es ein Gefühl sein könnte, als schwebe ich der aufgehenden Sonne entgegen.

Draußen auf dem Kies hörte ich die Reifen von Alans Wagen knirschen, und ich ging hinaus auf die vordere Terrasse, um ihn zu begrüßen und ihm zu sagen, daß ich mich entschieden hätte, nach Nag's Head zu fahren.

11. Kapitel

Als ich an der Staatsgrenze nach Delaware die Interstate verließ, spürte ich im Licht und in der Luft eine ganz winzige Veränderung, die vielleicht auf Einbildung beruhen mochte: Ich befand mich im Süden. Eingebildet oder nicht, die Anspannung der Reise löste sich etwas, ich begann langsamer zu fahren, und das Licht gewann an Fülle. Ich streckte meine Arme und Beine und atmete tief durch. Seit fast dreißig Jahren war ich nicht mehr im Süden gewesen, aber sein Rhythmus pochte noch immer in meinem Blut. Vor vielen Jahren hatte mich das beunruhigt, jetzt tat es das nicht mehr.

Der Highway 13, der durch Delaware nach Norfolk hinunterführt, ist mit kleinen Städtchen, Farmen, Feldern und Wäldern gespickt. In der Atmosphäre dieses goldenen Septembermorgens sahen sie beinahe wie verzaubert, wie etwas Seltenes und Wunderbares aus. Dabei war eigentlich nichts Besonderes an dem Sonnenstrahl, der auf eine Wetterfahne fiel, einem Straßenrand, auf dem sich scharlachrot die ersten Herbstäpfel türmten oder einem Schild an einem verfallenen ländlichen Lebensmittelgeschäft, auf dem HALT. BENZIN. BESUCHEN SIE DIE RIESENSCHLANGE stand. Aber es verging keine Stunde, die mich nicht mit irgendeinem bezaubernden Sinnenreiz beschenkte. Als ich Pennsylvania verließ, sang ich zu den Liedern im Radio.

Kurz nach Mittag sah ich, auf halber Strecke zwischen Laurel und Pepper in Delaware, ein Feld, das auf den ersten Blick voll mit marschierenden Elefanten zu sein schien. Ich fuhr langsamer und blickte angestrengt hinüber, und tatsächlich, in dem tiefen, grüngoldenen Gras schwankten eine Reihe grauer Elefanten Rüssel an Schwanz über das Feld, und eine weitere Reihe war an der Seite angebunden und wirkte wie eine große, graue Festung. Dann entdeckte ich in einiger Entfernung die Lastwagen, den lehmfarbenen, gebauschten Stoff großer, schmutziger Zelte, und die geschäftigen Arbeiter und bemerkte, daß die Elefanten von einem Mann geführt wurden, der mit einer langen Stange neben dem Kopf des Leittiers ging.

Vor Entzücken lachte ich laut auf.

»Ach, wie schön«, sagte ich in die duftende, lauschige Luft hinein, »der Zirkus ist in der Stadt. Laßt alles liegen und stehen und kommt mit!«

Eine große Welle der Freude überschwemmte mich, so stark und ursprünglich, daß sie meinen Kopf nach hinten schleuderte. Einen Moment lang mußte ich die Augen schließen, und hinter meinen Lidern tanzten tausend Lichtpunkte. Dieses Gefühl kannte ich aus meiner frühen Kindheit, in der es mich manchmal so überwältigt hatte, daß ich herumhüpfen und die Arme um meinen Körper schlingen mußte. Seither hatte ich es nicht mehr gespürt. Ich dachte daran, was Cecie auf dem College einmal gesagt hatte, als sie eine Katze draußen auf dem Rasen betrachtete, die aus einer kauernden Haltung heraus blitzartig einen wilden, steifbeinigen Sprung machte, sich zweimal um ihre eigene Achse drehte und seitlich über den Rasen schoß, ehe sie sich wieder dösend in der Sonne niederließ.

»Diese Katze hat einen Anfall von Wohligkeit. So nannte das meine Tante Martha immer. Weißt du nicht auch genau, wie sich das anfühlt?«

»Ich habe einen Anfall von Wohligkeit«, sagte ich zu den Elefanten und fuhr laut lachend weiter auf der sonnenbeschienenen Straße. Jeder, der mich gesehen hätte, hätte gedacht, ich wäre betrunken oder verrückt.

Und eigentlich war ich auch beides ein bißchen. Betrunken von der Sonne, dem Himmel, der Luft, der Musik, die aus dem Autoradio kam, und der seltsamen, fremdartigen Atmosphäre. Das Verdeck des kleinen roten Alfa Romeo Spider war heruntergelassen, der Himmel über mir war herbstlich stahlblau, und die Sonne tropfte dick und süß wie Ahornsirup vom Himmel. Das Haar wehte mir wild um den Kopf und stach mir in Mund und Nase, und ich spürte, daß die Hautflächen über meinen Wangenknochen bereits von der Sonne verbrannt waren. Unter allen Dingen sprudelte eine Art geheimer Fröhlichkeit, eine köstliche, verborgene Verrücktheit. Und natürlich war ich verrückt, denn jeder, der seinen Tod plant und einen bestimmten Tag dafür festgesetzt hat, *ist* verrückt, wenn auch vielleicht nicht im allgemein anerkannten Sinn dieses Wortes. Zumindest hat er die Welt der Menschen hinter sich gelassen.

Aber genau dieser Tod – oder besser gesagt, der Gedanke an den lebendigen Augenblick freien Schwebens und überschwenglichen Sichverlierens in strahlender Luft und glitzerndem Wasser – gab diesem Tag seine wilde Süße. Der Tod ließ den blauen Himmel kristallklar wirken und die Sonne in brennendem Gold erstrahlen, er hielt die Zeit an, wie es das Meer tat, und er versprach, daß der Winter, das Alter oder der Schmerz nicht kommen würden. Daß, in gewisser Weise, der Tod selbst nicht kommen würde. Ich lächelte erneut. Ich starb, damit ich nicht sterben mußte. Das war wirklich verrückt, daran gab es gar keinen Zweifel. Aber das machte nichts. Das Gefühl, alles unter Kontrolle zu haben, stieg mir wie Wein zu Kopf. Durch den Tod hatte ich endlich Macht über die Welt.

»Tod ist die Mutter der Schönheit«, sagte ich laut. Wer hatte das gesagt? Wo hatte ich das gelesen? Mir kam eine vage Erinnerung an ein Klassenzimmer im Winter, mit wattigem Grau vor den großen, schmutzigen Fenstern, einem zischenden Heizlüfter und dampfender feuchter Wolle. Das war ziemlich sicher am Randolph College gewesen. Ich würde Cecie fragen. Cecie wußte es bestimmt. Solche Zitate hatten wir geliebt, und wenn ich es irgendwo aufgeschnappt hatte, dann hatte ich es ihr bestimmt gesagt, und sie würde sich daran erinnern. Daran zweifelte ich nicht.

»Fast verliebt in einen leichten Tod«, sagte ich dann. Das war von Keats, da war ich mir so gut wie sicher. Genau so hatten wir uns gefühlt, Cecie und ich, in dieser unberührten und ahnungslosen Zeit. Und jetzt war ich wiederum dort angelangt...

Am Nachmittag mußte ich vor einer Ampel in einer Kleinstadt in Virginia anhalten. Es war in Onacock, glaube ich, auf der Hälfte der langen Halbinsel zwischen der Chesapeake Bay und dem Atlantik. Ich war mir der großen Wasserflächen links und rechts von mir sehr bewußt, obwohl ich sie im Moment nicht sehen konnte, und die lange Brücke und der Tunnel, die sich vor mir erstreckten, waren wie ein dunkler, kalter Schattenfleck auf der sonnenbeschienenen Straße. Seit fünf Uhr morgens war ich unterwegs, und meine Arme, mein Nacken und meine Gesäßbacken waren schon fast gefühllos. Ich bewegte meinen Kopf auf dem Hals hin und her, nach vorne und zurück, und sah, wie in dem Pick-up vor mir eine junge Frau die Hand ausstreckte und das Gesicht des Fahrers berührte. Er legte seine Hand auf ihre, und dann beugte er sein Gesicht zu ihr und küßte sie. Sie schmiegte sich an seinen rechten Arm, und er fuhr weiter, während ihr Kopf auf seiner Schulter lag und seine Wange auf ihrem Haar ruhte. Ich fühlte einen einzelnen, tiefen, zitternden Ton, als hätte jemand in mir eine Violinsaite angeschlagen. Wie konnte ich Alan verlassen, ihn für alle Zeit verlassen?

Aber ich kannte die Antwort auf diese Frage. Weil es besser war, ihn voller Schmerz und Wut auf mich zurückzulassen, als ihn zusammen mit mir von den Pacmen zu Tode quälen zu lassen. Ach, viel besser und sehr viel liebevoller ... abgesehen davon lebte ich jetzt in der Zeitlosigkeit. So etwas wie »für alle Zeit« oder »auf ewig« gab es nicht mehr. Es gab nur noch diesen Augenblick, diese Stunde, diesen Tag. Ich würde ihm einen langen Brief schreiben, dachte ich bei mir, in der Nacht, bevor ich Nag's Head verließ. Dann würde er mich verstehen. Ich hatte mich heute morgen nicht verabschiedet. Die ganze vergangene Nacht hatten wir eng beieinander gelegen, waren immer wieder eingeschlafen und aufgewacht, und um vier war ich aufgestanden, hatte einfach meine gepackten Taschen in den Alfa gelegt und war davongefahren. Als ich das dunkle Schlafzimmer verließ, hob er den Kopf und sagte mit belegter Stimme: »Gehst du schon?«

»Schschsch«, sagte ich. »Schlaf weiter. Wenn du mir jetzt Auf Wiedersehen sagst, kann ich gar nicht gehen, und dann bist du wütend auf mich. Ich ruf dich an, wenn ich dort bin.«

»Wir sehen uns in einer Woche«, sagte er aus den Tiefen des Daunenkissens. »Ich werde hier sein, wenn du zurückkommst. Fahr vorsichtig. Ich liebe dich.«

»Ich liebe dich auch«, sagte ich, schluckte ein verwirrtes

Schluchzen hinunter, und als die Morgendämmerung hereinbrach, war ich bereits unterwegs. Während ich auf der Terrasse ums Haus herumging, spürte ich einen Hauch von Feuchtigkeit auf meinem Gesicht. Mit dem Rücken zum Meer warf ich meine Arme in die Höhe und rannte den Rest des Weges bis zum Alfa. Bis ich die Hamptons hinter mir gelassen hatte und den tunnelartigen langweiligen Sunrise Highway entlangfuhr, verbot ich mir jeden Gedanken.

Danach war es leicht. Ich hatte Alan Abrams auf diese Reise nicht mitgenommen. Ich hatte nicht einmal Kate Abrams mitgenommen, denn in gewisser Weise war sie bereits gestorben. Es war Kate Lee, die den Wagen an diesem Septembermorgen über die Straßen steuerte. Kate Lee, die endlich zurückkehrte, um die Wahrheit über die vier Mädchen zu erfahren, die einander vor so vielen Jahren verlassen hatten.

Irgendwann während dieser hellen, kreisenden Stunden dachte ich, daß sich vielleicht das als wahr herausstellen würde, was wir damals bereits als Wahrheit angesehen hatten. Nicht mehr und nicht weniger. Auf eine seltsame Weise wirkte dieser Gedanke außerordentlich beruhigend, denn dann wären diese vier Mädchen irgendwo und irgendwie noch am Leben, so, wie sie damals gewesen waren. Aber ich wußte bereits, daß das nicht der Fall war. Ich hatte es in dem Augenblick gewußt, als ich mit Ginger Fowler Sibley telefonierte, um ihr zu sagen, daß ich kommen würde.

Ihre Stimme war noch genau dieselbe wie früher; es war, als stünde sie gleich nebenan im anderen Zimmer, vor so vielen Jahren. Mit einem kleinen Seufzer atmete ich aus, und ein winziges Lächeln umspielte meinen Mund. Sie war ganz und gar Ginger, da gab es keinen Zweifel. Ich hatte einmal gelesen, daß die Stimme das letzte ist, was sich ändert, wenn man älter wird.

»O mein Gott, Kate!« stieß sie hervor. »Das ist ja nicht zu glauben! Oh, du hörst dich so ... gut an! Und du kommst. Dein netter Ehemann hat gesagt, daß du kommst ...«

»Ja, ich hab's erwogen«, hörte ich mich selbst sagen. Irgendwie brachte ich die Worte: »Ja, ich komme«, nicht über die Lippen.

»Ach Kate, bitte«, sagte Ginger. »Natürlich will ich auch die anderen wiedersehen, aber du bist es, die ich am meisten vermißt habe. Wir hatten dich so vollständig aus den Augen verloren; niemand wußte, wo du all die Jahre gesteckt hast, nicht einmal Cecie, bis das Jahrbuch herauskam ... Weißt du, Kate, während all dieser Jahre habe ich unsere Entfremdung zutiefst bedauert. Ich weiß, wie mies ich mich verhalten habe und wie sehr dich das verletzt haben muß ... Seither wünsche ich mir sosehr, ich könnte es wiedergutmachen. Paul ...«, sie zögerte. »Paul wird nicht hier sein. Er fährt in unser Haus nach Norfolk. Wir vier werden ganz unter uns sein. Aber wenn du nicht willst, dann verstehe ich das ...«

Mein Herz machte einen Sprung wie ein Fisch, der aus dem Wasser hüpft, und die Erinnerung an die Liebe, die ich einst empfunden hatte, überflutete mich. Mir wurde plötzlich klar, daß es mehr als ein Vierteljahrhundert her war, daß ich um Paul Sibley getrauert hatte, aber die gute, aufrichtige Ginger hatte all die Jahre gelitten. Gelitten unter der Vorstellung, wie ich litt.

»Natürlich komme ich«, sagte ich. »Ich habe euch alle ebenfalls vermißt. Ja, wirklich. Aber Ginger, wo um alles in der Welt hast du Fig aufgetrieben?«

Eine weitere kleine Pause entstand. Dann sagte Ginger: »Kate, weißt du denn nicht, wer Fig ist?«

»Wer sie ist?« antwortete ich. »Nein ...«

»Kate ... Fig ist Georgina Stuart. Du weißt schon, die Bücher mit den halbnackten Frauen auf dem Umschlag, die Talkshows im Fernsehen und dieser ganze Scheiß in *People* und *Entertainment Weekly*.«

Mir verschlug es die Sprache. Ich brachte tatsächlich kein Wort heraus. Fig war Georgina Stuart? Deren Serien von schrillen Bestsellern, Affären und öffentlichen Wutausbrüchen den Stoff für riesenhafte Schlagzeilen und landesweite Sendungen im Frühstücks- und Spätabendfernsehen lieferten und deren platingesträhnte Mähne und halbnackte Brüste ungefähr ebensooft auf den Zeitschriftenseiten zu sehen waren wie die der leidenschaftlichen Nutten auf ihren Taschenbuchumschlägen? Und die ganze Heerscharen von Ehemännern gehabt hatte? Selbst ich, die ich mich so viele Jahre bei meinen Blumenbeeten am Meer vergraben hatte, wußte, wer Georgina Stuart war. Man hätte auf dem Uranus leben müssen, um es nicht zu wissen.

»Stuart?« sagte ich verständnislos und mit überschnappender Stimme.

»Stuart mit U.« Ginger lachte. »Du weißt doch, was für Gefühle sie dir gegenüber hegte. Ich hatte immer schon vermutet, daß sie am liebsten du gewesen wäre, und wahrscheinlich hat sie es auf diese Weise auch irgendwie geschafft. Ich wundere mich nicht, daß sie deinen Namen benutzt, sie hat schließlich auch alles andere von dir geklaut. Kannst du dich nicht erinnern? Sie sieht dir sogar ein bißchen ähnlich, Kate, zumindest gemessen an dem, wie du früher ausgesehen hast. Du würdest sie heute nicht mehr wiedererkennen. Wirklich. Gott weiß, wie viele Kilos sie verloren und wie viele kosmetische Operationen sie hinter sich hat.«

»Du lieber Himmel, die alte Fig Newton ist Georgina Stuart«, sagte ich und begann zu lachen. »Das darf ich auf keinen Fall verpassen. Ich werde vor der Fahrt eines dieser schrecklichen Bücher lesen müssen. Und sie gibt sich tatsächlich noch mit Leuten wie uns ab?«

»Das Ganze war ihre Idee«, sagte Ginger fröhlich. »Sie hat aus heiterem Himmel vor einigen Wochen hier angerufen und gesagt, sie käme auf einer Lesereise in der Nähe vorbei, und ob es nicht lustig wäre, wenn wir uns in meinem Haus an der Küste treffen würden wie damals, als wir noch im College waren. Du erinnerst dich. Sie hat sogar angeboten, alle Kosten zu übernehmen, aber das habe ich natürlich abgelehnt. Und sie hat darauf bestanden, daß du kommst, Kate. Sie sagte, das sei ihre Bedingung. Sie wollte, daß ich dir schreibe, weil sie wisse, daß sie dich immer verrückt gemacht habe, und sie dich nicht abschrecken wolle. Sie wollte sogar ein Privatflugzeug für dich stellen. Ich sagte, ich würde die Farm verwetten, daß du nicht in einem Privatflugzeug kommen wolltest, aber ich habe versprochen, dich zu fragen, und das habe ich hiermit getan. Ich weiß, sie ist dir im College entsetzlich auf die Nerven gegangen, aber sie hat sich sehr verändert. Sie ist wirklich nett, obwohl sie weltberühmt ist. Laß dich von den Erinnerungen an sie nicht davon abhalten zu kommen. Sie ist ein ganz anderer Mensch geworden ...«

»Nein, das macht mir jetzt nichts mehr aus«, sagte ich. »Ich sterbe vor Neugier.« Und an Krebs, dachte ich, sprach es aber nicht aus, sondern kicherte nur. »Natürlich will ich kein Flugzeug. Ich fahre mit dem Wagen. Ich habe schon auf der Karte nachgesehen, ich glaube, daß ich es in einem Tag schaffe. Hör mal, Ginger... was ist mit Cecie?«

»Cecie kommt, wenn sie es schafft, ihre Schwiegermutter kurzfristig in einem Pflegeheim unterzubringen. Die Schwiegermutter ist an den Rollstuhl gefesselt, und niemand sonst kann sich um sie kümmern.«

»Schwiegermutter...«, sagte ich.

»Hast du eigentlich jemals etwas von ihr gehört?« fragte Ginger. »Ich habe den Kontakt mit ihr locker gehalten, aber sie hat dich nie erwähnt...«

»Nein«, sagte ich leise. »Gar nichts.«

»Sie hat eine schreckliche Zeit hinter sich, Kate«, sagte Ginger. »Sie hat in Boston einen italienischen Polizisten geheiratet. Als sie gleich nach dem College dort war, um irgendwelche Verwandten zu besuchen, hat sie ihn kennengelernt und sich Hals über Kopf in ihn verliebt. Vinnie Fiori. Vicenti Fiori. Ich habe ihn einmal getroffen, schon ziemlich früh, als wir zu einem Kongreß dort waren. Er war ein großer, schwarzäugiger, gutaussehender Kerl mit ungeheuerem Charme, und er hat Cecie einfach vergöttert... na ja, sie hatten zwei Jungen, aber als die Kinder noch klein waren, wurde er bei einem Bankraub angeschossen und war seither von der Taille abwährts gelähmt. Sie hörte mit der Arbeit auf, um sich um ihn zu kümmern, was sie beinahe zwanzig Jahre lang gemacht hat, und für die alte Dame sorgt sie nun auch schon seit einigen Jahren. Ich weiß nicht einmal, wann die Schwiegermutter eigentlich zu ihnen gezogen ist. Vor ungefähr fünf Jahren ist Vinnie dann gestorben, und die Kinder zogen aus, sobald sie konnten, und seitdem kümmert sie sich in dem elenden kleinen Haus in Quincy um diesen alten Drachen. Sie ist niemals wieder zum Tidewater zurückgekehrt. Ich glaube nicht, daß sie ein einziges Mal Ferien gemacht hat, seit Vinnie angeschossen wurde, und Gott weiß, wovon sie eigentlich lebt. Die beiden hatten nie Geld. Es war einfach schrecklich. Ich dachte, das wüßtest du vielleicht.«

»Ach, Cecie«, flüsterte ich. »Nein, das wußte ich nicht«, sagte ich laut.

»Nun, sie sagte, wenn du kämst, würde sie die ganze Strecke notfalls zu Fuß gehen, und ich sagte, ich würde für die Anfahrt sorgen«, erklärte Ginger. »Du weißt ja, daß sie nicht Auto fährt, sie hat noch immer eine Todesangst davor. Daher schickt Fig ihr ihr dämliches Flugzeug, und Fig und ich werden in Figs neuem Rolls zum Currituck Airport fahren und sie abholen. Ich hatte schon Angst, sie würde nicht kommen ... weißt du, Fig und ich, wir sind schrecklich wohlhabend, und irgendwie habe ich mir vorgestellt, du wärst es auch, und sie ... aber sie sagte selbst, sie brenne darauf, zur Abwechslung einmal die Atmosphäre des Erfolgs zu schnuppern. Und das hat sie gar nicht sarkastisch gemeint. Sooft ich sie in all dieser Zeit auch anrief oder einen Brief von ihr bekam, nie war auch nur ein Hauch von Selbstmitleid zu spüren ...«

Trauer um Cecie überflutete mich. Cecie, die einst wie ich die Welt mit Halliburton als einen »Königsweg zur wahren Liebe« gesehen hatte. Cecie, die wie eine Zugschwalbe die Welt hätte umrunden sollen, um dann in einem Haus an dem großen Fluß auszuruhen, wo das Licht des Wassers an der Decke tanzte und die Wellen an den Steg schlugen. Die weltfremde kleine Cecie mit den flammendroten Haaren, die immer in den Wolken gelebt hatte, war all diese Jahre ein Packesel gewesen und hatte fern vom Wasser versucht, ihre angeschlagene Familie durchzubringen ...

Ich werde nicht darüber nachdenken, dachte ich bei mir. Jetzt noch nicht.

»Ich freue mich, sie zu sehen«, sagte ich. »Dich auch, Gingermädchen. Und Fig. Ganz besonders Fig.«

»Dann beeil dich«, sagte Ginger Fowler Sibley, und Freude und Liebe schwangen in ihrer rauhen Stimme mit. »Es sind noch acht Tage bis Nag's Head!«

»Ich bin schon auf dem Weg«, sagte ich.

Mitten am Nachmittag kam ich zur Chesapeake-Brücke, und da nicht viel Verkehr war, konnte ich langsam fahren, mich umsehen und nachspüren, wie sich der große Bogen in den Raum hinein spannte. Etwa auf der Hälfte, als ich das Land hinter mir und das glitzernde Wasser unter mir nicht mehr erkennen konnte, sondern nur noch das endlose Gewölbe des Himmels sah, traf mich wie ein

Schlag der Gedanke, daß dies der Abgrund war, der mein Leben lang auf mich gewartet hatte. So nahe an der Straßenoberfläche, bei herabgelassenem Verdeck und von nichts anderem umgeben als der warmen Luft, die mich umfloß, spürte ich den Abgrund mit allen meinen Sinnen, war nichts mehr zwischen ihm und mir. Ich fuhr so langsam, daß ich beinahe stehenblieb, und lauschte: Da war sie. Von weit unter mir kam die Stimme, die Stimme des Abgrunds, und sie schien vieles zu sagen, darunter auch meinen Namen. Kate. Kate. Schweiß trat mir auf die Stirn und trocknete im Wind, aber auf meinem Mund lag ein Lächeln. Ich hatte diese ganzen Jahre unrecht gehabt. Was auf mich wartete, war der Abgrund. Nicht die Pacmen. Nicht die schmatzenden Münder, sondern der Raum, der klare, blaue, offene Raum. Es war richtig. Ich konnte es tun.

Allerdings nicht mit dem Wagen, das erkannte ich jetzt. Die Leitplanken waren zu fest und zu hoch. Der Alfa würde sie niemals durchbrechen können. Nun gut, dann eben ich ganz allein. Ohne daß sich irgend etwas um mich herum befand, nicht einmal die zerbrechliche rote Haut des kleinen Autos. Nur ich, nur meine eigene Haut, rein und noch glatt und ohne Make-up. Ich würde meine Arme ausstrecken wie eine Liebende, lachen, singen ... ich schüttelte den Kopf und fuhr weiter. Der Zauber des Raumes und des glitzernden Wassers war stark, an diesem überirdischen Nachmittag wäre es ein leichtes gewesen. Nun, in einer Woche würde es noch leichter sein. Dann gab es keine Bindungen mehr, keine lose herumfliegenden Reste von Kate Lee, die sich an die Sonne, an den Rand der Welt klammern konnten. Das letzte Gewicht hob sich von meinem Herzen, und singend fuhr ich hinein nach Virginia.

Für die letzten hundert Meilen brauchte ich länger. Ich verließ den Highway und suchte mir auf kleinen Asphaltstraßen, die vom Ortsverkehr verstopft waren, den Weg an die Küste. In Barco nahm ich die 158, die mich bis Nag's Nead bringen würde, und dort konnte ich auch einen ersten Blick auf das Wasser des Ozeans werfen: der Currituck Sound, der ein Stück entfernt zu meiner Linken lag, begann sich in der im Westen stehenden Sonne gerade silberrosa zu färben. Parallel zu ihm, noch weiter links, befand sich, wie ich wußte, die wilde, bräunliche Kette der Outer Banks. Mein Herz begann schneller zu schlagen, und meine Handflächen am Steuerrad wurden feucht. Dreißig Jahre, beinahe dreißig Jahre war das her…

Bei Point Harbor fuhr ich über die Wright-Memorial-Brücke und dann war ich dort. Ich war auf den Banks. Der großartige, wogende, dunkelblaue Ozean, an den ich mich erinnern konnte, lag etwas weiter entfernt links von mir, ich konnte ihn immer wieder zwischen dicht aneinandergedrängt auf Stelzen stehenden Strandhäusern, Läden, Hotels und Restaurants erkennen. Aber ich konnte ihn nicht fühlen. Das war nicht die Küstenstraße, wie ich sie in Erinnerung hatte. Das war nicht das damalige Idyll, sondern ein Ort mit Eigentumswohnungen, Wohnmobilen, Fernsehantennen, Neonlicht, Souvenirbuden, Motels und Restaurants, in denen man Krabben und Pizza zum Mitnehmen bekam. Sogar jetzt, in der Dämmerung an einem Werktag im September, drängte sich auf der Küstenstraße der Verkehr, tönten die Hupen und erfüllten Abgase die Luft. Dies hätte jeder beliebige andere Ort am Meer sein können, an den zu viele Menschen kommen: Ocean City, Daytona oder Myrtle Beach. Die Enttäuschung in meinem Innern war so stark, daß ich sie schmecken konnte wie den leichten, sauren Nachgeschmack von Erbrochenem.

Zu meiner Rechten lag der hohe Jockeys Ridge. Auf dem höchsten Hügel standen ameisengleich Leute, die sich in einer langen Reihe gegen die untergehende Sonne abhoben. Umrisse großer Gestalten wie prähistorische Pterodactylen flogen schwarz über den orangefarbenen Himmel, und mir wurde klar, daß die Leute auf den Banks noch immer ihre Drachen steigen ließen, aber solche Drachen hatte ich noch nie gesehen. Durch Kill Devil Hills schlich ich hinter einem Wohnmobil aus Portland her, das hinten einen Aufkleber trug, auf dem stand: »Ja, verdammt noch mal, die ganze Straße gehört mir.« Ich kam am Fischerreipier vorbei, der voller Menschen war, und fuhr durch Nag's Head, das ebenso schlimm war wie Kill Devil Hills. Die Luft war jetzt schwer und warm, da die frische Salzluft von den Termitenhügeln der Appartementbauten und den hochaufragenden Motels abgehalten wurde, und ich verletzte eine meiner strengsten Regeln und schaltete die Klimaanlage im Auto an, obwohl das Verdeck heruntergelassen war. Es nützte wenig. Ich zögerte und lächelte dann grimmig. Warum nicht? Was machte das jetzt noch aus? Ich drehte die Klimaanlage voll auf.

Hinter der Station der Küstenwache bog ich links in eine schmale Sandstraße ein, die zum Kamm der Dünen hinüberführte, und dann, während ich zwischen häßlichen neuen Eigentumswohnungsbauten aus rohem Holz und Häuschen auf Stelzen dahinholperte, sah ich sie vor mir wie eine Reihe alter Hexen, die ungetünchten Aristokraten, halb vergessene, aber tief vertraute Erinnerungen, wie sie sich schwarz vor dem Abendhimmel abzeichneten. Mein Herz hob sich aus meiner Magengrube, in die es gesunken war, und stieg singend auf wie eine Lerche. Wie eine Flutwelle brachen die Vertrautheit, das *déjà vu* blitzartiger Erinnerungen, Gefühle und Bilder, leiser, längst verklungener Töne, Gerüche und Geschmacksempfindungen über mich herein.

»Ja«, flüsterte ich laut. »O ja.«

Am Ende der Reihe großer Strandhäuser stand Gingers Haus. Gingers und Pauls Haus, korrigierte ich mich und betrachtete die schön geschwungene Dachlinie aus grauen Schindeln, die auf der höchsten Düne übers Meer hinausragte. Das Licht des Sonnenuntergangs blinkte in den Fenstern, in denen ein warmes, gelbes Licht glühte. Sonst sah Gingers Haus genauso aus wie in meiner Erinnerung. Im Gegensatz zu anderen Dingen, die mir in der Jugend kolossal erschienen waren, war es um keinen Zentimeter geschrumpft. Seine Anmut, seine Kraft und die natürliche alte Schönheit waren noch immer atemberaubend und herzergreifend. Tränen brannten in meiner Nase, aber es waren keine Tränen über einen Verlust. Ich bog mit dem Alfa in den sandigen, glatt gestampften kleinen Hof ein und stieg aus.

Einen Augenblick lang stand ich einfach da und sog alles ein. Ich fühlte, wie jener besondere Friede, jene Stille sich in mein Herz schlichen. Das Meer konnte ich zwar von hier aus nicht sehen, aber wie früher hörte ich es hohl auf den Sandstrand unterhalb der Dünen schlagen. Bewegt stellte ich fest, wie gut der Ort und der Augenblick paßten, und nicht einmal Pauls Studioanbau, nicht einmal der große Land Rover und das Strandfahrzeug, die mit Sicherheit ihm gehörten, störten dieses Gefühl. Ich erinnerte mich, daß ich hier, an diesem Ort, zum erstenmal die Zeitlosigkeit, jenes große Geschenk des Meeres, empfunden hatte. In meiner Seele erblühte in vollendeter Klarheit ein Gedanke: Dieser Ort könnte dich heilen.

»Zumindest annähernd«, dachte ich bei mir und machte mich über den Sandpfad auf den Weg zur hinteren Terrasse.

Aus den offenen Fenstern des Studios hörte ich Gelächter. Anfangs war es einfach ein nicht näher zu bestimmendes weibliches Lachen, doch dann erkannte ich es, wunderbar und magisch, ein Lachen, das war wie kein anderes auf dieser Welt. Eine silberne Spirale, die sich immer höher und höher schraubte, einen Moment lang ganz nah an der Grenze zur Geziertheit hing, dann in einen fast obszönen, quakenden Jubelton ausrollte und von neuem begann. Ich begann zu rennen, obwohl ich im Sand stolperte.

»›Oh, das Leben ist ein herrlicher Liebesreigen, ein Potpourri aus plötzlichen Einfällen‹«, stieß ich halb lachend, halb weinend hervor, während ich weiterrannte.

Aus dem Innern des Studios kam, inmitten von Gelächter: »›Und die Liebe eine Sache, die niemals fehlgeht . . .‹«

»›UND ICH BIN MARIA VON RUMÄNIEN!‹« schrien wir gemeinsam und trafen uns draußen an der Wendeltreppe.

Und wir hielten einander wieder in den Armen, Cecie Hart und ich, nach einer sehr, sehr langen Zeit, und weinten.

Mein erster Gedanke war, wie wenig sie sich verändert hatte. Ich hätte sie überall auf der Welt wiedererkannt; selbst inmitten einer Gruppe von Nonnen oder in einem nepalesischen Tempel im Himalaya unter singenden Frauen oder in der Menschenmenge, die sich an einem Ostermorgen auf dem Petersplatz drängt.

Mein zweiter Gedanke war, wie klein sie war. Es war schon viele, viele Jahre her, seit ich zuletzt über Cecies Körpergröße nachgedacht hatte, aber in diesem Augenblick erinnerte ich mich, wie mich ihre Winzigkeit in den ersten Tagen unserer Freundschaft beschäftigt und bezaubert hatte.

Und das erste, was ich albernerweise zu ihr sagte, war: »Cecie, du bist ja *so klein.*« Den ganzen Weg die Atlantikküste hinunter hatte ich mir überlegt, was ich wohl zu ihr sagen würde, und diese oder jene freundlichen Worte geprüft und wieder verworfen. Aber an keinen dieser Sätze konnte ich mich erinnern. Die Idiotie behielt die Oberhand.

»Na ja, da kann man halt nichts machen«, sagte sie in ihrem trockenen Virginia-Akzent, der mir ganz plötzlich wieder ebenso vertraut war wie meine eigene Stimme.

Wir sahen einander sehr lange an und lächelten, während die Tränen trockneten, und ließen die Arme sinken, mit denen wir uns umfaßt hatten. Meine Hände fühlten sich an wie riesige Klumpen. Ich wußte nicht, wo ich sie hinstecken sollte. Ich glaube, sie war ebenso unsicher. Ihre kleinen Hände spannten sich an und entspannten sich wieder. Sie waren jetzt rauh und rot, aber das waren meine auch, vom Wind, vom Salz und von der Gartenarbeit.

Ganz plötzlich begannen wir wieder zu lachen. Vermutlich hätte keine von uns sagen können, weshalb. Es fühlte sich nur einfach gut und richtig an, und es war besser als zu schweigen. Und es war etwas, das uns früher verbunden hatte, Cecie und mich. Unser Lachen.

»Du siehst genau, absolut, ganz und gar so aus wie früher«, sagte sie grinsend. »Noch immer so mager. Und du hast noch immer die berühmte Lee-Nase, die offenbar in all den Jahren niemand aus der Fasson gebracht hat. Und die berühmte ›Banane‹. Und die Strähnchen! Tust du immer noch Zitronensaft darauf und setzt dich in die Sonne?«

»Sie sind grau, du Dummkopf«, sagte ich. »Jetzt tue ich Weißwein darauf und setze mich in die Sonne. Aber du, Cecie ... wenn deine Haare nicht wären, würde man dir immer noch an keiner Bar in Amerika einen Drink servieren. Ich wette, du hast deine Seele an den Teufel verkauft.«

»Blind ist sie auch noch«, sagte sie. »Ah, l'age, c'est tragique.«

Es stimmte, was ich gesagt hatte, wenn auch nicht jeder diesen Eindruck geteilt hätte. Aber für mich war Cecie noch immer die rothaarige, leidenschaftliche Freundin und Gefährtin meiner Collegejahre; nur diese und niemand anders, ganz und gar unverändert. Selbst wenn das nur mir so vorkam, so blieb es doch die

Wahrheit. Aber für die anderen stellte sie sich wohl anders dar: das aufsässige Gewirr mädchenhafter Locken war jetzt vollständig weiß, ihre wasserblauen Augen waren von einem Netz feiner Linien umgeben, und tiefere Falten, die von Leid und Schmerz sprachen, durchzogen ihr kätzchenhaftes Gesicht. Sie war sehr dünn, so dünn wie damals unter dem Ansturm des Pfeifferschen Drüsenfiebers gegen Ende meiner Collegezeit, und ich bemerkte, daß ihre Schultern etwas gebeugt waren. Ihre Haut an Gesicht und Hals war noch so glatt und fest wie damals, als sie ein Mädchen war, aber die zarte rosa Farbe, die stets direkt darunter geflackert hatte, war verschwunden. Cecie war so bleich, daß sie beinahe durchscheinend wirkte. Blaue Schatten färbten die dünne Haut unter ihren Augen. Anstatt der Hornbrille, an die ich mich erinnerte, trug sie eine große, runde Brille mit einem dünnen, silbergrauen Rand. Sie stand ihr sehr gut, und trotz der sichtbaren Spuren von durchlittener Qual und Erschöpfung, und trotz der weißen Haare war Cecie eine schöne Frau geworden, viel schöner, als sie es als Mädchen gewesen war – oder hatte ich es damals nur nicht erkannt?

»Du siehst wunderschön aus«, sagte ich. »Wirklich. Ich hoffe, deine Kinder sehen dir ähnlich.«

»Überhaupt nicht. Sie sehen genauso aus wie Vinnie, und das ist wunderbar für Jungen. Aber ich werde mein ganzes Leben froh sein, daß wir keine Mädchen haben; die hätten bestimmt Schnurrbärte gehabt.«

»Ich habe dich so vermißt«, sagte ich.

»Ich dich auch«, sagte sie in dem formell klingenden Ton, den sie an sich hatte, wenn sie verlegen war. »Ich habe dich auch vermißt.«

Plötzlich erklang ein lautes Jubeln, und das Trampeln eiliger Schritte war zu hören, und dann stand Ginger neben uns auf der Treppe. Sie hüpfte und kreischte und versuchte, uns beide auf einmal in die Arme zu nehmen.

»Mein Gott, seht euch das an«, stieß sie hervor, während sie uns umarmte und tätschelte. »Das ist ja, als würdet ihr euch gerade mal nach den Ferien wiedersehen. Keine von euch hat sich auch nur ein bißchen verändert! Das ist ungerecht, ich bin die einzige, die alt und fett geworden ist. Ach, Kate, es ist so schön, dich wiederzusehen! Wir haben am Gin genippt und die Sekunden gezählt, bis du endlich kommst. Komm herauf, deine Taschen holen wir später. Du bist um einiges zu spät dran.«

Sie drehte sich um und lief die verwitterten grauen Stufen zum Studio hinauf, wobei sie über ihre Schulter hinweg weiterredete. Cecie und ich folgten ihr. Anders als bei Cecie schien es mir im ersten Moment schwierig, in der Frau, die vor uns herging, die Ginger wiederzuerkennen, die ich gekannt und geliebt hatte. Diese Frau war sehr dick und bewegte sich schwerfällig, ohne die langen, kraftvollen, hüftenschwingenden Schritte der jungen Ginger Fowler. Ihre Haut war schwammig und mit Äderchen durchzogen, wenn sie auch immer noch das tiefe Mahagonibraun hatte, um das ich Ginger im Sommer immer beneidet hatte, und ihr Haar, weißblond wie damals, war gelockt, glanzlos, bauschte sich auf ihrem Kopf und war so sehr mit Haarspray festgesprüht, daß es sich nicht einmal in dem heftigen Wind, der vom Meer her wehte, bewegte. Diese Frau trug einen kunstvoll geschnittenen, gelbgeblümten Baumwollkaftan mit weiten, losen Ärmeln und einem tiefen V-Ausschnitt, in dem ihre großen, mit bronzefarbenen Sommersprossen übersäten Brüste wogten. An ihren braunen Füßen hatte sie bronzefarbene Riemchensandalen, und ihre Zehennägel waren platinfarben bemalt. Nie im Leben hätte sich die junge Ginger Fowler in so einer Aufmachung gezeigt. Sie hätte jede, die ihr so unter die Augen gekommen wäre, unter lautem Johlen aus dem Zimmer gejagt.

Aber in den freundlichen blauen Augen, die zwar halb im üppigen Fleisch verschwanden, aber von Sonnen- und Lachfältchen umgeben waren, und in dem niedlichen, stupsnasigen Gesichtchen, das von dicken Lagen Make-up verdeckt wurde, in den Sommersprossen, dem breiten, hellen Grinsen, dem liebenswert ungraziösen Gang und der Haltung erkannte ich doch die alte Ginger wieder. Ich bemerkte, daß ihre Fingernägel wie damals abgebissen waren und sie mehrere große, ziemlich schäbige Diamantringe an ihren großen, formlosen Händen trug. Das scheue Fohlen von einem Mädchen, das auf dem Collegefest einen künstlichen Fingernagel in der Bowlenschale verloren und ein Loch in das Sofa der Tri Omega gebrannt hatte, war hinter der veränderten Fassade noch immer vorhanden.

»Scheiße«, sagte Ginger, als sie an der Schwelle stolperte, und mein Grinsen wurde breiter. Ja, es war noch da, und gar nicht so weit dahinter versteckt.

Ich stand auf der Türschwelle zu Pauls Studio und sah hinein. Ein wenig hatte ich mich davor gefürchtet, wohl aus Angst, irgendein verbleibender Rest, nicht von ihm, sondern von mir aus der Zeit mit ihm, wäre noch da und würde mich verletzen und schwächen. Schließlich stammte das Innere dieses Raumes von mir. Mein Geschenk an ihn, sein asketischer weißer Raum. Aber ich hätte mir keine Sorgen zu machen brauchen. Hier gab es nichts von mir und nichts von Paul. Der Himmel und das Meer waren kaum zu sehen. Ich zwinkerte, während ich versuchte, den Raum in mich aufzunehmen. Aber das gelang nicht mit einem Blick, und auch nicht mit zwei oder drei Blicken.

Der weite Raum öffnete sich zwar genauso, wie er es sich vorgestellt hatte, auf das rosafarbene und silberne Meer und den Himmel, aber abgesehen von dem großen Rund aus rahmenlosem Glas und dem Panorama dahinter gab es Paul Sibleys Raum nicht mehr. Dieses Zimmer wimmelte, sprudelte über von Farben, Formen, Stoffen und Objekten. Da waren viele, viele Dinge, so viele, daß man sich nacheinander auf eines nach dem anderen konzentrieren mußte, um sie wahrzunehmen. Der weiße Fußboden war mit blauen und weißen Fliesen aus Vinylteppich belegt, auf denen wie Inseln im Golfstrom farbenfrohe Wollteppiche lagen. Dicke Polstermöbel, mit Decken und Überwürfen bedeckt, standen in Gruppen überall: vor dem großen Kamin, vor der dem Meer zugewandten Fensterwand, in Ecken, Nischen und Erkern. Die meisten von ihnen waren kariert, gestreift oder mit bedrucktem Chintz bezogen. Zwei Etagenbetten standen dort, wo ich Bücherregale vorgesehen hatte, und aus Schachteln, Behältern, Truhen und Körben ergossen sich Kinderspielsachen in den ganzen Raum. Möbel in Kindergröße, kleine Tische, Stühle, Puppenhäuser, Spielzeugherde und -kühlschränke und Schaukelpferde füllten die dem Meer abgewandte Seite des Raumes. Auf der Meerseite waren vor dem Kamin ein riesiges Sofa, zwei Sessel und ein Tischchen zu einer Sitzgruppe zusammengestellt, und direkt neben der gemauerten Feuerstelle befanden sich eine sehr große eingebaute Bar und eine imposante Stereoanlage. Die Lichter, die ich von draußen gesehen hatte, kamen aus dieser Sitzecke, von großen Bronzelampen, die auf niedrigen Tischen standen.

»Ach ... oje«, sagte ich schwach. Der Raum überflutete und ertränkte sämtliche Sinne.

Ginger sah mich an und lachte dann.

»O Kate, das habe ich ja vollkommen vergessen«, sagte sie. »Das war dein Raum; du hast die erste Einrichtung entworfen. Diesen hübschen weißen Raum. Ach, du Arme, kein Wunder ... Das ist jetzt schon so lange mein Zimmer, meines und das der Kinder und Enkel, daß ich ganz vergessen habe, daß es jemals Paul gehört hat. Aber natürlich war es ... in Ordnung so. Du siehst ja, daß hier eine Menge Leben und Liebe drinsteckt. Die Kinder haben das Zimmer geliebt, sie lieben es noch immer, und die Enkel möchten, wenn sie hier sind, nirgendwo anders wohnen. Auch ich bin hier, wenn Paul nicht zu Hause ist, und er ist ziemlich oft weg.«

»Wo ist denn sein Arbeitszimmer?« sagte ich, noch immer ganz erschlagen von der Wandlung, die der Raum, diese Frucht meiner ersten Liebe, durchgemacht hatte.

Sie schüttelte wehmütig den Kopf.

»Er arbeitet seit beinahe fünfundzwanzig Jahren nicht mehr als Architekt«, sagte sie. »Einige Jahre hat er es noch getan, genau hier in diesem Raum, aber aus irgendeinem Grund hatte er damit große Schwierigkeiten ... er sagte, der Blick sei so großartig, daß er sich nicht konzentrieren könne ... und dann wurde Papa krank, und Paul begann, aushilfsweise in der Firma zu arbeiten. Es passierte dann immer häufiger, und als Papa starb, übernahm er sie ganz. Ich glaube nicht, daß er dabei unglücklich ist, denn er hat den Umsatz verdreifacht. Es gibt inzwischen noch zwei weitere Mühlen. Aber manchmal denke ich doch, wie schade es ist, weil er so begabt war ... Sehr viel häufiger als hier ist er in unserem Haus in Norfolk oder dem in Alabama. Daher konnte er nicht viel dagegen sagen, als die Kinder und ich diesen sagenhaften Raum übernommen haben. Und er hatte auch nichts dagegen, er meinte vielmehr, es sei die Antwort auf das Gebet eines jeden Großvaters – die Enkel vom Hauptteil des Hauses fernzuhalten. Aber ihr müßt nicht glauben, daß er nicht in sie vernarrt ist. Er hat unsere Töchter angebetet, und jetzt liebt er unsere Enkel über alles. Ich freue mich schon darauf, wenn er in Pension gehen und den größten Teil seiner Zeit mit uns verbringen kann. Ich glaube, er war im letzten Jahr nicht öfter als zweimal in diesem Raum ...«

»Ihr habt Töchter ...« Das war keine Frage. Ihre Fotos hingen überall in dem großen Zimmer. Es waren dunkelhaarige, schlanke, langgliedrige Mädchen, mit strahlendem, anonymem, freundlichem Lächeln und üppigem Haar, die auf Schnappschüssen in Cheerleader-Uniformen, Debütantinnen- und Hochzeitskleidern und in ernsten Posen mit kleinen Kindern zu sehen waren.

»Drei. Alle haben zwei oder mehr Kinder, und alle wohnen weniger als hundert Meilen entfernt von uns. Im Sommer geht es hier schlimmer zu als in einer Jugend- und Frauenstrafanstalt. Und Genie, die älteste, ist schon wieder schwanger. Noch ein Mädchen, das weiß sie vom Ultraschall. Paul sagt, daß er beim nächsten Mädchen für drei Jahre auf einem Frachter anheuert.«

Eine der Töchter erhob sich aus den Tiefen des breiten Sofas und kam lächelnd auf mich zu. Automatisch setzte ich ein freundliches Gesicht auf, aber Enttäuschung und leise Abwehr flackerten in mir auf. Ich hatte erwartet, daß wir vier allein sein würden.

»Effie, Liebste«, sagte das Mädchen und warf die Arme um mich. Mir schwindelte und ich erschrak zutiefst, als ich erkannte, daß es sich um Fig Newton handelte. Ginger, die über Figs Kopf hinweg mein Gesicht beobachtet hatte, lachte laut auf, und Cecie hinter mir ebenfalls.

»O mein Gott.« Ich legte die Arme um sie und tätschelte sie ungläubig. »Fig, du meine Güte.«

»Unterschätze nie die Möglichkeiten einer Frau, die ein paar Dollars und einen guten plastischen Chirurgen hat«, sagte Fig.

Sogar ihre Stimme hatte sich verändert, sie klang tief und heiser, und eine Art Lachen, allerdings nur eine Spur, schwang darin mit. Wie Jackie Kennedy Onassis sprach sie fast flüsternd und erzielte damit die gleiche Wirkung: man beugte sich zu ihr, um sie zu verstehen.

Ich löste mich von ihr, und sie lachte, streckte die Arme über den Kopf und drehte sich wie ein Mannequin. Sie trug hautenge Stonewashed-Jeans, die in hochhackigen Stiefern aus Reh-Wildleder steckten, und eine hinreißend schöne, übergroße Tunika aus rostbrauner Kaschmirwolle, die ihr bis zu den Knien reichte. Unter dem Stoff zeichneten sich vollkommene Brüste ab, ich konnte deutlich ihre Brustwarzen sehen. Außer einem breiten, goldgehämmerten Armreif und goldenen Ohrgehängen trug sie keinen Schmuck, und sie duftete nach einem moschushaltigen, bitteren, orientalischen Parfüm. Sie war noch immer so klein wie in meiner Erinnerung, aber inzwischen so schlank und perfekt proportioniert, daß sie einer lebensgroßen Puppe ähnelte. Die Haut an Gesicht, Armen, Hals und Dekolleté war makellos, weich wie Satin und hatte die Farbe von sehr hellem Milchkaffee. Sie hatte hohe Wangenknochen, hohle Wangen und volle Lippen, ihre Augen waren grün und standen schräg, und ihre Nase war... meine Nase. Meine Nase bis zum letzten Grübchen, bis zur kleinsten Krümmung des Nasenloches. Ihre Zähne waren weiß, und sie schien sehr viele davon zu haben, und um ihr Gesicht fiel wie eine volle Löwenmähne eine Menge hellbrauner Haare mit goldenen, bronze- und platinfarbenen Strähnen. Sie sah vollkommen künstlich aus, und das war sie natürlich auch: sie war Barbie, Tina Turner, Lena Horne, Michelle Pfeiffer und... ja, mehr als nur ein bißchen... Kate Lee. Sie wirkte nicht älter als fünfundzwanzig Jahre.

»Ist irgendwo da drin noch ein Stück von Fig?« fragte ich.

»Nicht so, wie du sie kennst«, sagte sie lachend und umarmte mich noch einmal. »Jetzt nennt mich jeder Gina oder natürlich Georgina. Du weißt ja sehr gut, woher das Stuart kommt. Fig bin ich nicht mehr, seit mein erstes Buch erschienen ist, und das ist länger her, als ich zurückdenken mag. Aber ausnahmsweise, nur für euch alle, werde ich diese Woche Fig sein. Ich will sie sogar sein. Darum habe ich nämlich dieses Treffen angeregt, falls du das wissen willst. Damit wir alle wieder wir selbst sein können.«

»Ich weiß nicht, ob ich dich auch nur in Gedanken Fig nennen kann«, sagte ich. »Das ist... du bist... das ist einfach unglaublich. Ich werde die ganze Woche kein Wort herausbringen angesichts deines Erfolgs und deines Aussehens. Ich habe noch nie jemanden gesehen, der sich so sehr verändert hat. Nicht daß du vorher schlechter warst, es ist nur ...«

Sie lachte noch einmal.

»Doch ich war vorher schlechter«, sagte sie. »Ich war schrecklich. Mach dir deshalb keine Sorgen. Ich hatte immer vor, mich vollständig zu erneuern, sobald ich das Geld dazu hätte, und genau das habe ich auch getan. In dem Augenblick, als das erste Buch auf die Bestsellerliste der *New York Times* kam, habe ich mich unters Messer begeben. Diät, Zahnregulierung, Facelifting, Nasen- und Kinnkorretur, Wangenknocheneinlagen, Brustimplantate, Kontaktlinsen, Fettabsaugung, Collagen, chemisches Peeling ... es gibt nichts, was ich nicht habe machen lassen. Es hat zwei Jahre gedauert, und ich habe keine Sekunde davon bereut. Du kannst dir gar nicht vorstellen, wie sehr ich mir im College gewünscht habe, so zu sein wie du, und weiß Gott, ich bin sogar noch ein bißchen besser geworden.«

»Zehn- oder zwölfmal besser«, sagte ich. »O Gott, Fig, ich habe im College nicht annähernd so gut ausgesehen. Das mußt du doch wissen.«

»Ich habe es geglaubt«, antwortete sie lächelnd. »Und das genügte.«

Wir sanken in die großen, weichen Sessel und das Sofa, sahen zu, wie Meer und Himmel dunkler wurden, und tranken die Drinks, die uns Ginger brachte. Sie waren sehr groß und stark, und nach dem Glitzern in ihren blauen Augen und dem leichten Nuscheln in ihrer Stimme zu urteilen, hatte sie selbst bereits einige davon intus. Ihre Wangen glühten, und sie plapperte unaufhörlich. Fig trank Weißwein, und Cecie nippte Bourbon aus einem Ballonglas, und wir redeten, als hätten wir unser Gespräch erst vor ein oder zwei Tagen unterbrochen. Wir redeten und redeten, und das Meer wurde erst beige, dann grau und dann schwarz, das Feuer brannte nieder, und wir redeten noch immer. Wir redeten über dieselben Dinge, über die wir geredet hatten, als wir das letzte Mal zusammensaßen: über Leute, die wir alle kannten, über Geschehnisse, an die wir uns alle erinnerten, über Lieder, die wir gesungen, Filme, die wir gesehen, Lehrer, die wir gehabt und die

Kleider, die wir getragen hatten, und wir lachten und tranken noch mehr und sangen ein bißchen, und die Jahre fielen von uns ab, bis wir nicht mehr die Frauen waren, die sich an die Mädchen erinnerten, die sie einst gewesen waren, sondern gewissermaßen die Mädchen selbst. Wir waren neunzehn und zwanzig, und alles, was längst abgeschlossen war, öffnete sich wieder, und alles schien wieder möglich. Die Schmerzen, Enttäuschungen und Fehler in unserem Leben seit jener Zeit schienen verschwunden, und die Zeit schien auf eine seltsame Art zusammengeschrumpft. Das geschah in dieser Woche immer wieder. Wir schienen alle nicht lange in der Gegenwart verweilen zu können. Von diesem ersten Gespräch in der Dämmerung an wußten wir wohl alle, daß wir irgendwann von unserem Erwachsenenleben sprechen mußten, einander von den Wegen erzählen mußten, auf denen wir in die Mitte unseres Lebens gelangt waren, einander wieder kennenlernen mußten ... aber jetzt nicht. Noch nicht. Wir hatten offenbar alle den Wunsch, das Erwachsensein noch ein bißchen hinauszuschieben. Als Ginger begann, sich nach Ehemännern, Kindern und Karrieren zu erkundigen, schrien wir sie nieder.

»Na gut, dann laßt uns wenigstens einmal die Runde machen und die wesentlichen Daten preisgeben, wer, was, wann, wo und wie«, sagte sie, »und dann können wir weiter über unsere Tri-Omega-Kommilitoninnen herziehen. Ich fange an. Ginger Fowler Sibley. Seit achtundzwanzig Jahren verheiratet mit Paul Sibley, Firmenbesitzer. Hausfrau, Mutter und Großmutter. Drei Töchter, sieben Enkel, im Winter wohnhaft in Norfolk, im Sommer Nag's Head, Outer Banks, North Carolina.«

Sie deutete auf Fig.

»Georgina Stuart, alias Fig Newton«, sagte Fig. »Romanautorin. *Bestseller*autorin. Fünf Ehemänner, unzählige Liebhaber, keine Kinder, vier Filme, zwei Fernsehserien, dreihundert Millionen Talkshows und ungefähr ebenso viele Interviews. Häuser in Manhattan, Aspen, Malibu und Puerto Vallarta. Gegenwärtig ein Liebhaber, aber der ist geheim.«

Eine kleine Pause entstand, und dann sagte Cecie lächelnd: »Cecelia Rushton Hart Fiori. Witwe von Vinnie Fiori, Polizeibeamter bei der Polizei von Boston. Mutter von zwei Söhnen, Leo und Robert, für jede Großelternseite einen. Großmutter von Susannah Fiori, zwei Jahre alt. Wohnhaft in demselben Haus in Boston, in das ich hineingeheiratet habe, zusammen mit meiner Schwiegermutter Cosima, die invalide ist. Hausfrau, Krankenschwester, Köchin, Putzfrau und Spezialistin für Kräuterkunde.«

Bei dieser Beschreibung mußten wir alle lachen. Sie lachte ebenfalls.

»Aber das bin ich«, erklärte sie. »Ich studiere seit vielen Jahren mittelalterliche Kräuterkundler und Kräutergärten. Ich habe auch selbst einen Kräutergarten zu Hause, und seit Vinnies Tod arbeite ich immer wieder mal an einem Buch darüber. Es ist jetzt beinahe fertig.«

Bezaubert und voller Interesse sah ich sie an.

»Cecie, das ist ja wundervoll«, sagte ich. »So wie ich dich kenne, ist es bestimmt ein phantastisches Buch. Ich gehe jede Wette ein, daß es jemanden gibt, der es nur zu gern veröffentlichen wird. Wieviel ist noch daran zu tun?«

»Meine Zeit ist um. Du bist jetzt dran«, sagte sie.

»Nun ... Kate Lee Abrams«, sagte ich. »Seit achtundzwanzig Jahren verheiratet mit Alan Abrams, Architekt. Ich habe gemeinsam mit ihm ein Architekturbüro, und wir leben in einem grauen Schindelhaus, so ähnlich wie dieses hier, am Strand bei Sagaponack, Long Island. Ich bin Gärtnerin und ... das ist es wohl. Innenarchitektin und Gärtnerin.«

»Kinder?« fragte Ginger.

»Nein.«

Ginger begann, Fotografien ihrer Kinder und Enkelkinder hervorzuholen, und wir protestierten erneut.

»Das machen wir später«, sagte Cecie in ruhigem Ton.

»Oder vielleicht überhaupt nicht, das wäre noch besser«, meinte ich.

Fig sah mich an. Im Lichtschein des Feuers wirkte ihr Gesicht wie das eines Filmstars oder eines Edelmannequins. Mir wurde wieder bewußt, wie fremd sie aussah. Sie war einfach so ... gar nicht Fig ...

»Aber ich will es wissen.« Ihre Stimme schnurrte sanft. »Ich will alles über dich wissen, Effie. Ich will jede Einzelheit wissen.«

»Ich werde nicht zulassen, daß du mich in einem dieser Bücher verarbeitest«, sagte ich lächelnd.

»Das würde ich nie tun«, antwortete sie und lächelte zurück. »Ich bin nicht im Dienst. Außerdem sind wir alle viel zu langweilig für eines meiner Bücher. Welche unserer Lebensgeschichten würde sich schon im Supermarkt verkaufen.«

»Du bist langweilig, mit all deinen Ehemännern und so?« sagte Ginger. Ihre Aussprache war etwas undeutlich.

»O mein Gott, Ginger, diese ganzen Geschichten habe ich erfunden.« Fig grinste. »Na ja, zumindest das meiste davon. Das ist Stoff für die Presse, sonst nichts. Was wäre ich für eine Schriftstellerin, wenn ich mir nicht einmal für mich selbst ein glamouröses Leben ausdenken könnte? Ihr wißt doch alle, daß ich an meinem Leben geschrieben habe, seit ich achtzehn war.«

»Das Tagebuch!« schrien wir drei wie aus einem Mund.

»Das Tagebuch. Und wißt ihr was? Ich habe es mitgebracht. Das Heft, das ich damals geführt habe. Und wenn ihr alle brav seid, werde ich euch abends, nach dem Abendessen, die Kapitel über uns vorlesen. Dann sehen wir uns so, wie wir damals waren, in Fleisch und Blut. Würde euch das gefallen?«

»O ja!« rief Ginger. »Das wäre lustig!«

»Genau wie Scheherazade«, sagte ich. Irgendwie war mir die Vorstellung unangenehm.

»Das hoffe ich nicht«, sagte Fig. »Sie war dazu verurteilt, zu sterben, wenn sie mit dem Geschichtenerzählen aufhörte. Also paßt bloß auf! Wenn ich fertig bin ... kommt der Tod!«

»Zu wem?« fragte Cecie interessiert.

»Zu uns allen vermutlich«, antwortete Fig und lächelte sie an. Es war ein nettes, volles und natürliches Lächeln. Ich fand es, wie sie selbst, immer noch kaum zu fassen. »So wie wir damals waren, jedenfalls.«

»Ich dachte eigentlich, es käme genau das Gegenteil dabei heraus«, sagte Cecie. »Daß es uns am Leben erhalten würde ... so, wie wir waren.«

»Wir sollten nicht soviel darüber reden, sondern es einfach tun«, sagte Ginger und erhob sich ungeschickt und stolpernd aus ihrem Sessel.

Und so kamen wir an diesem ersten Abend, nachdem wir in der Küche des großen Schindelhauses einen Berg Spaghetti gekocht und gegessen hatten, zurück ins Studio und legten Scheite ins Feuer. Ginger goß uns eine Runde Brandy ein, und Fig setzte sich auf den Teppich vor dem Feuer, schlug das vertraute, zerlesene Buch aus falschem Krokodilleder auf und las daraus vor. Und im Feuerschein des Hauses auf den Outer Banks erlebten wir alles noch einmal.

Mit ihrer neuen, sanften Stimme las sie den Abschnitt über ihre Initiationsfeier bei der Tri Omega vor, und ich war dabei, mit all meinen Sinnen. Ich war dort, in dem dunklen, heißen Raum im Randolph, der nach Kerzenwachs und Nelken duftete, mit den Glocken und den Räucherstäbchen und dem Schweiß der dicht gedrängten jungen Körper, den Ausdünstungen ihrer Angst und dem nicht enden wollenden Dröhnen der lateinischen Reden und noch mehr Glockenschlägen und noch mehr Räucherstäbchen ... in meinem Kopf drehte sich alles, und mein Magen zog sich zusammen. Ich schloß die Augen, und über die Entfernung und die Jahre hinweg flackerte Figs Gesicht auf, das Gesicht jener anderen Fig, schwer, fleischig und auf eine irrsinnige Art verzückt, mit großen Augen, die hinter Brillengläsern schwammen, offenen, feuchten Lippen, über die immer wieder die Zunge fuhr ... diese Lippen, das häßliche Haar, ihre dicke Taille und der nicht vorhandene Hals ...

»... und genau in dem Augenblick, als sie mir den Kuß gab, der mich zu ihrer Schwester machen sollte, wurde sie so sehr von ihren Gefühlen überwältigt, daß sie ohnmächtig zu Boden sank und wir sie wiederbeleben mußten«, las Fig. »Mein Herz erhob sich und sang wie eine Lerche. Ich wußte, wir würden für immer aneinander gebunden bleiben, als Schwestern in der Tri Omega und mehr als nur Schwestern. In diesem Augenblick wußte ich, daß auch sie dieses tiefe Band zwischen uns fühlte. Ach, Effie, meine Schwester, ich werde dich ewig lieben, und mein ganzes Leben lang und mit allen meinen Kräften werde ich darum kämpfen, deiner wert zu sein. Ich werde dich stolz auf mich machen. Ich werde dafür sorgen, daß du mich nie mehr vergißt, ebenso wie ich diese heilige Nacht nicht mehr vergessen werde.«

Es kam noch weiteres im gleichen Tonfall, und dann schwieg sie. Ich wußte nicht, was ich sagen sollte. Sie mußte doch mitbekommen haben, wie ich mich in das Spülbecken der Tri-Omega-Küche erbrochen hatte. Das konnte ihr nicht entgangen sein. Hatte sie wirklich all die Jahre geglaubt, ich wäre von geheimer Liebe zu ihr überwältigt worden?

»Also... du meine Güte, Fig«, sagte ich. »Das ist ja ganz schön starker Tobak.«

»Ist es nicht ein ziemlicher Scheiß?« meinte sie lachend, und ganz plötzlich löste sich etwas in mir, und ich lachte mit. Und ich stellte fest, daß ich diese lächerliche, bombastische, mythische Gestalt, wer immer sie auch war, gern mochte.

»Aber damals hat mir das wirklich alles bedeutet«, sagte sie. »Diese Nacht habe ich niemals vergessen, auch wenn es jetzt wie etwas klingt, was Harriet Beecher Stowe an einem schlechten Tag verfaßt haben könnte. Ich werde das alles niemals vergessen.«

»Ich auch nicht«, sagte Cecie gleichmütig. »Wenn die gute Kate nicht umgekippt wäre, dann bestimmt ich. Diese verdammten Feiern waren immer viel zu lang. Ich wüßte gerne, ob das heute noch immer so läuft.«

»Hast du irgendeinen Zweifel daran?« fragte ich lachend. »Natürlich machen sie das heute immer noch so, mit den Glocken, dem Kuß, den Schuppen, die einem von den Augen fallen, dem ganzen Zinnober eben. Sagt mal, kann sich eine von euch an das Händeschütteln erinnern, oder an diese schrecklichen Worte, die niemals laut ausgesprochen werden durften?«

Wir begannen alle zu lachen und einander auf Tri Omega-Art die Hände zu schütteln und versuchten verzweifelt, uns an das geheime Motto, die allerheiligsten Worte, zu erinnern, aber keiner von uns wollte es einfallen. Und so tranken wir noch einen letzten Drink und sangen mehrere ganz besonders ordinäre Studentenlieder, die Ginger kannte, und gingen dann endlich ins Bett.

Auf ihre eigene Bitte hin schlief Fig auf dem Sofa im Studio.

»Ich möchte unbedingt von der über dem Meer aufgehenden Sonne geweckt werden«, sagte sie. Cecie und ich brachten Ginger über die Wendeltreppe hinunter in das große Haus bis in das große Schlafzimmer, das, wie ich mich erinnerte, damals, in jener längst vergangenen Zeit, ihren Eltern gehört hatte. Sie schlurfte und stolperte, fiel aber nicht hin.

»Geht schon«, murmelte sie. »Morgen früh geht's schon wieder. Ich muß nur ein bißchen schlafen, und dann ist wieder alles in Ordnung. Sleep well in your Bettgestell...«

Wir machten die Tür zu und gingen den Flur hinab zu unserem Zimmer. Es war dasselbe, das wir vor so vielen Jahren geteilt hatten, mit dem Blick über die Terrasse aufs Meer hinaus. Ich setzte mich auf das Bett, in dem ich damals geschlafen hatte, und sah hinaus in die Dunkelheit.

»Der Kreis hat sich geschlossen«, sagte ich. »Es kehrt doch alles wieder... oder so ähnlich. Willst du dich noch über den Kühlschrank hermachen, oder bist du zu müde?«

»Ich bin ziemlich müde«, sagte Cecie, und ich erkannte am Tonfall ihrer Stimme, daß sie sich in meiner Gegenwart noch immer fremd und scheu fühlte und daß sie gleich über den Flur ins Badezimmer gehen würde, um sich dort umzuziehen. Eine Welle der Zuneigung und der Erinnerung überflutete mich. Auf einmal hätte ich sie am liebsten in die Arme genommen, wieder so festgehalten wie am Nachmittag und ihre zarten Vogelknochen und den schnellen Herzschlag gespürt.

Als sie wieder ins Zimmer kam, hatte ich das Licht ausgeschaltet und lag schweigend da, den Blick noch immer aufs Meer gerichtet. Ich dachte an die Nacht des großen Sturms, in der ich sie weit unten am Strand gesehen hatte, als sie sich glänzend und nackt in die schreckliche schwarze Brandung geworfen hatte und weit ins Meer hinausgeschwommen war, während die Blitze um sie herum spielten und der silbrige Regen auf sie herabtrommelte. Ich erinnerte mich daran, wie sie sich auf den Rücken drehte und sich die volle Wucht des Sturms ins Gesicht blasen ließ...

Wie damals in jener Nacht hörte ich, wie sie in ihr Bett schlüpfte, und lauschte eine Weile ihren leichten, regelmäßigen Atemzügen. Irgendwie wußte ich, daß sie nicht schlief.

Dann sagte ich, ohne die Augen aufzumachen: »Wußtest du, daß ich dich in der Nacht gesehen habe, als du im Sturm geschwommen bist?«

»Ich habe es mir gedacht«, sagte sie. Eine Spur von Lachen war in ihrer Stimme zu hören, aber sie sagte nichts weiter.

Dann schlief ich ein und träumte von Stephen. Er war so alt wie damals, als wir ihn verloren. Fünf Jahre. Ich träumte, daß wir, Alan und ich, mit ihm im Zirkus waren, und als die Elefanten in den Ring marschierten und sich zu einem Kreis formierten, entschlüpfte er uns und verschwand in der Menschenmenge. Weinend lief ich hinter ihm her, konnte ihn jedoch in der Masse der Leute nicht erreichen. Aber er rief mir etwas zu.

»Es ist schon in Ordnung«, sagte er. »Ich ziehe mit den Elefanten. Wenn es aus ist, komme ich wieder.«

Als ich aufwachte, strömten die Tränen aus meinen Augen aufs Kissen. Ich lag still da und versuchte, das Klopfen meines Herzens zu besänftigen und meine Tränen zu stillen. Im Bett nebenan bewegte sich Cecie und setzte sich auf.

»Alles in Ordnung?« fragte sie im Dunkeln.

»Ich hatte einen kleinen Sohn«, sagte ich. »Stephen. Er ertrank, als er fünf war.«

Zunächst war es ganz still in der Dunkelheit, und dann sagte sie sanft: »Ich weiß. Fig hat es mir erzählt, bevor du kamst. Ich glaube aber nicht, daß Ginger es weiß.«

»Woher weiß es denn Fig?«

»Woher weiß Fig überhaupt etwas?« sagte Cecie. »Kannst du wieder einschlafen, oder willst du noch Milch oder irgend etwas?«

»Nein, es geht schon«, sagte ich. »Tut mir leid, daß ich dich geweckt habe.«

»Ist schon gut«, antwortete Cecie. »Ich habe nicht geschlafen.«

Schweigend lagen wir da, bis ich dachte, sie sei eingedöst, und dann sagte sie: »Wir verlieren sie nicht, Kate. Wenn du sie liebst, dann sterben sie nicht. Ich muß das glauben, und ich glaube es auch. Es ist das einzige, das ich weiß, aber ich weiß es mit Sicherheit. Wen immer du auch liebst, er ist am Leben, solange du selbst lebst.«

»Ach… ich wünschte, es wäre so«, sagte ich. »Ich hoffe es.«

»Ich weiß es. Jetzt schlaf«, sagte Cecie.

Und noch ehe ich antworten konnte, war ich eingeschlafen.

12. Kapitel

»Bist du wütend auf mich?« fragte Ginger am nächsten Morgen. »Bist du auf mich wütend gewesen?«

Mit den Füßen im Wasser spazierten wir am Meer entlang. Der Strand war leer, soweit unsere Blicke reichten, nur wir beide, die kreischenden Seevögel und die schwerfälligen Wellen bewegten sich inmitten des Blau und des sandigen Braun. Es wehte kein Wind, und die langen Gräser auf den Dünen rührten sich nicht.

Es war Vormittag. Die Nacht war kalt gewesen, und noch immer herrschte eine frische Kühle, obwohl uns die Sonne heiß auf Kopf und Schultern brannte. Wir trugen Sweatshirts und Shorts und hatten unsere Socken und Tennisschuhe auf den Stufen liegenlassen, die vom Strand zum Haus führten. Das Haus selbst erhob sich dunkel und majestätisch vor dem stahlblauen Himmel. Wie alte, schwarzgekleidete Matronen standen die alten Cottages nebeneinander auf den Dünen. Hier und da zeigte aus einem Schornstein aufsteigender Rauch an, daß ein Haus bewohnt war, aber auf den Terrassen und Veranden war niemand zu sehen. Das Wasser war überraschend warm; ich erinnerte mich, daß uns Gingers Vater vor langer Zeit von der warmen Strömung erzählt hatte, die an diesen alten Inseln unterhalb einer kälteren Oberflächenströmung entlangfloß, das Wasser erwärmte und die großen Sturmwellen hervorbrachte. Die Luft war so klar, daß wir die Aufschriften auf den Marinehubschschraubern lesen konnten, wenn sie über uns hinwegschwirrten. Ihr Knattern war an diesem Morgen das einzige Geräusch außer dem leisen Rauschen der flachen Wellen. Ich war entspannt und auf eine beinahe idiotische Weise zufrieden. Die Zeit wiegte sich hin und her, ohne fortzuschreiten.

»Wieso, um Himmels willen, sollte ich wütend auf dich sein?« fragte ich zurück und lächelte sie an. »Es wäre leichter, auf ein kleines Hündchen wütend zu sein.«

»Na ja, ich war ziemlich voll gestern nacht, und ich weiß, daß ich dann nicht besonders gut zu haben bin. Habt ihr mich nicht ins Bett gebracht, Cecie und du? Oder habe ich das geträumt?«

»Wir haben dir den Weg gezeigt«, sagte ich. »Den Rest hast du selbst gemacht. Komm schon, Gingermädchen, du weißt genau, daß ich nicht wütend auf dich bin, wenn du dir in deinem eigenen Haus einen ansäufst. Ich bin's doch nur, Kate.«

Sie lächelte.

»Außer dir und Paul hat mich nie jemand so genannt. Und er hat es schon jahrelang nicht mehr gesagt. Es ist schön, es wieder zu hören. Ich meinte eigentlich auch, ob du mich all die Jahre gehaßt hast...seinetwegen. Ich weiß, daß du maßlos verletzt und wütend gewesen sein mußt, nachdem das passiert war, aber ich habe immer gehofft, dein Leben würde so schön werden, daß es dir nach einer Weile nichts mehr ausmachen würde...«

»Nicht einmal damals war ich wütend auf dich«, antwortete ich wahrheitsgemäß. »Dir habe ich nie die Schuld daran gegeben. Ich wußte, wie – überzeugend er sein konnte, sein kann. Ich hätte ihm auch nicht widerstehen können. Ich habe ihm ja auch nicht widerstanden, wie du weißt. Und gleich danach lernte ich Alan kennen, und dann machte es mir wirklich nichts mehr aus. Alan ist das Beste, was mir jemals passiert ist; ich hätte euch beiden schreiben sollen, um mich bei euch zu bedanken.«

»Ich bin so froh. Wirklich«, sagte sie. »Ich habe mich deswegen immer schrecklich gefühlt. Ich wußte, daß es falsch war; ich wußte es, während ich es tat. Aber... ich war so verrückt nach ihm, Kate. Für ihn hätte ich einen Mord begangen. Vermutlich würde ich das immer noch tun. Manchmal kann ich es kaum glauben, daß jemand wie ich so einen Mann wie ihn bekommen hat. Selbst wenn dabei das Geld eine große Rolle gespielt hat. Na, egal, ich wollte dir jedenfalls offiziell erklären, daß ich dich liebe und daß es mir immer leid getan hat. Ich hätte dir das schon viel früher sagen sollen. Ich habe dir auch ein paarmal geschrieben, aber ich konnte dich einfach nicht auftreiben.«

»Ich weiß. Ich habe mich eine Weile versteckt. Aber niemals vor dir. Komm her und laß dich umarmen.«

Sie legte ihre Arme um mich, und ich hielt sie fest. Einen Augenblick lang verharrten wir so, dann ließ sie mich wieder los. In meinen Armen fühlte sich ihr Körper schlaff, irgendwie ungesund und viel zu weich an. Aber an diesem Morgen sah sie meiner alten Ginger schon sehr viel ähnlicher. Sie hatte auf das dicke Make-up verzichtet, so daß auf der ledrigen, gebräunten Haut deutlich die Sommersprossen und die ersten Altersflecken zu sehen waren, und ihr weißblondes Haar in einem langen, dicken Zopf zurückgebunden, der ihr über den Rücken hing. Ihre Shorts waren ausgeblichen und am Saum ausgefranst, das Sweatshirt war uralt und trug die Aufschrift: Currituck Yacht Club. In ihren blauen, mit roten Äderchen durchzogenen Augen, tanzte Gingers früherer Übermut. Ich fand, sie sah im Vergleich zum Vorabend, als ich sie zum erstenmal wieder gesehen hatte, um Jahre jünger aus.

»Jetzt wäre es Zeit für eine Bloody Mary«, sagte sie. »Zum Teufel mit Kaffee, Mineralwasser und frisch gepreßten Säften. Diesen Quatsch könnten wir überspringen und gleich zum Eigentlichen übergehen.«

»Wenn ich jetzt mit Bloody Marys anfange, liege ich um die Mittagszeit wieder im Bett«, meinte ich. »Und ich bin gerade erst aufgestanden. Aber Kaffee wäre eine gute Idee.«

Wir drehten uns um und stapften durch den weichen Sand zu den Stufen am Haus zurück, wo wir stehenblieben, um unsere Schuhe mitzunehmen. Die Terrasse war noch immer leer, aber Cecies lächerlich kleine Tennisschuhe und ihre Socken lagen unter der Hängematte. Ich fragte mich, ob es dieselbe Hängematte war, aus der Paul und ich, halb nackt und blind vor Begehren, auf die Terrasse gefallen waren, vor so vielen Jahren. Verwittert genug sah sie aus. Als ich sie betrachtete, spürte ich nichts.

»Hast du Cecie heute morgen gesehen?« erkundigte ich mich. »Sie war nicht da, als ich aufwachte.«

»Sie ist weiter unten am Strand und sucht Pflanzen für ihren Steingarten«, sagte Ginger. »Sie glaubt, daß sie es vielleicht schafft, in Boston Strandprimeln, Platterbsen und Goldastern zu ziehen.

Dort gibt es die gleiche Art salzhaltiger Erde, es ist nur kälter. Sie experimentiert mit einer neuen, tiefen Sorte Mulche, damit sie die Pflanzen durch den Winter bekommt. Es ist schrecklich schade, daß sie das Haus am Wasser in Virginia verloren hat. Es wäre ihre Rettung gewesen, nachdem Vinnie gestorben und die Jungs weggegangen waren. Da wäre genug Platz für den alten Drachen von Schwiegermutter gewesen, und sie hätte ihren Garten, ihr Boot, das Krabbensammeln und die Bucht gehabt, und alle ihre Freunde und Nachbarn immer in ihrer Nähe. Jetzt leben sie, soweit ich weiß, in diesem schrecklichen kleinen Haus in zwei Räumen und halten die anderen verschlossen, um Strom zu sparen. Vinnie hat es niemals geschafft, etwas zu kaufen, darum zahlt sie noch immer Miete. Gott allein weiß, wie sie das macht.«

War denn Cecie gar nichts von ihrem Leben geblieben? Nicht einmal das Wasser ihres geliebten Chesapeake, nicht einmal das große, schäbige alte Haus, in dem sie aufgewachsen war? Eigentlich hätte sie es doch erben müssen, denn ihre Großmutter und die Tanten hatten keine weiteren Angehörigen.

»Was ist mit dem Haus passiert?« fragte ich. »Ich war davon ausgegangen, daß es inzwischen ihr gehört und daß sie vielleicht den Sommer über immer dorthin fährt ...«

»Die Tante, die es von der Großmutter geerbt hat, wurde vollkommen verrückt und hinterließ es irgendeinem widerlichen fundamentalistischen Prediger«, sagte Ginger mit grimmigem Gesicht. »Er hat die Tante dazu gebracht, aus der Kirche auszutreten und sie gegen die anderen Tanten und Cecie aufgestachelt und ihr eingeredet, sie käme in die Hölle, wenn sie das Haus nicht ihm und seiner Kirche hinterließe. Cecie hat versucht, gegen sie zu klagen, aber Vinnie ging es damals immer schlechter, die Jungs waren im College und die alte Frau war gerade eingezogen, und so ging ihr einfach das Geld aus. Sie hätte das Haus vielleicht sogar zurückbekommen, aber jetzt ist das alles schon so lange her, daß sie es nicht mehr versucht hat. Ich glaube auch nicht, daß sie sich einen Prozeß leisten könnte. Sag ihr nicht, daß ich dir davon erzählt habe. Es muß sie beinahe umgebracht haben, aber sie spricht nicht darüber.«

»Ich bin froh, daß sie dich hatte, mit der sie reden konnte«, sagte ich und war mir einer feige züngelnden Eifersucht bewußt, die tief in mir wie ein Buschfeuer aufloderte. »Sie spricht nicht mit vielen Menschen über Dinge, die ihr wichtig sind. Dabei hilft das wirklich.«

»Na ja, ich wollte, sie hätte mit mir darüber geredet, aber in Wahrheit hat mir Fig das Ganze erzählt und mich dann zum Schweigen verdonnert«, sagte Ginger.

»O Gott, woher weiß Fig bloß all diese Dinge? Es gab mal eine Zeit, da hätte sich Cecie eher die Zunge abgebissen, als Fig irgend etwas zu erzählen. Ich kann mir nicht vorstellen, daß sie intime Gespräche miteinander führen.«

»Fig weiß so etwas einfach«, sagte Ginger nachsichtig. »Du weißt doch, daß sie schon immer neugierig war. Sie konnte immer alles herausfinden. Und jetzt ist sie eine berühmte Schriftstellerin, die ans Recherchieren gewöhnt ist und vermutlich Mittel und Wege kennt. Sie hat immer Kontakt mit mir gehalten, und Cecie sagt, sie hätte ebenfalls ziemlich viele Briefe und Anrufe von ihr bekommen. Du mußt zugeben, Kate, daß Fig nicht mehr die ist, die sie einmal war. Abgesehen von all ihrem Geld und Ruhm ist sie jetzt um ein ganzes Stück netter, als ich es jemals bei ihr für möglich gehalten hätte. Wahrscheinlich kann Erfolg jemanden zu einem völlig neuen Menschen machen.«

»Das glaube ich auch. Erfolg und kosmetische Operationen«, sagte ich.

Weit drunten am Strand entdeckte ich einen sich bewegenden Punkt, den ich auch aus der Entfernung erkannte. Cecie näherte sich dem Haus, langsam am Wasser entlangspazierend. Nach einer Weile sah ich, daß sie eine große Papiertüte und eine kleine Pflanzhacke trug. Sie marschierte mit gesenktem Kopf vor sich hin, als betrachte sie die sonnenbeschienenen Wellen dort, wo das grüne Wasser zu Schaum wurde und wieder ins Meer zurücklief. Gelegentlich trat sie mit dem Fuß in den Sand, und der Schaum spritzte auf. Die Sonne glitzerte auf ihrem weißen Haar wie auf gesponnenem Glas oder Zuckerwatte.

»Sie sieht noch immer aus wie ein kleines Kind, nicht wahr?« sagte Ginger

»Ja.« Ich lächelte. »Ein kleiner Junge mit einer weißen Perücke.

Wenn man diese wilden Locken wieder rot färben würde, hätte man Cecie Hart, wie sie vor dreißig Jahren war. Es ist geradezu unheimlich.«

Ein großer, goldfarbener Hund, ein Retriever, brach wild bellend aus den Dünen hervor und stürmte auf Cecie zu. Sie ließ die Tüte und die Hacke fallen und streckte die Arme aus, und der Hund lief zu ihr, stellte sich auf, legte ihr die Pfoten auf die Schultern und leckte ihr Gesicht, wobei er mit dem Schwanz durch die Luft schlug. Sie umarmte ihn fest und begrub das Gesicht in dem goldfarbenen Fell seines Halses. Jetzt, da der Hund auf den Hinterpfoten stand, war er größer als sie, und sie schob ihn hinunter, drehte sich um und rannte mit ihm durch die Wellen, wobei sie Fontänen von diamantenem Wasser versprühten. Der Hund bellte vor Freude, und aus der Ferne vernahm ich das Glissando von Cecies Lachen. Im nächsten Augenblick stieg sie wieder aus dem Wasser, winkte und kam über den Strand auf uns zu. Der Hund tanzte neben ihr her. Dann bellte er noch ein letztes Mal, wandte sich in einem scharfen Bogen von ihr ab und strebte heimwärts. Ginger und ich grinsten, als sie über die Strandtreppe auf uns zukam, lachend und naß bis zum Bauch. In diesem Augenblick hätte ich alles darum gegeben, sie mit mir in die Zeitlosigkeit des Meeres einzuhüllen und für immer dort zu bleiben. Cecie gehörte zum Wasser wie ein Fisch oder eine Möwe.

»Cecelia Rushton Hart, geh augenblicklich hinein und zieh dich um«, sagte sie in einer gouvernantenhaften, scharfen Stimme mit Virginia-Akzent und blickte an sich herunter. Ich hörte die Stimmen der Nonnen, der alten Tanten und der Großmutter.

»Ja, mach das mal lieber, sonst holst du dir noch einen Mösenkatarrh«, sagte Ginger und grinste verwegen.

»Weder das Alter noch die Gewohnheit können der unendlichen Vielfalt deiner Einfälle etwas anhaben«, sagte Cecie zu ihr. »Und auch nicht deinem frechen Maul. Morgen, Katie. Ich dachte schon, du würdest gar nicht mehr aufstehen. Ich wollte eigentlich die *Ouvertüre von 1812* auflegen und dir Beine machen, aber Ginger hat nichts anderes als alte Elvis Presley-Platten. Spießig wie sie ist. Ihr entschuldigt mich. Mir ist nämlich wirklich ein bißchen kalt.«

Während sie in das große Haus ging, kam Fig die Wendeltreppe vom Studio herab. Sie trug weiche schwarze Lederhosen, die sich an ihre schmale Gestalt anschmiegten, einen roten italienischen Strickpullover und scharlachrote Stiefeletten. Ihre Löwenmähne hatte sie mit einem schwarzroten Schal zurückgebunden, den ich auch ohne die Aufschrift als einen Hermès-Schal erkannt hätte, und außerdem hatte sie eine große schwarze Sonnenbrille aufgesetzt. Wie Ginger trug sie kein Make-up, abgesehen von einer Spur roten Lippenstifts auf ihrem breiten Mund und etwas weißer Zinkoxid-Salbe auf der Nase, und selbst im goldenen Licht des Vormittags war ihre Haut so makellos wie brauner Marmor. Keine Falten, keine Krähenfüße, keine Furchen, keine Runzeln. Im Gegensatz zu Cecie sah sie nicht aus wie ein Kind, sondern gleichzeitig alt und jung wie eine Statue oder ein Bild, das zum Leben erwacht...

»Das ist die leibhaftige Joan Collins«, sagte Ginger. »Oder meine ich Jackie?«

»Weder noch«, schnurrte Fig mit ihrer neuen, kehligen Stimme. »Ich sehe besser aus als Joan, und ich schreibe besser als Jackie; sonst habe ich eine Menge Geld umsonst ausgegeben. Wie geht es euch, ihr Küken? Ist das nicht ein herrlicher Morgen?«

Cecie kam in sauberen, khakifarbenen Bermudas und einem Tri Omega-Sweatshirt aus dem Haus, und wir setzten uns an einem runden Holztisch in die Sonne, die am Himmel auf ihren Höchststand zuwanderte. Ginger mixte Bloody Marys und brachte sie auf einem Tablett heraus, auf dem auch eine Schale mit Krabben-Dip und Cracker standen. Besänftigt von der Sonne, dem salzigen Wind, der Vollkommenheit dieses Septembertages und der betörenden Einfachheit des Liedes, das das Meer singt, tranken wir. Und wir tranken noch eine zweite Runde und dann eine dritte. Wir redeten ein bißchen, gelöst und faul, und lachten viel, und um ein Uhr hatte die Luft um mich zu glitzern begonnen, wie sie das immer tut, wenn ich zuviel getrunken habe. Mit zusammengekniffenen Augen sah ich zu Cecie hinüber, und ihr Gesicht verschwamm. Dann machte ich ein Auge zu, und es wurde wieder scharf. Als sie mich sah, lachte sie.

»Ich bin froh, daß meine Schwiegermutter mich nicht sehen

kann«, sagte sie. »Sie würde diesen Ort hier niederbrennen und Kerzen für meine Seele anzünden. Sie ist absolut sicher, daß ich an den Kochsherry gehe, sobald ich sie ins Bett gebracht habe, und das tue ich natürlich auch.«

»Ich bin froh, daß Paul mich nicht so sehen kann«, meinte Ginger. Während wir anderen drei Drinks getrunken hatten, hatte sie vier oder fünf geschafft, und ihr Gesicht schien sich gewissermaßen aufzulösen. Wie am Abend zuvor war ihre Aussprache etwas undeutlich. »Er wird schrecklich wütend, wenn ich trinke. Er wacht mit Adleraugen über mich, und ich glaube, wenn er von einer Reise nach Hause kommt, mißt er die Pegelstände in den Flaschen nach. Er ist so verdammt asd... asd... wie heißt das, wenn man sehr ernst ist und nicht viel ißt oder trinkt? ...irgendwie so ... steif, daß er nicht einmal mehr Wein zum Essen trinkt. Ich habe unsere gemeinsamen Abendessen so gern gehabt, und unseren Drink am frühen Abend bei Sonnenuntergang. Er nimmt mich nicht einmal mehr mit zu Partys. Daher trinke ich gar nichts, wenn er hier ist. Aber wenn er nicht da ist, dann hole ich alles nach!«

Sie lachte laut auf. Fig lachte fröhlich mit ihr, aber Cecie und ich nicht. Der Morgen hatte einiges von seinem Glanz verloren.

»Erinnerst du dich an die Nacht, als wir aufs Dach stiegen und uns vollaufen ließen, Ginger, damals, als du deine Eingangsprüfung geschafft hattest?« sagte Fig.

Wir stöhnten alle auf.

»Das war bis heute der schlimmste Kater meines Lebens«, meinte Ginger.

»Und ich glaube noch immer, daß es das Großartigste war, was ich jemals getan habe«, erklärte Fig. »Das finde ich selbst nach all diesen Jahren noch.«

Wir drei anderen johlten ungläubig. Diese Nacht hatte vielleicht einen gewissen naiven Schmelz gehabt, zumindest so lange, bis Ginger zu weinen begann und Fig sich über das Gitter erbrach. Aber selbst mit einiger Übertreibung konnte man sie nicht großartig nennen.

»Komm schon, Fig.« Cecie grinste. »Erzähl uns, was wirklich das Großartigste war, das du jemals getan hast. Wenigstens von den Dingen, die du erzählen kannst. Bestimmt gab es da ein paar sagenhafte Geschichten, bei dem Leben, das du führst.«

»Na ja«, meinte Fig und legte ihren Kopf schräg, so daß ihr das Haar über die Schulter hing wie der Schwanz eines Ponys, »das Größte war vielleicht die Sache beim Karneval in Venedig, damals, kurz nachdem *Melissa* erschienen war, als ich in einer Gondel einen tollen, ganz in Schwarz gekleideten fremden Mann liebte. Er hatte eine venezianische Löwenmaske auf, und ich sah niemals sein Gesicht. Aber natürlich sah ich sein Gemächt, wie man in früheren Zeiten zu sagen pflegte, es war mindestens dreißig Zentimeter lang und hatte ein rotes Band umgebunden...«

»Fig!« riefen wir alle wie aus einem Mund, wie damals am Randolph. Nur war es jetzt nicht ihre unglaubliche Naivität, die uns aufschreien ließ.

»Wahnsinn«, sagte Ginger und schüttelte ganz leicht den Kopf. »Davon hätte ich gern eine Fuhre. Wie man in früheren Zeiten zu sagen pflegte.«

»Oder vielleicht damals in Marokko, als ich im Zelt eines Scheichs zum Mittagessen eingeladen war und bis zum Frühstück blieb«, fuhr Fig fort und leckte sich die Lippen. »Es ist absolut wahr, was man sich über die Beduinen erzählt, meine Lieben.«

»Was?« fragte Ginger atemlos.

»Einen halben Meter lang«, sagte Fig mit einem glückseligen Lächeln. »Und mit Tigerfett bestrichen.«

»Oder war es doch Kameldung?« meinte Cecie fröhlich, und Fig lachte.

»Nein, aber ich glaube trotz allem, jene Nacht am Randolph war das Größte. Hört euch das an.«

Und sie zog das Tagebuch aus der großen Ledereinkaufstasche, die sie mitgebracht hatte, und las uns daraus den Abschnitt über unser Gelage auf dem Dach des Tri-Omega-Hauses vor.

Während sie vorlas, sahen wir anderen einander ein ums andere Mal verblüfft an. Die blumigen Worte, die aus dem Buch strömten, stammten unzweifelhaft von der früheren Fig. Man konnte die verbissene Verzückung in den Augen hinter den dicken Brillengläsern und die feuchten Lippen, die die Worte formten, vor sich sehen und das ekstatische Zittern in der flötenden Stimme hören. Aber diese Worte beschrieben eine Nacht, wie sie sich niemals ereignet hatte, nicht hatte ereignen können. Diese Nacht war so voller Sterne, so verzaubert, so voller Wunder und Versprechen, so hochgesinnt, so vollkommen und unüberbietbar romantisch, daß es sie für menschliche Wesen aus Fleisch und Blut gar nicht geben konnte. Und mit Sicherheit nicht für vier betrunkene, alberne College-Mädchen, bei denen alles schließlich damit endete, daß rührselige Tränen flossen und eine sich über die Brüstung erbrach. Wie in dem Abschnitt über ihre Initiation war ich der Star in der Geschichte über die Nacht, in der Fig ihre erste transzendente Begegnung mit dem Alkohol gehabt hatte, und die Worte und Taten, die sie mir andichtete, wären nicht einmal einer mittelalterlichen Heiligen eingefallen.

»Effie und ich lagen nebeneinander unter dem Sternenzelt, inmitten unserer liebsten Freundinnen und Schwestern, tranken schweigend miteinander auf unsere gegenseitige Anbetung und fühlten in unseren Adern die Musik der Sphären pulsieren«, endete Fig mit einer schwungvollen Handbewegung.

»Wie sollte irgend etwas diese Nacht übertreffen?« fragte sie, weil keine von uns etwas sagte.

»Das ist nicht möglich«, meinte ich. »Fig, ich kann einfach nicht glauben, daß du das jemals so gesehen hast. Ich höre mich an wie die Heilige Johanna oder Elizabeth Barrett Browning oder vielleicht beide zusammen. Du weißt doch genau, daß ich niemals so lieb war. Meinstens war ich nicht einmal nett zu dir.«

»Das warst du immer, Effie«, sagte sie. »Ich kenne einige andere, die es nicht waren, manchmal zumindest, aber du warst nett. Ihr wart alle drei nett.«

»Nein.« Voller Scham dachte ich an die Nächte, in denen Cecie und ich im Bett gelegen und uns vor Lachen über Fig und meine Parodien auf sie ausgeschüttet hatten.

»Du mußt doch gewußt haben, daß ich manchmal über dich gelacht und dich parodiert habe«, sagte ich. »Heute schäme ich mich schrecklich dafür, aber es ist wahr, und du darfst kein so romantisches Bild von mir zeichnen. Ich war niemals so rein und edel wie in diesem Heft. Keine von uns war das.«

»Hör zu, ihr habt mich in euren Kreis aufgenommen, und das

hatte zuvor noch niemand getan«, sagte Fig Newton in ernstem Ton. »Es war mir egal, was du über mich gesagt hast. Ich wußte, daß du es nicht ernst meinst. Es gefiel mir sogar, denn geneckt hatte mich bis dahin niemand. Du hast mein Leben verändert. Ihr alle habt das getan. Das werde ich euch nie vergessen.«

Unsicher stand ich auf, ging um den Tisch und umarmte sie. Die anderen taten es mir nach. Sie umarmte uns ebenfalls, so fest, daß ich spürte, wie sich ihre langen Fingernägel in meine Haut gruben.

Als ich mich wieder setzte, hatte ich tränenfeuchte Augen.

»Es tut mir leid, daß ich so gemein war«, sagte ich. »Das tat mir sogar damals schon leid. Ich habe mich immer schrecklich gefühlt bei dem Gedanken, daß einer von uns dich wirklich verletzt haben könnte. Aber schau, was aus dir geworden ist.«

»Ja, was ist aus mir geworden«, sagte Fig.

Wir standen auf und gingen auf wackeligen Beinen zum Mittagessen und dann ins Bett, um den Wodka und den kleinen Gefühlsausbruch im Schlaf zu verarbeiten. Genauer gesagt, Fig, Ginger und ich taten das. Cecie lag, als ich hinein ging, zusammengerollt in der Hängematte auf der Veranda.

»Ich mag das Meer nicht verlassen«, erklärte sie. »Ich glaube, ich schlafe am liebsten hier, wo ich es ständig im Blick habe. Willst du später schwimmen gehen?«

»Ja, natürlich«, sagte ich. »Was hältst du von diesem kleinen Seelenstriptease? Sehr aufrüttelnd, nicht wahr?«

»Mmmmmh«, machte Cecie gleichmütig. »Es war wirklich sehenswert.«

Ich lachte.

»Du läßt dir immer noch keine Meinungsäußerungen entlokken, nicht wahr?« meinte ich.

»Irgend jemand muß hier doch einen klaren Kopf behalten.«

Bei offenem Fenster schlief ich auf meinem Bett ein, und der Nachmittagswind wehte vom Meer her kühl über mich hinweg. Es war ein erfrischender, angenehmer und tiefer Schlaf, aus dem ich rein, erfüllt und leicht erwachte, wie damals in meiner Jugendzeit manchmal nach traumlosem, vollkommenem Schlaf. Ich streckte mich genüßlich. Aber dann kam mir ein Gedanke, der alles wegschwemmte: »Ich habe Krebs. In weniger als einer Woche werde ich sterben.«

Schreck, Überraschung und pure Verzweiflung trieben mich aus dem Bett und ließen mich den Flur hinunterlaufen, ehe mir auch nur bewußt war, daß ich aufgestanden war. Ich rannte, das wußte ich instinktiv, zu Cecie. Sie saß in einem alten, verblichenen Badeanzug, an den ich mich noch vom College her zu erinnern glaubte, in der Hängematte, die sie mit einem Fuß hin und her schaukelte, und blickte summend hinaus auf das tiefblaue Meer.

»Na, wen haben wir denn da«, meinte sie grinsend. »Dr. Livingstone, wenn ich nicht irre.«

Der Schweiß trocknete auf meiner Stirn, und mein Herz hämmerte, während ich mich bemühte, über den Schock der unerwarteten Einsicht hinweg möglichst natürlich zu lächeln. Ich spürte, wie ich mich allmählich wieder beruhigte.

»Du hast etwas von Schwimmen gesagt«, meinte ich. »Komm, laß uns gehen.«

Sie blickte mich scharf an.

»Titterbaby, die treue alte Haushälterin meiner Großmutter, hätte jetzt gesagt, daß du aussiehst, als hätte man dich mit dem Rohrstock durch die Hölle getrieben«, stellte sie fest.

»Ich sollte eben mittags nichts trinken«, erklärte ich. »Sonst bin ich den restlichen Tag zu nichts zu gebrauchen.«

Wir schwammen weit hinaus in das wogende blaue Meer. Die Flut kam herein, und der Wind war stark und kühl, aber nach dem ersten Schreck war das Wasser herrlich, und es war, als schwämmen wir in glitzerndem Schlamm oder in Sekt. Fast eine Stunde lang blieben wir im Wasser, und als wir herauskamen, fielen wir schwer atmend nebeneinander auf unsere Handtücher. Wir ließen uns von der Sonne trocknen und wärmen und schliefen beinahe dabei ein. Wieder einmal drang die Zeitlosigkeit des Meeres in mich ein, beruhigte mich und vertrieb Angst, Grauen und Tod. So war es richtig, dieser eine gute Augenblick war alles.

Dann sagte Cecie, ohne den Kopf von ihren Armen zu heben: »Das mit deinem kleinen Sohn tut mir leid.«

»Es ist schon lange her«, antwortete ich automatisch, wie jedesmal, wenn jemand Stephen erwähnte. Es bedeutete nichts anderes als: »Halt. Sprich nicht weiter.«

»Das macht es nicht weniger schlimm. Ich weiß das. Bei Vinnie ist es jetzt fünf Jahre her, und ich trauere noch jeden Tag um ihn.«

Ich wandte ihr mein Gesicht zu. Niemals, seit ich Cecie Hart nahestand, hatte ich sie so offen über ihren Schmerz sprechen hören. Ihr Gesicht wirkte friedvoll, aber es war ein neuer Ausdruck darin zu erkennen, als hätte bereits die Erwähnung des Verlustes ausgereicht, sie ihn wieder schmerzhaft spüren zu lassen.

»Ich wünschte, ich hätte ihn kennengelernt«, sagte ich. »Ginger sagt, daß er absolut bezaubernd war. Er muß wirklich ein ganz besonderer Mensch gewesen sein, wenn er dich erobern konnte.«

Sie lächelte. »Das war er auch. Er war gutaussehend und romantisch und ein alberner Kerl. Niemand hat mich je so zum Lachen gebracht, abgesehen von dir. Außerdem war er starrsinnig und, offen gestanden, nicht besonders klug, und vielleicht der schlimmste Chauvi, den ich jemals kennengelernt habe. Eben ein typischer italienischer Mann. Ich habe keine Ahnung, warum ich mich derart in ihn verliebt habe, denn er hatte alles, was ich zu hassen glaubte. Aber auf lange Sicht spielt das gar keine Rolle.«

»Vermutlich nicht«, sagte ich. »Das Leben ist viel einfacher, wenn man jemandem solche Gefühle entgegenbringen kann. So eine dauerhafte Liebe … die kann einem alles durchstehen helfen.«

Nur mich nicht, dachte ich. Warum bloß nicht?

Cecie schüttelte ungeduldig ihren weißhaarigen Kopf.

»Ich habe nicht gesagt, daß es leicht war. Das Leben ist nicht einfach. Auch wenn die Liebe andauert, ist das in den schlimmsten Zeiten nicht genug. Auf lange Sicht mußt du alles selbst tun. Ich habe Vinnie vor seinem Tod beinahe gehaßt, ich haßte die Abhängigkeit, die Manipulation und das ständige Herumgescheuchtwerden … man sollte die Kraft eines schwachen Menschen nie unterschätzen, Katie. In der Schwäche liegt eine ungeheure Macht. Er war ein sehr tapferer, aber einfacher Mann, und er konnte dem Leben nicht verzeihen, daß es ihn zum Krüppel gemacht hatte, und mir nicht, daß ich ihm helfen und die Kinder unterstützen mußte. Als er wußte, daß er bald sterben würde, forderte er seine Mutter auf, bei seiner Schwester, wo sie seit Jahren lebte, auszuziehen und bei uns zu leben; er sagte, sie könne mir Gesellschaft leisten, wenn er nicht mehr bei mir sei. Was er meinte, war, daß sie eine Fessel wäre, die mich noch nach seinem Tod an ihn binden würde. Und das ist sie. Ich liebe ihn noch immer so wie an dem Tag, als ich ihn kennenlernte, und das werde ich immer tun, und ich vermisse ihn jeden Tag meines Lebens, aber für diese Tat hasse ich ihn, und für andere Dinge auch. Ich weigere mich, ihn und unser Zusammenleben zu verklären, denn das wäre, als würde ich mein ganzes Leben während dieser Jahre verleugnen, es wäre wie der Tod mitten im Leben. Und mir reicht schon das, was ich in Wirklichkeit habe.«

Ich schwieg. Neben der alten Cecie gab es eine neue. Eine Frau, die ich nicht kannte, und von der ich nicht wußte, ob ich sie je wirklich kennenlernen würde. Diese Frau war sehr stark. Die Cecie, die ich am Tag meines Abschlusses in ihrem Bett im Randolph-College zurückgelassen hatte, war nicht in dieser Weise stark gewesen.

»Das mit dem Haus finde ich schrecklich«, sagte ich. »Ich weiß, wie sehr dich das verletzt haben muß. Cecie ... bist du sehr arm?«

Sie lachte. Es war ein offenes Lachen, ihr altes Mädchenlachen.

»O mein Gott, ja, das bin ich! Arm wie eine Kirchenmaus. Knapp über der Sozialhilfe. Seine Versicherung zahlt nicht mehr, seit er tot ist, und seine Rente ist winzig, weil er so lange nicht gearbeitet hat, und seine Mutter kann kaum ihren Arzt, die Arzneimittel und solches Zeug bezahlen. Ich selbst bekomme kaum etwas, dazu habe ich nirgendwo lange genug gearbeitet. Und eigentlich war es auch nie eine richtige Arbeit, denn ich habe nur eine Zeitlang den Bücherbus im Viertel betreut und ein bißchen Nachhilfe gegeben und hier und da genäht, aber davon bekommt man ja keine Rente. In der Hauptsache habe ich Vinnie versorgt und die Kinder aufgezogen, und dann kam seine Mutter zu uns. Sein Bruder Gino schickt mir ab und zu ein bißchen Geld, und er wird auch die Gebühren für das staatliche College daheim übernehmen, damit ich meinen Abschluß machen kann. Das werde ich ihm natürlich zurückzahlen. Vielleicht schaffe ich sogar noch ein

Jurastudium. Möglicherweise sind auch die Kinder bald so weit, daß sie mir ein bißchen helfen können.«

Ihre Stimme klang locker und entspannt wir immer. Ihr Gesicht war heiter, und sie hatte in den letzten schrägstehenden Strahlen der Sonne die Augen geschlossen. Ich starrte sie an.

»Du hast keinen Abschluß gemacht?« fragte ich verständnislos.

Sie schlug die Augen auf und sah mich eine Weile lang an.

»Nein. Ich dachte, das wüßtest du.«

»Nein«, sagte ich. »Nein, das wußte ich nicht.«

»Nun ...« Sie holte tief Atem. »Am Tag nach deiner Abschlußfeier fuhr ich nach Hause, und man könnte sagen, ich hatte einen Nervenzusammenbruch. Heute würde man es vermutlich eine klinische Depression nennen. Ich muß das während des letzten Collegejahres schon länger gehabt haben, darum habe ich auch soviel geschlafen. Mir war das nicht bewußt, ich dachte, es läge an der Virusinfektion. Aber als ich nach Hause kam, stellte Tante Claire, die wenigstens eine Spur mehr Vernunft hatte als die anderen, fest, daß etwas mit mir nicht stimmte, und schickte mich zu Onkel William nach Boston. Er und Tante Susan steckten mich noch am selben Tag in eine private, entsetzlich teure kleine Klinik. Dafür werde ich ihnen ewig dankbar sein, obwohl sie es einzig und allein deshalb taten, weil Tante Susan nicht ertragen konnte, wie ich ständig auf den Boden starrte. Zu diesem Zeitpunkt war ich nahezu katatonisch. Das ist etwas Entsetzliches, Kate, diese völlige Dunkelheit, die einen aufzusaugen scheint. Man ist sich absolut sicher, daß sie niemals enden wird, und der Tod ist nicht nur verlockend, sondern scheint die einzige verbleibende Möglichkeit zu sein. Damals hatte man gerade begonnen, so etwas mit Medikamenten zu behandeln, und die bekam ich, und dazu ziemlich viele Therapiestunden von einer Frau, die mir vernünftiger zu sein schien als die meisten anderen Leute. Nach acht oder neun Monaten war ich so weit, daß ich die Klinik verlassen und in eine offene Wohngemeinschaft ziehen konnte, und dort lernte ich Vinnie kennen. Er wohnte mit seiner Mama und seiner jüngeren Schwester nebenan, und ich sah ihn, wenn er morgens singend in die Arbeit stolzierte und mir dabei unter seinen unendlich langen Wimpern hervor Seitenblicke zuwarf, wenn ich früh im Garten arbeitete. Damals war ich noch schrecklich zittrig, und ich glaube, nur dadurch, daß er mit mir flirtete und mich neckte, machte er mich wieder lebendig! Unsere Beziehung bahnte sich hauptsächlich am Gartenzaun an, unter den wachsamen Augen von Mama, die unbedingt verhindern wollte, daß ihr Augapfel sich mit einem rothaarigen Früchtchen einließ. Und ich glaube, das war einer der Gründe, weshalb ich mich für ihn entschied. An dem Tag, als ich entlassen wurde, gingen wir zusammen durch, heirateten heimlich in Elkton, Maryland, und genau zehn Monate später bekam ich Leo. Und deshalb ging ich nie mehr zurück, um meinen Abschluß zu machen. Ich hatte es immer nachholen wollen, sobald die Kinder im College wären, aber da war er ja dann bereits angeschossen.«

»Und du bist niemals an das Flußufer zurückgekehrt.«

»Nein«, sagte sie traurig. »Der Verlust des Hauses am Tidewater ist das, was ich in meinem Leben am meisten bedauere. Und daß ich die Cloisters in New York nie gesehen habe. Ich würde rasend gern die Kräutergärten dort besichtigen und mit dem zuständigen Fachmann für mittelalterliche Kräuterkunde sprechen.«

»Na ja, für das Haus kann ich nichts tun, aber verdammt noch mal, ich kann dafür sorgen, daß du die Cloisters siehst. Du mußt uns diesen Winter besuchen, dann verbringen wir eine Woche lang jeden Tag dort ...« Ich unterbrach mich.

»Ich würde schrecklich gern dein Haus sehen«, sagte sie. »Die Fotos sind herrlich. Aber in diesem Jahr kann ich Mama Fiori nicht mehr allein lassen. Vielleicht im Frühjahr.«

»Also, ich muß schon sagen, und das tue ich hiermit, daß du eine sagenhafte Frau bist, Cecie Hart Fiori. Jede andere würde jammern oder die Märtyrerin spielen, wenn sie dein Leben führen müßte. Du läßt uns alle wie selbstsüchtige Zwerge wirken.«

»O mein Gott, Kate, rede doch nicht so einen Unsinn«, sagte sie ungeduldig. »Einer der Gründe, weshalb ich mich ziemlich zurückgezogen habe, ist, daß ich mir immer diesen Mist über die arme, edle Cecie anhören muß. Hör zu, ich liebe mein Leben. Es ist inzwischen so erfüllt, daß ich gar nicht alles tun kann, was ich gern tun möchte. Und ich bin nicht edel, kein bißchen. Es gibt absolut nichts, was ich gern hätte und nicht habe, außer vielleicht genug Geld, und dieses Problem läßt sich womöglich auch noch lösen. Natürlich habe ich ein paar Dinge, die ich lieber nicht hätte, zum Beispiel Mama...«

»Sag ein Wort, und ich heuere jemanden an, der sie erschlägt«, erklärte ich. »Erzähl mir, was du so gern tust, Cecie.«

»Ach, Kate. Na ja, da ist der Garten, der mir besonders viel Freude macht. Ich habe unseren ganzen Hinterhof in einen Garten verwandelt. Im Vorgarten wachsen Blumen, und hinter dem Haus Kräuter und Gemüse. Vor ein paar Jahren war sogar das *Boston Magazine* da und hat Fotos gemacht, ich schicke dir den Artikel, wenn ich wieder zu Hause bin. Und dann das Kräuterbuch, das ist wirklich etwas ganz Besonderes, Kate. In den Buchläden habe ich so ein Buch noch nicht gesehen, und ich setze große Hoffnungen darauf. Und die Jungen. Sie sind nichts Besonderes, wirklich nicht, aber sie sind nett und lustig, und ich mag sie gern. Ich würde sie nur gern häufiger sehen. Und ich bilde mich auf verschiedenen Gebieten weiter, zum Beispiel Astronomie und Ornithologie: seit einiger Zeit arbeite ich ehrenamtlich für das Naturschutzamt in Massachusetts. Dann bin ich Mitglied bei drei verschiedenen Buchklubs und lese ständig. Sogar Figs entsetzliche und erstaunliche Werke, so wahr mir Gott helfe. Und ich leihe mir Tausende von Videos aus und schaue pflichtschuldigst den Kulturkanal. Ich bin eine der führenden Expertinnen für anspruchsvolle Gerichtsserien. Und ich habe Freunde, und ich nähe, und ich habe drei völlig nutzlose und exzentrische Katzen. Und vieles andere. Ich hasse es, wenn die Leute meinen, daß mein Hirn und mein Geist leer seien, nur weil meine Brieftasche es ist.«

»Das habe ich auch nicht angenommen. Ich wünsche mir nur, das Leben wäre freundlicher zu dir gewesen«, sagte ich.

»Nun, es ist freundlich genug.« Sie lächelte. »Was ist mit dir, Katie Lee? Von deinem netten Alan weiß ich... schon komisch, nicht wahr, daß ausgerechnet wir beide, mit unserer reinrassigen angelsächsisch-protestantischen Abstammung, einen Juden und einen Italiener heiraten, nicht wahr? Wie in einem schlechten Kriegsfilm... Aber nun erzähl mal. Wie sieht dein Leben aus, meine alte Kate?«

»Ich führe ein sehr angenehmes Leben«, antwortete ich leichthin. »Es ist mir fast peinlich, es zuzugeben, aber es stimmt.«

»Ach, Kate ... das gibt es doch gar nicht«, sagte sie und lächelte freundlich. »Gibt es denn nichts, was du bedauerst? Hoffentlich nichts, was mit dem schönen und talentierten Paul zusammenhängt, aber sonst ...«

»Das einzige, was ich in meinem ganzen Leben bedauert habe – abgesehen von Stephen, und das ist etwas anderes als Bedauern – ist, daß ich mich niemals von dir verabschiedet habe«, sagte ich. »Und ich habe dir niemals geschrieben oder dich angerufen. Ich dachte, ich hätte eine Entschuldigung, aber das stimmt nicht.«

»Mir tat es nicht leid«, meinte Cecie lächelnd. »Ich hätte es nicht ertragen, wenn du dich verabschiedet hättest. Darum habe ich deine Taschen in den Korridor gestellt, tapfer, wie ich war. Und ich hätte dich genausogut anrufen und dir schreiben können. Aber ich habe es nicht getan. Ich glaube, ich wollte dich so behalten, wie du damals warst.«

»Und bin ich das heute noch?«

»Zu einem bemerkenswerten Teil«, sagte sie.

Und natürlich hatte sie recht; das war ich. Von uns vieren waren Ginger und ich vermutlich diejenigen, die sich am wenigsten verändert hatten; jedenfalls gaben wir uns große Mühe, wie damals zu sein. Fig war natürlich Lichtjahre entfernt von der früheren Fig, und auch Cecie, obwohl sie an der Oberfläche noch immer die zarte, weltfremde Elfe mit dem trockenen Humor war, die wir damals gekannt hatten, war eine andere geworden. Ja, sie lachte und sang mit uns, sie tanzte, trank und tauschte Erinnerungen mit uns aus, aber dann hielt sie sich auch wieder abseits und beobachtete uns mit einer, wie mir schien, seltsamen Mischung aus Zärtlichkeit und Unbehagen. Das schuf eine kaum merkliche unterirdische Spannung zwischen uns, ein Moment der Verwirrung und des Ungleichgewichts. Ich wußte nicht, wonach sie Ausschau hielt.

Auch Fig beobachtete uns. Darin wenigstens hatte sie sich nicht geändert. Während wir kicherten und uns vergnügten, plauderten, sangen und über den Strand hüpften und abends genüßlich herumalberten, beobachtete Fig uns ständig. Und sie lächelte und regte uns zusätzlich an durch eigene Erzählungen, durch ihre Bitten, doch dieses oder jenes, was wir getan hatten, zum Besten zu geben, und natürlich durch die erinnerungsträchtigen, wild phantasierten Eintragungen in dem stets präsenten Tagebuch.

»Du siehst aus wie eine kleine alte Eule, wie du so auf deinem Stuhl sitzt und uns dauernd beobachtest«, sagte Ginger einmal zu ihr. Wir hatten gerade wieder einen Abschnitt aus dem Tagebuch gehört, in dem sie berichtete, daß ich ihr Gedichte vorgelesen und ihrem Leben zum hundertstenmal eine ganz neue Wendung gegeben hatte, und wir hatten geschrien, protestiert und gekichert.

»Ich hoffe, du kommst nicht auf die Idee, über uns zu schreiben.«

»Was sollte ich da schreiben?« fragte Fig lächelnd. »Ihr benehmt euch genauso wie damals auf dem College, und das habe ich bereits aufgeschrieben.«

»Wenn ich meinen Fotoapparat dabei hätte, dann könnte ich euch inzwischen erpressen mit all diesem Kinderkram«, sagte Cecie eines Nachmittags am Strand zu uns, als Ginger und ich in unseren sandbedeckten Badeanzügen Cheerleadertänze und Lieder der Tri Omega vorführten. »Ich habe eine revolutionäre Idee: Wir ziehen uns heute abend fein an, mit richtig erwachsenen Kleidern, und gehen zum Essen aus. Ich lade euch ein. Ich würde gern sehen, wie ihr als Erwachsene ausseht.«

»Ringading-ding-ding-ding, steck's dir in den Arsch«, sangen Ginger und ich laut. »Bald brechen gute Zeiten an!«

Cecie stand auf, ging ins Haus und blieb für den Rest des Nachmittags drinnen. Als ich später in unser Zimmer kam, lag sie schlafend auf ihrem Bett. Irgendwie hatte die kleine Szene am Strand mich ein bißchen wütend gemacht und, was schlimmer war, mir eine gewisse Angst eingejagt. Was war denn so schlimm daran, wenn wir für eine Weile noch einmal neunzehn sein wollten? Es hatte eine Zeit gegeben, da hätte sie mit uns getanzt und genau das getan, was wir jetzt taten. Schließlich waren wir auf die Outer Banks gekommen, um einander wiederzufinden. Oder vielleicht nicht?

Das Wetter blieb so strahlend und vollkommen, daß es beinahe unheimlich war. All meine Sinne schienen geschärft. Noch nie hatte ich so ein Licht erlebt, noch nie so weiche, reine, berauschende Luft auf meiner Haut gespürt, noch nie so deutlich den Duft der Morgenfrische, des Salzes und der ersten Kaminfeuer wahrgenommen. Das Essen schmeckte wundervoll, und wir aßen wie die Wölfe. Auch der Alkohol schmeckte herrlich, und wir tranken vermutlich alle mehr als sonst. Fig hatte mehrere Kisten ausgezeichneter Getränke mitgebracht, und kein Abend verging, ohne daß Cecie und ich Ginger mit vereinten Kräften zu ihrem Bett bringen mußten. Ich glaube, ich hätte mir deshalb mehr Sorgen gemacht, wäre sie nicht in beschwipstem Zustand so sehr die alte Ginger gewesen: lieb, lustig, ungeschickt und bezaubernd, ganz die zu groß geratene Neunzehnjährige, die vor so vielen Jahren zu uns gestoßen war.

Ein Tag folgte auf den anderen, und wir verließen den Strand nur dann, wenn wir Lebensmittel einkaufen mußten. Wir wollten zwar stets etwas anderes unternehmen, planten nebulöse Ausflüge nach Manteo, zu den Gärten und der *Elizabeth II.*, Fahrten im Strandfahrzeug, Wanderungen zum Angeln und Krabbenfischen und eine Fahrt mit Pauls Motorboot über den Sound in der Abenddämmerung, aber irgendwie kam es nie dazu. Später, sagten wir einander immer wieder. Später. Wir haben noch so viel Zeit. Ich erinnerte mich daran, daß es in jenem Herbst, als wir vom Randolph aus hierher gekommen waren, ebenso gewesen war. Wir hatten Pläne über Pläne gemacht, aber es bis ganz zum Schluß nie geschafft, den goldenen Septemberstrand zu verlassen. Am letzten Tag waren wir die Küstenstraße bis zur Fähre nach Ocracoke hinuntergefahren und hatten die großen Wanderdünen und den maritimen Urwald, das viel wildere Meer und dieses schreckliche und wunderbare kleine Carolina Moon Motel gesehen. Beim Gedanken daran mußte ich grinsen.

»Ginger, gibt es eigentlich das Carolina Moon noch?« erkundigte ich mich. »Erinnerst du dich noch, wie wir mit dem Wagen deines Vaters dort hingefahren sind?«

»Das gibt es noch, und es läuft auch bestens, mit den Magic Fingers und allem Drum und Dran. Weißt du, daß Paul Sibley mit mir dort tatsächlich seine Hochzeitsnacht verbracht hat? Kannst du dir etwas Gediegeneres vorstellen?«

Ich schwieg und Cecie ebenfalls.

»Mein Gott, ich kann mich erinnern, daß er eigentlich Effie Lee dorthin mitnehmen wollte«, sagte Fig in fröhlichem Tonfall. »Das ist dir erspart geblieben, Effie.«

»Das hatte ich vergessen«, sagte Ginger leise. »Wirklich, Kate.«

»Ach, Gingermädchen, ich hatte es auch ganz vergessen. Denk nicht mehr daran«, meinte ich.

»Ach, meine Lieben, es tut mit so leid«, sagte Fig reuevoll. »Ich habe ein schrecklich loses Mundwerk.«

»Das stimmt«, sagte Cecie ausdruckslos. Ich warf ihr einen Blick zu.

»Du willst ihr einfach keine Chance geben, nicht wahr?« sagte ich später, als wir allein waren, ungehalten zu ihr. »Ich wünschte, du wärst etwas freundlicher zu ihr. Sie hat dieses Treffen erst ermöglicht und sich alle Mühe gegeben, damit wir es schön haben. Gott weiß, wieviel sie für alkoholische Getränke, Benzin für das riesige Auto und für das Flugzeug, mit dem du hergebracht wurdest und auch wieder nach Hause fliegen wirst, ausgegeben hat. Wo bleibt deine Dankbarkeit, meine Liebe?«

»Offenbar nicht da, wo sie deiner Meinung nach sein sollte«, antwortete Cecie ohne jede Reue. »Ich werde einfach nicht warm mit ihr. Früher war sie wenigstens Fig, so schrecklich das auch war. Aber jetzt ist sie... ich weiß nicht wer. Oder was. Und das macht mich nervös.«

»Es könnte doch auch sein, daß sie genau das ist, was sie zu sein vorgibt«, sagte ich. »Eine sehr erfolgreiche Frau, die den Mut hatte, sich selbst völlig neu zu erschaffen, und die wie ein Maulesel geschuftet und ein Heidengeld verdient hat. Und die das auch genießt.«

»Kate, Fig ist nicht, was sie zu sein vorgibt, und das war sie noch nie«, sagte Cecie in ernstem Ton. »Gerade du solltest das eigentlich erkennen.«

Aber ich wollte nicht mehr sehen als das, was offensichtlich war: die Sonne, die Sterne, das Wasser, der Horizont und das goldene Licht, die lavendelfarbene Dämmerung und die Mädchen, die ich vor vielen Jahren geliebt hatte. Und ich wollte nichts anderes sein als eines dieser Mädchen. Später vielleicht. Später...

Aber es war nicht mehr viel Zeit.

An einem Abend gegen Ende der Woche explodierte dann alles. Vermutlich hatten wir alle irgendwie darauf gewartet, denn die Tage waren in einer viel zu gleichförmigen Vollkommenheit vergangen, das Lachen hatte zu lange gedauert. Die Mädchen dieses längst vergangenen Herbstes waren viel zu lebendig geworden. Etwas so Überirdisches kann nicht ewig anhalten. Aber wir hatten uns alle Mühe gegeben, es zu bewahren.

Nach einem weiteren Tag in der Sonne versammelten wir uns am Abend zum gewohnten Ritual der Drinks, um einem Ausschnitt aus dem Tagebuch zu lauschen, das die zarten Gespenster der Vergangenheit am Leben erhielt. Ich glaube, zu diesem Zeitpunkt waren wir, zumindest Ginger und ich, längst süchtig nach Figs übertriebenen Worten. Ich spürte, daß sich Cecie immer weiter in sich selbst zurückzog, während die Tage und die Tagebuchausschnitte vorüberzogen. Die anderen bemerkten es vermutlich nicht; aber ich hatte das oft genug bei ihr beobachtet.

Wir saßen bei Sonnenuntergang in dem großen Studio und beobachteten, wie sich das Meer erst rosafarben, dann silbrig, so daß es aussah wie zerknitterte Alufolie, dann violett und schließlich grau färbte. Ginger hielt ein Streichholz an die schönen, grauen Scheite aus angeschwemmtem Holz, die im Kamin aufgeschichtet waren, und sie wurden lebendig und verliehen dem Raum einen flüsternden Herzschlag. Wir scharten uns eng um sie. Die Nacht draußen schien plötzlich tiefschwarz und voll bedrohlichen Schweigens zu sein. Ich erschauerte. Unsichtbar wie Nachtfalter lag das Ende in der Luft.

An diesem Abend tranken wir sehr viel. Wir schienen alle von einer Unruhe erfaßt, die wir nicht vertreiben konnten. Wir rutschten vor dem Feuer hin und her, tranken schnell und füllten häufig unsere Gläser. Mir schien, als bemühten wir uns mehr als sonst darum, albern zu sein. Noch konnten wir uns in der Haut der jungen Mädchen halten, aber nur mit Mühe, denn Feuer ist nicht jung.

In dem flackernden Licht betrachtete ich uns. Und in der vom Feuerschein erleuchteten Düsternis zeigte sich mir ein seltsames Bild, wie ein Gemälde, das unter einer Übermalung hervorscheint: unter der schlaffen Haut von erwachsenen Frauen leuchtete die straffe, weiche Haut junger Mädchen und unter ihr die starken, grünen jungen Knochen. Und unter diesen die einfacheren, frischeren Herzen. In diesem Augenblick waren wir ganz und gar Kate, Cecie und Ginger. Sogar Fig war Fig. Es war, als hätten wir die ganze Woche mit Beschwörungsritualen versucht, uns in diese Zeit zurückzuversetzen, und ganz plötzlich, als wir gerade nicht hinsahen, sei es uns zu unserer Überraschung gelungen.

Beispielsweise Ginger. Wie sie so dasaß, in ihrer abgeschnittenen Blue Jeans mit dem Loch über dem Gesäß, dem verwaschenen Sweatshirt, den Turnschuhen, aus denen eine Zehe hervorlugte, ihrem weißblonden Haar, das in einem Pferdeschwanz zusammengebunden war, den Sommersprossen, die auf dem ungeschminkten, gebräunten Gesicht deutlich zu sehen waren, die abgenutzte Plastikgitarre mit dem Arthur-Godfrey-Anhänger, die sie während der Collegezeit von ihrem Vater bekommen hatte, auf dem zerschrammten Knie – da war nichts mehr von der geschminkten, beringten und in einen Kaftan gehüllten fetten Frau geblieben, die mich am ersten Abend auf der Treppe begrüßt hatte. Oder Cecie. Ob sie es wollte oder nicht, sie hatte die Jahre abgeschält wie sonnenverbrannte Haut, und mit dem alten Anglerhut aus Nylon auf ihren weißen Locken und einer Bermuda-Shorts, die ich bereits aus dem College kannte, war sie wieder jene andere Cecie, meine Cecie. Fig, die uns dreien gegenüber auf dem Sofa saß, war zwar nicht die alte Fig, aber sie schien auch nicht die schauderhafte, aufgetakelte Chimäre zu sein, die vor ein paar Tagen nach Nag's Head gekommen war. Sie lachte und sang zusammen mit Ginger und mir zu den unsicheren Klängen der Gitarre, aber meistens beobachtete sie uns. Und während sie das tat, lächelte sie. Es war, fand ich, ein offenes und freundliches Lächeln. Als ob sie das, was sie sah, bis in ihr tiefstes Inneres erfreute und entzückte. Ich spürte eine Woge der Zuneigung zu ihr. Sicherlich hatte Fig ihre Schulden uns gegenüber abgetragen.

Als ich aufstand, um mir noch etwas zu trinken zu holen, sah ich in der dunklen Fensterwand mein eigenes Spiegelbild. Erstarrt blieb ich stehen. Das Gesicht des Mädchens, das mich da anblickte, hatte ich schon sehr lange nicht mehr gesehen, aber ich kannte es. Zum erstenmal hatte ich es in einem vollgespritzten alten Spiegel in einem Badezimmer in Kenmore gesehen, als das Mädchen neben einem großen, schönen Mann stand, der sein Vater war. Ich hörte seine Stimme über all die Jahre hinweg: »Dieses Mädchen gehört nicht in diese Stadt.«

Du hattest recht, Papa, dachte ich, während eine Welle in mir aufstieg. Ich gehörte nicht dorthin. Aber leider hast du mir nicht erzählt, wohin ich eigentlich gehöre.

Ich wollte diese Trauer nicht spüren, und so goß ich mir schnell etwas zu trinken ein und schüttete es hinunter. Die Trauer verschwand. Heiße Fröhlichkeit floß durch meine Adern.

»Was ist das ordinärste Lied, das du kennst, Ginger?« schrie ich über das Schnarren der Gitarre hinweg.

»Darf auch Ficken drin vorkommen?« brüllte sie zurück. Ihre Augen glitzerten, und hektische rote Flecken brannten auf ihren Wangen. Sie sah aus, als hätte sie hohes Fieber. Ich wußte, daß sie bereits bei ihrem vierten Drink war.

»Natürlich«, antwortete ich.

»NEIN!« schrie Cecie. »Hört auf!«

»Ach, sei doch nicht so, Cecie«, meinte Fig lächelnd. »Ich schreibe ständig darüber und werde gut dafür bezahlt.«

»Ja, aber ich kann mir aussuchen, ob ich es lese oder nicht«, sagte Cecie milde. »Wenn Kate und Ginger zu singen anfangen, habe ich keine Wahl mehr.«

»Na gut, dann eben was ohne Ficken. Ich glaube, das ist es«, sagte Ginger, schlug einen Akkord an und sang: »Hollaho und verdammt, hol dir ne Frau, wenn du kannst, und wenn nicht, dann nen saub'ren alten Mann ... ach, sie war nicht sehr schön, und sie konnt auch nicht gehn, und dann hab ich ihr eins auf den Arsch gehaun.«

Ginger und ich quietschten, und auch Fig lachte und schrie: »Mehr, mehr!« Ginger gehorchte.

»Auf der ersten Reise den Yukon River rauf, da traf ich Mistress Flanagan, die hat sich mir verkauft. Und ein paar war'n besoffen, und ein paar lag'n unterm Tisch, aber ich war in der Ecke, und ich hab sie gefickt ...«

»Das ist ekelhaft«, sagte Cecie und hielt sich die Nase zu. »Das reicht jetzt. Hört auf. Laßt uns noch etwas trinken.«

»Der kleine Matrose hatte keine Hose, und er schiebt sich ’ne Flasch rein in den Arsch«, johlte Ginger.

Mit einem Knall stellte Cecie ihr Glas ab und stand auf.

»Das genügt«, sagte sie. »Bei jedem Wort regrediert ihr um fünf Jahre. Wenn ihr so weitermachen wollt, ich mache mir jetzt jedenfalls ein Sandwich.«

Ich weiß nicht, warum Ginger und ich das so lustig fanden. Zweifellos war der Alkohol daran schuld. Wir brüllten vor Lachen, japsten, schlugen einander auf den Rücken und wälzten uns auf dem Teppich vor dem Kamin. Fig sagte lächelnd: »Jetzt bleib doch, Cecie. Es ist Zeit für das Tagebuch. Und dann essen wir was und werden wieder nüchtern.«

»Warum können wir das Tagebuch nicht dieses eine Mal auslassen?« fragte Cecie gutmütig. »Ich glaube, die beiden da brauchen eher was zu essen als noch mehr nostalgische Erinnerungen. Und von mir weiß ich das ganz sicher.«

»Oh, aber heute kommt der allerbeste Abschnitt dran«, sagte Fig. »Ich habe ihn als besonderen Leckerbissen aufgehoben. Unter Garantie wird er für uns alle die goldenen Jugendjahre zurückbringen.«

»Bin ich eigentlich die einzige, die an die Zukunft denkt?« fragte Cecie mit gequältem Gesichtsausdruck. »Das frühe Licht des Morgens wird sich für euch beide ziemlich scheußlich anfühlen.«

»He, Cecie, weißt du noch?« schrie ich über den Lärm hinweg. »Kannst du dich noch an Dorothy Parker erinnern?«

»Ach, such dir, Liebe, deinen neuen Weg,
Ich bleibe nicht traurig zurück.
Solange ich das Gestern hab,
Behalt dein verfluchtes Morgen.«

»Stimmt genau!« röhrte Fig. »›Behalt dein verfluchtes Morgen!‹«

»Nun, dann werde ich das tun«, sagte Cecie und wandte sich zum Gehen.

»Nein, Cecie, warte«, sagte ich und wurde ein bißchen nüchterner. »Wir werden wieder brav sein. Komm schon, bleib hier. Wir hören uns das Tagebuch an. Bitte. Bitte, bitte.«

Sie sah mich an.

»Na gut«, sagte sie mit einem Grinsen. »Sogar in meinen eigenen Ohren höre ich mich wie unsere Mutter Oberin an. Fang an, Fig.«

Und Fig fing an. Sie setzte sich auf den Kaminvorleger; das Licht des Feuers fiel auf ihre Löwenmähne, das exotische Kunstgesicht war über das zerfledderte Krokodillederimitat gebeugt, der bittere persische Duft nach Detchema stieg aus dem Ausschnitt ihrer weißen Seidenbluse, und sie las uns die Abschnitte vor über die Zeit, als ich Paul Sibley kennenlernte, und über das Fest in seiner Wohnung, als sie seiner Anziehungskraft verfiel. Zuerst lachten wir, denn die Worte, diese atemlose, übersättigte Sprache, waren einfach grotesk und so völlig verschieden von unseren eigenen Erinnerungen an diese Zeit. Aber nach und nach hörten wir auf zu lachen. Trotz der naiven Übertreibung und den ehrfurchtsvollen Beschreibungen von Paul als einer Art Prinz oder einem jungen Gott und von mir als seiner Prinzessin und Gefährtin, kamen zwei Tatsachen mit diamantener Klarheit zum Vorschein: die unendliche Tiefe meiner hilflosen Liebe zu ihm und mein ungeheures, zitterndes Glück in dieser Zeit. Wild und schmerzhaft war Figs eigene hoffnungslose Leidenschaft für ihn. Als sie zu lesen aufgehört hatte, nach dem Abschnitt über die Septembertage auf den Outer Banks, saßen wir mit gesenkten Köpfen still und schweigend da. Bei uns saß warm und lebendig Paul Sibley; er und ich saßen nebeneinander, eine ineinander verschmolzene Einheit. Ich empfand kein nennenswertes Gefühl, aber auf der Haut meines Arms konnte ich deutlich die Wärme seines Arms spüren, wo er mich berührte. Ich konnte seinen warmen, dunklen, moschusartigen Duft riechen. Ich schloß die Augen, denn ich fürchtete, ihn im nächsten Moment vor mir zu sehen.

Figs neues Lachen durchschnitt silbrig das Schweigen.

»O mein Gott, das ist mir ja so peinlich«, sagte sie. »Vermutlich hätte er mich am liebsten wie ein Hündchen ertränkt. Und du auch, Effie. In jenem Sommer und Herbst bin ich euch überallhin nachgelaufen, aber ihr wart viel zu sehr miteinander beschäftigt, um das zu merken. Und nach deinem Abschluß habe ich ihn weiter verfolgt wie ein Bluthund. Wußtest du das? Wenn Ginger nicht gekommen wäre, hätte ich ihm vermutlich einen Heiratsantrag gemacht. Du hast uns beiden eine Menge Peinlichkeiten erspart, Ginger.«

Niemand sagte etwas, und dann hörte ich in der Stille ein Weinen. Es war leise, aber man konnte die leichten, weichen, nach Luft schnappenden Atemzüge und das Schniefen hören. Es klang wie das Weinen eines Kindes, das sich nach stürmischen Tränen allmählich beruhigt. Stephen hatte so geweint. Ich schlug die Augen auf. Es war Ginger, die weinte. Ich hatte gewußt, daß sie es war.

»Oh, Ginger, Liebes, nicht ...«, begann ich.

Sie hob den Kopf und sah mich an. Ihr offener Mund war so kummervoll vorgeschoben, daß die Lippen ein vollständiges Viereck bildeten. Sie holte tief und zitternd Luft.

»Er hat mich nie geliebt«, schluchzte sie. »Immer nur dich, Kate. Das wußte ich damals, und ich weiß es heute, und er weiß es auch. Er sagte, er liebe mich, aber es ging ihm nur um mein Geld, und ich wußte das ... er spricht heute noch manchmal über dich, wenn ich etwas getan habe, was ihn ärgert oder ihm peinlich ist, und ich weiß, daß er oft an dich denkt, wenn er schweigend dasitzt ...«

»O nein, das stimmt nicht, das tut er nicht, das darfst du nicht sagen«, flüsterte ich in einer brüchigen Kleinmädchenstimme, die sogar in meinen Ohren lächerlich klang. »Du warst zehnmal niedlicher als ich, das war der Grund. Er fand immer, daß du so wahnsinnig niedlich warst, er hat mir gesagt ...«

»*Nein*«, weinte Ginger. »Nein, das stimmt nicht. Nein ... du warst alles für ihn. Und weißt du, ich habe mich sosehr bemüht, so zu werden wie du ... alles richtig zu machen ... so zu sein, wie er mich wollte, vornehm und ruhig und klug und komisch, wie du ... ich wünschte mir sosehr, alles richtig zu machen für ihn ...«

Mir wurde bewußt, daß sie sehr betrunken war. Und daß ich es ebenfalls war. Ich wollte dieses kindische Theater beenden, aber ich wußte nicht wie.

»Wir sollten einfach nicht mehr darüber reden. Kommt, laßt uns etwas singen«, sagte ich und lächelte auffordernd.

»Nein, spuck es nur aus«, sagte Fig vom Kamin her. Sie saß leicht vorgebeugt und mit offenem Mund da. »Wenn die Wunde die ganze Zeit geeitert hat, dann ist es besser, alles herauszuholen, damit sie heilen kann. Sprich weiter, Ginger, Liebes. Es sind nur wir ...«

Von ihrem Ohrensessel aus ließ Cecie einen leisen, gedämpften Ton des Widerwillens hören. Ginger holte tief Luft und fuhr unter Tränen fort: »Ich dachte immer, wenn ich ein ganz braves Mädchen wäre, dann käme alles in Ordnung. Ich dachte, wenn ich süß und niedlich genug wäre, dann könnte ich ein gutes Leben führen, wäre eine gute Mutter und könnte Paul halten. Ich dachte sogar ... wenn ich lustig, charmant, liebenswert genug wäre ... dann könnte ich vergessen, daß ich sterben muß. Vielleicht würde ich nicht einmal sterben. Ich habe solche Angst davor, ich hatte schon immer solche Angst davor ...«

Etwas Kaltes und Bösartiges kroch wie eine Schlange aus meinem Bauch nach oben. Ich fühlte es kommen, versuchte aber gar nicht, es zurückzuhalten.

»Nun, da hast du Pecht gehabt, Gingermädchen«, sagte ich kalt. »Diese Runde wirst du verlieren. Du wirst sterben, STERBEN! Nicht einmal du kannst so gut und so niedlich sein wie ein Baby, und selbst Babys sterben. Sogar die niedlichsten und besten sterben ...«

Mit blinden Augen sah ich sie an und war über mich selbst entsetzt. Sie verbarg ihr Gesicht in den Händen und heulte laut auf. Cecie starrte mich mit bleichem Gesicht an. Fig sah im Feuerschein interessiert, mitleidig und verzückt in die Runde. Ein kleines Lächeln spielte um ihren perfekten neuen Mund.

»Ach, es tut mir leid, daß ich so etwas Albernes gesagt habe«, begann ich ärgerlich. Mit kalkweißem Gesicht sprang Cecie auf, und ihre blauen Augen sprühten Funken.

»WACHT ENDLICH AUF!« schrie sie. Mit geballten Fäusen und Tränen in den Augen stand sie da. Schweigend sahen wir sie an, alle drei.

»Ich habe es satt, und ich habe euch alle satt«, sagte sie. »Du,

Kate, und du, Ginger ... ihr benehmt euch schlimmer als kleine Kinder, und das habt ihr schon die ganze Woche getan. Mein Gott, so niedlich und so komisch ... Ihr habt überhaupt keinen Bezug mehr zur Wirklichkeit ...«

»Und du hast ihn vermutlich?« sagte ich wütend. Aber unter meiner Wut konnte ich die Trauer aufsteigen spüren.

»Da hast du verdammt recht«, sagte sie. »Du kannst deinen niedlichen kleinen Tri-Omega-Arsch verwetten, daß ich ihn habe, und zwar schon verdammt lange. Mein Gott, wie nervtötend es ist, mit Leuten umzugehen, die keinen Bezug zur Wirklichkeit haben, was für Arbeit, Trauer und Schmerz sie den Menschen um sich herum zumuten, das ist einfach ... enorm! All diese Mühe, all diese Anstrengung ... nur damit zwei ältere Frauen wieder so tun können, als wären sie noch im College, und sich wieder gut fühlen können. Verdammte Scheiße! Das macht mich so wütend. Wißt ihr, ich wollte immer wissen, was für Frauen wir einmal sein werden. Stundenlang dachte ich darüber nach, und ich hatte die Phantasie, daß wir uns eines Tages, viele Jahre später, einmal wiedertreffen und ich es dann erfahren würde. Und hier sitzen wir, und ich weiß es immer noch nicht ... außer von mir. Das ist doch schrecklich! Diese ganzen Jahre, so viel Leben, und ich weiß noch immer nicht, was für Frauen ihr eigentlich seid. Ich weiß nicht, was ihr mit eurem Leben getan habt ... Ich weiß nicht, wie ihr euch fühlt, was ihr in der Mitte eures Lebens denkt, ich weiß nicht, was ihr inzwischen glaubt, welche Erfahrungen ihr gemacht habt ...«

Ich spürte, wie ich zu weinen begann. Ich schmeckte die Tränen, aber ich hatte nicht das Gefühl zu weinen. Ich fühlte nur eine tiefe, kraftlose Trauer, und ich spürte, daß etwas zu Ende ging.

»Ich finde die Wirklichkeit beschissen«, sagte ich mit zitternder Stimme. »Zum Teufel mit der Wirklichkeit. Das Leben ist einfach zu schrecklich ...« Ich konnte nicht weitersprechen.

»Herrgott, Kate, was weißt du denn eigentlich?« sagte Cecie erbarmungslos. »Wenn diese Woche beispielhaft war, dann wirst du sterben, ohne jemals gelebt zu haben. Ich hasse den Tod ebenso wie jede einzelne von euch, und ich habe mindestens ebenso gute Gründe dafür wie ihr, aber diese Art von Nicht-Leben hasse ich noch mehr. Das *ist* der Tod. Und es ist eine Sünde. Es ist eine Sünde gegenüber den Menschen in eurer Umgebung, deren Wirklichkeit schwerer zu ertragen ist, weil ihr eure überhaupt nicht leben wollt ...«

Sie drehte sich um und rannte aus dem Studio. Wir hörten, wie ihre Schritte über die Wendeltreppe nach unten klapperten und wie die Eingangstür des großen Hauses geöffnet und geschlossen wurde. Schweigend saßen wir da. Ginger hörte zu weinen auf, und ich auch. Scham stieg in mir auf, und ein großes, dröhnendes, helles Entsetzen machte sich breit, direkt unter der Dunstglocke des Alkohols. Ich wußte, wenn sie sich hob, würde beides über mich hereinbrechen.

»Du liebe Güte, erst war sie so gelassen, und jetzt ist sie doch übergekocht«, sagte Fig in lockerem, amüsiertem Ton. »Kommt, wir legen ein paar Scheite nach, trinken noch einen Brandy, und ich lese euch weiter vor ...«

»Nein«, sagte Ginger, und ihre Stimme klang dumpf und leblos. »Ich möchte ins Bett. Ich bin schrecklich müde, und ich glaube, mir wird übel.«

»Soll ich dir helfen?« fragte ich.

»Nein«, sagte sie. »Ich möchte allein gehen.«

Fig und ich sahen ihr nach, wie sie die Stufen hinunter und ins Haus ging. Sie stolperte ein- oder zweimal, aber das war alles. Doch der lustige Schwung in ihren Schritten fehlte, und ihre breiten Schultern waren nach vorn gebeugt. Jetzt sah sie nicht mehr wie die junge Ginger Fowler aus, sondern wie die, die sie war: eine übergewichtige Frau in mittleren Jahren, die zuviel getrunken und soeben die gnadenlose und banale Wahrheit über ihr Leben erkannt hatte.

»Es tut mit leid«, flüsterte ich ihr nach.

»Morgen wird sie sich schon besser fühlen«, meinte Fig. »Und Cecie auch. Ich habe eine wundervolle Idee, die uns für alle Albernheiten entschädigen wird. Das machen wir morgen früh als allererstes.«

»Was denn?« fragte ich teilnahmslos. Es interessierte mich nicht, ich konnte mir nicht einmal vorstellen, daß es mich interessieren könnte.

»Du wirst schon sehen. Etwas ganz Besonderes. Etwas Zauberhaftes.«

Als ich unser Zimmer betrat, war Cecie nicht da. Ich zögerte erst, aber dann tappte ich auf der Suche nach ihr durch das dunkle Haus. Ich würde nicht einschlafen können, ehe ich nicht versucht hatte, mit ihr Frieden zu schließen. Cecie war niemals zuvor wütend auf mich gewesen.

Als ich auf die Terrasse über dem Meer kam, sah ich, daß sie zusammengerollt in der großen Hängematte lag. Sie hatte sich in eine Decke gehüllt und schaukelte hin und her, hin und her. Die Ketten, an denen die Hängematte aufgehängt war, quietschten dazu wie die Stagen eines Segels im Wind. Ich setzte zum Sprechen an und sagte dann doch nichts. Ich hätte nicht gewußt, was ich ihr sagen sollte. Sie hatte recht, aber ich war nicht fähig, das auszusprechen, und vielleicht würde ich nie dazu in der Lage sein. Und vielleicht spielte das am Ende gar keine Rolle. Wahrscheinlich nicht.

In dieser Nacht lag ich lange wach und die ganze Zeit über, bis ich endlich einschlief, hörte ich die Ketten der Hängematte quietschen, in der Cecie in der leisen nächtlichen Meeresbrise hin und her schaukelte.

13. Kapitel

Mit Glocken und Kanonenschlägen begann der nächste Tag, dieser vollkommene Tag. Anfangs hörte ich sie nur ganz leise; ich lag, zu einem Ball zusammengerollt, unter der Decke und versuchte, die Geräusche zu einem Traum zu verarbeiten. Aber bald wurden sie zu laut, und ich setzte mich erschrocken auf, und hatte das Gefühl, tief in meinem Hirn entrolle sich der Farnwedel eines *Déjà-vu*-Erlebnisses. Glocken, Kanonenschläge und Cecie...

Ich schlug die Augen auf, und da stand sie und hielt mir einen kleinen Kassettenrecorder ans Ohr. Tschaikowskys *Ouvertüre von 1812* steigerte sich soeben zu ihrem überschwenglichen Schluß, und ich stolperte aus dem Bett und jagte Cecie den Korridor hinab. Erst als wir lachend und japsend auf der Terrasse angelangt waren, wurde mir bewußt, daß ich bis auf die Unterhose nackt war. Der Morgen war jung, durchflossen von perlmutterfarbenem Meereslicht und frostig kühl. Unten am Strand schwappten die flachen Wellen gegen das Ufer; ihr Flüstern drang mit jener kristallenen Klarheit, die die Kälte mit sich bringt, an mein Ohr. Ich drehte mich um und floh zurück ins Zimmer. Cecie folgte mir. Dankbar hüllte ich mich in einen dicken Pullover, ehe mir der traurige und schäbige Abschluß der letzten Nacht wieder einfiel.

Ich wandte mich zu Cecie um, die eine Grimasse zog.

»Ich weiß. Tut mir leid«, sagte sie. »Ich habe mich absolut idiotisch benommen. Die einzige Entschuldigung, die ich habe, ist, daß ich zuviel getrunken hatte und mich so sehr über Fig ärgerte, weil sie das alles eingefädelt und euch auch noch ermuntert hat. Aber das ist so ein herrlicher Morgen, daß ich ihr verziehen habe. Und wenn du mir ebenfalls verzeihst, dann höre ich sofort auf damit und spiele dir noch einmal die Ouvertüre vor. Das Band hat mich ein Vermögen gekostet.«

»Bitte mach dir meinetwegen keine Umstände«, meinte ich grinsend. »Und Entschuldigungen sind überflüssig. Wir tun einfach so, als wäre es nie passiert. Wahrscheinlich kann sich Ginger sowieso nicht mehr daran erinnern.«

»Das glaube ich auch nicht. Ich habe schon nach ihr gesehen und ihr eine Tasse Kaffee gebracht. Komm, das Frühstück ist fertig, und dann will uns Fig etwas zeigen.«

»*Du* hast Frühstück gemacht?« fragte ich ungläubig. Cecie gab selbst zu, daß sie eine miserable Köchin war. Wir hatten vereinbart, daß sie statt dessen den Abwasch übernehmen sollte, und sie hatte begeistert zugestimmt.

»Daran siehst du, wie leid es mir tut«, antwortete sie grinsend.

Ginger saß in der Küche bei Toast und Kaffee und zog eine Grimasse. Ich konnte nicht sagen, ob der Grund dafür das Frühstück oder ihr Kater war. Wahrscheinlich eher letzteres, denn Ginger besaß eine eiserne Zunge, wie Fig das nannte, und verzehrte gebackene Muscheln in einem Fast-Food-Restaurant ebenso gierig wie Figs exquisite und köstliche kleine Abendmahlzeiten. Vor ihr stand ein Teller mit Rührei und Schinken, aber sie hatte ihn nicht angerührt.

»Guten Morgen, liebe Sonne«, sagte ich.

»An diesem Morgen ist absolut gar nichts gut«, antwortete sie. Ihre Augen waren beinahe zugeschwollen, und ihre Hände zitterten. Sie hatte sich die Haare noch nicht gekämmt und geflochten; sie standen wild von ihrem breiten Gesicht ab und sahen aus wie Holzwolle aus einem Verpackungskarton. Sie trug einen Morgenmantel aus Fleece, der am Ellbogen ein Loch hatte.

»Willst du nicht das Fünf-Sterne-Frühstück essen, das ich dir gemacht habe?« erkundigte sich Cecie trocken.

»Nein, ich esse lieber nichts«, sagte Ginger. »Ich müßte mich nur übergeben. Und wenn es schon so weit ist, daß ich nichts mehr essen kann, dann muß ich mich wirklich widerlich benommen haben. Und darum entschuldige ich mich sofort, wofür auch immer.«

»Du warst nicht diejenige, die widerlich war«, sagte Cecie. »Ich und Fig waren es, und ich habe mich schon entschuldigt. Ich glaube nicht, daß sie es tun wird, aber sie hat eine Überraschung für uns, und das ist vielleicht ihre Art, sich zu entschuldigen. Trink den Kaffee aus und zieh dich an, dann gehen wir. Ich habe gesagt, daß ich euch alle hinfahre.«

»Wohin?«

»Keine weiteren Fragen. Los, mach. Bewegung«, sagte Cecie unbekümmert, und Ginger schlurfte davon. Cecie und ich schlangen die Eier und den Schinken hinunter; das Frühstück war genauso schlecht, wie ich es erwartet hatte. Trotzdem aß ich gierig alles auf. An diesem frühen Morgen stieg etwas in mir auf, das sich wie reine Freude anfühlte, und nach dem Elend der vorangegangenen Nacht wollte ich das nicht genauer überprüfen, sondern lediglich genießen. Draußen glitzerte das Sonnenlicht über dem Meer wie ein Berg ausgeschütteter Diamanten.

Als Ginger wiederkam, trug sie Shorts, Tennisschuhe und einen riesigen braunen Fleece-Pullover, der mit Sicherheit Paul gehörte. Er hing ihr über die Handgelenke und beinahe bis zu den Knien, und sie sah darin wie ein freundliches, wolliges Mammut oder eine prähistorische Wikingerfrau in Tierfellen aus. Ihr langer Zopf, das helle Haar und die blauen Augen vervollständigten das Bild.

»Jetzt brauchst du nur noch ein Schild und einen Speer«, sagte ich.

»Ich fühle mich so mies, daß ich gar nicht raten mag, was du damit meinst.« Sie klang müde. »Ich hoffe, daß diese Überraschung wirklich sagenhaft ist, sonst gehe ich nämlich wieder ins Bett.«

Cecie warf mir die Autoschlüssel zu und öffnete die Türen des großen, zerbeulten Land Rover.

»Hoffentlich kannst du dieses Ding fahren«, meinte sie. »Ich traue mich nämlich nicht, und heute morgen möchte ich mit Ginger nicht in einem Kinder-Auto fahren. Fig hat gesagt, wir sollen uns mit ihr an der öffentlichen Anlegestelle auf der anderen Seite des Sounds treffen. Weißt du, wo das ist?«

»Immer die Hauptstraße entlang, es ist nicht einmal eine halbe Meile von hier«, erklärte Ginger. »Was sollen wir an der Anlegestelle?«

»Das wirst du schon sehen«, sagte Cecie und lachte ihr wunderschönes, gurgelndes Lachen.

Mühsam wendete ich den großen Rover in dem sandigen Hof

und fuhr langsam über die kleine Sandstraße und die Hauptstraße zur Schiffsanlegestelle. Der Rover war so schwer und träge, daß ich das Gefühl hatte, ihn eher ziehen als fahren zu müssen, und ich kam mir so hoch oben seltsam ausgesetzt und verletzlich vor. Die Straßen waren wie ausgestorben, und die Boote an der Marina ruhten still im spiegelglatten, rosafarbenen Wasser. Es war noch immer sehr früh am Morgen.

Wir sahen es, noch bevor wir Fig daneben entdeckten: ein flugbereites, weißblaues Wasserflugzeug, das neben dem silbrigen, in den Roanoke Sound hinausreichenden Steg lag und ganz leicht auf der satinglatten Haut des Wassers schwankte. Daneben stand Fig in weißen Freizeithosen und einer scharlachroten, ledernen Bomberjacke. Ihr Haar war mit einem roten Schal zurückgebunden, und sie trug eine übergroße Sonnenbrille, die ihre Augen vollständig verdeckte. Inmitten der abgenutzten Fischer- und Ausflugsboote, der Öl- und Benzinkanister und der nassen Seilrollen sah sie unglaublich exotisch und reich aus, wie eine Fata Morgana oder eine Schauspielerin, die auf einem schäbigen kleinen Fischersteg gefilmt wird. Sie lächelte strahlend, und auf ihren Zähnen blitzten die Strahlen der Morgensonne. Neben ihr stand in lässiger Haltung ein sehr großer junger Mann mit schmutzigen Blue Jeans und Cowboystiefeln, der eine Baseball-Mütze auf dem Kopf und eine spiegelnde Fliegerbrille trug, die einen Großteil seines braunen Gesichts verdeckte. In der einen Hand hielt er einen Kaffeebecher, und die andere war locker um Figs Taille gelegt.

»Ach, du Scheiße«, krächzte Ginger. »Sie hat ein Wasserflugzeug gekauft.«

»Gemietet. Aber nicht irgendein Wasserflugzeug«, sagte Fig fröhlich und kam auf uns zu. »Dieses Wasserflugzeug gehört dem einzigartigen Poolie Prout, dem ehemaligen Bösen Buben von Nag's Head – hättet ihr das gedacht? –, der jetzt hauptberuflich mit jeder Art von verbotenen Substanzen handelt und auch sonst ein ganz Süßer ist. Ist er nicht schön? Ganz abgesehen von seinem kleinen Flugzeug, das bis an die Schandeckel oder wie man das nennt mit französischem Champagner voll ist und uns bis nach Ocracoke bringen wird. Na, wie gefällt euch das, ihr Tri Omegas?«

Es gefiel uns nicht nur, wir waren begeistert. Das war genau die

Sensation, die dieser erwachende Tag brauchte, und das beste Mittel gegen die Schwermut, die am Rande unseres Bewußtseins lauerte, weil die Zeit bald zu Ende ging. Es löschte die häßliche kleine Szene der vorangegangenen Nacht vollständig aus und brachte die verschwunden geglaubten springlebendigen jungen Frauen wieder zum Vorschein. Als Ginger vor mir in das schwankende Flugzeug stolperte, hatte sie wieder das muskulöse, aufreizende Hinterteil der jungen Ginger Fowler. Die kräftigen, gebräunten Beine, mit denen Cecie an Bord sprang, schienen wie durch ein Wunder befreit von Schuppen und Narben und den traurigen kleinen Besenreißern in der Kniekehle und am Knöchel. Meine eigenen Arme und Beine schienen sich wie geölt in ihren Gelenken zu bewegen. Und Fig, die in den Sitz neben dem vielsagend schweigenden Poolie Prout geschlüpft war, sah aus wie die Naive in einem Film über Wanderschauspieler. Sie warf ihr schweres Haar zurück, hob die Champagnerflasche in die Höhe und streckte, das Startzeichen der Bomberpiloten aus dem Zweiten Weltkrieg imitierend, beide Daumen in die Luft. Es war unmöglich, nicht von ihr fasziniert zu sein.

Und es war mehr als deutlich, daß Poolie Prout fasziniert war. Abgesehen von einem Kopfnicken, als Fig uns vorstellte, beachtete er uns andere gar nicht. Aber immer wieder drehte er seine Spiegelbrille in Figs Richtung, und nachdem er uns in die blaue Luft hinaufgebracht hatte und wir ruhig an der Küste entlangbrummten, lag seine schwielige braune Hand auf ihrem Schenkel. Gelegentlich beugte er sich zu ihr und flüsterte ihr etwas ins Ohr, und sie lachte und warf ihr Haar zurück. Nur einmal sah ich ihn lächeln, und dabei bildeten die Muskeln seines Kiefers, die vom regelmäßigen Kautabak-Gebrauch zeugten, Knoten und Wülste, und weiße Linien deuteten an, wo sich hinter den Gläsern seiner spiegelnden Fliegerbrille die Augen befanden. Auf dem Armaturenbrett des Flugzeugs prangte ein Aufkleber, auf dem »Die durch die Hölle gehen« stand, und an einem Knopf ohne Aufschrift hing ein zarter, schwarzer Damenslip. Immer wieder hielt Fig die Champagnerflasche an seine Lippen, und er nahm einen Schluck, ohne sich die Mühe zu machen, den Schaum vom Kinn zu wischen.

»Bestimmt glaubt er, er hätte Dolly Parton erobert«, sagte

Ginger, während wir über das lange weiße Band des Naturschutzgebiets von Cape Hatteras hinwegglitten. »Schau ihn dir an, er befindet sich im siebten Himmel der Machoschweine. Wahrscheinlich glaubt er, wir sind ihre alleinstehenden alten Tanten oder so.«

»Es ist mir egal, was er glaubt, solange er dieses Ding in der Luft hält«, sagt Cecie. »Jetzt haben sie schon die zweite Champagnerflasche geöffnet. Gibt mir die Flasche rüber. Wenn ich schon absaufen soll, dann doch bitte, während ich gerade Perrier Jouet trinke.«

»Das wäre kein schlechter Tod, nicht wahr?« sagte ich verträumt. »Der blaue Himmel über dir, das blaue Wasser unter dir, und in deinem Blut die Perlen von Champagner . . .«

»Trotzdem schlimm genug, und ich verzichte lieber darauf«, antwortete Cecie. »Mein Gott, Kate, hör doch auf. Trink deinen Champagner und schau zum Fenster hinaus. Hast du, seit du auf dieser Welt bist, jemals so einen schönen Tag gesehen?«

Sie hatte recht. Es war ein einzigartiger Morgen, wie es noch nie gegeben hatte und nie wieder geben wird. Das Blau strömte und leuchtete durch alle Dinge; der Horizont und die Dünen trugen kristallblaue Ränder, und der Himmel über dem Sund war tief dunkelblau. Die Luft, in der wir schwebten, war wie strahlende Flüssigkeit, und die großartigen, wilden Dünen, die dunklen maritimen Wälder und die kleinen Ortschaften, die gelegentlich unter uns hinwegzogen, zeichneten sich vor diesem klaren Blau ab wie vom Pinsel eines alten Meisters gemalt. Ich dachte an das perfekte Bronzeblau in den Arles-Bildern von Van Gogh und an Wislow Homers brennende, durchscheinende subtropische Landschaften. Sie kamen dem nahe, aber nichts, keine menschliche Hand, hätte das Leuchten dieses Tages einfangen können. Vermutlich erlebt man Tage wie diesen nur zwei- oder dreimal in seinem Leben. Ich konnte mich nur an einen erinnern: den Tag vor vielen Jahren, als wir zusammen mit Paul denselben Highway entlanggefahren waren, der jetzt unter uns dahinzog, bis dorthin, wo die Fähre nach Ocracoke ablegte.

Ginger sagte genau das gleiche wie damals.

»Dieser Tag brütet ein Unwetter aus«, meinte sie und nahm

zufrieden einen Schluck Champagner. »Es ist viel zu schön, um noch lange anzuhalten. Seht ihr die blauen Ränder überall? Da braut sich irgendwo was zusammen. Und es geht überhaupt kein Wind. Hat irgend jemand den Wetterbericht gehört? Was geht denn an den tropischen Breitengraden vor?«

Niemand hatte die Nachrichten gesehen, aber Poolie Prout sagte über seine Schulter hinweg, in einer nasalen Tenorstimme, die so wenig zu den Muskeln an Schultern, Nacken und Kiefer paßte, daß Cecie und ich uns ein Grinsen verkneifen konnten: »Nichts Großes, aber von der anderen Seite des Golfstroms kommt ein kleinerer Sturm die Küste herauf. In Georgia und South Carolina hat es schon Sturmwarnungen gegeben. Wahrscheinlich tobt er sich auf dem Meer aus, bevor er uns erreicht. Aber die nächsten Tage werden vermutlich neblig und trüb sein.«

»Dann bin ich froh, daß wir den heutigen Tag ausgesucht haben, oder daß du ihn ausgesucht hast, Fig«, sagte ich. »Ich hätte keine Lust, hier im Nebel herumzunavigieren.«

»Ich kann diese Kiste überall fliegen, auch im Nebel«, erklärte Poolie gelassen, mit einem Seitenblick auf Fig. »Ich bin sie schon bei Windstärke 10 geflogen, wenn der Wind den Regen wie Maschinengewehrfeuer heranpeitscht. Und ich habe sie nach Hause gebracht, wenn überall an der Küste Orkanwarnungen ausgegeben wurden.«

»Wo ist zu Hause?« fragte ich. Der Champagner summte in meinem Kopf und floß süß und sprudelnd durch meine Adern. Ich fühlte mich wunderbar.

»Drunten bei Avon, direkt da vor uns«, sagte er. »Kurz vor dem Anlegesteg der Ocracoke-Fähre. Ich habe eine Anlegestelle am Fischereisteg am Pamlico Sound.«

Fig kicherte; es war das Kichern eines kleinen Mädchens. Sie hatte die Brille abgesetzt, und ihre Augen glitzerten, als hätte sie Drogen genommen. Ich fragte mich auf einmal, ob sie nicht tatsächlich welche genommen hatte. Den ganzen Vormittag über hatte sie ohne besonderen Grund immer wieder fröhlich aufgelacht. Wir alle waren von diesem Tag, dem Flug und dem Alkohol beschwipst, aber so hatte ich Fig noch nie gesehen, weder die alte noch die neue.

»Avon«, sagte sie mit piepsiger Stimme. »Ist dort nicht das Carolina Moon Motel? Kennst du das Carolina Moon, Poolie?«

»Ob ich das Carolina Moon kenne?« sagte er. Er streckte die Hand aus, fuhr ihr damit durchs Haar und ließ sie dann über den Nacken bis zum Jackenkragen gleiten, wo er sie liegenließ. »Ist der Papst ein Katholik? Hör mal, ich habe die Magic Fingers in jedem einzelnen Zimmer ausprobiert. In einem Zimmer hängt sogar eine Bronzeplakette, Poolie-Prout-Zimmer steht da drauf. An der Wand ist eine Markierung für jedes Mal, das ich...«

»Verschone mich mit den Details«, schnurrte Fig. »Ich kann ziemlich leicht ziemlich eifersüchtig werden. So, so. Das Carolina Moon. Ich würde ja wahnsinnig gern mal wissen, wie die Zimmer aussehen...«

»Gar kein Problem«, sagte er mit breitem Grinsen. »Wann immer du willst, komme ich nach Nag's Head. Das ist nicht mehr als eine Stunde Flug, bei jedem Wetter.«

»Auch in der Nacht?« fragte Fig mit tiefer, rollender Stimme. Wir drei auf dem Rücksitz grinsten einander zu.

»Sie wird ihn sofort losfliegen lassen, sobald wir gelandet sind«, flüsterte Ginger.

»Ich bezweifle, daß das nötig ist«, schnaubte Cecie. »Offenbar spürt sie schon beim Reden die Wirkung der Magic Fingers.«

»Auch in der Nacht«, sagte Poolie Prout zu Fig. »Selbst wenn kein Mond und keine Sterne zu sehen sind. Selbst wenn es nachts neblig ist. Selbst wenn es nachts regnet. Ich bin bei jedem Wetter, das man sich an dieser Küste nur vorstellen kann, an jedem nur denkbaren Ort gelandet. Wenn es dich juckt, das Carolina Moon bei Nacht zu sehen, ruf mich an. Ich bring dich hin.«

»Ich werde es mir merken«, meinte Fig lachend, drehte sich zu uns um und zwinkerte. Poolie Prout legte seine Hand auf ihren Schenkel und ließ sie dort liegen. Sie schob sie nicht herunter.

Wir wasserten in dem kleinen Hafen bei Ocracoke und aßen dort in einem Fischlokal am Kai zu Mittag. Poolie verschwand in der dunklen Bar, um mit seinen Freunden Videospiele zu spielen und seinen Bizeps zu zeigen. Wir konnten ihr heiseres Gelächter hören. Zweifellos erzählte er ihnen von seiner neuen Eroberung. Wir vier bestellten Krabben und kaltes Bier und zum Nachtisch jeweils ein Stück des Zitronenkuchens, den, wie ein handgeschriebenes Schild an der Wand verriet, LaVerle, die Frau des Besitzers, selbst herstellte. Falls das stimmte, war sie nicht sehr viel begabter als Cecie. Lachend aßen wir den gummiartigen Kuchen. Wir lachten sehr viel bei diesem Mittagessen, aber ich weiß nicht mehr, worüber. Ich erinnere mich nur an das Lachen und an die Traurigkeit, die darunter lag wie kühler Tau im Gras.

Nachdem wir Kuchen und Kaffee hinter uns gebracht hatten, sagte Ginger mit einer vom Champagner, vom Bier und von ungeweinten Tränen belegten Stimme: »Ich liebe euch alle so sehr. Ich möchte, daß diese Woche gar nicht mehr endet.«

»Das wünsche ich mir auch«, sagte Cecie. »Aber wenn ich in drei Tagen nicht zurück bin, dann bekommt Mama Fiori einen ihrer Schreikrämpfe und wird auf die Straße geworfen. Nicht einmal ein staatliches Pflegeheim würde sie auch nur eine Sekunde länger als gesetzlich vorgeschrieben behalten.«

»Warum packst du sie nicht einfach und schickst sie zu ihrem Sohn?« wollte ich wissen. »Zu Gino. Bestimmt kann sie dort sehr viel besser versorgt werden als bei dir. Wo du jetzt allein bist...«

»Weil die liebe Celeste, meine gottesfürchtige Schwägerin, damit droht, Gino zu verlassen, wenn seine Mutter zu ihnen zieht«, sagte Cecie schneidend. »Das wäre überhaupt kein Schaden, würde ich sagen, aber irgendwie sieht Gino das nicht so. Ich hoffe immer, daß sie eines Tages stirbt, aber wahrscheinlich passiert das nicht. Sie wird mich überleben, und dann kommt sie wohl zu meinen armen Söhnen. Wie ein Fluch wird sie in der Familie der Fioris von Generation zu Generation weitervererbt werden.«

»Ist es nicht schwer, nach so einer Zeit wieder nach Hause zurückzugehen?« meinte Fig.

»Es wird das Schwerste, was ich je in meinem Leben getan habe«, antwortete Cecie, ohne zu lächeln. Ich spürte Tränen in mir aufsteigen. Plötzlich wünschte ich mir nichts sehnlicher, als ihr alles zu geben, ihr Leben in Ordnung zu bringen, alles für sie zu regeln, mit einer einzigen großen Geste. Ich hatte genug Geld, um etwas zu tun: ihr Buch verlegen zu lassen, ihr ein Studienjahr in den Cloisters zu bezahlen, ihr ein Jahr Urlaub von der alten Frau zu ermöglichen. Aber ich hatte keine Zeit mehr...

»Wir sollten dieses Treffen wenigstens einmal im Jahr wiederholen«, schlug Ginger vor. »Jedes Jahr um diese Zeit kommen wir hier zusammen... der Herbst ist am schönsten, findet ihr nicht auch?... Ach, das sollten wir tun! Jedes Jahr! Dann hätte ich etwas, worauf ich mich freuen könnte...«

Sie schwieg. Wir sahen einander nicht an. Der kurze, abgebrochene Satz verriet mir vieles, was ich gar nicht wissen wollte, über Gingers Ehe mit Paul Sibley.

»Aber wir haben noch drei Tage und den Rest des heutigen«, sagte ich brüsk. »Wir sollten sie ausfüllen, mit Dingen, an die wir uns dann erinnern können, bis zum... nächsten Mal. Jede darf sich an einem Tag etwas aussuchen. Cecie, du bist die erste, weil du die kleinste bist. Überleg dir, was wir heute nachmittag machen.«

»Ich möchte zum Park von Currituck.« Sie lächelte mich an. »Und ich will mit dem Motorboot in den Sund hinausfahren und von dort aus den Sonnenuntergang sehen. Ihr müßt nicht alle mitkommen, aber das möchte ich machen.«

»Das sollst du haben«, sagte ich.

Als wir wieder an der Anlegestelle in Roanoke Sound waren, war es erst kurz vor zwei Uhr. Auf dem Rückflug entlang der wilden, blauen Küste hatten wir den restlichen Champagner getrunken, und in meinem Kopf drehte sich alles im Rhythmus des Flugzeugmotors. Auf dem Steg streckten wir uns, gähnten und blinzelten. Der Tag hatte sich erwärmt wie ein Apfel in der Sonne: an der Oberfläche lag eine bronzefarbene, süßduftende Hitze, aber in seinem Innersten war er noch immer schneidend kalt. Der Gezeitenwechsel war vor einer Stunde gewesen, und jetzt kam eine leichte, nachmittägliche Brise auf.

»Ich muß jetzt ein Nickerchen machen, wenn wir zum Abendessen ausgehen wollen«, sagte Ginger schläfrig. »Ich schaffe es gerade noch bis ins Bett. Ihr könntet mich absetzen und dann mit dem Rover zum Park weiterfahren. Und wenn ihr dann noch mit dem Motorboot hinauswollt, es liegt da drüben ganz am Ende, unter der Persenning. Sagt einfach Bobby am Bootshaus Bescheid. Die Schlüssel liegen in der blauen Untertasse auf dem Küchenbüfett. Kann eine von euch Motorboot fahren?«

»Machst du Witze?« sagte Cecie. »Ich bin in einem Boot zur Welt gekommen.«

»Na dann, *sajonara*«, murmelte Ginger. »Liebes Bett, ich bin schon auf dem Weg.«

»Fig?« fragte Cecie.

»Ich glaube«, meinte Fig langsam mit kehliger Stimme, »daß ich noch ein bißchen mit Poolie die Küste entlangfliege. Er meint, daß es droben Richtung Duck und Carolla noch einiges gibt, was ich unbedingt sehen sollte.«

Sie lächelte uns zu, und dann glitt ihr Lächeln weiter zu Poolie Prout. Sein Gesichtsausdruck änderte sich nicht, aber sein breiter Nacken wurde rot.

»Das kann ich mir vorstellen, daß es da eine Menge gibt, was sie unbedingt sehen sollte«, bemerkte Cecie, als ich den Land Rover mühsam auf die Hauptstraße lenkte und auf den Damm zufuhr, der nach Manteo führte. »Und sie wird es auch sehen, sobald er seinen Reißverschluß aufmacht.«

»Cecie Hart Fiori!« Ich lachte. »So etwas Ordinäres habe ich von dir ja noch nie gehört.«

»Na ja, bestimmt werden sie nicht Mah-Jongg spielen. Mein Gott, sie stöhnte ja schon fast. So eine Vorstellung habe ich noch nie gesehen. Er muß zwanzig Jahre jünger sein als sie.«

»Irgendwie glaube ich, daß das im Moment nicht die Frage ist, die ihn bewegt«, meinte ich grinsend. »Vielleicht recherchiert sie für ein Buch.«

»Da hast du möglicherweise recht«, antwortete Cecie und stemmte ihre Füße gegen das Armaturenbrett. »Fig ist nicht die Frau, die etwas ohne Grund tut. Nicht einmal das.«

Als wir den Park von Currituck erreichten, blieb uns wegen der neuen Herbstöffnungszeiten nur noch eine halbe Stunde Zeit, und so liefen wir mit schnellen Schritten über den weißen Kies der teils geraden, teils kreisförmigen Wege und ließen uns von den flammenden Herbstfarben der ein- und mehrjährigen Pflanzen überschwemmen. Es war ein englischer Garten im Stil des 17. Jahrhunderts, bis ins Detail durchdacht, mit Statuen, Durchblicken, amüsanten Spielereien, einem Eiben-Irrgarten und vielen Springbrunnen. Ich bewunderte die Anlage, aber irgendwie wurde ich nicht warm damit. Alles daran war mit zu sehr gezähmt, zu gepflegt, kontrolliert und überlegt. In meinen Augen schrie dieser Park nach chaotischer Pracht, nach Absichtslosigkeit, unschicklicher Üppigkeit und dem rauhen Charme des Zufälligen. Ich trottete hinter Cecie her, während sie sich umsah, hier begeistert aufschrie, dort sich hinkniete, um an etwas zu riechen, oder den Kopf beugte, um etwas genauer anzusehen. Ganz am Ende des Parks, vor einer Mauer aus warmen, rosafarbenen alten Ziegelsteinen, blieben wir beide stehen und hielten den Atem an.

Die ganze Mauer war mit Rosen bedeckt, die einem lebendigen Feuer glichen. Es war ein Überzug aus leuchtendem, goldgefülltem Pink, der nicht nur die Mauer, sondern ihre gesamte Umgebung vor Leben, Licht und Gesundheit strahlen ließ. Bei solchem Wetter, wie es heute herrschte, konnte man, dachte ich bei mir, diese rosenbedeckte Mauer bestimmt aus einer Entfernung von fünfzig Meilen noch sehen.

Cecie blickte zu mir auf und beschattete ihre Augen mit einer Hand.

»Weißt du, wo diese Rosen sagenhaft wirken würden?« meinte sie. »Auf den Dünen hinter deinem Haus, die du mir auf dem Foto gezeigt hast und die deinen Garten gegen den Strand abschirmen. Vom Garten aus könntest du sie nicht sehen, aber vom Strand aus würden sie alle Vorübergehenden einfach umhauen. Und sie leben ewig. Es sind *rosa rugosa*. Die kann nichts umbringen.«

»Was soll das bringen, wenn ich sie nicht sehen kann?«

»Ich weiß nicht.« Cecie sah mir voll ins Gesicht. »Vielleicht könnten sie der Welt einfach sagen: ›Hallo, ich bin Kate Lee, und ich war hier. Ich *bin* hier.‹«

Ich drehte mich um und ging den Weg hinunter zum Auto. Cecie wollte noch im Laden der Parkverwaltung Postkarten kaufen, daher kletterte ich schon mal in den Land Rover und schaltete das Radio an. Dann legte ich den Kopf zurück, schloß die Augen und lauschte der Musik. Die getragenen Töne eines Liedes, das mir damals am Randolph gut gefallen hatte, flogen hinaus in die warme Luft: »Lisbon Antiqua.« Es wurde in diesem Sommer und Herbst wieder häufiger gespielt. Sie weiß es, dachte ich. Ich weiß nicht, woher, aber sie weiß es.

Ich bemühte mich sehr, an nichts anderes zu denken als an die Akkorde, die aus dem Radio drangen, und als Cecie neben mir auf den Vordersitz kletterte, war ich darin untergetaucht und weit weg im Land unserer Jugendzeit.

Wir fuhren mit dem schlanken kleinen Motorboot den Sund weit hinunter auf das Oregon Inlet zu. Nachdem wir unter der Umstead-Brücke hindurch nach Manteo gelangt waren, sahen wir ein wilderes Land, in dem statt der kleinen Bootschuppen, der schiefen Stege und der Fischrestaurants unbebaute, wogende goldgrüne Feuchtwiesen das warme, flache Wasser begrenzten. Das Spartgras der Salzmarschen bewegte sich in der spätnachmittäglichen Brise, und dahinter erhoben sich große, feste grüne Holunderbüsche, Wachsmyrte und niedrige Pappeln. Cecie schaltete den Motor auf die niedrigste Stufe herab, und wie ein Wasserkäfer auf einem schwimmenden Blatt trieben wir langsam auf der schwarzen Oberfläche dahin. Manchmal, wenn wir nahe am Ufer waren, hielt sie ein Paddel heraus, um den schlammigen Boden zu prüfen. Sie ging mit diesem exotischen kleinen Boot mit dem roten Rumpf so gewandt und sicher um, als hätte sie ihr Leben darin verbracht. Aber ich war mir sicher, daß sie noch nie in einem so eleganten und teuren Boot wie diesem pfeilförmigen Spielzeug gesessen hatte. Ginger hatte erzählt, daß es neu war. Paul hatte es im vergangenen Frühjahr auf der Bootsausstellung in New York bestellt.

Ich wußte, daß der Highway, der zum Naturschutzgebiet von Cape Hatteras führte, direkt hinter den Büschen verlief, und wir konnten in der Ferne gelegentlich ein Auto vorbeifahren hören. Und dennoch bemächtigte sich meiner ein heftiges und allumfassendes Gefühl der Einsamkeit. Die Nacht kündigte sich purpurfarben hinter dem fernen Ufer im Westen an, und das plätschernde graue Wasser färbte sich in der Mitte rosafarben und silbern. Ich erschauerte.

»Hier draußen bekommt man das Gefühl, die Zeit sei an ihrem Ende angelangt«, sagte ich. »Mir ist, als könnte aus diesen Marschwiesen jeden Moment ein riesiges, geschupptes, brüllendes Tier steigen.«

Genau in diesem Augenblick erhob sich aus dem hohen Marschgras ein großer Blaureiher, der seine nassen Flügel schlug. In seinem Schnabel blitzte silbrig ein dicker, zappelnder Fisch. Er schwang sich schwerfällig in die klare Luft genau über unseren Köpfen, wobei er uns mit Tropfen körperwarmen Wassers bespritzte.

»Stell dir vor, das wäre ein Pterodactylus«, sagte ich lachend, obwohl mein Herz klopfte.

Cecie hob ihr Paddel und salutierte ihm.

»Gute Jagd, *amigo*!« rief sie ihm nach.

»Du hättest dich gut dazu geeignet, anderen das Jagen und Fischen beizubringen«, sagte ich. »Oder als Weiße Göttin wärst du auch nicht schlecht gewesen. Oh, stell dir bloß vor, wie dich die kleinen Rothäute geliebt hätten, mit deinem wilden weißen Haar, den tiefblauen Augen und der hellen Haut! Sie hätten an den Ratsfeuern um dich herumgetanzt und dir immer das beste Pemmikan gegeben. Das wäre ein feines Leben gewesen.«

»Pemmikan und Ratsfeuer«, schnaubte Cecie. »Meine Güte, Kate. Das waren doch die Prärieindianer. Du hast wirklich keine Ahnung. Die Roanokes aßen hauptsächlich Fische und Meeresfrüchte und waren groß und mager. Aber ich weiß schon, was du meinst. Die Gegend hier sieht prähistorisch aus, nicht wahr? Eine solche Salzmarsch ist wahrscheinlich die älteste und am wenigsten veränderte Landschaft, die wir auf der Erde noch haben; sie sah nicht viel anders aus, als die Manteos und die Wancheses noch hier gepaddelt sind. Und sie ist artenreich. In dieser Gegend hier herrscht auf dichtestem Lebensraum die größte Artenvielfalt, die es gibt. Hier findet man mehr unterschiedliche Lebewesen als am Ganges.«

»Für mich sieht das aus wie simpler alter Schlamm.« Ich beobachtete, wie durch die Berührung ihres Paddels eine rauchförmige Wolke von Sedimenten aufstieg.

»Ja, aber in diesem Schlamm findet sich alles, von Plankton über jede Art von Fischen, Krebsen, Krabben und Tintenfischen, bis hin zu Austern, Muscheln, Schnecken, Strandschnecken, Seeschildkröten und Landschildkröten, und dazu drüben am Ufer Waschbären, Mäuse und ungefähr eine Million Vögel und Reiher...«

»Du solltest Meeresbiologin werden statt Kräuterkundlerin. Warum schreibst du nicht darüber?«

»Das haben andere Leute schon besser gemacht«, meinte sie gelassen. »Ich würde nur gern mittendrin leben. Irgendwann gehe ich zurück zum Tidewater oder in eine andere Salzmarschlandschaft. Und wenn ich dazu Mama Fiori wie eine Ziege an einen Pfahl binden und sie grasen lassen muß, ich werde es tun.«

Als wir uns dem Oregon Inlet, einem großen Einschnitt in der Inselreihe der Banks, näherten, begann sich das Wasser schneller zum Tiefen hin zu bewegen, und die Oberfläche zeigte kleine, rippenförmige, zielstrebige Wellen. Die Luft wurde kühler, und man spürte stark und eindringlich die Weite des Meeres, das hinter dem dünnen, dichtbewachsenen Streifen Land lag. Cecie schaltete den Motor aus und warf den Anker über Bord. Wir schaukelten auf der sich rosa färbenden Haut des Wassers, bis die rippigen Wellen nachließen.

»Das ist weit genug«, sagte sie. »Ich will mich nicht unbedingt mit dem Oregon Inlet bei Flut anlegen. Hier fließt zuviel Wasser zu schnell durch. Weißt du eigentlich, daß das früher gar keine Wasserstraße war? Es gab nur die Banks. Aber im September des Jahres 1846 war ein starker Orkan, und dabei schnitt das Wasser die Banks einfach entzwei und bildete das Inlet. Seinen Namen hat es von der *Oregon*, die als erstes Schiff in den Sund hineinfuhr.«

»Woher weißt du das alles?« fragte ich. »Ich glaube, du weißt mehr über die Banks als Ginger.«

»Als ich wußte, daß ich hierherfahre, habe ich mir ein paar Bücher aus der Bibliothek geholt«, erklärte sie. »Die meisten von ihnen sind allerdings Gespenstergeschichten, es ist schwer, harte Fakten über diese alte Küste aufzutreiben. Genau hier, wo wir gerade ankern, soll es ein Geisterschiff geben, das bis in alle Ewigkeit brennt und sich in kalten Winternächten manchmal zeigt. Es ist auf dem Weg nach Ocracoke, kommt aber niemals dort an. So erzählt man sich.«

»Ich könnte mir vorstellen, daß wir es bald sehen werden«, sagte ich und erschauerte leicht. Der Sund, die Marschwiesen und der Himmel über uns waren vollkommen leer. Der Nachmittag war nun endgültig in den Abend übergegangen.

»Laß uns noch ein bißchen warten«, sagte Cecie. »Manchmal passiert hier etwas, um die Zeit des Sonnenuntergangs, und das wollte ich dir zeigen. Wenn es nicht in ein paar Minuten kommt, dann fahren wir nach Hause, das verspreche ich dir.«

»Was ist das?« fragte ich ängstlich.

»Eine Überraschung«, sagte sie grinsend.

»Hoffentlich ist es kein Geist«, meinte ich.

»Es ist so wirklich wie dein Schuh«, beruhigte mich Cecie. »Wenn es passiert. Es passiert nicht immer.«

Mehr wollte sie mir nicht verraten, und so saßen wir schweigend da und beobachteten, wie unerbittlich die Sonne versank und die Nacht aufstieg. Die Luft war noch immer so klar wie Quellwasser, und im Westen glühte der Sonnenuntergang wie ein Großbrand. Er war purpurrot, hellrot, pinkfarben und golden, und gelegentlich schossen Strahlen von reinem Hellgrün hindurch. Noch nie hatte ich etwas so Schönes gesehen, aber da es sinnlos schien, darüber eine Bemerkung zu machen, schwieg ich. Cecie drehte sich lediglich um und lächelte mir über ihre Schulter hinweg zu, aber auch sie sagte nichts.

Es gab ein langes, grünes Nachleuchten. Ich wußte, daß es mindestens noch eineinhalb Stunden lang hell sein würde, aber plötzlich wollte ich zurück zum Haus. Ich sehnte mich nach Lampenlicht und nach den Tönen von Jazz oder Rock, dem Geruch nach Essen und den Geräuschen von Gelächter. Hier draußen in dieser flachen Landschaft, wo das Land ins Wasser glitt, konnte alles geschehen. Hier konnte alles kommen.

Cecie schien meine Stimmung zu spüren. Sie schwang sich in ihrem Sitz herum und sagte: »Weißt du eigentlich, daß du Alan nie erwähnst? Du redest weder von ihm noch davon, was du mit ihm tun möchtest, wie du dir euer Leben morgen, nächste Woche oder nächsten Monat vorstellst. Hast du denn gar keinen Terminkalender, Kate?«

Über diesen Begriff rümpfte sie selbst die Nase, und ich lächelte. Ich grub in meinem Hirn nach einem Thema, mit dem ich sie ablenken konnte. Ich wollte nicht über Alan reden, ich konnte es auch gar nicht. Alan gehörte zu einer anderen Frau, und die gab es nicht mehr. Und dabei wollte ich es belassen, solange ich mußte. Wenn es diese Frau nicht gab, dann gab es auch die Pacmen nicht.

»›Es gibt kein Morgen‹«, sang ich. »›Es gibt nur die heutige Nacht.‹«

»Vielen Dank, Jean Paul Sartre«, sagte Cecie in scharfem Ton. »Was für ein hübscher Existenzialismus. Aber bist du denn nicht neugierig? Willst du gar nicht wissen, was morgen sein könnte?«

»Ich bin mir nicht sicher, ob es überhaupt ein Morgen geben wird«, sagte ich. Das hatte locker klingen sollen, aber auf diesem immer dunkler werdenden Wasser bekam es einen ganz anderen Beigeschmack.

Sie schüttelte ihren weißhaarigen Kopf.

»Im Krankenhaus habe ich solche Leute wie dich kennengelernt«, sagte sie, »und die haben mir eine tödliche Angst eingejagt. Na ja, sie waren natürlich nicht wie du, aber sie haben genau das gleiche gesagt. Sie haben nicht eine Minute vorausgedacht, nicht einmal eine Sekunde. Sie hatten keinen Pflock in die Zukunft geschlagen, wollten keinen schlagen. Und das machte mir angst. Und auch du machst mir angst, wenn du so redest.«

»Erzähl mir doch, was an der Zukunft so toll ist. Was soll denn die Zukunft bringen, das wir jetzt noch nicht haben?«

»Die Zukunft könnte eine Kanadagans bringen, die ganz nah vor mir auffliegt, oder einen Lotteriegewinn, oder daß einer der Jungs Brook Shields heiratet, oder daß ein Marsmensch in meinem Thymianstrauch landet«, sagte Cecie voller Inbrunst. »Möglichkeiten, Kate. Die Zukunft ist voller Möglichkeiten.«

»Nein, das stimmt nicht.« Meine Stimme war leise und wütend. »Die Zukunft ist der Tod. Wenn es ein Morgen gibt, dann lauert irgendwo darin der Tod. Die Zukunft bringt Stephen nicht zurück. Oder Vinnie.«

»Woher, zum Teufel, willst du das wissen?« fragte sie ebenso aufgebracht. »Vielleicht doch. Du weißt es nicht. Du wirst es nie wissen. Und um den Tod mußt du dir gar keine Sorgen mehr machen, Kate, weil du deinen bereits hinter dir hast...«

Etwas stieß an das Boot, und dann noch einmal, ehe ich meinen Kopf heben und mich hastig umsehen konnte. Ich hörte, wie Cecie mit einem leisen Japsen Luft holte, und dann sah ich sie. Das

Boot war von großen, schlanken, nassen grauen Seehund-artigen Köpfen umringt, die das Boot anstupsten, zum Schaukeln brachten und uns naß spritzten. Ich begann zu schreien, und Cecie legte eine Hand auf mein Knie. Zwei der Tiere hoben die Köpfe weit aus dem Wasser und starrten mir über den Rand des Bootes hinweg direkt in die Augen, und ich sah die leuchtenden, weit auseinanderstehenden schwarzen Knopfaugen, die nach oben gebogenen Schnauzen und das Lächeln, ich hörte die seltsamen kurzen Atemzüge aus den Spritzlöchern und roch ihren starken Geruch nach Meer. Delphine. Wir waren von Delphinen umgeben.

Ich begann wieder zu atmen, und Cecie sagte leise: »Sie tun dir nichts. Es sind die nettesten, freundlichsten Wesen des Meeres. Sie sind neugierig und wollen spielen. Bleib still sitzen und schau, was passiert.«

Das tat ich, und es war unglaublich, wie in einem wunderschönen Kindheitstraum oder in einem Märchen. Trotz der Freundlichkeit und der Neckereien der Tiere konnte ich eine leise Angst nicht unterdrücken, denn sie waren so groß, so nah und so wild. Es waren Meereswesen, Kreaturen aus Mythen und Legenden, in der Wildnis und einem völlig anderen Element geboren. Ihr Anblick war gespenstisch, aber er übte auch eine geradezu magische Faszination auf mich aus.

Denn sie spielten. Wir zählten zwölf Stück, zwölf sehr große, glänzende Körper mit glatter Haut, die sich wie nasse graue Reifenschläuche anfühlte; ich weiß das, weil ich einen von ihnen berührte. Ich langte über Bord und berührte ihn, als er sich gerade aus dem Wasser hob, um mich anzusehen und, wie es schien, grinsend zu grüßen. Er fühlte sich so glatt an wie Glas, und ganz fest und lebendig, aber anders als alles, was ich je angefaßt hatte. Ihn zu berühren, war ein ... übernatürliches Gefühl.

»Ach«, sagte ich leise. »Ach.«

Eine volle halbe Stunde lang, bis der letzte Rest grünen Lichts zu verblassen begann, boten sie uns ihr Schauspiel. Sie schwammen in Formationen um das Boot herum und entfernten sich dann, bildeten eine Reihe und tauchten wellenförmig auf uns zu wie Schwimmer in einem Wasserballett. Zu zweit oder zu dritt sprangen sie, manchmal mit der ganzen Körperlänge, aus dem

Wasser, und ließen sich, noch immer nebeneinander, wieder hineinfallen. Ober sie schwammen rückwärts, und starrten uns dabei mit ihren hellen Gesichtern an; es sah aus, als tanzten sie auf ihren Schwänzen. Sie tauchten und kamen direkt neben uns wieder an die Oberfläche, schlugen mit ihren grauen, gummiartigen Schwänzen aufs Wasser, sprangen in Bögen, tollten herum und schwangen sich empor und schlugen dann mit ihren schönen, großen Körpern auf dem Wasser auf, so daß silbrige Fontänen über unserem Boot niedergingen. Wenn wir in die Hände klatschten, schossen sie alle auf einmal wie Unterwasserraketen empor. Wenn wir riefen und applaudierten, dann sausten sie davon und donnerten zu zweit, zu viert, zu sechst und einmal auch alle miteinander wieder auf uns zu. Zwölf Stück auf einmal. Sie hoben ihre Gesichter zu uns herauf und stießen quietschend, pfeifend, kichernd ihre seltsamen, fremdartigen kurzen Schreie aus, und manchmal lagen sie auch ganz still im Wasser, die Köpfe zum Boot hin gerichtet, und sahen uns nachdenklich an. Ich glaube, wenn wir gewollt hätten, hätten wir zu ihnen ins Wasser springen und auf ihren Rücken davonreiten können. Wir lachten und sangen ihnen vor, wir riefen und klatschten, wir pfiffen und tätschelten sie, und einmal langte Cecie hinaus und umarmte einen der großen, grauen Köpfe. Undine, dachte ich. Sie ist Undine.

Und dann waren sie plötzlich verschwunden. Mit einem letzten Schwanzschlag tauchten sie unter, und im nächsten Moment war die dunkle, satinglatte Meeresoberfläche so ruhig, als wären sie nie dagewesen. Wir sahen einander an. Keine von uns hatte während des ganzen Schauspiels ein einziges Wort gesagt. Wir weinten beide still vor uns hin.

»Das bringt die Zukunft«, sagte Cecie unter Tränen. »Genau das.«

»Ich liebe dich, Cecie.« Ich beugte mich vor, küßte sie und umarmte sie fest.

»Ich liebe dich auch«, sagte sie. Einen Augenblick lang saßen wir so da und hielten unsere nassen Wangen eng aneinander gepreßt. Das hatten wir noch nie zueinander gesagt. Ich spürte einen tiefen, inneren Frieden.

Dann schaltete sie den Motor und die Positionslichter ein, und wir fuhren über den Sund auf die Anlegestelle in Nag's Head zu. Auf der stillen, dunkelblauen Rückfahrt sprachen wir nicht viel. Bald tauchten auf beiden Seiten die Lichter von Nag's Head auf, und die menschliche Welt hatte uns wieder.

»Sollen wir es den anderen erzählen?« fragte Cecie, als wir nach Osten schwenkten und auf die Anlegestelle zufuhren.

»Nein«, sagte ich. »Ich glaube nicht. Ich finde, das sollten wir für uns behalten.«

»Das finde ich auch.«

Als wir uns dem Steg näherten, deutete sie in Richtung Osten nach oben.

»Siehst du das Licht? Ganz dort oben? Das kommt vom Studio oben am Haus. Ich wette zehn zu eins, daß die liebe Fig mit dem Teleskop dort oben steht und uns zuschaut. Hallo, Fig!« Und sie winkte fröhlich hinauf in die Dunkelheit.

Ich lachte.

»Das ist doch lächerlich. Woher willst du das wissen? Warum sollte sie das tun?«

»Weil ich einmal, als sie nicht da war, hinaufgegangen bin, und da hatte sie Pauls Teleskop zu dem Fenster gezogen, von dem aus man das Haus, den Garten, die Straße und den Steg überblicken kann. Und weil das Figs Art ist. Sie sieht dich an. Sie beobachtet dich. Komm, jetzt stehen wir auf, Kate, und lassen sie wirklich einmal etwas sehen...«

»Was, um Himmels Willen...«

»Steh auf!« schrie Cecie, und ich tat es. Das Boot schaukelte wie wild, und ich schwankte und hielt mich fest.

Cecie warf ihre Arme um mich, küßte mich auf den Mund und umarmte mich heftig. Dann wandte sie ihr Gesicht dem Licht zu und schrie: »Schau her, Fig! Kate und ich sind ineinander verliebt, wir sind lesbisch! Absolut lesbisch, vollkommen pervers! Genau, wie du dir das immer schon gedacht hast! Schau her, Fig Newton!«

Und sie hob die Hand und zeigte ihr in der Dunkelheit einen Vogel.

Ich begann zu lachen. Ich lachte so heftig, daß ich nicht mehr stehen konnte, sondern, die Arme noch immer um Cecie geschlungen, zurück auf den Sitz fiel und sie mit nach unten zog. Das Boot hüpfte hin und her. Sie lachte ebenfalls; wir kreischten, heulten und brüllten vor Lachen. Seit jenen Nächten am Randolph College vor langer Zeit hatte ich nicht mehr so sehr gelacht.

»Lecháim, meine alte Cecie.«

Als wir noch immer kichernd im sandigen Hof des Hauses aus dem Land Rover stiegen, kam uns Ginger mit unsicheren Schritten die Wendeltreppe entgegen. Sie trug den gelben Seidenkaftan, den sie bei meiner Ankunft angehabt hatte, und ihr Haar war in Locken gelegt und auf ihrem Kopf zu einem glänzenden Helm festgesprüht. Zinnoberroter Lippenstift verlief in den schmalen Falten um ihre Lippen herum. Sie trug ein volles Glas und stolperte zweimal.

»Legt euch die Gurte an, ihr Tri Omegas«, sagte sie nuschelnd und kicherte. »Ich habe eine Überraschung für euch. Kommt herauf und schaut sie euch an.«

In meinem Nacken begann etwas zu prickeln. Meine Haut fühlte sich an, als hätte ich Sonnenbrand und eine kalte Brise wehe darüber.

»Was denn?« fragte ich.

»Paul. Er ist gekommen, während ihr weg wart«, sagte Ginger fröhlich. »Er wartet im Studio. Auf euch beide, meine ich. Natürlich.«

Und so endete es.

14. Kapitel

Spät in dieser Nacht kamen die Vorboten des Sturms. Langsam sah ich die langgezogenen Federwolken, die uns Gingers Vater um genau die gleiche Jahreszeit an genau dem gleichen Himmel vor so vielen Jahren gezeigt hatte, über den hochstehenden weißen Mond hinwegziehen. Von dort, wo ich lag, das Gesicht auf dem warmen Kopfkissen zum Himmel und zum Meer hin gewandt, ähnelten sie langen Strähnen silbriger Haare, die über den Himmel wehten. Nixenhaare vielleicht. Als wir alle das Studio verließen, um ins Bett zu gehen, hatte Paul gesagt, die Meerjungfrauen seien von den Outer Banks verschwunden, aber vielleicht gab es sie doch noch. Wenn man sie noch singen hörte, dann bestimmt in einer solchen Nacht, wenn sie vor einem Sturm auf den langsamen, silbernen Wellen ritten. Ich rollte mich auf die andere Seite und wieder zurück zum Fenster und warf dann die Decken von mir. Selbst bei weit geöffnetem Fenster war es stickig im Zimmer. Kein Lüftchen wehte vom Meer her. In dem vom Mond erleuchteten Raum stand die Luft. Seit kurz vor elf Uhr nachts lag ich bereits wach, und inzwischen wußte ich, daß ich nicht mehr einschlafen würde.

Die Woche war vorüber. Die Septembermädchen waren auseinandergegangen, noch bevor wir uns wirklich getrennt hatten. Selbst wenn wir jetzt noch, wie geplant, drei weitere Tage blieben, würden es ältere Frauen sein, die in dem großen Haus auf den Outer Banks schliefen, aßen, tranken und lachten. Nun, dachte ich, es hätte ohnehin ein vorzeitiges Ende gegeben. Ich weiß gar nicht, wie wir es überhaupt so lange geschafft hatten. Das Zentrum konnte nicht halten, und es hatte auch nicht gehalten. Jetzt lag ich unter dem Gewicht des Mondes und war weder die junge Kate Lee noch Kate Abrams. Ich kannte diese Frau nicht, die ich war ... denn eine Frau war sie. Ein dunkles, reifes, starkes Begehren flammte in ihren Adern, das sie dazu brachte, sich in den warmen Bettdecken hin und her zu werfen, ein Begehren, das nichts von Zärtlichkeit, Klugheit oder Feinheit an sich hatte. Ich wollte nichts anderes, als zu Paul Sibley in sein dunkles Studio hinaufgehen und ihn lieben, bis nichts mehr von uns beiden übrig war. Bis wir aufgebraucht und verzehrt waren.

Hätte ich ihm nicht so völlig überraschend und schockartig gegenübergestanden, dann wäre es mir wohl gelungen, die zarte Haut der Zeitlosigkeit und Zufriedenheit um mich intakt zu halten. Ich glaube, wenn ich irgendein Warnzeichen bekommen hätte, wäre sie trotz allem unversehrt geblieben. Aber ich war überhaupt nicht vorgewarnt gewesen. Gingers Worte hatten die Schale angeschlagen, und sein Anblick fegte die zerbrochenen Reste hinweg. Und seitdem fühlte ich mich so, wie ich immer in seiner Gegenwart gewesen war: nackt, schutzlos, verletzlich und allem und jedem in dieser Welt ausgesetzt. Dem Tod, den Pacmen und der wartenden Brücke ebenso wie der Lebendigkeit, die ich beinahe aus seinem Fleisch springen sah, wenn er mich berührte. Und dem antwortenden Donnerschlag meiner eigenen Lebendigkeit.

Er hatte mich nur leicht auf die Wange geküßt; nicht anders als Cecie; er fuhr mit dem Mund über meine glühende Wange und sagte, mit einer Stimme, an die ich mich nicht erinnern konnte, die mir aber tief in den Knochen steckte: »Mein Gott, Kate, du hast wirklich einen Bund mit dem Teufel geschlossen. Verschwinde von hier und werde erst mal zwanzig Jahre älter, ehe du wiederkommst.«

Und mit einem Sausen in den Ohren hatte ich geantwortet: »Na, hallo. Seltsam, dich hier zu treffen.«

Und er hatte gelacht, denn wo hätte ich ihn schließlich sonst treffen sollen als in seinem eigenen weißen Raum über dem Meer, auch wenn dieser nicht mehr weiß war? Und ich war rot geworden, weil ich so etwas Dummes gesagt hatte, und noch immer grinsend hatte er gemeint: »Das passiert dir noch immer, nicht wahr?« und hatte sich wieder in den Ohrensessel neben dem Kamin gesetzt. Und auf einmal war da diese neue Frau, gierig, üppig, lebendig, und ich fürchtete und haßte sie. Sie bestand aus nichts anderem als aus Hunger und Durst, Angst und Wut, sie nagte, tobte und schrie in meinem Innern. Äußerlich lächelte ich fröhlich, plauderte und trank meinen Scotch und lachte, während Cecie, Fig und Ginger ihm von unserer Woche erzählten. Ich saß so weit wie möglich von ihm entfernt in einem tiefen Ledersessel, hatte die Knie vor meine Brust gezogen und die Arme fest um sie geschlungen, damit er das klopfende Herz dieser Frau nicht sah.

Ich beobachtete ihn, während er uns amüsiert und aufmerksam zuhörte. Er hatte sich verändert. In diesem Mann hätte man kaum den falkengesichtigen jungen Architekten wiedererkannt, den ich am Randolph College zurückgelassen hatte. Er war jetzt schwerer und massiver, als wären seine langen Knochen dicker geworden. Aber er war nicht fett. An seinen Unterarmen und im Nacken war das Spiel der Muskeln zu erkennen. Bestimmt hatte er einen äußerst festen Griff. Er war tiefbraun, mit einer ähnlich ledrigen Haut wie Ginger, aber zu ihm paßte das natürlich, und die Kate, die ich früher gekannt hatte, verspürte eine kurz aufflackernde Wut angesichts dieser Ungerechtigkeit. Sein dichtes schwarzes Haar war mit weißen Strähnen durchzogen, was eine verblüffende und theatralische Wirkung hatte. Er wäre in jeder Menschenmenge aufgefallen. Das allerdings war schon immer so gewesen. Seine Gegenwart umgab uns vier Frauen mit etwas, das man nicht hören, aber fühlen konnte: der Erschütterung einer Explosion.

»Du siehst aus wie ein aristokratisches Stinktier«, sagte Cecie.

Er lachte. Seine Zähne blitzten weiß. Unter den Augen hatte er fahle Halbkreise und in der Stirn und den Wangen tiefe Furchen, aber irgendwie war er noch immer der junge Paul, der sie damals bei jenem Essen, das schon so lange zurücklag, mit französischer Küche, Wein und Musik überwältigt hatte. Das war der Tag gewesen, an dem Ginger, Cecie und Fig ihn kennengelernt hatten. Dieser Abend hatte vieles verändert.

»Und du siehst aus wie Peter Pan, der zwar etwas älter, aber noch immer nicht erwachsen geworden ist«, sagte er.

»Genauso habe ich mir dich vorgestellt. Dich und Kate. Ich und Ginger, wir haben uns nicht so gut gehalten. Und Fig ... was soll ich sagen? Ist das überhaupt noch Fig?«

»In Fleisch und Blut«, sagte Fig mit dem heiseren Schnurren, das sie auch für Poolie Prout gewählt hatte, und Cecie grinste mir zu. Ich zwang mich zurückzugrinsen. Wo wohl Poolie jetzt war, und in was für einem Zustand er sich befand, fragte ich mich. Fig sah matt und bleich aus.

»In sehr bemerkenswertem Fleisch«, meinte Paul.

»Allerdings war ich bereits auf dich vorbereitet. Ich habe dich auf einer Million Buchumschlägen und in Talkshows gesehen. Aber Cecie und Kate...«

Er blickte von ihr zu mir. Sein Blick blieb auf mir ruhen.

»Gieß uns doch noch eine Runde ein, Schatz«, sagte Ginger. »Ich hole uns Knabberzeug.«

Er sah Ginger gleichmütig an, und ich ebenfalls. Das war nicht gerade leicht, denn es war nicht schön, sie anzusehen. Sonst hatte mir der Blick auf Ginger immer ein Gefühl von Wärme und Sicherheit gegeben, aber von dieser Ginger war jetzt nichts mehr zu spüren. Es war noch weniger von ihr da als am Anfang der Woche, als sie uns auf der Treppe entgegengekommen war. War das erst ein paar Tage her? Ich hatte geglaubt, diese traurige, kaputte, lackierte Frau wäre endgültig verschwunden, aber hier war sie wieder. Breit und starr lächelte sie ihren Ehemann an, ihr Schmuck blitzte im Lichtschein des Feuers, ihr aufgeschwemmtes Gesicht wirkte künstlich und fremdartig, und ihr Haar war eine häßliche, feste Masse. Die Augen glitzerten unter der dicken Schicht Lidschatten, und auf ihrer Oberlippe und der Stirn lag Schweiß, der sich auch unter ihren Armen auf dem gelben Seidenkaftan ausbreitete. Sie schwankte leicht auf ihren goldfarbenen Sandalen.

»Ich hole das Knabberzeug«, sagte Paul. »Ich will nicht, daß du kopfüber die Treppe hinunterfällst. Du hast doch erst kürzlich nach dem letzten Sturz den Gips vom Bein bekommen. Macht euch noch einen Drink, Mädchen, ich glaube, ich lasse einen aus. Morgen muß ich sehr früh aufstehen, und ich habe eine lange Fahrt vor mir.«

»Du bleibst nicht?« fragte Ginger enttäuscht. Es klang fast wie ein Jammern, und ich glaubte, in ihren Augen nun auch Tränen glitzern zu sehen.

Er schüttelte den Kopf. »Ich kann leider nicht. Übermorgen

muß ich ganz früh bei einer Direktionskonferenz in Alabama sein. Eigentlich bin ich nur gekommen, um einige Vollmachtakten zu holen. Vermutlich werde ich morgen bis Mitternacht durchfahren müssen. Und das Wetter sieht nicht allzu gut aus, da kommt wohl ein tropischer Sturm vom Golf her über die Carolinas, der am Nachmittag hier sein wird. Die Meteorologen haben vorausgesagt, daß er in die andere Richtung geht, aber sie hatten unrecht. Ihr solltet alle überlegen, ob ihr euren Aufenthalt nicht lieber verkürzt und schon morgen früher nach Hause fahrt, wenn es euch nicht zuviel ausmacht. Natürlich kann es sein, daß der Sturm schon in einem Tag wieder vorüber ist, aber er könnte auch zwei oder drei Tage anhalten und alle möglichen Katastrophen anrichten. Im September weiß man das auf den Banks nie.«

»Ach, nein! Ach bitte, fahr noch nicht!« rief Ginger. »Selbst wenn der Sturm anhält, dann können wir uns hier ums Feuer scharen und es uns mit Drinks und Schallplatten gemütlich machen. Die Banks sind für ihre Sturmparties berühmt...«

»Ich fahre nirgendwohin«, sagte Fig in sehnsuchtsvollem Ton. »Ich würde zu gern in diesem Raum einen richtigen Sturm erleben. Oder in irgendeinem anderen Raum.« Und sie lächelte weich.

»Fig hat sich sehr eng mit Poolie Prout angefreundet«, sagte Ginger kichernd. Es war ein albernes, hohes und künstliches Kichern. »Ich glaube, darauf spielt sie an.«

»O mein Gott, Fig, Poolie Prout ist ein Gangster«, meinte Paul. »Wenn du dich mit dem herumtreibst, wanderst du sicher bald für irgend etwas Häßliches und Unappetitliches ins Kittchen. Seit Jahren treibt er die Bundespolizei hier an der gesamten Küste zum Wahnsinn. Es kann nicht mehr lange dauern.«

»Ich hab's gern... äh... aufregend«, sagte Fig.

»Das hört und liest man.« Pauls Grinsen wurde breiter. »Na ja, es ist ja dein Kopf, um den es geht. Aber wer kein großes, solides Auto hat, sollte sich besser auf den Weg machen. Wem gehört denn der Alfa?«

»Mir«, sagte ich. »Aber ich glaube wirklich nicht...«

»Du solltest lieber morgen ganz früh aufbrechen, Kate«, sagte er, und diesmal lächelte er nicht. »Ich mache keine Witze. Ich habe hier schon Stürme gesehen, bei denen die Küstenstraße einen halben Meter unter Wasser stand, und so wie es jetzt aussieht, wird dir der Sturm die Küste hinauf folgen, wenn er sich nicht auf dem Meer draußen legt...«

»Ich fahre nicht«, sagte ich laut. Mein Herz klopfte heftig, und meine Ohren sausten vor Angst. Genauso deutlich, wie ich ihn hier im Zimmer vor mir sah, während er mich beobachtete, sah ich die große Brücke, die sich in der Dämmerung über die Chesapeake Bucht spannte. Die Brücke und den Regen, der sich darüber ergoß... Das Mädchen, das vor der Brücke keine Angst gehabt hatte, das sie sogar beinahe geliebt hatte, war jetzt verschwunden. Der neuen Frau wurde bei dem Gedanken daran eiskalt. Nein, ich würde nicht fahren. Fortzufahren würde bedeuten, zur Brücke zu fahren...

Tief in mir nagten und schmatzten die Pacmen.

»Nein«, sagte ich.

»Ach, das wird ganz wunderbar werden!« sang Fig mit einer ganz neuen Stimme. Wir starrten sie alle an. Ihr Gesicht strahlte, ihre Augen glitzerten, ihr ganzer kleiner, gutgebauter Körper schien zu vibrieren und zu schimmern. Man konnte die Hitze, die sie ausstrahlte, geradezu fühlen. Niemand sagte etwas.

»Das wird ganz und gar wunderbar, wenn wir alle eingeschlossen sind, nur wir vier Schwestern, genau wie im College im Winter. Erinnerst du dich noch, Effie, wir wir damals den Eissturm hatten und das Haus nicht verlassen konnten? Der Strom war ausgefallen, und wir saßen in Decken gehüllt in Cecies und deinem Zimmer und aßen Äpfel, tranken Kaffee, der mit heißem Wasser aus der Wasserleitung zubereitet war, und du hast uns beim Licht der Taschenlampe Gedichte vorgelesen...«

Das war Figs Stimme. Nicht die von Georgina Stuart, sondern die von Fig Newton. Es war die damalige Fig, schrill, schräg und... im Irrtum. Ich fragte mich, was sie herbeigerufen hatte. Der Sturm? Nein, es war natürlich Paul. Dann dachte ich, daß sie ihn vermutlich noch immer liebte. Warum, dachte ich bitter, sollte sich das auch ändern?

»Also, dann ist es ausgemacht. Trinken wir darauf.« Ginger kicherte, hob hastig die schwere Waterford-Whiskeykaraffe und ließ sie fallen. Sie zerplatzte in einer Wolke stechender Glasscherben, und die goldfarbene Flüssigkeit spritzte überallhin. Ich sah, wie sie auf Figs in weiße Seide gehüllten Brüsten Flecke bildete und wie sie von Pauls braunem Gesicht tropfte. Die Stille war lang und schrecklich. Ich sah, daß Cecie die Augen schloß. Fig lächelte und lächelte und sah sich interessiert um. Ginger begann zu weinen.

»Es tut mir leid«, wimmerte sie, den Blick auf Pauls Gesicht gerichtet. »Es tut mir so leid ...«

»Komm, Gingermädchen«, sagte er in gleichmütigem Tonfall. »Jetzt bringen wir dich ins Bett, ehe du noch mehr anrichtest.«

»Ach nein, bitte ...«

»Komm schon. Das Fest ist vorüber.« Er umfaßte mit seiner braunen Hand ihren Unterarm. Ich sah Ginger zusammenzucken, aber sie entzog sich ihm nicht.

»Vielleicht lese ich noch ein bißchen und ziehe mich auch zurück«, sagte Paul und sah uns alle freundlich an. »Ihr könnt ja weitermachen. Morgen früh backe ich Pfannkuchen, falls jemand früh genug aufsteht. Spezialität des Hauses.«

»Abgemacht«, sagte Cecie, und ich nickte. Erleichterung überflutete mich, aber die andere Frau schrie: »Geh nicht!«

»Erinnerst du dich noch an die Meerjungfrauen?« sagte Fig mit ihrer alten, neuen Stimme. »Ginger, erinnerst du dich an die Meerjungfrauen, die im Sturm sangen, für die Seeleute, die auf Grund gelaufen waren? Vielleicht werden wir sie hören. Hast du sie jemals gehört, Paul?«

»Niemals«, sagte er. »Nicht ein einziges Mal. Ich glaube, sie sind umgezogen. Vielleicht rauf nach Long Island. Wie ist das, Kate? Hast du jemals die Meerjungfrauen singen hören?«

»Nicht ein einziges Mal«, antwortete ich.

Er drehte sich um und stieg die Außentreppe hinunter, wobei er Ginger vor sich hergehen ließ. Den ganzen Weg hinunter hörte ich ihre Stimme, so flehentlich wie die eines kleinen Mädchens. Von ihm hörte ich kein einziges Wort.

»Trinkt eine von euch noch ein Glas vor dem Schlafengehen?« erkundigte sich Fig fröhlich.

»Ich vielleicht, aber nur eins«, sagte Cecie.

Ich war überrascht, denn sie trank selten, und ich hatte noch nie erlebt, daß sie Figs Gesellschaft suchte. Aber das Erstaunen wurde vom wilden Geheul der neuen Frau verwischt und überdeckt.

»Hör auf«, sagte ich laut zu ihr, draußen in der stillen, drückenden Nacht. Dann ging ich in das große Haus und lief den Korridor hinab zu meinem Schlafzimmer. Ich schloß die Tür und kroch in mein weißes Bett, ohne mir das Gesicht zu waschen oder mein Nachthemd anzuziehen. Ich schlief nicht. Ich hatte auch nicht angenommen, daß ich schlafen würde.

Um drei Uhr nachts stand ich auf, zog meinen Morgenrock an und ging hinaus auf die Terrasse. Daß es drei Uhr war, wußte ich, weil Gingers alberne kleine Kuckucksuhr in der Küche geschlagen hatte, während ich auf Zehenspitzen an Cecies Bett vorbeischlich. Sie war ungefähr eine Stunde zuvor hereingekommen und hatte geflüstert: »Bist du wach?«

Ich hatte nicht geantwortet. Weder die junge Kate noch die andere Frau wollten über diesen Abend reden. Die Nacht sollte nun endlich vorübergehen... Cecie schlüpfte ins Bett und sagte nichts mehr. Dann hörte ich an den vertrauten kleinen Seufzern, daß sie eingeschlafen war. Als ich jetzt leise an ihrem Bett vorüberschlich, bewegte sie sich, wachte aber nicht auf. Sie wachte gewöhnlich nie auf, wenn sie einmal eingeschlafen war. Ich fragte mich, wie Cecie mit den zermürbenden, atemberaubenden Schrecken der Nächte in den mittleren Lebensjahren fertig wurde, ob sie sich einfach in Träume verwandelte oder gar nicht unter ihnen litt. Wenn jemandem das gelang, dann war es vermutlich Cecie Hart Fiori. Die Schrecken der Nächte handeln vom Tod. Und Cecie war mehr auf der Seite des Lebens als irgendein anderer Mensch, den ich kannte.

Draußen auf der Terrasse herrschte dunkle Nacht. Die Wolken hatten sich vor dem Mond zusammengeballt und überzogen jetzt fleckenartig den ganzen Himmel mit fliegendem, zerrissenem Grau, das von hinten silbern beleuchtet wurde. War das Meer vorher kaltes, gleißendes Silber gewesen, so sah es jetzt wie bleifarbenes, aufgewühltes Zinn aus. Der Wind war seltsam, er flüsterte und stöhnte, dann schwieg er wieder, um schließlich erneut zu summen. Die Nachtluft war kühl, aber der Wind wehte warm und schwül und duftete nach tropischen Bäumen.

Eigentlich hatte ich daran gedacht, ans Meer hinunterzugehen, aber ohne den Mond, und angesichts der dahintreibenden Wolkenfetzen und des unheimlichen leisen Stöhnens des warmen Windes machte mir der Strand auf einmal angst. Ich erinnerte mich an einen seltsamen kleinen Horrorfilm, den ich als Kind gesehen hatte, *I Walked With a Zombie* hieß er, in dem ein warmer Wind über das dunkle, tropische Meer weht und ein ausgemergelter schwarzer Zombie über den stillen Strand immer näher kommt und seine monströsen Füße durch den Sand schleift. Dieser Wind schien mir ganz genauso. Ich wandte mich von den Dünen und dem Meer ab und ging zum Rand der Terrasse, wo tief unter den Dachbalken der Veranda die große Hängematte hing. Dort würde ich die restliche Nacht verbringen und auf den Morgen warten.

Natürlich war er da. Ich hatte es gewußt, oder zumindest die neue Frau hatte es gewußt, sie hatte es auf der Haut ihrer Handrücken und in den gelösten Bewegungen ihrer Hüften und Knie gespürt. Ich sah nur seinen Umriß, der sich schwarz gegen die Dunkelheit abhob, und das leichte Schaukeln der Hängematte. Aber es gab keinen Zweifel daran, wer das war. Ich drehte mich um und wollte in blinder Hast ins Haus zurückfliehen, aber meine nackten Füße versagten mir den Dienst, und er sah mich an.

»Geh nicht wieder hinein!« rief er leise. »Ich sitze seit zwei Stunden hier und versuche, dich mit meinem bloßen Willen herauszuzwingen. Bleib und laß uns ein bißchen reden.«

»Ich kann wirklich nicht«, sagte ich. »Ich wollte nur . . . ich war gerade auf dem Weg ins . . .«

»Du warst auf dem Weg hierher, und jetzt bist du da«, stellte Paul mit einem Lächeln fest. In der Dunkelheit sah ich seine Zähne glänzen. »Komm, setz dich her. Ich werde dich nicht verführen. Keine Kopfsprünge aus Hängematten diesmal. Das ist eine andere Hängematte.«

Ich ging zu ihm und setzte mich in einen alten, grüngestrichenen Schaukelstuhl, der der Hängematte gegenüberstand. Paul lag in voller Länge ausgestreckt da und hatte die Arme unter dem Kopf verschränkt. Er trug Shorts und einen weißen Pullover und war barfuß. In der Dunkelheit sah er nicht älter aus als dreißig Jahre. Er setzte sich nicht auf, drehte mir aber den Kopf zu.

»Du konntest nicht schlafen«, sagte er. Es war keine Frage, sondern eine Feststellung.

»Nein. Es ist schwül heute nacht, und der Wind klingt komisch. Zum erstenmal, seit ich hier bin, ist mir zu warm.«

Ich hatte den Eindruck, daß diese Bemerkung zweideutig klang, und wurde rot. Meine Gesichtsfarbe konnte er bestimmt nicht sehen, aber ich hörte ihn leise lachen.

»Das ist die tropische Luft, die vom Golf herüberweht. Sie kommt immer zwölf bis vierzehn Stunden, bevor ein Sturm aufzieht. Ich glaube zwar nicht, daß es diesmal etwas Größeres wird, aber mir wäre es doch lieber, du würdest morgen früh fahren.«

»Mir passiert schon nichts«, sagte ich. »Ich kann immer noch hierbleiben und zusammen mit den anderen abwarten, bis es vorüber ist. Aber diesen Wagen kann ich bei jedem Wetter fahren. Auf Long Island haben wir auch ziemlich haarige Nordoststürme.«

»Du und deine Sportautos«, sagte Paul. »Diesen kleinen MG werde ich nie vergessen. Long Island... irgendwie kann ich mir dich in diesem Teil der Welt gar nicht vorstellen. Du warst für mich immer die typische Frau aus dem Süden. Aber wenigstens hast du dort oben das Meer, nicht wahr? Und dein Haus an der Küste. Ich bin froh, daß ich dir das nicht auch noch genommen habe.«

»Paul...«

»Nur keine Angst, Kate. Ich werde nicht über meine Midlife Crisis reden. Ich wollte nur sagen, wie froh ich bin, daß du das Leben führst, das du verdienst. Und den Mann hast, den du verdienst. Nach dem, was mir Ginger erzählt hat, hast du dir dein Leben gut eingerichtet. Deinen Alan würde ich gern kennenlernen. Ich habe eure Projekte und Preise gesehen: Abrams und Abrams. Es sind wirklich sehr hübsche Sachen, Katie Lee. Mehr als hübsch. Weißt du, daß ich lange keine Ahnung hatte, daß du hinter dem zweiten Abrams steckst? Ich hatte dich vollständig verloren...«

Er brach ab. Dann sagte er leise: »Vollständig.«

In meinem Unterleib flammte Wärme auf, verteilte sich in meinen Beinen und stieg nach oben bis in die Arme. Meine Handgelenke wurden schwer. Diese Wirkung hatte seine Stimme immer auf mich gehabt.

»Wie hast du es herausgefunden?« fragte ich im Plauderton. Sieh dich vor...

»Ach, Ginger hat es mir erzählt. Sie hat es von Fig. Fig hat schon eine ganze Weile nach dir gesucht.«

»Was hältst du von ihr?« fragte ich fröhlich. Das war sicheres Terrain. »Von Fig als lebender Legende?«

»Was soll man von einer Frau halten, die sich nach einem Vorbild vollständig neu geschaffen hat, einschließlich der Nase? Es ist deine Nase, das weißt du ja. Ich glaube, am achten Tag ruhte sie. In gewisser Weise muß man es wohl bewundern, aber sie macht mir auch angst. Sie ist so außerordentlich zielstrebig. Sie war wohl schon immer ... unerbittlich. Ich habe nie daran gezweifelt, daß sie das, was sie will, auch bekommt.«

Ich lachte, und es klang beinahe natürlich.

»Sie hat nicht alles bekommen«, sagte ich. »Es gab eine Zeit, da wollte sie dich mehr als alles andere auf der Welt. Und so, wie sie sich heute abend benommen hat, ist das wohl noch immer so. Ich dachte schon, sie würde sich vor unser aller Augen auf dich stürzen.«

Er lachte.

»Cecie dachte das auch«, meinte er. »Sie ist bis kurz vor zwei mit der alten Fig aufgeblieben, nur um sie davon abzuhalten.«

Da erst begriff ich, und eine Welle der Liebe zu Cecie erfaßte mich.

»Tatsächlich? Ich habe mich schon gefragt, was das sollte. Die kleine alte Cecie sitzt herum, schluckt Alkohol und kämpft gegen den Schlaf, nur um Gingers Interessen zu wahren.«

»Ich glaube nicht, daß sie dabei Gingers Interessen im Auge hatte«, bemerkte Paul.

»Nicht, bitte nicht.«

»Ich weiß, tut mir leid«, sagte er. »Erzähl mir von deinem Leben. Erzähl mir, wie du jetzt bist.«

»Da gibt es nicht viel zu erzählen«, sagte ich. »Viel hat sich nicht geändert.« Ich bekam nur mit Mühe Luft. Sein Körper, der in der Dunkelheit kaum zu erkennen war, zog den meinen geradezu magisch an. Der Raum zwischen ihm und meinen Händen fühlte sich riesenhaft, kalt und fremdartig an.

»Doch, Katie. Alles hat sich verändert.«

»Erzähl mir von dir«, forderte ich ihn verzweifelt auf. »Erzähl mir, was du so machst. Außer deiner Arbeit als Konzernchef, meine ich. Davon hat uns Ginger schon berichtet. Du hast das Mühlengeschäft ungefähr verdreifacht, sagt sie. Bist du schrecklich reich?«

»Schrecklich«, sagte er. »Was ich so mache? Na ja, wenn ich nicht in Alabama oder Norfolk bin, dann vertreibe ich mir hier die Zeit. Ich fische und jage oft, ich jogge am Strand, ich fliege mit dem Gleitschirm vom Kamm der Dünen, und ich bin oft draußen auf dem Wasser. Meistens fische ich. Erinnerst du dich an das alte Motel, das wir damals bei unserem ersten Besuch hier gesehen haben?«

»Das Carolina Moon Motel.«

»Genau. Na ja, es steht mitten in einem der besten Fischgründe an der gesamten Ostküste. Die Leute kommen aus der ganzen Welt hierher, um im Pamlico Sound und im Ozean zu fischen. Ich habe im Carolina Moon ein Zimmer gemietet, so daß ich kommen und gehen kann, wie ich mag. Es gibt sonst nichts anderes hier in der Gegend. Von Miami bis Bangor gibt es Leute, die mich für den Schlüssel zu diesem Zimmer am liebsten umbringen würden.«

»Das Carolina Moon überschattet meinen Besuch«, sagte ich in lässigem Tonfall. »Der unvergleichliche Poolie Prout hat heute früh erzählt, daß er auch ein ständiges Zimmer dort gemietet hat.«

»O ja«, bestätigte Paul. »Um den kümmert sich niemand. Ed Tinsley, der Besitzer, weiß verdammt gut, was er da hinein- und herausschmuggelt – von Frauen abgesehen –, aber ihm ist das egal. Ed ist sowieso meist nicht da. Wir kommen und gehen, wann wir wollen, und zahlen ihm eine Jahresmiete. Aber ich bin froh, daß ich an einem Ende der Siedlung wohne und Poolie am anderen. Ich möchte möglichst nicht dabei sein, wenn ihn die Bundespolizei endlich schnappt.«

»Ich kann mir dich gar nicht als Sportler, Jäger oder Angler vorstellen. Im College warst du immer so zielstrebig. Genau wie Fig...«

»Na ja, du weißt doch, wie wir Amerikaner sind«, sagte er. »Das liegt uns im Blut.«

»Entwirfst du überhaupt noch?« fragte ich.

Er schwieg eine Weile, und ich wußte, daß ich unter die dunkle, ledrige Haut gelangt und einen Finger auf sein Innerstes gelegt hatte. Am liebsten hätte ich mir die verräterische Zunge abgebissen.

»Das konnte ich nicht mehr, nachdem ich zu Geld gekommen war.« In seiner Stimme schwang Reue mit, und er hatte das Gesicht dem Meer zugewandt. »Es hat lange gedauert, bis mir klar wurde, daß mein Hauptinteresse eigentlich dem Geld galt und nicht der Architektur. Das hat mich eine Weile lang ziemlich verbittert, und ich gab allen anderen die Schuld daran. Auch Ginger und den Mädchen. Das war schwer für sie. Aber schließlich hab ich mir doch noch eingestanden, wen wirklich die Schuld traf. Ich wünschte nur, ich hätte früher erkannt, wer ich eigentlich bin. Dann hätte ich Betriebswirtschaft studiert und uns allen eine Menge erspart.«

Seine Stimme klang trocken und irgendwie erstorben.

»Ich glaube, du kanntest dich selbst ganz gut«, sagte ich. Seine Stimme durchflutete und quälte mich. »Du warst der begabteste Architekt, den ich jemals kennengelernt habe.«

»Im Geldverdienen bin ich besser.«

Schweigend saßen wir da. Ich wühlte verzweifelt in meinem Hirn nach einem Satz, der nicht direkt in die warme, saugende Dunkelheit in meinem Inneren führte. Mir fiel nichts Ungefährliches ein. Aber es war noch gefährlicher, hier schweigend nebeneinander zu sitzen, der Dunkelheit und den Geräuschen des Meeres ausgeliefert.

»Das ist nicht genug, weißt du«, sagte er. »Das war nie genug.«

»Bitte nicht...«, flüsterte ich. Er hatte mich bestimmt nicht gehört.

Er wandte mir sein Gesicht zu und lächelte. Wieder sah ich seine Zähne aufblitzen, und ich sah auch noch etwas anderes: das Glitzern von Tränen auf seinem Gesicht. Noch bevor mir klar wurde, daß ich aus dem Schaukelstuhl aufgestanden war, saß ich neben ihm in der Hängematte. Ich legte meine Arme um ihn und zog seinen Kopf nach unten an meine Brust, und er legte einfach seine Hände auf meine Brüste und saß ganz still. Ich spürte wie sein Mund sich auf meine Haut preßte, wie seine Hände sich langsam auf meinen Brustwarzen bewegten, und ich dachte, ich müßte sterben, so ungeheuerlich war es, ihn zu spüren. Ich erinnerte mich an dieses Gefühl, es hatte mich nie verlassen, sondern lediglich in meinem Innersten geruht wie eine Blumenzwiebel, die erst viele, viele Jahre, nachdem sie eingepflanzt wurde, blüht. Ich fühlte seinen Atem an der Höhlung meines Halses, roch seinen dunklen, warmen Duft und spürte, wie sich alles in mir löste, flüssig wurde und zu brennen begann.

»Ich habe den schwersten Fehler meines Lebens begangen, als ich dich gehen ließ, und ich habe seither jeden Moment dafür bezahlt.« Seine Stimme wurde durch meine Haut gedämpft, und ich konnte die kurzen Atemstöße spüren, während er sprach. Bitte nicht, bitte nicht, flehten die Kates in mir, die ich kannte, ihn an. Ja, schrie die neue Frau ekstatisch und triumphierend. Ja...

»Ich wollte Ginger dir ähnlich machen«, fuhr er fort. »Ich habe versucht, sie zu der Frau zu machen, die du damals warst, aber das konnte sie nicht sein. Sie wird nicht erwachsen, Kate. Ich kann sie nicht dazu bringen. Das bringt uns beide um, und ich kann trotzdem nicht damit aufhören. Schau sie dir an, schau, was ich gemacht habe, indem ich dich zurückholen wollte. Und bis zu einem gewissen Grad weiß sie das, aber sie kann sich auch nicht lösen, und so trinkt sie und trinkt... wenn sie damit aufhört, wenn sie erwachsen wird, dann wird sie wissen, wen sie geheiratet hat, und warum er sie geheiratet hat...«

Er hob den Kopf und sah mich an.

»Ich würde den Rest meines irdischen Lebens geben, wenn ich jetzt auf der Stelle mit dir schlafen könnte«, sagte er.

Ich sprang aus der Hängematte und ging rückwärts auf das Geländer der Terrasse zu. Mein Morgenrock öffnete sich, und er sah meinen Körper. Ich konnte seinen Blick geradezu spüren.

»Mein Gott«, sagte er. »Mein Gott.«

Meine Beine waren wie Gummi, sie wollten mich nicht mehr tragen. Ich zog den Mantel um mich. Am liebsten hätte ich ihn hinunter auf die rauhen Bretter gezogen und in mich aufgenommen, um durch die schaudernde Erfüllung im nächsten Moment zu sterben. Ich wünschte es mir so sehr, daß ich zitterte. Aber meine heisere und gebrochene Stimme schien von irgendwo anders her durch meinen heißen Hals zu kommen.

»Nein. Ich gehe wieder nach drinnen. Es wäre falsch. Ich werde nach Hause fahren... Das hast du dir vor dreißig Jahren verscherzt, Paul. Ich habe einen Mann, den ich liebe. Du hast eine Frau, die du liebst. Du kannst nicht mehr zurück...«

»Nein.« Ich hörte ihn mühsam ausatmen. »Ich kann nicht mehr zurück. Aber wir können vorwärtsgehen, Kate. Das können wir. Wir können... Ich habe dreißig Jahre verbracht, ohne wirklich zu leben. Was, zum Teufel, glaubst du, kann Ginger mir geben? Geld? Ich will kein Geld mehr. Die Zeit, die ich noch habe, möchte ich leben. Ich möchte sie mit dir leben...«

»Nein.«

»Ich weiß, daß du mich genauso willst, wie ich dich will. Ich spüre das in jedem Zentimeter deines Körpers.«

»Nein.«

»Doch. Dann wenigstens eine Nacht, Kate. Wenigstens das. Gib mir etwas, wovon ich die nächsten dreißig Jahre zehren kann...«

»Nein. Nein. Nein.«

»Hör zu, Kate. Morgen früh... ich fahre nicht nach Alabama. Ich werde anrufen und sagen, daß ich bei dem Sturm nicht durchkomme. Ich fahre hinunter nach Avon, ins Motel. Ich werde früh aufbrechen, und alle werden glauben, ich fahre in die Firma. Du sagst ihnen, daß du dich entschlossen hast, dem Sturm zuvorzukommen, fährst so um die Mittagszeit los und kommst dorthin. Das dauert nur ein paar Stunden, bis dahin kann der Sturm noch nicht so schlimm sein, vielleicht regnet es gerade mal ein bißchen... komm, Kate. Komm zu mir ins Carolina Moon. Ich wollte dich in unserer Hochzeitsnacht dorthin bringen. Statt dessen können wir diese Nacht haben. Den Nachmittag, die Nacht und den nächsten Morgen, ganz allein im Sturm...«

»Das werde ich nicht tun«, sagte ich.

»Bieg beim letzten Cottage vor dem Meer ab. Dann siehst du

bereits meinen Wagen. Du mußt nicht am Büro vorbei. Aber Ed wird sowieso nicht da sein. Wenn es stürmt, fährt er immer ins Landesinnere und betrinkt sich. Vielleicht ist überhaupt niemand da, bei dem Sturm. Ich werde auf dich warten.«

»Nein.«

»Ich fahre auf jeden Fall«, sagte er. »Ich werde um elf Uhr dort sein. Ich fahre hin, zünde ein Feuer an und stelle Champagner kalt, und ich besorge Sandwiches und ein Radio. Und dann ziehe ich mich aus, lege mich ins Bett und warte auf dich. Und wenn du kommst... weißt du noch, Katie Lee? Du hast immer geschrien wie eine Verrückte. Ich wette, heute schreist du nicht mehr. Ich werde dich zum Schreien bringen, Katie Lee...«

Ich drehte mich und rannte ins Haus.

»Komm, Kate«, hörte ich ihn noch leise hinter mir herrufen.

Ich ging ins Bett und zog mir die Decke über den Kopf. Dort lag ich so starr wie ein Stück Holz, während ich innerlich von Kälteschauern und dem schrecklichen, bloßen Begehren nach ihm geschüttelt wurde. Ich schwitzte heftig in der windstillen, heißen Nacht, und ich glaube, daß ich weinte, aber ich kam nicht unter der Bettdecke hervor. Neben mir im anderen Bett schlief Cecie ruhig, sie hatte den Kopf zum Meer hin gedreht und eine Faust auf die Wange gelegt. Ich werde hier liegen, bis er abgefahren ist. Wenn jemand nach mir rief, würde ich nicht antworten, und wenn Cecie gegangen war, würde ich die Tür hinter ihr abschließen, damit mich niemand wecken konnte. Erst wenn ich mit absoluter Sicherheit wußte, daß er fort war, würde ich aufstehen, mich anziehen und das Zimmer verlassen. Und dann würde ich packen und nach Hause fahren. Oder... zur Brücke. Gut, dann eben zur Brücke. Diese Reise war vorüber.

Ich erwartete nicht, daß ich Schlaf finden würde, aber in der Morgendämmerung schlief ich doch irgendwann ein.

Als ich aufwachte, war das Licht grau, und Regen trommelte sporadisch auf das Dach. An der Tür klopfte es, und Pauls Stimme rief: »Kate. *Kate!* Verdammt, steh auf! Da ist ein Telefonanruf für dich...«

Seine Stimme klang zugleich amüsiert und verärgert, eine ganz normale Stimme am Morgen. Ich streckte jeden Zentimeter meines Körpers, ließ genußvoll die Knorpel krachen und lächelte mit geschlossenen Augen. Pauls Stimme am Morgen und Regen auf dem Dach...

Ich wurde wach.

»Ich will kein Frühstück!« rief ich, und mein Herz begann zu schlagen. »Ich will weiterschlafen.«

»Dein Ehemann ist am Telefon, und er ruft nicht von zu Hause aus an!« rief Paul. »Er hat gesagt, ich soll dich holen. Er muß mit dir reden.«

»Ach... einen Moment«, sagte ich verärgert und voller Angst. Ich wollte Paul nicht sehen. Ich wollte nicht mit Alan sprechen. Alan...

Ich zog Jogginghosen und ein Hemd über und ging barfuß in die Küche, wo das Telefon an der Wand hing. Auf der Türschwelle zog ich meine wirren Haare mit automatischen Bewegungen zu einem Knoten zusammen, und Paul sagte: »Laß sie offen. Ich möchte sehen, ob du schon graue Haare hast.«

Er grinste. Es war ein nettes, verschmitztes kleines Grinsen. Er trug graue Flannellhosen und ein gestärktes blaues Oxford-Hemd unter einem grauen Pullover mit rundem Ausschnitt, und sein Haar zeigte noch die feuchten Spuren des Kammes. Sein scharfgeschnittenes, gebräuntes Gesicht war von der Rasur gerötet, und seine Augen waren klar und mild. In der Hand hielt er einen Pfannenwender. Am Küchentisch saßen Cecie und Fig und aßen Pfannkuchen. Ginger war nirgendwo zu sehen.

Er deutete mit dem Pfannenwender auf das Telefon, und ich griff nach dem Hörer. »Pfannkuchen?« fragte er stumm und ich nickte.

»Alan?« sagte ich.

»Kate.« Alans Stimme war forsch und vernünftig wie immer, wenn er voller Pläne steckte, organisierte und es genoß, die Dinge unter Kontrolle zu haben. Es war die Stimme, die ich am wenigsten mochte. »Kate, ich möchte, daß du heute nach Hause kommst. Noch heute früh. Fahr los, sobald du kannst. Ich möchte, daß du möglichst bald nach Einbruch der Dunkelheit hier bist, und bei diesem Sturm...«

»Also, guten Morgen, mein Liebling«, sagte ich. »Ja, vielen Dank. Es ist herrlich hier. Ich wollte, du könntest dabei sein.«

»Herrgott noch mal, Kate, es tut mir leid, aber ich bin in Manhattan, und da wartet jemand hinter mir am Telefon, und ich habe keine Zeit ... kannst du um zehn Uhr losfahren? Es ist jetzt kurz nach neun.«

»Nun ja, vermutlich könnte ich das«, sagte ich träge. »Aber warum, zum Teufel, sollte ich das tun?« Alan weiß, daß ich es hasse, wenn er mich auf diese Weise zur Eile treibt. Was war eigentlich mit ihm los?

»A, weil genau da, wo du jetzt bist, ein verdammter Orkan oder irgend so etwas aufzieht. Und B, weil ich für dich morgen mittag einen Termin bei Carter Hilliard ausgemacht habe, in seiner Praxis. Es ist der einzige Termin, an dem er dich vor Ende November noch sehen kann, und so lange werden wir nicht warten.«

»Carter Hilliard ... nein. Ich komme nicht«, sagte ich. »Ich werde Carter Hilliard nicht aufsuchen. Ich sollte zu John McCracken gehen, und auch das nicht vor Mitte dieses Monats. Du hast kein Recht, bei Carter Hilliard einen Termin auszumachen ...«

»Als ich gestern im Jachtclub zu Mittag aß, traf ich John, und ich erzählte ihm von deinen albernen Äußerungen darüber, daß ... diese Sache wiedergekommen sei.« Seine Stimme wurde weicher; er sprach jetzt so, wie er es immer tut, wenn ich mich seiner Meinung nach wie ein widerspenstiges Kind benehme. Diese Stimme mag ich am zweitwenigsten. »Er sagte, daß er es auch für albern halte, aber er wollte, daß du trotzdem zu Carter gehst, anstatt erst in ein paar Wochen zu ihm zu kommen. Er sagte, daß solche vagen Körpergefühle gelegentlich tatsächlich etwas ausdrücken können. Daher rief er Carter an, und Carter sagte, er könne dir einen Termin geben, aber nur morgen vormittag. Übermorgen fährt er in Urlaub. Also fahr los und laß uns diese Sache hinter uns bringen, Kate. Ich bin zu Hause, wenn du heute abend kommst. Ich werde dich morgen früh hinfahren.«

»Ich komme nicht«, sagte ich. »Erst in drei Tagen. Alle anderen bleiben noch, ich kann jetzt nicht einfach aufbrechen ... das wird kein schlimmer Sturm. Niemand hier macht sich Sorgen ...«

»Carter kann dich nur noch morgen sehen, Kate, hast du mich nicht verstanden?«

»Dann werde ich warten und zu John gehen, wie es geplant war. Ich weiß nicht, was das soll, Alan. Du hast dir keine Sorgen gemacht, du hast gesagt, da sei nichts, und jetzt willst du mich hier wegscheuchen, als hinge mein Leben davon ab...«

Und es hängt auch davon ab, dachte ich. Nur nicht so, wie du denkst. Ich dachte wieder an die Brücke, die Brücke im Regen, die Brücke im Wind, die Brücke in der rosafarbenen Abenddämmerung und dahinter die wilde, honigweiche Süße des Raumes...

Jetzt nicht, sagte die neue Frau zu mir und zu dem Mann am Telefon. Jetzt nicht. Nicht, bevor ich noch einmal gelebt habe und vor Lebendigkeit gebrannt habe, ausgebrannt bin. Erst dann...

»Ich will noch bis Samstag bleiben«, sagte ich. »Ich habe geplant, solange zu bleiben, und das werde ich auch tun. Es tut mir leid. Entweder rufst du Carter an, oder ich werde es tun.«

»Bleibt er noch solange?« fragte Alan.

»Wer?« fragte ich zurück.

»Komm schon, Kate. Dein alter Freund. Der, der ans Telefon gegangen ist. Der perfekte Paul, oder wie er heißt. Ich dachte, er wäre gar nicht zu Hause. Offenbar hat er es sich anders überlegt. Und du vielleicht auch?«

Zorn stieg in mir auf. Meine Augen füllten sich mit Tränen der Wut.

»Nein, bisher noch nicht. Aber ich habe ja noch drei Tage Zeit, oder?« sagte ich wütend und legte den Hörer auf. Ich wandte mich zu Paul, Cecie und Fig um.

»Tut mir leid«, sagte ich. »Er will, daß ich noch heute vormittag nach Hause fahre, aber das will ich nicht. Da haben wir euch vor dem Frühstück ein hübsches Bild unserer Ehe geliefert...«

»Verglichen mit den Szenen zwischen Vinnie und mir klang das wie eine japanische Teezeremonie«, sagte Cecie gelassen. Sie aß Pfannkuchen und trank dazu heiße Schokolade.

»Reich mir mal den Teller, Kate, dann gebe ich dir die frischen hier«, sagte Paul. »Ich finde, er hat recht. Du solltest sofort nach dem Frühstück fahren.«

Ich aß die Pfannkuchen und trank Kaffee, ohne Paul anzusehen.

Fig nippte an ihrem Kaffee und betrachtete uns alle voller Entzükken. Sie schien noch immer von jenem Leuchten umflossen, das wie Flammen an ihr leckte und sie bereits am Abend zuvor umgeben hatte. Heute morgen summte sie ständig leise vor sich hin. Als ich den Hörer aufgelegt hatte, hatte sie mich so strahlend angelächelt, als hätte ich etwas Wundervolles zu ihren Gunsten getan, etwas ganz Besonderes und Einzigartiges. Während Paul sprach, nickte sie begeistert, so daß ihr schweres, zu einem Pferdeschwanz gebundenes Haar wippte wie bei einem Kind.

»Du solltest auf Paul hören, Effie«, sagte sie. »Du solltest auf deinen Ehemann hören. Wir lieben dich alle sehr, aber es ist besser, wenn du vor diesem Sturm zu Hause bist. Dieses lächerliche kleine Auto wird davongeschwemmt, wenn du noch länger wartest. Hör doch, der Wind wird schon stärker.«

Sie hatte recht. Draußen stieg vom Kamm der Dünen eine Wolke von Sand auf und wirbelte in einer Bö davon. Ein wildes Regenplätschern folgte. Dann legte sich der Wind wieder. Aber ich konnte noch immer das seltsame, leise Stöhnen hören, das in der Nacht begonnen hatte. Das Meer lag flach da, bewegte sich aber weit draußen in großen, langsamen, rollenden Wogen, als wolle es etwas Monströses gebären.

»Und was ist mit dir, Cecie?« sagte ich. »Was meinst du?«

»Bleib da«, antwortete sie. »Morgen um diese Zeit ist der Sturm vorbei. Heute nachmittag schlage ich dich beim Schachspielen, und am Abend koche ich euch Pasta a'fagioli.«

Ich blickte wieder Paul an. Er lächelte mir freundlich zu und nahm meinen leeren Teller.

»Es liegt bei dir«, sagte er. »Du weißt, was ich denke. Nun, meine Damen. Ich muß jetzt aufbrechen, wenn ich auf dem Festland sein will, sobald der Sturm losbricht. Ich werde mich nicht großartig verabschieden, weil ich hoffe, daß wir uns noch bei vielen solchen Gelegenheiten wiedersehen werden. Aber ich hätte gern noch von jeder von euch eine Streicheleinheit, für unterwegs.«

Er ging von einer zur anderen, gab jeder einen kleinen Kuß und umarmte sie. Cecie lächelte und drehte ganz leicht den Kopf beiseite. Als Fig ihm ihr Gesicht hinhielt, mußte ich an eine junge

Novizin denken, die mir bei ihrer verhängnisvollen Initiationsfeier bei der Tri Omega ihr Gesicht zum Kuß darbot. Es leuchtete, als lodere dahinter eine ruhige, starke Flamme. Seine Lippen berührten die ihren, und sie schloß die Augen.

Er kam zu mir, umarmte mich und küßte mich auf den Scheitel. »Bis bald, Katie Lee«, sagte er und tätschelte mir den Rücken. Dann griff er nach seinem Regenmantel und der Aktentasche und verließ die Küche. Im nächsten Augenblick hörten wir surrend den großen Mercedes anspringen und über die ausgefahrene Straße davonholpern.

In der stillen, hellen Küche sahen wir einander an und lächelten. Es herrschte eine Atmosphäre, als wäre etwas Elementares durch den Orbit gezogen und hätte die Atome aus ihrer Bahn geworfen.

»Wenn ich rufe nach diiiii – iiir«, tönte Fig auf einmal schrill mit einer tremolierenden Sopranstimme, »wirst du antworten miiii – iiiir...?« Sie sah uns beide an und lächelte geheimnisvoll.

»Ich habe die Meerjungfrauen singen gehört«, sagte sie. »Und ihr auch. Also sei vorsichtig auf der Heimfahrt, Effie Lee. Paß auf, daß du nicht auf Grund läufst.«

Sie kicherte. Dann lachte sie laut.

Ginger kam in die Küche geschlurft. Sie trug den Seidenkaftan ohne etwas darunter, so daß man ihren üppig wogenden Körper und die großen, dunklen Kreise ihrer Brustwarzen sehen konnte. Ihr Haar sah wirr aus, und ihr Gesicht war bleich und geschwollen. Sie trug eine Sonnenbrille. Der Geruch nach abgestandenem Whiskey umgab sie wie eine dicke Wolke.

»Ist Paul fort?« murmelte sie, öffnete die Tür des Kühlschranks und blickte hinein. Sie sah mich nicht an. Sie sah keine von uns an.

»Ja. Du hast ihn gerade verpaßt«, sagte Fig. »Und wir sind dabei, Effie Lee davon zu überzeugen, daß sie auch fahren soll. Alan hat sie angerufen und praktisch nach Hause beordert.«

»Gute Idee«, sagte Ginger Fowler Sibley, den Kopf noch immer im Kühlschrank.

Man hörte, wie Cecie schnell und leise den Atem einzog, und Figs Lächeln wurde breiter und noch glückseliger. Ich spürte, wie mein Gesicht heiß und starr wurde. Sie konnte uns gestern nacht nicht gehört haben. Das war nicht möglich...

Ich drehte mich um, ging in mein Zimmer und packte. Es dauerte nur wenige Minuten. Als ich wieder herauskam, war Ginger verschwunden.

»Ihr ist übel geworden.« Cecie sah mich sorgenvoll an. »Ich habe sie wieder ins Bett geschickt und gesagt, du würdest das schon verstehen und sie anrufen, wenn du zu Hause bist, oder?«

»Natürlich«, sagte ich. »Aber es kann ein paar Tage dauern. Alan hat gleich morgen früh für mich einen Termin in Manhattan vereinbart, und ich werde wohl heute abend sehr spät nach Hause kommen.«

Fig umarmte mich fest und gab mir einen schnellen Kuß auf die Lippen, als ich die Küche verließ. Ich spürte, wie sich ihre Fingernägel in meine Rippen bohrten und sich ihr Mund auf meinem leicht öffnete. Dann trat sie wieder zurück, noch immer lächelnd.

»Gott segne dich, Effie Lee«, sagte sie. »Jetzt, wo wir dich wiedergefunden haben, lassen wir dich nicht mehr gehen.«

Cecie schmiegte sich in meine Arme, und schweigend hielten wir einander fest. Mein Kinn lag auf ihrem Scheitel.

»Toujours gai«, sagte ich in ihr Haar hinein. Ich schmeckte die Sonne darin und das Salz meiner eigenen Tränen.

»Tourjours gai«, antwortete sie. »Und was man sonst so sagt. Ruf uns an. Und fahr vorsichtig, Kate. Es ist eine lange Fahrt.«

»Sagt Ginger Auf Wiedersehen von mir.« Ich ging aus der Küche, um die Terrasse herum und hinunter zum Auto. Der Regen und die Tränen fühlten sich warm an auf meinem Gesicht, und der Wind sang. Jetzt konnte ich den Horizont nicht mehr erkennen. Ganz weit draußen sah man nicht mehr, wo das Meer aufhörte und der Himmel begann. Ich warf die Tasche hinten ins Auto und blieb noch einen Augenblick stehen, um einen letzten Blick auf das schwarze Haus zu werfen. Außer in der Küche brannten nirgendwo Lichter. Wenn man so nahe davor stand, verdeckte es den Himmel.

Ich stieg in den Alfa, fuhr aus der Einfahrt heraus und den Sandweg hinunter zur Hauptstraße. Und dort bog ich, anstatt das Festland und die Autobahn anzusteuern, nach links ab und fuhr die alte Küstenstraße hinunter auf das Naturschutzgebiet von Cape Hatteras zu.

15. Kapitel

Die Fahrt dorthin hätte unter den gegebenen Umständen eigentlich etwa vier Stunden dauern müssen. Vom Nag's Head nach Avon sind es auf der schmalen Asphaltstraße durch das Naturschutzgebiet etwa fünfundsiebzig Meilen, aber mittlerweile klatschte der Regen horizontal auf die Windschutzscheibe, so daß die auf Hochtouren laufenden kleinen Scheibenwischer mir nur mit Mühe etwas Sicht durch die Wassermassen verschaffen konnten. Der Wind fegte über mich hinweg, und das Stöhnen steigerte sich zeitweise zu einem Pfeifen. Es war nicht dunkel, sondern auf eine seltsame Weise hell, als wäre die ganze Welt in strahlende, wirbelnde Gischt eingehüllt. Irgendwo über dem Meer mußte die Sonne stehen, aber der Sturm, der vom Osten her wehte, verschlang sie vollständig. Die Atmosphäre bestand aus einem Element, das weder Wind noch Wasser noch Luft war, sondern etwas ganz anderes, eine brausende Mischung aus allen dreien. Außer der silbergrauen Straße und den weißen Strahlen entgegenkommender Scheinwerfer sah ich nicht viel, und hören konnte ich lediglich das Dröhnen des Sturms, das hohle Donnern der Wellen, die von den Dünen zu meiner Linken verdeckt wurden, und das statische Knistern des Autoradios im Alfa. Und dazu das deutliche Pochen meines Herzens. Ich hätte Angst haben, hätte mich ganz rechts halten und langsam fahren sollen, ich hätte gelegentlich anhalten sollen, um die Windschutzscheibe sauberzumachen. Mehr noch, ich hätte umkehren und zurückfahren sollen. Aber nichts davon tat ich, und ich hatte auch keine Angst. Ich schaffte die Strecke schließlich in zwei Stunden und fünfzehn Minuten, und ich fuhr diese dahinheulenden Meilen in einer verzehrenden, schreienden, brennenden Wut, die so hell und heiß war wie die unsichtbare Sonne.

An diesem Morgen saßen wir zu zweit im Wagen, und die Wut gehörte zu der neuen Frau. Die alte Kate hockte neben ihr, sie wimmerte und bettelte, sie solle anhalten, umkehren, zurückfahren, die Küste hinunter bis zu der stillen Brücke, der stillen Dämmerung und dem stillen Tod. Aber die neue Frau, die in dieser köstlichen Wut kochte und glühte, achtete gar nicht auf sie.

Ich war wütend auf mein ganzes Leben, auf meinen Vater und meine Mutter, auf den jungen Paul, auf Ginger, auf Stephen, weil er gestorben war, auf Cecie und auf mein verschwundenes, nie geborenes Ich. Die Wut erfüllte alles, die Welt, das Auto und meinen Kopf. Ich versuchte nicht, sie zu verstehen oder ihr zu entkommen. Wut erklärte und trägt sich selbst, sie braucht keine Hilfe von dem, den sie übermannt. Es war die geballte Wut, die ich niemals empfunden hatte, die Wut, die ich immer angstvoll in mir vermutet, die Wut, die ich von meiner geliebten friedvollen Zeitlosigkeit ferngehalten hatte. Und über all dem wogten die beiden größten Wellen, in denen die ganze Wut gipfelte. Die Wut auf den Tod. Und die Wut auf Alan.

Auf den unverletzlichen Flügeln dieser Wut flog ich die Straße entlang der wilden Küste hinunter. An diesem Morgen hätte ich den Alfa Romeo auch durch die Hölle gesteuert.

Der Irrsinn war mein singender Begleiter, o ja, und natürlich wußte ich das. Ich wußte, daß er den beiden Kates immer auf den Fersen blieb. Wie ein Sturmvogel ritt er im tobenden Wind über dem kleinen Auto. Und ließ uns, die alte und die neue Frau, unter der Lava der Wut hervor summen und singen, miteinander reden und ein- oder zweimal sogar lachen.

Wir sangen »Waltzing Matilda« und »Once I Had a Secret Love« und »Ebbtide«. Keuchend und japsend vor unterdrücktem Gelächter sangen wir auch »The Man That Got Away« und »Stormy Weather«. Wir schrien Verse heraus von Yeats, von Dylon Thomas und von Dorothy Parker:

»›Den Tod möcht' ich zum Geliebten mir nehmen,
Stark ist er, launisch und wild,
Es ist ihm gleich, ob das Herz mir bricht…
Doch der fröhliche Tod, er will mich nicht.‹«

und:

»›Dann bist du ein modriges Skelett,
Mit starren, leeren Augenhöhlen,
Und ich bin jung und voller Lust,
Wenn alle Toten brüllen.‹«

Wir dirigierten Wagner, die großartige, dröhnende Sturmouvertüre aus dem *Fliegenden Holländer*, und sangen wortlos mit. Aus dem *Ulysses* schrien wir laut Molly Blooms wilden, freudigen Schrei der Hingabe heraus:

»›... und hab ihn mit den Augen gebeten er soll doch noch mal fragen ja und dann hat er mich gefragt ob ich will ja ... und ich hab ihm zuerst die Arme um den Hals gelegt und ihn zu mir niedergezogen daß er meine Brüste fühlen konnte wie sie dufteten ja und das Herz ging ihm wie verrückt, und ich hab ja gesagt ja ich will Ja.‹«

Und von Shakespeare:

»›O wundervoll,
wundervoll,
und außerordentlich wundervoll wundervoll!
und noch einmal wundervoll ...‹«

»Du bist verrückt«, sagten wir zueinander. »Das läßt sich beweisen. Wo bist du? Welches Datum haben wir heute? Wer ist der Präsident der Vereinigten Staaten?«

Aber darunter, darüber und tief drinnen tobte die flammende Wut.

»Warum bist du so wütend auf Alan?« fragte ich die neue Frau.

»Weil er nicht hergekommen ist und dich geholt hat, wenn er dich schon so dringend bei sich haben wollte. Weil er dich nicht davon abgehalten hat hierherzufahren. Weil er Stephens Tod nicht verhindert hat. Weil er deinen Krebs nicht verhindert hat. Weil er dich nicht daran hindern kann zu ...«

»Was?«

»Das weißt du genau.«

»Sprich es aus.«

»Zu sterben, eben. Zu sterben.«

»Das ist nicht seine Schuld...«

»Deine ist es auch nicht. Zum Teufel mit ihm. Zum *Teufel* mit ihm. Er kann dich nicht mal zum Orgasmus bringen.«

»Dafür kann er nichts. Es sind die Pacmen. Das weißt du genau. Sie fressen das Sperma, sie würden auch ihn auffressen.«

»Blödsinn. Er ist es. Du kannst das alles wieder erleben. Du kannst es haben, solange du willst. Wir fahren jetzt dorthin und holen es uns. Nur darum geht es.«

»Ich kann nicht dorthin fahren. Ich muß zur Brücke. Das weißt du...«

»Dann laß dich, bevor du zur Brücke fährst, wenigstens einmal richtig durchvögeln – wie eine Löwin oder eine Katze. Sei noch einmal ganz Frau!« schrie die neue Frau.

»Das war ich nie, oder? Ganz?«

»Dann werden wir das jetzt nachholen.«

Vor mir in der Ferne sah ich durch den dichten, glitzernden Regen dünne rote Lichtblitze aufleuchten. Wir hatten die schmale Landspitze erreicht, wo sich das Oregon Inlet vom Meer her in den Pamlico Sound ergießt, und automatisch verlangsamte ich die Fahrt des Alfa. Als ich den Motor drosselte, hörte ich ein neues Geräusch: das tiefe, wilde Donnern der nahen, wütenden Wellen, tobendes Wasser, das auf Beton und nicht auf Sand niederprasselt. Ganz langsam tastete ich mich mit dem Wagen näher. Ohne den Fahrtwind bildete der Regen eine harte, undurchsichtige Schicht auf der Windschutzscheibe, so als versänke ich gerade in einem Strudel.

Ich stieg aus dem Auto, hielt schützend die Hände über die Augen und spähte nach vorn. Die Gewalt des Windes drückte mich gegen den Wagen und trieb Regen und Gischt wie spitze Nadeln gegen mein Gesicht und meine Arme. Der Wind kam noch immer stoßweise, und wenn er erst einmal Sturmstärke erreicht hatte, würde die Kraft des Wagens nicht mehr ausreichen, das wußte ich. Verschwommen sah ich, daß die Herbert-C.-Bonner-Brücke über das Oregon Inlet drei oder vier Zentimeter unter weißschäumendem Wasser stand und daß jede dritte oder vierte Welle, die sich auf dem wogenden Meer brach, sich durch das Inlet wälzen wollte, als gäbe es die Brücke gar nicht. Das Meer war ein riesiges, grauweißes Tier, das auf die Brücke einschlug. Es war niemand zu sehen, keine Polizei und auch keine Notfall-Fahrzeuge. Nur die Lichter auf den hölzernen Pfosten blitzten im Regen.

Ich stieg wieder in den Wagen, durchnäßt von Regen und Gischt. Ich schmeckte das Salz. Das stehende Auto wurde von den Windstößen hin und her geschüttelt wie ein zu kleines Kind auf einem Schaukelpferd.

»In dem kleinen Auto komme ich da nicht rüber«, sagte ich zu der neuen Frau. »Wenn eine der großen Wellen auftrifft, während ich mitten auf der Brücke bin, könnte ich heruntergerissen werden. Zumindest wird der Motor ausgehen.«

»Was für einen Unterschied würde es machen, wenn du hier ins Meer fällst?« sagte sie. »Du wolltest doch ohnehin ins Wasser gehen.«

»Es muß auf der anderen Brücke sein«, erwiderte ich. »Der Brücke über den Chesapeake.«

»Warum? Eine Brücke ist eine Brücke ist eine Brücke.«

»Ich muß wählen. Es muß meine eigene Entscheidung sein.«

»Los jetzt. Gib Gas und nimm das Ding in Angriff.«

»Nein.«

»Los!« schrie sie. »Los jetzt! Wer weiß, vielleicht schafft es dieser Mann, vielleicht kann er die Pacmen einfach aus dir herausvögeln! Alan Abrams konnte es nicht, was kann ein Versuch also schaden? Dieser Mann... dieser Mann könnte möglicherweise alles Gift aus dir heraustrennen!«

Jetzt waren wir am eigentlichen Kern der Sache angelangt. Deshalb war ich auf die Outer Banks gekommen, deshalb fuhr ich im tobenden Sturm die Küstenstraße entlang. Nur aus diesem Grund. Damit der Tod aus mir herausgeholt und mein Inneres mit Leben gefüllt wurde.

Paul Sibley schuldete mir ein Leben.

Die Brandung donnerte über die Brücke und zog sich wieder

zurück, eine abfließende Schicht weißer Blasen hinterlassend. Der Wind wurde stärker. Ich trieb den kraftvollen kleinen Motor so hoch wie möglich. Dann schloß ich die Augen. Und ich hörte den Gesang.

Ich war verrückt, natürlich war ich verrückt. In diesem Augenblick war ich völlig meschugge. Aber ich hörte sie. Rein und klar und unglaublich zart schwebten sie weit draußen über dem Meer hoch über dem Sturm wie ein weißer Vogel, die Stimmen der Meerjungfrauen, die zu mir sangen.

»›Menschliche Stimmen wecken uns, und wir ertrinken‹«, flüsterte ich und stieg aufs Gas. Wie ein kleines rotes Geschoß trafen wir auf dem Wasser auf, das auf der Herbert-C.-Bonner-Brücke stand, und dann spürte ich, wie der Alfa hinten ausbrach, wie er sich hob und wieder gerade lag und vorwärts raste, wobei er auf dem Wasser dahinschoß wie eine Granate. Der silbrige Gesang draußen auf dem Meer begleitete uns auf der Fahrt über die Brücke, zusammen mit dem Gebrüll des Windes und dem kreischenden Gelächter von zwei Frauen, die endlich eins geworden waren.

Ich lachte noch immer ab und zu auf, als ich eine Stunde später das Auto hinter Pauls Mercedes an der letzten Hütte des Carolina Moon Motels parkte.

Er machte die Tür auf, noch bevor ich geklopft hatte. Der Wind und ein heftiger kalter Regenguß ließen mich ins Zimmer stolpern. Er fing mich in seinen Armen auf und zog mich von der Tür weg.

»Mein Gott, schau dich an. Du siehst schrecklich aus, du siehst wunderschön aus«, sagte er, während er mich festhielt und hin und her wiegte. Mit einem Fußtritt schloß er die Tür, und der Lärm draußen verwandelte sich in das leise, verträumte Rauschen eines Wasserfalls. In der Stille hörte ich mein Herz, rasch und hell, und seines, das tiefer und langsamer schlug; dann nahm ich ein leises statisches Knistern, Jazzmusik aus seinem Transistorradio und das weiche Knacken eines Holzfeuers wahr. Ich hörte meinen eigenen Atem und spürte seine sanften Atemzüge auf meinem nassen Gesicht. Ich hörte den rhythmischen, weit entfernten, bronzenen Klageton einer Nebelglocke draußen auf dem Meer. Ich hörte ein leises Gluckern, wenn sich die Eiswürfel in ihrem

Behälter bewegten, und das Trommeln des Regens gegen die unterteilten Fensterscheiben des kleinen Hauses. Ich hörte das gelegentliche heimliche Seufzen des Feuers, wenn ein Regentropfen durch den Kamin fiel. Es waren die wärmenden und tröstlichen Geräusche von Frieden und Geborgenheit. Ich stieß einen langen, tiefen Seufzer aus und vergrub mein Gesicht in dem weichen Pullover an seiner Schulter.

»Halt mich fest«, sagte ich. »Ich hätte es beinahe nicht bis hierher geschafft. Am Inlet steht die Brücke unter Wasser. Seit ich sie hinter mir habe, habe ich kein anderes Auto mehr gesehen.«

Er hielt mich ein Stück von sich weg und sah mich an.

»Wie bist du da rübergekommen?« fragte er. »Wenn das Wasser auf der Straße steht, ist sie normalerweise geschlossen.«

»Ich bin einfach drübergefahren. Ich habe das Gaspedal bis zum Anschlag durchgetreten und bin hinübergerauscht.« Ich begann zu lachen. Ich lachte, lachte und lachte.

»Ich wollte dir eigentlich einen Drink am Kamin anbieten«, sagte er und drehte mich in Richtung Badezimmer. »Aber zuallererst werde ich dir ein heißes Bad einlaufen lassen. Ich fürchte um deinen Verstand, Katie Lee.«

Er führte mich durch das vollgestellte kleine Zimmer in das winzige Bad. Er drehte die Dusche auf, die hustete, dampfte und spuckte, und dann strömte das heiße Wasser in einem vollen Strahl heraus und prasselte in die Badewanne. Die Wanne, das Waschbecken und die Toilette waren in knalligem Pink gehalten, und der mit winzigen Fliesen gekachelte Boden war pink und weinrot. Der Duschvorhang war mit Rosen übersät. Die Rüschenvorhänge, die die Sicht auf das wilde Meer hinter dem kleinen Fenster verdeckten, bestanden aus einer pinkfarbenen, netzartigen Folie und einer Kunststoffolie in dunklerem Pink. Die dünne, flauschige Badematte und die Handtücher waren von einem ausgebleichten Bonbonrosa. Ich lachte noch mehr. Nachdem er mir die tropfenden Kleider ausgezogen hatte, war das Badezimmer von Dampf erfüllt, und mir liefen vor Lachen die Tränen übers Gesicht.

»Ich werde deine Kleider auswringen und vors Feuer hängen«, sagte Paul. »Ruf nach mir, wenn du fertig bist. Du kannst meinen Bademantel benutzen.«

Er öffnete die Tür, und der Dampf zog hinaus; kalte Luft strömte herein.

»Paul.« Er drehte sich zu mir um.

»Wasch mich«, sagte ich. Ich stand inmitten der Dampfschwaden, noch immer keuchend, aber ich lachte nicht mehr. Ich streckte meine Arme nach ihm aus.

»O ja«, sagte er und war schon bei mir.

Ich zerrte ihm den weichen Pullover über den Kopf und riß ein paar Knöpfe von seinem Hemd ab, als ich es ihm auszog. Während er sich mühsam seiner Socken und Schuhe entledigte, wimmerte ich und krallte mich an ihm fest, und als ich ihn zu mir unter die Dusche gezogen hatte, hing ihm die Unterhose noch in den Kniekehlen. Er umarmte mich stürmisch, und ich kam ihm entgegen, klammerte mich an seinen Körper und schlang meine Arme und Beine um seinen warmen, nassen Rumpf. Ich zog ihn an den Haaren, biß ihn in den Mund, bohrte meine Fingernägel in seinen Rücken und hinterließ tiefe Abdrücke auf seinen Pobacken, als ich ihn gegen mich drückte. Ich konnte nicht stillhalten, und ich konnte nicht warten, ich fand seine Mitte, öffnete mich ihr und schob mich auf ihn, um ihn in mich aufzunehmen. Als ich spürte, wie er tief in mich hineinglitt, stieß ich einen Schrei aus wie ein Falke. Ich spürte, wie das heiße Wasser auf uns herabtrommelte, und ich bekämpfte, umklammerte, biß und leckte ihn. Er stützte sich an der Wand ab, und ich ritt auf ihm, mich festkrallend und brüllend wie eine Tigerin. Wir glitten an der Wand hinunter in die Wanne, während das Wasser weiter auf uns herabprasselte, und unter wilden Bewegungen, Verrenkungen und Schreien kamen wir zu einem furiosen Ende. Ich fühlte, wie mein Innerstes schmolz und aus mir heraus ins Wasser strömte und wie sich sein Leben, seine Wärme in mich ergoß. Als wir endlich still lagen und ich mich leicht zwischen seinen geöffneten Beinen hin und her bewegte, während er sich im abkühlenden Wasser zurücklegte, sagte ich: »›Möchtest du etwas lesen?‹«

Lachend drückte er mich an sich, und seine Hände hielten meine seifigen Brüste von hinten umfaßt. Eine Weile lagen wir so, bis das Wasser unangenehm kühl geworden war. Draußen nahm der Sturm an Stärke zu, und die Lichter flackerten.

»Dylan Thomas, ich erinnere mich«, sagte er. »Weißt du, genau das habe ich vermißt, ohne es zu wissen. Das ist es, was mir in all diesen Jahren gefehlt hat. Abgesehen von deinem unglaublich langen, mageren Körper. Deine Gedichte und dein Lachen waren nicht da. Seit damals habe ich nicht mehr gleichzeitig geliebt und gelacht.«

»Wie konntest du mit Ginger leben und nicht lachen?« fragte ich.

»Man kann über Ginger lachen«, erwiderte Paul. »Aber es ist schwer, mit ihr zu lachen.«

Wir stiegen aus der Badewanne, und er wickelte mich in seinen Frotteebademantel. Ich umhüllte mein Haar mit einem verschlissenen schweinchenrosa Handtuch, und wir setzten uns auf den herzförmigen geflochtenen Teppich vor dem Miniaturkamin und tranken den Wein, den er in einem Plastikeimer des Motels kaltgestellt hatte. Er hatte auch Käse, ein Baguette und von irgendwoher eine gute Pâté mitgebracht, und wir aßen, legten immer wieder Kohlen aus dem schmutzigen Kohlenkasten auf das blakende Feuer und lauschten auf den Sturm, der die Banks zwischen die Zähne genommen hatte und sie schüttelte. Wir redeten nicht viel, noch nicht. Ich wußte, daß wir es tun würden, aber jetzt noch nicht. Es war genauso wie am Anfang der Woche, als ich in Nag's Head angekommen war und wir vier Frauen kaum über uns selbst und unser Leben gesprochen hatten. Ich hatte das Gefühl, daß Paul und ich, wenn wir erst einmal anfingen, bis zum Morgengrauen des nächsten Tages reden würden. Ich ahnte, daß wir Dinge sagen würden, sagen mußten, die alles verändern, die Motoren in Gang setzen würden, die nicht mehr anzuhalten wären. Irgend etwas ließ mich noch davor zurückschrecken. Was wir gerade miteinander getan hatten, war wie ein unerbittliches, gewaltiges Naturereignis gewesen wie der Sturm; aber wenn wir erst in Worte faßten, was wir einander zu sagen hatten, dann würde das ein absichtsvolles Geschehen sein. Dafür war später noch Zeit. Jetzt wollte ich nichts anderes spüren als Frieden, Erschöpfung und Trägheit, Wein, Wind, Feuer, vielleicht auch Schlaf, Sauberkeit, Leichtigkeit und Ruhe. Jetzt ... jetzt. Ich konnte die Pacmen nicht hören, und ich spürte sie nicht.

Weggespült, dachte ich, vor mich hindösend. Diese Blutsauger wurden einfach in den Abfluß gespült.

»Ich hätte nicht gedacht, daß du kommst«, sagte Paul. »Wirklich nicht. Ich dachte, ich vergrabe mich hier, bis der Sturm vorbei ist, und dann fahre ich nach Alabama, und das wär's dann, und ich würde dich nie mehr wiedersehen. Aber trotzdem war ich nicht überrascht, als du kamst. Mein Gott, das war ein Gefühl wie am Ostermorgen oder so, als du da in Regen und Wind durch die Tür tratest. Oder nein, es war, als würde man mir ein amputiertes Glied nach vielen Jahren zurückgeben und es wieder an seinem Platz einhängen. Was jetzt, Kate? Siehst du nicht auch ein, daß sich die Dinge jetzt ändern müssen?«

Mich überkam Müdigkeit, einfache, flüsternde Müdigkeit.

»Nicht reden«, sagte ich. »Später vielleicht, aber jetzt nicht. Jetzt möchte ich schlafen, und dann will ich noch mehr Wein trinken, und dann will ich diese schöne Sache, die wir gerade gemacht haben, noch einmal machen, und dann vielleicht noch ein- oder zweimal, und dann können wir vielleicht ... *vielleicht* reden. Obwohl ich das nicht versprechen kann.«

Eng aneinandergeschmiegt schliefen wir ein, mein Rücken an seinem Bauch. Wir hatten die dünne, fusselige, pinkfarbene Nylondecke über uns gezogen, und das Feuer flüsterte und sandte Funken ins Kamingitter. Ich schlief fest, fest und traumlos, ich weiß nicht, wie lange. Irgendwann im Lauf des Nachmittags erreichte uns der Sturm mit seiner ganzen Stärke: Draußen wurde es dunkel, und das Pfeifen des Windes steigerte sich zu einem Brüllen, das so stark war, daß es mich aus dem Schlaf riß. Gerade als ich den Kopf hob, flackerte das Licht und ging aus, und das Geräusch der Wellen am Strand schien plötzlich sehr viel näher gekommen zu sein. Ich stand auf, tappte zum Fenster und zog den Vorhang zurück. In dem schräg dahintreibenden schwarzen Regen konnte ich nichts erkennen, aber der Wind war so wild und lebendig, daß man ihn geradezu als leibhaftige Gestalt ums Haus schleichen sah. Das kleine Häuschen wurde von ihm erschüttert, er zerrte am Dach, daß es krachte, und Blitz und Donner kamen beinahe zur gleichen Zeit. In dem grünlichen Licht konnte ich die dunklen Umrisse der anderen kleinen Häuschen und des Büros erkennen, aber nirgendwo brannte Licht, weder Laternen noch Kerzen oder Feuerschein, nichts, und unsere Autos waren die einzigen, die ich sah. Ich erschauerte. Kate... die junge Kate... hob einen Augenblick lang den Kopf und dachte verwirrt: Was tue ich hier am Ende dieser unsicheren Welt in diesem Sturm, mit diesem Mann? An diesem monströsen Meer da draußen? Es ist nicht einmal das richtige Meer. Wo ist mein Meer? Wo ist Alan?

Als Paul sich hinter mich stellte und mir, nackt wie ich war, die Arme um den Körper legte, war es die neue Frau, die sich in seiner Umarmung umdrehte und sagte: »Meine Herren, starten Sie die Motoren.«

Wir taten es noch einmal, taten es ein zweites und ein drittes Mal, auf dem Bett und auf dem Fußboden und vor dem Kaminfeuer und sogar unter dem albernen, wackeligen, mit Brandflekken verzierten Teetisch, der vor der Fensterwand stand. Wir stießen uns die Köpfe an, rieben uns die Pobacken am Teppich wund, kratzten einander und schrien uns heiser. Die neue Frau kannte Dinge, von denen Kate keine Ahnung hatte, die diese nie gekannt hatte, und sie tat sie schamlos und mit gierigem Vergnügen. Auch Paul kannte Dinge, die dem jungen Paul nicht in den Sinn gekommen wären. Und er tat sie alle mit dieser neuen Frau, er fand neue Quellen von Hitze und Licht in ihrem dünnen Körper, strich völlig neuartige Saiten an, forderte ihre Kraft, ihren Puls und all ihr Empfinden zu wahren Höhenflügen heraus. Ich nahm, was er mir gab, mit einem absoluten, wilden Appetit, ich wollte mehr und bekam es auch, und als wir uns schließlich wieder vor dem Feuer fanden, mit schweißnassen Haaren, Gesichtern, Nakken und Beinen, zitternd und mit erschöpften Körpern, da war es beinahe acht Uhr abends. Deutlich sah ich das grüne Glühen von Pauls Rolex. Der Wind, der Regen und das hohle Poltern der Wellen, Blitz und Donner hatten nicht nachgelassen, waren aber auch nicht stärker geworden.

»Hört es auf?« fragte ich. Mein Hals war so rauh, daß ich die Worte nur flüstern konnte. Ich fühlte mich völlig zerschlagen. So ähnlich hatte ich mich zuletzt nach Stephens Geburt gefühlt. Ich fragte mich, wer oder was am heutigen Tag geboren worden war.

»Nein, jetzt wird es noch sechs bis zwölf Stunden so stürmen und regnen. Aber es wird nicht mehr schlimmer. Das ist kein richtiger Orkan. Der Wind wird jetzt ganz langsam nachlassen, und morgen früh wird die Brücke wieder geöffnet. Mit einem Vierradantrieb käme man vermutlich schon um Mitternacht durch. Aber ich möchte es nicht unbedingt versuchen. Ist das wirklich wichtig? Wir wollen doch jetzt ohnehin nicht weggehen.«

»Jetzt nicht.« Ich trank einen Schluck lauwarmen Wein aus der Flasche, die er gerade geöffnet hatte, während er das Feuer aufschichtete. Der lächerliche, in Rokokomanier ausgestattete Raum belebte sich mit Schatten.

»Solange ich lebe, werde ich das Carolina Moon nicht vergessen«, sagte ich und kuschelte mich in die durcheinandergeworfenen Decken auf dem Bett. Sie rochen nach ihm und mir, nach Salz und Liebe.

»Das wird immer unser Platz sein.« Er lächelte und fuhr mit der Fingerspitze leicht und langsam von meinem Kinn bis zu meinem Nabel hinab. Meine Haut zuckte wie die eines Pferdes, wenn sich eine Fliege daraufsetzt.

»Wir werden mindestens einmal jährlich hierherkommen«, sagte er.

Ich antwortete nicht. In der vom Feuerschein beleuchteten Düsternis drängte er sich an mich. Ich konnte seinen gesamten Körper spüren, die festen Muskeln, die langen Knochen, die Haut und die Wärme und die zarten Nester schwarzer Körperhaare. Er schien sehr groß.

»Kate«, sagte er in mein wirres Haar hinein, »was ist los? Da ist etwas . . . ich weiß nicht. Irgend etwas stimmt nicht. Was ist es? Sag es mir, damit ich es in Ordnung bringen kann.«

Ich seufzte. Ein Knoten in mir, etwas lang Erstarrtes, ein letztes kleines, eisiges Schloß löste sich. Diesem Mann konnte ich es erzählen. Ich hatte heute auch sonst nichts vor ihm verborgen. Ihm konnte ich es erzählen.

»Du kannst es nicht in Ordnung bringen«, sagte ich. »Das kann niemand.«

»Ich kann es. Ich werde es tun. Du mußt es mir nur erzählen.«

Ich starrte in die Dunkelheit, spürte seine Arme und sein Gewicht und sein Blut, das ruhig und kräftig kreiste.

»Ich bin krank.« Es war überhaupt nicht schwer, diese Worte auszusprechen. Es war sogar ganz einfach. Ganz einfach.

»Ich bin schon sehr lange krank. Und ich glaube nicht, daß ich gesund werde.«

Ich spürte, wie seine Muskeln sich verkrampften. Es war unheimlich. Mir kam der lächerliche Gedanke, daß ich, wenn ich die Finger in seine Haare legen würde, spüren könnte, wie sie sich in ihren stacheligen Wurzeln hoben und aufstellten. Ich schwieg.

Er war aus dem Bett gesprungen und auf meine Seite gelaufen, noch ehe mir überhaupt klar geworden war, daß er sich bewegt hatte. Er blickte auf mich herab, und ich sah ihn an, atemlos, sprachlos. Sein Gesicht schwebte bleich in der Dunkelheit über mir, und um seine Augen leuchtete es weiß. Trotz des Windes und der Wellen konnte ich seinen Atem hören und sein Herz, das fest und schnell schlug. Irgendwo in der fernen Dunkelheit schrie die Nebelglocke an den Diamond Shoals.

»Was hast du, Kate?« fragte er. Seine Stimme war beinahe unhörbar. »Hast du AIDS?«

»AIDS?« fragte ich begriffsstutzig. »AIDS?«

Er blickte auf mich herab, mein nackter erster Liebhaber, und trotz der feuerroten Düsternis konnte ich ihn auf einmal ganz deutlich erkennen. Sein schwarzweißes Haar hing ihm in die Augen, und sein Mund stand offen. Ich konnte sehen, wie seine Zungenspitze sich über seine Lippen bewegte. Sie waren verletzt und geschwollen von meinen Bissen. Ich sagte gar nichts, ich sah ihn nur an.

»Das ist es, nicht wahr?« flüsterte er. »Du hast AIDS, und du hast mich all das tun lassen, den ganzen Nachmittag, den ganzen Abend lang... du wolltest dich rächen, oder? Kate, verdammt noch mal, sag mir...«

»Cecie hat recht«, sagte ich in mildem Ton. »Du siehst tatsächlich wie ein aristokratisches Stinktier aus. AIDS. Ja, Paul, es stimmt. Genau das habe ich. AIDS.«

»Allmächtiger Jesus, Maria und alle Heiligen...« Er stand bereits am anderen Ende des Zimmers und schlüpfte in seine Kleider, als ich zu lachen begann. Es war, als erbräche ich mich, dieses Lachen, es kam aus den tiefsten Tiefen meines Bauches und strömte über meine Lippen, und ich hätte es nicht aufhalten können, selbst wenn mein Leben davon abgehangen hätte. In gewisser Weise hing es wohl auch davon ab. Ich lachte und lachte, ich rollte mich im Bett hin und her und japste und rang nach Atem, und als ich wieder Luft bekam, lachte ich noch mehr. Ich zog meine Knie ans Kinn, preßte die Handknöchel auf meinen Mund und brüllte und heulte vor Lachen. Ich lachte noch immer, als er mit seinem notdürftig geschlossenen Koffer in der Hand, aus dem eine rotblau gestreifte Krawatte heraushing, türenknallend das Häuschen verließ. Ich lachte noch immer, während der Mercedes lautstark ansprang, die Räder im Kies durchdrehten und er in den Regen hinausfuhr. Ich hatte auch nicht aufgehört zu lachen, als er an der Tür stehengeblieben war und sich mit einem schrecklichen, alten und eingefallenen Gesicht zu mir herumgedreht und gesagt hatte: »Kate, du Hexe. Selbst wenn du lügst, hast du mich umgebracht.« Und ich hörte noch lange nicht auf zu lachen, nachdem das Fahrgeräusch des Mercedes im Wind erstorben war.

Aber dann hörte ich auf. Und ohne Übergang, vollkommen nahtlos, ging das Gelächter in Weinen über, und ich lag im Carolina Moon Motel im Bett mit den Magic Fingers und weinte ohne Unterlaß und ohne Hoffnung, bis ich einschlief. Das letzte Geräusch, an das ich mich erinnere, war der Ruf der ertrunkenen Nebelglocke an den Diamond Shoals.

Ich träumte. Ich träumte, daß ich in der Dusche unseres engen kleinen Badezimmers stand, das im Tri-Omega-Haus im Randolph-College zu unseren Zimmern gehört hatte. Kaltes Wasser ergoß sich über mich, und ich war zu spät dran für ein Abschlußexamen, aber es gelang mir nicht, die klebrige Flüssigkeit zu entfernen, die mich bedeckte. Ich war in Panik wegen des Examens und voller Scham wegen der klebrigen Schicht: ich wußte, daß es Samenflüssigkeit war, und ich konnte nicht zulassen, daß sie mich so sahen, Cecie, Ginger und Fig. Aber sie standen draußen vor den beiden Türen und klopften und klopften, und ich wußte nicht mehr, ob ich sie abgeschlossen hatte...

Ich wachte plötzlich auf, aber das Klopfen hörte nicht auf. Und das Wasser lief ebenfalls weiter. Ich stützte mich auf meine Unterarme, und die Bettdecke glitt von mir herunter. Es war kalt im Zimmer. Ich schüttelte heftig den Kopf, so daß mir das Haar übers Gesicht flog. Das Klopfen hörte nicht auf.

Mir wurde bewußt, wo ich mich befand und daß es an der Tür klopfte, und Ärger überflutete mich. Also war er zurückgekommen. Weshalb? Um sich zu entschuldigen? Um die Wahrheit zu erfahren? Um noch einmal mit mir zu schlafen? Meinetwegen konnte er die ganze Nacht klopfen, meinetwegen konnte er sich die Hände blutig klopfen, sollte er doch in dem Regen ersaufen oder vom Blitz erschlagen werden... Ich würde die Tür nicht öffnen. Ich würde keine Antwort geben, wenn er nach mir rief.

»Kate! Kate, bist du da drin? Mach die Tür auf, Kate...«

Die Stimme übertönte auf unheimliche Weise das Geräusch des Winds und des Regens, aber es war nicht seine Stimme. In seinen Bademantel gehüllt, stand ich stocksteif da und starrte auf die Tür. Einen Augenblick lang verlor mein Geist den Kontakt zur Wirklichkeit und wanderte haltlos durch Zeit und Raum. Ich konnte mich weder bewegen noch einen klaren Gedanken fassen.

»KATE! LASS MICH REIN!«

Es war Cecies Stimme. Ich rannte durchs Zimmer, riß die Tür auf, und sie stolperte herein, fast wie ich selbst zwölf Stunden zuvor. Der Wind drückte sie beinahe in die Knie, und der Regen fegte herein, als hätte jemand einen Eimer Wasser über die Schwelle gegossen. Ich schlug die Tür zu und schloß ab, und dann stand ich einfach da und sah sie an. Sie sah mich ebenfalls an. Ihre Brust hob und senkte sich, ihr Atem kam in langgezogenen Seufzern, und sie brachte kein Wort heraus. Sie trug den alten gelben Regenmantel und den Regenhut, die ich noch von der Schule her kannte, und ihr Gesicht war grau und tropfnaß. Die weißen Haare, die unter dem Regenhut hervorsahen, klebten ihr an der Stirn. Ihre Brille tropfte ebenfalls, und an ihren Schläfen pochten blaue Äderchen. Sie gab einen seltsamen kleinen Laut von sich, ein Wimmern wie ein kleines Tier, bevor ihre Knie nachgaben. Hätte ich sie nicht aufgefangen, wäre sie zu Boden gesunken. Ich schob ihr den leichten, holzgeschnitzten Stuhl unter und fuhr ihr mit der

Hand über den Kopf. Der Hut glitt herab und lag tropfend auf dem zerkratzten gelblichen Fichtenholzboden.

Ich brachte Handtücher und trocknete ihr das Gesicht und die Haare ab, zog ihr den Regenmantel aus und legte die Bettdecke um ihre Schultern, denn sie hatte heftig zu zittern begonnen. Ich sah, daß sie noch immer nicht sprechen konnte, obwohl sie ein paarmal dazu ansetzte. Ich blickte durchs Fenster, um zu sehen, ob ihr jemand gefolgt oder mit ihr gekommen war, aber da war nichts zu sehen außer den anderen Häuschen, dem strömenden Regen, meinem Alfa und den breiten Umrissen von Pauls großem Land Rover. War er dort, wartete er im Wagen? Aber er hatte den Mercedes gefahren... Ein gegabelter Blitz erhellte den Himmel, und ich sah, daß der Land Rover leer war.

»Ist Paul bei dir?« fragte ich.

Sie schüttelte den Kopf, brachte aber kein Wort heraus. Ihr Atem ging noch immer heftig und zitternd, wurde jedoch allmählich ruhiger. Ich schichtete das Feuer neu auf und gab ihr ein Glas Rotwein, und da sie es wegen ihrer klappernden Zähne nicht trinken konnte, hielt ich es ihr an den Mund, hielt ihr Kinn fest, und sie trank es aus. Noch nie hatte ich Cecie in einer solchen Panik gesehen, und es war seltsam, daß mich ihr Anblick nicht noch mehr erschreckte. Ich beobachtete sie mit ernsthafter Sorge und einer Art milden klinischen Interesses. Sobald sie sprechen konnte, würde sie mir von diesem Abend erzählen, und wir würden darüber reden. Ich würde alles verstehen. Alles würde sich aufklären.

»Jetzt werden die Schuppen von meinen Augen fallen«, sagte ich laut.

Cecie hob den Kopf und sah mich an. Dann holte sie tief Luft.

»Hast du Fig gesehen?« fragte sie. Ihre Stimme war schwach und dünn wie die eines kranken Kindes. »War Fig hier?«

»Fig? Nein. Wie sollte Fig hierher kommen?« sagte ich. »Hat sie dich hergefahren? Dann hat sie den Rover gefahren?« Cecie schloß die Augen und schüttelte den Kopf. In ihren Lippen floß keinerlei Blut. Sie atmete noch einmal tief durch und sagte: »Nein. Ich bin gefahren.« Und dann begann sie zu weinen.

Ich kniete mich neben sie und hielt sie wie ein Kind in den

Armen, und sie weinte wie ein Kind, das vor Angst völlig von Sinnen ist, und drückte ihren Kopf an meine Schulter. Ich spürte, wie die Schluchzer sich an ihren Rippen brachen, spürte das Rasen ihres Herzens. Ich schaukelte sie in meinen Armen, hin und her, hin und her, und flüsterte in ihr nasses Haar: »Es ist alles gut. Jetzt ist alles gut. Du bist in Sicherheit, und ich bin da, und der Sturm wird bald aufhören, und bis dahin bleiben wir hier. Wir gehen nicht wieder hinaus, bis er nachgelassen hat.«

Sie schüttelte heftig den Kopf an meinem Körper und rief: »Nein! Nein! Wir müssen weg hier...«

Ich tätschelte ihren Rücken und spürte, wie mir selbst wieder Tränen in die Augen stiegen. Wieviel schlimmer mußten diese endlosen Meilen in der Dunkelheit und in der Gewalt dieses Sturms für sie gewesen sein. Und die Blitze, und, o mein Gott, die Wellen... die Wellen am Oregon Inlet... sie konnte doch nicht Auto fahren. Soweit ich wußte, war sie nie Auto gefahren. Und dann fuhr sie diesen riesigen, schweren Wagen bei diesem Wetter...

»Schschsch«, machte ich. »Schschsch... was auch immer es ist, es kann nicht so schlimm sein, daß ich dich in diesem Sturm noch einmal ins Auto setze. Was immer es ist, wir werden es in Ordnung bringen, bald...«

Cecie holte tief und schluchzend Luft, richtete sich mühsam auf und versuchte, ihre Tränen unter Kontrolle zu bringen. Sie starrte in mein Gesicht, hielt meine beiden Hände in ihren kalten, weißen Händen und sagte: »Paul ist fort.« Es war keine Frage.

Ich nickte.

»Ja. Wie ein Kater, der sich den Schwanz verbrannt hat, schon vor ein paar Stunden. Jetzt erzähl mir alles, Cecie.«

Sie trank ihr Weinglas aus und sagte: »Komm mit zum Feuer. Mir wird einfach nicht warm. Und hör mir zu und stell keine Fragen, bis ich fertig bin. Ich glaube nicht, daß wir viel Zeit haben.«

Und so saßen wir auf dem Teppich vor dem Kohlenfeuer, und ich blickte hinein, während es bläulich niederbrannte und sie erzählte. Sie trank ein Glas Wein nach dem anderen, und gelegentlich erschauerte sie. Ihr Pullover und die Jeans dampften in der

Hitze, die von dem Kamingitter ausging, und sie erzählte mir von Fig Newton. Während sie sprach, warf sie immer wieder Blicke zur Tür, und einmal, als die Kohlen zusammenfielen und ein Stück nach unten zum Kamingitter rollte, zuckte sie zusammen wie eine nervöse Katze. Zwischendurch blickte sie immer wieder auf ihre Armbanduhr. Es war fast Mitternacht, als sie zu erzählen begann.

»Kate, sie ist verrückt, und wir wußten es nicht. Ich meine, wirklich verrückt«, sagte Cecie. »Das war sie all die Jahre lang. Von Anfang an. Und fast von Anfang an war sie hinter dir her, und jetzt glaube ich, daß sie kommen wird ...«

»Cecie ... Liebes ...«

»Nein!« Sie schüttelte heftig den Kopf. »Du hast es versprochen. Sag nichts. Laß mich erst ausreden ... Kate, den ganzen Nachmittag, nachdem ihr, du und Paul, fortgefahren wart, war sie ... wie unter Strom, sie brannte richtiggehend. Sie konnte nicht stillsitzen und redete ständig unsinniges Zeug. Genau wie am Abend zuvor, du weißt schon, nur noch schlimmer ... und sie machte schon vor zwölf Uhr Bloody Marys und bot Ginger welche an ... Ginger war wirklich nicht in guter Verfassung, du hast sie ja gesehen ... und gegen zwei brach Ginger zusammen, und dann war ich mit Fig allein. Der Sturm wurde jetzt wirklich schlimm, und ich machte mir Sorgen. So einen Wind hatte ich noch nie erlebt, aber sie berauschte sich daran, sie rannte draußen herum, sang und schrie ... sagte, sie höre die Meerjungfrauen singen ... dann ging sie hinauf ins Studio und beschäftigte sich da mit irgend etwas, und ich legte mich zu einem Nickerchen hin ... etwa um fünf kam sie wieder; inzwischen war Ginger aufgestanden, und wir gingen zum Scotch über. Mir hätte etwas auffallen sollen, aber ich bemerkte nichts, die ganze Situation war so seltsam ... aber ich sah, daß Fig gar nichts trank und daß sie die Drinks für uns mixte und sie uns brachte ... nun, Kate, sie setzte uns unter Drogen. Ich bin mir sicher, daß sie das tat. Um sieben brach Ginger auf dem Sofa zusammen und war nicht mehr wach zu bekommen, und ich schlief auch ein, und wenn ich nicht ein paar Stunden später alles wieder erbrochen hätte, dann läge ich jetzt noch immer auf dem Teppich vor dem Kamin. Es war kurz nach neun, als ich aus dem Badezimmer kam. Ich fühlte mich entsetzlich, und ich versuchte Ginger zu wecken, was mir nicht gelang, aber sie atmete wenigstens regelmäßig, und dann versuchte ich per Haustelefon Fig im Studio zu erreichen, aber es funktionierte nicht, und daher ging ich hinüber, um sie zu suchen und ... dann sah ich sie die Treppe herabkommen mit ihren Reisetaschen, und sie blickte mit einem Lächeln ... mein Gott, mit einem so *schrecklichen* Lächeln um sich ..., bevor sie in ihren Wagen stieg und davonfuhr. Ich ging hinauf ins Studio, ich weiß selbst nicht genau, wieso, und da lag ein Zettel für Ginger, auf dem stand, sie habe sich entschlossen, nach Hause zu fahren, bevor der Sturm allzu schlimm werde, und sie danke ihr für diese Woche. Ich wußte sofort, daß das nicht stimmte, denn der Sturm hatte ja längst begonnen, und niemand fuhr bei diesem Wetter los ...« Cecie lächelte traurig. »Na ja, und dann sah ich mich ein bißchen um. Im Badezimmer fand ich das Zeug, das sie uns gegeben hatte, sie hatte ziemlich viel davon zurückgelassen. Es war Dalmane. Davon schläft man wie ein Toter, wenn man genug davon nimmt. Ich weiß, daß sie es uns in den Scotch getan hat, weil ich es im Krankenhaus einmal bekommen habe und genau zwei Stunden danach erbrechen mußte. Es war noch anderes Zeug da, Percodan und ein oder zwei Antidepressiva und ein paar Medikamente, von denen ich noch nie gehört habe. Sie muß gestern was davon genommen haben, und heute auch, und vielleicht schon die ganze Zeit ...«

Ich sah Cecie einfach nur an. Was waren das für Verrücktheiten, die sie mir da weismachen wollte? Vielleicht war sie es selbst, die den Kontakt zur Wirklichkeit verlor. So etwas kam manchmal vor ...

»Verdammt noch mal, Kate! Ich sage die Wahrheit!« schrie Cecie mich an. »Du solltest mir lieber zuhören ... also, dann sah ich mich weiter um und fand ihr Tagebuch. Und ich las es ... alles, ich saß da und las das ganze Buch ... und dann wußte ich, daß sie verrückt ist. Denn es waren lauter Lügen. Weißt du noch, was sie uns letzte Woche vorgelesen hat? Diese ganzen Freundlichkeiten, die Begeisterung, all das Zeug von wegen wie sehr sie uns liebt und daß du ihre Seelenfreundin bist und Paul ein wahrer Gott und all das? Das waren Lügen, Kate. Das steht gar nicht im Tagebuch, das hat sie nie geschrieben! Sie hat etwas ganz anderes geschrieben ... mein Gott, sie hat uns gehaßt! Sie hat mich dafür gehaßt, daß ich dir näher stand als irgend jemand anders; ich hatte recht, sie hielt uns tatsächlich für lesbisch. Lessies nannte sie uns ... und sie haßte Ginger, und dich haßte sie am allermeisten. Weil du über sie gelacht und sie parodiert hast; sie hat alles durch die Wand mit angehört. Sie lag Nacht für Nacht da und hat uns zugehört, Kate... ach, ich *habe* es dir gesagt... und sie hat dich wegen deines Aussehens gehaßt, wegen der aristokratischen Nase und wegen deines Namens. Sie hat alles *gehaßt*. Sie hat dich sogar dafür gehaßt, daß du versucht hast, nett zu ihr zu sein. Und am meisten hat sie dich gehaßt, weil sie wußte, daß Paul nie eine andere wollte als dich. Sie wußte, daß er Ginger nur des Geldes wegen geheiratet hat. Sie war diejenige, die Ginger mit ihm verkuppelt hat, nachdem du fort warst, damit er dich fallenläßt, und die ihm das mit dem Geld klargemacht hat ... und dann haßte sie die arme Ginger, weil Paul sie geheiratet hat. Ach, Katie Lee, ich wußte das damals schon, und ich habe es dir nie erzählt ...«

Ich schüttelte schweigend den Kopf und sah sie an. Ich wußte nicht, was ich sagen sollte, und so sagte ich gar nichts.

»Ich habe auch den Rest des Tagebuchs gelesen«, sagte Cecie und blickte hinunter auf ihre verschränkten Hände. »Sie ist dir die ganzen Jahre in New York auf der Spur gewesen, Kate. Ich weiß nicht, wie sie das gemacht hat. Das erwähnt sie nicht. Aber sie weiß alles über dein Leben, und ich weiß, wie sie dich dazu gebracht hat, hierher zu kommen. Oder zumindest, warum unser Treffen gerade jetzt und nicht irgendwann anders zustande kam. Seit Jahren hat sie eine Affäre mit deinem Arzt, und er hat es ihr erzählt. Sie wußte ... sie wußte, daß deine letzte Untersuchung nächsten Monat ist. Sie wußte alles über deine ... Krankheit, einfach alles. Sie schreibt, daß wir uns alle jetzt wiedersehen mußten, denn vielleicht würdest du erfahren, daß du ... nicht überlebst, und so einfach wollte sie dich nicht davonkommen lassen. ›Jetzt bin ich an der Reihe‹, schrieb sie. Ach, Kate, Liebes, ... warum hast du mir denn nichts erzählt? Ich wußte, daß da noch etwas war, aber ich wußte nicht, was ...«

Ich sah sie an und schüttelte immer noch ungläubig den Kopf.

»Na ja, sie fädelte es also so ein, daß wir uns diese Woche hier trafen, und dann rief sie gestern ... oder nein, vorgestern abend ... Paul in Norfolk an und erzählte ihm, du liebtest ihn noch immer und hättest sie gebeten, ihm zu sagen, daß er nach Nag's Head kommen soll. Und ... gestern nacht hat sie euch zugehört und euch beobachtet. In der Hängematte. Genau wie all die anderen Nächte vorher. ... Sie weiß, daß du hierhergefahren bist, Kate. Es steht im Tagebuch. Sie hat es gestern nacht aufgeschrieben. Sonst hätte ich das gar nicht gewußt. Sonst wäre ich gar nicht hier.«

Ich sagte nichts; ich sah sie an.

»Sie kommt her, Kate«, sagte Cecie. »Ich weiß nicht, wie. Ich habe kein anderes Auto auf der Straße gesehen, vielleicht mußte sie zwischendurch anhalten. Aber du mußt hier weg. Wir müssen jetzt fahren ...«

Ich hörte draußen in der Stille das Geräusch des Windes, die Stimmen der Wellen und die Nebelglocke. Alles klang weiter entfernt als zuvor. Noch immer zuckten Blitze, aber die Donnerschläge waren leiser geworden, sie wanderten jetzt die Küste hinauf, auf Tidewater zu. Cecies Atem ging wieder gleichmäßig, leicht und schnell. Das Kohlenfeuer knisterte.

Weit unter mir heulte der Abgrund. Irgendwo tief unten hörte ich etwas singen. Natürlich. Es mußte so kommen.

»Hast du jemals die Meerjungfrauen singen gehört, Cecie?« fragte ich.

Sie ließ die Schultern hängen und schloß die Augen.

»Du glaubst mir kein einziges Wort, nicht wahr?« flüsterte sie.

»Nun ... ich weiß, daß du es glaubst«, sagte ich vorsichtig. »Ich weiß, daß du es glaubst, sonst hättest du nicht diese fürchterliche Fahrt auf dich genommen ... aber, Cecie, es ist einfach zu verrückt. Es langt vielleicht als Stoff für einen schlechten Horrorroman. Fig kommt nicht hierher. Wie sollte sie hierherkommen? Du weißt doch, sie ist Romanschriftstellerin ... und hör dir das da draußen an ... niemand kann bei diesem Wetter fahren ...« Die Farbe kam zurück in ihre blauen Augen, und sie sah mich mit ausdruckslosem Gesicht an. Und ich dachte: Cecie hat es gerade getan.

Für den Bruchteil einer Sekunde konnte ich die Gefahr spüren, die in der Luft lag, und ich erkannte, was für ein ungeheures Opfer sie mir gebracht hatte. Aber dann gewann die Ungläubigkeit wieder die Oberhand, und eine tiefe, süße Faulheit, die meine Glieder betäubte...

»Was ist noch nötig, um dich zu überzeugen?« Cecie begann wieder zu weinen. »Was soll ich noch tun?«

»Mein Arzt würde so etwas nie tun«, sagte ich und spürte plötzlich Boden unter den Füßen. »John McCracken hätte niemals eine Affäre mit ihr angefangen und ihr... das alles erzählt. Das weiß ich genau, Cecie.«

»Es war nicht McCracken«, erklärte Cecie. »Es war ein Mann namens Hilliard. Dein Spezialist, glaube ich...«

Ich saß lange schweigend da und blickte ins Feuer – jedenfalls kam es mir lange vor. Ich sah uns, uns vier, um einen Tisch bei Harry's in Randolph sitzen und Kaffee trinken. Ich sah uns, in meinen Wagen gezwängt mit heruntergeklapptem Verdeck durch die mondbeleuchtete Helligkeit einer Sommernacht fahren. Ich sah uns betrunken und singend im Sternenlicht auf dem Dach des Tri-Omega-Hauses liegen. Ich sah uns in Winternachthemden auf meinem und Cecies Bett sitzen und heiße Schokolade trinken. Jedesmal, in allen Bildern, lachten wir. Wir lachten, und wir waren sehr jung.

»Gib mir das Tagebuch«, sagte ich mit steifen, betäubten Lippen, und Cecie reichte es mir.

»Ich habe einige Stellen für dich angemerkt«, sagte sie.

Ich nahm das schäbige Heft. Die Seiten lösten sich aus der Bindung, Stücke angetrockneten Leims fielen über meine Hände, und gelblicher Papierstaub rieselte zu Boden. Figs kindliche, breite Handschrift bedeckte eng und dicht die Seiten. In diesem Heft und den anderen, die ihm glichen, mußten Hunderttausende von Wörtern, die sich in die Collegezeit zurückerstreckte und vorwärts bis heute... und die in der gestrigen Nacht endete...

Die erste Passage, die Cecie angemerkt hatte, war die erste, die Fig in dieser Woche zum Besten gegeben hatte; es war jene Passage, in der sie die Nacht ihrer Aufnahme in die Tri Omega beschrieb. Ich starrte auf die Seite. Mir kam wieder in den Sinn, was sie uns vorgelesen hatte, all die überladenen Worte, die uns hatten kichern und uns winden lassen, Worte, die von ihrer seltsamen, schrägen Liebe zu mir sprachen.

Und nun las ich dies: »Sie hätte sich beinahe auf mich erbrochen. Ich hob mein Gesicht für den Kuß; sie konnte mich nicht einmal ansehen. Ich verursachte ihr Übelkeit. Mein Gesicht verursachte ihr Übelkeit. Der Gedanke an meinen Mund auf ihrem verursachte ihr Übelkeit. Sie rannte in die Küche und erbrach sich ins Spülbecken. Und sie dachte, ich wüßte nicht, weshalb. Nun, ich weiß es. Ich habe es immer gewußt. Ich habe immer alles über sie gewußt. Und ich werde immer alles über sie wissen. Ich werde sie niemals verlieren, sie niemals loslassen, und sie wird sich noch wünschen, sie wäre gestorben, ehe sie sich beinahe auf mich erbrach. Der Tag wird kommen, an dem sie sich wünschen wird, sie wäre vorher gestorben.«

Die zweite Passage beschrieb die Nacht, in der wir zur Feier von Gingers bestandener Prüfung aufs Dach gestiegen waren. Auch das hatte sie uns vorgelesen. Da war von Sphärenmusik und einem heiligen Band zwischen uns die Rede gewesen. Von meinem Gesicht im Licht der Sterne und ihrer Sehnsucht, meinen Glauben an sie zu erfüllen, für mich zu leben.

»Effies Gesicht sieht im Mondlicht aus wie ein Bildnis auf einem Kreuzfahrergrab«, hatte sie in Wahrheit geschrieben. »Rein, unschuldig und vollkommen; niemand hat ein Gesicht wie Effie. Aber sie will mich nicht. Sie hat es mir auf tausend verschiedene Arten zu verstehen gegeben. Sie will nur Cecie. Darüber weiß ich Bescheid; ich weiß, was sie tun, wenn sie das Licht ausgeschaltet haben. Ich höre sie. Ich höre sie jede Nacht. Effie ist nicht rein. Effie ist eine Hexe, deren Fleisch sich in der unreinen Leidenschaft zu einer anderen Frau verzehrt ...«

Ich hob mein vor Abscheu verzerrtes Gesicht und sah Cecie an. Sie schüttelte den Kopf und blickte beiseite.

Die letzte Passage war diejenige, die sie uns zuletzt vorgelesen hatte, über den Abend, an dem sie, Ginger und Cecie bei Paul zum Abendessen waren. Ich erinnerte mich, wie wir alle darüber gelacht hatten, und Fig hatte ebenfalls gelacht und gesagt: »O mein Gott, das ist mir so peinlich. Vermutlich hätte er mich am liebsten wie ein Hündchen ertränkt. Ich bin ihm in diesem Jahr überallhin nachgelaufen ...«

»Ich habe sie heute nacht wieder durch die Wand gehört«, stand in diesem Abschnitt. »Sie hat es wieder getan. Sich über mich lustig gemacht. Mit meiner Stimme gesprochen. Sie hat sich vorgestellt, was ich wohl zu Paul gesagt haben könnte und er zu mir. Sie hat gesagt, was ich mir ihrer Meinung nach von ihm wünsche und was er sagen und tun würde, wenn ich ihn darum bitten würde ... was weiß sie schon? Was weiß sie von der Liebe? Sie glaubt, daß das, was er zu ihr sagt und was er mit ihr tut, Liebe ist, aber das stimmt nicht. Was er mit seinem Geist und seinen Augen zu mir sagt, wenn wir allein sind, das ist Liebe, und das wird sie niemals haben ... und darum macht sie sich darüber lustig. Sie lacht. Nun, lange wird sie nicht mehr lachen, denn ich kenne ihn besser als sie oder irgend jemand anders auf der Welt ihn kennt, und ich weiß, was er will, und ich weiß, wie ich es ihm geben kann, und das werde ich tun. Und ich werde sie umbringen. Eines Tages werde ich sie umbringen, weil sie gelacht hat. Und ihn. Wenn es an der Zeit ist.«

Kälte stieg von meinen Fingerspitzen her hinauf in meine Arme und bis hinunter in meine Beine. Als sie mein Herz erreichte, ließ sie es zu einem toten Stein gefrieren. Ich blätterte weiter. Es war überall das gleiche. Während all dieser Jahre. Haß, Gift, Besessenheit, Zorn. Irrsinn. Irrsinn, so klar und wirklich und lebendig wie die Flammen des Feuers vor meinem Gesicht.

Ich kam zur letzten Seite. Am heutigen Abend, erst vor ein paar Stunden geschrieben. Es war genauso, wie Cecie sagte, alles. Da stand es. Figs Handschrift war beim Schreiben immer größer und unregelmäßiger geworden, und die Spitze ihres Stifts hatte das dünne Papier durchbohrt. Aber ich konnte die Zeilen dennoch entziffern.

»Jetzt ist der Moment gekommen«, stand da. »Alles ist vorbereitet. Es hat alles geklappt. Sie sind gemeinsam dort, und es ist an der Zeit. Bis die anderen aufwachen, kann ich schon auf halbem Wege nach Manhattan sein. Sie hätte niemals über mich lachen sollen. Niemals. O ja, jetzt ist es an der Zeit, und eigentlich schon fast zu spät. Achtundzwanzig Jahre zu spät.«

»Was wäre das für ein Buch«, lautete der letzte Satz.

Ich legte das Heft sehr vorsichtig beiseite, stützte meine Hände auf die Knie und sah Cecie an, ohne sie wirklich wahrzunehmen.

»Wahnsinn«, sagte ich.

»Komm jetzt und zieh dich an, Kate. Wir fahren. Du wirst fahren müssen, aber ich werde dich leiten. Komm, ich geb dir deine Kleider...«

»So etwas kann gar nicht passieren«, sagte ich in fröhlichem Ton.

»Es passiert aber!« schrie Cecie. »Ich weiß auch, wie, es ist mir gerade eingefallen, während du gelesen hast. Poolie Prout... sie hat ihn angerufen, damit er sie abholt, und er hat es getan, erinnerst du dich, daß er das angeboten hatte? Und sie ist zur Anlegestelle am Sund gefahren, um ihn dort zu treffen ... zieh dich an, sie wird kommen, sie kommt hierher...«

Ich streckte mich und rollte den Kopf im Nacken.

»Das ist mir egal«, sagte ich.

Cecie gab mir eine Ohrfeige. Sie holte mit dem Arm so weit aus, wie sie konnte, und gab mir eine derart feste Ohrfeige, daß es mir den Kopf in den Nacken riß. Ich legte meine Finger aufs Gesicht und starrte sie an. Sie packte meine Schultern, schüttelte sie und brüllte mir ins Gesicht.

»Du willst sterben, nicht wahr?« schrie sie. »Du hast es regelrecht geplant, oder? Ich hätte das erkennen sollen, ich habe so etwas schon früher gesehen, im Krankenhaus... ich weiß, was du vorhast: Du fährst nach Hause und erledigst es auf irgendeine hübsche, saubere, geziemende Art, bevor du den Arzttermin hast... du hast mir das die ganze Woche gesagt, aber ich habe dich nicht gehört... verdammt noch mal, Kate! Was ist los, ist der Krebs wieder da? Ist es das? Na, dann will ich dir etwas sagen: Und wenn schon? Du glaubst, es wäre besser für Alan, wenn du es tust, als wenn es der Krebs tut? Du glaubst, es wäre besser für mich? Du glaubst, dein kleiner Sohn wäre dir dankbar dafür, und deine Freunde wären es auch? Hast du dich besser gefühlt, als dein Vater es getan hatte, hat es dir in deinem Leben geholfen? Der Tod ist schlimm, Kate, aber ihm auch noch nachzulaufen... das ist obszön! Wenn du dich umbringst, bringst du alles um, was von

Stephen noch auf der Welt ist. Und du bringst Alan um. Und mich. Kate ... ich werde nicht zulassen, daß ich dich noch einmal verliere. Das kommt einfach nicht in Frage. Hol deine Kleider und komm jetzt. Bring dich um, wann du willst, aber solange ich mit dir hier in diesem Zimmer bin, WERDE ICH DICH NICHT STERBEN LASSEN.«

Sie zog mich auf die Füße und warf mir meine Kleider zu und stand dort sprungbereit, während ich mich anzog. Ich sah sie an. Ihr Gesicht und ihr Körper schienen in Flammen eingehüllt, sie schimmerte in der Düsternis beinahe so wie Fig gestern abend. Ich dachte, was für eine schöne Frau sie doch war.

Wir gingen auf die Tür zu. Es blitzte und donnerte, das Gewitter war jetzt wieder näher gekommen.

»Warte, hol das Tagebuch!« schrie sie mir über die Schulter hinweg zu.

»Warum ...«

»HOL ES!«

Ich drehte mich um und hob das Tagebuch auf.

Cecie riß die Tür auf. Gerade zerriß erneut ein grünlich-weißer Blitz ganz in der Nähe den Himmel. Der Wind heulte, und ich hörte ihn wieder, fern, klar und silbrig, draußen über dem schwarzen Meer. Den Gesang. Den Gesang ...

Fig stand im Türrahmen. Sie stand ganz still und sah uns an, schweigend und durchnäßt wie eine Ertrunkene. Das Haar klebte auf ihrem Schädel, der Lippenstift war von ihrem breiten Mund abgeleckt, und ihre Wangenknochen schienen aus dem weißen Schädel eines wilden toten Tieres geschnitzt. Ihre Augen starrten Cecie an und mich, die hinter Cecie auf der Schwelle stand, aber ich glaube nicht, daß sie uns sah. Ich weiß nicht, was sie sah. Vielleicht stand sie schon sehr lange da; sie sah aus, als wäre sie aus den Tiefen des Meeres gestiegen. Erneut flackerte ein Blitz auf, und sie lächelte uns leicht und höflich zu. In ihrer Hand hielt sie eine lächerlich kleine, stumpfnasige Pistole mit schwarzweißem Kalbsfell auf dem Griff.

Ich dachte: Das ist nur ein Spielzeug. Das ist eine von Figs kleinen Inszenierungen. Uns kann nichts passieren, denn es ist nur ein Spielzeug.

»Mach dich bereit, Effie Lee«, sagte Fig und schoß. Ich sah den weißen Feuerstrahl, ehe ich den Schuß krachen hörte. In diesem Moment donnerte es, und ich kann mich nicht mehr erinnern, ob ich den Schuß überhaupt hörte. Aber natürlich muß ich ihn gehört haben. Cecie fiel zu Boden. Fig sah auf sie hinunter. Sie schüttelte ungehalten den Kopf wie jemand, der einen leichtfertigen Fehler gemacht hat.

»Nun aber richtig, Newton«, sagte sie und drückte nochmals ab.

Als sie fiel, fiel sie nach hinten, hinaus in den Regen.

16. Kapitel

Es ist kurz vor Mittag, obwohl man, so schräg, wie die Sonne in meinen Nacken strahlt, annehmen könnte, es wäre mitten am Nachmittag. Es ist erstaunlich, wie anders das Licht so ein kleines Stück weiter nördlich ist und was für einen Unterschied zwei Wochen machen. Als ich das letzte Mal inmitten von Blumen in der Sonne kniete, mit Cecie im Currituck-Park auf den Outer Banks, hatte ich die Sonne genau im Gesicht. Heute streichelt sie meine Schultern und den Nacken und sprenkelt Alans alten blauen Pullover, den ich im Herbst immer bei der Gartenarbeit trage. Heute morgen hatten wir Frost. Der Wind, der sich jetzt wieder gelegt hat, war schon richtig kalt.

Im Augenblick herrscht Windstille, jene tiefe Ruhe, die den Gezeitenwechsel ankündigt und die ich so liebe. Ich höre die Erde wieder summen. Ich hatte nicht mehr geglaubt, daß ich sie noch einmal hören würde. Ich höre das Summen der Erde, und das weiche Klatschen der Wellen am Strand unterhalb meines Gartens, und sonst nichts. Den Wind über dem Abgrund höre ich nicht. Und die Pacmen höre ich auch nicht. Morgen um diese Zeit werde ich wissen, ob sie noch da sind. Ich glaube, John McCrakken wird mir sagen, daß sie nicht mehr da sind. Irgendwie habe ich das Gefühl, daß sie verschwunden sind, daß sie mit jener anderen Kate gegangen sind, die auf den Outer Banks starb. Denn sie starb dort. Wenn auch nicht durch eine kleine Bleikugel. Und nicht in einem kalten Meer.

Aber selbst wenn die Pacmen immer noch da sind, dann ist das auch nicht so wichtig. Ich weiß jetzt mehr über das Leben und das Sterben. Ich weiß etwas, das völlig neu für mich ist und alles verändert.

Jetzt, in diesem Augenblick, ist die Welt wieder zeitlos. Unter der schrägstehenden Sonne hält sie einen Moment lang inne und wartet auf den blauen Wind des Nachmittags, der mit dem Gezeitenwechsel einsetzt.

Ich weiß, daß ich sie nie mehr wiedersehen werde, meine liebe, gestrafte Ginger und Paul. Paul – er bedeutet mir jetzt nichts mehr. Weniger als nichts. Ich weiß, daß wir weder am Telefon über diese Nacht sprechen noch in Briefen Worte darüber verlieren werden. Wir sind fertig miteinander. Auch das ist auf den Outer Banks gestorben. Ich werde um Ginger trauern. Paul habe ich bereits vergessen.

Und ich stelle fest, daß ich mich nicht mehr an die Frau erinnern kann, die ich in jener Nacht in dem Häuschen im Carolina Moon Motel am Boden liegend zurückgelassen habe. Weder an die bemitleidenswerte, schreckliche, verletzbare junge Fig Newton, die sie früher war, noch an die viel schrecklichere, verrückte, schöne Georgina Stuart, die nach Nag's Head kam. Da ist nichts mehr. Wenn ich an sie denke, dann sehe ich Finsternis und einen weißen Feuerstrahl. Mehr nicht.

Gegen Ende dieser Nacht sah ich noch etwas Seltsames, seltsamer vielleicht als alles, was vorher geschehen war: Ich sah, wie eine Frau vor meinen Augen erwachsen wurde. Ich wünschte nur, der Anblick und die Rolle, die ich dabei spielte, hätten mir besser gefallen. Als ich früh am nächsten Morgen, bevor es dämmerte, das Haus bei Nag's Head betrat, schlief Ginger noch immer auf der Couch im Wohnzimmer, so, wie Cecie gesagt hatte. Ich mußte sie schütteln und rufen, um sie aufzuwecken. Als sie endlich erwachte und mich sah, verzog sich ihr Gesicht vor Trauer und vor Wut auf mich. Und als ich eine Weile später zu reden aufhörte, hatte sich dieses Gesicht völlig verändert: Es war sehr viel älter, härter, und der Blick des Kindes, das ich geliebt hatte, war unwiderruflich daraus verschwunden.

Ich weiß bis heute nicht, wie sie über das Geschehene denkt. Sie weiß, daß ich mit Paul irgendwo war, aber sie weiß auch, daß sich nichts daraus entwickelt hat und daß jetzt alles vorüber ist. Was sie davon hält, daß Cecie verschwunden ist, ohne ihre Kleider mitzunehmen, weiß ich nicht. Und ich weiß auch nicht, was sie darüber denkt, daß Fig unten an der Küste in der Nähe von Avon tot im

Carolina Moon Motel gefunden wurde, in der Nacht des großen Sturms, tot, allein und ohne Auto, in einem Zimmer, das von Paul Sibley auf Dauer gemietet war. Ich weiß, daß Paul um die Zeit, zu der Fig starb, nachweislich in Alabama war und von jedem Verdacht befreit ist, die Behörden zweifeln nicht daran, daß Fig die Pistole, durch die sie starb, selbst abgefeuert hat. Das hatten Schmauchspuren, Fingerabdrücke und dergleichen gräßliche und geheime Hinweise eindeutig ergeben. Ich glaube, daß Ginger, unabhängig davon, was sie nun eigentlich denkt, nicht darüber sprechen wird. Sie hat ihren Ehemann wieder, und ihrem Gesichtsausdruck bei meiner Abfahrt nach zu urteilen, wird sie ihn von nun an an der kurzen Leine halten. Er wird ihre Aufmerksamkeit und ihren Schutz brauchen; das war es, was ich ihr in dieser Nacht erzählen wollte. Das, und daß ich sie geliebt habe und vermissen werde.

Nein, ich glaube nicht, daß sie darüber reden wird. Und so denke ich, daß wir trotz der öffentlichen Aufmerksamkeit, die diesen Ereignissen zuteil wurde – ROMANAUTORIN BEI ORKAN TOT IN MOTEL AN DER KÜSTE GEFUNDEN, TODESWAFFE ENTDECKT, etc. –, alles hinter uns haben, wenn wir nur wollen. Auch Paul Sibley wird höchstwahrscheinlich nicht mehr davon sprechen. Wenn Alan es tut, dann nur, sofern ich bereit bin, darüber zu reden, sonst nicht. Es ist auch nicht anzunehmen, daß Poolie Prout etwas sagen wird, wo immer er auch sein mag. Ich versuche mir vorzustellen, wie er sich gefühlt haben mag, als er in seinem Zimmer am anderen Ende des Motels erwachte, den Geschmack des Schlafmittels im Mund, und sie verschwunden war. Vielleicht hat er sie gefunden, oder er hörte die Polizeisirenen ... Ich bin mir ziemlich sicher, daß er, sobald er halbwegs begriffen hatte, was geschehen war, schleunigst seine Operationsbasis in ein gastfreundlicheres Klima zu verlegen beschloß. Ich stelle mir vor, daß er, genau wie ich, noch am selben Morgen vor Sonnenaufgang verschwand.

Im ersten Morgenlicht fuhr ich über die Chesapeake-Bay-Brücke. Genau wie ich es vor meinem Aufbruch nach Nag's Head geplant hatte. Das war lange her, so lange ... Ich hatte bis dahin den größten Teil der Fahrt im Regen zurückgelegt und fast die ganze Zeit geweint. Ich dachte an Cecie und an Stephen, an Paul und Ginger und Fig – die junge Fig – und an Alan, und ich weinte und weinte. Viele Menschen fuhren in jener Nacht mit in dem kleinen Auto, mit den Lebenden und den Toten fuhr ich im schwächer werdenden Regen an dem schwarzen Meer entlang. Als ich zu der großen Brücke kam, war der Regen nur noch ein weicher Nebel. Mir kam ein Gedicht in den Sinn, das Cecie und ich geliebt hatten:

»›Ach könnt ich in der Stunde meines Todes,
in regnerischer, winderfüllter Nacht,
als letztes den geliebten Regen hören,
und seinen fernen, lyrischen Gesang.‹«

Tief bekümmert beugte ich mich über das Lenkrad. Dann hob ich wieder den Kopf. Sie war bei mir und würde immer bei mir sein. Dafür würde ich sorgen. Ich würde sie niemals gehen lassen. Ich dachte an das, was sie mir am Strand von Nag's Head gesagt hatte: »Solange wir leben, leben sie auch.«

Nun gut, dachte ich. Solange ich lebe, lebt sie auch. Solange ich lebe, lebt auch Stephen. Solange ich lebe, leben wir alle. Wir leben so, wie wir damals waren, wir vier, unbeschädigt, rein und lachend. Und all unsere Hoffnungen und Träume und auch diese Verfehlung liegen noch vor uns. Das genügt. Das ist mehr als genug. Es ist alles.

In dieser Nacht lernte ich von Cecie Hart Fiori die wichtigste Lektion meines Lebens: Man kann das Leben nur behalten, indem man es weggibt. Aber dann wird es erblühen.

Als ich zum höchsten Punkt des Brückenbogens kam, hielt ich an, stieg aus und ging zum Geländer. Ich wußte genau, wie ich es tun würde. Hatte ich es nicht erst eine knappe Woche zuvor geübt? Ja, ich wußte es. Drunten auf dem Wasser sprenkelte der letzte Regen die glatten, öligen, grauen Wogen der großen Bucht, aber draußen über dem Meer war der Himmel hell. Der Morgen kam schnell. Der Tag würde schön werden.

Ich hob meinen Arm über den Kopf und warf das Tagebuch weit hinaus in die neblige Luft. Ich blieb am Geländer stehen, bis ich es weit unter mir auftreffen hörte. Georgina Stuart wurde eine Woche später auf einem Privatfriedhof auf Long Island begraben. Weder die Adams noch die Sibleys waren anwesend. Dafür kamen die Leute vom *People Magazine*.

Ich höre die Fliegengittertür zuschlagen und blicke vom Kamm der Dünen hinunter auf Alan, der mir von der Terrasse aus zuwinkt. Er trägt ein Tablett mit Bloody Marys, und er lächelt. Alles sieht gut aus von hier oben, wo ich inmitten der üppigen schwarzen Erde knie, die ich mit dem Schubkarren heraufgefahren habe. Alles sieht einfach, gut und sehr klar aus: das Haus, die Terrasse, Alan, die scharlachroten Drinks – alles.

»Was machst du da?« ruft er.

»Ich pflanze *Rosa rugosa*«, antworte ich. »Strandrosen. Sie sind heute morgen von diesem Park angekommen, von dem ich dir erzählt habe, in Nag's Head. Dem Currituck-Park. Cecie hat das veranlaßt, als wir dort waren, es ist eine Überraschung. Es lag eine Karte dabei, auf der steht: ›Lecháim‹. Allerdings ist es ›la Hime‹ geschrieben. Rechtschreibung war noch nie Ihre Stärke, Miz Fiori, Sie konnten noch nicht einmal Scheiße richtig schreiben.«

»Das war ich nicht!« ruft Cecie von ihrem Sessel aus, der am Ende der Terrasse in der Sonne steht. »Ich kann nämlich Lecháim durchaus richtig schreiben. Ich kann auch Scheiße richtig schreiben, ob du's glaubst oder nicht.«

Sie sieht jetzt viel besser aus. Sie hat etwas zugenommen und ist von den Tagen, die sie auf unserer Terrasse verbracht hat, leicht gebräunt. Nur die dünne weiße Linie des Verbandes um ihre Schulter lugt noch unter dem Kragen ihrer Bluse hervor. John McCracken, der die Kugel herausholte und sie, ebenso wie die Karteikarte über ihren Besuch bei ihm, verlor, ohne auch nur mit einer sandfarbenen Wimper zu zucken, sagt, sie könne nächste Woche »ihre normalen Aktivitäten wiederaufnehmen«. Sie hatte eisern und mit wilder Entschlossenheit darauf bestanden, daß ich sie zu ihm brachte, und die lange Fahrt und die Schmerzen fröhlich ertragen. »Irgend jemand wird es der Polizei schon melden«, sagte sie. »Es tut nicht weh.« Und ich glaube, das stimmte in diesem Augenblick auch. Cecie hatte sich einfach wieder einmal in sich zurückgezogen. Die Blutung war geringfügig und hatte aufgehört, als wir Virginia erreichten.

Also werden wir mit den Cloisters anfangen. Und dann sehen wir weiter. Cecie hat mir mein Leben zurückgegeben, ob nun für kurze oder lange Zeit. Jetzt ist es an mir, ihr das Ihre wiederzugeben.

»Wir können die Rosen nicht sehen, wenn du sie dort oben hinpflanzt«, sagt Alan, aber er grinst dabei.

»Vielleicht nicht, aber vom Strand aus werden sie sagenhaft aussehen«, sage ich. »Und sie leben ewig.«